Caballo de Troya 5
Cesarea

Biografía

J. J. Benítez (1946) nació en Pamplona. Se licenció en Periodismo en la Universidad de Navarra. Era una persona normal (según sus propias palabras) hasta que en 1972 el Destino (con mayúscula, según él) le salió al encuentro, y se especializó en la investigación de enigmas y misterios. Ha publicado 52 libros. En julio de 2002 estuvo a punto de morir.

J. J. Benítez
Caballo de Troya 5
Cesarea

Planeta

Obra editada en colaboración con Editorial Planeta – España

© 1996, J. J. Benítez
© 2011, Editorial Planeta, S.A. – Barcelona, España

Derechos reservados

© 2011, Editorial Planeta Mexicana, S.A. de C.V.
Bajo el sello editorial BOOKET M.R.
Avenida Presidente Masarik núm. 111, Piso 2
Polanco V Sección, Miguel Hidalgo
C.P. 11560, Ciudad de México.
www.planetadelibros.com.mx

Diseño de portada: OPALWORKS
Fotografía del autor: © Jorge Nagore

Primera edición publicada en España en esta presentación en trade:
noviembre de 2011
ISBN: 978-84-08-10808-5

Primera edición publicada en México en esta presentación: noviembre de
2011
Décima sexta reimpresión en México: agosto de 2022
ISBN: 978-607-07-0960-9

Ediciones anteriores:
En esta colección y con otras presentaciones:
1a. edición a 11a. impresión: marzo de 1996 a mayo de 2009
En bolsillo:
1a. edición a 17a. impresión: noviembre de 1997 a julio de 2009

Impreso en los talleres de Impregráfica Digital, S.A. de C.V.
Av. Coyoacán 100-D, Valle Norte, Benito Juárez
Ciudad De Mexico, C.P. 03103
Impreso en México – *Printed in Mexico*

Índice

*A Fernando Lara Bosch,
que me alentó desde los cielos.
¿Me revelarás el significado
del misterioso «5»?*

SEIS AÑOS DE SILENCIO

Nunca, en los treinta y dos libros anteriores, había experimentado tanto miedo. Pero ¿a qué? No lo sé muy bien. Miento. Claro que lo intuyo. Es terror a franquear una puerta que cerré un 18 de setiembre de 1989. En aquella fecha —«siendo las veintiuna horas»— daba por concluido **Caballo de Troya 4.** *Y hoy, siendo las once horas del miércoles, 1 de noviembre de 1995, esa puerta ha sido empujada de nuevo. Y el miedo, como digo, me tiene acobardado. Un miedo justificado, supongo. Miedo porque, en estos largos seis años, los ojos interiores se han abierto providencial y definitivamente. Miedo porque, al fin, he captado el magnífico y esperanzador mensaje del Protagonista de esta obra. Miedo, en suma, a no saber transmitir la genial verdad de Jesús de Nazaret: existe un Dios-Padre que ama, dirige y sostiene. Miedo a enfrentarme a una historia que es mucho más que una historia.*

Resulta reconfortante. Ahora, querido Padre, querido «Ab-bā», comprendo y te comprendo. El presente relato no podía ser atacado en tanto en cuanto servidor —el instrumento— no hubiera hecho suya la esencia que perfuma y define la llamada vida pública del Maestro: «que se haga la voluntad del Padre». Una idea —la gran idea— que motorizó su existencia terrenal.

Y ese Dios-Padre, en otro alarde de paciencia y sabiduría, me ha dejado reflexionar y madurar sobre ello, nada menos que durante seis años. Seis años de silencio, de dudas, de sufrimiento, de comprobaciones en cadena y de una íntima e indefinible alegría al verificar —una y otra vez— que, en efecto, todos estamos sentados en las

rodillas de un Padre que «sabe»..., antes de que acerte-
mos a despegar los labios.

    Debo confesarlo. Cada vez que puse manos a la obra,
luchando por abrir la puerta del siguiente Caballo de Troya, *una fuerza firme y sutil me apartaba sin concesiones.*
Recuerdo media docena de intentos. Y sólo cuando mi
corto conocimiento apareció justa y sólidamente forjado
en el yunque de la voluntad del Padre, sólo entonces ha
sido posible esta nueva y fascinante aventura. Pero, su-
pongo que desconfiado (y no le falta razón), antes de re-
galarme su confianza, el Padre Azul decidió someterme a
una última prueba. Y en 1994 este aturdido mensajero se
desnudaba en público, sacando a la luz uno de sus libros
más querido: Mágica Fe. *Una suerte de ensayo general de*
lo que ahora comienza. Y estoy convencido: la serie de los
Caballos de Troya *vive gracias a esa mágica fe.*

    He aquí la única explicación a tan dilatado silencio.
Era preciso que, antes de desvelar cuanto me ha sido
dado, me hallara entrenado y en sintonía. Y aun así —que
el Padre me disculpe— siento miedo.

J. J. BENÍTEZ

El diario

(QUINTA PARTE)

«—¡Enterrados!...

David, el anciano sirviente, comprendió lo inútil de sus gritos y lamentos. Ismael, el saduceo —implacable y sin entrañas—, había ejecutado parte de su diabólico plan.

—¡Enterrados vivos! —gimió mi acompañante, dejándose caer sobre los peldaños que conducían a la gruta.

Y este torpe explorador, con las palmas de las manos fundidas a la áspera muela que acababa de ser removida por el sacerdote, se quedó en blanco. Por primera vez en aquella intensa odisea por las tierras de Palestina un terror desconocido me paralizó. ¿Qué fue lo que me doblegó? Ni siquiera ahora, al ordenar los recuerdos, consigo despejarlo. Quizá fuera el pavor del criado —más consciente que yo de la crítica situación— lo que me contagió. Quizá también —y no fue poco— el dramático hecho de hallarme desarmado y sin la menor posibilidad de recurrir a la vital «vara de Moisés». A buen seguro, los dispositivos de defensa me habrían ahorrado los angustiosos instantes que se avecinaban.

¿Cuánto tiempo transcurrió? Imposible calcularlo. Una y otra vez, la escasa lucidez de quien esto escribe bregó por ponerse en pie. Finalmente la vi apagarse, desapareciendo. Hoy creo intuir lo ocurrido. Y me estremezco.

Habíamos sido entrenados para casi todo, menos para un ataque de ansiedad aguda. Porque de eso se trataba.

Aquella súbita y demoledora emoción —aquel pánico— anuló todo resto de pensamiento racional. Y la operación —¡Dios santo!— se tambaleó en el filo de un precipicio.

Petrificado frente a la roca, ajeno al convulsivo llanto de David, en uno de los escasos destellos de cordura, comprobé con desolación cómo la fuerza muscular no respondía. Y fui presa de una debilidad motora generalizada. El vértigo no se hizo esperar. Traté de aferrarme a la piedra. Pero las manos temblaron, incapaces de obedecer. Y un sudor denso precedió a la inevitable taquicardia. Creí morir. Un punzante dolor precordial fue el último aviso. Y en mitad de la negrura los pulmones fallaron y el organismo entró en un peligroso proceso de alcalosis respiratoria secundaria.

No recuerdo mucho más. Debí derrumbarme, cayendo de espaldas sobre el rugoso pavimento calcáreo. Fue lo mejor que pudo ocurrirme.

—¡Señor!… ¡Oh, Dios!…

Más que ver intuí la encorvada figura del anciano, arrodillado junto a este explorador. Sostenía mi cabeza entre las manos, susurrando e implorando.

—¡David! —acerté a pronunciar con dificultad. Y un leve entumecimiento alrededor de la boca y en los dedos de manos y pies me devolvió a la realidad, recordándome el síndrome de hiperventilación y la pérdida de conciencia.

—¡Señor! —replicó el sirviente con un hilo de voz—. ¡Gracias a Dios!

Ignoro cuánto tiempo permanecí inconsciente. Pero, como digo, el traumatismo —afortunadamente sin mayores consecuencias— vino a rescatarme de aquel peligroso ataque de pánico. Y fue a raíz de este aviso en la Nazaret subterránea cuando, en previsión de situaciones similares, mi hermano y yo adoptamos nuevas y extraordinarias medidas de seguridad. Una de ellas —bautizada por los hombres del general Curtiss como el «tatuaje»— resultó tan útil como espectacular. Pero sigamos por orden.

Traté de incorporarme y reunir las confusas y diezmadas ideas. La alcalosis, sin embargo, continuaba coleando. Y consciente de la urgente necesidad de equilibrar la presión del dióxido de carbono, reduciendo el pH sanguíneo, busqué un remedio de urgencia.

—¡Maldita oscuridad!

A tientas tomé uno de los extremos de la sábana que me cubría, improvisando con el lino una especie de reducida bolsa. La aproximé al rostro, practicando varias e intensas inspiraciones y espiraciones. El CO_2 hizo el resto.

Minutos más tarde, con el ánimo relativamente reconfortado, la astillada voz del criado vino a recordarme que poco o nada había cambiado.

—¡Señor! Esa víbora no perdona. Estamos condenados a morir...

No contesté. Mi pensamiento, extrañamente tranquilo, había volado hasta la «cuna». Y la imagen de Eliseo me proporcionó una benéfica fuerza.

Extendí los brazos y busqué a David en la negrura. Al topar con él, aferrándome a su túnica, estallé con una seguridad que todavía me admira:

—¡Olvida a ese miserable!... ¡Es hora de actuar! No lo dudes, amigo: ¡vamos a salir de este infierno!

—Pero...

No le permití nuevas lamentaciones. Y dócil, ciertamente animado por el persuasivo timbre de aquel extranjero, fue respondiendo a mis preguntas:

—Señor, no conozco otra salida... La gruta se utiliza como almacén... Aquí se guarda de todo... Provisiones, herramientas, agua... Generalmente sólo baja la servidumbre y de tarde en tarde... A veces pasan semanas...

El panorama no era muy prometedor. Guardé silencio, procurando fijar un orden de prioridades. Y el temple militar rindió sus frutos. Además —me consolé— estaba la familia. Santiago y su gente terminarían por formularse algunas interrogantes respecto a mi repentina desaparición. Tanto la Señora como sus hijos —sin olvidar a Débora, la prostituta de la posada de Heqet, la «rana»— sabían de mi anunciada entrevista con Ismael, el jefe del consejo local de Nazaret. Pero, frío y realista, dejé a un lado la endeble esperanza. Y fui a centrarme en el primero de los objetivos: la minuciosa exploración de la gruta. Y para ello necesitábamos luz, un mínimo de iluminación.

Ordené a David que me ayudara a rastrear el suelo, a la búsqueda de la malograda lucerna que él mismo portaba al entrar en el subterráneo. Tal y como suponía, sólo conseguimos reunir dos o tres trozos de una cerámica inservible y aceitosa.

Y antes de que acertara a reaccionar, el diligente criado —notablemente repuesto— tomó la iniciativa, recomendando que no me moviera. Y escuché el roce de sus sandalias, alejándose hacia el fondo de la sala. ¿Moverme? ¿Cómo hacerlo en semejante oscuridad? Y el involuntario chiste vino a oxigenar el apaleado ánimo.

A cosa de cuatro o cinco metros percibí un chirrido. Parecía el lamento de un herrumbroso pasador. ¿Una puerta? El corazón brincó. Imposible.

Segundos después, un gemido similar y un golpe seco —como si David hubiera cerrado algo— me despistaron definitivamente. Y aguijoneado por la intriga hice ademán de avanzar hacia el punto del que habían partido los misteriosos sonidos. Pero, consciente de que debía atar en corto la curiosidad, evitando así complicaciones añadidas, aguardé ansioso, forzando en vano las espesas tinieblas.

No puedo asegurarlo, pero de haber caminado al encuentro del sirviente, descubriendo lo que se traía entre manos, quizá hubiera abortado la maniobra. ¿O no? Lo cierto es que, poco después, el «hallazgo» me sumiría en una angustia que todavía me acompaña. Aunque, bien mirado, ¿quién soy yo para modificar el Destino? La Fontaine, en su obra *Fables*, dibujó perfectamente mi situación: «Con frecuencia, uno encuentra su destino siguiendo las veredas que tomamos para evitarlo.»

Y aquel breve silencio volvió a quebrarse. Esta vez con una sucesión de decididos impactos, aparentemente contra la pared de la caverna. Por último, confundido con el eco, creí identificar el golpeteo de la madera rebotando en el suelo rocoso.

Las sandalias rachearon, retornando junto a este confuso explorador. Y David, alargando el brazo izquierdo, tras palpar mi pecho y asegurarse de mi presencia, rogó que le entregara la sábana. No pregunté. Obedecí al punto y, guiado por el sonido, me afané en descifrar el misterio.

No fue mucho lo que acerté a resolver. El crujido de las articulaciones del anciano indicó que acababa de agacharse. Rasgó el lienzo en dos ocasiones y ahí murieron las pistas. Después, enganchado en el irritante mutismo, se enderezó, alejándose de nuevo. Lo oí trastear entre los cacharros depositados en la pared de mi derecha. En la memoria conservaba la imagen de aquella primera oquedad, repleta —a uno y otro lado— de alacenas de muy dispares alturas y profundidades, cargadas de ánforas, vasijas de diferentes calibres y un sinfín de enseres que, obviamente, dadas las circunstancias, no recordaba.

Y el entrechocar del cobre y la arcilla cesó de pronto.

—¡Bendito sea el Todopoderoso!

La exclamación del viejo y su inmediato regreso hasta mi posición terminaron de acelerarme.

—¡Por Dios! —clamé—. ¿Qué te propones?

Pero, ignorándome, volvió a agacharse, absorto —supongo— en una operación que, en efecto, como descubriría instantes después, requería toda su atención y destreza.

Y con los nervios a un paso del desastre le imité, colocándome en cuclillas.

Percibí primero su agitada respiración. Después, un leve borboteo. Parecía manipular algún líquido. Y el aroma del aceite de oliva llegó inconfundible. Pero ¿para qué?

Acto seguido golpeó el pavimento con algo contundente. El sonido, sordo, resultó igualmente indescifrable.

Algo debió de fallar porque, a renglón seguido y desairado, se refugió en una maldición.

17

Contuvo la respiración. Segundo golpe y nueva imprecación.

Y al tercero, claramente metálico, como la más hermosa de las visiones, vi estallar una diminuta llama azul-verdosa.

El susto y la alegría me desequilibraron. Y fui a dar, por segunda vez, contra el duro suelo.

David, sin pérdida de tiempo, tomando la incendiada astilla, procedió a cebar la primera de las improvisadas antorchas. Y el jirón de lino, empapado en aceite, prendió con avidez, llenando la cueva con un penetrante tufillo y, lo que era más importante, de una luz amarilla y salvadora.

No sé qué fue primero: la reconfortante sonrisa del eficaz criado o mi desolación. Al verle con la tea en la mano comprendí. Pero era demasiado tarde.

El buen hombre, deseoso de obtener una pronta y aceptable iluminación, recordó el arcón depositado al fondo de la estancia. El polvoriento y consumido cofre de madera que Ismael me había mostrado a manera de cebo. Y con la mejor de las intenciones, ajeno al singular valor de aquel objeto, tomó la descompuesta arpa, golpeándola sin piedad contra la roca. Ahora entendía los enigmáticos sonidos.

Una vez seccionada, envolvió los brazos en sendas tiras de lino, empapándolas en aceite.

Fue un triste hallazgo. El venerable instrumento, que yo pude acariciar durante breves instantes, aparecía ahora destrozado y consumiéndose. Tuve que contenerme. Todos mis esfuerzos, argucias y penalidades para alcanzar aquel tesoro —una de las escasas posesiones del añorado rabí de Galilea, vendida por Jesús al saduceo hacía diecisiete años— acababan de hacerse humo. El Destino, como digo, volvía a burlarse de quien esto escribe.

David sugirió que me encargara de la segunda antorcha. De momento, por prudencia, no consideró oportuno darle fuego. Y sin mediar palabra, aceptando los hechos, me hice con la otra mitad del arpa. Revisé y reforcé el lino que la cubría mientras el criado retiraba la jarra con el aceite. Después hizo otro tanto con la taza de arcilla que guardaba la providencial reserva de «cerillas». Nunca imaginé que aquellas modestas astillas y pajuelas de centeno de ocho o diez centímetros, prácticamente cubiertas de azufre fundido, jugarían un papel decisivo en nuestra historia. El invento, de uso común en todo el imperio, era tan simple como eficaz. Yo las había examinado en algunos de los hogares por los que acerté a pasar. Para provocar la ignición bastaba el pedernal y una base o soporte metálicos. La limpieza y rapidez de la operación, proporcionando un cómodo encendido de lámparas, fogones y fogatas, las convirtió en un artículo de gran popularidad y, naturalmente, en un saneado negocio. La mayor parte era exportada desde las regiones italianas de Sicilia, Pozzuolo y Felamona. Al pie de los volcanes apagados, en estos azufrales y solfataras, se trabajaba el azufre puro, calentándolo a 110° centígrados. Una vez fundido se procedía al rociado de las astillas y pajuelas, disponiendo el cargamento para su empaquetado y posterior transporte.

Y como medida precautoria, el criado se reservó un puñado de «cerillas», acomodándolo en la faja.

Y sin más dilación nos embarcamos en el siguiente y no menos delicado objetivo: la exhaustiva exploración de la gruta. En mi ánimo —azotado por toda clase de incertidumbres y negros presagios— pujaba por sobrevivir una única y obsesiva idea: aquella pesadilla no podía prolongarse. Tenía que haber una solución. Tenía que dar con una salida...

Inspiré profundamente. Calma. Sobre todo, calma. Cada paso debía ser meditado.

David me observó, aguardando alguna indicación. Retrocedí hasta los peldaños. Y le advertí que, a partir de ese momento, procurase pegarse a mi persona, iluminando mis movimientos. Asintió nervioso.

Inspeccioné la pesada muela. Negativo. Ni la fuerza de cuatro hombres la hubiera desplazado.

«¡Calma!», fui repitiendo mentalmente.

Y girando sobre los talones presté toda mi atención a aquella primera oquedad. Al igual que el subterráneo existente bajo la casa de Santiago y Esta, se trataba de una sala excavada en la roca calcárea. Se presentaba, tal y como anunciara el sirviente, como un almacén. A primera vista, la cubierta, groseramente cincelada, carecía de conductos o chimeneas de aireación. Aquello era una masa pétrea, cerrada y compacta. Y la angustia conquistó terreno en mi tembloroso corazón.

Paseé arriba y abajo, aparentando una frialdad que, en verdad, escapaba a chorros. El cubil resultó infranqueable. Aquel cajón, de cinco metros de longitud por cuatro de ancho y dos y medio de altura, sólo era una ratonera. La primera ratonera...

La inspección de las alacenas fortaleció en parte las débiles esperanzas. ¡Dios, en situaciones extremas, qué poco precisa el alma para empujar la voluntad!...

La voz de David, enumerando los dispares contenidos de cántaras, ánforas y vasijas, me reconfortó. El corrupto sacerdote —haciendo justicia a la filosofía saducea— disponía de una surtida y lujosa despensa. Allí, meticulosamente precintados, guardaba los más exquisitos y codiciados dátiles de Jericó: los «cariotes», de jugo espeso; los secos e interminables «nicolás», así denominados en memoria de Nicolás de Damasco, el secretario de Herodes el Grande; los «dáctilos», retorcidos y enormes como dedos; los dulcísimos «adélfidos» y los jugosos «patetes». Y, naturalmente, una generosa colección de ánforas, de un metro de alzada, con la genuina rosa de la isla de Rodas grabada en una de las asas y conteniendo lo más granado de los vinos griegos y de palma, tan frecuentemente cantados por Plinio y siempre obligados en las mesas de los ricos.

Y en el mismo y perfecto orden, amplios cuencos de Megara, lujosos vasos del valle del Po y recipientes de brillante terracota de Arezzo (Toscana), con cumplidas raciones de higos prensados, tortas de «dátilesbellota», aceitunas, pescado salado y nueces del Hermón.

Fue suficiente. David siguió mi consejo, interrumpiendo el inventario de unas provisiones más que sobradas para alimentarnos durante semanas. Al menos, nuestra muerte no sería por hambre.

¿Muerte? Me rebelé contra mí mismo. Estaba dispuesto a reencontrarme con el Maestro y nada ni nadie se interpondría en el camino. Y aquel fogonazo interior casi me levantó del suelo.

—¡El cofre! —ordené al criado—. Veamos qué encierra.

Y en mitad del silencio, apenas alterado por el crepitar del hacha, cuando nos disponíamos a remover el interior del arca, un lejano y amortiguado quejido nos sobresaltó. No podría asegurarlo, pero lo asocié con un lamento.

Nos miramos. Y un temblor se propagó por el brazo de David, haciendo oscilar la llama.

Instintivamente llevé el dedo índice derecho a los labios, reclamando silencio. El tiempo se detuvo. Pero aquel gruñido —o lo que fuera— no se repitió.

Y mi compañero susurró una palabra que me erizó el cabello:

—¡Ratas!

¡Cuán frágil es la naturaleza humana! La reciente y traumática experiencia en los túneles de la gruta de Santiago, con aquel amasijo de ratas negras y peludas devorando la sandalia de Jacobo, el albañil, me descompuso. Y toda mi supuesta fuerza se eclipsó.

Retrocedí derrotado, bañado nuevamente en sudor y con los ojos espantados.

Pero el anciano —Dios le bendiga—, avisado, cortó de raíz aquel desfallecimiento. Y antes de que el *shock* arruinara mi precaria estabilidad emocional, me propinó una calculada y sonora bofetada. Santo remedio.

Y las lágrimas —nunca supe si de vergüenza, dolor o rabia por mi infantil comportamiento— acudieron en mi auxilio, serenándome.

—Lo siento, señor —se disculpó David, más aturdido, si cabe, que este infeliz explorador—. ¿Debo recordarte tus palabras?

Negué con la cabeza. Y la imagen de mi hermano, en el módulo, vino a liquidar, por segunda vez, todo rastro de debilidad. Estábamos comprometidos en la más excelsa misión que jamás se haya encomendado a hombre alguno y aquel desgraciado suceso no alteraría su rumbo.

Mi amigo, conmovido, me abrazó, animándome a proseguir. Y así fue.

El mugriento cofre nos reservaba una sorpresa. Y aunque entonces no tuve clara su posible utilidad, rescaté con júbilo de entre el polvo y la docena de túnicas apolilladas una gruesa cuerda de cáñamo común de unos quince metros de longitud.

Y, arrollada en bandolera, señalé la negra boca que se abría en el extremo del cubil. David, contagiado, respondió con otra sonrisa.

—¡Adelante! —le animé y me animé—. Ahí dentro nos aguarda la solución.

—¿Ahí? —masculló sin comprender—. Ahí, señor, sólo encontraremos...

—Lo dicho —le interrumpí, negándome a aceptar la realidad—, ahí está la clave.

No me equivocaba. Lo que no imaginaba es que esa «solución» a nuestro problema llegaría, como casi siempre, de forma imprevista e impensable.

Y resignado, inclinándose, me precedió por el oscuro agujero.

La antorcha puso al descubierto un angosto pasadizo de un metro escaso de altura y alrededor de setenta centímetros de anchura. Y la marcha, gateando, fue lenta y laboriosa.

Nada más penetrar en la galería observé que descendía con suavidad. Toda ella aparecía igualmente excavada a mano.

Recorridos unos diez metros, el sofocante túnel giró bruscamente a la izquierda. David se detuvo. A nuestra derecha, en plena curva, se presentó una cómoda abertura circular. E introduciendo el fuego en el interior abrevió:

—El silo del aceite.

Sin pensarlo le arrebaté la antorcha, situándome en cuclillas frente a la oquedad. Mi intención era clara: no pasar por alto un solo rincón.

Traspasé el umbral y fui alzándome con lentitud. La

cueva, prácticamente redonda, de cuatro metros de diámetro por otros tres de altura, sólo era un enorme boquete, trabajosamente ganado a la masa calcárea sedimentada.

Y busqué con afán. Busqué una grieta, una tímida corriente de aire, una esperanza.

En el centro se apretaban cuatro campanudas ánforas, ancladas al suelo mediante sendos orificios. Golpeé los recipientes. Se hallaban cargados. Examiné la zona posterior. Pura roca.

Desalentado —intuyendo que las posibilidades mermaban—, pregunté al expectante criado si la gruta continuaba.

Asintió y, tomando de nuevo la tea, indicó el fondo del recodo. Nos arrastramos cuatro o cinco metros y, de pronto, la amarillenta flama que marchaba en cabeza desapareció. Permanecí inmóvil, desconcertado. Tampoco oía el penoso arrastre del calzado de mi amigo. Era como si se lo hubiera tragado la tierra. Y con el corazón en la boca me lancé en tromba por la cerrada curva, topando con las paredes.

El acceso a la gran sala, a gatas y jadeando, más muerto que vivo, fue toda una deshonra para mi maltratado ánimo. Al alzar la vista, el miedo fue reemplazado por el ridículo. El túnel conducía a una espaciosa gruta. Y mi amigo, al penetrar en ella y recuperar la verticalidad, me había dejado involuntariamente en tinieblas y sujeto a las más insanas cavilaciones.

David, alertado, se aproximó a la boca de la galería, iluminándola y buscando la razón de tan descompuesta entrada. Sólo acerté a sonreír como un perfecto estúpido. Y sin resuello lancé una breve ojeada al recinto, interrogando al criado con la mirada.

—Esto es todo —resumió con desaliento.

Tomé como referencia la boca del pasadizo. Frente a ella, como venía diciendo, se abría lo que, en realidad, constituía el corazón de aquel subterráneo: una gran cavidad, en buena medida de origen natural. A pesar de sus numerosos e irregulares salientes y espolones guardaba cierta forma cuadrangular. Calculé unos diez metros de lado. La bóveda, a cosa de dos metros, se hallaba al alcance de la mano. El pavimento, rebajado a martillo, había sido cuidadosamente enlucido con un yeso de notable blancura. Y otro tanto podía decirse de las inclinadas paredes. En el suelo, casi en el centro geométrico de la sala, sobresalía una cresta calcárea de unos cincuenta centímetros de altura, redondeada, dominando con sus seis metros de diámetro buena parte del lugar.

—Esto es todo —repitió el anciano con la voz rota ante la cruda realidad.

La gruta, en efecto, en aquel primer y superficial examen, no ofrecía muchas alternativas. ¡Qué digo muchas! Para ser honesto, ninguna. Y sintiendo el lejano pero firme taconeo del miedo, traté de acallarlo con lo único que podía hacer: mantenerme ocupado, investigar, explorar cada milímetro y confiar.

Y sin saber muy bien por dónde empezar, luchando por sacudir los incipientes temblores en piernas y manos, expliqué a mi amigo que necesitaba estudiar cada palmo de la caverna. Calificó de inútil la sugerencia, aunque, admirado por tan inusual optimismo, me cedió la antorcha, jurando por su vida que, si le arrancaba de aquel trance, me serviría hasta la muerte.

Sonreí con desgana, agradeciendo el generoso gesto. Pero, de improviso, golpeándose la frente con la palma de la mano, se excusó. Tomó de nuevo la tea y se dirigió hacia la pared de la derecha. Parecía haber olvidado algo. Es increíble. No me cansaré de repetirlo. En semejantes circunstancias, cualquier movimiento, palabra o signo que pueda mover al éxito se convierte en un revulsivo.

Pero la tenue esperanza duró poco. Se trataba únicamente del encendido de cinco lucernas de aceite, estratégicamente repartidas en otras tantas hornacinas excavadas en las paredes. Aquello, sin embargo, facilitó nuestros movimientos..., que no era poco.

Y con el anciano a mi lado, y una tea que se consumía sin remisión, arranqué por la roca de la derecha. Inspeccioné y tanteé el yeso, incluyendo cada centímetro del nacimiento de la bóveda. Pared y cubierta, como en las ratoneras anteriores, no presentaban fisura alguna.

Recorrimos el segundo e inclinado muro con idéntico y frustrante resultado.

Y al alcanzar la esquina la llama se agitó. Fueron unas décimas de segundo. Lo suficiente, sin embargo, para alertarnos.

Aproximé la antorcha a la bóveda, acariciando la piedra con la lengua de fuego. Segundo estremecimiento. La tea acusó una leve corriente de aire. Sujeté la madera con ambas manos, intentando localizar la filtración. Y el cimbreo me condujo, al fin, hasta una milimétrica grieta que corría hacia el centro de la gruta. Salté nervioso sobre la cresta rocosa que se levantaba en mitad de la sala, buscando, deseando y gritando en mi interior que la fisura terminara por abrirse.

Bajé los brazos decepcionado. La brecha, absolutamente natural, moría justo sobre mi cabeza, permitiendo apenas el paso de un dedo.

Inspiré profundamente. Los temblores arreciaron. La sentencia del criado —«Esto es todo»— empezaba a golpear en mi mente, amenazando los últimos hilos de cordura. Ahora comprendo lo cerca que estuve del desastre. Y no sólo por el aparente blindaje de la caverna. Lo verdaderamente peligroso fue el riesgo de locura. Y me cuesta trabajo entender qué fue lo que me sostuvo. ¿O sí lo sé y no tengo el valor de reconocerlo?

Me reuní con el criado y agradecí en lo más profundo su discreto silencio.

Desfilamos junto a la tercera pared, casi como autómatas. Roca. Yeso. Roca...

«Esto es todo»...

Pero al final de este penúltimo murallón, al pie de la cuarta lámpara de aceite, algo me detuvo.

—¿Y eso?

David aproximó la antorcha, iluminando tres orificios circulares que rompían el pavimento. Aparecían alineados, muy próximos a la cuarta y última pared, y separados entre sí por algo menos de dos metros.

—Silos.

No percibí el menor entusiasmo en la aclaración. Pero el instinto me hizo vibrar.

—Se utilizan para el grano y los frutos secos. —Y entregándome el hacha subrayó—: Son ciegos... No conducen a ninguna parte.

Me arrodillé frente al primero. Y a pesar del jarro de agua fría, lo exploré con calma. La boca, de un metro, permitía un cómodo acceso.

Me hallaba ante un vaciado en la piedra, con forma de pera, de unos tres metros de profundidad por otros tres de diámetro mayor y meticulosamente pintado en rojo. En definitiva, una de las típicas construcciones de la Nazaret troglodítica. Los había a cientos en las grutas que proliferaban en la colina del Nebi. De acuerdo con nuestras informaciones —y así pude constatarlo en el subterráneo de la casa de Santiago—, estos silos, labrados a base de voluntad, formaban incluso racimos, superponiéndose unos a otros. Los estudios y excavaciones de investigadores como Loffreda, Bagatti, Daoust, Manns o Testa eran irrefutables. En ocasiones, estas intrincadas redes de grutas-almacenes comunicaban con los patios y corrales interiores de las casas. Y animado por esta realidad objetiva me afané en localizar algún canal o escalera que pudiera llevarnos al exterior.

¡Pobre ingenuo!

El fondo y las cóncavas paredes eran tan herméticas como todo lo anterior.

Repetí la operación en el segundo silo ante el escepticismo de mi acompañante. La única diferencia con el anterior era el color. Éste había sido bañado en añil. Dimensiones y solidez resultaron idénticas. Ambos aparecían vacíos.

David, desarmado, fue a sentarse al filo de la última boca. Y esperó el desastre.

La tercera inspección tampoco arrojó cambios de importancia. Unas medidas algo menores —alrededor de dos metros de profundidad por otros tantos de diámetro—, un enlucido verde y lo único que despertó mi atención: varios sacos mal apilados en el fondo, supuestamente con cereal, dos canastas de regular tamaño, confeccionadas con hoja de palma y repletas de piedras y una sandalia aparentemente abandonada.

El contenido del silo —en especial las piedras— me confundió. Y durante unos instantes continué arrodillado, con medio cuerpo vencido sobre el boquete, tratando de pensar.

—Te lo advertí —me abordó el criado, sacándome de mis reflexiones—. Son ciegos.

Guardé silencio sobre lo que tenía a la vista, sin caer en la cuenta de un casi insignificante detalle: mi amigo, el esclavo, había inspeccionado conmigo los dos primeros silos. En este último, en cambio, se mantuvo sentado, sin asomarse. Mi error —mi grave error— fue no hacer un solo comentario sobre el cargamento depositado en el pozo. En parte porque imaginé que se hallaba al corriente del mismo. Y decepcionado ante la ausencia de lo que verdaderamente interesaba —un escape—, olvidé momentáneamente el asunto, centrándome en lo poco que restaba por explorar.

David, humillado, no se movió. Continuó sentado, con el rostro hundido entre las rodillas. No supe qué hacer ni qué decir. La incursión, de momento, era un fracaso. Sin embargo, los recientes terrores no resucitaron. A pesar de lo amargo de la situación, una dulce e inesperada melancolía fue desalojando angustia y miedo. ¿Era el principio del fin? ¿Me estaba resignando? ¿Daba por cierto que no había esperanza?

Tampoco hoy me explico aquella extraña sensación, mezcla de paz y vaga tristeza. Pero la agradecí.

Al final de la cuarta pared, a corta distancia de los silos, fui a tropezar con los restos de un pequeño horno doméstico, semiempotrado en la roca. La cara frontal, construida en ladrillo, presentaba una abertura de un metro, con un enlosado de piedras basálticas. Una espesa capa de polvo que cubría los negros y reducidos cantos volcánicos me indicó que se hallaba en desuso desde hacía tiempo. La caverna —o al menos aquella última oquedad— no parecía muy frecuentada. El deteriorado horno fue la confirmación final.

Ahí terminaría el examen de la gran sala. Y durante unos minutos —impotente y con la mente vacía— me limité a contemplarla.

«Esto es todo.»

Lo peor, sin embargo, estaba por llegar. Y lo hizo por el camino más insospechado. Es muy posible que la fortísima tensión le hiciera despertar. No lo sé. La cuestión es que, al poco, se apoderó de este explorador. Esto es lo que recuerdo:

Primero fue la imagen de la Señora y de sus hijos. Después un alocado ir y venir de los pensamientos, sin orden ni concierto.

«...Ellos vendrán... La gruta sólo tiene una salida... Ellos saben... Pero ¿y si no es así?...»

La proximidad del fuego a mi mano interrumpió momentáneamente el cataclismo. Reaccioné y regresé junto a David. Me senté frente a él, dejando la boca del tercer silo entre ambos. No levantó el rostro. Y con los restos de la tea chisporroteando a mi lado fui nuevamente asaltado por el mal que me consume y que, a no dudar, me conducirá a la tumba.

«...La antorcha... —me debatí en un caos mental—. La antorcha se apaga... Es la señal... Ellos no pueden tardar... Prenderé la segunda mitad... Entonces aparecerán...»

Y la lucidez, de pronto, se abrió paso. Cerré los ojos espantado. Froté el rostro con las puntas de los dedos, tratando de huir de aquel trance. ¡Dios!, ¿qué me sucede?

Nueva crisis. Pero esta vez el bloqueo mental prosperó con un cortejo de inconexas y absurdas risotadas y una voz bronca que puso en guardia al pobre David.

«...Pero no puedo... La antorcha es el arpa del Maestro... Debo conservarla... Fue labrada con sus propias manos... Él cortó el abeto... Sí, la madera es blanda, elástica y resistente. Además, las cuerdas no arden... Son de tripa de camello... ¿Ocho o nueve cuerdas?... No, todos estamos equivocados... No es un arpa... Es un *kinnor*... Tendré que rectificar la memoria de Santa Claus... ¿Un *kinnor* o una lira?... Josefo se equivoca...

El *kinnor* no tiene diez cuerdas... Y David tomó el arpa —¿o fue una cítara?— y la tocó con su mano... Libro primero de Samuel... No, el *kinnor* de David era de *berosh*... Y éste es de abeto... Salomón, en cambio, lo construyó de madera de *almug*... Libro primero de los Reyes...»

Lo siguiente que recuerdo fue a mi compañero, zarandeándome por los hombros y levantando la voz sobre mi locura.

—¡Señor!, ¿qué te ocurre?... ¡Vuelve en ti!

Y Dios misericordioso tuvo piedad. La «resaca psíquica» se extinguió, al menos durante un tiempo. Este trastorno mental, no catalogado aún por la medicina y que, como ya he mencionado en otras páginas de estos diarios, tenía su origen en el proceso de «inversión de masa» de los *swivels*, provocaba lo que, en términos sencillos, podríamos describir como una repentina disociación entre el consciente y el subconsciente. Las desconocidas mutaciones en las redes neuronales del hipocampo amenazaban al explorador con este y otros conflictos. Uno en particular —la correcta regulación del concepto y la sensación del espacio y del tiempo— fue el que más nos preocupó e hizo sufrir a lo largo de aquel segundo «salto» en el tiempo y, sobre todo, en el tercero y más prolongado. Pero tampoco es mi deseo desviar la atención del hipotético lector de estas memorias hacia los padecimientos que nos tocó en suerte. Sólo Él y lo que aprendimos y vivimos a su lado importa realmente. Y sólo en beneficio de una más clara y redonda comprensión de cuanto le rodeó es por lo que me veo obligado a respetar el orden cronológico de los acontecimientos. La vida de cualquier ser humano —exactamente igual que la del Hijo del Hombre— nunca puede ser interpretada y juzgada con rectitud si tan sólo contemplamos una corta etapa de dicha existencia. Éste, en mi humilde opinión, fue el más grande de los errores de los llamados escritores sagrados.

—¡Señor!...

Un frío intenso vino a ocupar el lugar del pasajero

delirio. Y David, envuelto en la consternación, sin saber cómo actuar, siguió interrogándome.

Poco pude decirle. Mis palabras, más sosegadas y coherentes, intentando a mi vez tranquilizarle y tranquilizarme, le devolvieron el equilibrio. Y al advertir los escalofríos y estremecimientos sugirió que siguiera sus consejos. Me desembaracé de la cuerda y de la mutilada sábana y él, haciendo lo propio con su túnica, me animó a vestirla. Después, improvisando una almohada con el lino y ayudado de la mejor de sus sonrisas, indicó el ingrato suelo, recomendando que descansara.

Sin demasiadas posibilidades de elección, vencido por el horror, acepté sumiso, pagándole con otra sonrisa. Y un reparador sueño tomó el mando, transformando al agotado y frágil griego de Tesalónica.

—¡David!... ¿Qué ha pasado?

Me incorporé despacio, sin conciencia clara de lo que me rodeaba. No tuve que esforzarme. La silueta del anciano, sentado en el mismo lugar y acariciado a ratos por la luz de una lucerna, despejó mis dudas. La gruta, en silencio, animada con dificultad por las lámparas de aceite, no había experimentado cambio alguno. Estábamos como al principio. Quizá peor.

Mi amigo no replicó. Mejor así. ¿A qué atormentarse con lo sucedido?

Me senté de nuevo y le interrogué sobre el tiempo transcurrido. Las explicaciones —imprecisas—, amén de no satisfacer la pregunta, me pusieron en alerta. Ahora era David el que flaqueaba. No se lo reproché. Aquellas dos horas —puede que más— en la tensa soledad del subterráneo, velando el sueño de un desconocido, habían vaciado su entereza. A sus pies, junto a la lucerna, descubrí una jarra de barro y tres cuencos de madera. Y adivinando mis pensamientos me tendió uno de los recipientes. En la penumbra distinguí una sabia mezcla de higos secos, nueces y miel de dátiles. Y desconcertado ante el minucioso examen del almuerzo —estimando erróneamente que no era de mi agrado—, preguntó si prefería vino. Acepté ambos ofrecimientos. El espeso caldo negro y los frutos me estimularon. Los escalofríos habían cesado y, por primera vez en aquel encierro, disfruté de una sensación de alivio. La breve bonanza, fuera de toda lógica —lo sé—, me inclinó incluso a emprender una conversación que nada tenía que ver con nuestro problema. Y acerté porque, al interesarme por la vida del anciano, ambos olvidamos temporalmente dónde estábamos.

David simplificó su historia mostrando el agujereado lóbulo de la oreja derecha. Consumido por las deudas, sin opción alguna, un mal día tuvo que venderse a su acreedor, convirtiéndose en esclavo. El amo y señor —debí imaginarlo— no era otro que el saduceo, dedicado además al inmoral negocio de la usura, prohibido hasta cierto punto por la ley mosaica.

Y fue al apurar el cuenco de vino cuando, de pronto, quedamos en suspenso.

Mi amigo bajó lentamente la vasija. Yo, perplejo, continué sosteniéndola frente a los labios.

Y echando mano de la lucerna fue a situarla —con idéntica lentitud— a la altura de su pecho. La llama osciló. El miedo, de nuevo, se había colado en los corazones.

—¿Has oído? —susurró, conociendo de antemano la respuesta.

Moví la cabeza afirmativamente.

Y un segundo quejido, gruñido o lamento —imposible determinarlo—, más claro y prolongado, se propagó por la gruta. Y el cuenco se escurrió entre mis dedos.

Movidos por el pánico nos pusimos en pie al unísono. El cabello volvió a erizarse y las respiraciones se atropellaron.

—¿Ratas? —acerté a articular.

Pero David, atento a la posible repetición del ronco e irreconocible sonido, no contestó. Y con prisas vertió el aceite de la lámpara sobre la tela anudada al segundo bastidor del arpa, incendiándola.

Lejos de tranquilizarme, la precipitada acción aceleró mi ansiedad. Y sin saber a dónde mirar, imaginando un inminente ataque de cientos de roedores, aplastado por el miedo y el silencio, me lancé sobre el cántaro de barro, blandiéndolo con desesperación.

Un nuevo quejido me paralizó. Esta vez sí lo reconocí. Era idéntico al que nos sorprendió en la primera oquedad, cuando nos disponíamos a revisar el cofre. Una especie de apagado lamento, entre humano y animal. Procedía, al parecer, de los silos.

Y con el vello en pie y el corazón desbocado vi cómo mi compañero se arrodillaba frente a la entrada al tercer pozo. Introdujo la antorcha en la oscuridad y permaneció inmóvil unos segundos. Pero el lamento no regresó.

Me reuní con él, contemplando lo que ya había observado en la anterior inspección: los sacos en desorden, el par de canastas y la sandalia de cuero, con las tiras rotas y revueltas.

David, dirigiendo el fuego hacia el cargamento de piedras, manifestó su extrañeza, confirmando así mi error. Aquello —señaló sin titubeos— no era lógico. ¿Por qué guardar piedras en un silo, habitualmente destinado a forraje, grano y frutos secos? ¿Y desde cuándo los humildes *felah* —los campesinos de Nazaret— se permitían el lujo de abandonar una preciada sandalia?

Y una idea —la misma, supongo— nos alcanzó de lleno.

De mutuo acuerdo nos dispusimos a descender, examinando la bodega con detenimiento.

El anciano me permitió hacer. Anudé la cuerda a su cintura y, antorcha en mano, me deslicé por la maroma hacia el fondo de la oquedad.

Siguiendo las indicaciones de mi amigo empecé por el calzado. El material, seco y desgastado por el uso, no me dijo nada. El polvo de la suela podía corresponder a cualquiera de los caminos de acceso a la aldea. Levanté la vista hacia los blancos cabellos de David y me encogí de hombros. La verdad es que no supe identificarlo. Se trataba de una sandalia como tantas otras. Y lanzándola hacia el criado le pedí que la revisara. No hubo suerte. El anciano negó con la cabeza.

Centré entonces mi interés en los sacos. Se hallaban

perfectamente cerrados por una costura de esparto. Tanteé la arpillera, deduciendo el contenido: muy posiblemente trigo o cebada. Y al presionar el costado del siguiente, los dedos se hundieron con facilidad. El venial e intrascendente detalle resultaría decisivo. Y extrañado empujé de nuevo. Un suave siseo confirmó mis sospechas. El grano escapaba por alguna rotura o descosido.

En un primer momento —así debo reconocerlo— no le presté excesiva atención. Y me pregunto con horror qué habría ocurrido de no ceder a la curiosidad. Pero algo o alguien (?) me impulsó a doblarme sobre el fondo, buscando la fuga. ¡Dios misericordioso! Allí, en efecto, encontré un hilo de granos de trigo duro, elípticos, casi diáfanos, que resbalaban mansamente hacia el suelo del silo..., ¡perdiéndose por una ranura!

David, impaciente, siguió reclamando información. Sinceramente, lo olvidé.

E inmovilizando la tea entre los sacos más cercanos —intuyendo el remedio a nuestros males—, me empeñé en una desordenada «limpieza» del lugar. Arrastré como pude una de las canastas de piedra. Sin embargo, la holgada túnica limitó mis movimientos. Y ante la perpleja mirada de su dueño me desembaracé de ella.

No me equivocaba. Cerré los puños con satisfacción y, levantando el rostro hacia el descompuesto sirviente, grité eufórico:

—¡Una trampilla!

Lo malo es que, en pleno aturdimiento, la expresión fue pronunciada en inglés. Era la tercera vez que caía en idéntico lapsus. La primera, en el patio de la casa de Elías Marcos, en Jerusalén, y en presencia del joven Juan Marcos, cuando me hallaba en plena conexión auditiva con el módulo. La segunda, días más tarde, en Caná, en el hogar de Meir, el *rofé* de las rosas, al ser despertado por María, la Señora, en plena pesadilla (1).

---

(1)   Véase *Caballo de Troya* (volúmenes 2 y 4). *(Nota del autor.)*

33

Afortunadamente, rectificando al instante, el desliz quedó solapado por la desbordante alegría de mi compañero de desventuras.

Me pidió bajar. Pero, al recordarle que era el responsable de la cuerda, se contuvo a regañadientes.

Al despejar la menguada base del silo apareció la magnífica lámina de un tosco entablado de unos ochenta centímetros de lado. Nunca algo tan vulgar se me antojó tan sublime.

Y el ya familiar quejido atronó de nuevo la cueva, haciéndome retroceder y caer sobre las canastas.

No cabía duda. Nacía en la oquedad que, a buen seguro, se abría bajo la trampilla.

Y con un hilo de voz, indeciso ante el peligro que podía suponer la apertura del pozo, solicité el consejo de David.

El gesto de sus manos y la orden, apremiándome para que trepara, fueron tajantes. ¿Qué desconocido animal se ocultaba bajo mis pies?

Pero la imperiosa necesidad de cancelar aquella tortura fue más fuerte que el instinto. Y haciendo caso omiso de las sensatas advertencias del sirviente —sacando fuerzas de ningún sitio—, arranqué la tea y me arrodillé sobre el podrido maderamen.

Silencio.

Los dedos, cautelosos, se aproximaron a una de las rendijas.

El fuego, a una cuarta del entablado, acusó una recia y preciosa corriente de aire.

Me envalentoné.

De haberse tratado de otro silo ciego y sin escape la flama no habría protestado.

¿Y el animal? ¿Por qué había enmudecido? Mi proximidad era obvia. ¿Aguardaba a que franqueara el agujero para atacar?

Y el tenso silencio —como un aviso— me traspasó.

Acaricié la trampilla. Deslicé las yemas de los dedos por una de las brechas y, conteniendo la respiración, tiré de la tabla con violencia.

Silencio.

Y el sudor y el miedo se asomaron conmigo a las tinieblas de la sima.

Ahora, en la distancia, entiendo y compadezco al pobre e indefenso Jasón. La obsesión por aquel animal o animales me tenía ofuscado. Y bregando con la oscuridad, en un desesperado empeño por localizarlo, caí en un nuevo error. Fui a descargar la casi totalidad del peso de mi cuerpo en la mano izquierda, firmemente asentada sobre la trampilla. La negrura era absoluta. Me removí inquieto, oscilando hacia uno y otro lado, pendiente del menor ruido o movimiento.

¡Allí estaba!...

Creí distinguir una sombra informe, de gran tamaño, agitándose y gruñendo.

Me descompuse.

Y el instinto tiró de mí. Aún estaba a tiempo de escapar. Pero quise cerciorarme. Segundo error.

Introduje la llama por la estrecha abertura, volcándome materialmente sobre las míseras maderas.

A partir de esos momentos, todo fue confusión. Mis recuerdos no están muy claros.

El descompuesto entablado —vencido por mis ochenta kilos— cedió de improviso y con estrépito.

Traté de reaccionar. Imposible.

La antorcha escapó e, impotente, me precipité al vacío.

Y de aquel dramático segundo sólo viene a mi memoria el grito de terror de David.

Y los acontecimientos, como digo, se encadenaron a gran velocidad.

Con escasa diferencia sobre la tea fui a caer de bruces sobre una especie de plancha, también de madera, que afortunadamente alivió el comprometido impacto.

Acusé el dolor, pero, sin tiempo siquiera para lamentarme, el segundo entablado se desfondó hecho añicos. Y el griego, en pleno caos, quedó atascado entre las astillas, malamente sujeto a la altura de las axilas.

Las piernas bambolearon en el vacío, solicitando un apoyo que naturalmente no encontraron.

Y perdido todo control, clavé las uñas en las tablas que todavía resistían.

Tenía que liberarme.

Y movilizando hasta el último gramo de las perdidas fuerzas, haciendo palanca con los codos, me impulsé sobre los restos de la trampa.

Jadeando, con la musculatura aballestada, las mandíbulas rechinando y los ojos desencajados, peleé durante unos instantes eternos.

El tórax se elevó unos centímetros. Cerré los ojos e, intentando controlar la respiración, lancé una nueva acometida.

El segundo tirón fue ruinoso.

Un crujido congeló el empeño. La fortísima presión acababa de quebrar el listón sobre el que intentaba izarme.

Y en un movimiento reflejo, buscando donde aferrarme, recorrí en décimas de segundo el sector de la oquedad que tenía a la vista.

Sólo tuve tiempo de distinguir la tea, caída y chisporroteando en un rincón, y aquel bulto negro aproximándose a pequeños saltos...

Después, la negrura.

El entablado se vino abajo definitivamente, y yo con él.

Y otro calambre —casi una llamarada— atizó mis entrañas.

¿Dos?... ¿Tres?... ¿Cinco metros?

Nunca lo supe. La caída —eso sí— se me antojó interminable.

Y este desafortunado explorador, braceando en la oscuridad, fue a irrumpir en las frías aguas de una de las cisternas que daban forma al subsuelo de Nazaret.

Me hundí. Toqué fondo y, reactivado por la súbita y fuerte impresión, propiné una decidida patada contra la piedra, escapando veloz hacia la superficie.

Apenas si alcancé a tomar aire. Una turbulenta corriente me zarandeó. Y desorientado, incapaz de razonar, me vi arrastrado en mitad de las tinieblas.

Quise nadar. Pero ¿hacia dónde?

Y la violencia del río subterráneo —despertada sin duda por las recientes e intensas lluvias— me estrelló sin respiro contra unas invisibles paredes. Busqué asirme a alguno de los salientes. Inútil. La roca, erosionada, era un cuchillo.

Y en uno de los embates, en el fragor de la pelea, con la sola idea de sobrevivir, la frente topó con uno de los nudos rocosos. Y el Destino, así, dio por cerrado este ingrato e imborrable capítulo en la «otra» Nazaret.

El tordo canoro —un *bulbul*— inclinó la cabeza de azabache. Me observó curioso. Cantó fugazmente y, asustado o aburrido, remontó el vuelo, dejando al descubierto la brillante mancha amarilla de la cola.

Los juncos, cimbreando, protestaron.

Quise hablar. Quise decirle que no me abandonara. No pude.

Y durante algunos instantes, aquellas imágenes fueron el mundo. Todo mi mundo.

La verde junquera recobró despacio la verticalidad. Y mirando sin ver me uní al lento y obstinado volar de los montañosos y amenazadores cumulonimbos.

¿Qué había sucedido?

No hubo respuesta.

Me sentía cansado. Muy cansado. Quizá por ello, conscientemente, me abandoné sin resistencia. Y no puedo asegurar en qué «ahora», en qué momento histórico, se hallaba mi mente. Fue un desconcertante estado, dulce y amargo a la vez. No pensaba o quizá lo hacía a niveles remotísimos.

Pero el golpeteo del agua entre los pies desnudos vino a socorrer a la extraviada memoria.

Y la escena de un rabioso río subterráneo, arrastrándome, me devolvió al ojo del huracán.

¡La caverna!

Intenté incorporarme. Un agudo dolor en la frente

me detuvo. Palpé y un aparatoso hematoma abrió definitivamente el portalón de los recuerdos.

Caí de nuevo de espaldas, más desfondado ante la película de la reciente y traumática experiencia que por el pertinaz martilleo de la cabeza.

¡Dios santo!

Vi el desplome de la última plataforma de madera y la caída en las aguas de la cisterna. Vi las tinieblas y la desesperada lucha con la turbulenta corriente. ¿Y después? ¿Cómo había llegado hasta allí?

Temblé como un niño. Y fui a refugiarme en los negros torreones nubosos. Los «Cb» procedentes del Mediterráneo, rumbo al sur, seguían cubriendo Nazaret. Había dejado de llover.

¿Nazaret? ¿Me hallaba en verdad en la aldea?

Y una atropellada legión de interrogantes me pisoteó literalmente, dejándome sin aliento.

¿Qué día era?... ¿Seguía en aquel fatídico jueves, 27 de abril del año 30?... ¿Cuánto había transcurrido desde el brutal encontronazo con la roca?... ¿Dónde estaba David, mi fiel compañero?... ¿Y mis ropas?... ¿Y la «vara de Moisés»?

Angustiado acerté al fin a sentarme. Y algunas de las lagunas se despejaron.

Comprobé aliviado que me hallaba en la margen derecha de la torrentera que descendía del Nebi. Enfrente, al otro lado del crecido cauce, se alzaba el talud de veinte metros que ponía punto final al costado occidental de la población.

Busqué referencias. Y torrente abajo, por detrás de la masa de olivos, divisé el ceniciento perfil de la posada.

Pero ¿cómo había escapado de aquel infierno?

Sólo pude hacerme con una posible explicación. La desconcertante aparición en la orilla tenía que guardar relación con los gruesos caños de agua que fluían violentos a diferentes niveles en el cortado rocoso. Conté hasta seis. Y supuse que servían de aliviaderos a las cisternas de la Nazaret subterránea. Con toda probabilidad, la impetuosa riada terminó por arrojarme al exterior a través de alguno de los desagües que tenía a la vista. El resto no era difícil de imaginar.

Y semidesnudo, sentado frente a tan indulgente torrentera, levanté la mirada hacia los oportunos y borrascosos «yunques», dando gracias a ese Padre imprevisible y bondadoso por haber prolongado mi vida. Y sonreí para mis adentros. La vida tiene estas paradojas. ¿O no era la vida? La furiosa lluvia que me empapó por la mañana, forzándome a prescindir de las ropas y desarmándome, se encargó de liberarme por la tarde. ¿Era aquello casual? ¿Qué habría sido de este explorador de no haber llovido tan intensa y torrencialmente?

Y dejando a un lado lo que, evidentemente, sólo eran hipótesis, me dispuse a actuar.

Busqué el sol, adivinándolo con dificultad entre las oscuridades de la tormenta. Podía ser la hora décima (alrededor de las cuatro de la tarde). Eso representaba unas dos horas y cincuenta minutos de luz. Eché cuentas y, aceptando que fuera jueves, deduje que la estancia en la gruta se había prolongado casi cinco horas.

Y el recuerdo de David, denso y angustioso, llenó mi corazón, concediéndole absoluta prioridad. ¿Seguiría en la cripta? Era imperioso acudir en su ayuda.

Pero, al incorporarme, comprendí lo penoso de mi situación. Ropas, bolsa y la «vara de Moisés» —era un suponer— continuaban en la guarida de la víbora. Tenía que recuperarlas de inmediato. La pérdida del manto y la túnica no era grave. La bolsa de hule, en cambio, con las «crótalos», el salvoconducto de Poncio y los dineros —los últimos y preciosos ciento treinta y un denarios de plata— sí me preocupaba. En cuanto al cayado, la desaparición habría resultado irreparable. Buena parte de la operación funcionó, y debía seguir funcionando, merced a sus complejos y utilísimos dispositivos técnicos.

Opté por ascender río arriba. Vadear la poderosa avenida y trepar por el acantilado no era aconsejable.

Y lentamente fui a reunirme con el endeble puentecillo de troncos. La no muy lejana y no menos amarga experiencia al cruzarlo con la Señora, perdiendo en el tropiezo el saco de viaje y, con él, las sandalias «electrónicas», me hizo extremar la cautela.

Una ojeada al desierto taller de alfarería —ubicado a un paso del puente— me previno. Era extraño que los hijos del desaparecido Nathan no se hallaran ocupados en sus habituales faenas con el barro.

Pero, con la obsesiva fijación de recuperar mis pertenencias y auxiliar al criado, pasé de largo, olvidando el asunto.

Esquivé el enmarañado cinturón de huertos de aquella zona occidental de la aldea, decidiéndome por el camino más corto —el filo del terraplén— hacia la explanada en la que se levantaba el caserón que servía de sinagoga y vivienda del saduceo.

A una veintena de metros de la fachada norte detuve la cada vez más nerviosa y acelerada marcha. Una rabia sorda y un creciente sentimiento de desquite empezaban a ofuscarme. Debía serenarme. No podía caer en nuevos errores. Esta vez no. Pero ¿cómo actuar?

Y el Destino allanó el problema.

Lo primero que llamó mi atención fue la cortina de lana escarlata que colgaba habitualmente en el zaguán de la casa de Ismael. Se hallaba desprendida y revuelta sobre la tierra apisonada que daba consistencia a la pequeña explanada.

Intuí algo. E indeciso permanecí acechante.

El pozo de piedra, a cuatro metros del encalado muro, aparecía tan solitario como el resto del lugar. Los recientes aguaceros hacían brillar el húmedo trípode metálico. El cubo de madera, cargado de lluvia, crujía a ratos, con desgana, mecido por la avanzadilla del *maarabit*, el puntual viento del oeste.

Las dos puertas de la sinagoga, a la izquierda, no presentaban alteración. Seguían clausuradas. La única señal de vida en aquel extremo del cuadro corría a cargo de un chorro de agua, grueso como un puño, que huía por un canalón abierto en el terrado. De vez en cuando, en su precipitación, arrancaba destellos a los grises sillares del vetusto edificio.

Al fondo, por detrás de la construcción, a medio centenar de pasos, la aldea, como dormida, parecía ausente y ajena a tanta tribulación. Una vez más me equivocaba.

Había llegado la hora. No podía soportar aquella incertidumbre ni un minuto más. En cuanto al sacerdote y demás inquilinos de la vivienda, algo se me ocurriría sobre la marcha.

Y con paso enérgico salvé la distancia que me separaba de la entrada, penetrando en el *hall*, y dispuesto a todo.

Pero la estancia se hallaba igualmente desierta. Agucé los sentidos. En alguna parte, alguien gimoteaba.

Y sin poder evitarlo, varias descargas de adrenalina tensaron el furor que había entrado conmigo. La presión arterial se elevó y el corazón, reforzado, tiró de mí. No sé qué hubiera sido del saduceo si alcanzo a cruzarme con él en esos momentos de descontrol.

Y sin rozar siquiera el pulido suelo de piedra travertina fui a caer en la siguiente sala.

Y allí, entre las refulgentes paredes de bronce, asistí a una escena que, por un lado, me habría encantado protagonizar y, por otro, vendría a calmar mi justificada pero poco recomendable ira.

Jacobo, el albañil, giró la cabeza sobresaltado. Y al identificarme palideció.

Su mano izquierda sostenía una ancha espada de doble filo —un *gladius*—, con la punta encelada en la garganta de un individuo lloriqueante y derribado junto a la lujosa mesa de madera de limonero.

En un primer momento no reparé en la identidad del sujeto. Tenía el rostro vuelto hacia una de las *menorah* (el candelabro sagrado de siete brazos) incrustada en las planchas. Fue su ginecomastia (anormal volumen de las mamas), oscilando arriba y abajo a cada convulsa respiración, lo que trajo a mi mente el nombre del odiado Ismael. No había duda. Allí estaban los restantes signos de su cirrosis: la acusada demacración muscular, el enrojecimiento palmar, la ascitis o acumulación de líquido en la cavidad abdominal y, sobre todo, los nevos «en araña» en manos y mejillas (vasos dilatados que se disponen en forma radial, como las patas de las arañas).

¿Qué había sucedido?

No me atreví a interrogar al rubio y desencajado cuñado de Santiago. Tampoco él cruzó palabra alguna. Pero empecé a sospechar cuál podía ser la raíz de tan extrema actitud.

El pie derecho del habitualmente tímido y reservado amigo de la infancia de Jesús siguió aplastando el abultado vientre del sacerdote. Y el hierro, implacable, continuó hundido en el cuello del aterrorizado viejo. La blanca y antaño impecable túnica de lino del jefe del consejo aparecía con la manga izquierda desgarrada y la faja suelta y en desorden. Evidentemente, el saduceo había ofrecido resistencia.

Di por hecho que la intención de Jacobo no era ejecutar al humillado enemigo de la familia. Las apariencias indicaban que se estaba limitando a inmovilizarle. E Ismael, acusando el filo del *gladius*, en un gesto instintivo, llevó las manos a la espada, tratando de contener la presión.

—¡Bas... bas... tardo! —tartamudeó el colérico albañil, lanzando una amenaza que obligó a la víbora a reconsiderar su audacia—. ¡Con... concédeme el placer de... de... de liberar a mi... a mi... a mi pueblo... de tu... tu... tu sucia presencia!

Estaba claro que el yerno de la Señora no se habría atrevido a maquinar en solitario aquella casi suicida irrupción en los dominios del máximo representante de la ley. Y no estimando oportuno someterle a las lógicas preguntas —mucho menos en presencia del saduceo— opté por revisar el lugar con la esperanza de aclarar el enigma.

Y al punto reparé en una de las paredes. Entre las láminas de bronce destacaba el negro y estrecho rectángulo de la puerta secreta, abierta, por la que David y yo habíamos cruzado esa misma mañana. Las piezas seguían encajando.

Avancé con el decidido propósito de franquearla de nuevo y enfrentarme al irritante misterio. Pero al apartar con el pie los mullidos almohadones de seda persa, dispersos sobre las losas de *breccia*, el rumbo de los acontecimientos cambió sustancialmente. En parte para bien y —cómo no— también para mal. Me explicaré.

El corazón me dio un vuelco. Y olvidando cuanto me rodeaba me precipité hacia el rincón donde, víctimas del mismo desorden, yacían semiocultas mis ropas y el cayado.

Aliviado, me felicité una y otra vez. Antes de lo imaginado —y de la forma más insospechada— logré rescatar la túnica color hueso, la *chlamys* azul celeste y la insustituible vara de Moisés.

Acaricié el cayado, examinándolo con ansiedad. No hallé desperfecto alguno. Al menos en apariencia.

Y sin más dilación me enfundé la túnica, enrollando el engorroso manto alrededor del tórax y sobre el hombro.

Puede parecer pueril. Sin embargo, al contacto con la cálida y familiar lana de Judea, el ánimo se enderezó. Me sentí más seguro.

Ajusté las cuerdas egipcias que formaban el cíngulo o ceñidor y, de pronto, al reparar en los pies desnudos, caí en la cuenta que faltaban el calzado y la bolsa de hule impermeabilizado. Recordaba perfectamente cómo me había descalzado, depositando en el *hall* las sandalias «electrónicas», el único par disponible. En cuanto a la bolsa, yo mismo la anudé a la vara, entregándolas —muy a mi pesar— al cuidado de uno de los sirvientes.

Nervioso, revolví los almohadones. Y gateando fui a deslizarme, incluso, entre las patas de marfil de la mesa.

Ni rastro...

Desasosegado ante la mortificante idea de perder también las vitales lentes de contacto y los denarios, continué arrastrándome con la vista clavada en el pavimento, apartando platos, jarras, restos de comida, bandejas y otros enseres volcados y desperdigados en el forcejeo que, sin duda, precedió al sometimiento del saduceo. El pasaje terminaría bruscamente y de la peor de

43

las maneras: en mi obcecación, sin norte alguno, fui a topar con notable ímpetu con los muslos del sorprendido Jacobo, que, desequilibrado, rodó cuan largo era.

Escuché una maldición. Después le vi revolverse, intentando ponerse en pie. Fue en vano. El manto de franjas verticales rojas y negras le jugó otra mala pasada. En plena gresca consigo mismo pisó los bajos del amplio ropaje, cayendo de nuevo.

Fueron segundos. Suficiente, sin embargo, para que el postrado Ismael reaccionara. Y al verse libre del *gladius*, arrancó berreando como un becerro, perdiéndose en la oscuridad del pasadizo secreto.

Cuando quise solicitar disculpas por mi torpe proceder, el frío roce de la espada entre los ojos me dejó sin habla.

El albañil, juzgando el encontronazo como un ataque a traición, enrojeció hasta las cejas. Y los ojos azules, nublados por el rencor, me fulminaron.

Arrodillado a sus pies creí llegada mi hora.

Pero su reacción me desconcertó. Quizá fue mi aturdida mirada, vacía de toda maldad. No lo sé...

La cuestión es que, tras unos instantes de vacilación, incapaz —supongo— de descargar el golpe fatal, me arrojó un salivazo, jurando que pagaría por mi doble juego.

—¡Jacobo!

El inesperado llamamiento interrumpió el amargo lance. Creí reconocer aquella voz grave y autoritaria.

No me equivocaba. En el umbral de la puerta secreta se recortaba la corpulenta figura de Santiago, el hermano del rabí de Galilea. Vestía su habitual túnica blanca y la ancha y ajustada faja roja. Ceñía la frente y los lacios y canosos cabellos con una cinta negra. Sostenía otra espada de similares características y —lo que era más importante— al escurridizo saduceo, sujeto por la ropa y sin contemplaciones. Estaba claro que acababa de atraparlo en plena fuga.

Y con la templanza que le caracterizaba fue a liquidar la enojosa escena.

—¡Ya basta!

El albañil, más confundido aún, me señaló con la mano derecha, balbuceando la palabra traición.

Negué como pude.

Pero Santiago, empujando al lívido sacerdote, no prestó atención a ninguna de las partes en litigio. Sus pensamientos rodaban en otra dirección. Y así lo expresó sin rodeos:

—Nuestro objetivo está satisfecho. Regresemos.

No alcancé a comprender. ¿A qué objetivo se refería?

Jacobo retiró el *gladius* y se hizo a un lado. Y ante este desconcertado explorador tuvo lugar un desfile que aclararía las dudas y que nunca olvidaré.

Inmediatamente detrás del oportuno Santiago vi aparecer a un Juan Zebedeo encogido y tambaleante, ayudado en su inestable caminar por uno de los hijos de Nathan, el alfarero. El fino rostro, demacrado, presentaba un tinte lechoso. Me estremecí. Los negros ojos, antaño vivos y penetrantes, parecían extraviados.

Le miré de arriba abajo, estupefacto. Y al reparar en sus pies me vi asaltado por unas viejas y dolorosas imágenes.

¡Le faltaba una sandalia!

Y la dramática escena en el silo, a punto de caer en las aguas de la cisterna, con aquel bulto gruñendo y agitándose, cobró sentido. Y comprendí también el porqué de las canastas repletas de piedras y la sandalia abandonada entre los sacos de cereal.

¡Dios, cuánta torpeza!

Y unas fatídicas frases, pronunciadas por Ismael en la mañana del miércoles, a lo largo de mi entrevista con el ponzoñoso personaje, retumbaron en la memoria, clarificando definitivamente el suceso:

—«... en cuanto a ese Zebedeo..., quizá tu "minucia" haya sido ya satisfecha.»

La inmediata aparición del segundo de los alfareros, igualmente armado y haciendo presa sin piedad en los cabellos de otro individuo de baja estatura, me sacó de unas deducciones que no tardaría en confirmar.

El huesudo y mal encarado rostro del segundo prisionero me resultó familiar. ¿Dónde le había visto?

No tardé en recordar. Los aflautados gemidos me trasladaron al instante a las «puertas» de la aldea, rememorando la sanguinaria estampa de Judá, el acólito del sacerdote, introduciendo la mecha ardiente en la garganta del infeliz reo, ajusticiado aquella misma mañana del jueves.

Algo, sin embargo, no terminaba de encajar. Aceptando que la hipótesis fuera correcta y que el jefe del consejo hubiera sepultado al Zebedeo en la caverna, ¿cómo explicar la presencia de Santiago y su gente? ¿Cómo lo habían sabido?

Pero las sorpresas continuaron.

Cerrando la comitiva irrumpió en la sala otro entrañable amigo a quien, por cierto, casi tenía olvidado.

—¡David!

El anciano sirviente, inmóvil, de espaldas a la puerta, acusó la abundante y dorada luz que brotaba de las dos grandes lucernas de hierro colgadas de la techumbre. Parpadeó dolorido y buscó la voz que le reclamaba.

Al verme, creyéndome muerto, dibujó una media sonrisa y, atropellado por la emoción, rompió a llorar. Y sorteando al grupo, dejándome arrastrar por la alegría, me lancé sobre mi leal compañero, abrazándole.

—Pero, señor...

El buen hombre, arrasado por el llanto, trataba inútilmente de preguntar, de comprender. Quise calmarle, prometiéndole toda clase de explicaciones. Pero la firme voz de Santiago, reclamando la atención general, dejó en suspenso mis intenciones.

—Y ahora atiende —sentenció el hermano del Maestro, dirigiéndose al desaliñado saduceo—. Si tú y ese grupo de fanáticos nos olvidáis para siempre...

Recalcó el «para siempre».

—...nosotros también olvidaremos este ultraje.

Ismael acertó al fin a levantar los enrojecidos ojillos y, destilando un odio tan denso y repulsivo como su aliento, desafió al sereno galileo:

—¿Ultraje?... ¿De qué ultraje hablas?

Y enroscándose en su soberbia, señalando a los presentes, dejó sentado que él y sólo él era depositario de la verdad:

—... He cumplido con mi deber, poniendo una valla en torno a la Torá (1).

Santiago, conociendo sus torcidas interpretaciones, le rectificó:

—No utilices a tu antojo la sabiduría de la Gran Asamblea. Aquellos hombres prudentes dijeron: «Sed cautos en el juicio, suscitad muchos discípulos..., y poned una valla en torno a la Torá.» Ésta sí es toda la verdad.

Y, fortaleciendo las palabras con una pausa, añadió:

—¿Dónde está tu moderación?

E indicando al íntimo del Maestro, a David y a quien esto escribe remachó:

—Ni siquiera los has escuchado.

El saduceo acusó el golpe. Y la cólera incendió las rojas «arañas» del rostro. Respiró con dificultad, bamboleando las prominentes mamas y, cuando se disponía a replicar, Santiago —excelente conocedor de los textos sagrados— segó la hierba bajo sus pies:

—Te recuerdo la sentencia de alguien más justo que tú. Simón, hijo de Onías (2), acostumbraba decir: «Sobre tres cosas se sostiene el universo: sobre la Torá, sobre el culto y sobre la caridad.» Tú pareces ignorar las tres...

Y blandiendo el *gladius* a una cuarta de los babeantes labios del sacerdote, le hizo una última y directa advertencia:

—Mi Hermano y Maestro me enseñó a anteponer la caridad a la Ley. Pero no abuses de mi paciencia.

(1) En el tratado *abot*, sobre los «padres» o sabios de Israel, se especifica que Moisés recibió la Torá —la ley oral— desde el Sinaí, transmitiéndola a Josué y éste, a su vez, a los ancianos (*Jos*. 24, 31). Y los ancianos la comunicaron a los profetas (*Jer*. 7, 25), y éstos, finalmente, a los hombres de la Gran Asamblea: el tribunal de 120 miembros que comenzó a actuar con Esdras después del exilio en Babilonia. *(Nota del mayor)*

(2) Se refería quizá a Simón I, sumo sacerdote, que vivió hacia el 280 antes de Cristo. Otras fuentes hablan de Simón II, también sumo sacerdote (200 a. de C.). *(N. del m.)*

Y girando sobre los talones se dirigió a la salida, dispuesto a abandonar el lugar. Y el odio de Ismael se fue tras él como una ola. Santiago y los suyos se equivocaban. Aquella rata no sabía del perdón. Su crispada faz fue todo un aviso.

Y el grupo, silencioso, con las espadas en alto, se movilizó sin perder la cara del aparentemente vencido saduceo y su verdugo. Y quien esto escribe, prudentemente, se retiró con ellos. Pero el Destino no había pasado aún aquella lamentable página. No para mí.

Probablemente cometí una nueva torpeza. Aunque me alegro de que así fuera.

En lugar de imitar a mis compañeros, saliendo de espaldas, el exceso de confianza me impulsó a hacerlo de frente. Y pagué por ello, aunque, insisto, de mil amores...

De pronto, casi simultáneo a un agrio «¡Bastardo!», sentí en el hombro derecho el impacto de algo contundente. Mis amigos, fuera de la casa, no advirtieron el postrer coletazo de rabia de Judá.

Giré despacio. A mis pies se esparcían los restos de uno de los vasos de ágata.

Clavé la mirada en el atacante y, decidido, con una súbita e irrefrenable idea en el cerebro, avancé un paso.

El verdugo, no repuesto aún de la reciente humillación y desconcertado ante la serena actitud de aquel extranjero, palideció. Interrogó al saduceo, y éste, llevando la mano izquierda al cuello, le animó a que me lo rebanara de un tajo.

Pero el esbirro, desarmado, dudó. Buscó afanosamente, recorriendo la sala con la vista, mientras este complacido explorador deslizaba sus dedos hacia el extremo superior de la «vara de Moisés», al encuentro con el clavo de ancha cabeza de cobre que activaba los ultrasonidos. Y aunque no disponía de las «crótalos», confié en mi buen tino.

Y recreándome, luciendo la más cínica de las sonrisas, aguardé a que recuperara un mínimo de quietud. Ismael, a media voz, saboreando lo que consideraba el

48

principio de su venganza, animaba al acólito a terminar con mi vida.

Eché un vistazo a la puerta y, seguro de que el grupo se alejaba ya del edificio, apunté al cráneo del indeciso energúmeno. Y una descarga de veintiún mil hertz fue a traspasarle, alterando el aparato «vestibular», responsable de la percepción de sensaciones y de la permanente información sobre la posición del cuerpo y la cabeza en el espacio. Las ondas ultrasónicas, de naturaleza mecánica y cuya frecuencia se encuentra por encima de los límites de la audición humana (superior a los dieciocho mil hertz), invadieron el oído interno del matón, bloqueando el conducto semicircular membranoso. Y perdido el control, con los ojos desorbitados, fue a rodar por el pavimento.

El sacerdote, sin comprender lo ocurrido, miró atónito al inconsciente Judá. Después, alzando el rostro hacia las vigas de la techumbre, indagó sin éxito. Y quien esto escribe esperó, impertérrito.

Respondí a su miedo supersticioso con una fría y calculadora mirada. Algo debió de intuir y, cambiando los papeles, con una notable teatralidad, cayó de rodillas. Y reptando, implorando clemencia, fue aproximándose. Pero sólo obtuvo justicia.

Y un segundo «cilindro» infrarrojo (1), protegiendo los ultrasonidos, partió del cayado, haciendo blanco en

(1) Con el fin de evitar el arduo problema del aire —enemigo de los ultrasonidos—, los especialistas de la Operación Caballo de Troya idearon un sistema capaz de «encarcelar» y guiar los ultrasonidos a través de un finísimo «cilindro» o «tubería» de luz láser de baja energía, cuyo flujo de electrones libres quedaba «congelado» en el instante de su emisión. Al conservar una longitud de onda superior a los 8 000 angström (0,8 micras), el «tubo» láser seguía disfrutando de la propiedad esencial del infrarrojo, con lo que sólo podía ser visto mediante el uso de las también mencionadas lentes de contacto («crótalos»). De esta forma, las ondas ultrasónicas podían deslizarse por el interior del «cilindro» o «túnel» formado por la «luz sólida o coherente», pudiendo ser lanzadas a distancias que oscilaban entre los cinco y veinticinco metros. (Véase información sobre sistema de ultrasonidos en *Caballo de Troya 1*. (*N. del a.*)

la calva de aquel miserable. Y en centésimas de segundo se desplomó.

Aunque de naturaleza inocua, el dispositivo de defensa garantizaba la inmovilización durante varios minutos.

Y, satisfecho, di por zanjada mi pequeña y personal «venganza».

Y dispuesto a retirarme, con el propósito de alcanzar al grupo, algo me retuvo. Fui a inclinarme sobre el exánime Judá y, en efecto, comprobé que no había errado.

¡Las sandalias «electrónicas»!

Aquel miserable, conociendo mi encarcelamiento en la gruta, no dudó en apropiarse de ellas, calzándolas.

Me apresuré a desatarlas y, mientras arrollaba y anudaba las tiras de cuero de vaca a las canillas de mis piernas, una lógica presunción me arrastró a registrar el resto de su cuerpo.

Si se había adueñado de las sandalias, también cabía pensar que hubiera hecho otro tanto con la bolsa de hule. Al menos, con los apetecibles denarios.

Tiré de la *hagorah* —la faja en la que era costumbre esconder armas y dinero—, pero la hallé vacía. Tampoco tuve suerte en el siguiente y nervioso cacheo.

Y no deseando tentar la fortuna con el registro del saduceo, decepcionado, elegí abandonar el lugar. Y la Providencia me iluminó. Porque, nada más cruzar el zaguán, me salió al encuentro la figura de David, el sirviente. Preocupado por mi tardanza volvió sobre sus pasos. Y valientemente, desafiando el peligro, parecía dispuesto a entrar de nuevo en la casa, prestándome ayuda una vez más. Le tranquilicé como pude, excusándome en una verdad a medias. Mostré las sandalias, explicando que el tal Judá había necesitado de «ciertos argumentos» para comprender que debía restituirlas a su verdadero dueño.

Guardó silencio y, visiblemente preocupado, mirando atrás una y otra vez, rogó que nos alejáramos lo antes posible de la guarida de la víbora.

E impaciente por despejar los puntos oscuros de su rescate y, cómo no, de la presencia del Zebedeo en la gruta, le abordé sin tapujos mientras me dejaba guiar por el embarrado terreno hacia el laberinto de la aldea.

Así fue cómo recompuse la definitiva explicación a la oportuna llegada de Santiago y su gente al cubil del jefe del consejo. Una explicación bastante sencilla, teniendo en cuenta el cúmulo de antecedentes.

De acuerdo con lo narrado por el criado, nada más producirse nuestro encierro, al deslenguado Judá le faltó tiempo para propalar la «hazaña» de su amo y señor. Y con la inestimable ayuda de un par de jarras de vino, toda la posada del «rana» terminó conociendo los pormenores de la historia. Y Débora, la «burrita», al tanto de mi entrevista con Ismael, se apresuró a presentarse en el hogar de la Señora, informando de lo ocurrido. La confidencia de la prostituta vino a ratificar lo que la familia ya sabía por boca de otro de sus aliados en Nazaret: el tal Jairo, el anciano de barbas deshilachadas que en la tarde del martes había aporreado la puerta del corral de la casa de María e informado a Santiago de la marcha a la vecina Séforis de la mano derecha del saduceo —Judá— con el fin de solicitar instrucciones al tribunal sobre la supuesta «blasfemia» del hermano del Resucitado.

Al parecer —y esto no figuraba con claridad en la memoria del voluntarioso David—, las noticias facilitadas por Jairo iban más allá de lo expuesto por Débora. «Es más que probable —les anunció— que Juan, el discípulo del Maestro, haya corrido idéntica suerte, encontrándose sepultado en algún rincón del subterráneo.»

Aquello sí aclaraba la inexplicable desaparición del Zebedeo. Y tras un acalorado parlamento —con la comprensible oposición de las mujeres—, Santiago y su cuñado tomaron la decisión de acudir ante el vengativo sacerdote, pidiendo explicaciones. Y en previsión de más que probables complicaciones solicitaron el apoyo de los hijos de Nathan, el alfarero, así como de algunos de los vecinos más afines. Pero sólo dos de los tres alfareros aceptaron. El resto de la vecindad —atemorizado— se excusó ante el feo cariz de la propuesta. Y la aldea, como es natural, se vio conmocionada por lo ocurrido y por lo que a todas luces podía sobrevenir.

Entonces entendí el porqué del anómalo cierre del taller de alfarería que se alzaba próximo al puentecillo de troncos y, sobre todo, la escena de Jacobo, amenazando al saduceo con el *gladius* y su palidez al reconocerme. Si se suponía que este extranjero permanecía enterrado en la cripta, ¿cómo demonios había llegado hasta allí? Pero el albañil, como ya mencioné, absorto en la custodia del peligroso Ismael, no preguntó.

Según David, al poco de verme desaparecer en la negrura de la cisterna, percibió el rugido de la muela y un atropellado vocerío. Minutos después, Santiago y uno de los alfareros se deslizaban por la cuerda, alertados por las confusas explicaciones del sirviente y los enigmáticos gruñidos. Y al pisar el segundo silo —buscando en realidad al pobre Jasón— fueron a descubrir a un Juan Zebedeo atado de pies y manos y amordazado.

La sorpresa del esclavo, al desentrañar el misterio, fue similar a la mía al ver desfilar al tambaleante discípulo.

El resto de la secuencia, poco más o menos, ya lo conocía. Mi irrupción en la sala vino a coincidir con la de Santiago y demás integrantes de la expedición.

Por mi parte, cumpliendo lo prometido, le proporcioné las únicas explicaciones que acertaba a intuir sobre mi liberación del subterráneo y que ya he referido.

Y repitiendo sin cesar que «Dios está conmigo», el compungido anciano siguió tirando de este explorador entre rampas y callejones. Los recientes aguaceros, cubriendo de barro, guijarros e interminables ríos los recovecos de la intrincada aldea, hacían más penoso el avance. Frente a las puertas, patios y corrales, hombres, mujeres y niños se afanaban con toda clase de vasijas y cántaros en el achique de las venas de agua que corrían desde el Nebi, inundando las míseras construcciones. Algunas de las matronas, sorprendidas a nuestro paso, cuchicheaban entre sí, haciéndose lenguas sobre un suceso —la audaz intervención de los hijos de María, la de «las palomas»— que «no podía traer nada bueno». No se equivocaban.

Y casi sin percatarme del rumbo tomado por David fuimos a desembocar frente a la familiar fachada sin ventanas del hogar de la Señora. Y el instinto, en guardia, me previno. ¿Qué me reservaba aún aquel atardecer? ¿Debía entrar? ¿Cómo reaccionaría el refractario Zebedeo? ¿Habría olvidado su hostilidad hacia mí?

Por un momento, mientras el anciano golpeaba con timidez la menguada puerta, pasó por mi cabeza la idea de dar media vuelta y despedirme allí mismo del leal sirviente. Faltaba hora y media para el ocaso. Más que suficiente para ganar la aldea de Caná. Mis objetivos en Nazaret estaban cumplidos. La información sobre la mal llamada «vida oculta» del Maestro, al menos en lo sustancial, obraba ya en mi poder. El regreso al *yam* y al añorado módulo no podía posponerse. Era necesario, además, que estuviera presente en la posible nueva aparición del Resucitado, anunciada para la próxima jornada del sábado, 29 de abril. Por otra parte, mi resentido ánimo no habría soportado un cataclismo como el que acababa de padecer. No obstante, a pesar de estos sólidos razonamientos, la triste realidad de la pérdida de la bolsa de hule me fue frenando. Tenía que localizarla.

Pero el súbito impulso duraría poco. Una voz, al otro lado de la madera, echó por tierra las endebles intenciones.

Y a respuesta de David, el paso fue franqueado. El sirviente, ajeno a mis reflexiones, descalzándose, penetró en la penumbra, dando por hecho que le seguía. Sin embargo, dudé. Y fue el gesto de Santiago, haciendo señas para que apremiara, lo que terminó rindiéndome.

Y al salvar el alto peldaño me vi enfrentado a un nuevo «manicomio».

La familia, casi al completo, en pie alrededor de la mesa de piedra, se hallaba embarcada en una de aquellas ya habituales trifulcas, en la que todos gritaban a un tiempo, pisándose argumentos e improperios. Una lámpara de aceite en el centro de la rueda de molino que hacía de mesa asistía asustada, agitándose a cada ir y venir de los gesticulantes hermanos. Faltaban Rebeca y Esta, la esposa de Santiago.

Paseé la vista, buscando a María, la Señora. Y la hallé a mi izquierda (sigo tomando como referencia la puerta de acceso a la vivienda), en la plataforma elevada que servía de cocina y dormitorio, acurrucada junto al fogón. Era la única que no discutía. Otra lucerna, a sus pies, clareaba los altos pómulos y los negros y sedosos cabellos recogidos en la nuca. Tenía los ojos fijos en la contienda. Parecía asustada.

Y al verme, incorporándose con dificultad, trató de caminar hacia los escalones que aliviaban el descenso hacia la estancia en la que me encontraba. Pero su rodilla derecha se resintió, haciéndola tambalear. Me apresuré a salir a su encuentro, asistiéndola.

—¡Jasón!...

Aquel tierno abrazo y el bellísimo verde hierba de sus almendrados ojos me hicieron olvidar disgustos y desatinos.

—¿Estás bien?... ¿Qué ha ocurrido?... ¿Qué tienes ahí?

Era la primera persona, con excepción de David, que se interesaba por el estado de este maltrecho explorador. Y también fue ésta la primera ocasión en la que —gracias a la compasiva Señora— pude aliviar el hematoma subcutáneo que deformaba mi frente y que había llamado su atención. Envuelto en aquel caos, apenas si tuve oportunidad de explorarme y conocer el verdadero alcance del traumatismo. Me sentía bien —ligeramente dolorido, es cierto—, pero, ante la insistencia de la obstinada mujer, acepté sus cuidados.

Se dirigió al arcón y regresó al instante con un espejo y un largo lienzo.

—Observa —ordenó—. Eso no tiene buen aspecto...

Tomé el bronce bruñido, encarándome con el pequeño y redondo espejo. La Señora, aproximando la lamparilla de aceite, aguardó mi parecer.

Los gritos arreciaban y, deseoso de averiguar cuanto antes la razón o razones de tan penoso espectáculo, abrevié el examen. A pesar de la pérdida del conocimiento, el golpe no parecía encerrar mayores complicaciones. Las pupilas —sin asomo de midriasis (dilatación) bilateral o unilateral arreactiva— aparecían normales. Cualquier alteración en este sentido me habría alertado sobre algún grave sufrimiento del tronco cerebral o la presencia de un no menos delicado hematoma intracraneal, respectivamente.

Revisé el resto del cráneo, sin hallar otra cosa que leves escoriaciones, consecuencia de los múltiples encontronazos con las paredes de la cisterna. El pulso era normal. La intensa cefalea inicial había ido remitiendo y tampoco recordaba haber experimentado náuseas, vómitos o una actividad convulsiva que avisaran de un incremento de la presión intracraneal. Sinceramente, a pesar de los pesares, podía considerarme un hombre afortunado. Y de haber contado en esos momentos con la farmacia «de campaña», la administración de una simple dosis de paracetamol hubiera ido eliminando el dolor de cabeza y las molestias generales.

Pero la Señora, a su manera, compensaría con creces esta y otras carencias.

—¿Y bien?...

Sonreí y, guiñándole un ojo, bromeé:

—Tu «ángel» sigue siendo el más guapo...

María me arrebató el espejo de un manotazo y, confortada por aquel griego, inasequible al desaliento, esbozó una sonrisa que la transfiguró. La blanca y equilibrada dentadura asomó fugaz y, fingiendo una dureza inexistente, señaló el piso de la plataforma, ordenando que me arrodillara. Obedecí simulando sumisión. Y refunfuñando depositó un denario de plata bañado en vinagre sobre el hematoma, sujetándolo con el largo lienzo.

—Ahora sí que estás guapo —replicó, devolviéndome el guiño.

Y de esta guisa, con la frente cubierta por el paño, retorné a la escena principal. La Señora, remontado el inicial abatimiento, se aproximó a los cuatro escalones y, colocándose en jarras, contempló brevemente un alboroto que no parecía tener fin. Me eché a temblar. Algo sabía del temperamento de hierro de la madre del

Galileo y de sus imprevisibles reacciones. David, acobardado, continuaba junto a la puerta, tieso como un árbol y con los ojos fijos en Jacobo, que momentáneamente vociferaba por encima de los demás. En el ángulo derecho, reclinado contra las ánforas, descubrí al fin al Zebedeo. Conservaba aquella mirada extraviada. Evidentemente, aunque asistía al conflicto, no parecía ver ni escuchar.

—¡No permitiré que mamá María huya de su casa y de su tierra!...

Y milagrosamente el albañil acompañó aquella última frase con un gesto de su mano izquierda, marcando la dirección de la plataforma. Y digo «milagrosamente» porque, al detectar la figura de su suegra, repuesta y a punto de estallar, el apasionado galileo se deshinchó al instante. Y la brusca interrupción y el atemorizado semblante de Jacobo —con la mirada enganchada en aquel mal sujeto vendaval que se avecinaba— no pasaron inadvertidos. Los gritos, maldiciones y sarcasmos cesaron como por encanto. Y el grupo, al unísono, percibiendo la borrasca, bajó la cabeza.

María, arruinando mis previsiones, se limitó a pasear su justa indignación ante todas y cada una de las caras. Y sin mediar palabra alargó el brazo, indicando que la ayudara a descender.

Y en un elocuente silencio, con el reproche colgado de la mirada, cruzó entre los pasmados Santiago, Miriam, Ruth y Jacobo.

Y quien esto escribe, sin saber dónde esconderse, continuó a su lado, sintiendo en la muñeca izquierda la presión de los largos y encallecidos dedos. Una presión que delataba toda su angustia.

Pero la Señora sabía muy bien lo que hacía. Y aproximándose al decaído discípulo —sin una sola palabra— vino a reprobar la improcedente conducta de los suyos. Enzarzados en la discusión olvidaron toda prioridad y hasta el más elemental sentido de la hospitalidad.

Los hijos lo comprendieron al instante y, discreta y prudentemente, fueron rodeando a la madre. Pero nadie se pronunció.

La Señora, inclinada sobre el inexpresivo Juan, reclamó una lucerna. Ruth, presurosa, le tendió la lámpara que iluminaba la mesa de piedra.

Me situé junto a María y, dejando el cayado sobre una de las esteras de paja que alfombraban el piso, pasé revista al dócil Zebedeo.

El pulso, algo lento, me preocupó. La piel, pálida y fría, había perdido elasticidad. No descubrí, sin embargo, rastro alguno de heridas o contusiones. Sólo unas leves magulladuras en muñecas y tobillos, que atribuí al prolongado roce de las ligaduras.

—¿Qué opinas?

No pude responder de inmediato a la pregunta de la mujer.

Pegué el oído al pecho del discípulo, pero, al margen de la ya referida bradicardia o anormal lentitud del pulso, las presiones cardiacas parecían correctas. Tampoco la frecuencia respiratoria me llamó la atención.

Me hice con la lucerna, paseando la llama frente a los vidriosos ojos. Y tímidamente, con cierta apatía, las pupilas reaccionaron, escoltando el pausado movimiento.

Traté de entender. Si las informaciones eran correctas, el joven había sido capturado en la mañana del martes, 25, siendo sepultado de inmediato. Su rescate, en la tarde de aquel jueves, 27, le colocaba en un evidente estado de inanición, aunque en un grado primario y, afortunadamente, sin daño para los sistemas principales. De todo aquello quizá lo más aparatoso era el fuerte shock emocional. Algo que yo mismo padecí y por razones muy similares.

Y persuadido de la escasa trascendencia del problema —una desnutrición secundaria, mucho más grave, me hubiera impedido actuar—, tras explicar a la Señora el posible origen del mal, recomendé que intentara reanimarle con unas progresivas y reducidas raciones de alimentos de fácil digestión. A ser posible, en un primer momento, a base de leche, aceite y miel. Y todo ello, naturalmente, acompañado de un forzoso descanso.

Ruth y Miriam, a una señal de la madre, pusieron manos a la obra, alejándose hacia la plataforma.

Y María, acariciando el rostro del Zebedeo, trató de animarle, recordando que «todo había pasado» y que «muy pronto estaría de regreso en Saidan».

Y llevando el dedo índice izquierdo a los labios aconsejó silencio.

Nos retiramos hacia la mesa de piedra, al tiempo que las mujeres retornaban con la primera ración. Y pacientemente, como si de su hijo se tratara, la Señora, sosteniendo la cabeza de Juan con la mano derecha, fue vertiendo el espeso contenido del cuenco de madera en los temblorosos labios del discípulo. Y dulcemente, con un amor que me cautivó, permaneció junto a él hasta que hubo apurado la última gota. Y el Zebedeo, lanzando un profundo suspiro, cerró los ojos, asintiendo suavemente con la cabeza. Y la mujer, feliz ante aquella inequívoca y positiva manifestación, me trasladó su alegría con un espontáneo comentario que, lógicamente, sólo yo alcancé a comprender en toda su dimensión:

—¡Sí, Jasón, el más guapo!

Aunque pudiera parecer lo contrario, la Señora no olvidó las motivaciones que arrastraron a sus hijos a la cruda polémica. Y ante el suspense general pidió que tomáramos asiento en torno a la muela.

Ruth, la «ardilla», lo hizo junto a su madre. Y en un gesto que vino a expresar y resumir el sentimiento del resto, descansó la cabeza sobre el hombro de María, buscando y atrapando entre las suyas las manos de la Señora. Y las acarició y apretó en silencio, con los ojos bajos. Y el peso de mi complacida mirada debió de llegar hasta su transparente cutis porque, al punto, descubriendo los ojos verdes, me observó y, ruborizándose, borró parte de la constelación de pecas que la adornaba.

María, refugiándose nuevamente en aquel tono grave que no admitía desviaciones, solicitó que sus hijos, uno tras otro y sin intromisiones, repasaran la situación, proporcionando una sincera y templada opinión sobre lo que convenía hacer. Pero nadie respondió. Y ante el embarazoso mutismo, comprendiendo, David y yo hicimos ademán de levantarnos y abandonar el lugar. La Señora, sin embargo, cortó en seco la discreta medida.

Tanto el anciano David como quien esto escribe —manifestó por derecho— nos hallábamos comprometidos en el mismo conflicto. Más aún: habíamos sufrido por causa de la familia y eso —gustase o no— nos convertía en parte del clan.

Agradecimos su sinceridad y retornamos a nuestros respectivos puestos. El sirviente, algo más atrás, junto a la puerta, y servidor, a la derecha de la Señora, con su hija Miriam a mi diestra.

Santiago, acomodado entre Ruth y su cuñado, el albañil, rompió al fin el incómodo silencio. Y sereno, recorriendo los expectantes semblantes con aquellos ojos acastañados, profundos y sin doblez, trazó en el aire y en los corazones las líneas esenciales del problema:

—Como sabéis, hoy jueves, en su reunión habitual, el tribunal de Séforis ha desestimado la demanda de ese mal nacido...

María, tensando el rostro, sin una sola palabra, le recriminó.

—Según las noticias procedentes del pequeño sanedrín —prosiguió el galileo dulcificando sus expresiones—, el texto de la denuncia presentada por el jefe del consejo local no contiene indicio de blasfemia.

Y haciendo gala de su excelente memoria simplificó mis esfuerzos —y supongo que los de la mayoría— por rememorar las frases que él mismo pronunciara en la mañana del pasado martes ante Ismael y el nutrido grupo de vecinos:

—«¿O es que te atreves a negarlo?... Dinos: ¿reconoces en Jesús al Hijo del Dios vivo?»

Jacobo, el único testigo, junto a este explorador, de la manifestación que, en efecto, desencadenaría el terremoto, asintió con la cabeza, palideciendo.

—«Tú lo has dicho. Le reconozco como tal.»

Nuevo y espeso silencio.

—Pues bien —avanzó Santiago, elevando el tono y dejando al desnudo una indudable satisfacción—, tal y como contempla la Ley, los jueces han tenido que rendirse a la evidencia: no hay blasfemia.

Ruth, menos impuesta en los retorcidos subterfugios de los intérpretes de la Ley, solicitó una aclaración.

Era muy simple. Y su hermano, condescendiente, le recordó primero uno de los pasajes del Levítico (24, 10 y siguientes), en el que se cuenta cómo, por orden de Yavé, se lapidó al hijo de una israelita «por haber blasfemado el Nombre» (1).

La «pequeña ardilla» seguía sin entender. Y Santiago, saltando a las interpretaciones de los juristas, le advirtió —y nos advirtió— de un punto clave, toda una sutileza, recogido y respetado por la más antigua tradición oral. De acuerdo con esa normativa legal, «el blasfemo no es culpable en tanto no mencione explícitamente el Nombre». Es decir, en tanto en cuanto no pronuncie el nombre de Dios de forma clara y precisa. (Así aparece, en efecto, en la Misná: orden cuàrto, capítulo VII, 5, y en los textos de este mismo tratado *Yom* 3, 8; 6, 2 y *Sot* 7, 6.)

Santiago, conocedor de la artimaña, había respondido con verdad al saduceo, pero sin caer en la trampa. La historia, como creo haber mencionado, volvía a repetirse. Jesús de Nazaret, interrogado en idénticos términos por Caifás, el sumo sacerdote, replicó con las mismas palabras e inteligencia. El primero, sin embargo, tuvo la fortuna de contar con un tribunal lo suficientemente honesto e imparcial.

—Y a pesar de las protestas y alegaciones de Ismael —concluyó Santiago con alivio—, los jueces, sabedores

(1)   El pasaje en cuestión dice así: «Había salido con los israelitas (de Egipto) el hijo de una mujer israelita y de padre egipcio. Cuando el hijo de la israelita y un hombre de Israel riñeron en el campo, el hijo de la israelita blasfemó y maldijo el Nombre, por lo que le llevaron ante Moisés. Su madre se llamaba Šelomit, hija de Dibrí, de la tribu de Dan. Le retuvieron en custodia hasta decidir el caso por sentencia de Yavé. Y entonces Yavé habló a Moisés y dijo: "Saca al blasfemo fuera del campamento; todos los que le oyeron pongan las manos sobre su cabeza, y que le lapide toda la comunidad. Y hablarás así a los israelitas: 'Cualquier hombre que maldiga a su Dios, cargará con su pecado. Quien blasfeme el Nombre de Yavé, será muerto; toda la comunidad le lapidará. Sea forastero o nativo, si blasfema el Nombre, morirá.'"» *(N. del m.)*

de la vieja inquina de este individuo hacia nuestro Hermano y nuestra casa, le han despedido, amonestándole por lo que consideran «impúdica y tendenciosa manipulación de los hechos».

Ruth, eufórica, rompió en aplausos. Y poco faltó para que el resto —movido del mismo entusiasmo— se uniera a la espontánea pelirroja.

La Señora alzó las manos, reclamando compostura. Y la llamita que animaba la reunión tembló bajo las abiertas palmas, advirtiendo a los presentes. La gruesa e imperativa voz de María no permitió una nueva desbandada. Y tomando el timón de la conversación, les recordó que aquella «victoria» sólo podía acarrear disgustos y un clima mucho más enrarecido. Ni ella misma podía imaginar lo certero de la advertencia...

Jacobo protestó, repitiendo el argumento que les llevó al anterior callejón sin salida:

—Mamá María no dejará su casa y su pueblo... No lo permitiré.

Miriam, haciendo causa común con su marido, asintió con la cabeza, sin atreverse a abrir los labios.

Santiago, decepcionado por el retorno a la vieja e inútil polémica, manifestó su oposición con rotundos monosílabos.

La pelirroja, angustiada, se limitaba a mover la cabeza, siguiendo las dispares alternativas.

Y el criado y quien esto escribe —abrumados—, temiendo lo peor, asistimos en silencio a lo que parecía una segunda batalla campal.

Pero la Señora, endureciendo la mirada y haciendo descender la inflexión de la voz, recuperó el dominio, acallando voces y voluntades. Nunca la había visto tan segura y dominante. Y presumí que algo importante rondaba en su corazón.

—Y ahora oídme con atención porque no lo repetiré...

Alisó con calma los negros cabellos e inspiró con ansiedad, como si lo que se disponía a desvelar le fuera arrancado de las entrañas. Los finos labios dudaron. Entornó los párpados y, finalmente, tras una segunda y profunda inspiración, los rasgados y verdes ojos se abrieron saturados de luz.

La «ardilla», con su afilada sensibilidad, captó el poderoso esfuerzo de la madre. Y estrechando de nuevo sus manos la miró asustada.

Nadie respiró.

—Durante años, bien lo sabéis, no comprendí a vuestro Hermano...

El tono se quebró. Y las aletas de la pequeña y recta nariz se estremecieron. Pero sólo fue un instante. Y recuperando el temple prosiguió con la vista fija en la flama de la lucerna.

—Me enfrenté incluso a sus aparentemente absurdas y locas ideas. No sabía de qué hablaba cuando se refería a su Padre Azul... Peor aún: no quise saber ni entender...

Dejó volar una pausa. Alzó los ojos y, derramando una seguridad que nos alcanzó a todos, confesó valientemente:

—Pues bien, ahora sí lo sé. Ahora (demasiado tarde, también lo sé) comprendo lo que repetía una y otra vez. Comprendo y me avergüenzo por no haber estado de su lado..., por no hacer mía su frase favorita: «Que se haga la voluntad del Padre»...

La sincera y hermosa confesión —en una mujer que sostuvo hasta el final la idea y la imagen de un Jesús «libertador político»— terminó quebrándola. Y cerrando los ojos bajó el rostro. Y las lágrimas hablaron por ella.

Ruth, contagiada, asaltada por un llanto incontenible, la abrazó, besando cabellos, frente, mejillas y manos sin orden ni tregua.

Santiago, con un nudo en la garganta, se refugió en uno de sus gestos típicos: la velluda mano izquierda comenzó a peinar con nerviosismo la canosa y poblada barba. Y los ojos se humedecieron.

Jacobo, blanco como la pared, con la boca entreabierta, buscando aire y fuerzas para no sucumbir a la arrolladora emoción, contemplaba incrédulo la inédita estampa de una María frágil y arrepentida y, al mismo tiempo, audaz y luminosa.

Miriam, copia casi exacta de la madre en lo físico y en lo temperamental, reaccionó como lo habría hecho la Señora si el protagonista hubiera sido cualquiera de los allí presentes: la observó con dulzura y, batiendo palmas, reclamó sosiego, recordando a la de «las palomas» que aquéllos eran sus hijos y que no debía avergonzarse porque, sencillamente, todos se hallaban en la misma situación. ¿Quién podía vanagloriarse de lo contrario? ¿Quién, de entre los familiares del Maestro, le había entendido y socorrido en los años de predicación?

Y la hija mayor, en su afán por reforzar los argumentos, sacó a la luz algo que, obviamente, era nuevo para mí. Y refrescando la memoria colectiva se refirió —éstas fueron sus palabras— a la «ruptura que dejó aislado a Jesús en los primeros días de su vida pública».

—¿No recordáis sus lágrimas? —remachó con frialdad—. ¿Habéis olvidado quizá sus continuos esfuerzos por hacernos ver cuál era su misión? Y sin embargo ¿qué hicimos?

María, secando el llanto y la pasajera debilidad, se incorporó al discurso de Miriam, agradeciendo con una temblorosa sonrisa el amor, comprensión y respeto de los suyos. Y dejó que la hija concluyera lo que todos sabían:

—Le volvimos la espalda. Peor aún: murmuramos contra Él, creyéndole loco...

Me removí inquieto en mi interior. ¿De qué estaba hablando? Ninguno de los evangelistas hace alusión al rechazo de su propia familia. No, al menos, con la claridad de Miriam. ¿De qué me asombraba? ¿Es que no había constatado ya la dolorosa ineptitud de los mal llamados escritores sagrados? Y en esos momentos imploré a la Gran Inteligencia que nos permitiera continuar con nuestros planes. Ardía en deseos de consumar el tercer «salto» y verificar por mí mismo lo que realmente sucedió en aquella, al parecer, igualmente manipulada etapa de la existencia del Hijo del Hombre. Y tuve que sujetar mis impulsos. No preguntaría. Esta vez no. Prefería descubrirlo personalmente..., en su momento.

—Está bien —terció al fin la Señora con la voz en

reposo—, lo que trato de deciros es que, a partir de ahora, haré honor a lo que defendió vuestro Hermano. Si es la voluntad del Padre —el tono se enriqueció con aquella prodigiosa seguridad— me quedaré.

Y extendiendo el dedo índice izquierdo, apuntando al grupo, dibujó un círculo en el aire, cerrando la sentencia sin paliativos:

—Nos quedaremos en Nazaret. Si no lo es, Él se ocupará de mostrarnos el camino...

¿La voluntad del Padre? ¿Y cómo descifrar algo tan abstracto y aparentemente alejado de la percepción humana? Las respuestas a las lógicas interrogantes de este perplejo explorador irían llegando poco a poco. Sobre todo a lo largo de la inolvidable peripecia en el tercer y próximo «salto» en el tiempo. Pero debo contenerme...

Y se obró el milagro. El contundente lenguaje de la Señora, amparado por un convencimiento que, sin duda, yacía dormido en su corazón, tuvo una respuesta unánime e inmediata. Nadie torció el gesto o insinuó siquiera la más leve oposición. Y aceptando que estaban ante la fórmula que habría agradado al desaparecido Hermano, adoptaron la resolución de esperar y ver en qué desembocaba aquel clima hostil que respiraba parte de la aldea.

En mi opinión es triste e injusto que los evangelistas —y Juan Zebedeo se hallaba presente— no dedicaran una sola línea a los hechos y circunstancias que rodearon a la familia tras la crucifixión y que reflejaban una situación tan comprometida como patética. A no ser, claro está, que la disminuida e histérica imagen del Zebedeo en aquellos momentos influyera —por razones de conveniencia— en el silencio general. Sea como fuere, lo cierto —una vez más— es que los que se consideran creyentes resultarían estafados.

Y la Señora, recompuesto el ánimo, descendió al inmediato y no menos tenso presente, exponiendo en primer lugar la urgente necesidad de que Santiago volviera con los suyos, informándoles y tranquilizándoles. Esta —su mujer— y Rebeca no estaban al tanto de los últimos sucesos.

El galileo, en un primer momento, se resistió. Pero María, señalando con los ojos el entramado de las gruesas vigas de sicómoro que sujetaban la techumbre, ayudándose con una pícara sonrisa, le rogó que no olvidara su todavía caliente compromiso:

—Él nos protegerá...

Y al comprender el significado de aquella mirada —más allá de la hojarasca y tierra apisonada que conformaban el terrado—, la totalidad de los allí congregados, con los ojos pendientes, como tontos, del maderamen, se apresuró a enmendar el error. Las miradas se cruzaron ruborizadas, y la Señora, con una oportuna y franca carcajada, borró los últimos rescoldos de recelo.

Santiago accedió. Se puso en pie y, antes de abandonar la casa, hizo jurar a su cuñado que, al menor síntoma de violencia, correría a avisarle. Después, posando los ojos en los de este explorador, sin necesidad de palabras, me transmitió que la seguridad de su gente también era cosa mía. Agradecí la confianza, replicando con un casi imperceptible y afirmativo movimiento de cabeza. Sonrió y, decidido, se dispuso a desatrancar la puerta. Pero, al reparar en la silenciosa y cohibida lámina de David, cayendo en la cuenta de las inciertas circunstancias a las que se enfrentaba el esclavo huido, giró en redondo, interrogando a su madre.

María no dudó. Sabía que la Ley asistía al esclavo prófugo (1) y que, incluso, podría haber denunciado al amo por atentar contra su vida. E interpretando el sentir del noble sirviente tranquilizó a Santiago, añadiendo que, si ése era el deseo del anciano, contaba con la hospitalidad y el socorro de la familia.

David, en efecto, respaldó la intuición y la bondad

(1)   En el apasionante capítulo de la esclavitud entre los judíos —al que espero dedicar mi atención en un futuro—, al contrario de lo que sucedía con los romanos, si un siervo llegaba a escapar no podía ser devuelto a su señor. La Ley así lo dictaminaba, amparándose en el Deuteronomio (XXIII, 16): «No entregarás a su amo al esclavo que se haya acogido a ti huyendo de él. Se quedará contigo, entre los tuyos, en el lugar que escoja en una de tus ciudades, donde le parezca bien; no le molestarás.» *(N. del m.)*

de la dueña. Por nada del mundo hubiera regresado a aquella guarida. Y agradecido se arrojó a los pies de la Señora, besando sus manos.

María, confundida, le regañó, ordenando con severidad que se alzara. Y el anciano, con pronunciadas y continuas reverencias, trasladando así su gratitud a los presentes, fue a retirarse junto a la puerta. Apenas si le oí hablar el resto de la jornada. Una jornada, por cierto, que tocaba a su fin. El ocaso merodeaba ya por la aldea y la familia —más distendida— fue a ocuparse de los preparativos de la cena.

Miriam, con buen criterio, ahorrando nuevos e innecesarios trabajos a su madre, asumió la iniciativa. La dolorida rodilla no hacía aconsejable que trajinara en el piso elevado de la estancia.

Ruth, por consejo de su hermana mayor, continuó al lado de la Señora.

El Zebedeo, profundamente dormido, seguía ajeno a todo.

Y de pronto, la arrolladora Miriam, con los ojos encendidos, interpeló a su distraído marido, conminándole a «mover el trasero si deseaba participar en la cena». Jacobo, dócil como un cordero, conociendo el tempestuoso carácter de la mujer, se dispuso a acatar las órdenes. Pero un súbito y seco trueno nos sobresaltó. Y un fuerte aguacero repiqueteó sobre el quebradizo tejado, maltrecho ya por las copiosas lluvias anteriores.

Fue casi instantáneo. El agua se abrió camino entre la hojarasca y el barro del terrado, precipitándose con certera puntería sobre la rubia cabellera del albañil.

Y la casualidad provocó la indignación del hombre, quien, maldiciendo su estrella, aprovechó para invocar un viejo refrán contenido en el libro de los Proverbios (27, 15), arremetiendo de paso contra la mordaz Miriam:

—La gotera continua en día de chaparrón y la mujer pendenciera hacen pareja...

La esposa, como era de prever, no atrancó. Y regresando sobre sus pasos, hizo presa en las barbas del desprevenido Jacobo, tirando de él hacia los escalones de acceso a la plataforma y entonando triunfante otro dicho popular, igualmente extraído de Proverbios (26, 5):

—Responde al necio según su necedad, no sea que vaya a creerse sabio.

El ayear y las protestas no conmovieron a la esposa. Y el venial incidente nos relajó, dando rienda suelta al regocijo general.

Las risas, sin embargo, terminaron bruscamente. Y quien esto escribe fue partícipe de un suplicio al que no tendría más remedio que ir acostumbrándose.

El diluvio pasó factura. Y un alarmante chorreo se propagó aquí y allá, transformando la apacible vivienda en un atolondrado ir y venir de unos y otras, en un más que incierto empeño por controlar las obstinadas goteras. Vasijas, platos, cántaros y copas fueron repartidos en todas direcciones hasta que, rendido, el jadeante grupo optó por sentarse de nuevo, esquivando con más pena que gloria cada nuevo e irritante goterón. Aquella tragicómica situación —en especial durante la época de lluvias (entre octubre y abril, aproximadamente)— constituía el pan nuestro de cada día para los habitantes de la mayor parte de las achacosas aldeas de Israel.

Y por espacio de casi una hora, mientras la borrasca descargó sobre Nazaret, cena y conversación fueron irremediablemente «animadas» por el repiqueteo del agua sobre la arcilla y el metal. Al principio —lo reconozco— no podía dar crédito a la resignada actitud de mis amigos. Pero, como digo, aquello formaba parte de lo cotidiano y no restó apetito ni espontaneidad a los galileos.

Removí la humeante sopa con curiosidad. Miriam, a pesar de las circunstancias, se había esmerado: guisantes, calabaza sin pepitas, una especie de lechuga repollada y cortada en tiritas, dientes de ajo macerados, cebolla en rodajas y la sabrosa parte blanca de unos enormes puerros.

Me sentí feliz. Y ante la complacida mirada de mis amigos elogié la buena mano de la cocinera.

El segundo plato no le fue a la zaga: croquetas de pescado rebozadas en nueces tostadas y picadas. Aquellas bolitas, fritas en aceite profundo, casi me hicieron olvidar dónde estaba.

Pero el brusco despertar del Zebedeo me devolvió a la cruda realidad.

Ruth y la Señora, sorteando goteras, se apresuraron a asistirle. El discípulo parecía notablemente repuesto. Los vi conversar en voz baja, aunque no acerté a descifrar el contenido del breve parlamento. De vez en cuando, eso sí, la «pequeña ardilla» —la única que no abrió los labios— me buscaba en la penumbra, clavando sus ojos en los míos. Presentí que Juan, al descubrirme junto a la mesa de piedra, volvía a las andadas y protestaba —supongo— por la presencia de aquel traidor en la casa familiar. María le susurró algo al oído y la mirada del Zebedeo —ahora viva y despierta— fue a clavarse en la de este incómodo explorador. Creí percibir cierta incredulidad, despuntando entre el viejo rencor. No había duda. Su actitud hacia aquel griego que se negó a auxiliar a su amigo Natanael seguía tan enconada como antes. Quizá más. Y me resigné, prometiéndome a mí mismo que procuraría mantenerme alejado del inestable discípulo.

La Señora sonrió. Golpeó la mejilla del discípulo con un par de cariñosas palmaditas y Juan volvió a cerrar los párpados. Instantes después, Ruth, por indicación de la madre, se encaminaba al fogón, calentando una nueva ración de leche, aceite y miel.

El ambiente, sin embargo, no se resintió. Jacobo y David empezaban a cabecear, vencidos por el cansancio. Y en cuestión de minutos —sin demasiada resistencia— cayeron en un benéfico y beatífico sueño. Y quien esto escribe, sin saber qué partido tomar, aguardó impaciente el regreso de la Señora. Prometí a Santiago velar por la seguridad de su gente, pero ¿cómo hacerlo? Y sobre todo, ¿cómo mantenerme alerta si —como presumía— aquel insobornable sopor que me invadía continuaba su avance?

Todo fue más sencillo.

María, al contemplar al anciano y a su yerno, se hizo cargo. Y de puntillas, cojeando, fue a inclinarse sobre este explorador, besándole en el lienzo que cubría su frente.

—Descansa, mi querido ángel. Demos a cada día su afán...

Aquella última frase me resultó familiar. ¿Dónde la había oído?

Y la mujer, haciendo una señal a sus hijas, tras alimentar la lucerna con una carga extra de aceite, se retiró a la plataforma. Allí, prendida una segunda lámpara, las vi tomar los edredones que servían de cama y extenderlos sobre el piso. Acto seguido, en pie, entonaron el *Oye, Israel*, una de las obligadas plegarias, acomodándose después con los pies en dirección a las ascuas que agonizaban en el pequeño fogón de ladrillo refractario.

Y se hizo el silencio, apenas incomodado por alguna de las rezagadas goteras y el distante y apagado tronar de los cumulonimbos, rumbo al Jordán.

Eché un vistazo a mi alrededor. Jacobo, acodado sobre la muela, dormía con una rítmica y saludable respiración. El criado, junto al alto escalón de la entrada, hecho un ovillo, conservaba la misma postura inicial.

Y no sé exactamente por qué, me sentí intranquilo. Aparentemente no había motivo. En el exterior sólo se percibía quietud, rasgada en ocasiones por los lastimeros maullidos de los gatos en celo.

Atribuí la incómoda sensación a la soledad que, una vez más, me acompañaba. En momentos como aquél, lejos de mi hermano, me veía asaltado por una singular tristeza que, sinceramente, me costaba combatir. A pesar de la intensidad y dureza de la misión —casi sin tregua ni respiro—, quien esto escribe, y no digamos Eliseo, tuvo que soportar comprometidos periodos de obligada espera e inactividad en los que la memoria de nuestro verdadero «presente» (el siglo XX) se fundía con el «ahora» histórico del siglo I, provocando un caos mental de difícil arreglo.

Y buscando sacudir aquella amenaza, y el sueño que golpeaba ya mi organismo, opté por incorporarme. Un poco de movimiento me despejaría.

Atrapé la lucerna que montaba guardia desde la mesa de piedra y, extremando el sigilo, me dirigí a la puerta sin hoja del abandonado taller en el que el joven Maestro trabajó como carpintero.

La pálida y mínima luz animó con dificultad la estrechez del cuartucho. Y volví a emocionarme ante el banco de ochenta centímetros de altura con los pies en «v» invertida. Dejé resbalar las puntas de los dedos sobre el cepillo de doble asa y, durante unos instantes, permanecí absorto, recreándome en la imagen de un Jesús alegre y sudoroso, cepillando y hablando con la madera.

Todo seguía igual. Las herramientas, empolvadas, colgaban de los tabiques. Las telarañas redondeaban esquinas y por los rincones descansaban mangos para azadas, mayales para caballerías y trilla y sencillos y livianos arados, todo a medio terminar.

Y el suelo, alfombrado de serrín y rizadas virutas, crujió amable bajo las sandalias. Retiré el tronco que apuntalaba la puerta y, tirando con suavidad de la hoja que comunicaba con el corral, me asomé tímidamente a la noche.

El frescor y un penetrante aroma a tierra mojada me despabilaron momentáneamente.

El frente borrascoso había huido, abandonando en el negro y transparente firmamento un reguero de estrellas que tiritaban rabiosas. Venus y Júpiter, muy próximos entre sí —casi en conjunción—, destellaban como faros a veinte o veintidós grados sobre el horizonte este.

Fue como un presentimiento. Como si los enfurecidos «lamparazos» del planeta Venus —el astro más brillante aquella noche— quisieran advertirme. Pero ¿cómo imaginar lo que iba a ocurrir?

La oscuridad gobernaba el lugar. A mi izquierda, en el muro del fondo, zureaban inquietas las palomas sobrevivientes. Pero tampoco supe «leer» la advertencia.

Y temiendo tropezar con los múltiples enseres y cachivaches que se apilaban en el desordenado patio, decidí suspender el paseo y regresar a la silenciosa y pacífica sala principal.

Devolví la lámpara a la rugosa superficie de la muela y, lentamente, fui a recostarme en la pared de la fachada, a un paso del rendido sirviente.

Las goteras habían cesado. Y por espacio de algunos minutos —muy pocos—, aquella especie de «aviso» siguió tronando en mi interior. Pero no supe o no pude traducirlo. El agotamiento me desarmó literalmente y quien esto escribe claudicó.

Es muy posible que nos halláramos todavía en la segunda vigilia (la de medianoche) —aquella en la que, como reza el Salmo 130, «el centinela aspira al alba»— cuando, lamentablemente para todos, el sueño me desconectó de la realidad.

Alguien me zarandeó con violencia.

—¡Señor!...

Pero un humo blanco y espeso no me permitió distinguir con claridad al individuo que acababa de arrancarme del profundo sueño.

—¡Señor!...

Y entre la humareda, al fin, acerté a identificar a un David convulso y atropellado por un ataque de tos.

—¡Señor!...

Y mis pulmones, repletos de gases, reaccionaron como los del criado, sometiéndome a un suplicio extra.

En aquellos confusos instantes recuerdo que, entre las columnas del humazo, me pareció ver un oscilante e intenso reflejo rojizo.

—¡Señor! —clamó el anciano—. ¡La puerta...!

Y tanteando, doblándose a cada golpe de tos, tomó la iniciativa —¡bendito sea!—, abriendo la hoja con desesperación. Y la humareda, como un ser vivo, se estiró hacia la noche, retorciéndose en el umbral. Y una bocanada de aire puro vino a perdonarnos.

Y a trompicones, olvidando incluso el cayado, me precipité tras los pasos de David, buscando el exterior como un poseso.

Un segundo después reaccioné. Y lo hice, primero con perplejidad, después con vergüenza.

¡La familia!

E indignado conmigo mismo me abalancé hacia la puerta, espantando con las manos el caracoleo del humo.

Y congestionado por los repetidos e hirientes ataques

de tos busqué a mi alrededor, en un vano intento de auxiliar a María y su gente. Y fue en vano porque, a los gritos del criado y ante la sofocante humareda, mujeres y hombres se habían ya incorporado.

Por fortuna, la inicial masa de humo, succionada por un fuerte tiro de aire, estaba remitiendo. Al principio no caí en la cuenta del porqué de aquella intensa y salvadora corriente. ¿Cómo hacerlo en mitad de semejante locura? Lo que importaba es que la estancia principal comenzaba a despejarse.

Y antes de que acertara a coordinar un solo pensamiento, el albañil, Ruth y su hermana Miriam se volcaron materialmente en la boca del taller de carpintería, ahora cegada por una informe columna de humo. Y unas llamaradas en el interior del habitáculo me hicieron comprender.

—¡Fuego!

Y la familia enloqueció.

Los desesperados alaridos de las mujeres confundieron aún más a los hombres. Y las toses fueron invadiendo gargantas y multiplicando el caos.

La Señora, encorvada en el filo de la plataforma, ordenaba a los hijos que abandonaran la casa y solicitaran ayuda. Pero, a pesar de los gritos, nadie la escuchaba.

Ruth, presa de un ataque de histeria, había retrocedido, subiéndose a la mesa de piedra. Y entre agudos chillidos, saltando sin control, terminó pisando y volcando la lucerna. Y flama y aceite cayeron sobre una de las esteras de paja, incendiándola.

Miriam, arreciando en su griterío e insultando a la desquiciada «ardilla», se arrojó sobre la alfombra, pisoteando las llamas en un arriesgado intento por sofocarlas. Pero los pies desnudos acusaron la acción del fuego y, dolorida, ayeando, se retiró hacia atrás, topando en el rincón de las ánforas con un recién incorporado y no menos desconcertado Zebedeo. Y ambos cayeron entre maldiciones y lamentos.

Y en mitad de aquel desbarajuste, Jacobo, recobrando un mínimo de serenidad, montando la voz por encima de la algarabía, ordenó que le ayudáramos con los cántaros.

Y saltando hacia las ánforas, apartando a Juan y a su mujer sin contemplaciones, se desembarazó del manto, procediendo a destapar el más ventrudo de los recipientes.

Por un momento sólo se oyeron sus imperativas órdenes, reclamando los malditos cántaros.

Y David, que acababa de sumarse al desconcierto, fue el primero en responder. Y lo hizo a su manera e inteligentemente. Recurrió a las vasijas desperdigadas por el piso y que habían servido para contener el agua de lluvia, arrojando el líquido sobre la crepitante cortina de fuego.

La decidida intervención del sirviente fue un revulsivo. Miriam se rehízo e imitó a David. El Zebedeo, por su parte, movido por el instinto de supervivencia, se unió a Jacobo, proporcionándole cuantos cacharros se hallaban a su alcance.

Y el albañil, frenético, animándose y animando a su gente, fue colmando cuencos, platos, cántaros y jarras con lo que tenía a mano: la reserva de vino. Y formando cadena con el resto del grupo, el espeso caldo fue trasvasado hasta el incendio, que lentamente retrocedió.

Sólo Ruth, la Señora y quien esto escribe se mantuvieron al margen. La primera, paralizada por el horror. La segunda porque, al descender los peldaños con el fin de colaborar en la extinción, perdió el equilibrio —probablemente a causa de su delicada rodilla—, cayendo de bruces y golpeándose el rostro con la pared lateral de la mesa de piedra. Pero de este accidente nos percataríamos más tarde, cuando el siniestro fue superado. La buena mujer, tratando de no distraer la atención general, guardó silencio y esperó a nuestras espaldas, medio tumbada y bañada en sangre.

En cuanto a este explorador, las razones fueron muy distintas. Aunque mi inmediata reacción fue secundar el ejemplo del criado, en el último instante me detuve. Y lo hice a causa del odioso código de «no intervención» de *Caballo de Troya*. El férreo entrenamiento se impuso una vez más. Muy a mi pesar no podía actuar. El incendio, avivado por el colchón de serrín, las virutas y las resecas maderas almacenadas en el taller, cobró fuerza, afectando de forma sustancial al lugar. No debía mover un músculo. Y en mi fuero interno me sentí desolado.

En esta ocasión, sin embargo, mi anormal comportamiento no provocó «efectos secundarios». La propia confusión de los allí reunidos me cubrió satisfactoriamente, camuflando mi aparente e inconcebible desinterés. Y cuando, merced al agua y al vino, las llamas retrocedieron, sólo entonces, uniéndome a los gritos y jadeos, me las ingenié para aproximarme a la entrada del taller y, evitando la cadena, arrojar sobre los rescoldos y los estallidos de la agónica madera el «aire» de unos cacharros… previamente «vaciados».

Como digo, por fortuna para este explorador, el simulacro pasó inadvertido y, una vez remontada la amenaza, sudoroso e igualmente decepcionado, me dejé caer junto a los desolados propietarios del lugar.

Y durante algunos minutos sólo se escuchó el ya apagado gimoteo de la «pequeña ardilla» y las agitadas y descontroladas respiraciones del grupo. ¿Cómo fui tan torpe de no reparar en el extraño silencio de la Señora? Posiblemente mis pensamientos se hallaban atrapados en la rabiosa realidad que tenía delante.

¿Qué había ocurrido? ¿Cómo era posible que el querido taller hubiera salido ardiendo?

Y de pronto recordé el inquieto arrullo de las palomas y aquel inexplicable presentimiento. Alguien, casi con seguridad —me dije—, aprovechando la noche, merodeó alrededor de la casa, deslizándose después hasta el corral y consumando el atentado.

Poco faltó para hacerles partícipes de mis sospechas, pero, entendiendo que carecía de pruebas y no deseando agobiar el ya aplastado ánimo de la familia, elegí el silencio. E incorporándome avancé despacio hacia el humeante taller.

Y una rabia incontenible me acompañó en aquella inspección.

Las llamas habían reducido a cenizas uno de los pocos vestigios físicos y tangibles del paso del Maestro por este mundo. El Destino —o quien fuera— parecía especialmente interesado en borrar toda huella material del Hijo del Hombre. Primero fue su cuerpo, misteriosamente volatilizado en el sepulcro. Y ahora, los trabajos en madera y cuantas herramientas le auxiliaban como ebanista... Entonces, sinceramente, no lo entendí. Más tarde, gracias a la magia del retroceso en el tiempo, durante el tercer «salto», el propio Jesús me haría ver el porqué de todo aquello. Y supe que «nada es casual».

Ensimismado ante el triste espectáculo, no percibí la proximidad de Jacobo. El albañil, en un noble gesto, pero confundiendo la verdadera razón de mi presencia entre los rescoldos, suplicó que perdonase su equivocada actitud en la guarida del saduceo.

—Sé cuánto amabas al Maestro —concluyó con la voz enronquecida— y lo que significa para ti la pérdida de este sagrado recuerdo.

Y bajando los ojos, tras reiterar su petición de perdón, añadió:

—Gracias por tu ayuda...

Pero un inesperado grito nos arrancó del lugar.

Y lo que vi me hizo temer lo peor.

Miriam, arrodillada junto a su madre, chillaba y gesticulaba, reclamando a Jacobo. La Señora, tendida sobre las esteras, parecía desmayada o muerta.

Y Juan, David y Ruth, igualmente sobresaltados ante la inmovilidad de María, se precipitaron junto a Miriam, rodeando a la Señora. La «pequeña ardilla», tomando a la madre por los hombros, trató de incorporarla. Pero, al descubrir el reguero de sangre que manchaba rostro, cuello y pecho, rebasadas sus mermadas fuerzas, cayó sin sentido.

El albañil se abrió paso como pudo y, descompuesto ante la aparatosa imagen y los ensordecedores chillidos de su esposa, terminó rígido, con la voz, los sentidos y la voluntad definitivamente bloqueados.

No sé de dónde saqué la serenidad. Pero, haciendo oídos sordos a la justificada histeria de Miriam, la aparté sin miramiento, ordenando a David que me asistiera con la lucerna. Y durante unos minutos, con el corazón en un puño, me afané por explorar a la querida amiga y confidente.

La primera impresión estaba equivocada. María vivía, aunque su pulso era premioso. Y cuando me disponía a examinar el posible origen de la hemorragia, el Zebedeo, en pie y a mis espaldas, evidentemente recuperado, estalló con una irreproducible sarta de insultos e improperios contra mi persona. Mencionaré tan sólo los más suaves:

—¡No te atrevas a tocarla, bastardo inmundo!... ¡Hijo del pecado, aléjate!...

El criado le miró sin comprender. Y quien esto escribe, triturando la indignación entre los dientes, fingió no haber oído. El que sí oyó el feroz ataque del discípulo «amado» fue Jacobo. Y saliendo de su estupor se enfrentó al Zebedeo, arrinconándolo a empellones contra la pared y jurando por sus difuntos que le rajaría en canal si volvía a abrir la apestosa boca. Después, regresando junto a la enloquecida Miriam, sin previo aviso y fríamente, le cruzó el rostro con una bofetada. Y el temple pareció instalarse de nuevo en la afligida mujer. Y en mitad de un doloroso silencio, el albañil alzó a su esposa, abrazándola con ternura y rogándole que se calmara.

María, por lo que pude apreciar, presentaba una herida incisa leve, de escasa profundidad, en las proximidades del puente nasal. El golpe acarreó una escandalosa hemorragia que fue lo que alarmó a los hijos.

En principio, a la luz de la lámpara, no observé deformación de la pirámide nasal. Y con todo el cuidado de que fui capaz inicié una lenta y progresiva palpación. No hubo reacción. Y me sentí animado. La ausencia de dolor, en especial en el tabique nasal, me hizo sospechar que no existía fractura. Tampoco creí apreciar hematoma del tabique ni enfisema subcutáneo.

El impacto, en fin, resultó más espectacular que dañino.

Miriam, sollozante, se unió por último a este recuperado explorador y me interrogó casi sin voz. Sonreí, tranquilizándola. Y los enormes ojos verdes me abrazaron.

Los siguientes pasos —los únicos que podía dar— fueron igualmente simples. Solicité agua hervida y, soltando el lienzo que cubría mi frente —sujetando el denario entre los labios—, procedí a una minuciosa limpieza de la herida y de los coágulos. En aquellos momentos no fui consciente de la trascendencia que encerraba la sangre recogida en los extremos del paño.

Y al contacto con la humedad, la Señora abrió los ojos, recorriendo los expectantes rostros. Después, cerrándolos de nuevo, comprendiendo que todo había pasado, suspiró relajada.

Jacobo y su mujer atendieron a la olvidada Ruth, a la que reanimaron. El Zebedeo, acurrucado entre las tinajas, no dejaba de observarme. Los negros ojos destilaban un brillo poco tranquilizador. Lo ignoré.

Y la «pequeña ardilla», tras repetir una y mil veces que se encontraba perfectamente, no permitió que siguiera ocupándome de su madre. Depositó la cabeza de la Señora sobre su regazo y, tierna y solícita, prosiguió las curas, comprimiendo suavemente la región herida con sucesivas compresas empapadas en agua.

Y aproximadamente hacia las cuatro de la madrugada (en la vigilia del «canto del gallo»), Jacobo partía a la carrera hacia el domicilio de Santiago.

Y este explorador, rendido y en silencio, traspasó el umbral de la entrada, necesitado de unos gramos de paz y de aire puro. La noche continuaba profusamente engalanada de estrellas y la aldea, a unas dos horas del alba, se me antojó odiosamente indiferente a la tragedia de aquel hogar. ¿Cómo es posible que los vecinos no hubieran oído los gritos de la familia? ¿O sí los habían escuchado?

Y un cercano susurro distrajo mi atención, apartándome de mis pensamientos.

David, bajo el dintel, me reclamaba con urgencia. Me aproximé alarmado. ¿Qué nueva desgracia nos visitaba?

Y señalando la cara exterior de la puerta me animó a que comprobara por mí mismo lo que acababa de descubrir. Acercó la lucerna y el corazón me dio un vuelco. Y al instante supe que mis sospechas eran correctas. El incendio del taller no era fruto del azar.

En mitad de la madera aparecía una bolsa, sujeta por una menguada daga. Y por debajo, pintadas con cal, las palabras «*aboda-zara*» (idolatría).

Ni el sirviente ni yo reparamos en aquel aviso —porque de eso se trataba— cuando, semiasfixiados, huíamos de la vivienda.

Y de pronto, al examinar el arma con mayor atención, creí reconocer la bolsa de hule. Pero no tuve ocasión de arrancarla. La súbita presencia de Santiago, Jacobo, Esta y Rebeca me contuvo.

Los hombres, sin resuello, permanecieron unos segundos junto a David y este atónito explorador. Las mujeres, más alarmadas si cabe, penetraron en la casa como una exhalación.

Santiago y su cuñado observaron la pintada con incredulidad. Y tras un instante de vacilación, maldiciendo a Ismael, el albañil desclavó la daga, arrojándola con furia en la oscuridad de la calle.

Me apresuré a recoger la caída bolsa, verificando, en efecto, que se trataba de la desaparecida pertenencia. Y nervioso, sabiendo de antemano lo inútil de la revisión, la abrí, examinando el interior. Ni rastro de las «crótalos». Ni rastro de los dineros. Ni rastro del salvoconducto de Poncio...

Y espontáneamente sumé otra maldición a la de Jacobo.

Pero las cosas estaban como estaban y poco ganaba con lamentarme. Así que, apretando el hule entre los dedos, fui a reunirme con el clan.

Las mujeres, rodeando a la Señora, cuchicheaban y gimoteaban. Santiago, puntualmente informado por Jacobo, permaneció unos instantes junto a su madre. Acto seguido, escoltado en todo momento por el cuñado, penetró en el taller. Y me fui tras ellos.

Atónito, el ahora hijo mayor fue inspeccionando el desastre. Pero, con gran entereza, mordiéndose los labios, no hizo el menor comentario. Y fue recorriendo con la mirada los restos calcinados del banco, las herramientas retorcidas e inservibles, las paredes ennegrecidas y la techumbre prácticamente devorada y abierta.

Después de todo —pensé— la familia podía considerarse afortunada. De no haber sofocado a tiempo las llamas, era más que probable que todo el inmueble se hubiera visto envuelto en el siniestro.

Y Santiago, fijando la atención en la vencida y consumida puerta que separaba el lugar del patio posterior, avanzó un par de pasos, examinándola con detenimiento. Se hallaba abierta de par en par y pegada al tabique. Era extraño. La hoja fue apuntalada con un madero. Yo mismo, tras el corto paseo de esa noche, volví a colocarlo en su sitio. Parecía evidente que alguien la había desplazado. Y adivinando mis pensamientos, el galileo centró su examen en las bisagras.

—¡Mal nacidos!

El cerco fue estrechándose. Las bisagras, efectivamente, aparecían arrancadas de cuajo.

Y empecé a intuir también el porqué del providencial tiro de aire que redujo la humareda.

Y Santiago, girando en redondo, fue removiendo las cenizas del piso con la punta de la sandalia izquierda. ¿Qué buscaba? Al poco, el calzado tropezó con algo que le obligó a inclinarse. Lo desenterró sin prisas y, llevando lo que parecía un trozo de arcilla a la nariz, olfateó un par de veces. Finalmente, levantando los ojos hacia sus intrigados amigos, anunció con amargura:

—Asfalto.

Mis sospechas quedaron confirmadas. El intruso o intrusos, tras franquear la puerta, arrojaron una carga de aquella sustancia bituminosa —probablemente el llamado betún de Judea—, a la que prendieron fuego.

En cuanto a la autoría del criminal atentado, estaba clara. El «aviso» en la puerta principal, con mi bolsa de hule, justamente «desaparecida» en la vivienda del saduceo, señalaba directamente al vengativo sacerdote.

Pero nadie declaró sus sentimientos. Y Santiago, más abatido aun que Jacobo y que este explorador, se dispuso a hacer frente a una situación que había tocado fondo.

Retornamos a la sala e, inteligentemente, el jefe de la familia continuó mudo. Fue a recostarse contra el filo de la plataforma superior y, acariciando la barba, permaneció sumido en una profunda reflexión.

Su mujer —Esta—, con una diligencia y autodominio igualmente admirables, se ocupó de Miriam. Hasta esos momentos, ninguno de los presentes —ni ella misma— había caído en la cuenta de sus quemaduras.

Las llamas, por lo que acerté a apreciar, sólo lesionaron la capa córnea de la epidermis. Las plantas de los pies, de piel más gruesa que la del resto del cuerpo, presentaban algunos eritemas (enrojecimientos), dolorosos por supuesto, pero de escasa relevancia. La profundidad de las quemaduras —de acuerdo con la regla de «los nueve» de Wallace— apenas si alcanzaba un 0,5, reduciéndolas a un primer grado.

Y una vez tratadas con agua fría, Esta procedió a untar las rojeces con un ungüento aceitoso que —según sus explicaciones— contenía extracto de malvavisco *(Althaea officinalis)*, una planta de raíz fuerte y amarillenta generalmente recolectada en los suelos salitrosos y que la Señora, excelente conocedora del poder de la medicina natural, procuraba adquirir con regularidad. No me sorprendió. Yo había sido testigo de esta habilidad de María cuando cruzábamos el *wadi* Hamâm. Y en mi fuero interno elogié la sabiduría de aquella gente. El contenido de las hojas y raíces del malvavisco —rico en mucinas y aceite esencial— resultaba un excelente remedio como calmante de las membranas mucosas y como emoliente o relajante de las regiones inflamadas.

En cuanto a la Señora, atendida en todo momento por Ruth y Rebeca, parecía más sosegada. Concluida la primera cura de urgencia a Miriam, tras un breve parlamento, las mujeres decidieron suministrar a María un brebaje que contribuyera a acelerar la cicatrización de la herida. Me alarmé. Y, amparándome en la curiosidad, acompañé a la templada y silenciosa Esta hasta las alacenas que se abrían en la cocina-dormitorio.

Tomó una de las jarras de arcilla y fue a verter dos puñados de hojas de un verde intenso y brillante en el puchero que seguía hirviendo sobre el fogón. Y antes de que me atreviera a preguntar, sospechando mis intenciones, aclaró la duda que me intranquilizaba.

Estaba equivocado. Mi traducción no era correcta. Aquellas hojas basales de largo peciolo, con nerviaciones regulares y de tan luminoso verde, pertenecían a una sanícula, otra planta medicinal rica en saponina, tanino y alantoína, muy abundante en los suelos de robles y hayas.

Y digo que estaba confundido porque, en realidad, las mujeres no pretendían hacerle beber aquella pócima, sino aprovechar su efecto antiinflamatorio mediante la aplicación de las correspondientes compresas.

Esta debió de captar mi admiración y sonrió con desgana. Dejó reposar la infusión y, provista de varios lienzos, regresó junto a su suegra. Los empapó en el líquido y, sin escurrirlos, sabia y pausadamente, fue depositándolos sobre el rostro.

Había llegado la hora. Y Santiago, avanzando hacia el grupo, habló en los siguientes términos:

—Escuchadme todos...

El tono, empañado por el dolor y una rabia subterránea, no admitía réplicas.

—Por consejo de mamá María tomamos la decisión de dejar el asunto de nuestra permanencia en Nazaret en manos del Padre. Él nos mostraría su voluntad...

La mayoría de los presentes, adelantándose a las palabras de Santiago, bajó los ojos, rendida ante la evidencia. La Señora, con la cabeza reclinada en el regazo de la «pequeña ardilla», no quiso o no pudo replicar. Su hijo hablaba con razón.

—Entiendo —prosiguió rotundo— que el Padre ha sido suficientemente claro. No debemos continuar en la aldea. Lo ocurrido aquí, esta noche, es una viva manifestación de su voluntad...

Y sorprendido ante su propia seguridad dudó unos instantes. Pero, rehaciéndose, se dejó llevar por lo que le dictaba el corazón y el sentido común:

—No conviene, no es bueno, ni para nosotros ni para la obra que inició nuestro Hermano, que permanezcamos en Nazaret. Asumo personalmente esta responsabilidad y os pido que comprendáis y me ayudéis.

Y dirigiendo la mirada hacia la techumbre —imitando el gesto de su madre en el valiente pronunciamiento de la noche anterior— reforzó sus palabras:

—En estos difíciles momentos creo interpretar, e interpretar bien, el deseo de nuestro Padre Celestial.

Poco más pudo añadir. Evidentemente, la situación había entrado en una fase insostenible y de no retorno que aconsejaba ceder con astucia e inteligencia. De resistir, la hostilidad del jefe del consejo local y de los antiguos enemigos del Maestro podría haber desembocado en otros males de peor naturaleza.

Y de común acuerdo, Santiago y Jacobo trazaron un plan que debería ser ejecutado sin dilación: al amanecer, reunidas las provisiones y pertenencias imprescindibles, todos —a excepción de Miriam, Esta, Rebeca, el albañil y los hijos de ambos matrimonios— partirían hacia Caná. El grupo encabezado por Jacobo lo haría en dirección a Séforis, donde permanecería bajo la protección de la casa de Rebeca.

No hubo oposición. El Zebedeo continuó amurallado en el mutismo y David, por su parte, expresó su complacencia ante la bondad y generosidad de la familia, que le permitía seguir a su lado y correr la misma suerte. Respecto a este explorador, la prudente decisión me tranquilizó. En buena medida por el hecho de no tener que viajar hacia el lago con la sola compañía del recalcitrante Juan Zebedeo.

Y con el alba —hacia las 5.30 horas—, apremiada por el inquieto Jacobo, la primera de las expediciones desaparecía rumbo a la cima del Nebi, acortando así el camino hacia la ruta a la vecina Séforis.

Nadie se lamentó. Nadie pronunció una palabra más alta que otra. Nadie se despidió.

Y el segundo grupo, tras atrancar las puertas exteriores de la vivienda, a una señal de Santiago enfiló la solitaria y embarrada «calle norte», perdiéndose con prisas hacia las «puertas» de Nazaret.

Dada la imposibilidad de María para caminar con seguridad y presteza, los hijos acondicionaron unas parihuelas, sujetando uno de los edredones a dos gruesas pértigas de madera. Y aunque poco ortodoxo, el armazón cumpliría su cometido: la Señora pudo viajar con una relativa comodidad. Los hombres, salvo el Zebedeo, nos turnamos en el transporte de las angarillas. En un primer momento —hasta que alcanzamos lo que bauticé como la cota «511»—, la responsabilidad de las andas corrió a cargo de Santiago, en cabeza, y David. Tanto uno como otro portaban a las espaldas sendos petates de cuero con las viandas y las ropas seleccionadas por las mujeres. Ruth, al igual que Juan, había sido liberada de toda carga. De su cinturón colgaba una mínima bolsa en la que fue depositada una jarrita de vidrio con el extracto de sanícula y una prudencial reserva de paños de lino.

Y este explorador, como si de una maldición se tratara, volvió a responsabilizarse del incómodo pero necesario odre con agua y vinagre. El volumen, de unos veinticuatro *log* (alrededor de quince litros), era suficiente para satisfacer las necesidades de los seis expedicionarios durante las dos horas escasas que, en principio, nos separaban de la ciudad de Caná.

El paso entre las casuchas, ahora maquilladas en naranja por el amanecer, me sorprendió. El familiar y monótono rugir de la molienda del grano escapaba ya por las puertas entreabiertas. Sin embargo, no sé si sujetos por el miedo o la indiferencia, ninguno de los vecinos acertó a salir a nuestro encuentro. Nadie tuvo el coraje de asomarse. Por supuesto, aunque no llegué a descubrir un solo rostro en la penumbra de las ventanas y cancelas, sabía que la precipitada salida de María y su gente estaba siendo espiada. E insisto: es injusto que los evangelistas silenciaran este penoso suceso. ¿Por qué no mencionaron la destrucción del taller de carpintería del Maestro? ¿Por qué no hablaron de aquella mortal oposición de buena parte de Nazaret hacia la familia del

Resucitado? E instintivamente fijé mi atención en Juan Zebedeo. Caminaba con lentitud, pero notablemente repuesto de su reciente trauma. Como creo haber relatado en anteriores oportunidades, la incorregible vanidad de este íntimo de Jesús le acompañaría toda su vida. Y apostaría lo poco que me resta para la muerte a que esta lamentable «desinformación» tuvo mucho que ver con ese afán de ocultar los pasajes en los que su imagen no salía precisamente airosa. Pero este vicio no fue exclusivo del «hijo del trueno». Más adelante tendría ocasión de presenciar otros acontecimientos —de mayor y menor calado— que resultarían igualmente silenciados o intencionadamente deformados por los propios apóstoles (1).

A la altura de la fuente, al ver junto a las aguas a un madrugador corro de matronas que se apresuraba en el llenado de puntiagudas vasijas, Ruth cubrió su cabeza con el negro manto, ocultando el rostro. Y aceleró el paso hasta situarse al costado de la Señora. Unas crueles y mal contenidas risitas encendió al Zebedeo. Y, volviéndose, las desafió con la mirada. Pero Santiago, con un escueto gesto de cabeza, le forzó a reanudar la marcha.

Y poco a poco la exuberante vega que despertaba entre las rosadas colinas fue quedando atrás.

El cielo, azul y cristalino, presagiaba una jornada sin sobresaltos.

Y mis ojos y mi corazón se despidieron con pesar del altivo palmeral que ponía orden en el sendero de acceso a la aldea.

¿Cuándo regresaría? Imposible saberlo en aquellos dolorosos momentos.

Y dejándome llenar por una singular emoción —a ratos suave y nostálgica, a ratos erizada por el rencor—, me detuve unos instantes, robando la imagen de aquella Nazaret blanca, arisca y agazapada en la falda del Nebi Sa'in. Un humo virgen e indefenso huía —como nosotros— de la aldea, construyendo finas y falsas columnas sobre los terrados y despidiéndonos a su ma-

(1) Amplia información al respecto en mi libro *El testamento de san Juan*. *(Nota de J. J. Benítez.)*

nera. Y a lo lejos, más allá de las cohortes de viñas y olivos, ajenos a todo, los bosques de nogales y algarrobos pintaban un horizonte verde y severo. Y me prometí a mí mismo que yo sí daría fe de cuanto había vivido y conocido entre aquellos ingratos e indiferentes *notzrim* (nazarenos).

Salvado el primer repecho, al conquistar la cota «511», el grupo descansó. El Zebedeo alcanzó a los porteadores de las parihuelas y, por espacio de breves instantes, los vi dialogar. Parecían referirse al abrupto camino que debía conducirnos en los próximos cuatro kilómetros y que desembocaba en el desfiladero de los leprosos. Y el recuerdo del incidente en Ein Mahil me intranquilizó.

Según lo convenido sustituí al criado en el transporte de la Señora. Acomodé la «vara de Moisés» junto a María y, repuestas las fuerzas, atacamos el segundo tramo. Y aunque el peso no era excesivo, lo escarpado del terreno —en permanente y pronunciado descenso—, unido al espeso y cerrado monte bajo, convirtieron la marcha en una tortura.

María, sin una protesta, tuvo que soportar más de uno y más de dos encontronazos con el pedregoso senderillo, consecuencia —en la mayor parte de los casos— de mi proverbial torpeza.

Y poco más o menos a la hora de nuestra partida de Nazaret, jadeantes y sudorosos, los expedicionarios entrábamos en la hoz de altas paredes, hoy conocida como Ein Mahil y que entonces constituía el forzoso amparo de los leprosos de la región.

Y como sucediera en el camino de ida, al contemplar el desfiladero, mujeres y hombres se estremecieron. Nadie habló. Y las miradas recorrieron desconfiadas los cuatrocientos o quinientos metros que nos separaban del final del silencioso barranco.

Santiago, en voz baja, nos previno. Era menester atravesarlo con sigilo y a la máxima velocidad.

Nunca llegué a acostumbrarme a aquel ancestral e irracional terror que demostraban las gentes —de toda clase y condición— hacia unos infortunados que, como aquéllos, malvivían en oquedades, minas abandonadas y remotos bosques o pantanos. Precisamente por ello, al saber de las numerosas y audaces aproximaciones del Maestro a estos infelices, mi admiración por el rabí de Galilea no tuvo límites. Pero de estos emocionantes sucesos se ocupará Eliseo, en su momento.

Alcé la vista hacia los agrestes y verticales taludes, pero sólo recibí la quietud de los matorrales de *ezov* (el hisopo sirio) y de los descolgados terebintos. Las bocas de las galerías —habituales refugios de estos «impuros»— aparecían igualmente en paz.

Y a una señal de Santiago, compacto como una piña, el temeroso grupo inició la carrera por el accidentado callejón.

El Zebedeo, embozado en el ropón, probablemente con más ansiedad y pánico que el resto, fue ganando distancia, alejándose sin mirar atrás.

David, aferrado a la mano de Ruth, permaneció a nuestra izquierda, acompasando la marcha al penoso ritmo de los porteadores.

Pero las aristas calcáreas que surcaban el fondo de la hoz terminarían jugando a la contra. Y sucedió lo que parecía inevitable.

En pleno esfuerzo, con la respiración en desorden, Santiago fue a pisar en falso, cayendo sobre los traidores repliegues.

Y angarillas, mujer y griego —por este orden— le siguieron en tropel.

Desconcertados, el sirviente y la «pequeña ardilla» retrocedieron de inmediato, intentando ayudar. Por fortuna, Santiago se recuperó a la misma velocidad a la que había caído. Comprobó el estado de la madre y preguntó por mi situación. En principio, el percance no rebasó los límites del lógico susto.

Y haciéndome de nuevo con los extremos de las pértigas le indiqué que me hallaba dispuesto.

Y reemprendimos la carrera, al tiempo que oíamos a nuestras espaldas los primeros e indignados *ame* (impuro) y los impactos de una súbita lluvia de piedras.

Minutos después, con el corazón en la boca y un vergonzante miedo —lo reconozco— salpicando mi supuesta hombría, dejamos atrás la garganta rocosa, refugiándonos en la espesura de una colonia de centenarios terebintos de cortezas olorosas y espejeantes.

Pero los sinsabores del grupo no habían terminado. Sinceramente, no sé qué fue peor: si la accidentada carrera por el desfiladero o el recibimiento del impaciente e irritado Zebedeo.

En un primer momento no presté atención a la agresiva actitud del discípulo. Para mí era algo habitual.

Y mientras Ruth atendía a la Señora, aprovechando el descanso para aplicarle nuevas compresas, Juan, apremiado por la sed, no tuvo más remedio que dirigirse a este explorador, reclamando el odre de agua con un timbre agrio que —a juzgar por las expresiones de mis compañeros— no agradó a nadie.

Atendí su reclamación, pero, al liberar el pellejo que colgaba de mi hombro, observé desolado cómo la casi totalidad del contenido había desaparecido. Examiné el pasador de madera que debería haber cerrado la embocadura, comprobando que se hallaba suelto. Y supuse que el cierre podía haber saltado en alguno de los tropiezos, mientras descendíamos hacia Ein Mahil.

Santiago y David, atentos a mis movimientos, supieron reaccionar caballerosamente. Y trataron de sosegarme, argumentando que «aquello podía ocurrirle a cualquiera». Además, nos encontrábamos a un kilómetro escaso del caudaloso manantial que abastecía Caná.

Y contrariado por tan imperdonable torpeza me apresuré a cortar el hilo de agua que escapaba ante mis atónitos ojos.

—¡Maldito idólatra!...

No alcancé siquiera a tocar la boquilla. El Zebedeo, en un arrebato de cólera, arrancó de entre mis manos la exhausta piel de cabra, descargando el veneno que acumulaba.

—¡Sólo has traído la desgracia a esta familia!

Santiago se apresuró a interponerse. Pero, a pesar de sus sensatas y pacificadoras palabras, el odio del discípulo reptaba ya como una cobra. Y asistimos boquiabiertos —yo más que el resto— a un ataque brutal y desproporcionado.

Juan, fuera de sí, con las arterias del cuello envaradas y relampagueando violencia por los ojos, se empinaba una y otra vez sobre las puntas de las sandalias, arrojando por encima de los hombros de Santiago toda suerte de improperios contra aquel «pagano, hijo de la abominación».

El jefe de la familia hacía desesperados esfuerzos por sujetarle, abrazando con ímpetu aquel manojo de nervios. Pero el Zebedeo, dispuesto a soltar el lastre que le consumía, tomando mi forzoso silencio como un desprecio, remató las injurias con una interrogante que me pilló desprevenido y que oscureció aún más los semblantes de los descompuestos y avergonzados testigos.

—¿Es que crees que la daga y tu sucia bolsa en la puerta no son la prueba de lo que afirmo?...

Santiago intentó silenciarle, tapando su boca con la mano izquierda. Fue inútil. El Zebedeo, agitándose como un bambú, logró zafarse y redondear sus propósitos:

—¡Idolatría!... ¡Nos acusan de idolatría por tu causa! «*Aboda-zara.*»

Y el recuerdo de la pintada me confundió del todo. ¿De qué estaba hablando? ¿Por qué me culpaba?

Y Santiago, hastiado, zanjó la poco edificante escena como supo y pudo. Sin mediar palabra lanzó un seco y certero cabezazo contra la frente del enrojecido discípulo. Y el neurótico se desplomó inconsciente.

Durante algunos minutos —inmensamente largos para mí—, el embarazoso silencio sólo se vio quebrado por el lejano canto de las alondras y el eco de aquellos enfurecidos gritos en mi memoria.

¿Qué quiso decir? En sus ataques, entre la maraña de insultos y despropósitos, creí detectar algo muy concreto y preciso. ¿Qué tenía que ver este griego —pagano, por supuesto— con la acusación de idolatría? ¿Qué me ocultaban? ¿Por qué mi bolsa de hule, en efecto, formaba parte del «aviso»?

Y empecé a sospechar que algo había escapado a mi control.

Las vertiginosas reflexiones fueron canceladas ante la proximidad de un Santiago visiblemente alterado. Y no le culpo. El inesperado desaire del Zebedeo colmó la generosa medida de su paciencia.

Me observó nervioso. Esquivó mi inquisidora mirada y se disculpó secamente en nombre del discípulo y de la familia.

Le abordé tratando de aclarar los términos de la grave acusación. Pero el galileo, sin ocultar el cansancio que le producía aquella triste historia, rehuyó el tema respondiendo con un cortante «Olvídalo».

Y, dando media vuelta, recuperó el odre y, con violencia, vació el agua restante sobre el rostro del derrumbado Juan. Y el aturdido discípulo, incorporándose con dificultad, lanzó un mudo reproche a cuantos le rodeaban, alejándose por la senda que conducía a Caná.

No hubo preguntas ni comentarios. David ocupó mi puesto y la silenciosa comitiva reemprendió la marcha. Y aquel kilómetro, en ascenso hacia el depósito de agua que surtía a la población de Meir, el *rofé* de las rosas, fue uno de los tramos más penosos, para quien esto escribe, en el viaje de retorno al *yam*. Penoso porque mi mente no dejó de pelear, buscando en vano la explicación a las acusaciones del Zebedeo.

«¡Idolatría!... ¡Nos acusan de idolatría por tu causa!»

Por más que trasteé en la memoria no logré despejar el misterio. En nuestro intenso entrenamiento habíamos tenido acceso a una voluminosa y detallada documentación sobre el tratamiento de la idolatría por parte de la legislación judía y las relaciones entre paganos e israelitas. Nada de lo que recordaba parecía encajar en las graves insinuaciones. Yo, por supuesto, en mi papel de «griego de Tesalónica» era considerado como un gentil. Y aunque no siempre fui tratado con cortesía por aquel pueblo, la verdad es que los incidentes originados por mi calidad de «no judío» fueron escasos. Como en otros aspectos del quehacer diario, la retorcida normativa religiosa era una cosa y la práctica, en especial entre las gentes sencillas y con sentido común, otra muy distinta. Por mucho que se esforzaran los doctores de la Ley, el enloquecido maremágnum de disposiciones rabínicas resultaba tan difícil de recordar como de cumplir (1).

Otra cuestión era que alguien —por venganza o por un extremado celo religioso— presentara una denuncia por incumplimiento de alguna de estas alambicadas

(1) A título orientativo mencionaré algunos ejemplos, en vigor en los tiempos de Jesús de Nazaret, sobre la absurda, compleja y, en ocasiones, ridícula legislación en torno al trato que debían recibir los paganos por parte de la comunidad judía. Una legislación, insisto, cimentada exclusivamente en lo religioso. Veamos: tres días antes de las fiestas de los gentiles, los judíos tenían prohibido todo trato comercial con dichos paganos. No podían prestar dinero ni objeto alguno y tampoco recibirlos. La Ley los obligaba, incluso, a no pagar ni recibir pago. La «justificación» para tan increíble comportamiento rezaba así: «al concluir el contrato comercial, el pagano quedaría satisfecho y aprovecharía la fiesta para agradecer a su ídolo, de lo que sería causa indirecta el israelita». (Tratado «aboda-zara», capítulo 1, 1.)

El criterio para fijar esas fiestas paganas encerraba ya una arbitrariedad que constituía una permanente burla hacia los judíos. Según la normativa religiosa, se consideraban fiestas «no judías» las calendas (para unos, el primer día del año y para otros, el primero de cada mes); las saturnales (fiesta de Saturno: el 17 de diciembre, a ocho días del solsticio); el día del aniversario o subida al trono de los reyes; el día de la victoria de Augusto sobre Cleopatra; el día del cumpleaños de una persona privada; el de su fallecimiento, con una curiosa salvedad: si el individuo era sometido a cremación, allí había culto idolátrico; el día del rasuramiento de la barba o del bucle, que marcaba la llegada del joven a la pubertad; el día en que un gentil regresa de un viaje por mar (?); el día en que sale de prisión y, en fin, hasta el día en que un pagano festeja la boda de su hijo.

La meticulosa tradición mosaica establecía incluso qué frutos y animales estaba prohibido vender a los gentiles durante las mencionadas fiestas, a fin de que no pudieran ser ofrecidos a los ídolos. Por ejemplo, incienso, piñas, higos blancos (con sus rabillos) y gallos blancos. Para algunos «sabios» sí estaba autorizada la venta de gallos blancos, siempre que fuera acompañada de gallos de otros colores. «Al comprar otros gallos, juntamente con el blanco —argumentaban—, el pagano muestra que no lo va a usar con fines idolátricos.» Otros doctores de la Ley consentían el comercio con gallos blancos si antes se les cortaba un dedo, inutilizándolos así para el culto. Tampoco era lícito venderles ganado mayor o asnos, fueran o no defectuosos. El razonamiento era igualmente peregrino: el gentil podía trabajar con él en sábado y Yavé había establecido que tamy mezquinas disposiciones legales. Sólo el tratado de «*aboda-zara*» (sobre la idolatría) reúne cincuenta normas y prohibiciones.

¿Venganza? Eso sí engranaba con lo ocurrido en Nazaret y con el perfil del saduceo. Pero, admitiendo la

---

bién el ganado debía descansar en dicha jornada. Leones, osos y cualquier otro tipo de fieras se hallaban prohibidos en base a que «podían causar daño a la gente».

Estas asfixiantes leyes —contra las que tanto combatió el Maestro— confundían muchos de los preceptos de Yavé, interpretándolos casi siempre de una forma racista. Por ejemplo: no podía dejarse ganado en las posadas de los gentiles porque —decían— son sospechosos de bestialidad. E invocaban el Levítico (19, 14). Cuando uno repasa dicho pasaje, es fácil entender que la advertencia de Yavé no iba destinada únicamente a los paganos: «No maldecirás a un mudo, ni pondrás tropiezo ante un ciego, sino que temerás a tu Dios. Yo, Yavé.»

Tampoco estaba permitido que una mujer judía permaneciera a solas con un gentil porque —según la Ley— «éstos son sospechosos de incontinencia» (San. 21 a b). En cuanto a los israelitas varones, la normativa era la misma. Razón: «los paganos son sospechosos de intenciones homicidas».

La práctica de la medicina no era una excepción para la rigurosa legislación religiosa judía. Un médico gentil —y éste era mi caso— podía curar a un israelita, siempre y cuando lo hiciera por dinero. Si la curación era gratuita, el judío caía en el pecado de idolatría. (Según la Guemara, la «curación del dinero» era también la curación de los animales. La «curación del cuerpo», en cambio, era la de una persona.)

La situación llegaba a tal extremo que un judío, por ejemplo, no podía dejarse cortar el pelo por un pagano en ninguna parte.

Naturalmente, cuando existía la posibilidad de obtener algún beneficio económico, la normativa judía hacía ciertas y desconcertantes concesiones. Recordemos algunas, al azar:

Estaba prohibido beber la leche ordeñada por un gentil si este acto no era contemplado por un judío. En cambio, podía comerciarse con ella. Si el ordeño era observado por un israelita, entonces no había reparo: la leche estaba autorizada para el consumo de los judíos. Y otro tanto sucedía con el pan, el aceite, las legumbres cocidas, las conservas, el pescado, etc.

Un pagano podía pisar la uva al lado de un israelita. Sin embargo, la Ley prohibía que ambos vendimiaran juntos.

Por último, para cerrar este interminable y aberrante cuadro, recordaré al hipotético lector de estos diarios que todo judío o judía que compraba o recibía cualquier objeto de manos de un gentil se halla-

hipótesis, ¿en qué podía basarse? ¿Cuál fue mi «error»? ¿En qué pude comprometer a la familia?

«¡Nos acusan de idolatría por tu causa!»

¿Por mi causa?

Que yo recordara, durante mi estancia en la aldea no se produjo compra o venta alguna entre la familia y quien esto escribe. Tampoco era portador de ídolos ni había incitado a nadie al culto idolátrico. Sí permanecí a solas con los diferentes miembros del clan. Y recorrí incluso la población en compañía de los hijos y de la Señora. Pero, sinceramente, hechos como aquél eran frecuentes y normales. Mucho más en la liberal Galilea. El propio sacerdote departió conmigo en varias ocasiones y en solitario. No, aquello resultaba excesivamente retorcido. Ningún tribunal habría aceptado una demanda semejante.

Y de pronto me vino a la memoria la intrascendente cura efectuada a María. Según el riguroso código religioso, cuando el médico no percibía salario, sí podía estimarse como una violación de la normativa y, por tanto, como un pecado de idolatría. Rechacé la idea. La trivial exploración de la herida y la posterior limpieza sólo fueron presenciadas por los hijos, el sirviente y el Zebedeo. Ninguno lo hubiera denunciado. ¿O sí? ¿Quizá el vengativo discípulo? Imposible —traté de tranquilizarme—. Juan permaneció bajo vigilancia en todo momento.

Como digo, fui incapaz de poner en pie un argumento que justificara la acusación del Zebedeo. La esquiva actitud de Santiago, sin embargo, parecía darle la razón. Tenía que interrogarlos. Tenía que escapar de aquella mortificante duda.

Y sumido en estas reflexiones me vi de pronto en la menguada planicie ubicada en la cota «532», y en la que

---

ba en la obligación de purificarlo antes de su uso. Si eran enseres de metal o vidrio tenía que sumergirlos para liberarlos así de la «natural impureza pagana». En el caso de los cuchillos bastaba con afilarlos. Asadores y parrillas, en cambio, debían ser sometidos al fuego purificador. *(N. del m.)*

reinaba, como gran protagonista, aquel salto de agua de cinco metros.

El grupo se detuvo frente al rumoroso estanque semicircular, saciando la sed y refrescándose. Y este explorador hizo otro tanto. Solté el lienzo que sujetaba el denario de plata contra mi frente e inspeccioné el hematoma. Había remitido considerablemente. Y tras un rápido aseo —no deseando defraudar a la Señora— volví a colocar la moneda, anudando el lino.

Santiago, más relajado, observó la operación de soslayo y esbozó una sonrisa, divertido ante el estrafalario perfil de aquel griego. A punto estuve de abordarle, aprovechando la favorable coyuntura. Pero la aparición del funcionario responsable del servicio de aguas de Caná me contuvo. Preguntó si deseábamos incienso. Y Santiago, excusándose en el estado de su madre, rechazó la invitación. Esta vez no habría ceremonia ni oración en el altar de los sagrados terebintos.

Y el guardián, contrariado por la pérdida del alquiler del cuenco con el incienso y el candil (una lepta: pura calderilla), se alejó hacia la cabaña de troncos de la que había salido, mascullando algo sobre aquellos «miserables e irreverentes *notzrim*, incapaces de respetar la tradición de sus mayores».

David y Ruth se acomodaron junto al estanque, disfrutando de la momentánea paz. Nadie echó de menos al Zebedeo. Supongo que dieron por cierto que continuó hacia el caserón del anciano *rofé* de Caná.

Santiago revolvió en su petate y repartió algunas provisiones: granos de trigo tostado, tortas de flor de harina amasadas con aceite y un pellizco de hierbabuena, cebollas crudas y una deliciosa y aromática miel de romero.

Y el grupo, hambriento, dio buena cuenta del frugal desayuno.

Aquél era el momento. Las tensiones aflojaron y, decidido, pregunté sobre la incógnita que me atornillaba. Sin embargo, a pesar de la exquisita prudencia y de los encarecidos ruegos, volví a estrellarme contra el silencio.

La «pequeña ardilla», mejor dispuesta, solicitó permiso a su hermano con la mirada. Pero Santiago, con una casi imperceptible negación de cabeza, selló los labios y la buena intención de la mujer. La Señora, por su parte, se limitó a bajar el rostro, haciendo causa común.

La impenetrable actitud, en el fondo, ratificaría mis sospechas. Algo grave sucedió en Nazaret.

Y vencido me resigné, a la espera de una nueva oportunidad.

Pero el sirviente, silencioso testigo de mi inútil intento, conmovido quizá por la desazón que endurecía mi semblante, se movilizó súbitamente. Y quien esto escribe observó sus movimientos por pura inercia. Una vez en pie, procurando no ser visto por la familia, hizo un guiño, invitándome a que me reuniera con él. Y le vi alejarse hacia el verde luminoso que amurallaba el calvero. Dejé que se adentrara en el bosque de terebintos y, al comprobar que se disponía a orinar, me excusé, siguiendo sus pasos y su ejemplo.

Y en esta poco ortodoxa actitud fui informado de las claves de aquel enigma.

La verdad, de nuevo, resultó más simple de lo que había imaginado.

Según mi confidente, todo arrancó a raíz de una indiscreción de la propia María. Al entrar en Nazaret —en un muy humano deseo de compartir las experiencias vividas en el accidentado viaje desde el *yam*—, la Señora, entre otros sucesos, relató a los vecinos el difícil y emotivo parto al que asistió en el encuentro con la caravana mesopotámica (1). Y llevada de la alegría e inocencia proporcionó todo lujo de detalles. Y quizá por descuido, o por su natural repulsión hacia la mentira, fue a narrar los hechos tal y como sucedieron. Segundo error. Al explicar cómo se vio forzada a reemplazar al paralizado Jasón, no cayó en la cuenta de algo que, al fin y a la postre, desencadenaría las iras del Zebedeo: hasta esos momentos, para los discípulos que nos acompañaban en aquella ocasión (Juan y Natanael), el único artífice del feliz alumbramiento era este griego de Tesalónica. María, como se recordará, generosa y prudente-

---

(1) Amplia información en *Caballo de Troya 4*. *(N. de J. J. Benítez.)*

mente, supo guardar silencio sobre mi aparente cobardía. Cuando el hecho fue conocido por Juan Zebedeo, caliente aún en su memoria el incidente con la *cerastes cerastes* (la serpiente que atacó a Natanael), su cólera se desbordó.

Y la narración de María —como era de prever— terminó filtrándose hasta llegar a oídos del saduceo.

Pero, sinceramente, no alcanzaba a comprender. ¿Dónde estaba el pecado?

—Muy simple —aclaró David—. La Ley es inflexible: una israelita no debe prestar ayuda en el parto a una gentil porque, de esa manera, participa en el nacimiento de un nuevo idólatra.

Confusión e indignación caminaron a la par.

Confusión porque semejante normativa no constaba entre mis informaciones. (Al retornar al módulo y consultar el banco de datos de Santa Claus, nuestro ordenador, observamos con desolación que, en efecto, dicha disposición no aparecía en el manuscrito de Munich —una de las más importantes fuentes sobre idolatría— y tampoco en los textos de Nápoles. Sencillamente, ignorábamos aquel cruel mandato religioso.)

Por supuesto —de acuerdo con las explicaciones del criado—, los falsos e hipócritas rabinos sí autorizaban lo contrario. Es decir, la ayuda de una gentil en el parto de una israelita.

E indignación porque, una vez más, el peligroso sacerdote —amparándose en un precepto que sólo respetaban los fanáticos— había buscado única y exclusivamente su satisfacción personal. En otras palabras: su venganza.

Y lo peor es que si aquella acusación prosperaba, la Señora —conforme a lo establecido en la Ley mosaica— podía ser castigada con la pena de exterminio. Concretamente, con la muerte por lapidación (1).

(1) La tradición oral judía religiosa, puesta por escrito hacia la segunda mitad del siglo II o quizá en la primera década del III, decía al respecto: «Los siguientes han de ser lapidados: el que tiene relación sexual con su madre o con la mujer de su padre o con la nuera o con un varón o con una bestia, la mujer que trae a sí una bestia (para copular con ella), el blasfemo, el idólatra, el que ofrece sus hijos a

Ahora sí comprendía las íntimas razones de Santiago y las prisas por abandonar la aldea. Y también distinguí con nitidez el porqué del feroz ataque del Zebedeo y la verdadera dimensión de sus palabras:

«¡Idolatría!... ¡Por tu causa nos acusan de idolatría!»

Y hasta cierto punto le asistía la verdad. El discípulo asoció el «pecado» de la Señora con mi negativa a auxiliar a la beduina de Murashu, culpándome en definitiva del desastroso desenlace.

¡Extraño Destino!

Al negarme a sacar adelante aquel parto, provoqué la intervención de María, cayendo incluso en el delito de idolatría en calidad de «inductor».

¡Extraño Destino, sí!

El estricto código ético de *Caballo de Troya*, como ya he referido, prohibía a los expedicionarios cualquier acción que pudiera alterar el curso normal de los acontecimientos. Sin embargo, paradójicamente, esa misma pasividad había influido en el devenir histórico. Un cruel dilema que, obviamente, sólo podíamos resolver de una

---

Molok, el nigromántico, el adivino, el profanador del sábado, el maldecidor del padre o de la madre, el que copula con una joven prometida, el inductor (que induce a un particular a la idolatría) —éste podría ser mi caso, a la luz de la retorcida legislación religiosa judía—, el seductor (que lleva a toda una ciudad a la idolatría: Deuteronomio 13, 13), el hechicero y el hijo obstinado y rebelde. Si uno ha tenido unión sexual con su madre, es culpable por ser su madre (Levítico 18, 7) y por ser la esposa de su padre (Levítico 18, 8). Si uno tiene relación sexual con la mujer de su padre, es culpable por ser la mujer de su padre y la mujer de un varón (Levítico 18, 20), ocurra en vida de su padre o después de muerto, esté sólo desposada o ya casada. Si uno tiene relación sexual con su nuera, es culpable frente a ella por razón de ser su nuera (Levítico 18, 15) y por razón de ser la mujer de un varón, ya ocurra en vida de su hijo, ya después de su muerte, esté ella desposada o ya casada. Si uno tiene conexión sexual con un varón o con una bestia o si una mujer se acopla a una bestia morirán lapidados (Levítico 20, 15-16). Si el hombre peca, ¿qué pecado comete la bestia? Debido a que a través de ella sobrevino al hombre un tropiezo, dice por eso de ella la Escritura: "Será lapidada." Otra explicación: a fin de que no pase la bestia por la plaza y digan: "A causa de ella fue lapidado fulanito." (El honor obliga a evitar lo que recuerde el crimen de esa persona.)» (Sanedrín 7, 4.) *(N. del m.)*

manera: suspendiendo la misión y regresando a nuestro «tiempo».

Y de nuevo el extraño Destino...

Nos hallábamos autorizados para cancelar la operación en situaciones muy específicas. Debíamos retornar en el hipotético caso de ser descubiertos. También, como consecuencia de cualquier enfermedad o accidente graves de los pilotos o ante una emergencia insalvable en los dispositivos de control, propulsión o abastecimiento energético de la «cuna». Aquel problema, en cambio, ni siquiera fue contemplado por los responsables de la misión. Científicos y técnicos se dejaron arrastrar entusiasmados por la fascinante oportunidad, cerrando los ojos a lo más importante: que lo ignorábamos todo sobre las posibles consecuencias de un «viaje» tan especial.

Lo cierto es que, a raíz de este incidente, Eliseo y quien esto escribe tomamos plena conciencia de nuestra delicadísima presencia en aquel «ahora». Y aunque extremamos las precauciones para mantenernos en un plano —digamos— «neutro», debo confesar que no siempre salimos airosos.

Verdaderamente, los caminos de Dios son inescrutables.

Y, desolado, permanecí en el límite del bosque, mientras el providencial sirviente se reincorporaba al grupo. Y una demoledora tristeza y una honda gratitud me invadieron por igual. Aquella buena gente que se disponía ya a reanudar el camino —consciente de la gravedad y de lo irreversible del problema— no había querido hacerme partícipe de su angustia, liberándome así de una preocupación contra la que, por supuesto, poco podía hacer.

Y Dios es testigo. Allí mismo, en el amargo silencio de mi corazón, les di las gracias.

Y de pronto, a la tristeza y a la gratitud vino a sumarse un tercer sentimiento. No sé exactamente cómo surgió. Pero se hizo irrefrenable. No me sentía con fuerzas para continuar el viaje en la compañía de Santiago y su gente. No podía soportar la idea de caminar junto a ellos y simular que seguía ignorando lo ocurrido. Cualquier mirada, silencio o gesto me hubieran traicionado.

Además, ¿cómo cubrir con naturalidad los veinticinco kilómetros que restaban para el lago con un Juan Zebedeo dispuesto a masacrarme a la menor oportunidad? Lo último que deseaba y necesitaba era un nuevo enfrentamiento con el discípulo.

Estaba decidido. Proseguiría en solitario.

El siguiente paso no resultaba tampoco nada fácil. ¿Qué podía decirles?

La intención de Santiago era descansar brevemente en la morada de Meir y continuar esa misma mañana hacia el *yam*, alcanzando la aldea de Saidan antes del ocaso. ¿Qué excusa utilizaba cuando, en realidad, todos caminábamos en la misma dirección? No tenía mucho sentido que pretendiera ganar unos minutos, esquivando el obligado alto en la casa del entrañable *rofé* de las rosas. Sinceramente, me sentí desarmado. Y una vez más —rememorando el estilo del Maestro— abandoné el asunto en manos del Destino. Por aquel entonces —por qué ocultarlo—, quien esto escribe seguía refugiándose en la palabra «Destino». Más adelante aprendería a llamar a las cosas por su nombre...

Y el Destino volvió a compadecerse de este indeciso explorador.

El perspicaz David, haciéndose cargo de mi estado de ánimo, me relevó en el transporte de las parihuelas. Y los expedicionarios, cargando los bultos, se adentraron en la arboleda que descendía perezosa al encuentro de sus hermanos, los robles del Tabor.

Y tras unos instantes de penosa duda, opté por seguir sus pasos. Si mis referencias no fallaban, nos encontrábamos a cosa de dos kilómetros y medio de Caná. Algo se me ocurriría. La decisión estaba tomada. No me echaría atrás. Buscaría la forma de despedirme y, rodeando la población, enfilaría la senda que conducía a la ruta principal.

Pero, poco antes de la bifurcación de los caminos (1), el Destino, en efecto, tomó cartas en el asunto.

(1)   La senda se desdoblaba en un ramal que penetraba hacia el sureste, en dirección al monte Tabor, y en una segunda pista —por la que caminábamos— que moría en Nazaret. *(N. del m.)*

Ruth, intrigada por el inesperado relevo en las parihuelas y por el no menos extraño alejamiento de aquel griego, lanzó varias miradas hacia quien esto escribe. Finalmente, obedeciendo uno de sus espontáneos impulsos, se detuvo, esperándome. El grupo de las angarillas, pendiente del convulso terreno, no se percató de su alejamiento.

Y la «pequeña ardilla» me acogió con una dulce sonrisa. Y señalando el paño que ceñía la frente se interesó por mi salud. Fue una manera, como otra cualquiera, de romper el incómodo silencio.

La observé complacido y, disimulando mi inquietud, encarrilé la conversación hacia lo primero que me vino al pensamiento. Y durante algunos minutos la paciente mujer oyó toda suerte de elogios hacia la magnífica naturaleza que atravesábamos. Nunca me distinguí por el conocimiento de la compleja personalidad femenina. Y en esta oportunidad tampoco fui capaz de detectar las verdaderas intenciones de mi acompañante. Y como un estúpido continué hablando y hablando de las fragantes cúpulas verdinegras de algarrobos y robles, de las tormentosas y espléndidas barrancas que dejábamos a uno y otro lado y de las escandalosas urracas o de las asustadizas chochaperdices que despegaban a nuestro paso.

Hasta que, agotado el repertorio, la joven, tomándome del brazo con delicadeza, me atravesó con sus radiantes ojos verdes, desembarcando sin rodeos en el problema que me consumía. Y mi corazón se estremeció, anunciando algo. «Algo» que no había ocurrido aún y que este torpe explorador descubriría en el tercer «salto»...

¡Cuán fino instinto el de las mujeres!

Y, gratamente sorprendido, no supe ni quise mentir. Y abriendo el corazón le expresé lo que sabía, añadiendo hasta qué punto me sentía desolado y agradecido.

Ruth no pareció molesta ni contrariada por aquella revelación. Todo lo contrario. Su mirada se remansó, limitándose a presionar mi brazo con los largos y finos dedos. Y aquel fervor fue mutuo.

Durante un tiempo avanzamos en silencio. Un silencio cálido, limpio y entrañable, discretamente amparado por el rumor de las aguas en la canalización a cielo abierto que se abría paso, con nosotros, entre la espinosa vegetación y las boscosas vaguadas.

Y, de pronto, Caná apareció ante nuestros ojos. La radiante luz de la mañana la transformó en una cinta blanca, milagrosamente anudada al olivar.

Ruth suspiró aliviada.

Y aprovechando la breve pausa me atreví a exponerle mis intenciones de continuar en solitario. Es curioso. Todo fue tan natural y sosegado que no necesité de excusa alguna. Sencillamente, rodeándome con una transparente y amorosa mirada, lo comprendió y aceptó. Y prometiendo que daría cumplida cuenta de lo hablado a su madre y hermano me abrazó temblorosa, añadiendo algo que me dejó perplejo:

—Aquel griego, aquel Jasón que conocí hace años, también nos amó y le amamos... Pero tú eres mucho más guapo.

Como ya he referido, tendríamos que esperar a la ejecución del tercer «salto» para desenredar aquel repetitivo misterio. ¿Por qué algunos de los personajes de esta aventura hacían constantes alusiones a ese «otro Jasón» que aseguraban haber conocido?

Y, alborozada se alejó a la carrera, perdiéndose en el olivar que flanqueaba el costado oriental de Caná.

Y con el espíritu reconfortado por la bondad de aquella providencial conversación me dispuse a consumar la última fase de aquel inolvidable viaje.

De acuerdo con lo establecido me apresuré a dejar atrás los frondosos huertos de granados que distinguían y favorecían a la industriosa Caná, penetrando con decisión en el encabritado senderillo que unía el pueblo con la ruta que debía conducirme al *yam*. En esta ocasión, al contrario de lo que ocurriera en el viaje de ida, en el que me vi obligado a cargar al debilitado Natanael, el descenso entre las abundantes y regulares cañadas fue rápido y cómodo. Y los dos kilómetros y cuatrocientos metros que me separaban del desvío fueron satisfechos en algo más de veinte minutos. Si la suerte me acompañaba, los restantes veintidós kilómetros hasta el lugar del asentamiento del módulo podían ser cubiertos en unas cinco horas. Quizá menos si las fuerzas respondían y quien esto escribe era capaz de desarrollar una velocidad de un kilómetro cada diez o doce minutos. Las recientes experiencias, sin embargo, me hicieron recapacitar. Este tipo de recorridos se hallaba sujeto casi siempre a múltiples e imprevisibles factores.

Consulté el sol. Rondaba ya la hora tercia (las nueve de la mañana). Y al abordar el negruzco y descarnado piso de tierra prensada de la carretera que unía el mar del Kennereth con Megiddó y la llanura de Esdrelón, al oeste de Israel, surgió el primer contratiempo. Mejor dicho, el primer aviso.

Frente a mí, en la dirección de Tir'an, apareció una pareja de esforzados campesinos, arreando con sus varas una reata de dóciles onagros, los asnos de cuello curvo y tiesas y llamativas orejas. Transportaban gavillas de lino recién cortado, con las flores azul celeste oscilando al nervioso trote de los jumentos. Y al cruzarse con aquel larguirucho individuo, tocado con tan aparatoso y enrojecido lienzo sobre la frente, después de responder a mi puntual y respetuoso «Shalom alekh hem» (la paz sea con vosotros), sin poder contenerse estallaron en un mordaz río de carcajadas. Me volví intrigado, al tiempo que torcían hacia la senda que se empinaba hacia Caná. Y uno de ellos, al percibir mi extrañeza, doblado por la risa, fue a tocar el trapo colorado que colgaba entre los ojos de uno de los animales, aludiendo con exagerados gestos al lienzo —teñido por la sangre de la Señora— que caía sobre mis espaldas. Y me pareció entender el porqué del alborozo y de las burlas de los felah. Tal y como había observado entre los supersticiosos judíos, raro era el viajero que emprendía una marcha —por muy corta que fuera— sin colocar uno de aquellos trapos granates o una cola de zorro sobre la testuz de su caballería. No hacerlo podía significar un accidente seguro. E imaginé que aquélla era la primera vez que veían un lienzo rojo, no sobre la frente del asno o del caballo, que era lo correcto, sino en la del caminante.

Y advertido tuve especial cuidado en deshacerme del paño y del denario. Guardé el lienzo en la vacía bolsa de hule y, al hacer lo propio con la moneda, caí en la cuenta de que no tuve la delicadeza de ponerla en manos de Ruth, devolviéndola así a su dueña. Aquel descuido me sublevó. Pero este pasajero enfado se vio eclipsado por otra preocupación que arrastraba desde Nazaret y que, removida por la cadena de sucesos que ya he relatado, se mantenía agazapada en un segundo plano. Y durante un buen trecho del viaje se alzó oscura y despiadada.

La situación no podía ser más crítica. El robo del contenido de la mencionada bolsa nos dejó sin dinero. Los ciento treinta y un denarios de plata eran la última reserva.

Ciertamente, los responsables de la operación nos entregaron una suma que respondía a las necesidades de los cuarenta o cuarenta y cinco días de que constaba aquel segundo «salto» en el tiempo (1). Lo que nadie contempló fue la posibilidad de que estos expedicionarios fueran asaltados y robados.

La cuestión es que, con esta lamentable pérdida, las cosas se habían precipitado. Y nos hallábamos ante otro conflicto: ¿cómo cumplir el resto de la fase «oficial»?

9.30 horas.

Abstraído por estos pensamientos pasé de largo ante el primero de los desvíos; el que conducía a la pequeña aldea de Tir'an. Algunos lugareños, generalmente mujeres con su prole, ofrecían a voces los productos de la tierra. Y forcé la marcha. Aquellos dos kilómetros y medio fueron rematados en algo menos de treinta minutos.

A derecha e izquierda, partidas de *felah* rompían el dorado y ondeante horizonte, a la espera del secado de las manchas de cebada. La siega, en pleno apogeo, reunía en los campos a decenas de familias que se animaban con monótonos cánticos. Y entre carretas y asnos, una chiquillería alegre e indomable corría sin cesar arriba y

(1) Véase información en *Caballo de Troya 2. (N. de J. J. Benítez.)*

abajo, espantando con gritos y palmoteos las tenaces nubes de currucas y tórtolas.

¿La fase «oficial»?

A decir verdad era lo que menos me preocupaba. Mi obsesión en aquellos momentos se centraba en el tercer «salto». Aquél sí constituía un gravísimo problema. ¿Cómo emprender semejante aventura sin un mísero as?

Eliseo y quien esto escribe ya lo habíamos discutido. Y estábamos de acuerdo: el seguimiento continuado de la vida pública del Maestro —estimada en unos cuatro años— nos obligaba a contar, entre otros importantes elementos, con unos recursos monetarios de cierto peso que, obviamente, no teníamos. Y aunque el sagaz Eliseo prometió resolver el espinoso asunto, las perspectivas cojeaban.

¿Cómo obtener los fondos necesarios para subsistir? ¿Cómo hacer frente a las innumerables contingencias que, a buen seguro, nos saldrían al paso? ¿Trabajar? También barajamos esta idea. Sin embargo, la necesidad de permanecer a diario junto al rabí de Galilea —prácticamente minuto a minuto— relegaba dicha posibilidad a algo utópico y de difícil ejecución. Mi hermano apuntó incluso otra fórmula que, en principio, se me antojó descabellada: ¿por qué no recurrir al inmenso potencial de los dispositivos técnicos para hacernos con una buena reserva? Como digo, en un primer momento no presté demasiada atención a la sugerencia. Aunque el manual de instrucciones no hacía alusión alguna a semejante propuesta, sinceramente, no me pareció correcta. Sin embargo, la semilla estaba sembrada. Y conforme me aproximaba a la posada del «tuerto» —de tan triste recuerdo—, el asunto fue ganando terreno en mi encogido ánimo.

10 horas.

El lugar se hallaba solitario y silencioso. Y no deseando tentar la fortuna crucé raudo frente al oscuro túnel de acceso al conflictivo establecimiento. La sed empezaba a golpearme. Pero, ansioso por alcanzar cuanto antes el lago, me alejé hacia la siguiente referencia: el cruce que apuntaba al villorrio de Lavi.

¿Los dispositivos técnicos?

No era mala solución —continué lucubrando—, siempre y cuando supiéramos manejarlos con discreción y sin quebrar el rígido código de *Caballo de Troya*. Pero ¿cómo materializar la idea? ¿A qué instrumental se refería mi hermano? ¿Cómo emplearlos para obtener un beneficio económico?

E instintivamente desvié la mirada hacia el cayado que portaba en la mano derecha y que marcaba el ritmo de la forzada marcha. Sí, allí podía estar una de las claves.

Lo que no sospechaba en aquellos momentos era lo cerca que me encontraba de la puesta en escena de la brillante proposición de Eliseo...

Y atormentado regresé al problema de fondo. Sea como fuere, resultaba vital que, de inmediato, diéramos con una solución. Ninguno de los planes previstos —y mucho menos la acariciada aventura «no oficial» del tercer «salto»— podía ser desplegado con un mínimo de serenidad si no contábamos con los medios económicos imprescindibles. Los viajes, en especial, no habrían prosperado sin esa necesaria reserva de dinero.

¿Y qué decir de nuestra propia supervivencia? Aun admitiendo la siempre generosa ayuda de la familia de los Zebedeo y de los restantes íntimos de Jesús, el costo de la vida en aquella región —aunque no tan alto como el de Jerusalén— nos obligaba a disponer de, al menos, un denario de plata por persona y día (1).

(1) Como simple referencia orientativa anotaré los precios de algunos productos básicos. Una ración de pan de trigo, por ejemplo, venía a costar dos ases (un denario de plata equivalía a veinticuatro ases). Diez o doce higos podían adquirirse en Galilea por un as. En la Ciudad Santa, en cambio, por ese mismo precio sólo se obtenían tres o cuatro unidades. Una medida de leche (un log: alrededor de seiscientos gramos) suponía otro as. Seis huevos, entre dos y tres ases. Una tórtola no bajaba de un octavo de denario. Dos *qinnîm* (nidos de pájaros), seis ases. Un kab (algo más de dos kilos) de fruta, dependiendo del género, entre un cuarto y un octavo de denario. Dos log (algo más de un litro de aceite), entre diez y doce ases. En cuanto al vino —según el origen y la calidad—, un pellejo (diez bats: alrededor de treinta litros) oscilaba entre tres y cuatro denarios. *(N. del m.)*

11 horas.

Este agotado explorador necesitó una pausa. Y aproveché la confluencia con el pedregoso y estrecho senderillo que bajaba del picacho en el que se asentaba la encalada aldea de Lavi.

Al pie del camino, en la redonda y reducida era practicada en la bifurcación, sentada a la turca, se hallaba una vieja «conocida»: la vecina que, días atrás, había sido interpelada por el grupo de nómadas de Murashu y que, dada su «disartria» (imperfección en la articulación de las palabras, como consecuencia de alguna lesión en los músculos de la fonación), provocó la confusión y el nerviosismo de los beduinos. La saludé sonriente, desparramando la mirada por la mercancía que tenía a la venta. Era consciente que, tarde o temprano, debería reponer las menguadas fuerzas. Pero la oferta no terminó de satisfacerme. Lentejas recién recolectadas, ajos y cebollas crudos, harina de cebada y poco más. En cuanto a la ristra de calabazas vinateras —algunas con agua de dudosa naturaleza— la desestimé igualmente. Las normas de la Operación, como ya he referido, eran extremadamente rígidas en lo concerniente a alimentación y, sobre todo, a la hora de ingerir agua. Pensé en adquirir un puñado de ajos y cebollas. Quizá así engañara momentáneamente el hambre y la sed. Pero con los dedos en el interior de la bolsa, al palpar el denario, algo (?) me hizo desistir. Aquella moneda —casi sin darme cuenta— había cobrado un valor que nada tenía que ver con lo puramente económico. Era mucho más. Era un símbolo, un recuerdo, una manifestación del amor y la generosidad de la madre terrenal del Hijo del Hombre. Sí, la guardaría. Sería algo así como un talismán.

Y eché marcha atrás, renunciando a la frugal colación. Disimulé con una mal trazada sonrisa y, cuando me disponía a reemprender el camino, la mujer, comprendiendo mis intenciones, en un confuso y desencuadernado lenguaje, suplicó que la auxiliara con algunas leptas. Y separando el brazo derecho fue a mostrarme al niño que permanecía adormilado contra su pecho. Me estremecí. La criatura, de unos cinco o seis años, presentaba una erupción generalizada, con la piel endurecida, hinchada y de un llamativo color escarlata. La cara aparecía especialmente afectada. Numerosas vesículas o ampollas, cargadas de pus, deformaban las mejillas, nariz y lóbulos de las orejas, ascendiendo hasta el cuero cabelludo. La cabeza, en definitiva, se hallaba monstruosamente hinchada.

Fue superior a mis fuerzas. Y movido por un sentimiento de piedad —algo que raras veces he experimentado—, me incliné sobre el niño. La galilea, desconfiada, volvió a ocultar al pequeño con la manga de su túnica.

Y como pude le hice entender que no deseaba causar mal alguno. La mujer, indecisa, terminó cediendo, sin saber en realidad cuáles eran los propósitos de aquel extranjero. A decir verdad, tampoco yo estaba muy seguro.

Una alta fiebre le consumía. Inspeccioné la piel y, al tacto, observé cómo el borde de la inflamación presentaba un notable levantamiento, netamente limitado y como si de una pared se tratara. Aquellas intensas inflamaciones, la vesiculación y la formación de flemones me hicieron sospechar que estaba ante una «erisipela», una de las múltiples infecciones bacterianas que asolaban a las gentes de aquel tiempo.

Instintivamente dejé de explorarlo. Si era lo que suponía, aquella infección aguda en la piel y tejido celular subcutáneo —provocada por el estreptococo hemolítico «B» del grupo «A»— podía transmitirse por simple contacto. Era muy posible que la entrada del estreptococo se hubiera registrado a través de cualquier arañazo, de una herida accidental en el cuero cabelludo o utilizando la vía de una úlcera en brazos o piernas. La enfermedad —teóricamente grave—, de no ser atajada con un enérgico tratamiento a base de antibióticos (preferentemente penicilina o eritromicina), podía desembocar en una catástrofe generalizada, con alteraciones degenerativas en las vísceras, accidentes vasculares provocados por las embolias, inflamaciones de las meninges, pleura, peritoneo y membranas sinoviales, bronconeumonía y septicemia. La muerte del niño, por supuesto, no podía ser descartada.

¿Qué hacer? ¿Cómo actuar? La norma me prohibía intervenir atajando el mal. Por otra parte, privado del botiquín de «campaña», no era mucho lo que tenía al alcance de la mano. Y por enésima vez me vi enfrentado a uno de los más dolorosos aspectos de nuestro trabajo. Mi corazón me arrastraba a salvar la vida de aquella inocente criatura. Mi férreo entrenamiento, en cambio, me sujetaba, obligándome a salir del atolladero en el que, voluntariamente, había caído. Es curioso. Este dramático dilema nos ayudaría a comprender mejor las difíciles y muy parecidas circunstancias por las que tuvo que pasar el Maestro en numerosos momentos de su vida de predicación. Pero no adelantemos acontecimientos...

La madre me miró con ansiedad. Estaba claro para ella que aquel individuo era un «sanador» o algo parecido. Y aturdida fue a preguntar lo último que hubiera deseado oír:

—¿Puedes salvarle?

La lucha en mi interior fue tan desgarradora que la mujer, leyendo en mis ojos, pasó de implorante a consoladora.

Increíble pirueta del Destino.

Tomó mis manos y, aproximándolas a sus labios, las besó indulgente. Me rompí por dentro. Y con un susurro se excusó:

—Sé que nuestros pecados son muchos... Gracias por intentarlo.

Aquella pobre gente —dominada por la tradición y las torcidas interpretaciones rabínicas— admitía sin discusión que la enfermedad era el lógico castigo a sus pecados. Y creía a pie juntillas en la maldición del colérico Yavé, que no perdonaba el menor error. Esas faltas —negociadas por Dios en forma de males y calamidades— afectaban incluso a sus hijos y a las generaciones futuras. ¡Cuánto peleó el Maestro por borrar de las mentes de sus contemporáneos tan absurda e infantil idea! ¡Cuánto luchó por hacerles ver que el verdadero Dios era en realidad un amoroso Padre!

Y de pronto, revolviéndome contra mí mismo, en una reacción que no supe explicar, me hice con la «vara de Moisés». No debía curarle, ciertamente, pero sí aliviarle.

Y dejándome guiar por aquel sentimiento, y por la idea que acababa de iluminarme, solicité de la mujer que se retirara. Obedeció al instante. Acomodé al niño sobre la estera de palma y me arrodillé a su lado. Y depositando la cabeza sobre mis piernas lancé una rápida mirada al camino. Seguía desierto. Y procurando serenarme aproximé la parte superior del cayado al rostro del pequeño, hasta situarlo a unos veinte centímetros de la piel. Y me dispuse a pulsar el clavo del láser de gas hasta la posición de desfocalización, rebajando así el alto potencial energético al nivel de los 500 hertz. Lamentablemente, al no disponer de las «crótalos», la radiación —en una longitud de onda de 904 nanómetros (no visible)— debía ser dirigida de forma instintiva. Su poder de penetración, sin embargo, hasta cinco centímetros, superando la barrera cutánea y subcutánea, garantizaba una amplia y segura acción antibacteriana que —en cuestión de minutos— me serviría incluso de orientación.

Y protegiendo los ojos del pequeño con la mano izquierda, fui trazando círculos sobre la infección, barriendo la totalidad del rostro. Y a los seis o siete minutos, ante la atónita mirada de la galilea, la invisible energía lumínica, actuando biomolecularmente en las células de los tejidos enfermos, obró el «milagro»: la desintegración de las ampollas y la paulatina desaparición de las inflamaciones (1).

(1) Como saben los especialistas en laserterapia, la energía luminosa es absorbida por los tejidos, estimulando o modificando los procesos metabólicos. El profesor Pollack, de la Universidad de Filadelfia, demostró que la acción del láser sobre las células provoca la transformación de ADP en ATP, acelerando los tiempos de mitosis. Por eso que este tipo de radiación contribuye a una más rápida reconstrucción y normalización de los tejidos, favoreciendo la síntesis de NA y RNA sin alterar las características genéticas e histofuncionales de la célula. Según todos los expertos, los principales efectos biológicos del láser pueden sintetizarse en los siguientes términos: incre-

Incrementé la frecuencia hasta los mil cuatrocientos hertz, dedicando otros quince o veinte minutos a una nueva «regeneración» que se extendió también a las orejas y al cuero cabelludo.

Y feliz ante la eficacia de aquella «vitamina luz», fui a entregar el niño a su madre. La galilea, sin poder dar crédito a la súbita transfiguración del pequeño, me observó con un miedo reverencial. Y las lágrimas acudieron a sus ojos. Y también a los míos.

Yo sabía que la infección no había desaparecido y que, muy probablemente, transcurridos los efectos de aquella energía en estado puro, la «erisipela» reaparecería, comprometiendo la vida del infante. Pero, al menos, aunque sólo fuera temporalmente, acababa de relajar el angustiado corazón de una madre.

Y sin necesidad de palabras, con la mejor de mis sonrisas, me despedí de la buena mujer. Pero, cuando me disponía a abordar la senda, la galilea, saliendo al fin de su desconcierto, tomó uno de los cuencos de arcilla y arrojándose a mis pies, sollozando y hundiendo el rostro en la tierra, suplicó que aceptara la humilde ofrenda.

Esta vez fui yo el desconcertado. Y tomándola por los brazos la obligué a alzarse.

¡Dios bendito! ¿Cómo explicarle que aquello no tenía nada de milagroso? ¿Debía desilusionarla, confesándole que la mejoría era tan sólo aparente? Y opté por lo único que podía y debía hacer: guardar silencio. Y agradeciendo su gesto, comprendiendo que no era justo insultarla con una negativa, acepté un par de jugosas cebollas.

---

mento del flujo hemático por vasodilatación arterial y capilar, con la consiguiente acción antiflogística, antiedematosa, trófica y estimulante del metabolismo celular; modificación de la presión hidrostática intracapilar, con la mejora de la absorción de los líquidos intersticiales y la eliminación o reducción de los edemas; aumento del umbral de percepción de las terminaciones nerviosas algotropas, con el lógico beneficio analgésico; estimulación de la regeneración electrolítica del protoplasma celular, acelerando así los procesos metabólicos; fulminante acción antibacteriana, provocando el rearme de los sistemas inmunitarios y la multiplicación de los anticuerpos. *(N. del m.)*

12 horas.

Por delante, hasta el cruce a la aldea de Arbel, esperaban otros tres kilómetros largos. ¿Qué nuevos sobresaltos me reservaba el Destino?

Me equivocaba. Este tramo resultaría una pura delicia. En solitario disfruté de las suculentas cebollas, del cálido perfume que navegaba sobre los trigales y de la paleta de color de las lejanas y romas colinas, ora verdes, ora rojas, ora azules por capricho de olivares, arcilla y bosques de robles, algarrobos, terebintos y pinos de Alepo.

Y mis pensamientos retrocedieron junto a la mujer y el niño de Lavi. Lo ocurrido me llenó de satisfacción, sí, pero, al mismo tiempo, me inquietó. Y comprendí que no era bueno abusar de aquellas «prerrogativas». Era menester endurecer los sentimientos. Nuestra misión no era ésa. Por otro lado le di la razón a Eliseo. Si éramos capaces de utilizarlos con cautela y sabiduría, los dispositivos técnicos a nuestro alcance podían solventar algunos de los problemas que nos acorralaban. Y me propuse estudiar a fondo el asunto en cuanto el Destino me permitiera acceder a la nave.

¿Ingresar en la «cuna»? Al descubrir la desaparición de las «crótalos», las vitales lentes de contacto, ya pensé en ello. ¿Cómo localizar el módulo —apantallado por la radiación IR— sin el concurso de dichas lentes? Me consolé, confiando en la conexión auditiva. Aun así, aquel tropiezo significaba una irreparable pérdida. En el módulo sólo quedaba un estuche, con un par de «crótalos» de repuesto. Teníamos que extremar las precauciones. La destrucción o robo de aquellas últimas «crótalos» habría supuesto serias dificultades a la hora de entrar en nuestro refugio y de manipular el instrumental alojado en la «vara de Moisés». En cuanto al salvoconducto de Poncio —aunque tenía por delante un no menos incierto viaje a Cesarea—, honradamente, no me preocupaba en exceso. De peores situaciones había salido...

12.30 horas.

¿Fue el instinto? Ya no sé qué pensar...

Al consumar los tres kilómetros y divisar el camino

secundario que, partiendo de la ruta principal, cule-breaba entre las hileras de olivos hacia el villorrio de las redes (Arbel), volví a detenerme. Contemplé el apretado racimo de casitas, perdido en la distancia, y, como un certero aviso, recordé la inquietante soledad del *wadi* Hamâm. Aquel desfiladero —conocido también como el valle de las Palomas— no me inspiraba confianza. No para atravesarlo en solitario. Y aunque hubiera podido hacer frente a un hipotético asalto de los bandidos y merodeadores que se ocultaban en la zona, consideré más prudente evitar el posible riesgo.

Calculé la distancia a la ciudad de Tiberíades —al-rededor de cuatro o cinco kilómetros— y confiando en avistar el *yam* en poco más de una hora me dejé conducir por la intuición. Y ahora me pregunto: ¿fue la intuición quien verdaderamente me hizo cambiar de criterio? Sea como fuere, bendito sea. Como repetía el Maestro, «quien tenga oídos, que oiga».

Y con paso enérgico ataqué aquella etapa. Un tramo inédito para este explorador. Esta circunstancia —no lo voy a negar— me puso en guardia. Ignoraba lo que tenía por delante. Y aunque mi único y obsesivo propósito era reunirme con mi hermano, no descarté que, bien por mi calidad de pagano o por cualquier otro capricho del Des-tino, pudiera verme enredado en nuevos conflictos.

Y conforme avanzaba, este planteamiento fue tornán-dose en algo sólido. Y mi corazón se agitó, pendiente de la premonición.

Una discreta brisa —preludio del puntual *maarabit*, el viento del Mediterráneo que sopla entre abril y octubre— refrescó momentáneamente la marcha y los caldeados pensamientos. Con el ascenso del sol y la aproximación al lago la temperatura había ido subiendo. En aquellos momentos quizá rondase los 25 o 28° Celsius.

A un par de kilómetros del *yam*, la hasta entonces desierta senda fue cobrando mayor actividad. Alcancé y rebasé varias cuerdas de asnos, conducidas por chillo-nes y gesticulantes *felah*, deseosos, como yo, de arribar lo antes posible a su destino: presumiblemente, la capi-tal del lago —Tiberíades— o algunas de las localidades costeras. Al principio no reparé en el porqué de semejantes prisas. Después, a las puertas de la ciudad de Herodes Antipas, comprendería la razón de tales urgencias.

Pendientes de los cargamentos de legumbres, cerámica, flores, quesos y de los abultados odres de vino de las alejadas regiones de Queruhaím (al norte de Jericó), Beth Rimá y Beth Labán, en las montañas de Judea, galileos y judíos apenas me prestaron atención. Crucé los obligados saludos, recibiendo en la mayor parte de los casos un lacónico *shalom* (paz) y en otros las inevitables maldiciones —contra mi madre, naturalmente— al percibir el acento de aquel maldito pagano.

Y todo discurrió con relativa normalidad hasta que, al doblar uno de los escasos recodos, faltando poco más de kilómetro y medio para la cota del nivel del mar (el *yam* se encontraba entonces a 212 metros por debajo de la superficie del Mediterráneo), fui sorprendido —ésa sería la palabra exacta— por un espectáculo que no figuraba en nuestras informaciones y que me obligó a frenar la marcha.

¡Dios! ¡Cuánto nos quedaba por ver en aquella Palestina del siglo i!

Súbitamente, los prósperos campos de cereales desaparecieron. Y a derecha e izquierda de la carretera, hasta donde pude alcanzar con la vista, surgió un «infierno». Algo había contemplado a las afueras de Jerusalén. Pero aquello sobrepasaba toda imaginación.

¿Miles de chabolas? No creo que exagere.

Y una mezcla de miedo, angustia y rabia fue cargando mi alma, obligándome casi a detenerme. Jamás imaginé que en los extrarradios de la presuntuosa y helenizada Tiberíades existiera tanta miseria, suciedad, enfermedad y horror.

Las chozas —admitiendo el generoso término—, levantadas con adobe, paja, «paredes» de estiércol, troncos de árboles, cañizos mutilados y ennegrecidos, restos de toneles podridos y retales de arpillera, se apretaban unas contra otras en un interminable mar en blanco y negro. Y aquí y allá, entre fogatas y columnas de un humo negro que el viento se encargaba de tumbar asfixiando el paisaje, deambulaban cientos de espectros. Una población andrajosa, castigada por las pústulas, úlceras, tiñas galopantes, calcinosis cutáneas, dermatitis y herpes de todo género y por una desnutrición que la forzaba a caminar encogida y vacilante. Una concentración humana (?), con toda seguridad, similar a la que albergaba la propia Tiberíades. (En aquellas fechas el censo de la capital del *yam* apuntaba hacia los 25 000 o 30 000 habitantes.)

Pero lo que más me sobrecogió fue el hedor —denso, repugnante y contumaz— que envolvía aquel calvario, reavivado de continuo por montañas de detritos, excrementos, animales muertos y aguas negras y estancadas que humeaban al implacable sol, alimentando a su vez una segunda colonia, más numerosa si cabe, de ratas, moscas e insectos de difícil identificación y no menos peligrosas intenciones.

Conmovido y atenazado reanudé el paso, cubriéndome con el manto. Pero, a cada metro, ojos y corazón —sin saber hacia dónde mirar— se perdían y morían entre los simulacros de callejones, el fango y los rostros cadavéricos, teñidos de resignación, de hombres, mujeres y niños.

Las reatas de burros que me precedían aceleraron la marcha, mientras los arrieros, con las espadas desenvainadas, se situaban a los costados de las caballerías, protegiendo las cargas. Muy pronto averiguaría por qué.

No podía creer lo que estaba viendo. En ambas márgenes de la ruta, de pie o en cuclillas, apostado en interminables hileras, un ejército de escuálidos, mugrientos y semidesnudos niños y ancianos contemplaba el nervioso desfile de viajeros y caravanas, pendiente de cualquier producto que pudiera desprenderse de fardos o canastos o, incluso, de aquellas gavillas o manojos de hortalizas que sobresalían entre el cargamento. En este caso, dependiendo de la suerte y de la benevolencia de los *felah*, los más audaces se arriesgaban a saltar hacia los jumentos, arrancando la mercancía. Otros, más resignados, se contentaban con introducirse entre las patas de los animales, haciendo acopio de los calientes excrementos expulsados por las bestias.

Y en uno de estos arriesgados asaltos asistí impotente a una escena que me heló la sangre. Uno de aquellos infortunados —un adolescente de diez o doce años— trató de apresar el extremo de un mazo de pepinos que, desequilibrado por el trote del onagro, estaba a punto de caer sobre la embarrada senda. Pero, con los dedos rozando ya el fruto, uno de los campesinos —atento a la carga— se precipitó hacia el jovenzuelo, descargando un violento y despiadado mandoble de su *gladius* sobre la muñeca del ladrón. El tajo seccionó limpiamente la mano, que cayó entre los orines y la negra y encharcada tierra apisonada. Y con ella, la horrorizada y menuda figura del muchacho.

La cruel y desproporcionada acción del *felah* me paralizó. Y le vi alejarse, celebrando la «hazaña» con estrépito y sin volver la vista atrás.

Nadie reaccionó. Nadie protestó. Nadie se atrevió a detener al agresor. Nadie se ocupó del pequeño, desmayado sobre el camino, desangrándose y pisoteado por las siguientes reatas.

En cuanto a este perplejo explorador, apenas si tuve tiempo de hilar un solo pensamiento. Uno de los asnos terminó arrollándome, forzando a quien esto escribe a continuar entre trompicones e imprecaciones de los responsables de la cuerda. Y en el caos, cayendo y alzándome sin demasiado éxito, fui a perder el manto. Y en cuestión de segundos, un amasijo de aquellos desheredados de la fortuna se precipitó sobre el ropón, disputándoselo a mordiscos y puntapiés.

No intenté retroceder y recuperarlo. Habría sido tan inútil como peligroso. Y di por buena esta nueva pérdida. Alguien, más necesitado que yo, tendría la oportunidad de protegerse durante la noche.

A lo largo del cuarto «salto» en el tiempo, en una de las giras de predicación del Maestro, Eliseo tendría la oportunidad de penetrar en aquel «infierno» y averiguar el porqué de semejante vergüenza. El lugar, conocido como la «ciudad de los *mamzerîm*», era uno de los enclaves más populosos de la clase social más despreciada entre los israelitas: los bastardos. Para los judíos ortodoxos en particular y para la comunidad en general, un *mam-*

zer (un bastardo) era un individuo marcado por una mancha grave que le incapacitaba para contraer matrimonio con levitas, israelitas de origen puro y descendientes ilegítimos de sacerdotes. La prohibición arrancaba desde los tiempos de Moisés, en base a lo ordenado por el mismísimo Yavé y que era recogido en el Deuteronomio (23, 2-3) (1). Esta increíble disposición —emanada de un Dios supuestamente justo— apartaba a los bastardos de la «asamblea de Yavé», reduciéndolos a «pura basura». Y con el tiempo, lo que se supone fue un principio religioso terminó convirtiéndose en un «pecado» social de la peor ralea que salpicaba todos los órdenes de la vida diaria. El *mamzer*, por ejemplo, además de hallarse incapacitado por ley para ocupar puestos de responsabilidad u ostentar dignidad alguna, debía mantenerse alejado del resto del pueblo, desempeñando los oficios llamados «despreciables» y viéndose sometido al permanente abuso de ricos y pobres, sacerdotes y laicos y dominadores y dominados. El derecho a heredar era incluso discutido y su presencia en un tribunal invalidaba la sentencia. Y todo, como digo, por causa de un nacimiento no reconocido o, lo que era más dramático, como consecuencia de matrimonios no autorizados por la Ley mosaica, que podían remontarse a diez generaciones (2).

(1)   En una normativa surrealista (casi hitleriana), Yavé decía textualmente: «El hombre que tenga los testículos aplastados o el pene mutilado no será admitido en la asamblea de Yavé. El bastardo no será admitido en la asamblea de Yavé; ni siquiera en su décima generación.» Sin comentarios. *(N. del m.)*

(2)   El problema fundamental —qué se entendía por bastardo— se hallaba en aquel tiempo sometido a arduas discusiones entre los doctores de la Ley. En su cerrazón —tan sabia y ardorosamente combatida por Jesús de Nazaret—, aquellos «sabios» consideraban tres grandes posibilidades:

a)   Debía calificarse de *mamzer* a todos los descendientes de una «unión prohibida por la Torá». Es decir, incesto, adulterio, etc., excluyendo a los nacidos de la unión de un sumo sacerdote y una viuda. Eran bastardos también los hijos de una *halûsah* (mujer del hermano muerto sin descendencia, a la cual el cuñado negó el matrimonio levirático); la prole de una mujer que, después de haberle sido anunciada erróneamente la muerte de su marido, volvía a casarse; el hijo nacido de un matrimonio legítimo en el que la esposa —nunca el marido—

117

Esto, en multitud de ocasiones, daba lugar a situaciones desesperadas. Si el bastardo no recordaba su genealogía y concretamente al primero de los antepasados *mamzer*, la mancha podía perpetuarse durante siglos. Muchos de estos desgraciados, incapaces de resolver el problema, ponían punto final a la insoportable cadena con el suicidio.

---

era sospechosa de adulterio, y la descendencia de una mujer divorciada cuyo documento de repudio llevaba la firma de un esclavo, en lugar de la de un testigo legalmente acreditado.

b) Para otros rabinos, el significado jurídico de *mamzer* quedaba establecido, única y exclusivamente, por las alusiones de la Torá a las penas de muerte relacionadas con las uniones sexuales no autorizadas. Y respaldaban sus opiniones en el texto del Levítico (20, 10-21). Entre otras faltas castigadas con el exterminio —treinta y seis en total— destacaban, por ejemplo, el incesto, las relaciones con la cuñada, con la hermana de la mujer divorciada e incluso el acto sexual durante el periodo de impureza menstrual. Los hijos habidos en los primeros casos entraban de lleno en la calificación de bastardos.

c) El último criterio —el más moderado (?)— consideraba *mamzer* a los nacidos de una unión amenazada en la Torá con una «pena de muerte legal». Es decir, a los hijos engendrados en circunstancias que Yavé había condenado con las penas concretas de lapidación, abrasamiento, decapitación y estrangulamiento. Por ejemplo: si un hombre tenía relación sexual con una mujer —siempre que fuera joven (entre los doce y doce años y medio: edad del casamiento entre las hebreas), virgen, prometida en matrimonio y se encontrase en la casa de su padre—, fuera o no con consentimiento, el varón era condenado a muerte por lapidación. Si en el acto habían intervenido dos hombres, el primero, como digo, era lapidado y el segundo estrangulado. Y el posible hijo nacido de dicha unión era marcado para siempre como bastardo. De la misma manera, como ya he referido en páginas anteriores, eran igualmente reos de lapidación aquellos que sostenían relaciones sexuales con su madre, con la mujer de su padre, con la nuera, etc. Si se producía descendencia, todos eran *mamzerîm*.

A este oscuro panorama había que sumar, naturalmente, los hijos habidos en las relaciones entre judíos y esclavos.

La aberración y demencia de esos *jaber* o *compañeros* (observantes escrupulosos de las leyes de pureza) llegaban al extremo de tachar como bastardos a los hijos de un matrimonio en el que la impotencia del marido fuera pública y notoria. Naturalmente no existía diferenciación entre origen orgánico y psíquico, registrándose así los lamentables errores e injusticias bien conocidos hoy por la medicina. (Poco importaba que la impotencia fuera pasajera. La sospecha caía sobre la familia como una maldición.) *(N. del m.)*

118

Pues bien, entiendo que la información sobre esta penosa realidad —de la que tampoco hablan los evangelistas— resulta de interés para ajustar con precisión algunas de las palabras y actuaciones del rabí de Galilea. Cuando en los textos sagrados se menciona a un Jesús que frecuentaba la compañía de los «pecadores», la mayoría de los creyentes asocia este calificativo a lo que hoy, con mayor o menor acierto, interpretamos como pecado. Craso error. La mayor parte de las veces —y espero relatar algunos ejemplos más adelante— esos «pecadores» eran en realidad *mamzerîm* o bastardos, *'ebed* (esclavos), *am-ha-arez* (el pueblo inculto que seguía la Torá a su antojo) y, por último, gentiles, samaritanos, publicanos (cobradores de impuestos) y demás aliados con el poder invasor de Roma. Que fueran honrados, leales, generosos y justos era lo de menos. Ante la intolerante ortodoxia judía se trataba de «pecadores» de la peor especie.

Y poco a poco fui comprendiendo cuál era nuestra verdadera situación —la de repulsivos «pecadores»—, el porqué del odio de Juan Zebedeo y el auténtico alcance de aquella sangrante división social que empañaba y enfrentaba a la nación judía y a la que el Hijo del Hombre dedicó buena parte de su vida de predicación. Un panorama, insisto, cuya comprensión era vital para medir con pulcritud las ideas y movimientos del Maestro. Aquellos que pretenden trasladar al siglo XX el modelo de actuación del rabí de Galilea corren un serio peligro: muchas de las circunstancias sociales eran diametralmente distintas. Su mensaje básico y central —la existencia de un Dios-Padre y la consiguiente hermandad física de los seres humanos— permanece inalterable, es cierto, pero, como digo, conviene conocer en profundidad el marco histórico-político-religioso-social para no caer en el error, buscando imitar a ultranza a un Hijo de un tiempo que no se corresponde con el nuestro.

Y a partir de aquella y de las siguientes aventuras entre los bastardos entendí igualmente por qué la expresión *mamzer* se consideraba como la peor de las injurias, siendo castigada con treinta y nueve azotes.

Y no deseo pasar por alto otra reflexión que, a raíz de los contactos con los *mamzerîm* y las odiosas leyes que los oprimían, se ha hecho fuerte en mí, chocando violentamente con un dogma de la iglesia católica. He rozado el asunto en otras páginas de estos diarios, pero creo que éste es el momento de zanjarlo definitivamente. Cuando los católicos hablan de la virginidad de María, sinceramente, no puedo remediarlo: la sangre se enciende. No logro comprender —¿o sí?— por qué los responsables y pastores de dicha iglesia se empeñan en ocultar la verdad. ¿O será que ni siquiera se han preocupado de indagar las costumbres de aquel tiempo? De haberlo hecho con objetividad habrían descubierto que lo planteado por los evangelios colocaba automáticamente al rabí de Galilea en la categoría de *mamzer* o bastardo. En otras palabras: «pura basura», manchado a perpetuidad y sin derechos. Si la Señora hubiera concebido a su Hijo antes de casarse con José —así rezan los textos de Lucas (1, 26-39) y Mateo (1, 18-25)—, habría entrado en la ya mencionada dinámica de los *mamzerîm*. Doctores y rabinos —antes incluso del nacimiento del Maestro— habían discutido sobre el particular. ¿Qué consideración debía recibir el hijo nacido de una prometida (no casada aún oficialmente)? El tratado «Sanedrín» (capítulo VII, 9), como he mencionado, dice al respecto: «El que tiene relación sexual con una joven prometida (Deuteronomio 22, 23 y ss.): no es culpable en tanto no sea joven, virgen y prometida (en matrimonio) y se encuentre en la casa de su padre.» Para una de las corrientes de opinión en vigor en aquellas fechas, los hijos resultantes de este tipo de unión —amenazada en la Torá con «pena de muerte legal»— eran inexorablemente *mamzerîm*. Y aunque el propio Hillel —uno de los brillantes sabios que precedieron al Hijo del Hombre— luchó por rebatir esta normativa (1), lo cierto es que en el

(1) Hillel (hacia el año 20 a. de C.), partiendo de un hecho bastante frecuente —las mujeres embarazadas en pleno periodo de esponsales (especie de noviazgo previo a la boda)—, se enfrenta a la opinión generalizada de los doctores de la Ley, que consideraba estos

año «menos siete», cuando nace Jesús, se hallaba vigente, con todas sus funestas consecuencias.

Los creyentes —movidos por una fe encomiable pero infantil y sin el menor rigor jurídico— presuponen que el anómalo embarazo de María fue justificado ante los ojos de José y de la sociedad judía en base a las palabras del evangelio: «encontrarse encinta por obra del Espíritu Santo». Doble error.

En primer lugar porque dicho argumento —quedarse embarazada de forma sobrenatural—, de haber existido, habría movido a la risa y al escepticismo a jueces y convecinos. Y el peso de la férrea Ley mosaica, insisto, hubiera caído sobre la Señora y su familia, comprometiendo incluso su vida. Lo he dicho y lo mantengo: sé que Dios existe. Y estoy convencido que actúa con tanta inteligencia como sensatez. De haberse producido los hechos como pretenden los evangelistas, la magnífica obra de ese Dios-Padre respecto a la encarnación de Jesús habría topado con un gravísimo e innecesario problema: el de la Ley, las intrigas y las suspicacias. La Gran Inteligencia lo puede y es capaz de todo. Es el hombre, con su «miopía» cósmica, el que reduce y manipula ese poder, comerciando con él según le convenga.

Segundo error. Los creyentes, como es natural, aceptan los textos sagrados como la palabra de Dios revelada a los hombres. Personalmente tengo mis dudas. Un escrito de semejante trascendencia difícilmente podría contener errores, silencios y manipulaciones como los

---

hijos como bastardos, argumentando que, al no existir el matrimonio propiamente dicho, la posible descendencia no podía ser juzgada como concebida en adulterio. «Traedme los contratos matrimoniales de vuestras madres», les dijo. Y se los llevaron y les mostró lo que estaba escrito: «Desde que tú entres en mi casa (es decir, a partir de la boda y no de los esponsales), tú serás mi mujer según la Ley de Moisés y de Israel.» Pero el razonable criterio de Hillel —como se aprecia en el tratado «Sanedrín» y en «Ketubbot» IV— no prosperó. En parte porque los judíos de Alejandría habían sentado un precedente, incluyendo en los esponsales promesas escritas de matrimonio, al estilo egipcio. (N. del m.)

que presentan dichos evangelios. Más claro aún: si consideramos que tanto Lucas como Mateo se hallaban al corriente de lo que significaba la condición de bastardo, ¿cómo resolver esa pertinaz obsesión por presentar a María como una «virgen embarazada por obra divina»? Resulta evidente que ninguno de los citados escritores habría tenido el valor o el poco sentido común de incluir en sus memorias algo que podía manchar la imagen de un Dios. La explicación —reñida naturalmente con el supuesto carácter de obra «revelada»— hay que buscarla en una posterior interpolación. Sencillamente, alguien «metió la mano», en un ridículo —casi enfermizo— afán por enaltecer un capítulo absolutamente secundario. Pero no quiero extenderme en un tema que, lamentablemente, seguirá apareciendo (1).

(1) Como simple referencia orientativa —redondeando las certeras palabras del mayor— recuerdo al lector que los manuscritos más antiguos sobre los evangelios (el llamado papiro «p45») se remontan a principios del siglo III. Es decir, más de cien años después de la redacción del último evangelio: el de Juan. Lamentablemente, los «códices» que Constantino ordenó transcribir en el siglo IV a su bibliotecario Eusebio —con textos del Antiguo y Nuevo Testamento— se han perdido. Los únicos que se han conservado son el *Codex Sinaiticus* y el *Vaticanus*. Pero estos códices proceden de fuentes desconocidas. Existe también un fragmento evangélico perteneciente, al parecer, a Marcos, escrito sobre papiro y hallado en la cueva «7» de Qumrán, en el mar Muerto. Este texto —denominado «7Q5»—, sometido a fuertes discusiones entre los expertos, podría remontarse al año cincuenta después de Cristo. Contiene el pasaje 6, 52-53. Refiriéndose a los apóstoles, después de ver a Jesús caminar sobre las aguas, dice textualmente: «...pues no habían entendido lo de los panes, sino que su mente estaba embotada.» Respecto a los fragmentos más antiguos del evangelio de Mateo —«p64» y «p77»—, todo parece indicar que se remontan a fines del siglo II. Evidentemente, ante semejante pobreza de manuscritos evangélicos originales, los «errores, silencios y manipulaciones» —como afirma el mayor— vertidos en los textos que han llegado hasta nosotros podrían ser incalculables. Y remataré esta nota con una tristemente célebre carta, que dice mucho respecto a esas posibles manipulaciones. Fue dirigida a Anisio, obispo de Tesalónica, por el papa Siricio en el año 392. Su pontificado se vio turbado por las herejías de los priscilianistas, que practicaban un ascetismo exagerado, y por las de Joviniano y Bonoso, que, entre otras cosas, negaban la virginidad de María. Pues bien,

Y vaciado el corazón proseguiré con lo acaecido en aquel viaje de retorno al módulo. Un viaje que me reservaba todavía algunas interesantes sorpresas...

13.30 horas.

El Destino fue misericordioso...

Al asomarme al lago, la miseria humana que había dejado atrás se vio mitigada ante el sereno azul del Kennereth. Inspiré codicioso, llenando los pulmones con el perfume de unas aguas mansamente rizadas por el viento del oeste. Decenas de velas blancas, rojas y negras abrían el pequeño mar con estelas breves, casi infantiles, seguidas o sobrevoladas por nerviosas bandadas de gaviotas. Y al fondo, al norte, rabioso de luz, el nevado Hermón, una cadena montañosa en la que viviríamos uno de los más íntimos momentos con el añorado Maestro. Y al recrearme en el plateado sosiego de Saidan y Nahum —las poblaciones de Jesús—, su recuerdo me atropelló. ¡Cómo le echaba de menos! ¡Qué fuerza, qué magnetismo, qué singular embrujo irradiaba aquel Hombre para que, en tan corto periodo de tiempo, llegara a obsesionarme! Y allí mismo, a la vista de la verdeante colina en la que reposaba la invisible «cuna», me planteé la atractiva posibilidad de adelantar el tercer «salto» en el tiempo. El deseo de reunirme de nuevo con Él, de contemplarle, oírle, y seguir sus pasos, empezaba a desplazar peligrosamente el interés por el resto de las misiones que teníamos encomendadas. Sí,

---

en dicha misiva, el tal Siricio (384-398) afirmaba: «...Con razón ha sentido horror vuestra santidad (se refiere a las opiniones de Bonoso) de que el mismo vientre virginal del que nació, según la carne, Cristo, pudiera haber salido otro parto. Porque no hubiera escogido el Señor Jesús nacer de una virgen, si hubiera juzgado que ésta había de ser incontinente que, con semen de unión humana, había de manchar el seno donde se formó el cuerpo del Señor, aquel seno, palacio del Rey eterno. Porque el que esto afirma, no otra cosa afirma que la perfidia judaica de los que dicen que no pudo nacer de una virgen.»

Resulta claro, por tanto, que las críticas a la virginidad de María venían de antiguo y por parte de aquellos —los judíos— que conocían bien las leyes mosaicas. *(N. del a.)*

123

lo haría en cuanto pisara el módulo: hablaría abiertamente con mi hermano, manifestándole la ansiedad que, gota a gota, estaba colmando mi ánimo.

Y atrapado por la sugestiva idea apenas si presté atención a la «perla» del lago: la ciudad de Tiberíades, blanca, bulliciosa, estirada a mis pies y confiada a la sombra de la altiva y centelleante fortaleza erigida a ciento noventa metros sobre el nivel del *yam* en su flanco oeste.

Y animado ante la proximidad de la ladera en la que aguardaba Eliseo —a dos horas escasas de camino—, descendí confiado por la pendiente que desembocaba en la «vía maris». La calzada romana, procedente del sur, bordeaba la orilla occidental del Kennereth, pasando a cincuenta metros de la puerta «norte» de la referida capital. Mi propósito era simple: ingresar en dicha arteria y, sin detenerme, rodeando Migdal y las restantes poblaciones, acceder al módulo alrededor de la hora décima (las cuatro de la tarde). Pero mis buenos deseos —como iré narrando— contaban poco para el nada rectilíneo Destino.

La primera advertencia llegaría justamente en aquellos trescientos metros que me separaban de la vía romana. Pero los reflejos fallaron. No fui capaz de interpretar el vocerío de los caravaneros que, al parecer, advertía de algo relacionado con una «tormenta». Los *felah* que partían de la costa, al cruzarse con las reatas y los caminantes que, como yo, se dirigían a Tiberíades, hablaban con excitación de «piedras» y «lluvias». Pero, como digo, no estuve lo suficientemente atento. Y proseguí despreocupado. El día era radiante. ¿Una tormenta? Imposible. El horizonte aparecía despejado, con una visibilidad prácticamente ilimitada. E, inocente, fui aproximándome al cruce, más pendiente del gentío que se divisaba frente a la puerta de la ciudad que de los comentarios de los viajeros. Y aunque estas aglomeraciones a las entradas de los núcleos amurallados formaban parte del paisaje habitual, en previsión de cualquier contingencia, extremé la cautela. La curiosidad, sin embargo, sería más fuerte que mis buenas y sanas intenciones.

Al pisar las grandes placas negras de basalto que pavimentaban la calzada me sentí atraído por los nutridos grupos de hombres y animales que permanecían al pie del muro de piedra de quince metros de altura que cercaba la población. Consulté el sol. Tenía tiempo de sobra. Faltaban unas cinco horas para el ocaso. Y deseoso de echar un vistazo abandoné la «vía maris», salvando el medio centenar de pasos que me separaba de aquel pintoresco y multicolor universo.

La puerta «norte» aparecía coronada por un soberbio arco, trabajado también en roca basáltica, que volaba a diez metros del suelo de muralla a muralla. En el centro había sido entronizada la diosa protectora de Tiberíades: «Tyche», hija de Zeus, conocida también como Fortuna (1). La hermosa estatua, en mármol blanco, sostenía una esfera en la mano derecha y el cuerno de la abundancia en la izquierda.

E intrigado fui a mezclarme en aquel caos. Y viví unas escenas que también fueron conocidas y experimentadas por el Hijo del Hombre.

(1) La diosa Fortuna representaba para el mundo pagano el destino, con todas sus incógnitas. El culto más destacado tuvo lugar en Preneste, en el Lacio, donde, al parecer, un tal Numerius Suffustus descubrió unas misteriosas tablillas *(sortes)* con inscripciones mágicas. En un primer momento, los habitantes de Preneste conocieron a Fortuna como Primigenia (la primogénita de Júpiter). Posteriormente sería introducida en Roma, probablemente durante la segunda guerra púnica. Los romanos la veneraron bajo diferentes nombres: «*Fortuna publica populi romani*» y «*Fortuna Muliebris*» (la que protegía a las matronas *univirae* o casadas una sola vez). Era común que una estatuilla en oro de Fortuna presidiera los dormitorios de los emperadores y de los ciudadanos que se habían visto favorecidos por la suerte. De éstos se decía que «poseían una Fortuna». «Tyche» llegaría a convertirse en la protectora de las ciudades amuralladas y de los pescadores y navegantes. De hecho, muchas de las embarcaciones del Kennereth la llevaban en sus proas. Se contaba que Fortuna había recibido de su padre Zeus (Júpiter para los romanos) el poder de decidir la suerte de los hombres y de las ciudades. Una diosa caprichosa que hacía honor a la pagana, voluble y cosmopolita «perla» del *yam*. *(N. del m.)*

Al momento me vi asaltado por una legión de mendigos. Mendigos auténticos y, por supuesto, fingidos. Mendigos siempre a la greña. Poco podía ofrecerles. Así que, aburridos de clamar a mi alrededor, terminaron por olvidarme, maldiciendo, eso sí, mi supuesta tacañería.

Allí montaban guardia igualmente, desde el alba al crepúsculo, expertos simuladores en toda clase de enfermedades y dolencias. A lo largo de los muros contabilicé no menos de cincuenta falsos ciegos, tuertos, sordos, cojos, mancos, leprosos y lisiados. «Ciegos» con blancas «nubes» en los ojos, astutamente fabricadas con minúsculas porciones de lino. «Tuertos» con parches de quita y pon. «Cojos y mancos» con las más sorprendentes e ingeniosas colecciones de «muñones» que ocultaban pies y manos diestramente doblados sobre sí mismos y cubiertos de harapos. «Sordos» capaces de distinguir a una veintena de pasos el tintineo de una bolsa repleta de monedas. Y supuestos y dolientes «leprosos», en fin, con el rostro maquillado de barro y las escudillas tendidas hacia el caminante.

Allí, sentados a la turca, engañando sin pudor a los confiados esclavos o campesinos, se afanaban los inevitables escritores de cartas. Naturalmente, sólo utilizaban tinta «simpática»...

Allí, de pie frente a improvisadas carpas de piel de cabra, sonreían sin ganas las *ambulatarae* (prostitutas ambulantes, de ínfima categoría), tocadas con las obligadas pelucas amarillas y las cejas y párpados pintarrajeados en azul galena. Algunas, animadas por la tolerancia de la parroquia y la alta temperatura (cercana ya a los 30° Celsius), exhibían unos pechos tatuados o coloreados en rojo y en dorado, cubriéndose de cintura para abajo con gasas transparentes.

Allí, espantando moscas y bregando con los caminantes, discutían, vociferaban y regateaban los comerciantes que no gozaban de un puesto fijo en los mercados de la ciudad.

Allí se apretaban cabras de largas y colgantes orejas y rebaños de «barbarines» (los celebrados carneros de cinco cuartos, cuyas colas —el quinto cuarto— podían pesar hasta diez kilos). Los machos cabríos aparecían con el falo cubierto por una piel, con el fin de que no montasen a las hembras. Y las ovejas, a su vez, «vestidas» con taparrabos de esparto. En algunos casos, los previsores y ahorradores pastores colocaban una especie de pequeña carreta bajo la cola del macho, protegiendo así el bolsón de sebo que producían los animales. Pero lo que más llamó mi atención entre aquellos rebaños fue el aro de madera que portaban en el hocico muchas de las ovejas. Al examinarlos comprendí el porqué. Los responsables del ganado amarraban a la madera brotes de pimienta, provocando el estornudo del animal y la expulsión de los insectos que se colaban en las fosas nasales. De esta forma evitaban algunas de las enfermedades que los diezmaban.

Allí se alquilaban porteadores de todas las edades —desde niños a ancianos— por unas míseras leptas o un plato de comida.

Allí, por último, holgazaneaba, dormitaba o intrigaba lo más selecto de la picaresca, del bandidaje, de los aventureros y de los huidos de la justicia. Tiberíades —como tendríamos oportunidad de comprobar más adelante— se distinguía del resto de las poblaciones de Galilea por un talante tan abierto y liberal que, irremediablemente, terminó convirtiéndola en el refugio de toda suerte de malhechores e indeseables (1).

Aquel submundo, a pesar de su peligrosidad, ejercía sobre mí una irresistible fascinación. Y tengo que reconocer que esta debilidad me arrastraría a más de un conflicto. Pero ¿qué podía hacer? Y durante más de una

_____

(1) Como pudo verificar Eliseo en las sucesivas visitas, Tiberíades —construida por Herodes Antipas sobre una antigua necrópoli— era calificada por los judíos ortodoxos como ciudad «maldita y abominable». Como explica Flavio Josefo en su obra *Antigüedades* (XVIII, 2-3), con el fin de vencer la resistencia de los israelitas a poblar el lugar, Antipas se vio obligado a conceder la libertad a miles de esclavos, con la condición de que se estableciesen en dicha ciudad. Y con esos esclavos llegaron también cientos de zelotas o «qanaítas», así como infinidad de asesinos, ladrones y *mamzerîm*. *(N. del m.)*

hora disfruté y me saturé de aquel pueblo liso y llano. Un pueblo —lo anuncio ya—, mezcla de judíos y gentiles, que sería el auténtico protagonista en la vida pública de Jesús de Nazaret. Fueron aquellos lamentos de mendigos y lisiados, aquellas chillonas reclamaciones de las «burritas», aquellas monótonas e infatigables cantinelas de comerciantes, porteadores y aguadores y aquella atmósfera densa y sofocante —entre polvo, sudor y balidos de ovejas y carneros—, lo que rodeó casi de continuo el ir y venir del Maestro.

Y cuando me disponía a reanudar la marcha, una segunda advertencia salió a mi encuentro. Me hallaba absorto contemplando y escuchando a un curioso personaje que, subido en el filo de uno de los sillares de la muralla, intentaba a duras penas alzar su bronca voz sobre la algarabía general. El individuo, enjuto como una espada, de barbas desaliñadas y labios babeantes, cubierto con un *talit* blanco (el paño con borlas en las esquinas que se empleaba en la recitación de las plegarias), arremetía con furia contra aquella Tiberíades «impúdica, idólatra y perezosa». Y con gran teatralidad —invocando sin demasiado rigor el capítulo nueve del Eclesiástico— amenazaba con fuego y azufre a cuantos se tomaban la pecaminosa licencia de frecuentar o mirar a prostitutas, cantadoras y doncellas sin velo. Y en ello estaba cuando, a escasa distancia, bajo el arco de la diosa Fortuna, percibí un inusitado movimiento. Una reata de onagros que, al parecer, se disponía a abandonar la ciudad, quedó inmovilizada, entorpeciendo el paso de los que entraban y salían. Pero la tormentosa arenga del «iluminado» me distrajo. Dí voces y maldiciones. Todo muy habitual. Y observé de soslayo el exagerado gesticular de los conductores de la caravana. Y, al poco, ante mi extrañeza, los *felah* —a varazo limpio—, visiblemente contrariados, movilizaron a los jumentos, obligándolos a volver grupas. Pero tampoco supe captar este segundo «aviso».

Y al igual que los escépticos que atendían al «profeta», cansado de tanta estupidez, terminé alejándome del predicador. Muy pronto comprobaría que la mayor parte de los falsos mesías y enviados de Dios que pululaba por Palestina no era otra cosa que un puñado de desequilibrados, psicóticos y esquizofrénicos.

Y enfilé la dirección de la «vía maris». Pero, a punto de abordarla, volví a detenerme. El pregón de un viejo campesino me dejó perplejo. A sus pies se alineaba una batería de ajos, cebollas y rábanos picantes. Según el cántico del vendedor, «los mejores afrodisiacos para la noche del sábado». Al percatarse de mi interés elevó el tono de la letanía, recordando maliciosamente la próxima llegada del sábado y la sagrada obligación de cumplir con los deberes conyugales. «¿Y qué mejor para estimular al esposo que los excelsos productos del jardín de Guinosar, presentes en las mesas de emperadores, reyes y jeques de Moab?»

Fue entonces cuando recordé las prisas de los caravaneros. Efectivamente, con el atardecer del viernes, el pueblo judío festejaba la entrada del día santo por excelencia. Y buena parte de las actividades quedaba en suspenso. Aunque comerciantes o campesinos fueran paganos, dicha paralización los afectaba también indirectamente. De ahí las urgencias por alcanzar sus destinos y cargar o descargar las mercaderías antes de la puesta de sol. Negocios, tratos y pagos debían resolverse —al menos entre israelitas y entre éstos y gentiles— antes de que un «hilo blanco pudiera confundirse con uno negro».

Y mientras proseguía la marcha me pregunté por el anómalo comportamiento de los *felah* en la puerta «norte». ¿Podía guardar relación con la cercanía del sábado? No me pareció lógico. Faltaban unas cuatro horas para el ocaso. Un tiempo más que sobrado para ganar cualquiera de los objetivos situados en el *yam* o en sus proximidades.

Y encogiéndome de hombros, incapaz de solventar el misterio, olvidé el asunto.

Aceleré el paso, concentrándome en la ruta y en la última fase del viaje: el delicado ingreso en el módulo. La ausencia de las «crótalos» podía complicar mi reunión con Eliseo. Según lo planeado, al llegar a la altura de Migdal debería establecer la conexión, vía láser. Como ya expliqué en su momento, las sandalias «electrónicas» habían sido dotadas de un segundo dispositivo —alojado también en la suela— que permitía al piloto ubicado en la «cuna» el seguimiento por radar de su compañero. Un microtransmisor emitía impulsos electromagnéticos a razón de 0,0001385 segundos que, debidamente amplificados en la «vara de Moisés», eran «transportados» mediante láser hasta las pantallas de la nave. Este enlace, puramente informativo, venía a sustituir la conexión auditiva, válida tan sólo en un radio máximo de quince mil pies.

A lo largo de los dos primeros kilómetros la calzada fue encajonándose entre los altos farallones rojizos del macizo del har o monte Arbel y un peligroso talud (a mi derecha), de cuatro a cinco metros, que caía casi vertical sobre las aguas del lago. Y empecé a observar algo que no resultaba normal. La ruta presentaba un escaso movimiento de viajeros. Más aún: el fluir de caminantes sólo se registraba en dirección a Tiberíades. Este explorador era el único que caminaba hacia el norte. Y percibí igualmente que entre los judíos y gentiles que se cruzaban con quien esto escribe no aparecía un solo animal. Las acostumbradas cuerdas de asnos o bueyes y los rebaños de cabras y ovejas desaparecieron. Aquellos individuos circulaban con prisas. Y hablaban y discutían sobre un tema que me resultó familiar: las «rocas», las «lluvias» y un «castigo divino».

15.30 horas.

A cosa de dos kilómetros y medio de Tiberíades, al dejar atrás un suave recodo, fui a toparme de pronto con la explicación a cuanto venía oyendo desde que divisara el *yam*. Y atónito continué avanzando lentamente.

La vía se hallaba cortada por un desprendimiento. Los cuatro metros y medio de calzada habían sido invadidos por varias toneladas de piedras y tierra procedentes del gran cortado rocoso que se alzaba a mi izquierda. Y entendí las alusiones a las lluvias. La reciente tormenta, padecida por este explorador en Nazaret, tenía que ser la responsable del desastre. Las frecuentes y feroces torrenteras, casi con seguridad, fueron las encargadas de lavar y remover las cumbres del Arbel, provocando la avalancha. Aquel tipo de fenómenos —realmente peligrosos— se daba habitualmente en la época de lluvias y en especial en las regiones desérticas de Judá y del mar Muerto.

Examiné la situación. El *summum dorsum* (la cubierta de losas de la calzada) aparecía materialmente cegado por las rocas. No se apreciaba un solo hueco por el que poder cruzar. En el centro de la vía descansaba la piedra más voluminosa, de unos dos metros de altura y ocupando prácticamente la casi totalidad del ancho de la ruta. A derecha e izquierda de esta gran mole, otros peñascos de menor proporción clausuraban el resto de la carretera. Como digo, el camino no ofrecía muchas alternativas. Descender por el talud, sumergirse en las aguas y trepar de nuevo era viable pero sumamente incómodo. Sólo quedaba una solución: encaramarse a las rocas situadas a los costados de la piedra central y saltar. Y eso fue lo que hicieron muchos de los viajeros que se dirigían a Tiberíades. Y eso fue lo que hizo quien esto escribe.

Pero, una vez salvado el obstáculo, fui a encontrarme con la auténtica dimensión del problema. El panorama, al otro lado, era desolador. Y justificaba la excitación de los caravaneros. Los caminantes que marchaban en solitario o con cargamentos livianos podían considerarse afortunados. Para las reatas de onagros y bueyes que se apretaban en la calzada la situación, en cambio, era desesperada. El paso de los animales entre las rocas era impracticable. Y dueños y conductores, indignados, iban y venían hasta la barrera, maldiciendo, gimiendo y discutiendo. Algunos, formando causa común, se entregaron al estéril intento de levantar los peñascos de menor calibre. La lucha duró poco. Las piedras pequeñas fueron desplazadas con celeridad. No así las rocas ubicadas en los flancos de la masa central. Y sudorosos, jadeantes y vencidos, terminaron sentándose sobre las losas, con las cabezas hundidas entre las rodillas.

Los animales —varias decenas— habían taponado la

carretera. Dos de las cuerdas —integradas por unos quince asnos— parecían especialmente afectadas por el corte. Y me hice cargo de la rabia, de los improperios y del llanto de sus cuidadores. Estas caravanas, cargando canastos y cántaros de todos los tamaños, descendían a diario desde el monte Hermón con una delicada mercancía: nieve. Generalmente aprovechaban la noche para transportarla hasta los puntos más recónditos de Israel. Y a pesar del esmerado embalaje y del abundante helecho que la preservaba, el fuerte calor comenzaba a deteriorarla. Los fardos chorreaban alarmantemente ante la lógica desesperación de los burreros.

Aquellos hombres —galileos en su mayoría—, tratando de escapar de la ruina, se interpelaban sin cesar, cayendo en agrias y absurdas discusiones que, por supuesto, no llevaban a ninguna parte. Sólo uno de los conductores —más templado y sensato que el resto— discurría con serenidad. Pero las soluciones aportadas por este caravanero —un individuo de mediana edad al que le faltaba el pie izquierdo y que se ayudaba en su caminar con una negra y lustrosa muleta— no satisfacían a sus codiciosos e impacientes compañeros. La verdad es que no quedaban muchas opciones. Contratar lanchas —como sugería el cojo— y descargar la nieve, transportándola así hasta Tiberíades, representaba un tiempo y un costo adicionales que —a juzgar por las airadas protestas de la mayoría— no estaban dispuestos a asumir. La segunda posibilidad —dar la vuelta y vender la carga en las localidades cercanas— tampoco era del agrado de los comerciantes. El precio de la nieve, sin duda, bajaría considerablemente.

¿Qué otra solución podían contemplar? La demolición de las rocas —como apuntó acertadamente el de la muleta— se demoraría una o dos jornadas. Al parecer, las cuadrillas de *hodopoioí* (especie de peones camineros responsables del mantenimiento de la vía) y los correspondientes contingentes de esclavos ya estaban avisados. Pero, por mucha diligencia que pusieran en el trabajo, con la llegada de la noche todo se complicaría. A esta crítica situación debía añadirse la inoportuna y próxima entrada del sábado. Y aunque muchos de los afectados eran gentiles, otros, por su condición de judíos, veían con horror cómo a la calamidad deberían sumar el pecado. Según las rígidas leyes mosaicas, entre los trabajos prohibidos en sábado —cuarenta menos uno— figuraba, naturalmente, el de «transportar de un ámbito a otro» (1). En el caso de la nieve, la Ley consentía el transporte, al igual que en todo aquello que no fuera apto para ser conservado. (Así consta en el tratado del «Shabbat» VII, 3.) El resto de las reatas, en cambio, con mineral de hierro de Fenicia, maderas del valle de Hule o cristal de Nahum, entre otras mercancías, se veía sujeto a la drástica normativa religiosa. Pero lo peor no era el sentimiento de pecado o los sacrificios exculpatorios que estaban obligados a llevar a cabo. Lo que verdaderamente temían y los angustiaba era no llegar a negociar los cargamentos, tachados de «impuros» por el hecho de haber sido transportados en sábado.

Y de pronto —conmovido por la aflicción de aquellas

(1) La pesadilla de las prohibiciones en sábado llegaba a extremos tan pintorescos como éstos: la Ley judía, por ejemplo, no admitía el transporte de paja, aunque sólo fuera en cantidad como para llenar la boca de una vaca. Tampoco estaba autorizado el transporte de vino (se cometía pecado si el volumen era superior a un cuarto de log: 150 gramos). Y era delito igualmente el transporte de un sorbo de leche, de miel como para poner sobre una herida de hombre o animal, de aceite como para ungir el dedo de un infante de un solo día, de agua como para diluir un colirio y, en fin, de cualquier otro líquido (hasta un cuarto de log) o sustancia que pudiera derramarse. Estaba prohibido también el transporte de cuerda (como para hacer un asa, un colgante o como para tomar la medida de la sandalia de un niño), de pimentón, aceite de pescados, especias de perfumes, metales, piedras de altar y hasta las partes deterioradas de un libro (en cualquier cantidad). Y en su locura, la Ley prohibía incluso el transporte de algo con la mano derecha o con la izquierda, en el seno o sobre las espaldas porque —decían— así acostumbraban a acarrear los hijos de Coat (según Números 7, 9, éstos eran los encargados de transportar sobre las espaldas los objetos del tabernáculo). Era lícito, en cambio, el transporte de cualquier cosa en el reverso de la mano, en el pie, en la boca, en el dedo, en la oreja, en el pelo, en la bolsa con la apertura hacia abajo o en la sandalia. Esta absurda legislación, como es fácil suponer, daba lugar a situaciones realmente cómicas. *(N. del m.)*

gentes— surgió en mí la ardiente necesidad de ayudarlos. Al principio dudé. Pero la visión de la nieve chorreando entre las patas de las caballerías y el abatimiento de los rudos caravaneros fue minando la inicial resistencia. Analicé el problema, aceptando que no se trataba de algo crucial o irremediable. Tarde o temprano, en efecto, las rocas serían demolidas y retiradas. La ayuda —de poner en práctica la idea que rondaba mi mente— aceleraría tan sólo un proceso que podríamos estimar de «rango inferior» y que, como digo, no tenía por qué alterar los esquemas vitales de los individuos. Hoy, desde mi retiro, con la perspectiva del tiempo y de la distancia, no tengo claro si aquella intervención fue correcta. Por supuesto, los responsables de la operación no la habrían aprobado.

Elegí el punto idóneo. Por lógica, economía y rapidez el lugar ideal correspondía a los peñascos que cerraban la calzada por el flanco situado junto al farallón.

Me enfrentaba a dos grandes moles. Ambas superiores al metro y medio de longitud, con alturas máximas que oscilaban alrededor de los cien centímetros. El peso total no bajaría de los quinientos o seiscientos kilos.

La composición de las rocas —caliza con predominio de calcita y estrechas fajas de marga— no constituía mayor problema. Repasé la textura, verificando lo que ya sabíamos por estudios anteriores. Densidad algo inferior a 2,71. Un grano de tipo medio, con diámetros de 3,3 a 1,0 milímetros y entre 10^1 y 10^2 granos por centímetro cuadrado y lo más importante: un nivel de dureza de «3» en la escala de Mohs (1). En otras palabras, un material «dócil», fácil de manejar.

Y una vez seguro de dónde y cómo ejecutar la operación, me volví hacia los hombres y bestias, contemplándolos durante algunos segundos. Aquélla, sin duda, era la parte más delicada del «trabajo» que me disponía a realizar. Tenía que conseguir que la maniobra pasara

(1)   Según la antigua escala de Mohs, el diamante ocupa la más alta graduación en los niveles de dureza, con un «10». *(N. del m.)*

inadvertida. Aunque me contentaba con algo más simple: lograr que no se acercaran. Pero ¿cómo?

Comerciantes, burreros y *felah* continuaban enzarzados en la polémica. Y al reparar de nuevo en las cuerdas de asnos, fui a encontrar la solución. «Aquello», si daba resultado, me concedería quizá cierta ventaja. Y dispuesto a probar fortuna dirigí los ultrasonidos hacia la testuz de uno de los onagros inmovilizado en primera fila. El fulminante desplome del animal sembró la alarma entre los caravaneros. Y rodearon al exánime burro, luchando por levantarlo. Pero las patadas, varazos, tirones y juramentos no sirvieron de nada.

Aquél era el momento. E introduciéndome entre las inquietas caballerías, pulsé el clavo que activaba el láser de gas, posicionándolo en la potencia mínima (unas fracciones de vatio). Y sin pérdida de tiempo apunté el cayado hacia las ancas de los cuadrúpedos que miraban hacia Migdal. En cinco segundos, otros tantos jumentos acusaron el impacto del finísimo (inferior a veinticinco micras) e invisible haz de calor. Y reaccionaron tal y como había supuesto. Doloridos y asustados, coceando y rebuznando, emprendieron un veloz trote, arrastrando en la estampida a buena parte de sus hermanos. Y tras un primer instante de sorpresa y confusión, la casi totalidad de los burreros, vociferando y con las varas en alto, salió a la carrera en persecución de las reatas. Por supuesto, los gritos y maldiciones sólo consiguieron multiplicar el miedo de los onagros y, obviamente, la distancia a sus cuidadores.

Si todo iba bien, la captura de los ariscos animales se prolongaría, al menos, durante veinte o treinta minutos. Y aprovechando la estimable ventaja, regresé a la barrera que cortaba la calzada, centrándome en los dos peñascos previamente seleccionados. Como medida precautoria fui a situarme al otro lado de las rocas (en el flanco que miraba a Tiberíades), pero sin perder la cara a los escasos *felah* que permanecían junto al asno desmayado. Y recostándome en el farallón, adoptando una actitud de supuesto descanso, puse manos a la obra. Pulsé de nuevo el láser de gas, elevando la potencia hasta los ocho mil vatios. Y extremando las precauciones (la ausencia de las «crótalos» me obligaba una vez más a manejar la vara sin visualizar el «cilindro» infrarrojo), dirigí el «chorro de fuego» hacia la calcita, iniciando el corte de la primera piedra (1). Cada roca sería cuarteada transversalmente. Estimé que tres tajos eran suficientes.

Según mis cálculos, el poderoso «bisturí», trabajando a una velocidad de cinco centímetros por segundo, podía trocear cada uno de los bloques en sesenta o setenta segundos (2). De esta forma, una vez seccionados, podrían ser removidos con rapidez, habilitándose un paso de casi metro y medio de holgura.

Y con los cinco sentidos repartidos entre el láser y los caravaneros rematé la primera de las divisiones. El dióxido de carbono, implacable, acometió el siguiente corte. Pero, de improviso, a mis espaldas, en la dirección de Tiberíades, escuché un apagado rumor. Y contrariado descubrí en la distancia a un grupo de individuos que avanzaba hacia nosotros. Procuré serenarme. El recodo por el que acababan de aparecer se hallaba a unos quinientos metros. Eso significaba un margen de cinco o siete minutos hasta que alcanzaran la barrera rocosa.

Aumenté el nivel a quince mil vatios y el invisible y silencioso flujo devoró prácticamente la blanda caliza.

Segundo peñasco.

Las dos primeras tajaduras fueron resueltas en algo menos de un minuto. Pero las cosas parecían empeñadas en complicarse. El jumento que yacía en tierra se recuperó y los caravaneros, tras enderezar la carga, de-

(1)   Como ya he referido en otras oportunidades, este láser de gas (basado en dióxido de carbono) fue dispuesto como un elemento puramente disuasorio, a utilizar sobre animales u objetos inanimados. La potencia podía ser regulada entre fracciones de vatio y varios cientos de kilovatios. Dada su naturaleza militar, no estoy autorizado a extenderme en sus principales características. Sí puedo decir, sin embargo, que, gracias a su elevado rendimiento y a la facilidad de disipación térmica, prestó excelentes servicios a la misión. *(N. del m.)*
(2)   Este láser era capaz de perforar el titanio (a una potencia de veinte mil vatios) a razón de diez cm/s. *(N. del m.)*

jaron de prestarle atención. Si alguno se acercaba me vería obligado a suspender la operación.

Más complicaciones. Al volver el rostro comprobé desolado cómo el pelotón —alrededor de treinta hombres— se aproximaba a mayor velocidad de lo que había estimado. Y ocurrió lo inevitable.

Alertados por el clamor de la cuadrilla, burreros y *felah* se apresuraron a caminar hacia mi posición. Aguanté unos instantes, tratando de rematar el sexto y último tajo. Por fortuna se decidieron por la peña más alta. Treparon y, al identificar a los que marchaban por la calzada, estallaron en gritos de júbilo. Eran los *hodopoioí*, los «peones camineros» —gentiles en su mayoría— encargados de despejar la ruta.

La presencia de los funcionarios públicos desvió momentáneamente las miradas. Y este explorador —más muerto que vivo— pudo concluir su trabajo.

El éxito, sin embargo, no fue redondo.

¿Cuánto tiempo llevaba allí, frente a quien esto escribe? Probablemente muy poco. La cuestión es que, al levantar la vista del bloque de calcita, fui a descubrir el atónito semblante del cojo. Parecía hipnotizado por el simétrico troceado de las piedras. Y, soltando la muleta, se arrojó sobre los restos de los peñascos. Los palpó, los examinó y percibió el débil calor del último corte. Y comprobó, en efecto, que no se trataba de un sueño. La perfección del láser no dejaba lugar a dudas. «Aquello» no era accidental.

Y tras una rápida reflexión clavó los vivos ojillos en los de este no menos aturdido griego. Bien sabe Dios que procuré disimular. Pero una inoportuna sonrisa de circunstancias —muy próxima a la estupidez— terminó delatándome. Y reaccioné sin demasiada precisión, poniendo tierra de por medio. Buscar una excusa habría sido una pérdida de tiempo y un insulto a la inteligencia de aquel hombre. Y saltando sobre «mi obra» me alejé sin mirar atrás. Las reatas, reorganizadas poco a poco, retornaban junto al desprendimiento.

Pero la «huida» fue breve. El Destino no había dicho la última palabra.

Cuando apenas llevaba recorridos cien metros, la voz del cojo sonó imperativa a mis espaldas. Simulé no haberle oído. Acosado, sin embargo, por su insistencia y procurando que la difícil situación no fuera a peor, cedí, atendiendo sus requerimientos.

A pesar de la cojera avanzó ligero. Venía solo. Esto me tranquilizó..., a medias.

Y el Destino me desarmó una vez más.

Me puse en guardia, dispuesto a todo. Pero aquel judío helenizado —con el que llegaría a trabar una sincera amistad— no era como el resto de los caravaneros. A su notable inteligencia debía sumar un tacto y un instinto muy especiales.

Me observó con curiosidad. Después, adelantando una cálida sonrisa, en el colmo de la ironía, trató de sosegarme.

—No temas —exclamó, señalando hacia sus compañeros—. Esos infelices son peores que las caballerías. Ni ven, ni escuchan, ni entienden...

¿Entender? No le comprendí. Y advirtiendo mi extrañeza aclaró:

—He rezado y los cielos han atendido mi súplica. Fui un fiel seguidor del constructor de barcos de Nahum y sé que el Padre nunca desampara a sus hijos.

¿Constructor de barcos de Nahum? ¿A quién se refería?

Y de pronto me estremecí. Aquel hombre —para designar al Padre— había empleado un término («*Ab-bā*») especialmente querido por el rabí de Galilea. Cuando el Maestro se dirigía al buen Dios casi siempre lo hacía llamándole «*Ab-bā*». Es decir, «papá».

¿Es que Jesús de Nazaret trabajó también como constructor de barcos? Si no recordaba mal —hasta los veintidós años— desempeñó los oficios de carpintero, ebanista de exteriores, jefe de un almacén de aprovisionamiento de caravanas, forjador en Séforis y, ocasionalmente, de labrador, pescador en el *yam* e instructor o maestro «particular» de sus hermanos. Francamente, aquello me desconcertó. Pero no quise interrumpirle.

—No sé quién eres, ni de dónde vienes —añadió reforzando la acogedora sonrisa—. Tampoco cómo lo has hecho. Pero no preguntaré. El Maestro nos habló de la próxima venida del reino y de los prodigios que la acompañarían. Y yo le creo.

Ahora estaba seguro. Hablaba de Jesús.

Y refugiándose en el incidente de las piedras —aceptándolo como una confirmación de esa inminente llegada del reino—, fue a refrendar sus pensamientos con un pasaje del libro de Jeremías (43, 8-12):

—«Toma en tus manos piedras grandes y las hundes en el cemento de la terraza que hay a la entrada del palacio del faraón... Y así habló el Dios de Israel: "He aquí que yo mando en busca de mi siervo, el rey de Babilonia, y pondrá su sede por encima de estas piedras..., y desplegará su pabellón sobre ellas."»

Aunque el texto, evidentemente, se refería a Nabucodonosor, guardé un respetuoso silencio. En cierto modo le asistía la razón. El «prodigio» del láser estaba anunciando una nueva era. Y tanto mi hermano como yo, en efecto, podíamos considerarnos como «enviados», aunque de un «reino» muy diferente. Sea como fuere, la «mágica» presencia de estos exploradores en aquel remoto «ahora» venía a confirmar lo ya dicho: los caminos, hilos y artes de ese inmenso y sabio *Ab-bã* parecen sostenerse —más que por la inteligencia— gracias a una inagotable imaginación.

Y concluido el solemne discurso, el buen hombre procedió a presentarse. Dijo llamarse Murashu o Muraschu. El nombre me sonó familiar. Conocí a otro Murashu al frente de la caravana mesopotámica, en la senda hacia Caná. Éste residía en Tiberíades y ejercía la profesión de *monopolei* (una especie de mayorista en el comercio de trigo, nieve, pescado, fruta y cualquier otra mercancía susceptible de ser importada o exportada). Y empecé a atar cabos. ¡Cuán extraño es el Destino! Aquel individuo era el contacto del que me había hablado Elías Marcos al abandonar su casa en Jerusalén. Pero, discretamente, no mencioné al padre del joven Juan Marcos. En aquellos momentos —dadas las prisas por retornar al módulo— no tenía mucho sentido.

Insistió en que su casa se vería honrada con mi visita. Por último, introduciendo los dedos de la mano izquierda en la faja tomó una mugrienta bolsa de lana y extrajo una moneda. El bronceado rostro se iluminó y en tono suplicante rogó que la aceptara:

—El Maestro nos enseñó a dar sin interés ni compromiso. Recíbela en nombre de todos.

Y aproximando el *aureus*, lo depositó en la palma de mi mano. Cerró los dedos y, a manera de despedida, subrayó:

—Un poco de oro y un mucho de gratitud... Que el Todopoderoso, que *Ab-bā*, te siga guiando.

Y a dos horas del ocaso reemprendí la marcha, tenso y emocionado por los últimos acontecimientos. Verdaderamente, el afable y generoso *monopolei* llevaba razón. Quizá no sepa explicarme. Lo mío no es escribir. El caso es que, en efecto, me sentía guiado. Casi protegido. Era una reconfortante sensación. Muy sutil, es cierto, pero firme y puntual. Algo así como si «alguien» invisible y cercano permaneciera atento a lo más grande y a lo más insignificante. Pocas horas antes, por ejemplo, este desconfiado explorador sostenía una dura pelea consigo mismo, atormentándose por la falta de dinero. Pues bien, de improviso, esa «fuerza» (?) trenzó el Destino de forma y manera que, finalmente, un desconocido terminara regalándome el equivalente a treinta denarios de plata. Una cantidad más que sobrada para salir del paso. ¿Podía llamarse a esto casualidad? Con el tiempo, como ya he referido, el rabí de Galilea nos demostraría que nada es fruto del azar. Lo siento por mis colegas, los científicos...

Y a la altura de Migdal, según lo planeado, establecí la conexión con la «cuna».

Y aquellos últimos ocho kilómetros —gracias al Cielo— fueron salvados sin contratiempo.

Y aproximadamente hacia las 18 horas —a unos cuarenta minutos del crepúsculo—, tras verificar que la calzada a Nahum se hallaba despejada, salté sobre la suave ladera del monte de las Bienaventuranzas, a la búsqueda del invisible módulo. El ingreso en la nave resultaría más rápido y sencillo de lo que había supuesto. Aunque carecía de las lentes de contacto, Eliseo —asistido por el radar— fue dirigiéndome con precisión. Y orientado igualmente por los regueros de rojas anémonas y las flores violetas de los cardos que alfombraban aquella falda sur del promontorio alcancé el límite del primer cinturón de seguridad que rodeaba la «cuna»: ciento cincuenta pies (cincuenta metros). Y siguiendo las instrucciones de mi hermano me detuve.

—Roger —la voz de Eliseo sonó fuerte y clara a través de la conexión auditiva—, procedo a la desconexión de la barrera IR. Cambio.

—*OK!* Listo para avanzar. Cambio.

—¡Adelante! —bromeó mi hermano—. Si el hijo pródigo no ordena lo contrario haré coincidir la anulación del escudo gravitatorio con el descenso de la escalerilla. Cambio.

Lancé una nueva mirada a mi alrededor. Todo parecía tranquilo.

—Por mi parte —repliqué— no hay inconveniente. ¿Tienes algún *target*? (1). Cambio.

—Negativo. Todo limpio en pantalla. Cambio.

—Entendí «limpio»... Cambio.

—Roger. Cuando quieras.

Y Eliseo, interrumpida la poderosa emisión de ondas gravitatorias que envolvían la nave hasta una distancia de treinta pies, activó el mecanismo hidráulico de la escalerilla.

Aquél era uno de los momentos más delicados del ingreso. Para un hipotético observador, la pequeña escala metálica habría surgido de la «nada», sosteniéndose vertical —como por arte de magia— sobre la plataforma rocosa en la que reposaba la invisible «cuna». Por supuesto, ese atónito testigo tampoco hubiera comprendido la siguiente escena: un individuo ascendiendo veloz por dicha escalerilla y «desmaterializándose» poco a poco —desde la cabeza a los pies— conforme trepaba por los peldaños.

Por fortuna, nada de esto sucedió. La colina, como

(1) En el argot aeronáutico, un objeto captado en el radar. *(N. del m.)*

141

digo, se hallaba desierta. Y nada más pisar la nave, la hidráulica retornó al interior con su familiar resoplido. Y mi hermano, restaurado el doble cinturón protector, me recibió con los brazos abiertos. Y ambos, emocionados, sin demasiadas palabras, coincidimos en algo: aquellos cinco días nos parecieron eternos.

—¡Hipócrita!

El resto de la jornada transcurrió rápidamente. Eliseo, recuperado de la herida en la frente, fue el primero en aportar novedades. En realidad —a Dios gracias—, ninguna o casi ninguna. La nave operaba sin problemas y los estudios sobre el misterioso «cuerpo glorioso» del Resucitado y el no menos enigmático fenómeno registrado en el sepulcro en la madrugada del domingo, 9 de abril, habían prosperado... relativamente. Pero de este capítulo me ocuparé más adelante.

Cuando me llegó el turno procuré hacer una síntesis lo más precisa posible de cuanto había vivido y padecido en aquel viaje a Nazaret. Supo oírme en silencio, casi sin interrupciones. Y esta vez, obedeciendo a la intuición, preferí no ocultarle ninguno de los problemas que nos asediaban. Unos problemas que podrían resumirse en el siguiente orden:

Primero y más acuciante: la falta de dinero. Disponíamos tan sólo de un *aureus*. (Eliseo respetó mi deseo de conservar el denario de la Señora.) Con suerte quizá pudiéramos cambiarlo por treinta o treinta y cinco de plata. Pero esta cantidad —administrándola severamente— apenas cubriría un par de semanas. A lo sumo tres. De no hallar una solución, la operación tendría que ser cancelada.

Segundo: las medidas de seguridad de los exploradores. Era menester reforzarlas. Una situación como la de la caverna del saduceo no podía repetirse.

Y tercero y no menos comprometido problema: la actitud de algunos de los íntimos del Maestro —abiertamente hostil hacia quien esto escribe— obligaba a replantear la forma de trabajo en las inmediatas fases de la misión. Y apoyándome en esta lamentable realidad planteé la posibilidad de adelantar el tercer «salto» en el tiempo.

Y a pesar del cansancio, durante buena parte de la noche nos ocupamos del exhaustivo análisis de estos imprevistos.

Eliseo, lejos de ceder a la tentación de suspender la misión, se mostró templado y animoso. Fue él quien infundió aliento, espantando el pesimismo que acechaba.

—¡Hipócrita!

Prometió ocuparse del ingrato asunto del dinero. Y a juzgar por la pícara sonrisa que se deslizó entre sus palabras algo debía de tener en mente. ¡Y ya lo creo que lo tenía! Pero el muy vivo supo guardar silencio y esperar el momento oportuno. ¡Le fascinaban las sorpresas!

Hablamos igualmente de la utilización de los dispositivos técnicos como fuente «extra» de ingresos. La reciente experiencia con el láser de gas había sido prometedora. Pero admitimos también que este tipo de aventuras entrañaba graves riesgos y que merecía un análisis más reposado. No lo descartamos aunque, de mutuo acuerdo, lo dejamos en manos del Destino.

Lo dicho: ¡maldito hipócrita!

En cuanto a las medidas de seguridad, Eliseo, amén de mostrarse absolutamente conforme con su reforzamiento, disfrutó lo suyo con la sola idea de estrenar el sistema que habíamos bautizado como el «tatuaje». Al día siguiente —en estrecha colaboración con el ordenador central— puso manos a la obra. Y el domingo, 30 de abril, tuvimos la ocasión de probarlo sobre el terreno.

El último y doble problema —el más abstracto— fue el que nos ocupó más tiempo. No era fácil granjearse de nuevo la amistad de Juan Zebedeo y de algunos de los íntimos, claramente envenenados por el «hijo del trueno». El desarrollo de las tres siguientes misiones me obligaba a permanecer junto al grupo. Mi posición, evidentemente, no era cómoda. ¿Cómo salvar semejante escollo? Mi hermano —procurando animarme— me hizo ver que quizá exageraba. No todos los discípulos compartían el intransigente criterio del Zebedeo. Más aún: contaba con el incondicional apoyo de la Señora y sus hijos. María, en cierto modo, conocía la «verdad». Quien esto escribe, sin embargo, sabiendo de las airadas y neuróticas reacciones del «discípulo amado» (?), no se mostró tan optimista. Y no me equivocaría.

Por supuesto, la sugerencia de adelantar el «salto» en el tiempo «entusiasmó» a mi compañero. Sí, fui un perfecto necio... Según manifestó, él, más que yo, ardía en deseos de «salir al exterior» y compartir la vida del Maestro. Pero conforme profundizamos en la ansiada aventura, la despiadada realidad fue poniendo las cosas en su sitio. En primer lugar, ni Eliseo ni yo nos hubiéramos sentido tranquilos dejando a medias la misión «oficial». El deber y nuestra propia curiosidad nos forzaban a ultimar lo ya iniciado. Por otra parte —y no era poco—, además del referido problema del dinero, fallaban las fechas. Este explorador no había logrado aún la información exacta sobre los arranques de la llamada vida pública del Hijo del Hombre. En parte, como ya expliqué, porque ni los mismos apóstoles se ponían de acuerdo a la hora de matizar este trascendental momento. Naturalmente, dado el mal que nos aquejaba, no podíamos abusar de las inversiones de masa de los *swivels*. El tercer y extraoficial «salto» debía ejecutarse con un máximo de precisión. Y para eso tenía que aprovechar las tres últimas incursiones obteniendo, como fuera, el año y mes concretos. Lo que no imaginaba es que dicha información llegaría, curiosamente, de la mano de alguien que no pertenecía al colegio apostólico. Por último coincidimos en que los preparativos para tan prolongada, compleja y arriesgada misión se hallaban todavía muy verdes. Necesitábamos un salvoconducto especial que garantizase, en la medida de lo posible, nuestra seguridad a lo largo y ancho de todo el territorio de Israel. Ese documento, lógicamente, sólo podíamos obtenerlo del gobernador romano. De ahí que mi presencia en Cesarea —residencia habitual de Poncio— fuera programada para la siguiente semana.

¿Y cómo olvidar el nuevo asentamiento de la «cuna»? La definitiva elección y acondicionamiento de la «base-madre-tres» no era una labor sencilla y rutinaria.

Pero el sueño y el cansancio terminaron pasando la página de aquel intenso y fascinante viernes.

29 DE ABRIL, SÁBADO

Desperté sobresaltado. Casi lo había olvidado. La computadora central —nuestro fiel Santa Claus— no entendía de pájaros. Y hacía muy bien. Mi hermano, tras verificar la pantalla, me tranquilizó. Algunas madrugadoras bandadas de aves —como cada amanecer—, al penetrar en el escudo infrarrojo, hicieron saltar las señales acústicas y luminosas del «panel panic». Aquella servidumbre no tenía arreglo. Poco a poco, sin embargo, iríamos acostumbrándonos. Es más, con el tiempo, lo agradeceríamos. Las puntuales irrupciones de las colonias migradoras y autóctonas en torno a la nave se convertirían en el mejor despertador para aquellos, casi siempre, extenuados exploradores.

Esta vez, en cambio, no se trataba de las alegres y confiadas palomas o tórtolas, tan abundantes en los cercanos riscos del har Arbel. Al asomarme a una de las escotillas descubrí con desagrado que los intrusos eran negros y funerarios cuervos de cola en abanico (los *Corvus rhipidurus*), expertos carroñeros, recibidos siempre a pedradas por los supersticiosos judíos. Y a pesar de mi supuesta inteligencia, me vi contagiado por aquel sentimiento de rechazo. ¿Cómo terminaría la jornada?

Eliseo me devolvió a la realidad. Las lecturas de los sensores exteriores de la «cuna» parecían inmejorables. El «emagrama de Stüve» presentaba inversión térmica, calma chicha (alrededor de 1 020 mb), presión en ascenso, visibilidad ilimitada y una temperatura preocupante para tan temprana hora: 15° Celsius en el orto solar (5.15 h).

Y tras un excelente desayuno —a la «americana» por supuesto—, mientras mi hermano acometía con entusiasmo la puesta a punto del delicado «tatuaje» (el dispositivo de seguridad que deberíamos portar en la obligada exploración del lugar donde se asentaría la nave definitivamente), quien esto escribe repasó por enésima vez el plan previsto para aquel sábado.

Al abandonar el lago, camino de Nazaret, la situación era la siguiente:

En la mañana del 23 de abril, el impulsivo Simón Pedro inició un apasionado discurso frente al caserón de los Zebedeo, en Saidan. Deseaba «abrir los ojos a la buena nueva de la resurrección del Maestro» a la muchedumbre que se concentraba en la aldea. Pero la predicación fue interrumpida por algunos de sus compañeros. Como ya relaté, aquel domingo se registraría una desagradable polémica entre los íntimos de Jesús. Parte de los discípulos —con el fogoso e irreflexivo Pedro a la cabeza— decidió que había llegado el momento de salir a los caminos y anunciar el formidable hecho de la resurrección. Dicho grupo —con la abierta oposición de Juan Zebedeo, Mateo Leví y Andrés, el hermano de Simón Pedro— pretendía además que el anuncio del reino se iniciara en Jerusalén. (Pedro estaba convencido que Jesús se hallaba definitivamente junto al Padre y que no regresaría durante un tiempo.) Juan, sin embargo, basándose en «algo» que le fue comunicado por el propio Resucitado en la última de las apariciones, defendía lo contrario: convenía esperar en el lago hasta que se produjera la tercera presencia del Maestro.

Esta situación creó una atmósfera explosiva. Pedro, irritado, se enfrentó a los disidentes. Pero, cobarde e inseguro como siempre, se cebó en su hermano, humillándole por dudar de sus palabras. Finalmente aceptaron una tregua. Si el Resucitado no aparecía en el plazo de una semana, Simón seguiría adelante con su plan. Y regresando junto al gentío, los emplazó para la hora nona (las tres de la tarde) del sábado, 29, en la playa de la aldea. Entonces hablaría abiertamente.

No me cansaré de insistir en ello. Aquella disputa sería el principio del fin. Estábamos asistiendo al nacimiento de un líder —Simón Pedro— y a una irremediable división entre los «once». Una ruptura ideológica que culminaría en los célebres y manipulados hechos acaecidos en la fiesta de Pentecostés. Mientras el grupo de Mateo Leví (el publicano) pretendía extender el auténtico mensaje del Maestro (la realidad de un Dios-Padre y la fraternidad entre los hombres), Pedro y el resto, deslumbrados por la resurrección, centraron las predicaciones en la figura del rabí de Galilea. Y surgiría una religión «a propósito de Jesús». Pero no adelantemos acontecimientos. Lo que importaba en aquellos momentos es que nos hallábamos al final de la mencionada tregua.

Ahora, todo dependía de la supuesta nueva aparición del Galileo. Pero ¿tendría lugar? Y en caso afirmativo, ¿dónde y cuándo?

Lo único claro en aquel rompecabezas es que —de no producirse dicha presencia— Simón Pedro, cumpliendo lo prometido, se dirigiría a la multitud a las tres de la tarde en la playa de Saidan.

Mi trabajo, en consecuencia, consistiría en permanecer lo más cerca posible de los íntimos, intentando asistir al prodigio, suponiendo que ocurriera. La aparentemente sencilla labor tropezaba, sin embargo, con un par de inconvenientes. Primero: la ya conocida hostilidad de algunos de los discípulos hacia mi persona. Esto podía entorpecer el seguimiento. Segundo: la nada remota posibilidad de que los apóstoles se hubieran embarcado la noche anterior, con el fin de pescar, tal y como tenían por costumbre. Ello encerraba un riesgo: que la pretendida presencia del Maestro se registrase en aquel amanecer y con los apóstoles como únicos testigos. De hecho, así sucedió el viernes, 21 de abril (1). De ser así, parte de aquella misión habría fracasado.

Contemplamos también la hipótesis de una aparición a lo largo de la jornada y en un lugar cerrado. Tampoco

(1) Amplia información en *Caballo de Troya 3. (N. del a.)*

147

sería una novedad. ¿Dónde? Por lógica, en el caserón de los Zebedeo. Allí se refugiaban los íntimos y, presumiblemente, si el viaje transcurrió con normalidad, los expedicionarios procedentes de Caná. Éstos, junto a Natanael, el «oso», tenían que haber arribado a Saidan a primeras horas de la tarde del día anterior. Y deduje que allí seguirían.

Pero, obviamente, estos planteamientos sólo eran especulaciones.

El difícil dilema nos empujó incluso a preparar el lanzamiento de uno de los «ojos de Curtiss». Pero ¿hacia dónde? Y en el caso de que no acertáramos a detectar al Resucitado, ¿cuánto tiempo debíamos mantenerlo en el aire? Finalmente desistimos, confiando en mi buena estrella. Lo haríamos a la manera habitual: apostamos por una investigación directa y sobre el terreno. Naturalmente, como ya habrá adivinado el hipotético lector de estas memorias, las cosas se encadenarían al revés de como habíamos supuesto...

Y sin pérdida de tiempo, a las 9 horas —con el último par de «crótalos» y la inseparable «vara de Moisés»—, abandoné la «cuna», dispuesto a recorrer los siete kilómetros que me separaban de Saidan, la aldea de pescadores. Si este explorador tenía la fortuna de presenciar la nueva aparición del Hijo del Hombre, el plan era simple: alertar al módulo —vía láser— y catapultar uno de los «ojos». Pero, como venía diciendo, el hombre propone...

Y al inspeccionar los alrededores caí en la cuenta de un nuevo error. La calzada que lamía el extremo sur de «nuestra» colina, uniendo Tiberíades con Migdal y Nahum, aparecía extrañamente solitaria. También el *yam* —azul y dormido— presentaba una escasa actividad. Sumé ocho o diez embarcaciones, bregando a fuerza de remos o al garete cerca de la costa oriental, aprovechando la relativa templanza de la mañana para faenar.

¡Estúpido de mí! Olvidé que nos hallábamos en pleno sábado. Esto anulaba, muy probablemente, la posibilidad de que los íntimos del rabí se hubieran embarcado. Aunque la mayoría no comulgaba con la enfermiza rigidez del descanso sabático, por interés propio procuraba respetarlo en lo sustancial.

Y animado por lo que parecía un golpe de suerte, descendí hacia la «vía maris». A pesar de la ausencia de caminantes, por pura precaución, elegí el rumbo del circo basáltico que se abría en el costado oriental del promontorio. Saltar a la senda principal por el espolón sur hubiera sido arriesgado.

Y en minutos dejé atrás la estrecha y zigzagueante pista de tierra rojiza que partía de la cripta ubicada entre las enormes moles de basalto. Un cementerio de triste recuerdo para Eliseo y para quien esto escribe.

Todo continuaba prácticamente igual. Los dorados campos de trigo duro y escanda, castigados por las fuertes y recientes lluvias, empezaban a recuperar la verticalidad, doblando las cabezas con sumisión a causa de las bien preñadas espigas.

Y al pisar la calzada romana, a la vista de los negros muros de Nahum, me vi asaltado por una incómoda duda. Uno de los objetivos de aquella incursión era cambiar el denario de oro. Y a trescientos o cuatrocientos metros del pueblo me pregunté si debía entrar y aventurarme en la siempre irritante operación de canje. Absortos en los problemas de fondo, ni Eliseo ni yo habíamos prestado excesiva atención a este, aparentemente, insustancial trámite doméstico. La experiencia, sin embargo, nos iría enseñando. Ninguno de aquellos asuntos podía ser descuidado, por muy venial que pudiera parecernos. Algunos, incluso, como ya he referido y espero seguir narrando, llegarían a colocarnos en situaciones realmente conflictivas. Ésta, para mi desgracia, fue una de ellas.

Siendo sábado —proseguí con mis cavilaciones—, el rutinario negocio podía retorcerse. No obstante —rectifiqué sobre la marcha—, quizá merecía la pena intentarlo. Necesitábamos moneda fraccionaria. No resultaba práctico cargar con una única pieza y de tan considerable valor.

Y sumido en la indecisión, continué el avance, alcanzando el laberinto de huertos que cercaba Nahum por la cara oeste. Algunos propietarios, semiocultos entre los tupidos sicómoros, los altos nogales, las higueras y los radiantes almendros en flor, se afanaban en el abono de la tierra y en la reparación de los muretes de piedra basáltica. Al verme, conocedores de la prohibición de trabajar en sábado, soltaban precipitadamente las herramientas y los cestillos de estiércol, adoptando las más inocentes y conciliadoras posturas. Elevaban los brazos al cielo, entonando a gritos el *Oye, Israel* o correspondían a mis saludos con exageradas e hipócritas inclinaciones de cabeza. (La Ley prohibía incluso el transporte de abono o arena fina «como para surtir el tallo de un algarrobo».)

Y a escasos metros de la triple puerta me detuve. ¿Qué debía hacer?

La cuestión quedó zanjada casi al instante, por obra y gracia de la inevitable «nube» de mendigos, lisiados y truhanes que se agitaba bajo los arcos, pendiente ya de la posible «víctima». No me sentí con ánimos para cruzar aquel semillero de posibles problemas. Y pasando de largo pospuse el cambio para una mejor oportunidad. Quizá a la vuelta de Saidan, me consolé.

Y decidido bordeé Nahum a la búsqueda del puentecillo que saltaba sobre el río Korazín.

Instantes después tendría que admitir que la decisión de aplazar el cambio no fue tan correcta como cabía suponer.

Frente a mí, a la derecha de la ruta, apareció «algo» con lo que no contaba. Mejor dicho, que había olvidado: la casa de una planta que hacía de aduana entre los territorios de Filipo, al norte, y los de su hermanastro Antipas, por los que avanzaba este desmemoriado explorador.

Y, como decía, un problema aparentemente inocuo —el canje de moneda— terminaría enconándose y arrastrándome a una situación límite.

El estúpido olvido me descompuso. Si el vigilante reclamaba el «peaje» —no más allá de un as (un denario de plata equivalía a veinticuatro ases)—, ¿qué podía hacer? ¿Mostrarle el *aureus*? Suponiendo que aceptara, ¿a qué me arriesgaba? Probablemente a ser robado en el cambio. ¿Pasaba de largo? Me negué en redondo. La presencia de dos soldados, al pie de una de las corpulentas higueras que sombreaba la fachada de la casona, me inclinó a conducirme con cautela.

Y despacio, simulando naturalidad, fui a situarme frente a los mercenarios. Casi ni me miraron. Y continuaron conversando en una jerga indescifrable para quien esto escribe. Supuse que se trataba de voluntarios —generalmente sirios, tracios, españoles o germánicos—, integrantes de las tropas auxiliares. Lejos de la rígida disciplina que imponían los suboficiales, acosados por la alta temperatura, se habían desembarazado de las corazas anatómicas, de los jubones de cuero sobre los que descansaban habitualmente las armaduras y de los cascos metálicos. Todo ello, junto a las picas, *gladius* y escudos cuadrangulares, descansaba a corta distancia, a la sombra del árbol. Unas túnicas rojas, de mangas cortas hasta los codos, constituían el único vestuario..., de momento.

Y tras unos segundos de vacilación, extrañado ante la ausencia del griego que revisara días antes la malograda cesta de víveres, me atreví a interrumpirlos, preguntando por el funcionario. Pero sólo obtuve silencio y malas caras. Sospechando que no comprendían el arameo galilaico, repetí la cuestión en *koiné*, el griego «descafeinado» de uso común en todo el Mediterráneo. El resultado fue igualmente negativo. Peor aún. Evidentemente molestos por la insistencia de aquel extranjero, uno de los mercenarios —por toda respuesta— fue a lanzar un salivazo a una cuarta de mis sandalias. Estaba claro. Y procurando sortear un posible conflicto, di media vuelta, alejándome hacia la calzada.

Y me felicité por la oportuna ausencia del funcionario. Pero la alegría duró poco.

Un sonoro «¡Bastardo!» me obligó a detenerme. En parte me tranquilicé: fue pronunciado en un pésimo arameo. No me equivoqué. Al volverme descubrí bajo el dintel de la puerta al griego del gorro de fieltro y la chapa de latón sobre la túnica. Y autoritario indicó con la mano que me aproximara. Obedecí contrariado. Y de malos modos —como si hubiera interrumpido algo importante— preguntó qué deseaba. En segundos adivinaría el porqué de su indignación. Una sensual voz femenina se escuchó de pronto en el interior de la casa, reclamando insistentemente al griego. Los soldados redondearon la escena con unas mordaces risitas. Aquello sólo vino a caldear la ya embarazosa situación. El aduanero —rojo de ira— perdió la escasa paciencia y, considerándome cómplice de los guardias en la poco caritativa interrupción, alzó la mano intentando abofetearme.

Detuve el golpe. Y haciendo presa en la muñeca derecha, con una rápida llave, fui a doblar el brazo sobre su espalda, inmovilizándole. Sorprendido, sin dejar de gemir, reclamó el auxilio de los mercenarios. Y antes de que pudiera darme cuenta las brillantes puntas en flecha de dos *pilum* oscilaron amenazadoras frente a mi garganta.

Solté al aduanero y, tratando de recomponer los nerviosos ánimos, les hice ver que sólo deseaba satisfacer la tasa y reanudar el camino hacia Saidan. Y cometí el peor de los errores. Animado por una ingenuidad tan conmovedora como peligrosa, eché mano de la bolsa de hule, mostrando el denario de oro.

Debí intuirlo. La aparición del *aureus* fue milagrosa. Sospechosamente milagrosa. Griego y soldados modificaron la agresiva actitud y, de pronto, bajando las picas, todo fue cordialidad y buenas maneras.

Los mercenarios, a una señal del funcionario, retornaron bajo el árbol. Y el griego olvidó incluso las obscenas reclamaciones de la mujer. Y deshaciéndose en falsos halagos hacia mi valor y destreza, rogó que disculpara su torpe conducta. Y tomándome por el brazo me acompañó hasta la «vía maris», recordándome que —al no transportar carga— no estaba obligado a pagar «peaje». Me sentí como un perfecto imbécil. Aquel fallo informativo pudo costarme muy caro.

Y desconcertado por el lapsus perdí de vista las auténticas intenciones del corrupto funcionario y de sus secuaces. Sinceramente, aún tenía mucho que aprender...

El maldito griego se despidió con una forzada reverencia, «recomendando que extremara las precauciones en el camino hacia Saidan». Como digo, no supe adivinar la razón de aquel súbito y singular cambio. Pero no tardaría en averiguarlo.

Y algo más sereno crucé el puente, tomando el sendero de tierra que nacía en los contrafuertes de la calzada. La «vía maris», como ya describí en su momento, nada más brincar sobre las terrosas aguas del Korazín, giraba bruscamente hacia el norte, perdiéndose entre olivares y terrazas de cereales.

A partir del río, por espacio de kilómetro y medio, la senda aparecía prácticamente despejada, con algunas formaciones rocosas a la izquierda y las tranquilas aguas del lago a poco más de cien metros por la derecha. Acto seguido corría hasta el fondo de un *wadi* o depresión de escasa profundidad, improductivo y de laderas salpicadas por arbustos de alcaparro, cardos, anabasis y retamas. Aquél era el punto más alejado de la costa: alrededor de medio kilómetro. Desde allí hasta el Jordán, con algunas modestas curvas, la vereda penetraba en un sombrío y espeso bosque de tamariscos y gruesos álamos del Éufrates. En total, desde la aduana hasta las rápidas y marrones aguas del río bíblico, debía salvar unos tres kilómetros y medio. Y prudentemente, al descender por el *wadi*, establecí la última conexión auditiva con el módulo. Aquella barranca —a quince mil pies de la «cuna»— era el límite. A partir de allí sólo podría enviar señales —vía láser—, pero sin posibilidad de respuesta por parte de mi hermano. Afortunadamente, enfrascado en su trabajo, Eliseo había mantenido cerrado el canal auditivo. (A raíz del penoso incidente en la cripta funeraria del circo basáltico, dicha conexión fue rectificada, pudiendo ser abierta indistintamente por cualquiera de los pilotos) (1). De haber estado alerta habría oído y conocido parte del desagradable incidente en la aduana. Y estimando que el suceso —una vez superado— no merecía mayor consideración, oculté lo ocurrido. Pero Eliseo

(1) Amplia información sobre dicho suceso en *Caballo de Troya 3*. (N. del a.)

153

—sagaz como siempre— sí preguntó. Sabiendo que la partida de la «cuna» fue registrada en el ordenador a las 9 horas y que el tiempo empleado normalmente hasta Saidan no debía superar una hora y media, ¿cómo es que la conexión se producía a las 10 y a medio camino de la aldea? No quise inquietarle. E improvisé una excusa que, en parte, se acercaba a la verdad: me entretuve evaluando la idea de un posible cambio del *aureus*. No quedó muy convencido e insistió en que multiplicara la prudencia, al menos hasta la puesta a punto del «tatuaje».

Y reconociendo la sensatez de sus palabras me introduje en el cerrado bosque de álamos y tamariscos. El súbito frescor me relajó. Y durante un corto trayecto disfruté de la rumorosa espesura. Los grises —casi blancos— troncos de los álamos (el *Arbor populi* o «árbol del pueblo» para los romanos) se estiraban desafiantes hasta treinta metros de altura, tejiendo una bóveda verde, púrpura, amarilla y rosa. Por debajo, más humildes pero igualmente bellos, se apretaban los *Tamarix gallica*: los tamariscos, de tres a seis metros, de troncos múltiples, ramificados desde la base y vestidos de oscura ceniza. Las hojas, pequeñísimas, casi escuamiformes, competían en un verde glauco con los largos y colgantes penachos de florecillas rosas que remataban el ramaje horizontal, en permanente disputa con la sobria verticalidad de sus hermanos, los álamos.

Pero la paz se vio interrumpida por un súbito crujido. Sonó nítido a mis espaldas. Y me volví, imaginando que podía tratarse de algún animal o de otro caminante.

Inspeccioné la senda que garrapateaba entre los árboles, pero no acerté a descubrir al responsable del sonido. Y no concediendo mayor importancia reanudé la marcha.

Instantes después, sin embargo, un sordo cuchicheo me puso en guardia. Giré de nuevo sobre los talones y a cosa de veinte pasos creí distinguir una sombra que se ocultaba precipitadamente tras uno de los corpulentos álamos. El instinto, acompañado de un escalofrío, me advirtió que algo no iba bien. Extraje lentamente las «crótalos» y las adapté a los ojos. Y los colores fueron nuevamente «traducidos» por mi cerebro. El blanco de los troncos se tornó plata, el verde surgió rojo y naranja y el azul del cielo más oscuro y marino.

Aguardé tenso. Y al poco, comprendiendo que habían sido descubiertos, dos individuos se destacaron sigilosos entre la arboleda, reuniéndose en la pista. Y caminaron resueltos hacia quien esto escribe.

Y en décimas de segundo fui consciente del error cometido en la aduana y del porqué del brusco cambio de actitud del funcionario.

Los dejé avanzar.

Las rojas túnicas —ahora negras— y los *gladius* que empuñaban —brillando en un blanco fulgurante— los identificaron al punto. También las intenciones de los mercenarios parecían claras. Pero este explorador no estaba dispuesto a ceder. El *aureus* seguiría conmigo.

Al llegar a cinco o seis metros se detuvieron. La intensa carrera desarrollada para darme alcance los había cubierto de sudor. Rostros, brazos, manos y piernas aparecían teñidos de un amenazador color azul verdoso.

Y, deslizando los dedos hacia el clavo del láser de gas, me preparé.

Los soldados, apuntando con las temibles espadas de doble filo, señalaron la bolsa que colgaba del ceñidor. Entendí perfectamente: reclamaban el dinero.

Yo sabía que, aunque se lo entregase, aquella basura no respetaría mi vida. Una denuncia ante el jefe de la guarnición en Nahum podría conducirlos a la muerte por apaleamiento.

E inmóvil, con el semblante endurecido, aguardé la primera acometida.

Irritados ante mi insolencia repitieron la demanda, blandiendo las *hispanicus* con impaciencia y pronunciando la palabra «*aureus*», la única que, al parecer, dominaban a la perfección. Pero sólo obtuvieron silencio y un rictus de desprecio.

Agotada la paciencia, uno de ellos levantó el *gladius* por encima de la cabeza, dispuesto a segar la reunión —y mi vida— expeditivamente. En ese instante, un «hilo» de luz negra partió del cayado haciendo blanco —con una potencia de cincuenta vatios— en los desnudos dedos que sobresalían entre el cuero de la sandalia derecha. Y berreando cayó a mis pies. La quemadura, aunque superficial, le inutilizaría durante algún tiempo.

El segundo mercenario, atónito, sin entender lo ocurrido, no supo dónde mirar. Y antes de que reaccionara, una nueva descarga —esta vez de quinientos vatios— perforó el hierro de su espada. (El dióxido de carbono permitía cortar una plancha de acero dulce de 1,5 milímetros de espesor a razón de un centímetro cada 0,07 segundos.)

Y desconcertado, con los ojos a punto de salirse de las órbitas, observó cómo un «poder» invisible incendiaba y ennegrecía vertiginosamente el *gladius* que sostenía en la mano derecha. Y en 0,42 segundos, la hoja —de seis centímetros de anchura— se derritió a dos dedos de la empuñadura, cayendo en el camino.

Y espantado, sin mirarme siquiera, olvidando a su compinche, dio media vuelta y huyó entre alaridos.

El soldado caído, al percatarse de la fuga de su compañero, se incorporó como pudo y, cojeando, se alejó entre gemidos en dirección a Nahum. Y en la senda quedaron las *hispanicus*, como mudos testigos del fallido ataque. Por supuesto que evalué la utilización de los ultrasonidos —más rápidos y seguros—, pero en aquellas circunstancias elegí un método que no resultara fácil de olvidar. Si volvía a encontrarlos sabrían a qué atenerse. Lo que no imaginaba es que este incidente me favorecería en un futuro muy cercano...

Y a buen paso, tratando de ganar el tiempo perdido, crucé el puente sobre el Jordán, adentrándome en los dominios de Filipo. Al filo del bosque, como ya señalé, muy próximo a los mojones que anunciaban el territorio del hijo de Herodes el Grande, el camino se dividía en dos. El ramal de la izquierda se adentraba hacia el nordeste, perdiéndose en una extensa planicie pantanosa de doce kilómetros cuadrados, cuajada de minifundios, acequias, chozas de paja, bosquecillos de frutales y pequeñas piscinas. Aquel brazo, mejor pavimentado que el de la derecha, conducía a la ciudad que ostentaba la capitalidad de aquella región: Bet Saida Julias, en honor de la hija de Augusto.

Proseguí por el segundo y deplorable senderillo, sorteando los charcos y las peligrosas nubes de mosquitos que zumbaban a diestro y siniestro. Aquellos quinientos metros, hasta la desembocadura del Jordán, constituían una seria amenaza para el viajero. Y lamenté haber dejado el manto en la nave. La senda se abría paso con dificultad entre un mosaico de lagunas de aguas verdosas y poco recomendables, infectadas de cañas, adelfas, juncos de mar, papiros y un espinoso entramado de arbustos enanos. Sólo las bandadas de martín pescadores de pecho blanco y espalda azul verdosa, revoloteando inquietas sobre los tulipanes de fuego, las varas de azucenas y los perfumados matorrales de menta, ponían una nota tranquilizadora en el insalubre y chirriante pantano.

Y al fin, junto al delta, divisé a lo lejos una negra y emborronada Saidan. Y me sentí nuevamente inquieto. ¿Cómo abordar el caserón de los Zebedeo? ¿Cómo salvar la dura oposición de Juan?

Los últimos mil metros —lo reconozco— fueron un suplicio. Aminoré la marcha, pensando a gran velocidad. Imposible. No conseguí armar una sola idea que me permitiera entrar en la casa y permanecer en ella con naturalidad.

A mi izquierda, en un terreno llano y despejado, entre garbanzos y bancales de habas, empecé a distinguir las siluetas de los campesinos, acarreando cubos o entregados al cuidado de la tierra.

Y continué el avance con un creciente nerviosismo. Tenía que hallar una solución...

A la derecha del camino, a poco más de cincuenta metros, el *yam* dejaba oír su voz con un rítmico y seco golpeteo sobre la playa.

Una solución...

E impotente —con la mente en blanco— me detuve unos instantes frente a la colonia de plácidas tortugas que sesteaba al sol de la mañana.

Quizá exageraba. Quizá —como apuntó Eliseo— las cosas se presentasen bajo un signo favorable.

Y presa de las dudas lancé una nueva mirada a la aldea. El lugar parecía tranquilo. Algunas columnas de humo ascendían indolentes. Las familias, conocedoras de la próxima e incómoda llegada del *maarabit*, se apresuraban a preparar la comida del sábado, generalmente más cuidada y surtida.

Y una vez más me dejé llevar. El Destino, siempre imprevisible, dictaría mis movimientos. Y ya lo creo que lo hizo...

Ataqué los últimos cien metros, coronando la empinada pendiente de casi treinta grados que aupaba a Saidan sobre la vega. Y a la vista de las primeras casas me detuve de nuevo bajo el perfumado bosquecillo de sauces y tamariscos del Jordán que sombreaban el final del camino. Los relojes del módulo debían de marcar las once u once y media.

El anárquico cuadro de casitas de una planta se presentó ante este indeciso explorador como un impertinente dilema. ¿Qué dirección tomaba? ¿Me dirigía directamente a la puerta principal del caserón de los Zebedeo? ¿Rodeaba las callejuelas y me dirigía a la playa? ¿Aguardaba a que llegara la muchedumbre emplazada por Pedro para la hora nona? Y de pronto me vi asaltado por otro pensamiento. Había transcurrido una semana desde la solemne promesa de Simón de hablar abiertamente a la multitud sobre la resurrección del Maestro. ¿Recordaría la gente la referida cita?

Y obedeciendo un extraño «impulso» me decidí por la «calle mayor». (El hipotético lector de estos diarios sabrá disculpar la licencia. La supuesta «calle mayor» era en realidad la continuación del rústico camino que conducía a la aldea y que la atravesaba de parte a parte.)

Avancé entre los oscuros muros de basalto, hundiéndome sin remedio en el fango. Las lluvias habían convertido el lugar en un cenagal por el que correteaban alegres y despreocupados pelotones de niños descalzos, armados de varas y palos, persiguiendo y mortificando a otras tantas cuadrillas de embarradas y escandalosas ocas. Algunas matronas espiaron mi penoso caminar desde las puertas, siempre abiertas, o por las estrechas troneras que hacían las veces de ventanas. Y el zumbido de las moscas, nacidas a millares en los recalentados estercoleros que menudeaban entre los callejones, el olor a guisotes y pescado frito que escapaba de los patios, y las rebeldes humaredas de las fogatas que combatían la penumbra de las míseras viviendas terminaron envolviéndome como un todo pertinaz e insufrible. Con el tiempo acabaría acostumbrándome también a estos sofocantes escenarios en los que, por supuesto, se movió a diario el rabí de Galilea.

Y al encararme al fin con la puerta de doble hoja del hogar de los Zebedeo la feroz duda me contuvo. Aquellos instantes de vacilación serían decisivos. Me estremezco al pensar en lo que hubiera sucedido si, como era mi intención, acierto a golpear la madera.

Al otro lado del muro, en el patio a cielo abierto, se oían voces. Reconocí algunas. Simón Pedro, Juan Zebedeo, Natanael, Andrés y Tomás discutían, gritaban y se pisaban las palabras entre continuas imprecaciones, insultos y maldiciones.

Agucé el oído y creí comprender las razones de la nueva trifulca.

El sol volaba hacia el cenit y, al parecer, la pretendida aparición del Maestro no se había producido. Simón Pedro, impaciente e inmisericorde, volvía por sus fueros, atacando al grupo de Juan que, obviamente, pretendía apurar la tregua. Pero, de la polémica inicial —esperar o no hasta las tres de la tarde—, unos y otros terminaron por pasar a la insolencia y a los ataques personales. Simón, encabezando a los que deseaban la inmediata movilización de los «embajadores del reino», acusaba a los prudentes de «mujeres asustadizas, comadrejas repugnantes e indignos seguidores del Hijo de un Dios». El Zebedeo, por su parte, no le iba a la zaga. Secundado por los no menos airados Andrés, Mateo Leví y el «oso» de Caná, replicó en plena histeria que allí el único cobarde era Pedro. Y, mordaz e hiriente, sacó a flote las cuatro negaciones. Y aplastando la enronquecida voz de Simón Pe-

159

dro, en uno de sus típicos arrebatos de vanidad, recordó a los presentes que él, y sólo él, «era el discípulo amado por Jesús: el único que recostaba la cabeza en su pecho».

Me negué a seguir escuchando. Y abatido me retiré, caminando sin rumbo. De haber penetrado en el caserón en tan críticos instantes, sólo Dios sabe lo que hubiera sido de aquel odiado pagano.

Y sin darme cuenta me vi frente al estrecho, quebrado y turbulento río Zají. La fuente de Saidan, al otro extremo del puente de piedra sin parapetos, se hallaba solitaria. Contemplé distraído el puñado de casas y chozas que se apelotonaban junto a la dársena y, necesitado de un poco de sosiego, me encaminé por la margen derecha del Zají al encuentro con la playa.

La agria pelea me confundió. Y recordé la flotilla de cuervos junto a la «cuna». ¿Cómo finalizaría la jornada?

Naturalmente, ninguno de estos conflictos sería reseñado jamás por los evangelistas. Su imagen —debieron de calcular— no salía bien parada. Creo que se equivocaron. Después de todo sólo eran hombres. Si hubieran guardado fidelidad a los hechos, los futuros creyentes y seguidores del Maestro lo habrían comprendido y aceptado, venerando con más fuerza, si cabe, su memoria. Pero ¿de qué me extrañaba? Otros sucesos —infinitamente más importantes— también fueron silenciados.

La costa se hallaba desierta. Frente a la media docena de escalinatas de piedra que permitía el acceso a la aldea por aquella zona descansaba una veintena de lanchas, varadas sobre una «arena» basáltica roja, negra y blanca, encendida por el implacable sol del mediodía. De pronto, el *maarabit* comenzó a mecer las barcas ancladas en la orilla. Continué paseando entre amasijos de redes y lanchones y, lentamente, sin proponérmelo, fui a parar frente a la «quinta piedra», el atraque de los Zebedeo: la roca prismática de medio metro de altura, con un orificio en la parte superior (a manera de «ojal»), que servía para amarrar los cabos, sujetando las embarcaciones fondeadas cerca de la playa.

Algunos de los barcos que faenaban frente a la primera desembocadura del Jordán extendieron las velas, aprovechando las primeras brisas. Y el *yam* comenzó a rizarse. Las gaviotas, montadas en el viento, se reagruparon, animando a los pescadores con sus chillidos.

Eché una ojeada a la casa de los Zebedeo. Aparentemente parecía tranquila.

Y agobiado por el calor —quizá rondásemos los 30° Celsius— me dirigí al agua. Deposité cayado y sandalias entre los guijarros y suavemente me introduje en el lago. El relativo frescor me serenó. Humedecí rostro y brazos y, por espacio de algunos minutos, permanecí plácidamente, con los ojos cerrados y la cara levantada hacia el poderoso sol. Aquella bendición me ayudó a olvidar momentáneamente lo desafortunado de mi situación.

Pero, súbitamente, el instinto (?) me previno. Fue una clarísima sensación. Alguien se hallaba a mis espaldas. El silencio era casi completo, apenas agitado por un oleaje infantil y el casi humano silbido del viento entre la cordelería de las barcas que cabeceaban a mi alrededor.

Me estremecí. Y una familiar y querida imagen se instaló en mi cerebro.

¿El Maestro?

Me negué a aceptarlo.

Abrí los ojos y muy despacio —deseando en lo más profundo que así fuera— giré hacia tierra.

Al descubrir la «presencia» sonreí para mis adentros. El instinto acertó. Yo, en cambio, fui víctima de aquella vieja obsesión.

Frente a mí, junto a la vara y el calzado, me observaba, en efecto, una persona. Pero no quien imaginaba.

Su rostro, grave, se modificó al reconocerme. Y con una incipiente sonrisa avanzó hacia el agua, abrazándome.

La desilusión quedó difuminada por el fraternal recibimiento del jefe de los Zebedeo. El anciano —según sus palabras—, no pudiendo soportar el enrarecido clima provocado por la pelea entre los íntimos, optó por abandonar la casa, refugiándose, como este explorador, en la paz del *yam*.

Y durante dos horas, a la sombra de una de las barcazas, frente por frente a las negras escalinatas que unían aquella franja de la costa con la puerta posterior del gran caserón, Zebedeo padre y quien esto escribe pasaron revista a un buen número de asuntos de los que este explorador tomaría especial nota.

Así supe, por ejemplo, que la Señora y su gente habían llegado sin novedad a la casa. Y también que la rodilla de la mujer se recuperaba satisfactoriamente.

El honrado y sincero propietario de los astilleros de Nahum no esquivó la delicada situación creada entre su hijo Juan y este «cobarde pagano». Y habló como era su costumbre, sin rodeos. María y Santiago le pusieron al corriente de los sucesos acaecidos en el viaje a Nazaret, así como de las desventuras padecidas en la aldea de la Señora. Y a la luz de algunas insinuaciones deduje que la madre del Maestro pudo revelarle parte de la verdad sobre mi auténtica identidad. En un primer momento me alarmé. Pero el intuitivo galileo, atravesándome con sus ojos azules, me tranquilizó.

—Si fueras lo que afirma mi torpe e impetuoso hijo —clarificó con aplomo—, ni el rabí, ni su madre, ni Santiago, ni yo mismo sentiríamos tan sólido afecto por tu persona...

Y depositando las gruesas y encallecidas manos sobre mis hombros remachó, dando por concluido el enojoso asunto:

—No temas. Mi amistad y hospitalidad siguen intactas. Disculpa a Juan. Es joven y engreído. Necesita tiempo. Hace años tuve el privilegio de conocer a otro Jasón, muy parecido a ti.

De nuevo la extraña historia...

—Aquel griego, especialmente amado por Jesús, se comportó siempre como un leal amigo. Tú, en muchos aspectos, eres idéntico a aquel bondadoso y enigmático personaje. Pues bien, no dudes de nosotros. Te queremos y respetamos. Y te ayudaremos, como lo hicimos con aquel Jasón, a cumplir esa importante «misión».

Debió de notar mi agradecimiento. Y envolviéndome en una interminable sonrisa, me acogió como un padre. Y el curtido y arrugado rostro se dulcificó.

Animado por aquella especie de confesión me atreví a

interrogarle sobre algunos puntos que, ciertamente, al ser despejados por el anciano —excelente conocedor de la región—, beneficiaron nuestros siguientes movimientos.

No hizo preguntas. Ni siquiera se mostró sorprendido por lo singular de mis cuestiones. Así era Zebedeo padre: discreto, respetuoso, inteligente y generoso. Lástima que los mal llamados escritores sagrados no mencionen a esta pléyade de personajes —¿de segundo orden?— que arropó igualmente al Hijo del Hombre y contribuyó —¡y de qué forma!— al éxito de su encarnación.

Y hacia las 14 horas, ante nuestra sorpresa, por el este (la desembocadura del Zají), por el oeste (siguiendo el camino de Nahum) y por las escaleras que descendían de la aldea, comenzó a registrarse un lento e ininterrumpido fluir de hombres, mujeres y niños. Y recordé la convocatoria de Simón Pedro: «en la playa, a la hora nona».

Y el viejo Zebedeo, poco amante de este tipo de concentraciones, hizo ademán de despedirse. Pero, aturdido por lo que calificó como «imperdonable descuido», me rogó tuviera a bien compartir con ellos la comida del sábado. Con todo el tacto de que fui capaz le expliqué que —dadas las circunstancias, bien conocidas por él— no consideraba prudente personarme en su hogar. Y bien que lo sentía. Prefería esperar en la playa. Una vez concluido el discurso de Pedro abandonaría Saidan. Y prometí visitarle en los próximos días. La verdad es que una de las fases de la misión me obligaba a ello.

Lo comprendió y, deseándome paz, se retiró presuroso, desapareciendo escalera arriba.

Y durante casi una hora permanecí apaciblemente sentado a la sombra de la embarcación, pendiente de los grupos que iban tomando la playa y que, como yo, buscaban frescor al socaire de las lanchas.

Algunos niños —ajenos al verdadero motivo de la presencia de sus padres en el lugar— terminaron haciendo lo más sensato en aquellos calurosos momentos: abandonando túnicas y calzado en la orilla, se arrojaron al *yam*, jugando y disfrutando con el gratificante baño. Y nadando hasta las barcas próximas las tomaron por asalto. Y allí prosiguieron la diversión, arrojándose a las aguas con estrépito y en todas las posturas imaginables. Los gritos, risas y chapoteos me tuvieron ensimismado durante largos minutos.

Por lo que pude apreciar, aquellas gentes —en su mayoría— eran sencillos *felah*, trabajadores y artesanos de las poblaciones vecinas. También distinguí un buen número de *am-ha-arez* (la escoria del pueblo), semidesnudos y protegiéndose del sol por largos lienzos negros y rojos que arrollaban alrededor de la cabeza. No observé sacerdotes o representantes de la sinagoga más cercana, la de Nahum. Tampoco soldados.

Nada más acceder a la playa, muchos de los grupos se movilizaron en dos direcciones. Mientras unos recorrían la costa a la búsqueda de toda suerte de combustible, otros —preferentemente mujeres— se arrodillaban en la orilla, descamando y abriendo tilapias. Y poco a poco, aquí y allá, fueron surgiendo pequeñas hogueras. Los hombres, de pie, de espaldas al lago, formaron murallas protectoras, evitando que el viento arruinara las modestas candelas. Y las mujeres procedieron al asado de los peces.

A todas luces, aquello —más que una reunión de carácter religioso— se me antojó una festiva jornada «de campo o de playa», según se mire. A nadie parecía preocuparle la prometida aparición del rabí de Galilea. No acerté a oír un solo comentario sobre las supuestas «presencias» del Resucitado. Y durante un rato se limitaron a dar buena cuenta del almuerzo.

De vez en cuando los niños, reclamados por las madres, corrían hasta las fogatas, tomaban un grasiento trozo de pescado y regresaban alborozados a sus juegos.

Y así continuó la «fiesta» hasta que, poco antes de la hora nona (las tres), el silencio fue apoderándose de los cuatrocientos o quinientos congregados. Y las miradas se dirigieron a la puerta trasera del caserón de los Zebedeo, abierta de par en par. Me puse en pie.

Pedro apareció en primer lugar. Se detuvo unos instantes y, colocando la mano izquierda sobre los ojos —a manera de visera—, inspeccionó el gentío. A su espalda, el resto del grupo. Mejor dicho, «su» grupo.

Desde mi posición —a unos cincuenta o sesenta metros— no pude apreciar con nitidez la expresión de su rostro. Pero, a juzgar por el ánimo con que emprendió la bajada, la concentración debió de ser de su agrado. Y al pisar la playa, sin pérdida de tiempo, fue a encaramarse a una de las barcas. La mala fortuna, sin embargo, hizo que, nada más saltar al interior, fuera a tropezar con uno de los cabos y cayera entre las cuadernas. Y una espontánea y general risotada vino a celebrar la impetuosa y torpe irrupción del galileo. Los gemelos, Felipe y Santiago Zebedeo se apresuraron a auxiliarle. No hizo falta. Rojo de ira se alzó al momento, corrigiendo la dirección de la espada que sobresalía bajo la faja. Enmendó los pliegues de la túnica palmoteando furioso sobre el abultado abdomen y, sin más preámbulos, se enfrentó a la divertida parroquia. Y burlas y risas se extinguieron bruscamente ante la inquisidora mirada de Simón. El estudiado silencio del apóstol se prolongaría un par de minutos. Sólo la gente menuda —enfrascada en sus juegos— empañó el clima de expectación. Pedro, poco hábil aún en este menester, señaló hacia la chiquillería. Y las mujeres, comprendiendo, salieron a la carrera hacia la orilla, reclamando a gritos a los fogosos muchachos. Algunos obedecieron. Otros, haciéndose los sordos, se arrojaron a las aguas, reanudando la diversión.

Eché de menos a la Señora y su familia. Tampoco el bando de Juan Zebedeo hizo acto de presencia. La puerta fue cerrada y en lo alto de la escalinata se recortó la figura del joven Juan Marcos. Y siguiendo su costumbre fue a sentarse en los peldaños.

La blanda y redonda cara de Pedro recobró cierta quietud. Y con voz ronca se dirigió al fin a los presentes, recordando quién era el Hijo del Hombre. Después, gesticulando, con las arterias inflamadas, fue elevando el tono a medida que entraba en los pormenores de la resurrección. Y el suspense sobrecogió a la muchedumbre. Sinceramente, quedé maravillado. Simón Pedro «vivía» el discurso. Disfrutaba de una innegable capacidad para captar y conducir. Sabía cuándo y cómo prolongar la emoción. Instintivamente forzaba o ralentizaba la inflexión de la voz, acelerando o aliviando los corazones. Parecía conocer el formidable efecto de las pausas. Y las trabajaba con admirable precisión. Aquel —probablemente su primer discurso «en serio»— dejó tan agradablemente sorprendidos a sus compañeros que, tácitamente, fue aceptado como el nuevo líder.

Y la pasión y certeza de sus palabras fueron tales que, al poco, aquellos que oían detrás de la puerta del caserón, terminaron abriéndola y asomándose a la playa. Juan Zebedeo, Mateo Leví, Andrés, Tomás, Simón el Zelota y Natanael —en un gesto que los honraba— descendieron lenta y sigilosamente y se reunieron con el resto de los emocionados discípulos.

Pedro, al percatarse de la llegada de sus amigos, fijando los claros ojos en su hermano, enganchó con habilidad las últimas referencias al «reino», haciendo pública confesión de sus recientes errores. Y advirtió al gentío que la «imperfecta y torpe condición humana es, justamente, el único sello requerido para entrar en él».

Andrés respondió al imprevisible Simón con una leve inclinación de cabeza. Lo he dicho y no me importa repetirlo: aquellas disputas se hallaban siempre por debajo del sincero y entrañable cariño que se profesaban. Asistí a muchas. Algunas, incluso, como espero relatar, más envenenadas. Sin embargo, tarde o temprano, se hacía la paz. Una paz sin rencores. Una paz sin memoria.

Las ardientes palabras motorizaron los sentimientos de los más oprimidos —los *am-ha-arez*—, que corearon la advertencia con entusiastas peticiones de ingreso en ese «reino». Y Pedro, reclamando calma, les hizo ver que «sólo había un camino: imitar al Resucitado».

Éste, en mi opinión, fue el único error del magnífico y entregado orador. Ahí nacería la futura religión «cristiana». En aquel sábado, 29 de abril del año 30, en la remota playa de Saidan y siendo casi las 16 horas, fue plantada la semilla de una iglesia que olvidó el fondo en beneficio de la forma.

Y tras cincuenta minutos de discurso, con un público

embelesado y rendido, Simón Pedro cerró la alocución con un audaz acto de fe:

—Y afirmamos que Jesús de Nazaret no está muerto. Y declaramos que se ha levantado de la tumba. Y proclamamos que le hemos visto y hemos hablado con Él.

Y digo «audaz acto de fe» porque, como se recordará, la casta sacerdotal prohibió toda alusión a la supuesta resurrección del Galileo. (Al día siguiente de dicha resurrección —lunes, 10 de abril—, el sumo sacerdote Caifás, su suegro Anás, los saduceos, escribas y demás fanáticos celebraron una reunión de urgencia en la que, ante las inquietantes noticias que corrían por la Ciudad Santa, adoptaron las siguientes y drásticas medidas:

Primera: todo aquel que hable o comente [en público o en privado] los asuntos del sepulcro o la pretendida vuelta a la vida de Jesús de Nazaret será expulsado de las sinagogas.

Segunda: el que proclame que ha visto o hablado con el Galileo será condenado a muerte.)

Y aunque esta última propuesta no pudo ser sometida a votación, lo cierto es que el incumplimiento de tales normas podía acarrear serias dificultades al infractor. Pedro lo sabía y, no obstante, se arriesgó valientemente. Éste era Simón: un hombre consumido por las contradicciones.

Y de pronto, finalizado el discurso, cuando el discípulo —en mitad de un respetuoso silencio— se disponía a saltar de la lancha, sucedió «algo» que, obviamente, nadie esperaba.

Fue tan increíble que, de no haber contado con aquel medio millar de testigos, habría dudado de mi capacidad de percepción e incluso de mi salud mental. Pero los hechos, como digo, fueron reales.

Las gentes, atónitas, no reaccionaron. ¿Cómo hacerlo?

Recuerdo que el viento cesó. Y lo hizo bruscamente y a destiempo. El *maarabit* sopla indefectiblemente, entre abril y octubre, desde el mediodía al atardecer. Era, poco más o menos, la hora «décima» (las cuatro). Faltaban por tanto dos horas y cuarenta minutos para el ocaso.

Y las fogatas —«alimentadas» (?) por una fuerza invisible— estiraron sus lenguas de fuego. Pero fue un crepitar silencioso.

¿Silencioso?

En realidad, «todo» era silencio. (Las palabras no me ayudan.) Quizá estoy tratando de racionalizar lo irracional. Quizá los hechos no ocurrieron en este orden. Quizá todo fue simultáneo.

De algo sí estoy seguro: «todo» era un inmenso y antinatural silencio. Dejé de oír el golpeteo del *yam*. Las risas y chapoteos de los niños se extinguieron. Y también el lejano manicomio de las gaviotas. Sin embargo, el oleaje batía la costa. Los muchachos continuaban retozando y las aves volaban incansables alrededor de las embarcaciones. Unos barcos con las velas súbitamente deshinchadas.

¿Qué estaba pasando?

Y en aquel atronador silencio, en el centro de la barca, surgió una alta figura.

Pero creo que, en mi precipitación, no estoy siendo riguroso. Quien esto escribe no presenció el primer instante de esa aparición. Me explico. Alarmado por estos acontecimientos había vuelto el rostro hacia el lago, intentando averiguar la razón de aquel cambio en la sonoridad del lugar. Y en ello estaba cuando, de improviso, las gentes retrocedieron. Algunos tropezaron y cayeron. No oí exclamaciones. El movimiento —provocado por el miedo— fue igualmente silencioso.

Y al girar de nuevo la cabeza hacia la lancha vi al «hombre».

Quiero decir con esto que la gente contempló la imagen uno o dos segundos antes que yo. Un pequeño gran detalle que me convenció de la realidad de lo que estaba presenciando. No hubo, por tanto, sugestión colectiva. ¿Y a santo de qué iba a haberla? La casi totalidad de los allí reunidos, como ya mencioné, podría ser catalogada como simples curiosos, incapaces de provocar fenómenos tan puntuales y complejos como la «congelación» del *maarabit*, la brusca «crecida» de los fuegos y el enmudecimiento del lago. Demasiado, a mi entender, para unos humildes hombres, mujeres y niños que sólo pretendían disfrutar del descanso sabático y de las palabras de un grupo de «locos» que pregonaba la vuelta a la vida de otro no menos «loco».

Y quedé petrificado. Frente a mí, a poco más de cinco metros, se erguía el añorado rabí. Vestía su larga túnica blanca, sin manto, con los brazos desmayados a lo largo del «cuerpo».

Y durante unos instantes —¿cómo medir el tiempo en esas circunstancias?— los ojos se pasearon por la desconcertada y temerosa concurrencia. Percibí un corto recorrido de la cabeza —de su izquierda a la derecha—, acompañando esta especie de «inspección».

No sé qué fue lo que más me sobrecogió: la presencia del Resucitado o aquel indefinible e incomprensible «silencio» que lo envolvía y nos envolvía.

El rostro, relajado y bronceado, aparecía directamente iluminado por un sol que escapaba ya hacia el oeste. Y observé otro interesante «detalle». Los hermosos y rasgados ojos acusaron la intensa radiación solar, obligándole a parpadear. Su aspecto era idéntico al que ofrecía en «vida». Los cabellos, acaramelados, caían lacios y dóciles sobre los anchos y musculosos hombros. No distinguí los pies, ocultos por el casco del bote. Las manos, largas, velludas e igualmente bronceadas, apenas se movieron.

¿Utilizar la vara? Imposible. No hubo tiempo material. Ni siquiera acerté a prevenir a la «cuna». Sólo tuve ojos para devorar aquella figura.

Y abriendo los finos labios, con su templada, vigorosa y acariciante voz, exclamó:

«Que la paz sea con vosotros...»

Se produjo una brevísima pausa.

Sé que puede parecer de locos. Yo mismo continúo haciéndome una y mil preguntas. Fue desconcertante. Las palabras sonaron perfectas en un escenario «perfectamente insonorizado».

«...Mi paz os dejo.»

E instantáneamente dejé —dejamos— de verle. Sencillamente (?) se volatilizó.

Y sin intervalo alguno, con el eco de la última frase en mi mente, todo recuperó la normalidad. El viento arremetió contra las espigadas llamas, humillándolas, y el *yam* despertó con sus habituales sonidos.

Pedro, con las manos sobre la borda y el rostro vuelto hacia el lugar que había «ocupado» el Resucitado, seguía con la boca abierta. Los íntimos, con la misma expresión de asombro, no acertaban a moverse. En cuanto a la gente —anclada como árboles—, terminó levantando las miradas, buscando en el cielo una explicación a lo inexplicable.

Finalmente, los gemelos de Alfeo rompieron a gritar, liquidando la paralización general. Y unos y otros, saltando, llorando, riendo y abrazándose, convirtieron la playa —esta vez sí— en una auténtica fiesta.

Y quien esto escribe —más confundido que nadie— se dejó caer sobre la arena, incapaz de razonar.

Era la tercera aparición en Galilea. Muy breve. Inferior quizá a los diez segundos, pero clara y rotunda.

Ninguno de los evangelistas habla de ella. Sólo Juan hace una inconcreta alusión cuando, en el capítulo 20 (30-31) de su evangelio, afirma que «Jesús realizó otras señales en presencia de los discípulos, que no están escritas en este libro». Y yo me pregunto: ¿por qué no fue escrita? ¿Es que no era lo suficientemente importante? Tratándose del Maestro y, sobre todo, de una soberbia demostración de la existencia de vida después de la muerte, por supuesto que sí. ¿Qué fue entonces lo que ocurrió? ¿Perdió la memoria el Zebedeo? A mi corto entender sólo cabe una posible explicación: Juan sucumbió de nuevo a su incorregible vanidad, concediendo prioridad a su buena imagen y, de paso, a la del resto del colegio apostólico. Si el evangelista se hubiera decidido a contar lo acaecido en las primeras horas de la tarde de aquel sábado frente a la aldea de Saidan, una de dos: o mentía o escribía la verdad. Y optó por una tercera vía: el silencio.

De haber sido fiel a los hechos habría tenido que razonar el porqué de la presencia de aquellas gentes en la playa. Eso significaba el reconocimiento de una división entre los «sagrados embajadores del reino». Más aún: tendría que haber admitido que él y parte del grupo se mantuvieron alejados del brillante discurso de Simón Pedro durante buena parte del mismo. E, igualmente, que terminaron cediendo. Tanta sinceridad no parecía prudente en aquellos difíciles albores de la comunidad cristiana... E invito al desconocido lector de estos diarios a que explore los cuatro textos evangélicos. No encontrará un solo párrafo en el que se intuya la más mínima división entre los íntimos del Maestro.

Y remedando la «conclusión» de Juan en dicho evangelio, yo también me atrevo a escribir: «Estas señales del Resucitado —todas— han sido escritas para que quizá alguien, algún día, conozca la verdad —toda la verdad— y sepa a qué atenerse.»

La playa fue despejándose y, durante un tiempo, continué absorto, luchando por comprender. Reconstruí lo ocurrido una y otra vez. Pero siempre me veía enfrentado a la misma e irritante conclusión: incomprensible. La ciencia no estaba —no está— preparada. Y humildemente me postré de rodillas, aceptando cuanto había visto y oído.

El retorno al módulo fue rápido y sin tropiezos. Si digo la verdad, me extrañó el cierre de la aduana. Lo que no podía imaginar es que este explorador fuera el responsable. Pero debo contenerme y respetar el orden cronológico de los acontecimientos.

Cambié el *aureus* en Nahum (con relativo éxito: treinta y tres denarios de plata) y, tras adquirir un buen surtido de provisiones, accedí a la nave con las primeras sombras del anochecer.

Eliseo, como siempre, me recibió con alivio. Y el resto de la jornada fue dedicado a dos asuntos, a cuál más atractivo: el repaso a la inminente exploración del lugar donde debería aterrizar la «cuna» en los próximos días y el cada vez más desconcertante doble asunto del fenómeno de la Resurrección y las apariciones del Maestro.

Como ya indiqué, durante mi estancia en Nazaret, mi hermano procedió a los análisis de las bayas, hojas y ramas del sicómoro existente frente a la cripta en la que había reposado el cadáver de Jesús de Nazaret (1). Dicho

(1) Amplia información en *Caballo de Troya 1 y 2. (N. del a.)*

árbol, al igual que otros frutales cercanos, resultó afectado, como se recordará, por la misteriosa lengua de luz que partió de la boca de la cripta. La radiación (?), de un blanco azulado brillantísimo, desecó parte del ramaje del corpulento «ficus», consumiendo y «fosilizando» buen número de frutos.

No agotaré al hipotético lector con los complejos procedimientos analíticos (1). Me concentraré en los resultados, aunque debo adelantar que, lejos de esclarecer el fenómeno, nos sumieron en una mayor perplejidad. Quizá la ciencia, algún día, a la vista de estos datos, pueda llegar más lejos.

Antes de proceder al estudio químico, las muestras fueron sometidas a un detector Geiger. Pero no arrojaron el menor indicio de emisiones radiactivas.

Las exploraciones fisiológico-estructurales —a niveles celulares— mostraron una intensa deshidratación (casi al ciento por ciento). En algunos casos, elementos claves como el calcio, sodio, cobre y potasio aparecían casi irreconocibles y convertidos en «piedra». Lamentablemente, el hecho de no saber con exactitud lo que realmente debíamos buscar terminó confundiendo y desanimando a mi hermano. Evidentemente, aquel ser vivo fue sometido a una intensa modificación celular. Pero ¿qué alteró su estructura? ¿Calor? ¿Una radiación desconocida? ¿Una fuente electromagnética?

Uno de los indicios más relevantes en aquella enigmática y compleja anormalidad surgió en la analítica de los elementos minerales. Mientras los índices de los componentes habituales en este tipo de árbol se mostraban en los límites más o menos aceptables, el del manganeso, en cambio, se elevó siempre —en todas las muestras— por encima de las 2 800 ppm. (partes por millón). (En un sicómoro sano, la cantidad de Mn oscila alrededor de las 300 ppm.) Pensar en una alteración como consecuencia

---

(1) Las determinaciones fueron llevadas a cabo por los siguientes métodos instrumentales, entre otros: espectrofotometría, emisión (Na y K: AAS), sistema «Kjeldhal» (N) y absorción (Ca, Mg, Fe, Mn, Cu, Zn y Mo: AAS). (N. del m.)

de algún tratamiento fungicida nos pareció fuera de lugar. Al no disponer de muestras del terreno donde se asentaba el «ficus», las evaluaciones tuvieron que ser interrumpidas. Algunas semanas más tarde, en una nueva incursión a la Ciudad Santa, pude hacerme con dichas muestras, verificando lo que sospechábamos: la plantación de José de Arimatea gozaba de un suelo de tipo medio —básicamente calizo—, con unas proporciones razonables de manganeso (1). No debía atribuirse, por tanto, la elevada toxicidad descubierta en el sicómoro a las características naturales de la capa de tierra sobre la que crecía el huerto.

¿Qué fue lo que elevó el volumen de aquel micronutriente (el manganeso) hasta 2 830 ppm.? Honradamente, no lo sabemos.

Eliseo, quien esto escribe y «Santa Claus» «debatimos» el enigma hasta el agotamiento. Pero no logramos aunar criterios.

La hipótesis sobre la misteriosa desaparición del ca-

(1)   Como saben los expertos en fitotecnia, los suelos, en general, contienen cantidades suficientes de Mn (manganeso). El problema, sin embargo, no es el contenido total de este elemento, sino la fracción libre e intercambiable de Mn^{2+}. En opinión de especialistas como Coppenet, volúmenes de Mn del orden de 20 mg por kg de suelo, representan un nivel satisfactorio para un pH de «6». En el caso de la plantación donde se hallaba el sicómoro, nuestros análisis arrojaron el siguiente resultado: entre 20 y 50 mg de Mn/kg. (Los índices de los frutales no variaron sustancialmente. Los sanos presentaban una cantidad de manganeso que oscilaba entre 100 y 125 ppm. Los afectados por la «lengua de luz» —al igual que el sicómoro «enfermo»— elevaron dichos índices entre 2 800 y 2 900.) Según el banco de datos del módulo, ni siquiera los terrenos considerados como «altamente tóxicos» arrojaban en sus árboles, cereales o legumbres unos niveles tan violentos de Mn. En los suelos ácidos, por ejemplo, con un pH ≤ 5,5, ricos en humus bruto y con altas condiciones reductoras, cabe provocar la acumulación de Mn altamente tóxico. Pero esos niveles difícilmente se aproximan a la mitad de lo detectado por Eliseo en las muestras que fueron impactadas por la extraña radiación. Los estudios foliares señalan exceso y toxicidad de manganeso, por ejemplo, cuando la soja presenta 250 ppm., 300 para los cítricos, 500 para los viñedos y alrededor de 600 para el sicómoro. Este árbol no se distingue tampoco por su especial exigencia de Mn, más propia de encinas y abedules. *(N. del m.)*

dáver del Maestro no encajaba con las vibraciones percibidas antes y durante el corrimiento de la pesada muela que cerraba la cripta y tampoco con la lengua luminosa que se proyectó hasta los árboles.

Nuestra teoría apuntaba hacia una infinitesimal e intensísima «aceleración» de la putrefacción del cuerpo de Jesús (1). El instrumental detectó en las «colonias cuánticas» que flotaban sobre el lienzo en el que había reposado el cadáver unos *swivels* claramente «removidos» y «estacionados» en un «ahora» histórico que, obviamente, nada tenía que ver con aquel presente (año 30). La descomposición fue consumada, por tanto, en décimas o centésimas de segundo. Un proceso que, de haber seguido los cauces de la Naturaleza, hubiera necesitado, como mínimo, alrededor de cinco años.

Nosotros conocíamos esa fantástica posibilidad de modificar los ejes ortogonales de estas «unidades subatómicas elementales». Pero dichas inversiones axiales —al menos con la tecnología de *Caballo de Troya*— nunca fueron acompañadas por los fenómenos ya mencionados: vibraciones y «escapes» luminosos. Unos fenómenos que, evidentemente, alteraban el entorno. A no ser que ambos sucesos —aceleración de la descomposición y lengua luminosa— fueran independientes.

«Santa Claus» propuso entonces una vía alternativa que nos dejó perplejos: quizá «alguien» (?), satisfecha la resurrección, quiso dejar constancia física de los hechos. Una especie de «acta notarial», válida para aquel tiempo y para el nuestro. Verdaderamente, tanto aquélla, como las generaciones futuras, han contado con el espléndido «regalo» del lienzo que cubrió al rabí de Galilea durante treinta y seis horas. En él, como ya dije, se encuentra encerrada la «información» que puede esclarecer esa última fase de la resurrección: la enigmática desaparición del cuerpo. En cuanto a los anormales índices de manganeso, la deshidratación y «fosilización» era justo reconocer que constituían otra interesante evidencia. Una

(1)   Véase información sobre el particular en *Caballo de Troya 2*. (*N. del a.*)

prueba que —de acuerdo a los «torcidos renglones de Dios»— nos tocó rescatar del olvido.

Como decía el Maestro, «quien tenga oídos...».

Eliseo defendió la aparentemente absurda y anticientífica sugerencia de «Santa Claus». Quien esto escribe, por el momento, se abstuvo de pronunciarse, aguardando a que la ciencia esté en condiciones de ampliar y clarificar lo ocurrido.

Tampoco el intrincado enigma de las apariciones del Resucitado fue fácil de resolver desde el prisma de la racionalidad.

Aquellas súbitas materializaciones y desmaterializaciones —ignoro cuál podría ser el término que las definiera correctamente— iban contra todo lo conocido.

Basándonos en los descubrimientos obtenidos durante la segunda de estas «presencias» en Galilea (1) —la registrada a corta distancia de la nave—, mi hermano y yo pusimos en pie varias «soluciones» (?). Ninguna, naturalmente, puede ser estimada como definitiva. Me referiré, someramente, a la que, en principio, presentaba mayor solidez (?). De acuerdo con los cálculos del ordenador, a juzgar por los «movimientos» atómicos detectados en lo que podríamos calificar como «encéfalo» y en el resto del no menos fantástico «sistema nervioso central», aquel «cuerpo glorioso» parecía disfrutar de una asombrosa capacidad para modificar —¡a voluntad!— el ritmo vibratorio de sus trillones de átomos (2). Esa desconocida y magnífica potestad permitía, al parecer, que la materia que conformaba aquel «organismo» comenzase a vibrar vertiginosamente dentro de sus límites espaciales, alcanzando una «velocidad» próxima a la de la propagación de

(1) Amplia información sobre dichos hallazgos en *Caballo de Troya 3. (N. del a.)*

(2) Dado que sólo fue posible analizar el proceso en su última fase —el paso (?) a la desmaterialización propiamente dicha—, esta arriesgada hipótesis contempla únicamente la «mitad» del interesantísimo fenómeno. Como es obvio, nuestra ignorancia respecto a la otra «mitad» —el salto (?) de la «nada» a la materialización del «cuerpo»— es todavía mayor. *(N. del m.)*

la luz. (Cuán difícil es traducir a conceptos humanos lo que, sin duda, son realidades sobrenaturales.)

Pues bien, en tal circunstancia, la masa del «cuerpo glorioso» perdía las propiedades de «masa pesante», adquiriendo las correspondientes a las de una «masa inercial» de proporciones similares a las que podría haber alcanzado dicho «cuerpo» trasladándose por el espacio a una velocidad próxima a la de la luz. (La misma a la que vibraban sus componentes atómicos.) Los efectos cinéticos de esa masa inercial serían superiores —en miles de veces— a los registrados por la masa del cuerpo en su estado normal de vibración atómica. (Un estado que, en líneas generales, es denominado «de reposo».)

Y llegamos a lo que importa. Esa elevadísima «velocidad» en todos y cada uno de los átomos —estimulada, insisto, a voluntad del «individuo»— «comprimía» (?) la materia hasta colocarla en los límites de la adimensionalidad. El siguiente paso era el ya conocido de la brusca desmaterialización. Sencillamente (?), el «cuerpo glorioso» desaparecía de la vista.

Se cumplía así, en efecto, la teoría de Fitzgerald. Lamentablemente, ahí concluían nuestras especulaciones. Y no era poco.

Lo que no encajaba con lo actualmente aceptado por la Física —amén de otros pormenores— era la evidente ausencia de implosión. En ese crítico instante —al desaparecer el «cuerpo glorioso»—, el volumen ocupado en el espacio debería quedar bruscamente vacío. Y el aire que rodeaba al Resucitado tendría que precipitarse hacia él (1). Sin embargo, en ninguna de las apariciones que este explorador tuvo la fortuna de presenciar, y en las que me fueron narradas, se produjo estampido alguno. Tampoco la exploración instrumental aportó novedad al respecto. Mejor dicho, sí la hubo. Pero sólo contribuyó a multiplicar nuestra oscuridad. Los dispositivos téc-

---

(1) El efecto es similar al estampido del trueno, ocasionado, como se sabe, por el aire que circunda el tubo de vacío producido por la trayectoria del rayo. Dicho aire fluye desde todas las direcciones, llenando el «tubo» y restableciendo el equilibrio atmosférico. (N. del m.)

nicos de la «cuna» —al menos en la citada segunda aparición en Galilea— no fueron capaces de localizar ese vacío. Simplemente: no hubo tal vacío. La masa de aire que había sido ocupada por el «cuerpo» se comportó con normalidad: sin movimiento, tensión o succión.

¿Guardaba esta anomalía (?) alguna relación con los «silencios» que precedían y acompañaban a las apariciones? Tampoco lo sabemos.

Para estos confundidos exploradores sólo cabía una posible explicación: la desmaterialización era una realidad objetiva, pero sólo a nivel visual. En otras palabras: aquella entidad, al cruzar la frontera de la adimensionalidad, continuaba «ocupando» el mismo espacio en nuestro mundo, pero «instalada» en un «universo» (?) de naturaleza y dimensiones desconocidas. Seguía allí..., pero no para nosotros.

Por supuesto, ni los radares, ni el cinturón IR, ni tampoco el «bombardeo» teletermográfico proporcionaron la menor pista. Aquel Ser podía «existir» simultáneamente en dos «mundos» (?) diferentes. ¿Y por qué en dos? ¿Por qué no en un número infinito de planos? Y nos preguntamos con emoción: ¿es justamente esto lo que nos aguarda tras la muerte?

Éste, ni más ni menos, fue el mensaje de esperanza que latió detrás de cada una de las apariciones del Hijo del Hombre.

DEL 30 DE ABRIL AL 3 DE MAYO

Al concluir los estudios tuvimos que reconocer que quizá estábamos invadiendo unos sagrados dominios que no eran de nuestra competencia. Estas y otras «lecciones» similares servirían para rebajar el engreimiento intelectual y científico de quien esto escribe a su justo lugar; es decir, prácticamente a cero.

Desde entonces aprendimos a contemplar el inmenso poder de aquel Hombre con humildad y respeto.

Pero sigamos adelante en esta apasionante aventura. Una aventura que apenas arrancaba...

Decía también que buena parte de aquel sábado, 29 de abril del año 30 de nuestra era, fue consumida en el repaso a la obligada exploración del paraje en el que, necesariamente, se posaría la nave, de cara al ya próximo e intrigante tercer «salto» en el tiempo.

A la mañana siguiente, domingo, inauguramos dicha exploración con una fase que podríamos calificar de tanteo, en la que los «ojos de Curtiss» y el material filmado en el sobrevuelo del lago jugarían un papel esencial.

El nuevo asentamiento —al que denominaré desde ahora «base-madre-tres» («BM-3»)— debía reunir una serie de importantes requisitos. Primero y fundamental: unas condiciones mínimas de seguridad. El «punto de contacto» tenía que ser un lugar aislado, no frecuentado por hombres y animales y, al mismo tiempo, que permitiera un rápido desplazamiento a las poblaciones del lago, presumiblemente frecuentadas por el rabí de Galilea durante su vida de predicación.

Por otra parte, la escasez de combustible nos forzaba

a un vuelo corto. (Tras el último periplo sobre el *yam*, en el que fueron quemadas casi dos toneladas, la disponibilidad era de un 47,5 por ciento. Es decir, lo justo para retornar a Masada.) Era necesario, por tanto, que «BM-3» se hallara a escasa distancia de la colina de las Bienaventuranzas.

Y durante horas evaluamos las diferentes alternativas. Los estudios cartográficos desarrollados en el mencionado sobrevuelo y las informaciones recogidas por los «ojos de Curtiss» y este explorador resultarían determinantes. Quiero destacar en este sentido las valiosas noticias aportadas por Zebedeo padre en torno, sobre todo, a dos hechos que nos preocupaban especialmente: el bandidaje y los cazadores de palomas en el macizo que, en principio, fue designado como «candidato» número uno. Este promontorio —el monte o *har* Arbel—, asomado a la orilla occidental del *yam*, con una altitud de 181 metros sobre el nivel del Mediterráneo (1), presentaba las condiciones ideales: una cumbre despejada, rocosa y sin vegetación y un acceso relativamente cómodo a ciudades como Tiberíades (a casi cuatro kilómetros), Migdal (a uno y medio), Nahum (a nueve) y Saidan (a catorce, aproximadamente).

El tentador emplazamiento, sin embargo, se vino abajo. El primer inconveniente, como ya relaté, fue avistado en el viaje a Nazaret, al atravesar el *wadi* Hamâm. Este desfiladero —del que formaba parte el *har* Arbel— aparecía sembrado en su cara norte de una abundante cordelería que se precipitaba desde la cumbre hacia una nutrida colección de cuevas existente en dicha pared. Y las iniciales informaciones, proporcionadas por Juan Zebedeo en aquel accidentado viaje, serían ratificadas y ampliadas en la playa de Saidan por el padre del discípulo. Estas cavernas, en efecto, seguían constituyendo un inmejorable refugio para toda clase de ladrones, esclavos huidos, desheredados de la fortuna, «sicarios» y zelotas procedentes de las partidas que se levantaban regularmente contra el poder de Roma. A pesar de la

(1)   Conviene recordar que el Kennereth se encontraba en aquel tiempo a 212 metros por debajo del nivel del Mediterráneo. *(N. del m.)*

180

«limpieza» practicada por el rey Herodes el Grande en el año 39 a. de C. (1), tomando al asalto dichas grutas, con el paso del tiempo nuevas remesas de asesinos y rebeldes habían vuelto a ocuparlas. Y era frecuente verlos escalar o descender por las citadas maromas, emprendiendo toda suerte de fechorías en la soledad del desfiladero de las Palomas. Las recompensas ofrecidas por sus cabezas no servían de gran cosa. La población de las inmediaciones, aterrorizada, era incapaz de hacer frente a aquellos desalmados. Tampoco el patrullaje de las unidades romanas destacadas en la región resultaba efectivo. Entre otras razones —según el Zebedeo— porque algunos de los oficiales y suboficiales se hallaban compinchados con los jefes de estas partidas, percibiendo sabrosas comisiones sobre los botines arrebatados a los viajeros. Sólo cuando la alarma llegaba a límites insoportables, el gobernador de Cesarea o el tetrarca Antipas tomaban cartas en el asunto, procediendo con operaciones más drásticas y contundentes. Pero, al poco, como una maldición, otras bandas venían a reemplazar a las exterminadas o cautivas, convirtiendo de nuevo el reseco *wadi* en un paradójico «río» de sangre. Verdaderamente, a la vista de este siniestro panorama, tuve que reconocer que la suerte (?) nos acompañó en aquella travesía con la Señora, Juan Zebedeo y el «oso» de Caná.

A esta comprometida situación había que sumar un segundo problema: los cazadores de tórtolas y palomas torcaces que recorrían el *har* Arbel día y noche, armados con sus tradicionales redes-trampa. Estos individuos —vecinos de Migdal y Tiberíades fundamentalmente— desempeñaban además el papel de «espías» y «correos» de unos y otros. Es decir, de los bandoleros y de los corruptos centuriones y *optios*. A cambio de este «servicio» podían moverse con libertad por el macizo y sus acantilados.

Y el apetecible Arbel tuvo que ser descartado definitivamente.

(1) Véase el testimonio de Flavio Josefo (*Antigüedades*, XIV, 15, 3-6 y *Guerras*, I, 16, 4). *(N. del m.)*

Y tras un minucioso y tenaz examen de la zona —en el que colaboraron eficazmente los seis «ojos de Curtiss» disponibles (1)—, de común acuerdo, Eliseo y quien esto escribe nos decidimos por un segundo «candidato», ubicado a tres kilómetros y medio del conflic-

(1)   Aunque ya fue detallado en su momento, entiendo que aquí y ahora conviene refrescar la memoria del hipotético lector de este relato con la naturaleza y principales características de estos prodigiosos «ojos telecaptores». Pues bien, aunque el «ojo de Curtiss» entra de lleno en el ámbito del secreto militar, no hallándome autorizado a desvelar las claves de sus microsistemas, entiendo que no violo ninguna norma si, únicamente, me limito a transcribir aquellas funciones que estuvieron directamente relacionadas con nuestro trabajo. En síntesis, estas pequeñas esferas habían sido provistas de sendas cámaras fotográficas electrostáticas, con una propulsión magnetodinámica que les permitía elevarse hasta mil metros de altura, pudiendo captar imágenes fotogramétricas y toda suerte de sonidos. En su interior fue dispuesto un micrófono diferencial, integrado por 734 células de resonancia, sensibilizadas cada una en una gama muy restringida de frecuencias acústicas. El campo de audición se extendía desde los 16 ciclos por segundo hasta 19 500. Los niveles compensados —con respuesta prácticamente plana— disfrutan de un umbral inferior a los seis decibelios. (Es preciso añadir que las células registradoras de frecuencias infrasónicas, debido a sus microdimensiones, no trabajaban con resonancia propia.) El nivel de corte superior era de 118 decibelios.

Otro de los dispositivos alojados en el «ojo de Curtiss» consistía en un detector de helio líquido (puntual), capaz de registrar frecuencias electromagnéticas que se extienden desde la gama centimétrica hasta la banda «betta». El equipo de registro discrimina frecuencias, amplitud y fase, controlando simultáneamente el tiempo en que se verificó la detección. También dispone de un emisor de banda múltiple, generador de ondas gravitatorias, que resultaba de gran utilidad en las comunicaciones con los órganos de control situados en la «cuna», así como de un retransmisor para la información captada por los diferentes equipos. El «ojo» podía inmovilizarse en el aire, gracias a un equipo, igualmente miniaturizado, de nivel gravitatorio, que le permite hacer «estacionario» a diferentes altitudes mediante el registro del campo gravitatorio y el correspondiente dispositivo propulsor. (La medición del campo se verifica con un acelerómetro que evalúa la constante «g» en cada punto, controlando el comportamiento de caída libre de una molécula de $SCN_2 Hg$ (tiocianato de mercurio). El delicado ingenio podía desplazarse de acuerdo con dos sistemas de control. En algunos casos, un transceptor de campo gravitatorio de alta frecuencia emitía impulsos codificados de control que eran automáticamente corregidos cuando el «ojo» se hallaba en las inmediaciones

tivo desfiladero. Se trataba de otro espectacular peñasco, de ciento treinta y ocho metros de altitud, con un perfil y características muy similares a los del Arbel. Recibía el nombre de Ravid, hallándose a unos ocho kilómetros en línea recta de la «base-madre-dos».

Los informes de los sucesivos «ojos de Curtiss» destacados en la vertical de este *har* fueron animándonos progresivamente: estábamos ante un macizo pelado, con una curiosa forma de «barco» cuya «proa» apuntaba hacia el sudeste (en dirección al lago). Las dimensiones se nos antojaron perfectas: alrededor de dos mil trescientos metros de «proa a popa» (siguiendo el eje longitudinal del supuesto «buque» o «zapato») y otros doscientos en el punto más ancho. La cima aparecía di-

---

de un obstáculo. El operador, desde tierra, podía observar en una pantalla todo el campo visual detectado por la esfera. Este procedimiento era complementado mediante la «carga» de una secuencia de imágenes y perfiles topográficos del terreno que se deseaba «espiar». De ahí la importancia del circuito aéreo sobre las trece parcelas en que fue dividido el litoral del lago. Este barrido televisual servía de «guía» al «ojo de Curtiss». La sucesión de imágenes llevaba fijada la trayectoria, que a su vez era memorizada en una célula de titanio cristalizado, químicamente puro. En el interior del «ojo», una microcámara, cuyo film fue sustituido por una pantalla que traduce la recepción de fotones en impulsos eléctricos, recoge las sucesivas imágenes de los lugares sobre los que vuela la esfera. (La sensibilidad de dicha pantalla se extiende hasta una frecuencia de $7 \cdot 10^{13}$ ciclos por segundo —espectro infrarrojo—, con lo que es posible su orientación, incluso, en plena oscuridad.) Tales imágenes son «superpuestas» a las registradas en la memoria y que, insisto, fueron previamente tomadas por el módulo en el referido vuelo alrededor del mar de Tiberíades. Este equipo óptico explora ambas imágenes y, cuando las primeras no coinciden con las memorizadas, unos impulsos de control corrigen la trayectoria de los equipos propulsores y de dirección. De este modo, el «ojo de Curtiss» puede orientar sus propios movimientos, sin necesidad de una manipulación exterior de naturaleza teledirigida. En nuestro caso, el control desde la «cuna» fue prácticamente continuo. Lamentablemente, en la actualidad, una parte de este prodigioso sistema ha terminado por filtrarse a otros círculos militares y de inteligencia que, aunque de forma incompleta, han empezado a desarrollar lo que se designa como sistema de guía TERCOM *(Terrain Contour Mapping)* y sistema SMAC *(Scene Matching Area Correlation)*, tristemente usados para la guía de misiles. *(N. del m.)*

vidida en dos partes claramente diferenciadas: la de «proa» formaba un triángulo equilátero cuya base venía a coincidir con la referida anchura máxima (200 m). A partir de ahí, el Ravid se inclinaba hacia el noroeste, en una suave rampa que moría en las estribaciones de los montes de Galilea. Pronunciados acantilados constituían las «amuras» del gran espolón o plataforma triangular. Estas paredes verticales —entre 100 y 131 metros de altura— hacían prácticamente inaccesible lo que he dado en llamar la «proa» del Ravid.

Abajo, por la izquierda (la banda de babor) de lo que empezamos a denominar también como el «portaaviones», corría negro y estrecho el camino que unía Migdal con la lejana ciudad de Maghar, al noroeste. El abrupto cortado existente en este flanco terminaba reuniéndose con el sendero, en una cota «cero», al final de la mencionada pendiente de dos kilómetros y 127 metros.

Por estribor, en cambio, aunque el acantilado iba perdiendo igualmente altura, hasta situarse en cuarenta metros, el «portaaviones» conservaba su providencial inaccesibilidad. Una breve vaguada lo fundía con una modesta cadena montañosa cuyas altitudes oscilaban entre 213 y 121 metros. Estos picos, escasamente arbolados, no arrojaron indicio alguno de asentamientos humanos.

Y durante tres días, las eficaces esferas de acero de 2,19 centímetros de diámetro «peinaron» el «portaaviones» y un amplio radio, suministrando imágenes e infinidad de datos sobre la naturaleza geológica del terreno, flora, fauna, condiciones meteorológicas, movimiento de hombres y caravanas, distancias, puntos considerados estratégicos, rutas alternativas para los ascensos y descensos y configuración y diseño de las posibles áreas de aterrizaje y de las necesarias medidas de seguridad que deberían protegernos.

Y el Ravid, previa y exhaustiva evaluación del ordenador central, fue estimado finalmente como el paraje idóneo.

Aquella masa pétrea —integrada por rocas calizas y dolomíticas del Cretácico Superior y del Eoceno, con residuos basálticos en la cima— aparecía como un lugar solitario, barrido por los vientos y sin un solo sendero que se atreviera a penetrar en la cumbre. Según nuestras investigaciones, allí no había nada que pudiera reclamar el interés de los moradores de la comarca. La escasa tierra rojiza que despuntaba entre las erosionadas agujas rocosas —aunque fértil— resultaba impracticable. La cima, como digo, convertida en un «mar» de piedra, no permitía un solo cultivo medianamente rentable. Tampoco el ganado de Migdal, Tiberíades y Guinosar (las ciudades más cercanas) se arriesgaba a pisar aquellas latitudes, pobladas únicamente por serpientes, escorpiones y por una curiosa «familia» subterránea que, dicho sea de paso, prestaría un impagable servicio a estos exploradores.

El único atractivo —de dudosa rentabilidad comercial— que acertamos a descubrir entre el «oleaje» de las blancas calizas y los negros basaltos lo formaba un heroico batallón de arbustos y cardos entre los que identificamos el *Thymbra spicata* (de la familia de la menta), la *Centaurea eryngioides* (del grupo de las margaritas), la *Centaurea iberica*, los también cardos sirio y lechero, la *Gundelia de Tournefort* (de raíz gruesa y comestible), el *Teucrium creticum* (de altos tallos), el *Echinops adenocaulus* y las impresionantes *Iris*, unas plantas no menos valientes de hermosísimas flores violetas (1).

(1) La memoria del ordenador central contaba con un aceptable volumen informativo sobre la flora que podríamos definir como «bíblica». Esta documentación se sostenía sobre toda clase de textos antiguos y contemporáneos. Allí podíamos consultar, entre otros, los estudios de botánicos tan prestigiosos como el holandés Leonhardt Rauworlf, que viajó por Arabia, Siria e Israel entre 1583 y 1586. Sus colecciones de plantas, y en especial su *Relation d'un voyage du levant*, resultaron de gran utilidad. También figuraban los estudios de Pier Forsskal (1761) y Haselquist (1777), ambos alumnos de Linnaeus. Disponíamos igualmente de la monumental obra *Flora orientalis*, del explorador suizo Edmond Boissier (1867-1888), con cinco volúmenes y un suplemento, así como del valioso libro de este mismo autor —*Botanique Biblique*—, publicado en Ginebra. A esta copiosa información había que sumar infinidad de artículos y libros de especialistas como Hart, Dalman, Tristram, Post y Balfour. «Santa Claus»

185

Naturalmente, por un elemental sentido de la prudencia, las siguientes fases de la exploración fueron practicadas por estos pilotos directamente «sobre el terreno». El lunes, 1 de mayo, le correspondió el turno a quien esto escribe. En la jornada del martes —con un conocimiento más exacto y preciso del Ravid y su entorno— repetimos la incursión. Esta vez tuve la alegría de verme acompañado por Eliseo. Y su habitual perspicacia resultó de gran utilidad a la hora de materializar los cinturones de seguridad que deberían rodear a la «cuna».

Merced a las meticulosas imágenes y mediciones tomadas por los «ojos de Curtiss», el camino de ida, desde la «base-madre-dos» a la «popa» del Ravid (el final de la suave pendiente), fue resuelto sin incidentes y en un tiempo récord: ocho kilómetros y medio en unas dos horas.

De acuerdo a las observaciones previas, la ruta elegida para el ingreso en el «portaaviones» discurría por la cómoda «vía maris» durante los primeros cinco kilómetros, cruzando el vergel y los molinos de Tabja, el puente sobre el río Ammud y el lujurioso jardín de Guinosar. Al alcanzar el segundo río importante de dicha costa occidental del *yam* —el Zalmon—, límite para la conexión auditiva, nuestro particular «camino» torcía a la derecha, adentrándose hacia el oeste. Con el fin de evitar en lo posible futuros problemas y suspicacias entre los caminantes decidimos prescindir del paso por la ciudad de Migdal, situada a un kilómetro de la desembocadura del mencionado Zalmon. De haber rodeado dicha población hu-

---

manejaba también una completa bibliografía —con toda suerte de ilustraciones y comentarios— de los diferentes exegetas y eruditos de la Biblia que se han preocupado de identificar los 110 nombres de plantas que aparecen en los textos talmúdicos y del Antiguo Testamento. Una obra clave en este sentido fue el cuarto volumen de *Die flora der juden* (1938) de E. Loew, así como *Plants of the Bible* (1952) de H. N. y L. Moldenke. El trabajo de Loew, en especial, con su larga lista de nombres hebreos y sus traducciones, fue utilísimo para estos exploradores. También contamos con la sabiduría de expertos como Hareuveni, J. Felix (con su obra *Olam ha-tzomeah ha-mikrai*), M. Zohary y un largo etcétera. *(N. del m.)*

biéramos podido acceder al sendero que marchaba hacia Maghar, acortando la distancia al Ravid. Pero, como digo, por prudencia, optamos por una senda alejada de las carreteras habituales. Dicha «senda» corría paralela al generoso cauce del Zalmon, desafiando la cerrada «jungla» que prosperaba en su margen izquierda. El obligado avance por esta orilla del río —erizada de altas espadañas, papiros, venenosas adelfas, juncos de laguna y los míticos «aravah» o sauces de diminutas y verdosas flores— nos inclinó a reforzar una de las ya habituales medidas de seguridad: la «piel de serpiente». Y no nos equivocamos. Aquel trecho, al igual que otras áreas pantanosas por las que nos vimos forzados a caminar, encerraba un permanente y peligroso riesgo: los numerosos insectos transmisores de enfermedades como el paludismo, la fiebre amarilla, filariasis, oncocercosis, dengue, leishmaniasis, tifus y tripanosomiasis, entre otras. Tal y como pudimos observar en las frecuentes caminatas por aquella «jungla» del Zalmon, las colonias de *Anopheles* —el mosquito responsable de la malaria o paludismo— iban prosperando con la primavera y las altas temperaturas. No podíamos arriesgarnos a contraer una de estas graves dolencias. Y aunque fuimos vacunados convenientemente y respetábamos las periódicas dosis de fármacos antiinfecciosos (1), hicimos bien en extender la protección de la referida «piel de serpiente» a la totalidad del rostro, cuello, manos y piernas (2).

(1)   Como barrera quimioprofiláctica —en especial contra el peligrosísimo paludismo—, Eliseo y quien esto escribe ingeríamos cloroquina (300 mg) dos veces por semana, reforzada por una asociación de pirimetamina-dapsona ante la posibilidad de que algunas de las cepas (caso de la *P. falciparum*) pudieran ser resistentes a la mencionada cloroquina. (*N. del m.*)

(2)   Como ya señalé en su momento, los observadores de *Caballo de Troya* debían portar obligatoriamente lo que en el argot de la operación fue bautizado como «piel de serpiente». Mediante un proceso de pulverización, el explorador cubría su cuerpo desnudo con una serie de aerosoles protectores, formando una epidermis artificial y milimétrica que defendía el organismo de las posibles agresiones

A tres kilómetros del puente, en una amplia y casi perfecta curva de doscientos metros, el río se ensanchaba considerablemente, ofreciendo una serie de vados que permitía un cómodo paso. Aquella curva —conocida entre nosotros como la «herradura»— era el final de lo que designamos igualmente como la «jungla», el tramo más laborioso y comprometido en el referido camino hacia el Ravid. Quinientos metros más allá (en dirección sudoeste), tras cruzar unas incultas cañadas de poco más de cincuenta metros de profundidad, el explorador arribaba al fin al camino de tierra negra y esponjosa que se perdía hacia Maghar. Aquella ruta, desestimada como digo para acceder al «portaaviones», nos situaba en Migdal en cuestión de veinte minutos (alrededor de dos kilómetros). Pero sólo sería utilizada en los descensos. Para el retorno a la colina de las Bienaventuranzas decidimos suprimir los tres kilómetros de «jungla», abordando la «vía maris» por esta carretera que, repito, llevaba a Migdal y Maghar, respectivamente. Una vez «instalados» en el Ravid —salvo emergencias—, los caminos de ida y vuelta quedarían fijados tal y como estoy explicando: el ingreso en la nave, siempre por la «jungla». El descenso hacia el lago, por la negra senda que bordeaba el acantilado izquierdo del «portaaviones».

Salvadas, pues, las cañadas que separaban la «herradura» de la ruta Migdal-Maghar, el explorador se encontraba con la «popa» del Ravid. En aquel punto, como decía, las agresivas paredes del costado de «babor» perdían toda su altura, fundiéndose con la cota del sendero. Bastaba cruzarlo para entrar en «nuestros dominios».

Y tras cerciorarme de la soledad del camino, ataqué la rampa (de unos seis grados) que debía colocarme en la suave pendiente, de algo más de dos mil metros, que

---

mecánicas y bacteriológicas. Este eficacísimo «traje» transparente resistía impactos equivalentes al de un proyectil del calibre «22 americano» a veinte pies de distancia, sin interrumpir el normal proceso de transpiración. *(N. del m.)*

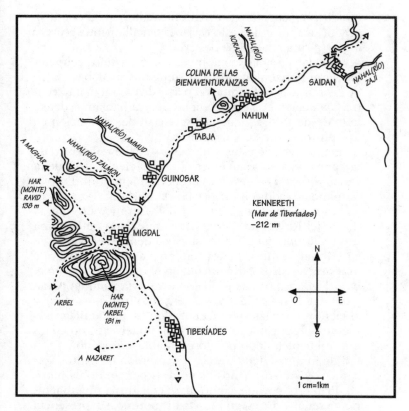

Principales poblaciones del «yam» o mar de Galilea en el tiempo de Jesús (costa norte y noroccidental). Con línea de trazos, las rutas habituales seguidas por el mayor. Distancias aproximadas: de Nahum (Cafarnaúm) a Saidan (Bet Saida), 5,5 km. De Nahum a Migdal, 7,5 km. De Migdal a Tiberíades, 4 km. Del har o monte Ravid a Migdal (por el camino de Maghar), 2 km. De la desembocadura del Zalmon a la base del Ravid, 3,5 km.

conducía a la «proa» del Ravid. Esa rampa, de unos cincuenta metros, constituía el sector más «débil» en lo que a seguridad se refiere. La situación del explorador era realmente comprometida. En dicho tramo nos hallábamos expuestos a las miradas de los posibles viajeros que marchasen en una u otra dirección. El problema no tenía solución. No había forma de camuflarse en aquellos malditos cincuenta pasos. La única alternativa era la ya practicada por quien esto escribe: sencillamente, esperar a que la ruta apareciese desierta.

Al dejar atrás la «zona muerta», el terreno recuperaba cierta horizontalidad y el caminante quedaba a salvo de las miradas indiscretas. A partir de ese momento centré la atención en las referencias que ya habíamos detectado desde el aire y que nos servirían de orientación en los futuros ascensos y descensos.

La primera de estas «marcas» —casi en el centro de la «popa» del «portaaviones» (a unos cien metros de la «zona muerta»)— resultaría especialmente útil. En plena planicie, como un capricho de la Naturaleza, se alzaba un solitario y singular árbol. El único en toda la masa del Ravid: un voluntarioso manzano de Sodoma (un *Calatropis procera*), misteriosamente desterrado de su hábitat natural. Esta peculiar planta, que gusta de los oasis, crece habitualmente en el mar Muerto y en el bajo Jordán. Lo más probable es que la semilla, plana y dotada de un penacho, hubiera sido transportada por el viento o por las aves. La cuestión es que, «milagrosamente» y para nuestro beneficio, aquel extraño ejemplar bíblico cantado por Josefo había arraigado en mitad de una pendiente reseca y sembrada de cantos volcánicos y calizos. Y nos alegramos por un doble motivo. Primero, porque, como digo, constituía una magnífica «señal». En segundo lugar porque su presencia mantendría alejados a los judíos. Este tipo de árbol simbolizaba el mal y la condenación de Sodoma y Gomorra, siendo evitado generalmente por los israelitas. Su fruto estaba maldito. La actitud del pueblo judío hacia el manzano de Sodoma aparece perfectamente dibujada en una de las obras del referido Flavio Josefo (*La guerra de los judíos*, IV, 8-4). En ella escribe textualmente: «Así como las cenizas de sus frutos, que tienen un color apetitoso, pero si se estrujan con la mano se vuelven humo y cenizas.» Dicho fruto, en efecto, se desarrolla rápidamente formando dos cuerpos globulares parecidos a una manzana, de siete a diez centímetros de diámetro, sin carne, lleno de pelos y con un

190

jugo venenoso. También las ramas destilan un licor lechoso que produce irritación al contacto.

Aquel espléndido ejemplar alcanzaba una altura de casi cuatro metros, con una envergadura de diez y un ramaje espeso, trenzado horizontalmente y cuajado de gruesas hojas de hasta veinte centímetros y miles de flores plateadas con las puntas de los lóbulos en un brillante morado. En el tronco descubrí unas letras, en griego. Se hallaban muy deterioradas. Parecía como si las hubieran grabado a cuchillo, o a fuego. Pensé en algún enamorado y no presté mayor atención.

El día acababa de echar a andar (serían aproximadamente las nueve) y el calor era ya sofocante. Y tras lanzar una detenida ojeada a la larga pendiente que se abría ante mí proseguí por el centro del «portaaviones». El terreno, como ya sabíamos, inculto y atormentado, se hallaba conquistado por una caliza cuarteada, enrojecida y oxidada, y un basalto negro y desintegrado que crujía bajo las sandalias.

A buen paso, los dos mil metros de dulce ascenso hacia la «proa» del Ravid fueron satisfechos en algo menos de treinta minutos.

Y al fin pude enfrentarme a la plataforma rocosa que nos acogería durante un dilatado periodo de tiempo.

En principio —tal y como comprobamos en la fase de tanteo—, el lugar me pareció espléndido.

En la base del triángulo equilátero que formaba dicha «proa» permanecían los restos de una muralla, al parecer de origen romano. Este informe montón de piedras azules ocupaba la totalidad de la base (doscientos metros), estableciendo una clara división entre las dos áreas de la cima: la pendiente que acababa de superar y el triángulo que recibiría a la «cuna» en cuestión de horas.

Lo recorrí con detenimiento, explorando cada metro cuadrado. Pero sólo encontré esporádicos corros de cardos y arbustos y el rápido y huidizo zigzagueo de serpientes y lagartos.

A juzgar por el trazado y la orientación, aquellas ruinas pudieron constituir un sistema defensivo destinado a la vigilancia de la mencionada ruta entre Migdal y Maghar. Según nuestras informaciones y las proporcionadas por Zebedeo padre, la muralla-fortín se remontaba a la época de Pompeyo (año 63 a. de C.), o quizá a la de la campaña de Herodes el Grande en Galilea (año 40 a. de C.).

Entre los escombros —que no superaban el metro y medio de altura por cinco de fondo— se adivinaban cinco torres, intercaladas cada cuarenta metros. El lugar, evidentemente, llevaba muchas décadas abandonado. Y al estudiar la posición y derrame de los bloques deduje que la destrucción tuvo que ser provocada por algún fuerte seísmo. En el año 35 a. de C. —según narra Josefo en su obra *La guerra de los judíos*, I, capítulo XIV— se registró en el país un «temblor de tierra, con el cual murió infinito ganado y perecieron treinta mil hombres…».

Por más que me entretuve no conseguí hallar un solo vestigio de las guarniciones. Y procedí a la inspección de la última zona: la «proa» del Ravid.

La plataforma triangular, con sus doscientos metros de lado, aparecía más intensamente castigada por el «mar» de rocas que su «hermana», la pendiente de dos kilómetros que la precedía. Caminar por aquel espolón significaba sortear de continuo todo un «arrecife» de blancas agujas calizas, afiladas por los elementos y agrietadas por las oscilaciones térmicas. La mayor parte de estas formaciones pétreas no rebasaba los cuarenta o cincuenta centímetros de altura. Y a pesar de la aparente hostilidad del paisaje me sentí reconfortado por la sencilla y «funcional» belleza de lo que, en breve, sería nuestro «hogar». Entre un roqueño sombreado por un sol sin prisas, disputándose los escasos calveros de tierra roja, florecía una intrépida familia de cardos perennes (la mencionada *Gundelia de Tournefort*) que humanizaba el rostro azul y acerado de las piedras con el amarillo rasante de sus diminutas florecillas.

Y lentamente, absorbiendo cada detalle, cada rincón y cada roca, fui aproximándome al vértice del Ravid.

Al principio, nervioso y aturdido, en mi afán por redondear la información suministrada por los «ojos de Curtiss», no reparé en aquellos montoncitos de tierra finamente triturada.

Y al asomarme a la «proa» del «portaaviones» —cumpliendo lo programado— dirigí el cayado hacia el nordeste y advertí a Eliseo, vía láser, del éxito de la ascensión.

Desde aquella magnífica atalaya el panorama era sencillamente soberbio. Una Migdal en miniatura, prácticamente enfrente, soleada y desconocida, se destacaba como la población más cercana. Las entradas y salidas a la ciudad, así como buena parte de la calzada romana (la «vía maris»), podían ser «controladas» con una estimable precisión. Y más allá, hacia el norte, se perfilaba limpia y majestuosa la costa occidental del lago, con las firmas blancas de sus núcleos urbanos. En aquella radiante y luminosa mañana se distinguían, incluso, el negro caos de Saidan —a doce kilómetros en línea recta— y la habitual reunión de lanchas en la bahía de la Betijá. Pero hubo algo que me inquietó. Algo que ya habíamos detectado y que, no obstante, no evaluamos suficientemente. A mis pies, pegada al camino de escoria volcánica que bordeaba el flanco izquierdo del Ravid, en una extensión de medio kilómetro, apuntaba una verde y floreciente plantación, con un confuso mosaico de huertos y estrechas manchas de frutales y palmeras. Esta franja de tierra, que arrancaba en la cara oeste de Migdal, prolongándose, como digo, en un espacio de quinientos metros y por la orilla derecha de la carretera que llevaba a Maghar, podía presentarse como uno de los escasos e hipotéticos «focos de conflicto». Entre los huertos y frutales se distinguían unas quince cabañas que, presumiblemente, constituían los depósitos de los aperos de labranza. Poco a poco, en efecto, iríamos descubriendo que los propietarios y arrendatarios de aquellas parcelas eran vecinos de Migdal y de los restantes poblados costeros. Y aunque la «zona muerta» (el punto de ingreso al «portaaviones») se hallaba a kilómetro y medio de dicha «plantación» —así bautizamos el vergel—, la verdad es que la relativa proximidad nos quitó el sueño durante las primeras semanas. Y prometí ocuparme de la «plantación» en el viaje de retorno al módulo.

La inspección de los acantilados —hasta donde acerté a llegar con la vista— fue satisfactoria. Las minuciosas imágenes transmitidas por los «ojos» eran correctas. Las paredes, a derecha e izquierda del triángulo, en caída vertical, resultaban prácticamente inaccesibles. Aquellos cien y ciento treinta y un metros representaban la mejor de las barreras contra un muy poco probable ataque. Intentar escalar semejantes cortados hubiera sido una labor casi suicida.

Y durante el resto de la mañana, hasta la puntual avenida del *maarabit*, quien esto escribe se afanó en el último de los exámenes: la zona específica de «contacto». Completé las mediciones y, sonriendo para mis adentros, tuve que reconocer la eficacia de «Santa Claus». Sus cálculos, una vez más, eran perfectos. La nave, considerando siempre la seguridad como el factor prioritario, debería posarse lo más cerca posible del vértice del Ravid. El lugar, erizado de rocas de escaso porte, no suponía un obstáculo para los pies extensibles y telescópicos del módulo. Otra cuestión —enteramente secundaria— era la comodidad de los pilotos a la hora de subir o bajar de la «cuna».

Marqué los posibles e ideales puntos para la toma de contacto del tren de aterrizaje y —según lo acordado—, valiéndome del láser de gas, desintegré la caliza, allanándola. De esta forma, si todo marchaba correctamente, el asentamiento sería más cómodo. Desde el aire, como verificaríamos esa misma tarde con el lanzamiento de un nuevo «ojo de Curtiss», los cuatro círculos —de un metro de diámetro— se presentaban como una excelente ayuda en los postreros instantes de la aproximación.

La nave, si el vuelo discurría con normalidad, quedaría estacionada a seis metros del mencionado vértice. En esta posición, tanto las medidas habituales de seguridad como las «extras», previstas inicialmente para «cubrir» la totalidad de la pendiente, disfrutarían de un radio de acción lo suficientemente desahogado como para protegernos casi a un ciento por ciento.

Y hacia las doce, un silbante *maarabit* me previno. Era el momento de iniciar el descenso. Advertí a Eliseo de mis intenciones y me dispuse a salvar los 173 metros existentes entre el vértice y la «muralla». Fue entonces, al esquivar una de las agujas rocosas, cuando lo vi. Aquello, en efecto, pasó inadvertido en los análisis de las imágenes aéreas. Me incliné intrigado.

¡Qué demonios...!

Al socaire de uno de los macizos de «gundelias» se levantaba un montículo de tierra rojiza, delicadamente triturada, que no alcanzaría más allá de los treinta centímetros de altura. El «volcán» presentaba junto a la base un orificio de unos siete centímetros de diámetro. Tomé un puñado del cuasipolvo. Se hallaba seco, sin rastro de excrementos.

¿Topos?

Francamente, me extrañó en aquel peñasco desértico, con un subsuelo de especial dureza y presumiblemente huérfano de la dieta habitual de estos insectívoros: gusanos, insectos y pequeños invertebrados.

Y al recorrer de nuevo la plataforma triangular descubrí la presencia de, al menos, una decena más de aquellos misteriosos conos y sus correspondientes agujeros, casi siempre al amparo de las familias de las espinosas «gundelias». Crucé sobre los escombros de la «muralla» y, por puro instinto, fui «peinando» la pendiente, comprobando cómo buena parte de la misma aparecía igualmente perforada. No conseguí establecer orden alguno entre los «volcanes». Surgían aquí y allá, con un único denominador común: todos habían sido practicados en las proximidades de los cardos y arbustos. Para ser riguroso, a la sombra de las plantas de raíces gruesas y comestibles. En total, desde el vértice del triángulo hasta casi la mitad de dicha pendiente, llegué a contabilizar cuarenta orificios con sus inseparables «volcanes». Y conforme descendí hacia el manzano de Sodoma, conos y agujeros fueron remitiendo hasta desaparecer a unos 1 200 metros del mencionado vértice del Ravid. Allí, sospechosamente, cardos y arbustos se extinguían igualmente, sofocados por una rebelde caliza y un río de escoria volcánica.

Y concentrándome en el viaje de regreso olvidé por el momento a los desconocidos «vecinos» de la cumbre del «portaaviones». Tendríamos que esperar al asentamiento de la «cuna» para identificar a la insólita colonia que bullía en el subsuelo. Un descubrimiento al que fui ajeno y que sería aprovechado por Eliseo para proporcionarme uno de los mayores sustos de mi vida.

La «zona muerta», gracias al cielo, fue superada sin novedad. Y saltando al camino «inauguré» la ruta de retorno. Aquellos dos kilómetros, hasta las afueras de Migdal, los cubrí prácticamente en solitario.

Y al llegar a la altura de la «plantación» aminoré la marcha, procurando retener un máximo de detalles. Se trataba, efectivamente, de un rico y floreciente vergel, ganado no sin esfuerzo a un áspero montículo de 54 metros de altitud. En terrazas escalonadas, los tenaces *felah* habían sacado adelante un pequeño ejército de almendros, higueras, olivos, algarrobos, alfóncigos, manzanos de Siria y palmeras datileras. Y entre las masas de frutales, huertos, casi de juguete, esmeradamente cercados y protegidos por las espinosas «pimpinelas». Allí se daba de todo: desde el suculento *hatzir* (puerro), hasta el *shmim* (ajo), pasando por una gruesa variedad de *adashim* (lenteja), un carnoso *hamitz* (garbanzo), la polémica *pol* (haba) y una increíble *betzalim* (cebolla) de hasta veinte centímetros de diámetro. Sin saberlo, estaba desfilando ante la que sería una de nuestras principales fuentes de abastecimiento de frutas y verduras.

Algunos campesinos desafiaban el calor, trajinando entre las hortalizas o extrayendo agua de los dos pozos que acerté a distinguir entre la espesura. Otros, menos dispuestos, dormitaban a las puertas de las chozas de adobe y techos de palma.

Supongo que me vieron pasar. Sin embargo, ninguno prestó excesiva atención. Tal y como imaginaba, aquella reducida concentración de campesinos constituía un lejano pero potencial peligro.

Y de pronto, cuando me hallaba hacia la mitad de la «plantación», reparé en una serie de cultivos que no había observado en mis correrías anteriores. Pensé que estaba equivocado, si bien, al fijarme con más detenimiento, comprendí que no se trataba de un error. No era perejil o hinojo, como creí en un primer momento. Aquellas plantas de un metro de altura, con tallos ramificados, hojas pinnadas y pequeñas flores blancas recién estrenadas, eran la *Conium maculatum*: la célebre y peligrosa cicuta que probablemente prefirió beber el filósofo griego Sócrates antes que renunciar a su magisterio. Yo sabía de la alta toxicidad de esta umbelífera, rica en «coniína», un alcaloide de gran poder narcótico. Pero ¿qué destino podían darle estos *felah*?

Las sorpresas, sin embargo, no concluyeron ahí. Algunos pasos más adelante fui a distinguir otros corros —no menos mimados— de una planta igualmente famosa: la mandrágora, con sus fragantes y anaranjados frutos en forma de ciruela. Esta vez sí entendí la razón de su cultivo. Judíos, griegos y romanos la tenían en especial aprecio a causa de sus poderes afrodisiacos. Los griegos, por ejemplo, la denominaban la «manzana del amor», considerándola un infalible filtro amoroso, previamente empapada en vino. La tradición rabínica iba incluso más allá, asegurando que procedía directamente del Paraíso y que su ingestión, además de curar la esterilidad, multiplicaba la riqueza. Sea como fuere, lo cierto es que esta solanácea alcanzaba altos precios en el mercado. Y llegaríamos a descubrir auténticos «especialistas» en la recolección de estos ejemplares, muy abundantes en cementerios y lugares habituales de ejecución.

Y tras rodear Migdal me incorporé de nuevo a la «vía maris», caminando hacia el norte, al encuentro del puente sobre el río Zalmon.

Poco después —rebasada la hora «nona» (las tres de la tarde)—, sin un solo tropiezo, conseguía reunirme con el módulo.

La primera exploración «sobre el terreno», en principio, podía estimarse como un rotundo éxito. Sólo hubo un «detalle» que nos mantuvo relativamente preocupados: el más de medio centenar de misteriosos orificios y «volcanes» que, en efecto, sería confirmado por el «ojo de Curtiss» esa misma jornada en la cima del Ravid. En el banco de datos de «Santa Claus» no constaba pista alguna. Y tuvimos que resignarnos, confiando en esclarecer el enigma durante la segunda visita al «portaaviones».

Dos de mayo.

Aquel martes amaneció igualmente radiante. No podíamos quejarnos.

Y al alba, con un Eliseo no menos radiante, emprendimos la marcha hacia el ya familiar Ravid.

«Santa Claus» pasó a responsabilizarse de los cinturones de seguridad, quedando facultado para avanzar la barrera gravitatoria hasta el límite de la colina en caso de emergencia. (Doscientos metros en dirección sur y hasta cuatrocientos hacia el norte.)

El camino discurriría con normalidad, a excepción de las comprensibles detenciones de mi hermano, deslumbrado por el paisaje y el paisanaje. Más de una vez me vi obligado a tirar de él, rescatándole de entre los *felah* que ofrecían sus mercaderías al pie de la «vía maris».

Atravesamos sin impedimento la solitaria «jungla» del río Zalmon y hacia las nueve, tras vadear la curva de la «herradura», avistamos la cinta negra de la senda a Maghar y la odiosa rampa de acceso al «portaaviones».

Y surgió el primer inconveniente.

En aquellos instantes la ruta aparecía hipotecada por una hilera de onagros procedente de Migdal. Era demasiado tarde para retroceder y ocultarnos entre las barrancas. Los burreros, a buen seguro, se habían percatado de nuestra presencia. E hicimos lo único razonable. Descendimos hasta el camino y, saludando a los caravaneros, proseguimos por la pista de tierra volcánica, simulando que nos dirigíamos al lago. Minutos más tarde, desaparecida la reata, dimos la vuelta y, extremando las precauciones, ascendimos veloces por la «zona muerta». Y sin respiro fuimos a reunirnos con el manzano de Sodoma. Y Eliseo y quien esto escribe nos mostramos de acuerdo: aquel paso podía acarrear complicaciones. Debíamos encontrar una fórmula alternativa. Pero ¿cuál? El resto de los posibles accesos al Ravid ya fue evaluado y rechazado. Escalar los acantilados, por cualquiera de los flancos, hubiera supuesto un riesgo tan inútil como peligroso.

Y seriamente preocupados reanudamos la ascensión hacia la «proa».

Todo en el desolado paisaje seguía igual.

Mi hermano inspeccionó con detalle los «volcanes» y orificios, pero, al igual que yo, terminó rindiéndose. Durante las horas que permanecimos en la cumbre llegamos incluso a sentarnos pacientemente frente a varios de estos misteriosos conos de tierra, confiando en ver aparecer a los supuestos moradores del subsuelo. Eliseo, ayudándose con largos y flexibles tallos de «gundelia», tanteó el interior de las bocas, comprobando únicamente que el nacimiento de las galerías avanzaba en paralelo con la superficie. Eso fue todo. A pesar de nuestro esfuerzo, no hubo forma de detectar un solo ruido, un solo movimiento o un solo indicio. Y sospechando que quizá los túneles se hallaban abandonados, nos centramos en los objetivos básicos de aquella nueva exploración.

En primer lugar repetimos las mediciones, verificando los cálculos del ordenador central respecto a los tres grandes cinturones de protección. Y quedamos satisfechos.

Revisamos igualmente los parámetros y el diseño del «punto de contacto» del módulo, procediendo a continuación al enésimo y exhaustivo rastreo de la plataforma triangular. Y Eliseo dio también su aprobación.

Por último, con los ánimos relajados, convencidos de lo acertado del lugar, nos dispusimos a ensayar la nueva medida de seguridad personal: el «tatuaje», que deberíamos portar obligatoriamente desde ese mismo día.

Mi hermano, responsable de la puesta a punto, fue el primero en probarlo.

Sonrió divertido. Lanzó una mirada a su alrededor y eligió un «blanco».

—¿Qué tal la muralla?

Me encogí de hombros, dejándole hacer.

Y aproximándose a las ruinas tomó uno de los pequeños bloques, situándolo en vertical, de forma y manera que sobresaliera del montón de piedras. Retrocedió cuatro o cinco pasos y, haciéndome un guiño, extendió la palma de la mano izquierda, pulsando repetidas veces el delicado mecanismo. Cerró el puño con suavidad y apuntó hacia la caliza con el sello de oro y ágata que lucía en el dedo medio. Un segundo después, ante nuestro regocijo, el menguado pedrusco «desaparecía» literalmente con un seco y discreto estampido.

Me miró complacido. Correspondí a su lógica satisfacción con una sonrisa y le animé a completar el ensayo.

Repitió el breve «tecleado» sobre el «tatuaje» que presentaba la mencionada palma de la mano izquierda y, cerrando el puño, dirigió el anillo de nuevo hacia el espacio que había «ocupado» el azulado bloque. Y en un segundo, como un «milagro», la piedra se materializó, apareciendo en el punto y en la posición elegidos originalmente por mi compañero.

Y feliz se apresuró a examinarla. La caliza no presentaba alteración alguna: ni en la forma, ni en la textura, ni en el color...

Y dando la vuelta me invitó a probar.

—Su turno, mayor...

Esta vez seleccionamos uno de los frondosos macizos de cardos.

Abrí igualmente la palma de mi mano izquierda y, «encendido» el sistema, programé el «objetivo» *(Gundelia de Tournefort)*, distancia (cuatro metros), volumen espacial (un cubo de dos metros de lado), finalidad (desmaterialización) y tiempo de ejecución (un segundo). Y pulsando finalmente el «punto omega» di «luz verde» al microcomputador. Y como hiciera mi hermano, cerré el puño, apuntando a las «gundelias» con el recién estrenado sello, alojado en el mismo dedo medio.

Un segundo más tarde, inexorablemente, los tallos, hojas espinosas y las bellas umbelas cuajadas de flores amarillas y rojizas se «extinguieron» con un casi imperceptible chasquido. Y en el suelo aparecieron los orificios ocupados hasta ese momento por las raíces.

Reprogramé el «tatuaje» y, tal y como sucediera con la roca de la muralla, un segundo después de la activación de «omega», tras apuntar hacia el teórico «cubo» de dos metros de lado, la planta reapareció intacta.

Esta «joya» del proyecto *Caballo de Troya* —diseñada con el concurso de especialistas del AFOSI, AFORS (Oficinas de Investigaciones Espaciales y Científicas de la Fuerza Aérea Norteamericana), ITM (Instituto de Tecnología de Massachusetts), Universidades de Pennsylvania, Michigan y Maryland e Instituto de Tecnología de Tokio— era en realidad una de las espléndidas aplicaciones del gran hallazgo mencionado en las primeras páginas de estos diarios: los *swivels* (1), las entidades elementales, generalizadas en el cosmos, que algún día, cuando sean de dominio público, removerán los anticuados conceptos sobre la naturaleza y comportamiento de la materia.

El *swivel* o «eslabón», como ya comenté, pulverizó nuestras teorías respecto al espacio euclídeo (con sus tramas de puntos y rectas), obligándonos a reconsiderar todo lo sabido sobre las estructuras atómicas. Dicha partícula posee una insólita propiedad: puede modificar la «posición» de sus hipotéticos «ejes», transformándose en otro *swivel* diferente (2).

(1)   Véase *Caballo de Troya 1*. *(N. del a.)*
(2)   A título recordatorio insistiré en lo ya expuesto. Los *swivels* pusieron de manifiesto que todos los esfuerzos de la ciencia por descubrir nuevas partículas subatómicas no son otra cosa que un espejismo condenado al fracaso o una interminable secuencia de supuestos hallazgos. La razón es simple: no existe un indefinido número de partículas. La materia está sabiamente organizada en base a una única entidad —los *swivels*—, con la prodigiosa capacidad de «convertirse» en otras, merced a esa facultad de variación de sus «ejes ortogonales». Las diferentes posiciones de esos «paquetes» de «haces» o «ejes» (siempre teóricos) provoca que los científicos los interpreten como otros tantos y distintos «cuantum», como momentos orbitales, como cargas eléctricas, como masa, etc., sin darse cuenta de que, en realidad, son una misma «partícula» con los «ejes» orientados en distintas direcciones. Algo parecido a lo que ocurre con los colores del espectro. Todos, aunque diferentes, son una misma cosa. Las tonalidades sólo dependen del tipo de frecuencia.

Cada *swivel* está integrado por un haz de estos «ejes», que no pueden cortarse entre sí. La aparente contradicción quedó explicada cuando los expertos comprobaron que no se trataba de ejes propiamente dichos, sino de ángulos. El secreto, por tanto, estaba en atribuir a los ángulos un nuevo carácter: el dimensional. En otras palabras: la materia está orquestada por «cadenas» de *swivels*, cada uno de ellos con su propia y peculiar orientación. Al principio, muchos de

Y los especialistas aprovecharon esta «cualidad» no sólo para manipular el tiempo, sino también para modificar a voluntad la naturaleza de las cosas o, como en el caso que me ocupa, para desmaterializar y materializar cualquier objeto sin que sufriera alteración alguna. Bastaba para ello, como digo, con «penetrar» en las redes de *swivels*, forzando los ángulos de los hipotéticos «ejes ortogonales» a la posición deseada. En la «aniquilación» del bloque de piedra, por ejemplo, el proceso —muy sintetizado— era el siguiente: el microprocesador recibía, entre otros parámetros, la identificación de la entidad a desmaterializar. Acto seguido, si el «objetivo» constaba en su millonario banco de datos, puntualizaba las posiciones habituales de las cadenas de *swivels* para esa determinada materia, programando las «inclinaciones» necesarias para consumar la citada «aniquilación». Lo más simple, para lograr la «extinción» de la caliza, era «movilizar» su enjambre atómico hasta los ángulos correspondientes a cualquiera de los gases que integran el aire. Esta operación clave debía complementarse con una serie de informaciones igualmente básicas: distancia, volúmenes espaciales a «remover» y tiempo para la inversión. El «tatuaje» se hallaba preparado, incluso, si así lo requería el explorador, para ejecutar ambas maniobras (desmaterialización y materialización) en un solo proceso y en tiempos igualmente programados. Para ello, el microprocesador, una vez consumido el periodo de «aniquilación», «empujaba» los «ejes» de los *swivels* del hidrógeno del

---

los intentos de inversión de la materia resultaron fallidos como consecuencia de la falta de precisión en la manipulación de dichos «ejes». Al no lograr la inversión completa, el cuerpo sufría el conocido fenómeno de la conversión de la masa en energía. Por ejemplo: al desorientar en el seno del átomo de Mo, un solo nucleón (un protón) se obtenía un isótopo del Niobio-10 ($\Delta E = m\, C^2 + K$), siendo «m» la masa del protón y «K» una constante. Cuando, al fin, alcanzamos la inversión absoluta de todos y cada uno de los «ejes» de los *swivels* comprobamos que el proceso era instantáneo y con un estimable aporte energético. Dicha energía, sin embargo, era restituida íntegramente, retransformándose en el nuevo marco tridimensional en forma de masa. *(N. del m.)*

aire, por ejemplo, a las posiciones que daban forma al bloque de caliza.

Esta tecnología —casi «mágica»— resultaba grosera si la comparábamos con la prodigiosa modificación, a voluntad, de la vibración atómica del «cuerpo» del Resucitado. Mientras nosotros nos veíamos obligados a recurrir a dispositivos técnicos, Él podía aparecer y desaparecer con un sencillo acto de voluntad.

Con el «tatuaje» —si la programación era correcta— no se lesionaba ni comprometía la naturaleza íntima de los objetos manipulados, proporcionando a los exploradores un amplio margen de seguridad en situaciones de alto riesgo. De haber contado con él durante el encierro en la caverna del saduceo, lo más probable es que las cosas hubieran sucedido de manera muy diferente.

¿Por qué no fue utilizado desde el principio de la operación? Muy simple: los directores del proyecto no estimaron conveniente. En ningún momento imaginaron las serias dificultades en las que nos vimos envueltos. Y dado el carácter espectacular del mismo aconsejaron su empleo, única y exclusivamente, en casos muy especiales. Quien esto escribe, como jefe de la misión, asumió la responsabilidad de su uso y puedo adelantar que no me equivoqué, al menos durante un tiempo. La puesta en vigor de esta medida sería un completo acierto, sacándonos con bien de los conflictos que nos aguardaban.

Y aunque no estoy autorizado a revelar las líneas maestras de esta magnífica obra de ingeniería electrónica, trataré de exponer superficialmente algunas de sus características, en beneficio de una mejor comprensión de los sucesos que nos tocó vivir y en los que fuimos auxiliados por dicha tecnología. Una tecnología, por cierto, guardada celosamente por los responsables de la operación. No hace falta ser muy despierto para sospechar lo que podría hacerse con ella, de caer en manos de gente o gobiernos sin escrúpulos...

El «tatuaje» debía su nombre al hecho de haber sido concebido como una aparente «pintura», permitiendo su transporte sin levantar sospechas. Y aunque, naturalmente, no se trataba de un elemento introducido bajo la epidermis, el efecto visual y al tacto eran similares.

Los ingenieros lo diseñaron inicialmente en forma de «estrella de David» (de seis por seis centímetros), aunque la naturaleza de sus componentes hacía posible una distribución aleatoria, de forma que pudiera adoptar cualquier otro dibujo.

Esta estrella de seis puntas (dos triángulos equiláteros superpuestos), susceptible de ser fijada y despegada de la palma de la mano con extrema facilidad, fue confeccionada con milimétricas mallas trenzadas de «polianilina», un polímero orgánico sintético parecido a las películas fotográficas de 35 milímetros, con unas excelentes propiedades (1). Parte incluso de los circuitos fue fabricada con elementos poliméricos basados en la «sesquitiofeno» (una molécula de cadena corta y de gran flexibilidad).

En el interior de este material extraplano, teñido de añil —en un alarde de miniaturización—, fue dispuesta la casi totalidad de los complejos componentes: cerca de 2,16 por 10^6 canales informativos, con elementos que, en muchos casos, no ocupaban volúmenes superiores a 0,07 mm³; dos microprocesadores (uno siempre en la reserva); un conducto emisor conectado al anillo (con capacidad de emisión de haces troncocónicos de ondas en una frecuencia de 6,77 por 10^{20} ciclos por segundo); dos pilas atómicas de curio 244 (una en la reserva) y los correspondientes activadores (el llamado «punto alfa», para la apertura y cierre del sistema, respectivamente, y el «omega», destinado a la proyección de los haces troncocónicos que materializaban las inversiones de los *swivels*), entre otros dispositivos que quizá vaya pormenorizando más adelante.

Cada microprocesador —auténtica «alma» del ingenio— fue construido con una miriada de órganos integra-

(1) Los polímeros (plásticos y fibras sintéticas) son grandes moléculas orgánicas formadas por unidades menores. Los utilizados por *Caballo de Troya* fueron previamente contaminados o dopados para favorecer la conducción eléctrica. La «polianilina» se hallaba capacitada para conducir hasta 500 amperios por voltio y cm. (*N. del m.*)

dos topológicamente en cristales estables denominados «amplificadores nucleicos» (1). Algunos de estos componentes —para hacernos una idea de su ínfimo tamaño— tenían un volumen de 0,0006 milímetros cúbicos, con canales eléctricos o «puertas» que oscilaban entre 0,1 y 0,3 micrómetros (equivalente, por ejemplo a la anchura

(1)   Como ya insinué en su momento, los ordenadores al servicio de *Caballo de Troya* poco o nada tenían que ver con los actuales sistemas de computación, basados en circuitos electrónicos; es decir, tubos de vacío, transistores o diodos sólidos, conductores y semiconductores, inductancias, etc. Los «nuestros» se caracterizaban porque en ellos no se amplifican las tensiones o intensidades eléctricas, sino la potencia. Una función energética de entrada inyectada al amplificador nucleico era reflejada en la salida en otra función analíticamente más elevada. La liberación controlada de energía se realizaba a expensas de la masa integrada en el amplificador, verificándose el fenómeno dimensionalmente a escala molecular. En el proceso intervienen los suficientes átomos para que la función pueda ser considerada macroscópicamente como continua.

La estructura básica de estos superordenadores —hasta donde puedo detallar— era la siguiente: los computadores digitales usados comúnmente necesitan una memoria central de núcleos de ferrita, así como unidades de memoria periférica, cintas magnéticas, discos, tambores, varillas con banda helicoidal, etc. Todas ellas son capaces de acumular, codificados magnéticamente, un número muy limitado de bits, aunque siempre se hable de cifras millonarias. Pues bien, las bases de los ordenadores de *Caballo de Troya* —sustentadas en el titanio— eran distintas. Sabemos que la corteza electrónica de un átomo puede excitarse, alcanzando los electrones diversos niveles energéticos que llamamos «cuánticos». El paso de un estado a otro lo realiza liberando o absorbiendo energía cuantificada que lleva asociada una frecuencia característica. Así, un electrón de un átomo de titanio puede cambiar de estado en la corteza, liberando un fotón, pero en el átomo de titanio, como en otros elementos químicos, los electrones pueden pasar a varios estados emitiendo diversas frecuencias. A este fenómeno lo denominamos «espectro de emisión característico de este elemento químico», que permite identificarlo por valoración espectroscópica. Si logramos alterar a voluntad el estado cuántico de esta corteza electrónica del titanio, podemos convertirlo en portador, almacenador o acumulador de un mensaje elemental: un número. Si el átomo es capaz de alcanzar, por ejemplo, doce o más estados, cada uno de esos niveles simbolizará o codificará un guarismo del cero al doce. Y una simple pastilla de titanio, como se sabe, consta de billones de átomos. ¿Podemos imaginar la información codificada que puede reunir? *(N. del m.)*

de una hebra de ADN o a la milésima parte del grosor de un cabello humano). Naturalmente, el ensamblaje sólo pudo llevarse a cabo con microscopios electrónicos.

La capacidad de memoria de estos minicomputadores —merced a los mencionados cristales de titanio, cuyos billones de átomos actuaban como portadores de guarismos— era tan fantástica que sólo podríamos definirla en términos de «terabytes». (Una información superior a la contenida en la biblioteca del Congreso norteamericano.)

También su velocidad de transmisión resultaba escalofriante. Cada microprocesador podía trabajar a razón de un millón de operaciones por femtosegundo (es decir, 10^{-15} segundos).

El sistema lo completaba un corto enlace de 1,5 cm, fabricado igualmente en «polianilina» dopada, que unía el extremo superior derecho de la «estrella» con el falso sello o anillo de oro y ágata. Esta gema, de la familia del cuarzo criptocristalino, recogida por los hombres de *Caballo de Troya* en el desierto egipcio de Jebel Abu Diyeiba, fue vaciada meticulosamente, depositando en el interior un minúsculo cristal de boro. La extraordinaria dureza de este isótopo estable garantizaba la proyección de los enérgicos haces troncocónicos destinados a las inversiones axiales de los *swivels*. El alcance máximo del flujo fue establecido en cien metros. Una distancia razonable para un instrumental que requería una especial discreción.

En cuanto a la distribución de los principales dispositivos en la «estrella de David», aunque cabía modificarlos según variase el dibujo del «tatuaje», inicialmente quedó fijada de la siguiente manera: las dos pilas atómicas, de duración prácticamente ilimitada, ocuparon las puntas del lado izquierdo (ambos vértices de la «estrella» penetraban en las llamadas «eminencias tenar e hipotenar» de la referida mano izquierda). En el centro se alineaban los microprocesadores y el miniteclado. El «punto alfa», que «encendía» y «apagaba» la totalidad del sistema, fue alojado en la punta superior de la «estrella». El «omega», por su parte, responsable del «disparo» de los haces, se hallaba en el extremo opuesto. Por último, las dos puntas de la derecha fueron reservadas para un «complemento o periférico» tan prodigioso como su «hermano» y que prefiero describir en su momento.

El «tatuaje», en suma, era la culminación y un prometedor ejemplo de lo que deberá ser algún día la informática. Una máquina perfecta y, al mismo tiempo, casi «invisible». Un sistema divorciado de esas computadoras que esclavizan al hombre. Un ingenio que auxilia pero que, merced a su ínfimo tamaño, pasa inadvertido, permitiendo que inteligencia, imaginación y esfuerzo humanos puedan volar hacia menesteres más nobles. El «tatuaje» hubiera hecho las delicias de científicos tan admirables como Mark Weiser, defensor de esta informática que «está y no está» y que camina «de puntillas».

Y satisfechos procedimos a la segunda fase del experimento: la ejecución de ambas operaciones («aniquilación y restitución» de la materia) con un solo «tecleado».

El éxito fue igualmente redondo.

El «tatuaje» actuaba con tal precisión y limpieza que incluso, cuando «desmaterializábamos» una planta, los insectos que deambulaban por sus hojas o volaban en su entorno permanecían intactos, cayendo a tierra o zumbando desconcertados ante la súbita desaparición del vegetal.

Y el resto de la mañana, hasta el regreso a la colina de las Bienaventuranzas, se convirtió en un «festival». Sinceramente, disfrutamos hasta caer rendidos.

El proceso inverso —la aparente «creación» de objetos y su posterior «extinción» —fue quizá la parte más brillante y sobrecogedora de los ensayos. Imaginando supuestas emergencias, mi hermano y quien esto escribe hicimos «aparecer» sobre la solitaria cumbre del Ravid toda clase de puentes, muros, escaleras, rampas e incluso asombrosos y gigantescos cubos de hielo. El banco de datos del microprocesador era tan exhaustivo que bastaba anunciar objetivo, materiales y volúmenes para que, en un femtosegundo, programase, además, cálculos de resistencias, dilataciones, cimentaciones, etc.

Los únicos inconvenientes del «tatuaje» —a tener siempre muy presentes— eran los haces troncocónicos, que podían lesionar a cualquier ser vivo que se interpusiera en el camino, y los inevitables «truenos» provocados por las implosiones en el estadio de «aniquilación».

Tres de mayo.

Un miércoles inolvidable. Una jornada decisiva. Ya estábamos más cerca del acariciado momento. Pronto, muy pronto, volveríamos a verle...

El orto solar —a las 5 horas y 15 minutos de un supuesto TU (Tiempo Universal) en aquel año 30— dejó libre la vida en las romas y ancianas colinas de la costa oriental del *yam*. Y Nahum, a nuestros pies, se desperezó apagando las últimas antorchas.

Todo se hallaba dispuesto para el despegue. Y obedeciendo un íntimo impulso abandoné la «cuna» en silencio. Eliseo, comprendiendo mis sentimientos, me dejó hacer. Reconozco que tuve —tuvimos— mucha suerte. Mi hermano y quien esto escribe llegamos a entendernos con la mirada. Aun así, pasó lo que pasó...

Y adentrándome entre los lirios y rojas anémonas me arrodillé, agradeciendo a los cielos su benevolencia e implorando luz y fuerzas para no desfallecer. Acaricié las húmedas flores y, aunque nunca me gustaron las despedidas, les dije adiós. Nunca volveríamos a posarnos en aquel promontorio.

Y a las 6 horas, bañada en la dorada luz del nuevo día, la nave se elevó ansiosa, agitando la fresca piel del monte de las «Bienaventuranzas» con el chorro del poderoso J 85. Y el amortiguado silbido del motor principal fue como un precioso canto.

Los sistemas respondieron con docilidad. Y el módulo ascendió veloz hasta el nivel de crucero (800 pies).

—Tiempo invertido: veintiséis segundos... Quemando a cinco coma dos kilos...

La precaria disponibilidad de combustible nos obligó a trabajar con especial finura. (La «cuna» despegó con 7 785,8 kg). Las condiciones meteorológicas jugaron a nuestro favor. El tenaz anticiclón de los últimos días continuaba gobernando, proporcionándonos una «WX» que, por supuesto, no desaprovechamos.

—Visibilidad ilimitada. A nivel «ocho» (ochocientos pies), viento inapreciable... Leo catorce grados Celsius...

—Roger... Dame caudalímetro...

El plan de vuelo al Ravid era casi de juguete. Y Eliseo, como buen piloto, no dejó pasar la oportunidad. Le arrebató el control a «Santa Claus», disfrutando de la breve singladura.

—Jasón, atento... Dame caudalímetro...

—Quemando según lo previsto. Leo cinco coma dos kilos.

—Roger —replicó mi hermano movilizando el J 85 en 90°—, Nivel «ocho»... Allá vamos... Rumbo dos-dos-cinco.

—*OK!*... Reglaje sin variación.

—Caudalímetro...

—Leo cuatro kilos por segundo...

—No es justo —se lamentó Eliseo—. Esto es un abrir y cerrar de ojos.

Comprendí su justificado disgusto. La nave, a 18 000 pies (6 kilómetros) por minuto, cubriría los ocho mil metros que nos separaban de la vertical del Ravid en un minuto y treinta y tres segundos. Un suspiro, a decir verdad.

—¡Atención! —le advertí—. Punto «BM-3» en radar.

—Lo veo... Preparados cohetes auxiliares.

La plataforma rocosa del «portaaviones» —teñida en azul y ocre— se presentó tranquila y solitaria bajo la «cuna».

—Continúo en rumbo dos-dos-cinco... Estacionario.

—Roger... Tiempo estimado para reunión trece segundos.

—¡Abajo a veintitrés!

—*OK!*... No la fuerces.

—Roger..., seiscientos pies... Abajo a quince por segundo.

—Frenando... ¡Adelante, preciosa!

—Leo cinco para reunión...

—¡Atento!... Once adelante... Luces de altitud.

—Bajando a tres coma cinco... Punto de contacto a la vista.

—Roger... ¡Ya es nuestro!

—Veo polvo...

—Un poco más... Dos adelante... Derivando a la derecha.

—¡Luz de contacto!

La nave tocó la «proa» del Ravid con dulzura, descansando en los cuatro «círculos» de caliza previamente rebajados. Y «Santa Claus» corrigió el pequeño desnivel, alargando las secciones telescópicas del tren de aterrizaje.

—Ventilación de oxidante...

—Roger... Sin «banderas»... Todo de primera clase.

Y sonriendo felicité a mi compañero.

—Activados cinturones de seguridad.

Y el ordenador tomó el mando.

—Y ahora —intervino Eliseo señalando el caudalímetro— las malas noticias... Leo quinientos setenta y cuatro coma ocho kilogramos.

—No está mal —añadí en un pueril intento de animarlo—. Verificaré con «Santa Claus».

Y el computador resumió la situación.

En dos minutos y doce segundos (tiempo total de vuelo) habíamos consumido más de media tonelada de combustible. Exactamente, 574,8 kilos. Eso significaba que disponíamos casi de un 44 por ciento: 7 211, sin contar los sagrados 492 de la reserva.

—Bueno —reflexioné en voz alta—, hemos escapado por poco...

Mi hermano no respondió. E intranquilo consultó de nuevo al ordenador central.

La derrota prevista para el retorno, como detallé en su momento, sumaba 109 millas (196 kilómetros). Con el salto al Ravid quemamos 4,4 millas y 574,8 kg de combustible. Si el vuelo a la meseta de Masada se desarrollaba sin problemas, la «cuna», desde la nueva ubicación, necesitaría 6 896 kilos, aproximadamente. Teniendo en cuenta, como digo, que el stock era de 7 211 y 492 en la reserva, la nave podría arribar a la orilla occidental del mar Muerto con un sobrante de 315 kilos (sin contar los tanques de emergencia).

Eliseo me miró en silencio. No era mucho, por supuesto, pero insistí:

—Suficiente para volver.

Y contagiado del estilo del Maestro, subrayé, dando por finalizado el asunto:

—Demos a cada día su afán. Ya sabes que el Destino juega con las cartas marcadas.

¡Y tan marcadas! Quién podía imaginar en aquellos

momentos que el viaje de vuelta a nuestro «tiempo» terminaría como terminó...

Sonrió con desgana, aceptando el consejo. Y procedimos al chequeo del apantallamiento del módulo y de los habituales cinturones protectores. El gravitatorio, última de las defensas, capaz de provocar una barrera similar a un viento huracanado, fue prolongado —según lo establecido por «Santa Claus»— hasta 205 metros (contando siempre desde la «cuna»). Es decir, a poco más de treinta pasos de los restos de la muralla romana. El IR quedó fijado a 1500 metros.

Una primera ojeada desde las escotillas —situadas a siete metros de la plataforma rocosa— ratificaría la lectura de la radiación infrarroja.

—Negativo... No veo *target* en pantalla. Triángulo y pendiente permanecen «limpios» (1).

(1)   El cinturón de seguridad llamado IR (radiación infrarroja) y también el sistema de teletermografía dinámica, como ya expuse, tenían la capacidad de detectar cualquier cuerpo vivo a las distancias previamente programadas. Esta detección se basaba fundamentalmente en la propiedad de la piel humana, capaz de comportarse como un emisor natural de radiación infrarroja. Como se sabe por la fórmula de la ley de Stephan-Boltzmann ($W = \varepsilon JT4$), la emisión es proporcional a la temperatura cutánea, y debido a que T se halla elevada a la cuarta potencia, pequeñas variaciones en su valor provocan aumentos y disminuciones marcados en la emisión infrarroja (W: energía emitida por unidad de superficie; ε: factor de emisión del cuerpo considerado; J: constante de Stephan-Boltzmann, y T: temperatura absoluta). En numerosas experiencias, iniciadas por Hardy en 1934, se había podido comprobar que la piel humana se comporta como un emisor infrarrojo, similar al «cuerpo negro». (Este espectro de radiación infrarroja emitido por la piel es amplio, con un pico máximo de intensidad fijado en 9.6 μ.) Nuestro cinturón IR consistía, por tanto, en un sistema capaz de localizar a distancia intensidades de radiación infrarroja. Básicamente constaba de un dispositivo óptico que focalizaba la IR sobre un detector. Éste se hallaba formado por sustancias semiconductoras (principalmente SbIn y Ge-Hg) capaces de emitir una mínima señal eléctrica cada vez que un fotón infrarrojo de un intervalo de longitudes de onda determinado incidía en su superficie. Y aunque el detector era de tipo «puntual», *Caballo de Troya* había logrado ampliar su radio de acción mediante un complejo sistema de barrido, formado por miniespejos rotatorios y oscilantes. La alta velocidad del barrido permitía analizar la totalidad de un cuerpo o de una zona hasta cincuenta veces por segundo. *(N. del m.)*

Y tras una última revisión a los sistemas disparamos la escalerilla hidráulica.

Y fuimos a «tomar posesión» —si se me permite la licencia— de la cumbre del Ravid.

De acuerdo a lo planificado, antes de consolidar el tercer cinturón de seguridad, recorrimos sin prisas lo que, a partir de aquella calurosa mañana, sería nuestro «hogar». Descendimos hasta el manzano de Sodoma, asomándonos con precaución al camino de Migdal a Maghar. Todo se hallaba en paz.

Y extrañamente felices —pocas veces habíamos disfrutado de tanto sosiego— atacamos la puesta en marcha del referido cinturón «extra». Una barrera protectora sin estrenar.

Eliseo repasó distancias, grados, frecuencia y demás parámetros, dejando el control en las incansables «manos» de «Santa Claus».

Y un invisible «abanico» de microláseres se abrió desde lo más alto de la «cuna», invadiendo la cima. Esta colosal radiación —también en la banda del infrarrojo— se hallaba integrada por millones de láseres que partían de una especie de «ojo» implacable —bautizado como el «cíclope»— y confeccionado, fundamentalmente, por treinta pares de espejos de arseniuro de aluminio y galio. En cada centímetro cuadrado de dicha superficie fueron grabados, mediante tres técnicas diferentes (1), dos millones de láseres. Bajo la rigurosa vigilancia del computador central, el «cíclope» barría el Ravid un centenar de veces por segundo, cubriendo el ángulo deseado. En nuestro caso, dicha cobertura fue programada con una amplitud de 180 grados y una inclinación suficiente para «alcanzar» el manzano de Sodoma, situado a 2 300 metros de la nave. De esta forma, para nuestra tranquilidad, el «portaaviones» quedaba perfectamente controlado, incluyendo el filo de los precipicios.

El dispositivo —otro alarde de miniaturización— emi-

(1)   El dispositivo de defensa —altamente secreto— fue construido merced a una eficacísima combinación de «pozos cuánticos», la denominada «epitaxia de haz molecular» y las técnicas normales de fotolitografía. *(N. del m.)*

212

tía en una longitud de onda de un micrómetro (radiación infrarroja), siendo invisible al ojo humano. Sólo con las «crótalos» y los canales de «visión nocturna» de la «cuna» era posible disfrutar —ésa sería la palabra correcta— del formidable espectáculo de aquella «cortina» de luz. El consumo, por otra parte, calculado sobre una potencia de 100 miliwatios, era realmente bajo, permitiéndonos un funcionamiento continuado si así lo estimábamos oportuno (1).

El único punto no sometido a vigilancia por este tercer y eficaz cinturón se encontraba a «espaldas» del módulo, en la estrecha franja de seis metros que nos separaba de la «proa». Dada la formidable caída al vacío no lo consideramos necesario. Grave error...

Y durante buena parte de la mañana nos afanamos en toda clase de pruebas, siempre bajo la escrupulosa «mirada» de «Santa Claus».

Y el «cíclope» reaccionó puntual y sin concesiones.

Primero fue este explorador el encargado de penetrar en la frontera de los microláseres. Pues bien, nada más pisar ese límite, situado a la altura del manzano de Sodoma, la «cuna» era alertada instantáneamente. Eliseo, a través de la conexión auditiva, fue informándome de los excelentes resultados. En una línea de doscientos metros (la anchura máxima de la «popa» del «portaaviones»), los sucesivos y vertiginosos haces —con una inclinación de 22°— impactaban en el terreno a razón de seis mil veces por minuto. El «muro», sencillamente, era imposible de franquear. Cualquier ser vivo, con una temperatura corporal mínima, capaz de emitir IR, era fulminantemente detectado. La sensibilidad del sistema era tal que registraba variaciones de temperatura de menos de dos décimas de grado Fahrenheit, hallándose capacitado, incluso, para percibir los cambios térmicos de labios y nariz en los momentos de inspiración y espiración.

Cuando los haces «descubrían» al intruso, el computa-

(1)   Una de las características que diferenciaba los microláseres del «cíclope» de su «hermano», el láser normal (tipo diodo), consistía en que aquéllos «nacían» de forma perpendicular a la base de emisión y amplificación. Por otra parte, su especial geometría —en forma de «manguera»— hacía imposible la dispersión fuera de los límites programados. *(N. del m.)*

dor central procesaba la imagen, ofreciéndola en pantalla con una importante información complementaria: dirección, velocidad de desplazamiento y características físicas del «transgresor» (1).

Por último, la flamante barrera fue probada en «automático». Mi hermano y quien esto escribe, caminando codo con codo y por separado, violamos los microláseres por diferentes puntos, recibiendo al instante la señal de alerta del ordenador. Eliseo, sin embargo, no se mostró enteramente satisfecho. Aquellos pitidos —vía conexión auditiva— no eran suficientemente explícitos. De cara al tercer «salto» en el tiempo —que nos obligaría a prolongadas ausencias del Ravid— convenía perfeccionar la necesaria comunicación con «Santa Claus». Y prometió estudiar el procedimiento denominado «tercer ojo», incluido igualmente entre las «ayudas» a los observadores de *Caballo de Troya*.

Y la jornada, como decía, transcurrió en paz. En una insólita e inquietante paz. ¿Qué nos deparaba el Destino?

Mi hermano, con un tesón admirable, prosiguió los preparativos para ese tercer «salto». No hizo comentario alguno, pero yo había aprendido a leer en su corazón. Y como el mío, saltaba impaciente, imaginando el gran momento: el encuentro con el Hijo del Hombre. ¡Estúpido de mí!

---

(1)   Merced a una micropastilla con ochenta mil elementos detectores térmicos —inventada por Texas Instruments y Honeywell—, el «cíclope» proporcionaba unas magníficas imágenes dinámicas. Seguidamente a la emisión, la señal eléctrica correspondiente a la presencia de fotones infrarrojos era amplificada y filtrada, siendo conducida posteriormente a un osciloscopio miniaturizado. En él, gracias al alto voltaje existente y a un barrido sincrónico con el del detector, se obtenía la imagen correspondiente, que quedaba almacenada en la memoria de cristal de titanio de «Santa Claus». Por supuesto, el «cíclope» disponía de una escala de sensibilidad térmica (0,1, 0,2 y 0,5° centígrados, etc.) y de una serie de dispositivos técnicos adicionales que facilitaban la medida de gradientes térmicos diferenciales entre zonas del termograma (isotermas, análisis lineal, etcétera). Las imágenes así obtenidas podían ser de dos tipos: en escala de grises y en color (entre ocho y dieciséis), muy útil para efectuar mediciones térmicas diferenciales. *(N. del m.)*

214

DEL 4 AL 14 DE MAYO

Aquel jueves, 4 de mayo (año 30), y también las siguientes jornadas, tuvieron para este explorador un carácter experimental. Y comprobamos que habíamos pecado de optimistas. La elección del *har* Ravid fue acertada desde un punto de vista estratégico y de seguridad. A la hora de los obligados desplazamientos a Saidan y Nahum, en cambio, el asunto se complicaba. Si los viajes se desarrollaban sin tropiezos, quien esto escribe se veía en la penosa obligación de perder alrededor de seis horas entre las caminatas de ida y vuelta. Un tiempo precioso que, lamentablemente, no podíamos destinar a menesteres más útiles. Y pensando en el cercano tercer «salto», Eliseo y yo convinimos en la necesidad de variar el sistema de aproximación a los lugares frecuentados por el Maestro. Acudir cada mañana a las referidas poblaciones, regresando a «base-madre-tres» antes del ocaso, era tan agotador como poco práctico. Amén de los treinta kilómetros a cubrir diariamente, de los peligros que acechaban de continuo y del riesgo que entrañaba ser visto a las mismas horas y por idénticos lugares, había que sumar otro factor no menos grave: según nuestras informaciones, durante los cuatro años de vida pública, Jesús de Nazaret se movió intensamente por el territorio de Israel y regiones colindantes. Si el principal objetivo de estos exploradores era convertirse en su sombra, difícilmente podíamos conjugar esas estancias lejos del lago con el diario retorno al Ravid.

Y aquella primera salida «oficial» desde el «portaaviones», como digo, vendría a ratificar nuestros temores. Por fortuna, tanto la ida como el regreso desde la aldea de Saidan discurrieron en paz. Mi tiempo en el caserón de los Zebedeo, sin embargo, estuvo presidido por el nerviosismo y la inquietud. Supongo que era inevitable. Sabía que me aguardaban otras tres horas de marcha y que era vital alcanzar la «popa» del monte antes del anochecer.

Y en lo sucesivo, a partir del viernes, 5 de mayo, de común acuerdo, establecimos que quien esto escribe permaneciera en Saidan o Nahum el tiempo necesario para rematar la siguiente fase de la misión. Rebasado el límite de la conexión auditiva (cinco kilómetros), este explorador —salvo emergencias— enlazaría con la «cuna» (vía láser) al alba y a la puesta de sol. La fórmula —sencilla en extremo— contemplaba dos posibilidades: mi comunicación se basaría en el código morse. En cuanto a mi compañero —hasta que no fuera activado el «tercer ojo»—, dado que no podía responder a mis señales, decidimos fijar un procedimiento que sirviera de aviso para emprender el inmediato retorno a «BM-3». Ante cualquier amenaza, avería o trastorno grave, el «cíclope» modificaría la posición habitual, emitiendo el abanico luminoso hacia el cielo. Quien esto escribe, con la ayuda de las «crótalos», debería vigilar la cumbre del Ravid periódicamente. La privilegiada atalaya —situada, como ya dije, a diez kilómetros en línea recta de Nahum y a catorce y medio de Saidan— era visible prácticamente desde toda la costa del *yam*, a excepción del litoral sudoccidental. En dicha franja, aunque la gigantesca radiación del «cíclope» hubiera llamado igualmente mi atención, la interposición del Arbel (con sus 181 metros) obstaculizaba la recepción del láser catapultado desde la «vara de Moisés».

Y durante aquellos primeros cuatro días, hasta el lunes, 8, mi vida transcurrió —casi en su totalidad— en el apacible hogar de los Zebedeo, en Saidan. La bondad y hospitalidad del jefe del clan no tuvieron límite, permitiéndome residir y pernoctar en una de las estancias, ahora vacía por la marcha de sus hijos, Santiago y Juan.

La jornada del jueves acompañé a Zebedeo padre al

cercano astillero de su propiedad, en Nahum, sosteniendo con él una serie de prolongadas conversaciones que, poco a poco, me autorizarían a conocer su gran secreto sobre el Maestro. Un «secreto» nunca revelado y al que eran ajenos los discípulos.

Y en aquel 4 de mayo supe también de la partida de todos los íntimos, en la mañana del domingo, 30 de abril, rumbo a Jerusalén. Al parecer, los «embajadores del reino» estaban convencidos de que la próxima aparición de Jesús se produciría en la Ciudad Santa y «en olor de multitudes». Y marcharon de Saidan animados y dispuestos a emprender la gran aventura de la revelación de la «buena nueva» de la resurrección del Hijo del Hombre. La Señora y Santiago se unieron igualmente al grupo. Ruth, en cambio, permaneció en la casa de los Zebedeo. Y su ayuda fue de gran importancia para quien esto escribe, en especial a la hora de poner en pie las informaciones que deberían servirnos de guía para el tercer «salto» en el tiempo.

El anciano Zebedeo, con una preclara visión, se mostró escéptico respecto a las honrosas intenciones de los íntimos de Jesús. Y confirmó lo que este explorador ya había visto e intuía: las dispares interpretaciones del mensaje del Maestro terminarían provocando un cisma.

En la madrugada del viernes, 5 de mayo, al abandonar la «base-madre-tres», me dejé llevar por la intuición. Y ante la perpleja mirada de mi hermano cargué el saco de viaje, junto al camuflado «botiquín» de campaña, con una buena remesa de papiros, prudentemente depositados en la «cuna» por los responsables de la operación. Este rústico soporte vegetal, muy común en aquel tiempo para toda clase de escritos, del tipo *amphitheatrica* (1), fue cuidadosamente elaborado según

_____

(1) Basándonos en fuentes como la de Plinio, *Caballo de Troya*, entre los nueve tipos de papiros utilizados comúnmente en la época de Jesús, eligió el modelo *amphitheatrica*, así denominado por el taller donde se confeccionaba, muy próximo al anfiteatro de Alejandría. Este papiro, dada la cercanía de Egipto, era uno de los más asequibles y habituales entre los judíos. *(N. del m.)*

las viejas tradiciones egipcias (1). Cada hoja, de 8 por 10 pulgadas (24 por 30 cm), permitía escribir por ambas caras, siendo enlazadas a continuación con un sencillo cosido. Estos textos más largos recibían el nombre de «rollos» ya que, por comodidad, aparecían arrollados a uno o dos palos cilíndricos. Y en el petate fueron introducidos igualmente un par de «calamus» o carrizos, cortados oblicuamente y convenientemente hendidos, que deberían servirme como plumas, y media docena de pequeños «cubos» de tinta «solidificada» (de unos doscientos gramos de peso cada uno) con el correspondiente tintero de barro. (Al contrario de lo que ocurre en nuestros días, la tinta utilizada en tiempo del Maestro —fabricada generalmente con hollín y goma— se conservaba seca y en bloques de diferentes tamaños, siendo diluida en agua en el momento en que se disponían a escribir. Cuando el sujeto deseaba conservar el documento, la tinta era impregnada en una infusión de ajenjo. El sabor amargo evitaba que fuera destruido por los roedores.)

En principio, si la suerte seguía favoreciéndonos, el retorno al Ravid quedó programado para el atardecer del lunes, 8 de mayo. Pero el Destino (?), naturalmente, tenía otros «planes» para este ingenuo y confiado explorador...

Eliseo, en mi nueva ausencia, continuó trabajando en varios objetivos capitales: la ya mencionada prepara-

(1) El papiro, una planta acuática, fue empleado en la escritura egipcia desde el año 2600 a. de C. Su técnica de fabricación era extremadamente simple. Se cortaba la médula del tallo en tiras muy finas, colocándolas en hileras hasta obtener el ancho de hoja deseado. A continuación se repetía la operación, situando las nuevas tiras sobre las primeras y en sentido transversal. Generalmente eran adheridas a base de goma, acelerando el proceso de pegado con un peso que oscilaba entre los cinco y diez kilos. Posteriormente se exponían al sol y, una vez deshidratadas, se procedía al pulido de las hojas con el concurso de piedra pómez. Para la obtención de cada una de las hojas utilizadas por quien esto escribe, los expertos de *Caballo de Troya* necesitaron un total de dos manojos de tallos. En caso de necesidad, este material podía ser lavado o raspado, quedando en disposición de ser utilizado nuevamente. *(N. del m.)*

218

ción técnica y logística del tercer «salto», la compleja «apertura» del «tercer ojo» de «Santa Claus» y en algo relacionado con las medidas de seguridad de la «cuna» y que —sonriendo maliciosamente— no quiso revelarme..., de momento.

—Espero que al regreso de Saidan —sentenció sin más explicaciones— tú mismo puedas «experimentarlo».

Y estaba en lo cierto. ¡Ya lo creo que lo «experimentaría»!

Pero trataré de retomar el hilo de los acontecimientos.

Como venía diciendo, al obedecer aquel impulso, incluyendo la colección de papiros en el austero saco de viaje, acerté de lleno.

Desde hacía tiempo, merced a una indiscreción de la Señora (1), yo sabía que el Maestro, antes de emprender la vida de predicación, había ocupado una larga temporada en viajar fuera de Palestina. Pero la información, proporcionada en las difíciles horas que siguieron a la crucifixión, no pasó de un mero y fugaz apunte. Y fue en el transcurso de estas reposadas conversaciones con Zebedeo padre cuando surgió la sorpresa. Intentando afinar la fecha del comienzo de dicha vida pública, le expuse mis dudas. Los íntimos de Jesús no terminaban de coincidir. Unos hablaban del bautismo en el Jordán. Otros aseguraban que el arranque de su ministerio tuvo lugar a partir del «milagro» de Caná.

Y, ante mi desconcierto, el anciano rechazó todas las versiones con rotundidad:

—Ni el Jordán, ni las bodas de Caná... Sólo yo tuve el privilegio de conocer la verdad. María y mi hijo Juan saben algo, es cierto, pero la totalidad de lo ocurrido en esos años obra únicamente en mi poder.

Y fue así, buscando un simple dato, como fui a descubrir todo un «tesoro». ¿Planeado por el Destino? ¿Quién sabe?

Estaba claro que el viejo pescador y constructor de barcos ardía en deseos de compartir aquella responsabilidad. Y poco a poco, con una sutil pero férrea insis-

(1)   Véase información en *Caballo de Troya 1*. (*N. del a.*)

tencia, ganada su confianza, me abrió el corazón y su «secreto».

—... ahora está muerto —argumentó, liberándose de la palabra dada al rabí—. Le prometí silencio mientras viviera. No creo que pueda importarle ya que manifieste lo acaecido en ese período...

»Querido amigo, en atención a tu amor por el Maestro y a esa importante «misión» que dices cumplir, accederé a tus deseos, siempre y cuando me jures por la memoria del propio Jesús que nada de lo que voy a revelarte será conocido por sus discípulos...

Asentí con vehemencia, impaciente por entrar en una información que, tal y como sospechaba, jamás fue plasmada —ni siquiera parcialmente— en los textos evangélicos.

—... ellos probablemente no entenderían —añadió con desaliento—. Tú, en cambio, sí comprenderás el sentido de aquella «aventura».

Y abriendo un viejo arcón me mostró una veintena de gruesos «rollos», confeccionados también en papiro y escritos de su puño y letra.

Según Zebedeo, fue el Maestro quien rogó que lo ayudara en la redacción de aquella apasionante etapa. Y el anciano lo hizo al dictado. Y durante tres meses, en el más absoluto secreto, el Hijo del Hombre relató cronológica y minuciosamente cuanto vio, experimentó y dijo en algo más de tres años. Concretamente, desde marzo del 22 a julio del 25.

En esos momentos no comprendí el comportamiento de Jesús de Nazaret. ¿Por qué solicitó la colaboración del viejo Zebedeo? El Maestro, así me constaba, dominaba al menos tres idiomas. ¿Por qué no redactó él mismo dichas memorias? Y, sobre todo, ¿a qué obedecía tanto misterio? ¿Por qué el relato fue llevado de forma tan sigilosa? Muchos de los íntimos eran hombres cultos. Bastante más de lo que nos ha presentado la Historia. ¿Por qué, como insinuaba el jefe de los astilleros, no se hallaban capacitados para entender el «sentido de aquella aventura»?

Parte de estas interrogantes fue despejada al conocer

la larga e intensa secuencia de la vida terrenal del rabí de Galilea. El contenido, verdaderamente, podía calificarse de «explosivo». Y compartí el sabio y prudente criterio de mi amigo: los discípulos —judíos a fin de cuentas— hubieran encajado la «experiencia» de su Maestro fuera de Israel con dificultad. Era mejor así.

En cuanto al resto de las dudas, también irían resolviéndose con el tiempo. Pero tendría que ser paciente y aguardar, por ejemplo, al retiro de cuarenta días al otro lado del Jordán para conocer las «razones» del Hijo del Hombre respecto a su negativa a dejar documentos escritos por su propia mano.

¿Por qué fue Zebedeo padre elegido para copiar y guardar estos manuscritos? Fundamentalmente, como descubriríamos en el tercer «salto», por la vieja y sólida amistad que los unía. Una amistad que nada tenía que ver con lo apuntado por los evangelistas. Y puedo avanzar que, una vez más, éstos no fueron fieles a la verdad. Al leer las crónicas de los supuestos escritores «sagrados», uno recibe la impresión de que Jesús trabó amistad con Juan y Santiago de Zebedeo cuando paseaba por la orilla del *yam*, prácticamente en los albores de la vida de predicación. Así se deduce, al menos, de Mateo, Marcos y Lucas. Pues bien, tal y como pude comprobar, ni el Maestro escogió a los cuatro primeros discípulos en la ribera del lago, ni la designación de los «hijos del trueno» fue como y cuando aseguran los evangelistas. Y aunque espero narrar estos acontecimientos en el momento oportuno, insisto: la amistad entre Jesús de Nazaret y el clan de los Zebedeo se remontaba a tiempos atrás. Para ser exacto, al mencionado año 22 de nuestra era. En otras palabras, bastantes años antes de lo fijado por el trío evangélico. Fue al trabajar por primera vez en los astilleros propiedad de Zebedeo cuando el Galileo intimó con el anciano y sus hijos.

Si alguien tiene la curiosidad de asomarse al cuarto evangelio —el de Juan (el Zebedeo)—, percibirá una de las «sutilezas» de este discípulo, que confirma lo que digo. En el capítulo 1 (versículos 35 al 51), Juan, testigo presencial, relata la designación de los hermanos Andrés y Simón Pedro y, posteriormente, la de Felipe y Natanael, el «oso» de Caná. Y sitúa el escenario en el río Jordán, no en el Kennereth. Lo curioso es que no dice ni palabra de la selección de su hermano Santiago, ni tampoco de la suya como «embajadores del reino». ¿Por qué esta «anomalía» con el resto de los evangelistas? Muy sencillo. Juan Zebedeo sabía que no hubo tal designación. Mateo (elegido apóstol meses más tarde), Marcos (entonces era un niño) y Lucas (ni siquiera conoció a Jesús), que no asistieron a los hechos, se fiaron probablemente de lo narrado por Juan Zebedeo. Pero el «discípulo amado», vanidoso hasta la muerte, no contó toda la verdad. Santiago y él mismo no fueron elegidos como los otros cuatro. No existió tal designación. Y no la hubo debido a esa antigua y cálida amistad a la que me refería. Esta circunstancia —como veremos más adelante— llevó implícita la admisión de los Zebedeo en el primigenio grupo de seguidores del Maestro. ¿Y por qué Juan no lo explicó así? Simple: porque en aquella histórica jornada su comportamiento —soberbio y engreído— le valió un duro reproche de Jesús de Nazaret...

Pero estoy cayendo de nuevo en la tentación de adelantame a los acontecimientos. Tiempo habrá de incidir en este interesante e igualmente manipulado pasaje de la vida del Hijo del Hombre.

Y durante tres días, como venía diciendo, cobijados en la paz del caserón de Saidan, Zebedeo padre y quien esto escribe procedimos a la lectura del gran «secreto». Y quedé fascinado. Y contagiado de mi entusiasmo, el anciano —feliz ante la inesperada y magnífica oportunidad de rememorar viejos tiempos—, fue ampliando y matizando lo escrito, respondiendo a mis innumerables preguntas. Y, lenta y pacientemente, aquel «tesoro» fue trasvasado a las hojas de papiro de este perplejo y no menos feliz explorador.

Verdaderamente, aquellos tres años sí podían recibir el calificativo de «ocultos». Los únicos en toda la existencia humana del rabí que fueron intencionadamente preservados.

Y al leer los papiros comprendí el alcance de las palabras del jefe de los Zebedeo: ninguno de los íntimos conocía a fondo la verdad. Y estaba en lo cierto. Según rezaba en aquellos «rollos», el Hijo del Hombre «estrenó» la divinidad y su intensa actividad como «mensajero» del Padre bastante antes de lo sabido y divulgado. Una «actividad» (no estoy pensando en la predicación propiamente dicha) que tampoco trascendió y que tuvimos la fortuna de presenciar. Una «actividad» que precedió y preparó lo que sería el posterior ministerio. Lamentablemente, aunque el Maestro habló de ello, los discípulos no captaron —o no quisieron captar— el formidable significado. ¿Resultó excesivamente complejo para sus mentes? ¿Lo desestimaron al redactar los evangelios porque chocaba con la versión del Antiguo Testamento? La cuestión es que el resultado final sería una catástrofe literaria. Los evangelistas no entendieron, no se aproximaron siquiera a lo que fue la definitiva toma de conciencia, por parte de Jesús, de su divinidad. Mezclaron y confundieron escenarios, palabras y sucesos. Parte de lo ocurrido en la cadena montañosa del Hermón, al norte, fue situado en los evangelios en el «desierto», (?) durante el citado retiro de cuarenta días. Y lo verdaderamente registrado en este último lugar sería igualmente silenciado o tergiversado. Como digo, todo un desastre.

Creo haberlo dicho y probablemente lo repetiré: Jesús de Nazaret, uno de los Hijos de Dios, jamás fue tentado como nos pintan los textos «sagrados». Lo sucedido en ambos parajes —Hermón primero y la Decápolis después— fue mucho más importante y de otra «naturaleza». Decisivo, diría yo, para comprender en profundidad las posteriores obras y pensamientos del rabí de Galilea. ¡Cuán flaco servicio prestaron al mundo los escritores evangélicos suprimiendo y modificando estos pasajes!

Y gracias al conocimiento de lo ocurrido en esos ignorados años del Maestro fuera de Palestina tuve acceso igualmente a otro dato, vital para el establecimiento de la fecha del nuevo retroceso en el tiempo. El rigor y minuciosidad de Jesús de Nazaret en dicho relato nos permitió fijar con pulcritud día, mes y año. Y una vez más tuve que inclinarme ante las extrañas «artes» del Destino. Aquella escurridiza fecha —que llegó a quitarnos el sueño— no se presentó por los canales aparentemente lógicos: los discípulos. Ante el desconcierto de este explorador lo hizo «de la mano» del propio Galileo y del último personaje a imaginar. ¿Casualidad? Ahora sé que la operación estuvo programada por los seres humanos y por «alguien» más...

Y ya que hablamos de casualidades, ¿cómo debo interpretar la siguiente «revelación» de mi amigo y confidente, el anciano Zebedeo?

En el atardecer del domingo, 7 de mayo, rematada la transcripción de los «rollos», al interesarse por mis planes, le expliqué que la «misión» que tenía encomendada me obligaba a desplazarme temporalmente a Cesarea. Fue entonces, al saber que debía entrevistarme con el gobernador romano, cuando me puso en antecedentes de «algo» que, en efecto, «podía resultar de utilidad».

Por la aldea —expuso con su habitual escepticismo—, al igual que por otras poblaciones cercanas, rodaba desde hacía días un curioso rumor. Y dadas las características del «protagonista» —sonrió pícaramente—, casi estaba seguro que yo tenía algo que ver con la increíble historia. Al parecer, «un larguirucho griego, con un cayado en la mano, puso en fuga a dos mercenarios de las tropas auxiliares romanas acantonadas en Nahum».

Me estremecí.

Pero lo más sorprendente —continuó, reforzando la traviesa sonrisa— es que, según dicen, dicho griego, valiéndose de poderes mágicos, logró desarmar a los soldados, «abrasando las espadas con la fuerza de su mirada».

La noticia me pilló desprevenido. Poco importaba que el bulo exagerase el incidente. Lo grave es que hubiera trascendido. Y salvados los primeros minutos de perplejidad, correspondiendo a su franqueza, reconocí que el rumor era cierto.

Relaté lo sucedido en la aduana y en el bosque, restando importancia a las supuestas «artes mágicas» de quien esto escribe. Pero mi amigo, olvidando el capítulo del «abrasamiento», retomó la conversación, incidiendo en el punto clave. El único que me afectaba en verdad y que, al fin y a la postre, torcería mis planes.

—Ya ves que no te pregunto por el método —aclaró el anciano—. Pero, según mis noticias, a alguien más importante que yo sí le interesa el «cómo».

—No te comprendo...

—Lo lamentable —cerró la exposición con disgusto— es que el asunto ha llegado a oídos del gobernador, exagerado y distorsionado sin duda por esos delincuentes en su afán por disimular la fechoría.

—¿Poncio lo sabe?

Asintió en silencio.

—Y lo peor, querido Jasón, es que ha dado orden de captura del «poderoso mago»...

El resto de aquel apacible domingo lo dediqué a pasear por la playa. El desbordamiento del suceso con los soldados me mantuvo en tensión. Y, poco a poco, una arriesgada idea me dominó. Merecía la pena intentarlo. Si salía bien, el obligado viaje a Cesarea resultaría más rápido y benéfico de lo inicialmente previsto.

Inspeccioné nuevamente la cumbre del Ravid. El «cíclope» no había cambiado de orientación. Todo seguía «OK». Y, de acuerdo a lo pactado, a la puesta de sol establecí comunicación con mi hermano, sintetizando las novedades del día. Pero silencié el problema suscitado por los mercenarios.

Ocho de mayo.

Aquel lunes, tras confiar los preciosos manuscritos a la custodia del bondadoso anfitrión, partí de Saidan con el primer saludo del alba. La luna llena, huyendo por el Ravid, se me antojó un excelente augurio. Y la flamante idea se consolidó definitivamente. Debía arriesgarme. Si el ambicioso Poncio mordía el anzuelo, quizá regresase con una buena bolsa, solventando así el suplicio económico.

Saludé a Eliseo desde la desembocadura del Jordán, advirtiéndole que acababa de modificar el programa y que, con un pellizco de suerte, esa misma noche dormiría en Cesarea. Y recordando sus enigmáticas palabras al abandonar el «portaaviones», le pagué con idéntica moneda, prometiendo «más información» a mi vuelta. Y me froté las manos como un colegial, imaginando su intriga. Por supuesto, no fue la primera ni la última broma en aquella odisea.

Y hacia las 6,30 horas avisté el objetivo.

Al contrario de lo que ocurría con otros núcleos de importancia, la guarnición romana de Nahum no se hallaba fuera de la ciudad. No constituía un «campamento», al estilo de las tradicionales fortificaciones militares de Roma. Tampoco la tropa se alojaba en las casas de los civiles, siguiendo la costumbre que denominaban *militare hospitium* y que el código de Justiniano llamaría más tarde *metata*. En este caso, desde el tiempo de la conquista de Pompeyo, los invasores se limitaron a requisar una de las propiedades existentes a las puertas de la villa, reformándola y convirtiéndola en un cuartel de regulares dimensiones, suficiente para la cohorte allí destinada. Una cohorte —conviene aclararlo— «oficialmente» bajo la tutela del tetrarca Antipas, pero, en realidad, sólo a título honorífico. Aquellos quinientos o seiscientos hombres y los diez centuriones (1) que los mandaban obe-

(1)   En la primera mitad del siglo I —la época imperial—, tras las reformas de Augusto y Tiberio, cada legión, en líneas generales, sumaba alrededor de 5 500 hombres, hallándose dividida en diez cohortes. La *miliaria*, con mil soldados, y las nueve siguientes con quinientos cada una *(quingenaria)*. La cohorte destacada en Nahum era, por tanto, de rango inferior: *quingenaria*.

Estas unidades aparecían integradas, a su vez, por tres manípulos, con dos centurias por manípulo. Salvo excepciones, cada cohorte estaba mandada por un número de centuriones que oscilaba entre seis y diez. A éstos había que sumar otros tantos *optiones (suboficiales)*. Una legión, en consecuencia, reunía entre sesenta y cien centuriones.

Con Augusto, a la tradicional infantería se unió de nuevo la caballería —recobrando el prestigio perdido— y un contingente de tropas auxiliares. En cada legión, la caballería aparecía formada por 480 jinetes, divididos en *turmae*, con tres decuriones al mando de cada *turma*. Sus objetivos básicos eran la exploración y el apoyo a los infantes. En

decían a Poncio y a sus jefes naturales, el tribuno y oficiales de la unidad más veterana: la cohorte Itálica, con base en Cesarea.

Y tras cruzar la triple arcada de la puerta norte me encaminé decidido hacia la mencionada guarnición, situada a escasos metros y en el costado derecho del «cardo máximus» (la ancha calle de 300 metros de longitud que dividía Nahum de norte a sur).

El cuartel, con sus altos muros de cinco metros, sólidamente edificados con la abundante piedra negra basáltica de la región, era inconfundible. En el centro de la fachada se abría un enorme portalón de hierro, generalmente de par en par desde el amanecer al ocaso.

Y al situarme frente a los centinelas no pude evitar un escalofrío. ¿Quién me garantizaba que la nueva «aventu-

---

Nahum, la cohorte se hallaba redondeada por uno de estos escuadrones (una *turma*), con treinta y tres jinetes.

En la organización de la legión no figuraban los llamados servicios auxiliares, formados por músicos, príncipes aliados, artillería, ingeniería e intendencia, que pertenecían a la plana mayor del general en jefe del ejército.

Hasta la muerte de Augusto, el imperio contaba con un total de veinticinco legiones, con un número aproximado de 140 000 hombres. A éstos había que sumar otros tantos, pertenecientes a las tropas auxiliares y más de 10 000 pretorianos. Ello elevaba los contingentes a más de 320 000 individuos. En tiempos de Jesús, tres de estas legiones —la VI Ferrata, la X Fretensis y la III Gallica— se hallaban concentradas en la vecina Siria, punto estratégico de la región oriental del imperio, vigilando a los partos y, por supuesto, a los levantiscos judíos. En total, en la provincia de Judea (así se conocía en Roma a la nación palestina), aunque la cifra podía modificarse en función de las necesidades, alcanzamos a contabilizar hasta seis cohortes, casi todas del tipo *quingenaria* (500 a 600 hombres). La más importante (*miliaria*: 1 000 soldados), que recibía el nombre de Itálica, permanecía habitualmente en Cesarea, residencia oficial del gobernador. El resto se hallaba repartido por las zonas más conflictivas de Israel. La fortaleza Antonia, en Jerusalén, era uno de estos puntos «calientes». Dichas unidades las formaban tropas auxiliares, compuestas por griegos, tracios, samaritanos, sirios, galos, germánicos y españoles. (Los judíos se encontraban exentos del servicio de armas.) A este ejército de ocupación había que sumar cuatro *turmae* (alrededor de 120 jinetes), igualmente distribuidas por el país, aunque con un carácter «volante». *(N. del m.)*

ra» terminaría felizmente? ¿Cómo reaccionarían los mandos al descubrir mi identidad?

Uno de los tres mercenarios que montaban guardia en la entrada reparó en mi presencia, aproximándose sin prisas. Todos aparecían enfundados en el «uniforme» de campaña: cotas trenzadas a base de mallas de hierro que protegían el cuerpo hasta la mitad del muslo, descansando sobre un jubón de cuero de idénticas dimensiones. Y todo ello por encima de la característica túnica roja de mangas cortas. Los cascos, sin visera, trabajados con una sobria elegancia, espejeaban al incipiente sol de la mañana. La rígida disciplina mantenía sujetas las *buculae* o carrilleras de bronce por debajo de la barbilla. Y siguiendo una vieja tradición —practicada generalmente en combate—, cada uno de los soldados lucía sobre la cimera un llamativo penacho, formado por tres plumas rojas de un codo de altura (casi medio metro). La presencia de estos adornos obedecía fundamentalmente a una razón de orden psicológico. Aunque la talla mínima para ser reclutados en la legión (al menos en las cohortes principales) era de 1,72 metros (1), tanto en las batallas como en los servicios de vigilancia, aquellos cincuenta centímetros de más les proporcionaban un aspecto imponente, destinado a impresionar al enemigo. Un ancho cinturón de cuero, adornado con cabezas de clavos, completaba el atuendo. El inseparable *gladius* colgaba en el costado derecho. Uno de los centinelas presentaba, además, varias tiras de hierro que caían desde el centro del cinturón, protegiendo el bajo vientre. Las temibles *caligas*, por último, las sandalias de correas, con las suelas erizadas de clavos, me trajeron lejanos y dolorosos recuerdos. Y a corta distancia, formando «pirámide», los ovalados y granates escudos. Y recostados en el muro, los *pilum* o picas de dos

(1) El candidato a la legión era sometido a un riguroso examen médico y psicológico. Si pesaba sobre él algún defecto físico o una tara moral o mental o si no daba la talla mínima, era repudiado. Si lo declaraban *probabilis* se le tallaba *(incumare)*, siendo destinado a una cohorte. Y cada nuevo «recluta» recibía una placa de plomo, con su identidad, que debería colgar obligatoriamente del cuello. *(N. del m.)*

metros de longitud, con los fustes de hierro dulce y las puntas de acero.

Respiré con alivio. El joven soldado, de unos veinte años, probablemente de origen galo, percibió que se hallaba frente a un no judío. Y me habló en *koiné*.

Le expuse que deseaba entrevistarme con el jefe de la guarnición y, naturalmente, preguntó el motivo. Y adoptando un tono grave le hice ver que se trataba de un asunto confidencial y que sólo podía revelarlo al centurión que ostentaba el mando.

Los compañeros, intrigados, se unieron a la conversación. El que parecía más veterano, también galo, inspeccionándome de pies a cabeza, interrogó al primer centinela en una de aquellas impenetrables lenguas. Y temiendo que la situación se me fuera de las manos, interrumpí el oscuro parlamento, invocando el nombre del gobernador. La oportuna alusión surtió efecto. E insistí en mi amistad con Poncio. Dudaron. Pero finalmente, ante la firmeza y transparencia de la mirada de aquel extranjero, optaron por no comprometerse. Y ordenaron que esperase. Y uno de ellos se perdió por mi derecha, en dirección a un cuartucho de piedra adosado al alto parapeto y a escasos metros del portalón. Y fiel a la costumbre aproveché la pausa para tomar referencias. Si no estaba equivocado, en aquel lugar se hallaba destinado —o lo estuvo— otro de los protagonistas de las múltiples y misteriosas curaciones de Jesús de Nazaret durante su vida pública. Aunque no podía fiarme, los evangelistas mencionaban a un centurión que, al parecer, solicitó del Maestro la sanación de uno de sus siervos. Mateo y Lucas no facilitan la identidad, pero, a buen seguro, las fuerzas allí concentradas tenían que recordar el prodigio y el nombre del suboficial. Y por espacio de algunos minutos «fotografié» mentalmente cuanto me rodeaba.

El acuartelamiento, tosco y austero, ofrecía en aquel punto la zona de dormitorios. Alrededor de un patio cuadrangular a cielo abierto, de unos sesenta metros de lado, se levantaban tres edificaciones idénticas con dos plantas cada una. El muro por el que acababa de cruzar cerraba el cuadrado. Y todo, por supuesto, construido con el generoso basalto de Nahum. A juzgar por la disposición y el número de puertas de la triple ala deduje, como digo, que me encontraba frente a las celdas de la tropa.

En el centro de dicho patio, primorosamente empedrado con livianos y azabaches cantos volcánicos, desgastados por los años y húmedos y brillantes por el baldeo matutino, se estiraban cuatro veteranas palmeras datileras de veinte metros de altura. El verde de las curvadas hojas y el canela soleado de los racimos en flor alegraban precariamente el recinto, enlutado por los bloques basálticos. Un pozo no menos anciano, armado con un trípode metálico, prácticamente cautivo entre las *Phoenix dactylifera*, completaba el espartano cuadro.

En el piso bajo del ala central, al final de un angosto túnel, se adivinaba una explanada de tierra sucia y batida, cerrada al fondo por barracones de madera. Algunos soldados, vestidos únicamente con las ligeras túnicas rojas, atendían a media docena de caballos, cepillándolos o paseándolos con la ayuda del ronzal.

La verdad es que me extrañó tanto silencio. Después lo comprendería.

Los centinelas, apostados en los batientes de la entrada, no me perdían de vista.

Y fui a caer en una nueva torpeza.

De pronto, en la apresurada inspección, descubrí algo que me impulsó a caminar hacia el cuartucho que, presumiblemente, servía de puesto de guardia. En la pared que tenía frente a mí aparecía una placa de mármol blanco. En ella, con caracteres latinos, había sido grabada una leyenda. Y olvidando a los soldados, movido por la curiosidad, avancé tres o cuatro pasos, tratando de leerla. El irreflexivo gesto, sin embargo, fue abortado por un grito y una espada. El mercenario más joven, ágil como un felino, se interpuso en el camino, amenazando mi vientre con el *gladius*.

Sonreí, tratando de apaciguar los ánimos. Y los dedos de la mano derecha se deslizaron instintivamente hacia el extremo del cayado, al tiempo que, con la izquierda, señalaba el rótulo que destelleaba a sus espaldas entre el oscuro basalto. Pero el muchacho, bien adiestrado, no movió un músculo. Y en un vano intento de ganarme su confianza cometí una segunda imprudencia. Tras lanzar una rápida ojeada a la inscripción, reconocidos texto y autor, formulé una pregunta, empeorando las cosas:

—¿Rómulo?

Y el joven, por toda respuesta, contrariado ante la tozudez y desobediencia de aquel desconocido, empujó el arma hacia la boca del estómago, ordenando que retrocediera. En circunstancias normales, el golpe, no excesivamente violento, hubiera quedado amortiguado por la ropa. Pero, al alcanzar con la punta del *gladius* la «piel de serpiente», el soldado detectó una insólita resistencia. Y sorprendido, frunciendo el ceño, repitió la maniobra con idéntico resultado.

Retrocedí, dispuesto a defenderme. Pero el Destino acudió en mi ayuda. En esos instantes se presentaron en el patio el mercenario que había penetrado en el cuartucho y un segundo militar, provisto igualmente de la coraza de campaña, pero sin casco. El cabello cano, los tatuajes en ambos brazos, la espada en el flanco derecho y un *pugio* (un pequeño puñal) en el izquierdo me hicieron sospechar que se trataba de un *optio* (1). Casi con seguridad, el suboficial al mando de la guardia.

Al observar al centinela con el *gladius* en la mano comprendió que algo no iba bien. Y su rostro se endureció. Y renegando de mi torpeza, temiendo lo peor, aproximé los dedos por segunda vez al clavo que activaba los ultrasonidos. Lo que en principio parecía una cómoda y rutinaria visita al jefe de la guarnición empezaba a retorcerse.

Y el *optio*, dirigiéndose al aturdido soldado, lo interrogó en aquel endiablado lenguaje. Pero el joven, no

(1) El *optio* —una especie de brigada o sargento— desempeñaba el cargo de ayudante del centurión, descargándole de las funciones administrativas y pudiendo mandar pequeños grupos de tropa. El nombre, según Festo, procedía del hecho de elegir *(optare)* un auxiliar por parte del centurión. *(N. del m.)*

repuesto de la sorpresa, no supo o no quiso explicarse. Entendí la embarazosa situación. ¿Cómo hacer comprender al rudo y resabiado responsable de la guardia que la espada había «tropezado» en el vientre de aquel individuo con una «pared de hierro»? E inteligentemente, envainando el *gladius*, negó con la cabeza, restando importancia a lo ocurrido. Lo miré complacido, pero, naturalmente, no captó el significado de aquella mirada.

Y el *optio*, de mala gana, ayudándose con un pésimo griego, repitió la cantinela, exigiendo que aclarase «ese asunto confidencial que sólo podía confiar al centurión-jefe».

Me armé de paciencia y, sin perder de vista al joven mercenario que continuaba a mi derecha, volví a exponer lo ya dicho a los centinelas. Y mientras pronunciaba el breve parlamento, insistiendo con énfasis en el interés del gobernador por la «noticia» que debía comunicar al capitán de la cohorte, el veterano suboficial fue rodeándome en silencio, examinando mi atuendo. Y persuadido de que no portaba armas se encaró de nuevo con este explorador, adoptando un tono prepotente. Estaba claro. Las órdenes eran las órdenes. Si pretendía hablar con el centurión-jefe tendría primero que anunciar el motivo. Luego, ya veríamos. «Quizá te azotemos —sonrió burlón—. Todo dependerá de las mentiras que cuentes...»

Los soldados rieron la «gracia». Todos menos el que me había amenazado con el *gladius*. Probablemente intuyó que el *optio* se equivocaba y que aquel extranjero no era un individuo «normal».

Y ante la chulesca actitud del *optio*, procurando no envenenar más la situación, terminé cediendo parcialmente. Y tomando al suboficial por el brazo hice un aparte con él, confesando que conocía la identidad del «poderoso mago que días atrás desarmó a los soldados de aquella guarnición y que, según mis noticias, era requerido por Poncio».

El sujeto escuchó con incredulidad. Y concluida la confesión, considerando que me burlaba de él, encendido por la ira, me arrastró al pie de la placa de mármol que lucía en la pared del cuarto de guardia, conminándome a que leyera. Y así lo hice, atónito ante la brusca reacción del galo:

—Anda y anuncia a los romanos que es voluntad de los dioses celestiales que mi Roma sea la capital del mundo. Por tanto que ellos practiquen el arte militar, y que sepan, y que así lo comuniquen a sus sucesores, que no habrá poder humano capaz de resistir a las armas romanas.

La leyenda en cuestión, recogida por Tito Livio y atribuida al fundador y primer rey de Roma —Rómulo—, aparecido después de su muerte a Julio Próculo, recordaba, en efecto, a militares y civiles quién era el auténtico dueño del mundo en aquel tiempo.

Y desenvainando el *gladius* aclaró en parte la razón de su cólera:

—¿Un «poderoso mago»?... Éste es el verdadero poder... Y no conozco magia que pueda «abrasar» el filo de mi espada... Los que pregonan semejantes bulos son enemigos de Roma y merecen la muerte.

Y alzando el arma se dispuso a golpearme. Pero un seco e imperativo «¡Alto!» congeló en el aire sus intenciones, suspendiendo igualmente el disparo de ondas ultrasónicas que apuntaban ya a su cráneo. Los gritos del energúmeno alarmaron a la guarnición y tres de los centuriones irrumpieron providencialmente en el patio. Y se aproximaron decididos y contrariados. Sólo uno portaba la cota de mallas y el arma en el costado izquierdo (al contrario de la tropa). El resto, evidentemente fuera de servicio, vestía tan sólo las cortas y ligeras túnicas granates de lino.

Sin quererlo, el *optio*, en el arrebato patriótico, al exclamar que «no conocía magia capaz de abrasar el filo de su espada», confirmó lo que ya sabía por el Zebedeo padre. Y en parte, a pesar de lo delicado de la situación, me sentí animado. La noticia era correcta.

Y los recién llegados, para consuelo de quien esto escribe, se hicieron cargo del problema. Escucharon la versión del enfurecido *optio* y, acto seguido, sin perder la compostura pero con firmeza, me interrogaron, mostrando un inusitado interés por el tema del dichoso «mago». Y fui todo lo sincero que juzgué oportuno. Me había propuesto dormir esa noche en Cesarea y tenía que conseguirlo.

Y al insistir en mi deseo de conversar en privado con el jefe de la cohorte, el que hacía de portavoz (el único armado y con la rama de vid en la mano) (1) echó por tierra mis pretensiones: se hallaba fuera de Nahum, en una de las rutinarias maniobras de la guarnición. Y comprendí el porqué del singular silencio.

Fulminé con la mirada al marrullero *optio*.

Y captando mi decepción —no sé si por delicadeza o por curiosidad—, explicaron que, como centuriones *priores* (2), ostentaban justamente la máxima responsabilidad de las tropas hasta el retorno de su jefe natural. Si lo deseaba podía hablar abiertamente con ellos. Y sin demasiadas alternativas arriesgué el todo por el todo, anunciando que estaban ante el «poderoso mago» al que buscaban. Y sin darles tiempo a reaccionar añadí que me ofrecía gustoso a comparecer ante el gobernador, rindiendo cuentas de lo ocurrido.

Al oír la «revelación», el impulsivo *optio* intentó desenfundar de nuevo el *gladius*. Pero dos de los *priores*, simultáneamente, extendieron las palmas de las manos, imponiendo calma.

Repuestos de la sorpresa, tras intercambiar una significativa mirada, el de la cota de mallas susurró algo a sus compañeros. Asintieron en silencio, y uno de ellos, haciendo una señal al *optio* para que lo siguiera, se des-

(1)   El sarmiento o *uitis* era el emblema y símbolo del centurionado. *(N. del m.)*

(2)   En la compleja organización de las legiones, los centuriones eran seleccionados por los tribunos, de acuerdo a su valor y capacidad de mando. Procedían siempre de la tropa y, generalmente, ascendían después de muchos años de servicio. Desde Augusto, lo normal era que dicho servicio se prolongara durante veinte años. Se designaban diez por cada línea de *hastati*, *principes* y *triarii* y otros diez de segunda categoría para que se fueran formando a su cargo. Los primeros recibían el nombre de *priores*. Como la unidad táctica era el manípulo (cada cohorte constaba de tres manípulos), el *centurio prior* mandaba dicha unidad. *(N. del m.)*

pegó del grupo. Le habló en voz baja y, acto seguido, cumpliendo la orden, el suboficial de guardia se alejó por el túnel que desembocaba en la explanada.

—Bien —sentenció el centurión de servicio en un tono poco tranquilizador—, pronto averiguaremos si dices la verdad.

A pesar de la amenaza procuré mantenerme intacto, sin rehuir las inquisidoras miradas.

—Por cierto —intervino de nuevo el «capitán de cuartel» tocando un punto clave—, si eres el hombre que desarmó a nuestros soldados, ¿por qué no has acudido directamente a Cesarea? Si, como aseguras, disfrutas de la amistad de Poncio, ¿qué puedes temer?

Y repliqué con la verdad. Mejor dicho, con una parte de la verdad.

—Hablas con sentido común. Me encuentro en esta región intentando reconstruir la historia de un Hombre santo ya fallecido. Lo llamaban Jesús de Nazaret...

Al mencionar el nombre del Maestro volvieron a intercambiar una elocuente mirada. Evidentemente lo habían conocido o sabían de Él. Uno, en especial, parpadeó nervioso y su rostro se transfiguró. Ahora lo sé. La directa y audaz alusión al Hijo del Hombre, considerándolo santo, removió el alma y los recuerdos de aquel veterano centurión. Pero, obviamente, no me atreví a preguntar.

—... soy amigo de los Zebedeo —proseguí dirigiéndome casi exclusivamente al *prior* que parecía haber conocido al Galileo—. Y allí, en Saidan, casualmente, he tenido noticias del rumor que corre por el *yam* sobre ese «poderoso mago». Pues bien, no se trata de temor, sino de confirmación. El asunto —y ensombrecí el tono con teatralidad—, como bien sabéis, es lo suficientemente serio como para tomar un máximo de precauciones...

Asintieron con un ligero movimiento de cabeza.

—... antes de adoptar una resolución era preciso confirmar lo que me fue relatado en Saidan. Y nada mejor que acudir a este lugar para saber si, en efecto, el gobernador reclama mi presencia.

El ardor y sinceridad de mis palabras calaron en el

ánimo de los centuriones. Y curándome en salud añadí:

—Como amigo de Poncio y de Civilis, el *primipilus*, difícilmente podría dejar en ridículo a las gloriosas fuerzas de Roma. Es por ello que soy el primer interesado en aclarar el penoso incidente con vuestros soldados...

La referencia a Civilis, el centurión-jefe de la cohorte de Cesarea y hombre de confianza de Poncio, fue un bálsamo. Y la inicial tensión se relajó considerablemente.

En aquellos instantes reapareció el *optio*, acompañado de uno de los mercenarios que había visto trajinar en la explanada de tierra batida. En un primer momento no lo reconocí. Después, conforme fue aproximándose, al reparar en el vendaje que cubría el pie derecho, caí en la cuenta de su identidad y de la sencilla comprobación maquinada por los centuriones. Y me dispuse para el difícil careo.

El soldado —herido en el bosque con el láser de gas— se detuvo a una docena de pasos. Acababa de identificarme. Me observó estupefacto y palideció. Y el *optio*, de malas maneras, haciendo presa en una de las mangas, tiró de él hasta los expectantes *priores*. La escena fue determinante. Y los centuriones comprendieron.

Y, por pura rutina, el de servicio lo interrogó en su lengua. El mercenario balbuceó algunas respuestas, señalándome a cada intervención. El miedo lo hizo tartamudear. Y los sagaces *priores* dedujeron que la historia cojeaba.

Y el suboficial que interrogaba, perdiendo la paciencia, levantó la voz insistiendo en una de las preguntas. Pero el individuo, con los nervios desatados, cometió un error. Se llevó las manos a los ojos y, gritando con más energía que el centurión, repitió algo que, al parecer, guardaba relación con el «fuego de mi mirada». Al capitán no le agradó la subida de tono del subordinado y, sin previo aviso, le cruzó el rostro con el sarmiento. Y el *optio*, tomando la iniciativa, redondeó el castigo con un seco puntapié en el bajo vientre. Y el desgraciado, doblándose como un anzuelo, cayó sobre el adoquinado.

No pude evitarlo. E irritado desplacé de un empujón al miserable *optio*, auxiliando al soldado. Y entre los intensos dolores, el sujeto me miró desconcertado. Y creí percibir en sus ojos el aleteo del agradecimiento.

Esta vez intervino el *prior*, que, como digo, parecía saber de Jesús de Nazaret. Me apartó e, indicando al *optio* que se ocupara del mercenario, rogó que «no hiciera las cosas más difíciles».

Y reintegrándose al grupo sostuvieron un cambio de impresiones.

Quizá cometo un error. Quizá debería esperar. Pero también quiero ser fiel a los sentimientos, allí donde se produjeron. Y en aquel patio, y en aquella despejada mañana, entre aquel centurión y quien esto escribe surgió una inexplicable corriente de simpatía. Más adelante —o más «atrás», según se mire— Eliseo entendería la «razón». La cuestión es que, desde los primeros momentos, aquel *prior* me llamó poderosamente la atención. Fue quizá el que menos habló. Sin embargo, sus ojos azules irradiaban una paz y una serenidad poco comunes. Debía de caminar entre los cuarenta y cuarenta y cinco años. Su lámina, la verdad sea dicha, no se ajustaba a la de un aguerrido soldado: estatura media, aparentemente frágil, de una delgadez preocupante, calvo, mal afeitado y de manos largas y huesudas. En cuanto a la voz, cavernosa y trabajada con dificultad, me hizo sospechar que padecía algún mal irremediable. Resultaba chocante que estuviera al mando de dos centurias. Como veterano del ejército, con más de veinticinco años de servicio, sólo aspiraba ya a obtener el retiro —la *honesta missio*— (1) y disfrutar de sus tierras y de la pensión anual, cifrada en

1) La llamada *honesta missio* era una de las principales metas del soldado romano. Consistía en la licencia absoluta y podía beneficiarlos de doble manera: económica y jurídicamente. La primera ventaja se materializaba en tierras o en dinero. El veterano podía así establecerse en colonias o en haciendas particulares o disponer de una suma que le autorizase a vivir con cierto decoro. A esto había que añadir los privilegios legales. Además de ser dispensado de los impuestos, el veterano recibía automáticamente el título de ciudadano romano. No importaba el origen. Cualquier individuo que se alistase en la legión tenía derecho a este importante rango. El único inconveniente es que no se hacía efectivo hasta que hubiera obtenido la mencionada *honesta missio*. Estos privilegios —para los marinos y miem-

unos 2 500 denarios de plata. Aquél, en efecto, lo adelanto ya, era el célebre centurión mencionado por los evangelistas. Pero el «descubrimiento» se produciría en el cuarto «salto» en el tiempo...

Concluido el breve debate reconocieron que me asistía la razón. Al menos parte de ella. Y el portavoz tuvo la gentileza de traducir el reciente y accidentado interrogatorio.

Según dijo, el de la quemadura en el pie me había identificado como el griego que los atacó en la aduana cuando salieron en defensa del funcionario.

Negué con la cabeza, pero lo dejé continuar.

Dicho funcionario —prosiguió el centurión sin inmutarse— fue vilmente agredido cuando exigió el obligado peaje.

El agresor, naturalmente, era este explorador.

Y el mercenario juraba, asimismo, que la quemadura y el abrasamiento del *gladius* de su compañero fueron provocados por el mágico poder que partió de mi mirada.

Efectivamente, tal y como presumía, los *priores* —escépticos por oficio— no concedieron credibilidad a la aparentemente fantástica historia. Pero solicitaron mi versión.

_____

bros de las tropas auxiliares— eran consignados en un diploma militar que certificaba, a su vez, el definitivo licenciamiento y la condición de ciudadano de Roma. En dicho diploma se favorecía también al soldado con el principio de *connubium*, legalizando así sus matrimonios. Como es sabido, los legionarios y mercenarios de las tropas auxiliares no podían casarse oficialmente. Al recibir, por tanto, la *honesta missio*, tanto las esposas como los hijos habidos durante el periodo de servicio militar quedaban automáticamente legalizados y convertidos en ciudadanos romanos. Este título de veterano era mucho más que una distinción honorífica. Bastaba su presentación en cualquier rincón del imperio para que magistrados y poderosos en general —una vez comprobada su autenticidad— abrieran todas las puertas al nuevo ciudadano. La concesión de la *honesta missio* era rodeada de una especial solemnidad, otorgándose a los veinticinco años de servicio o bien a aquellos soldados que se hubieran distinguido por sus acciones heroicas. Si el individuo incurría en alguna de las faltas graves establecidas por la rígida disciplina militar corría el riesgo de ser expulsado o ajusticiado o de perder sus privilegios a la hora de la jubilación. *(N. del m.)*

Y ante el desconcierto general di por bueno el relato del mercenario, matizando un par de extremos: que la agresión al funcionario fue en legítima defensa y que la mirada de aquel griego no tenía nada de extraordinaria. En cuanto a la quemadura y rotura de la espada —fue mi única mentira—, sencillamente, ignoraba cómo se produjeron. Y fui más allá, elogiando el valeroso comportamiento de los soldados al acudir en auxilio del responsable de la aduana. Conocía los castigos (1) que

(1) Aunque ya mencioné algo al referirme al supuesto abandono de la guardia por parte de la patrulla romana que custodiaba el sepulcro de Jesús de Nazaret, en Jerusalén, no me importa extenderme ahora en este interesante e importante capítulo de los castigos militares. En especial, teniendo en cuenta que puede aclarar algunos de los sucesos que nos tocó presenciar durante la vida pública del Maestro.

Según nuestras informaciones, depositadas en el banco de datos de «Santa Claus», el ejército romano contemplaba las siguientes penas para los soldados infractores: castigo, multa pecuniaria, trabajos pesados, cambio de destino, degradación, licenciamiento ignominioso, tortura y pena de muerte.

El castigo —*castigatio*— consistía en la flagelación con varas o sarmientos *(fustuarium supplicium)*. Pero el más temido era el apaleamiento, que conducía generalmente a la muerte, y que se aplicaba por negligencia en las imaginarias de la noche, por abandono del puesto, por salida no justificada del orden en las marchas, por rebelión, robo, homicidio en el campamento o cuartel, pillaje, atentado al pudor, por pérdida o venta de las armas y por tercera reincidencia en una falta. Existían, además, las penas de cárcel, la privación de alimento y la sangría.

La multa pecuniaria era impuesta cuando el soldado o el oficial descuidaban el servicio, iniciaban un ataque sin la orden previa o, simplemente, no rendían lo exigido por sus jefes. En este caso les era retirada una parte o la totalidad del sueldo.

Los llamados trabajos pesados —*munerum indictio*— consistían en servicios peligrosos o vejatorios. Si alguien, por ejemplo, abandonaba su puesto podía ser condenado a permanecer de pie toda la noche delante del pretorio o a acampar fuera del campamento, expuesto así al peligro de un ataque enemigo. Si el delito había sido la pérdida o venta de las armas, el culpable era descalzado, se le desnudaba y se le obligaba a permanecer durante un tiempo a la vista de sus compañeros. En otras ocasiones, legionarios u oficiales eran trasladados a guarniciones consideradas molestas o de alto riesgo.

La *militiae mutatio* o cambio de destino era una de las penas más frecuentes. El insubordinado pasaba a un cuerpo de rango inferior.

239

hubieran caído sobre aquellos indeseables en el caso de perfilar toda la verdad y, honradamente, me pareció fuera de lugar. Tanto el pillaje como el abandono de las armas eran estimados delitos graves y los culpables podían enfrentarse a penas de cárcel, privación de comida, sangrías y, sobre todo, azotes o apaleamiento.

Por ejemplo, un jinete o caballero lo hacía a la infantería y un infante a una cohorte de armadura ligera o a un cuerpo auxiliar. Las faltas que llevaban a esta situación eran a veces ridículas: insultar a un compañero, tomar parte en una pelea o salirse de una columna en marcha sin haber pedido autorización.

La degradación o *gradus deiectio* se aplicaba casi exclusivamente a los oficiales. A veces, lógicamente, se prestaba a injusticias, abusos y venganzas personales. Se cuenta, por ejemplo, que Tiberio degradó a un legado por haber enviado a algunos legionarios a cazar para proveer su mesa. En otras ocasiones, el castigo recaía en aquellos jefes que no sabían defender una posición. Éste fue el caso de Aurelio Pacuniola, degradado en el asedio de Lipari. Cota se ausentó, dejándolo al frente de las tropas. Pero el enemigo prendió fuego a la empalizada del campamento y Cota ordenó que lo azotaran, relegándolo a soldado raso.

El licenciamiento ignominioso —*ignominiosa missio*— podía recaer en un solo soldado, en una unidad o, incluso, en una legión completa. En este último caso, los inocentes eran distribuidos en otras legiones y aquélla borrada de entre los ejércitos. Así sucedió en la derrota de Varo y también con las legiones III Gallica y III Augusta. César, según cuenta en *Bell. Afric.* 54, practicó la *ignominiosa missio* con dos tribunos y un centurión que habían fomentado la indisciplina.

Las torturas y pena de muerte, por último, eran el castigo máximo y sólo podían ser impuestas por el general en jefe. Obedecían a delitos como la desobediecia, insubordinación, abandono del puesto, pérdida o venta de la espada, traición y, sobre todo, deserción. Generalmente, la pena capital era precedida de la tortura. Se calificaba de desertor al que abandonaba la guarnición sin permiso, al que se salía de las filas antes del preceptivo toque de trompeta, al que huía ante el enemigo o al que se pasaba a sus filas. Estos dos últimos casos —los más graves— llevaban consigo la muerte por cruz. En ocasiones se les respetaba la vida, pero se les cortaba las manos o eran vendidos como esclavos. Si la deserción era en masa, lo normal era ejecutar a los jefes y diezmar a los soldados. En tiempo de paz, el culpable o culpables de deserción eran degradados. Sólo se los ajusticiaba si resultaban reincidentes. La rígida disciplina alcanzaba a los que ayudaban o colaboraban con los desertores. A éstos se les confiscaban los bienes, pudiendo ser deportados o condenados a trabajos forzados. Los casti-

Supongo que, a juzgar por sus caras, tampoco me creyeron al ciento por ciento. Pero, comprendiendo que no deseaba perjudicar a sus hombres, reaccionaron positivamente, zanjando el molesto y enrevesado contencioso.

Y se enfrentaron al último y más peliagudo dilema: ¿qué hacer con aquel griego que acababa de complicarles la mañana? Como soldados no podían ignorar la disposición que reclamaba al supuesto «poderoso mago».

Y durante algunos minutos discutieron acaloradamente. Y entendí su preocupación.

La orden —partiendo del supersticioso Poncio— encerraba un secreto deseo: conocer e interrogar a tan prodigioso «hechicero». Pero, si no hubo tal magia, ¿qué argumentaban en su defensa? ¿Cómo respondería el brutal e irascible gobernador al saber que lo divulgado por los mercenarios no se ajustaba a la verdad? ¿Quién le explicaba que el «abrasamiento» era fruto de la imaginación de unos más que probables farsantes?

Finalmente coincidieron. Lo mejor era olvidar y olvidarme. Aquel griego no existía. Nunca estuve en la guarnición. Y si alguien preguntaba, nadie sabía nada.

Me alarmé. Aquella decisión no entraba en mis planes. Y por un momento me sentí fracasado. El esfuerzo había sido inútil.

Y los centuriones saltaron al siguiente y no menos espinoso capítulo: ¿cómo mantener mi boca cerrada?

Esta vez se retiraron hasta el pozo, deliberando en secreto. Y un mal presagio se dibujó en dos de los rostros. El tercero —el del centurión de los ojos claros— negaba una y otra vez, rechazando la «idea» de sus compañeros.

¿Huía?

Contemplé la posibilidad, pero al punto, compren-

_____

gos llegaban incluso a los *uagus*, los perezosos o remolones que no se presentaban a tiempo a filas, y a los *emansor* o soldados que alargaban los permisos más de lo autorizado.

En general, la mayor parte de estos castigos era responsabilidad de los *optio* y de los centuriones. *(N. del m.)*

241

diendo que no era la solución, traté de pensar a mayor velocidad que los suboficiales. Y al reparar en las altas palmeras creí encontrar la fórmula para conjurar el nuevo peligro y reconducir la situación hacia el objetivo prioritario: mi presencia en Cesarea.

Y simulando una calma inexistente fui a interrumpirlos, proponiendo una salida mucho más airosa. Escucharon intrigados y recelosos. Y antes de proceder, adoptando cierta solemnidad, procuré venderles la arriesgada idea. Si salía mal quizá me viera obligado a recurrir a métodos más severos...

Y conforme expuse mi parecer, dos de los tres centuriones fueron negando sistemáticamente. Pero no me rendí. Y volví a la carga, asegurando que mi comparecencia ante el gobernador podría resultar beneficiosa para todos. Por razones personales —añadí—, este griego tenía especial interés en mostrar a Poncio algunos de sus poderes mágicos.

Protestaron, recordando mis recientes palabras. Supliqué calma y maticé que quien esto escribe no había negado en ningún momento su condición de mago. Otra cuestión era que no supiera cómo se produjo el «abrasamiento» del *gladius*.

No quedaron muy convencidos. Pero el de la voz cavernosa acudió en mi auxilio, sugiriendo que me dejaran terminar.

Y, aceptando a regañadientes, me instaron a que fuera al grano. Y así lo hice, comunicándoles que, si me autorizaban a demostrar dichos poderes, ellos y yo obtendríamos sendos beneficios. Si el «truco mágico» les complacía estaba dispuesto a viajar a Cesarea —debidamente escoltado, por supuesto— y reconocer ante Poncio que era el autor del «abrasamiento». La guarnición cumpliría así la orden, apuntándose un estimable éxito. En cuanto a mí —insistí—, quizá saliese de la audiencia con una buena bolsa...

Y el recelo se asomó a los curtidos ánimos. Pero la «oferta» —así planteada— parecía tentadora.

Y sin comprometerse supeditaron la decisión final al resultado de «esa demostración mágica».

Acepté sumiso. Y, rogando que me acompañaran, fui a situarlos en las proximidades del portalón. Los centinelas, ajenos a la maquinación, siguieron los movimientos con curiosidad.

Y procurando alimentar el suspense me dirigí de nuevo, a grandes zancadas, hacia las datileras.

Treinta metros...

Examiné los tallos. Los estípites aparecían cubiertos desde la base por hojas desecadas. Parecía claro.

Alcé la vista, confirmando la primera impresión: hojas pennadas, ascendentes, arcuadas, glaucas, segmentos lineoacuminados con pequeñas espinas y formando una corona terminal. Flores inconspicuas... En cuanto al fruto, casi estaba seguro. Pero surgió una horrible duda. Si no afinaba en el tipo exacto de palmera, el «truco» fracasaría y yo con él.

Y la angustia me golpeó. El género *Phoenix* incluye alrededor de treinta especies. ¿Se trataba de la *dactylifera*, como así creía, o de la *canariensis*? Esta última, bastante común también en la Palestina de Jesús de Nazaret, poseía un tallo más tosco y unos segmentos foliares más anchos y rígidos, con un color verde más brillante. Disponía igualmente de fruto, pero sólo el de la *dactylifera* es comestible.

Y, contrariado tuve que volver sobre mis pasos, formulando a los centuriones una pregunta vital y un tanto extraña: ¿eran sabrosos los dátiles de aquellas palmeras?

Y, perplejos respondieron con un «excelentes» que alivió mi corazón. Sonreí agradecido, espesando sin querer el ya denso misterio que me envolvía.

Estaba, pues, en lo cierto. Los airosos ejemplares eran de la especie *dactylifera*.

Regresé junto a mi «objetivo» y, adornando la nueva inspección con teatrales levantamientos de brazos, rodeé las palmas por dos veces. En la segunda vuelta me detuve y permanecí unos instantes semioculto por el alto brocal y los troncos. Centuriones y centinelas, atónitos y divertidos, aguardaban inmóviles como estatuas.

Y pulsando el «tatuaje» programé el microprocesador para una doble operación. Suministré los parámetros y con paso reposado, contabilizando mentalmente los segundos, me reuní con el intrigado grupo.

Y situándome por delante de los suboficiales alcé el brazo izquierdo, manteniéndolo vertical durante un par de segundos. Después, recreándome en la necesaria liturgia, lo hice descender con lentitud hasta colocarlo en paralelo con el suelo y con los dedos apuntando al centro de las palmeras. Y el silencio se convirtió en mi aliado.

Cinco segundos...

Cerré el puño, prosiguiendo la cuenta atrás.

Tres, dos...

Y las cadenas de *swivels* de las *Phoenix* fueron «empujadas» hasta la posición correspondiente al oxígeno.

Y las cuatro se «extinguieron» con un discreto trueno.

Y capitanes y soldados, desconcertados, retrocedieron tropezando unos con otros.

Y este ufano explorador, encarándose a los pálidos centuriones, los invitó a examinar el lugar, certificando así la autenticidad del «truco». Pero tuve que insistir. El pánico desplazó a la sorpresa. Y tomando la iniciativa me encaminé en solitario hacia el pozo. Y poco a poco, incapaces de articular palabra y evitando el contacto con quien esto escribe, fueron asomándose a los cuatro profundos orificios, ocupados hasta esos momentos por las raíces. Y los inspeccionaron a placer, buscando incluso en el interior del pozo.

El de los ojos azules, tras lanzar una detenida mirada a los agujeros, me observó con una intensidad que jamás olvidaré. Creo que le comprendí. Pero no pude hacer nada para sacarle de su error. El buen soldado debió de asociar mi «poder» con el de otro Hombre a quien había querido y admirado.

Y a punto de consumarse la segunda fase de la operación, en un tono enérgico los obligué a retirarse hacia la entrada del cuartel. Obedecieron con presteza, sin entender el porqué de aquella nueva, imperativa y bien estudiada demanda. Pronto lo descubrirían.

Y cinco minutos después de la «aniquilación», de acuerdo con lo programado, el microprocesador invirtió los ejes ortogonales de los *swivels*, «conduciéndolos» a las posiciones angulares primitivas. Y las esbeltas *Phoenix* se materializaron instantáneamente.

Esta vez no hubo pánico. Esta vez, los atónitos testigos, como si de una victoria se tratase, estallaron en gritos de júbilo, arrojando al aire cascos, espadas y lanzas. Y alguien, borracho de alegría, me propuso para general. Otros, igualmente aturdidos, solicitaron una inmediata entrevista con el emperador. Y sin poder evitarlo, centuriones y centinelas se arrojaron sobre este desconcertado explorador. Y aupándome por encima de sus cabezas me pasearon como un héroe. Y alertado por el estrépito, el resto de la guarnición terminaría presentándose en el recinto. Y muchos, sin saber siquiera de qué se trataba, se unieron al clamor general, coreando una palabra que me aterrorizó: «*imperator*». Un título que se otorgaba a los que obtenían dos o tres grandes triunfos en los campos de batalla.

Y antes de proseguir quiero y debo hacer un par de reflexiones sobre este «incidente».

En primer lugar nos proporcionaría una visión y un cálculo exactos de lo que podía suceder si abusábamos de los medios técnicos a nuestro alcance. Durante un tiempo, en silencio, lamenté esta exhibición, que a punto estuvo de alterar los verdaderos objetivos de la misión.

Por último, la reacción de aquellos hombres —lógica y natural— sirvió igualmente para entender y compartir los sentimientos del Maestro cuando, tras llevar a cabo uno de sus portentos, se vio asaltado por una multitud enloquecida que pretendía hacerlo rey de Israel.

Dicho esto, continuemos con los acontecimientos tal y como se registraron.

Cuando, al fin, mal que bien, conseguí que los ánimos se calmasen, los centuriones —dispuestos a todo— aceptaron la propuesta, dando las órdenes oportunas para que fuera conducido, a la mayor brevedad, hasta la residencia del gobernador en la ciudad costera de Cesarea. Había logrado mi propósito, sí, pero a un precio que me repugnaba.

Y hacia la hora tercia (las nueve), abrumado por lo

acaecido, me vi cabalgando por la *via maris*, en dirección a Tiberíades. Y, rodeándome, escoltándome como un precioso «tesoro», once jinetes armados. Y durante algunas millas, con la «proa» del Ravid a la vista, pensé en mi hermano. ¿Hubiera aprobado aquella estrategia?

Pero debo ser más positivo. La verdad es que a partir de la «demostración» todo discurrió a buen ritmo y de forma satisfactoria para quien esto escribe. El camino hasta Cesarea, merced a los respetuosos y disciplinados componentes de la decuria, transcurrió sin incidentes y en un tiempo récord. Informado de la urgencia de la misión, el decurión que mandaba la fila marcó desde el principio un galope corto pero constante, tratando de ganar los ochenta y siete kilómetros antes de la hora décima (las cuatro de la tarde).

Y como suponía, al avistar las puertas de la capital del *yam*, el decurión giró a la derecha, enfilando la ruta que yo conocía y que he descrito en páginas anteriores: la de Caná. Y al llegar a las proximidades del «infierno» de los «mamzerîm», el jefe de la patrulla, sin mirar atrás, levantó la jabalina que portaba en la diestra y, sin palabras, desplazándola a derecha e izquierda, transmitió una orden a sus hombres. Y ante mi sorpresa, los diez jinetes tomaron nuevas posiciones, formando un escudo protector. Seis de ellos se situaron inmediatamente detrás del decurión, dibujando una punta de flecha y ocupando la totalidad de la polvorienta carretera. Los cuatro restantes continuaron galopando a mis espaldas, cerrando el triángulo. Y al penetrar entre las chabolas, como un solo hombre, la decuria golpeó los flancos de las caballerías, lanzándolas a un furioso galope. Y las picas fueron inclinadas hacia el suelo. Y aquel tramo, percibiendo el tenaz golpeteo de las ampolletas de barro de los medicamentos en los riñones, medio cegado por la polvareda y temiendo el atropello de cualquiera de aquellos infelices, fue sin duda el más angustioso de todo el viaje. Hombres, mujeres, niños y reatas de onagros, advertidos por el griterío, tuvieron el tiempo justo para apartarse. Y a nuestras espaldas se escucharon toda suerte de imprecaciones.

Dejado atrás el poblado, el *contus* o lanza del decurión volvió a levantarse, indicando a los jinetes que retornaran a la primitiva formación. Y los sudorosos caballos frenaron la marcha, acomodándose a un trote ligero.

Al distinguir el cruce a la aldea de Lavi el corazón aceleró. Al pie del camino, en el mismo lugar donde lo auxilié, aguardaba nuestro paso el niño de la «erisipela». Detrás, con la mercadería de siempre, otra vieja «conocida»: la madre. Y al llegar a su altura comprobé feliz que rostro y cabeza continuaban limpios y notablemente mejorados. Y sin poder contenerme agité el cayado, saludándolos. El pequeño, deslumbrado por los brillantes cascos, las cotas de mallas con hombreras, los ovalados y violáceos escudos, las picas, las *spatha* colgando en bandolera y, sobre todo, por los altos y poderosos caballos, no reparó en mi señal. La mujer, en cambio, al reconocerme, se alzó veloz. Y agitando los brazos correspondió al saludo. Algunos de los jinetes la observaron indiferentes. Y de pronto, impulsada por un noble sentimiento, se precipitó sobre los cuencos de arcilla. Atrapó varias de las cebollas y se lanzó a la carrera, en persecución de la decuria. Me estremecí. Dado el rígido e implacable carácter de aquellos soldados era imposible predecir su comportamiento respecto a la buena mujer. Y jadeante, sin dejar de sonreír, consiguió darnos alcance. Y rebasando la hilera de cinco jinetes que trotaba a mi espalda, en un último esfuerzo se arrojó sobre mi caballo, ofreciendo los blancos y engordados bulbos. Y el Destino fue misericordioso. Ninguno de los caballeros hizo ademán de apartar o lastimar a mi «amiga». Tomé los frutos y, sonriendo, le di las gracias. Y allí quedó, satisfecha, diciendo adiós con la mano y envuelta en el polvo y el agradecimiento de quien esto escribe.

Cruzamos raudos ante la posada del «tuerto», alcanzando al poco el desvío que conducía a la blanca y sosegada Caná. A partir de allí, el camino fue nuevo para mí. La patrulla prosiguió hacia el noroeste, ajustando la marcha a las suaves colinas que ondulaban el paisaje. Unas colinas, en las estribaciones de los montes de la Galilea, primorosamente conquistadas por los laborio-

247

sos *felah*. A derecha e izquierda, hasta donde alcanzaba la vista, las faldas eran una interminable sucesión de verdes, blancos y dorados, consecuencia de brillantes y cumplidos olivares, almendros cargados de luz y océanos de trigo y cebada. Aquélla, en efecto, era la auténtica Galilea que recorrió Jesús.

Rodeamos Séforis, capital de la baja Galilea, adentrándonos hacia el sur. Y el lino, en la fase de secado de las cañas, higueras y viñas tomaron el relevo, oscureciendo los menguados valles y cañadas. Algunos campesinos, previsores, podaban ya las altas y retorcidas vides, apuntalando las prometedoras ramas con cañas y estacas. En cada plantación, como ordenaba la ley, se alzaban una o varias torres de piedra de hasta diez metros de altura que servirían para la vigilancia durante la vendimia.

Y alrededor de las once descendimos hacia la estrecha y larga planicie de Jezreel, uno de los graneros de Israel.

Este explorador no salía de su asombro. La disciplina y austeridad de aquellos jinetes eran realmente espartanas. Ni uno solo abrió la boca. Ni uno solo, en las dos horas de marcha, echó mano de la cantimplora. De vez en cuando, el jefe de fila volvía la cabeza, interesándose en silencio por el estado de hombres y monturas. Sólo en una ocasión me atreví a ofrecer al decurión las jugosas cebollas. Fue al atravesar los campos de lino de Séforis. El sudor oscurecía los rojos y ajustados pantalones que les cubrían hasta la mitad de la pierna, empapando igualmente las camisas violetas de manga larga. Pero las rechazó con una media sonrisa. Y prudentemente las devolví al saco de viaje.

Saltamos sobre el río Kishon y, conocedores del terreno, apretaron la marcha, cubriendo al galope los cinco últimos kilómetros de llanura. No les faltaba razón. Entre el oro de los maduros trigales, el turquesa de las hortalizas y el azabache de los rastrojos de cebada recién calcinados, menudeaban charcas y lagunas de escasa profundidad, encapotadas por zumbantes manchas de mosquitos. Minutos más tarde, al atacar la cadena montañosa del Carmelo, respiramos aliviados. E iniciamos una arisca subida. La calzada, pacientemente enlosada por los audaces ingenieros romanos, trepaba y se dejaba caer entre pronunciados precipicios. A partir de allí el paisaje se cerró y nos adentramos en un frondoso bosque, tan abundantes en aquella Palestina del tiempo de Jesús. Y caballos y jinetes agradecimos la umbría. Y durante poco más de media hora disfruté con el perfume y la música de la espesura y el obstinado juego del sol entre los árboles. Una masa boscosa en permanente competencia, aunque dominada por el incorruptible *berosh* (nombre genérico dado por los judíos a las tres especies de cipreses siempreverdes), el sagrado y majestuoso *allon* o roble del Tabor, el *tidhar* o durillo de flores blancas (la «gloria del Carmelo»), el *tirzah* o pino piñonero, con sus protectoras copas en forma de sombrilla, y su hermano, el *Etz shemen*, el pino de Alepo, también «orgullo del Carmelo», con las olorosas y rezumantes cortezas saturadas de taninos. Y comprobé con asombro la extraordinaria proliferación de ardillas «pelirrojas», asomándose curiosas y confiadas a nuestro paso o mordisqueando indiferentes entre el ramaje el rico surtido de bayas. Y aquí y allá, escapando, palmoteando y replicando a los trinos de escondidos congéneres, bandadas de palomas bravías, certeros vencejos de timones circulares, gorriones «chillones» adornados de plata y, sobre todo, las serenas *bonelli*, las águilas de «trajes» blancos y moteados, adiestrando a las crías en los profundos desfiladeros. El espectáculo me sobrecogió. Cada *bonelli* (*Hieraetus fasciatus*) portaba sobre las alas a uno de los polluelos, dejándolo caer desde trescientos o cuatrocientos metros. Y el aguilucho, aterrorizado, batía los cortos remos, en un vano intento de vencer la gravedad. Y a un centenar de metros de la vaguada, cuando el desastre parecía inevitable, la madre plegaba las alas, dirigiéndose en picado hacia la inexperta cría. Y con una precisión impecable la atrapaba entre las garras, remontando el vuelo hacia el nido. Y vuelta a empezar hasta que el pollo conseguía valerse por sí mismo. Y empecé a intuir el porqué del profundo amor del Maestro por aquella hermosa naturaleza.

Pero la diversión fue súbitamente interrumpida. En uno de los recodos apareció ante nosotros una pequeña fortificación con altos muros de piedra caliza y una torre igualmente blanca y aparentemente desproporcionada. En un primer momento no entendí la razón de aquellos casi veinte metros de altura. Pronto lo averiguaría. Y quedaría nuevamente maravillado ante el ingenio de aquel ejército.

El lugar recibía el nombre de Capercotnei. Se trataba, en realidad, de un modesto puesto de vigilancia y una estación de avituallamiento y descanso para las tropas que iban o venían de la costa mediterránea al *yam*. La privilegiada ubicación —en una cota de quinientos metros— permitía el control de la gran llanura que acabábamos de cruzar y de la ruta que descendía por el sur al encuentro con la plataforma costera de Sharon.

Y el decurión, alzando la pica, dio la orden de desmontar. Y al punto fuimos rodeados por varios de los infantes de servicio en el fortín. Intercambiaron algunas palabras y, haciéndose cargo de los caballos, los condujeron al interior. Y el decurión se fue tras ellos. Y siguiendo el ejemplo de los jinetes, me acomodé a la sombra de los corpulentos robles, aprovechando el respiro para reponer fuerzas. Los hombres, en silencio, abandonaron los *contus* y escudos y, desembarazándose de los pesados cascos de hierro, limpiaron con los dedos los chorros de sudor que resbalaban por sienes, mejillas y cuellos.

Y tomando las cebollas, vencida la inicial resistencia, fui a repartirlas entre los impenetrables soldados. Ni uno solo sonrió o dio las gracias. Se limitaron a trocearlas con una de las largas espadas, devorándolas o sorbiendo el jugo con avidez. Y con una frialdad e indiferencia pasmosas terminaron con las existencias, dejando a quien esto escribe con un palmo de narices. Al poco, sin embargo, tres de los mercenarios destinados en la colina se aproximaban al grupo, proporcionándonos sendas raciones de cecina y *posca* en abundancia. Rechacé el agua

250

con vinagre, aceptando un menguado tajo de aquella carne salada y desecada.

Y en esos instantes, algo brilló en lo alto del torreón. Y comprendí el porqué de la supuestamente exagerada altitud de la construcción. Cuatro soldados, entre los que distinguí al decurión, manipulaban una enorme y pulida plancha cuadrada de bronce de unos dos metros de lado. Y dirigiéndola hacia el sudoeste, inclinándola ligeramente, procedieron a reflejar la luz solar, lanzando una serie de destellos que, obviamente, no supe descifrar. Por la posición del «espejo», las señales parecían dirigidas a la ya próxima ciudad de Cesarea. Me puse en pie, intentando localizar un posible destello de respuesta. Pero el intrincado bosque, con sus decenas de kilómetros cuadrados, imposibilitó el empeño. A los cuatro o cinco minutos, concluida la «transmisión», ocultaron la «lámpara» en el piso de la torre y con las miradas fijas en el horizonte esperaron. Supongo que recibieron puntual contestación al «mensaje» porque, al poco, levantando de nuevo la plancha, repitieron la operación, pero ciñéndose a tres o cuatro breves rebotes solares. Finalmente desaparecieron

Y con el sol en el cenit el jefe de la decuria retornó junto a sus hombres. Tras él, los caballos debidamente abrevados. Y saltando sobre la silla de cuero y piel de borrego de aquel dócil y joven corcel tordo me dispuse a reanudar el viaje. En contra de lo que suponía, el decurión guardó silencio sobre la comunicación con el cuartel general del gobernador. Pero el «aviso» estaba cursado y quien esto escribe no tardaría en comprobar la eficacia del «sistema».

Y durante una media hora descendimos por la vertiente sur del Carmelo, reuniéndonos con las fuentes del *nahal* Iron, un cristalino y ruidoso tributario del río Hadera, que hacían prosperar las inmensas y ricas plantaciones de frutales, cereales y legumbres de la no menos afamada planicie de Sharon.

Y rondando las tres de la tarde (la hora nona), antes de lo calculado, con un postrero y alegre galope, la patrulla se abría paso entre los enfurecidos y gesticulantes viajeros y caravaneros que entraban o salían de la sorprendente Cesarea.

¿Sorprendente?

La verdad es que me cuesta trabajo encontrar el calificativo preciso.

Cesarea no guardaba relación alguna con lo que llevaba visto. Aquella pujante y ruidosa urbe, fundada por el rey Herodes el Grande (1), era la sublimación del color blanco y del paganismo. Ni siquiera en la Decápolis, entre las ciudades helenizadas, ni Eliseo ni quien esto escribe pudimos hallar un «clima», un estilo y unas costumbres tan romanizados como en aquel lugar. Herodes, al construirla, quiso halagar al emperador César Augusto y los romanos supieron aprovechar el derroche arquitectónico, convirtiéndola en la capital administrativa y militar de la provincia.

Al contemplarla en la distancia quedé deslumbrado, como digo, por su absoluta y dominante blancura. Todo en aquel gigantesco semicírculo de 3 000 hectáreas era plateado. Todo limpio y cuidado. Todo meticulosa y sabiamente diseñado.

La alta muralla, de un kilómetro de longitud, fue trazada como un arco protector que cubría la totalidad del flanco oriental. Y cada centenar de pasos, redondas y sólidas torres de vigilancia de diez metros de diámetro.

Por el norte, muy cerca de una de las tres monumentales puertas que perforaban la blanquísima caliza de la muralla, se alineaban en paralelo dos acueductos de ocho millas (14,4 km) que transportaban las aguas del Carmelo.

(1)   En sus obras *Antigüedades* (15, 9) y *Guerras* (1, 21), el historiador judío-romanizado Flavio Josefo explica cómo el rey «constructor» (Herodes el Grande) «había visto a lo largo del mar un lugar llamado Torre o Pirgo de Estratón cuyo asiento era muy ventajoso». Y allí, sobre la antigua y decadente población, sin reparar en gastos, fue a edificar una espléndida villa y un puerto —réplica del famoso Pireo—, al estilo de los mejores núcleos del momento. Y la llamó Cesarea, en honor al emperador César Augusto. Fue iniciada el año 22 a. de C. y concluida hacia 9 a. de C. Tres años más tarde, Roma la designaba residencia oficial de sus gobernadores en Judea. *(N. del m.)*

Y a punto de cruzar bajo el arco de la puerta este (en el centro geométrico de la muralla), el decurión, alzando la jabalina, saludó a la media docena de infantes que montaba guardia en las torres gemelas que despuntaban a cada lado del portalón. Y la decuria le imitó, levantando las diez picas. Y los centinelas replicaron con el brazo en alto.

Nada más traspasar la muralla los jinetes se detuvieron. Y obedeciendo una señal, variaron la formación. La mitad fue a colocarse a la izquierda y el resto protegió mi costado derecho. Y al paso, con las afiladas lanzas apuntando nuevamente hacia el exterior, envarados, graves y orgullosos, iniciaron la marcha por la arteria principal, el *cardo maximus*.

Instintivamente volví la cabeza. No me equivoqué. Uno de los soldados, provisto de un espejo, hacía señales luminosas desde una de las torres, en dirección al mar.

Y de nuevo aquel blanco insultante. Edificios, calles, plazas, fuentes, monumentos, columnas, todo destellaba con una claridad difícil de encontrar en aquella Palestina generalmente sucia, embarrada, polvorienta y hermanada con el adobe y la pobreza.

Y reconocí la maestría y el exquisito gusto del sanguinario tirano, tan escasamente conocido como ingeniero hidráulico y constructor. Herodes el Grande debió de sentirse satisfecho al concluir semejante maravilla. En esta visita tuve la magnífica oportunidad de constatar el inmejorable trazado de la villa. Prácticamente todas las calles desembocaban en el mar. El gran semicírculo aparecía dividido con precisión por dos arterias capitales que se cruzaban formando una cruz, según el modelo imperante en el urbanismo grecorromano.

Mármol y caliza habían sido derrochados sin medida. Enlosados, fachadas, estatuas, templos, teatro, anfiteatro y columnatas competían entre sí, eclipsando a los pórfidos verdes y rojos de Laconia y Jebel Dhokan (Egipto). Sólo el azul de un Mediterráneo siempre enojado y el arco iris de las extensas rosaledas se atrevían a rebelarse contra la cegadora luz de la ciudad de «los rascacielos». Y digo bien: «rascacielos».

Nada más penetrar en la «avenida» principal, entre el bullicio de gentes de mil orígenes, caballerías, escandalosos buhoneros, patrullas de infantes, pausados palanquines y literas transportados por esclavos, mendigos, desocupados y matronas en permanente regateo con artesanos y comerciantes, me vi nuevamente sorprendido por unas edificaciones que corrían a uno y otro lado del *cardo maximus*. Eran las famosas *insulae*, tan de moda en aquel tiempo. Unos bloques de viviendas de cinco y seis alturas, similares a los modernos (?) apartamentos del siglo XX. Algunas de aquellas construcciones, desafiando las disposiciones de Augusto, superaban incluso los setenta pies (alrededor de 23 metros). Unas proporciones realmente peligrosas, dados los métodos de construcción de la época. En el fondo, todo está inventado. La verdadera justificación para tan arriesgadas «colmenas» había que buscarla en la ambición de constructores y propietarios. Aunque las *insulae* nacieron como consecuencia de la estrechez de la vieja Roma, obligando a edificar hacia lo alto, el «hallazgo» no tardaría en revelarse como un próspero negocio. Cada planta era alquilada o vendida a precios que iban descendiendo conforme se ganaba en altura. Así, en la parte baja o noble se instalaban generalmente los individuos más favorecidos por la fortuna o se abrían las no menos célebres *tabernae*, auténticas cadenas de tiendas y «supermercados» que poco o nada tenían que envidiar a los de nuestro tiempo. En los pisos superiores, cada apartamento o *cenaculum* disponía de una escalera exterior, con anchos vanos hacia la calle. Y como verificaríamos en el tercer «salto», en aquellas viviendas —prácticamente idénticas y con superficies que rondaban los cuarenta metros cuadrados— se hacinaban hasta dos y tres familias. La mayor parte de estos pisos de «alquiler» pertenecía a los ricos propietarios de las *tabernae*. (El gran Marco Tulio Cicerón, dueño de varias de estas tiendas, fue un excelente innovador en materia de «grandes almacenes».) Según mis noticias, el número aproximado de *tabernae* existentes entonces en la ciudad: más de seiscientas. Y muchas de ellas bajo el control de las castas sacerdotales de Jerusalén y —cómo no— del ambicioso y corrupto gobernador. En estas cadenas de tiendas, como espero detallar más adelante, el comprador —judío o gentil— podía encontrar lo que desease. Desde el último «grito» en calzado o vestuario hasta retorcidos elementos de tortura para los siervos, pasando por pájaros y animales exóticos, dientes postizos, piedras preciosas, inventos hidráulicos para mover molinos, amuletos, nieve recién transportada desde el Hermón y la más amplia colección de «preservativos», confeccionados con toda suerte de intestinos.

Aquel tumulto resultaba ensordecedor. Nunca comprendí cómo los cien mil habitantes de semejante manicomio podían descansar o conciliar el sueño. Y salvando las distancias, me uní a la justificada queja de Marcial en sus *Epigramas* (1).

Y lentamente, ante la morbosa curiosidad de aquel río de griegos, sirios, egipcios, judíos, mesopotámicos y negros africanos, que nunca supieron si el hombre que

(1)   El poeta latino de origen hispánico, en su libro 12 (57) se lamenta del insoportable ruido que castigaba a la Roma de la segunda mitad del siglo I. Y escribe textualmente: «¡Cómo vivir en Roma! Lo que es en Roma, Esparso, el hombre pobre no puede ni pensar ni dormir. ¿Cómo vivir, dime, con los maestros de escuela por la mañana, con los panaderos por la noche y con el martilleo de los caldereros durante el día? Aquí hay un cambista que se divierte haciendo sonar sobre su sucio mostrador las monedas marcadas con la efigie de Nerón; allá, un batidor de cáñamo, cuyo mayal reluciente golpea sobre la piedra el lino traído de España. En cada instante del día puedes oír gritar a los fanáticos sacerdotes de Belona, al náufrago charlatán que lleva consigo una alcancía, o al judío al que su madre ha enseñado a mendigar...

»Quien contara las horas de sueño perdidas en Roma, podría contar fácilmente el número de manos que golpean los barreños de cobre para hechizar la luna... Me despierta el escándalo de los transeúntes: Roma entera está en mi cabecera. Cuando se apodera de mí el asco y quiero dormir, corro hacia el campo.» *(N. del m.)*

cabalgaba entre las filas de jinetes era un prisionero o un personaje distinguido, fuimos aproximándonos al «corazón» de la urbe: el gran foro.

En la intersección de las dos anchas arterias principales, Herodes había levantado otra soberbia obra arquitectónica: un *tetrapilon* o arco triunfal de cuatro puertas, todo él en mármol dolomítico de un dulce y pálido amarillo, extraído de las canteras de Tessino. Se trataba, evidentemente, de un nuevo y adulador gesto hacia la figura del que fuera su amigo, el emperador Augusto, «inventor» de los arcos triunfales. Vanos, vigas y áticos aparecían cubiertos con medallones y bajorrelieves alusivos a los triunfos del César. Y en lo alto, dos cuadrigas de elefantes conducidas por sendas y gigantescas estatuas en bronce sobredorado del divino Octavio. Y en torno al *tetrapilon*, en una pulcra y generosa explanada rectangular, réplicas perfectas, a menor escala, de algunos de los monumentos del genuino foro de Roma: los templos bellísimos, casi nacarados, de Apolo (dios protector de Augusto), Marte Vengador (construido por el fallecido emperador después de emprender la guerra de Filipos) y Júpiter Tonente, así como una basílica Emilia, sede de la vida judicial de Cesarea, y otras dos estatuas de doce metros del inevitable Augusto.

Dejamos atrás el foro y, libre de los cientos de ciudadanos y animales que hacían hervir la calzada, la decuria tronó sobre el inmaculado pavimento, animándose con un trote moderado y uniforme. E irrumpimos en un parque cuyos límites no llegué a precisar. Y volví a maravillarme. Entre rosales, surtidores, sauces llorones, álamos canos y estanques de las más diversas formas geométricas se alzaban decenas de jaulas con una adormilada colonia de felinos, búfalos africanos, agresivos mandriles, osos pardos del Hermón, pequeños elefantes asiáticos y numerosos representantes de antílopes y cérvidos de la alta Galilea y las montañas de Judá. Y en el centro del «zoo», coronando un modesto peñasco de unos treinta metros de altura, otro espejeante templo en mármol blanco-azulado, erigido exclusivamente a la memoria del hombre que confirmó a Herodes el Grande como *rex so-*

cius: Octavio Augusto. Y en su interior, aunque no pude descubrirlo hasta más tarde, la enésima efigie del César vencedor de Accio y una copia de la estatua de Roma similar a la de Hera, ubicada en Argos. Aquella construcción, con dos fuegos perpetuos al final de las escalinatas, servía de faro y referencia a los navegantes.

Minutos más tarde, en el recinto del cuidado parque, aparecía ante este desbordado explorador la fortaleza y residencia de Poncio.

Y penetrando por uno de los altos y angostos portalones concluyó el acelerado y agotador viaje.

A partir de esos momentos la peripecia en Cesarea discurriría a un ritmo endiablado. En las siguientes quince horas —hasta el definitivo y precipitado abandono de la ciudad— sucedió de todo y con un encadenamiento que me desconcertó.

Ni que decir tiene que nuestros movimientos se hallaban escrupulosamente controlados desde el intercambio de señales luminosas en Capercotnei.

Y nada más pisar el patio, sin tiempo casi para desmontar, uno de los *optio* abordó al decurión, saludando brazo en alto. El jefe de fila extrajo un delgado rollo de papiro del interior del cinturón, que entregó al suboficial. Supuse que se trataba de un informe de los centuriones de Nahum.

Y al instante, a una señal del *optio*, dos de los infantes armados que integraban la *excubiae* o guardia de día en aquel sector, sin mirarme siquiera, procedieron al acostumbrado registro de ropas, saco de viaje y bolsa de hule. Negaron con la cabeza y el veterano *optio*, movido por una incontenible prisa, ordenó que lo siguiera.

Quise despedirme de la decuria. Imposible. Los once jinetes se alejaban ya hacia uno de los túneles abovedados tirando de los ronzales de las doce caballerías. Y me vi asaltado por una inquietante pregunta: ¿cómo me las arreglaría para regresar al lago? Y encogiéndome de hombros procuré olvidar el asunto, concentrándome en el importante «objetivo» que me había arrastrado hasta aquella enrevesada fortaleza, más blanca si cabe que la ciudad que acababa de atravesar.

Enrevesada, sí. Ésa sería la definición. A pesar de los esfuerzos por fijar y retener referencias, la confusa disposición de escaleras, pasillos, patios interiores, pasadizos y dependencias en general de la residencia del gobernador hizo inviables los intentos de ubicación en su interior. El contratiempo me inquietó. Si surgía algún incidente, ¿cómo escapar de semejante dédalo?

Y tras ascender cuatro empinados tramos de escalones, en los que nos cruzamos con algunos centuriones armados, el presuroso *optio* y quien esto escribe desembocamos en otro silencioso y brillante corredor de mármol frigio, magníficamente veteado por galaxias violetas. Un sol en retirada abordaba las troneras practicadas a nuestra izquierda, montando su propia guardia. En la lejanía distinguí un Mediterráneo encabritado por el tozudo viento del oeste.

Medio cegado por los reflejos luminosos, caminando siempre detrás del suboficial, no reparé en Civilis hasta que lo tuve encima. Evidentemente nos aguardaba, pero no al griego de Tesalónica. Al comprender que el «poderoso mago» reclamado por el gobernador era quien esto escribe, el pétreo e inexpresivo rostro acusó cierta sorpresa. Pero, saludando brazo en alto, se limitó a pintar un amago de sonrisa.

No portaba armadura ni casco. Sólo la corta túnica roja, al igual que los infantes, y las inseparables armas: *gladius* a la izquierda y el familiar puñal con la empuñadura en forma de antílope en pleno salto.

Recibió el rollo y, sin más preámbulos, me invitó a que lo acompañara. En aquel instante, el *optio* cayó en la cuenta de algo que pasó inadvertido en el registro. Señaló la «vara de Moisés» y trató de hacerse con ella. Y aunque conocía el reglamento, el instinto se impuso y me resistí. Las educadas protestas del suboficial llamaron la atención del *primipilus* y centurión-jefe de la cohorte. Y dando media vuelta, con un imperativo cimbreo de la vara de vid, indicó que no importunara, obligándole a retirarse. Agradecí la concesión, añadiendo con un punto de humor que «mis poderes no hubieran sido los mismos sin el *lituus*» (el bastón curvo de los augures). No respondió. Y siguió impasible hacia el fondo del pasillo. Nunca me acostumbré a la frialdad de aquel corpulento soldado. Pero tampoco me defraudó.

Y al alcanzar la blanca puerta de doble hoja que se alzaba entre las paredes violetas, los dos centinelas que custodiaban el lugar franquearon el paso, retirando mecánicamente las picas que mantenían cruzadas en aspa. Y continuaron rígidos como los hierros de sus *pilum*.

Civilis saludó golpeando el pecho con la *uitis* y, decidido, empujó la madera.

Imaginé que Poncio se hallaba en aquella estancia. Pero no. La sala aparecía solitaria. Allí me esperaba la primera de las pruebas a que debería enfrentarme en la intensa jornada de aquel lunes, 8 de mayo. Unas pruebas con un desenlace insospechado...

El *primipilus* avanzó despacio. Y al llegar al centro, agitando el sarmiento, me animó a penetrar sin miedo en el sorprendente recinto. La verdad es que, atónito, quedé clavado a un metro de la puerta. Y al comprobar mi sorpresa esbozó otro simulacro de sonrisa. Pero siguió mudo.

¿Lujo? Lo que recordaba de la torre Antonia, en Jerusalén, era un pálido reflejo ante lo que se ofrecía a mis perplejos ojos.

Aquel salón cuadrado, de unos diez metros de lado, me dejó boquiabierto. Jamás pude imaginar hasta dónde llegaba el refinamiento del representante de Roma. Pero los «descubrimientos» apenas habían comenzado.

Y durante algunos minutos, ante la burlona mirada del enigmático centurión, paseé intrigado y maravillado entre las altas paredes.

¿Paredes? Sí y no...

Todo en aquella sala —paredes, suelo y techo— era un espectacular espejo, armado con láminas de plata bruñida que refulgían a la luz de tres audaces ventanales abiertos en el lado opuesto a la puerta. Y entre el deslumbrante revestimiento, sujetos y dirigidos por las junturas de las planchas, enredaderas y jazmines que trepaban hasta la techumbre, verdeando y perfumando el lugar.

Y en las esquinas, a manera de centinelas, cuatro soldados nubios de casi dos metros de altura, con lanzas y escudos, todo ello tallado en el negro, noble y costoso corazón del *hbu*, el ébano egipcio. Al explorarlos, el desconcierto fue en aumento. Los brazos articulados, la pierna izquierda ligeramente avanzada y el agrietamiento y deterioro generalizado me hicieron sospechar que, en efecto, se trataba de piezas egipcias de gran antigüedad. Quizá de Assiût, de la doce dinastía. Pero ¿cómo era posible? Conocía la afición del gobernador por todo lo egipcio. Sin embargo, aquello se remontaba muy probablemente al Reino Medio. Es decir, a los años 1700 al 2000 antes de Cristo.

No podía ser...

El resto del mobiliario lo integraba una mesa, un sillón-trono y dos taburetes. Habían sido dispuestos a corta distancia de los ventanales. Desde el asiento principal se disfrutaba de una relajante visión del mar.

Y con la inspección de aquellos enseres regresaron las sorpresas.

La espléndida mesa, en cedro macizo, con los pies engastados en zuecos de plata, presentaba unas patas finamente labradas con grupos de jeroglíficos igualmente egipcios que, en una primera y apresurada lectura, me recordaron los *anj*, los signos de vida.

Los taburetes, de unos cuarenta y cinco centímetros de alzada, con patas blancas, rematadas por garras de felinos, me pusieron sobre la pista del posible origen de las valiosas piezas. Entre las finas varillas de madera dorada que fortalecían dichas patas se distinguía el símbolo de la «reunión de las dos tierras», con los lirios y papiros atados alrededor. Pero rechacé la idea. La hipótesis resultaba descabellada. Los asientos, cóncavos, se hallaban aliviados con mullidos almohadones de plumas.

Y al aproximarme al sillón-trono y leer los nombres de aquellos dos dioses egipcios, la aparentemente absurda teoría cobró nueva fuerza, estremeciéndome. ¿Me estaba volviendo loco?

El «trono», de un metro de altura por unos setenta centímetros de largo y alrededor de cincuenta de fondo, era un soberbio tesoro. El respaldo, delicadamente curvado, aparecía ensamblado en un taburete con patas cruzadas y esculpidas en forma de cabezas de patos salvajes. La totalidad de la madera era un resplandeciente y lujurioso derroche de oro, marfil, pasta de vidrio, diminutas gemas y tierra barnizada de turquesa y lapislázuli. Y en lo alto del respaldo, como digo, entre otros jeroglíficos, dos nombres bien conocidos por este explorador: Atón y Amón.

Repasé incrédulo el friso superior. No había duda. Allí, entre el *uraeus* (las cobras azules y doradas), resaltaba el inconfundible disco de Atón, con el nombre del legendario dios en sendos cartuchos.

¿Atón?

La pista conducía al Reino Nuevo (entre los años 1000 y 1580 antes de Cristo). Más concretamente a la decimoctava dinastía egipcia. Un dios, un faraón y un periodo de Egipto que —casualmente (?)— fueron una de las pasiones de mi juventud...

Y abrumado volví a desestimar lo que parecía evidente. Seguramente se trataba de magníficas réplicas...

Sobre el tablero de la regia mesa se apilaban algunos pergaminos, perfectamente enrollados y depositados en una bandeja de plata. Y a su lado, echando por tierra mis buenos propósitos de olvidar aquella «locura», la última (?) sorpresa: una paleta de escribano de unos treinta centímetros de longitud, confeccionada en finísimo marfil, con dos panes de tinta roja y azul alojados en sendas cavidades circulares. Y en el centro de la caja, un depósito rectangular con un buen surtido de cálamos. Y entre las minúsculas incrustaciones de obsidiana, cornalina y vidrio coloreado, unos jeroglíficos reveladores con los nombres del faraón Tutankhamen, «amado de los dioses Atum, Amón-Ra y Thot»

El dios Atón y el rey Tutankhamen. ¿Es que Poncio...?

Desolado, alcé la vista, buscando a Civilis. Pero el centurión, con el rostro vuelto hacia la puerta, se hallaba pendiente del recién llegado. Y dejando para mejor ocasión la terrible sospecha me apresuré a reunirme con el *primipilus*.

La escasa talla (alrededor de 1,55 metros), el voluminoso vientre y aquel peluquín, en un amarillo rabioso, lo hacían inconfundible. Y un Poncio descalzo, nervioso y mal encarado irrumpió en el «despacho». Levantó el brazo derecho con desgana y con los azules y «saltones» ojos fijos en los espejos del pavimento fue a sentarse en el trono. Creo que ni me miró.

Rodeamos la mesa, permaneciendo en pie ante el contrariado gobernador. Por un momento temí que el causante de la agria actitud fuera justamente este explorador. Y dirigiéndose a su hombre de confianza preguntó en un latín preñado de borrascas:

—¿Ha llegado?

La interrogante me confundió. Civilis, imperturbable, negó con la cabeza.

Poncio enrojeció. Atusó con nerviosismo el estudiado flequillo que caía sobre la frente y resoplando como una ballena maldijo entre dientes a no sé qué familia de caravaneros. Respiré con alivio. Al parecer, el asunto no iba conmigo…, de momento. De todas formas, ante lo oscuro del panorama, redoblé la guardia.

Y, liberando un profundo suspiro, agitó los sonrosados y rollizos dedos, reclamando el mensaje que sostenía el centurión. Y en silencio, en un incómodo silencio, le tendió el rollo redactado por los responsables de la guarnición de Nahum.

Rompió el lacre mascullando algo relacionado con su esposa Claudia y la cena de aquella noche. Miré de soslayo a Civilis, pero sólo encontré una expresión helada, casi ausente.

Y desenrollando el papiro, como si intentara centrarse en el problema que le había llevado hasta allí, me observó fugazmente. Pero el hinchado y lechoso rostro se inclinó de nuevo sobre el comunicado, olvidándome. Una de dos: no me reconoció o el enfado era de tal calibre que no se dignó pronunciar una palabra de saludo o cortesía. Y esperé pacientemente.

Su atuendo, conforme con las altas temperaturas de

262

la costa, era más ligero y confortable que el exhibido en Jerusalén: túnica de seda púrpura con brocados de oro en cuello y mangas y un cíngulo blanco, trenzado con fibras de lino.

Al principio leyó sin interés. Después, según avanzaba, el rítmico tamborileo de los dedos sobre el cedro fue espaciándose hasta extinguirse por completo. Y una negra sombra planeó sobre la sala.

Y aquel «pícnico», de temperamento voluble e imprevisible, abandonó la lectura. Y con acero en la mirada interrogó a Civilis:

—¿Dos soldados desarmados?

El centurión, que obviamente no conocía el contenido del relato, replicó con un gesto vago. Acto seguido, descargando ira y sorpresa sobre el insolente griego que había osado ridiculizar a sus hombres, amenazó en *koiné*:

—¿Sabes que puedo encadenarte por esto?

Y antes de que acertara a responder, ignorándome, se sumergió de nuevo en el papiro, devorándolo.

El *primipilus* me invadió con la mirada. Negué con la cabeza, tratando de equilibrar el reproche.

Poncio palideció. Levantó nuevamente el rostro e, incrédulo, me recorrió de pies a cabeza. Y fue a aferrarse al pequeño falo de marfil que colgaba del corto y seboso cuello. Los labios temblaron. Y no dando crédito a lo que acababa de leer, sin despegar la vista del texto, repitió en voz alta uno de los párrafos:

—... «y este griego, que dice llamarse Jasón y que afirma disfrutar de la amistad de su excelencia, por la gracia de su poder, sin truco o artificio conocidos, hizo aparecer las palmeras en el mismo lugar que siempre ocuparon...»

Soltó el documento sobre la mesa y perplejo, chasqueando los dedos, se puso en pie.

—¡Jasón!... ¡El del salvoconducto!... ¡El adivino!

Comprendí. El desmemoriado gobernador no me había reconocido.

Sonreí tímidamente sin saber a qué atenerme. No me equivocaba.

Sin dejar de juguetear con el falo volvió a sentarse, repasando el informe de Nahum. Y el papiro tembló entre las regordetas manos. Y no supe qué era peor: un Poncio colérico o presa de un miedo supersticioso.

Se removió inquieto. Por último, tendiendo el rollo al centurión, preguntó algo que molestó a Civilis:

—¿Son de confianza?

El soldado examinó los nombres de los firmantes y sin leer el oficio respondió con un rotundo y desafiante «Por supuesto». El rostro, empedrado por naturaleza, se ensombreció ante la injusta sugerencia del gobernador. Y Poncio, agradeciendo la sinceridad de su jefe de cohorte, ladino e incombustible, cambió de táctica. Besó el falo y, mientras esperaba el veredicto del centurión, se dedicó a observarme con una curiosidad malsana. Pero sostuve la inquietante mirada. Y la gravedad de mi semblante le hizo comprender que no se hallaba ante un hombre asustado. Y la duda siguió anidando en aquel ser inestable, beneficiando mis planes.

Civilis devolvió el papiro.

—Y bien...

A pesar de su natural escepticismo no titubeó. Y fue a posicionarse del lado de sus compañeros.

—Si ellos lo han visto —sentenció con aplomo—, yo lo he visto...

El gobernador sonrió complacido, descubriendo los tres dientes de oro y la negra caries que lo consumía. Y midiendo las palabras entró al fin en lo que me interesaba:

—Astrólogo y también mago...

—A tu servicio —me apresuré a fingir.

—Vayamos por partes —cortó sin miramientos—. Aquí dice que te haces responsable del «abrasamiento» del *gladius*.

Asentí en silencio.

—...lo que no entiendo es por qué te presentas voluntariamente ante la guarnición de Nahum y ahora ante mí. Desarmar y herir a mis hombres es un delito grave.

—Nada tengo que ocultar. Sencillamente me defendí

—repuse, imaginando que en el informe no constaba la declaración de «defensa propia»—. Y tus valerosos mercenarios poco pudieron hacer ante mi poder.

La osadía lo desconcertó.

—...y si estoy ante tu presencia —remaché con frialdad— es porque cumplo las leyes. Según mis noticias has cursado una orden de captura de ese «poderoso mago». Pues bien, aquí me tienes. Aclararé cuanto desees. Más aún: te beneficiaré con mis poderes.

Me miró con desconfianza.

—¿Beneficiarme?...

Y tocó el punto clave:

—...y tú ¿qué sacarás a cambio?

—Algo simple y que está al alcance de tu generosa mano...

No pude concluir. Se alzó e, irritado, rodeó la mesa, aproximándose a quien esto escribe en actitud amenazadora. Y aupándose sobre las puntas de los dedos vociferó a una cuarta de mi pecho:

—¿Te atreves a pedir?... ¿Sabes que podría encerrarte? Peor aún —se retorció en su cólera—, ¿sabes que puedo disponer de tu vida?

Resistí la acometida. Y con voz pausada, deslizando un torpedo entre las palabras, repliqué:

—Sé que no lo harás. La guarnición de Nahum, al comprobar mi magia, habló de informar de inmediato al divino emperador...

Se sobresaltó. Y el grana se difuminó, dando paso a la palidez. Y rematé sin piedad:

—...a Tiberio y Sejano no les agradaría saber que Jasón, discípulo de Trasilo, el astrólogo del César, ha sido encarcelado o ejecutado.

Retrocedió tembloroso. Y lancé el cebo:

—...pero no temas, querido gobernador. Agradecido por tu generosidad en Jerusalén, quiero que seas tú quien informe a Roma y, si lo estimas oportuno, te conviertas en mi protector.

—¡Sejano!

Poncio balbuceó con horror el nombre del temido general y favorito de Tiberio. Y mirando a Civilis buscó ayuda. Pero el centurión, disfrutando sin duda con la debilidad de su jefe, se encogió de hombros, vengándose del reciente insulto a sus hombres.

—... y a cambio de una nimiedad —concluí suavizando la tensión—, te haré conocedor de algunos de mis secretos.

Y dirigiéndome al *primipilus* hice brillar el cebo:

—Las bravas legiones podrían beneficiarse igualmente de mi extraordinario poder...

Civilis movió los labios con indiferencia. Y comprendiendo que no podía contar con aquel bloque de hielo me concentré de nuevo en el asustado Poncio. Se dejó caer sobre el trono y, ausente, dedicó unos segundos al mensaje de Nahum. Parecía buscar las alusiones a Tiberio y Sejano. E imaginé que tampoco constaban. Y me preparé. La hélice mental, ágil y retorcida, de aquel sujeto giraba a gran velocidad. No debía bajar la guardia. Y así fue.

Consumido el silencio de plomo, juzgando las amenazas como simples bravatas, recuperado el ánimo, musitó casi para sí:

—¿Y quién va a saber que un anónimo y miserable griego ha desaparecido?

Volvió a mostrar los dientes de oro y, lenta y pausadamente, montado en el cinismo, abandonó la mesa, caminando hacia quien esto escribe.

—¿Tus secretos?...

Cruzó altivo ante este explorador y fue a detenerse a la espalda de Civilis. Y las crines negras, colgando sobre la nuca y rompiendo la armonía del postizo, fueron como un aviso. Pero nos sorprendió. Y súbitamente, apoderándose del *pugio* que colgaba en el costado derecho del soldado, saltó hacia este desprevenido griego, introduciendo el puñal entre los pliegues de la túnica, presionando y amenazando mis testículos.

—¿Tus secretos?...

Civilis, desconcertado, echó mano a la empuñadura del *gladius*.

Y Poncio, con una sonrisa triunfal, descubrió la maquinación que acababa de urdir.

—Veamos cuáles son esos secretos. ¿Te atreverás a desarmarme como hiciste con los soldados?

Y consciente de la protección de la «piel de serpiente», lejos de ceder, aproveché la circunstancia para columpiarme en su frágil seguridad y arrastrarlo definitivamente a mi terreno.

Lancé una primera mirada al centurión. Continuaba tenso, con la mano derecha aferrada a la empuñadura. Sonreí, transmitiéndole calma. Y Civilis acusó la señal.

—¡Responde!

Busqué despacio la cabeza del clavo que activaba los ultrasonidos y, finalmente, regalándole una estudiada sonrisa, contraataqué:

—Mi querido gobernador, no es esto lo que busco...

La exquisita compostura surtió efecto. Y comenzó a desmoronarse.

—... no voy a satisfacer tus deseos por dos razones.

Los carnosos y sensuales labios se abrieron incrédulos.

—... primera, porque sería una lástima abrasar y destruir tan bello puñal.

El centurión, atónito, no comprendía la fría actitud de aquel extranjero. Fue la única vez que le vi fruncir el ceño.

—... segunda, porque el representante del César tiene derecho a una demostración más acorde con su nobilísimo rango.

Y reducido a cenizas retrocedió tambaleante.

Aquél era el momento. Y penetré en su acobardado ánimo como un elefante en una cristalería. Y señalando los tesoros que tenía a la vista jugué con su enfermiza superstición:

—Dime: ¿cuál es tu pieza preferida?

El suboficial, relajado y, en cierto modo, feliz por el desenlace del ácido incidente, soltó el *gladius*, espiando con curiosidad al desconcertado gobernador.

—¿Mi pieza favorita? —reaccionó con dificultad—. ¿Para qué?

—Si lo deseas —le tenté— puedo hacerla desaparecer...

Y mordió el anzuelo. Indeciso, miró a Civilis, y éste,

con un rápido movimiento de cabeza, dio su aprobación. Y refugiándose en el falo, frotándolo sin cesar entre las gruesas manos, paseó la mirada por la sala. Vacilante, caminó arriba y abajo. Por último, regresando hasta la mesa, recuperó el *pugio*. Avanzó hacia los espejos que rodeaban la doble puerta y, levantando el puñal, fue a clavarlo en el ombligo de la talla nubia situada en el ángulo derecho. Y contoneándose retornó al trono, invitándome a proceder.

Sibilinamente, como suponía, escogió la pieza menos valiosa.

—¿Estás seguro? —insinué, acorralándolo.

Y llevando la mano derecha a la frente —sede de la sabiduría para los romanos—, con una repugnante hipocresía, juró por su sagrado «genio» (1) personal.

(1)   Entre la copiosa información almacenada en el banco de datos de «Santa Claus» sobre la miriada de dioses venerada por aquella supersticiosa civilización romana figuraba el culto al «genio». Cada hombre tenía el suyo. Horacio afirmaba que esta especie de dios tutelar nacía y moría con el sujeto, velando y controlando sus actos. Séneca iba más allá, asegurando que el ser humano, al nacer, recibía a uno de estos genios como guía y protector. No un dios grande, sino de la categoría que Ovidio llamaba «plebeya». Estos genios eran los encargados de suscitar los deseos y apetitos naturales. De ahí que cumplir las inclinaciones de la naturaleza humana fuera definido como *indulgere genio*.

Algunos, como el emperador Augusto, sostenían que alma y genio eran la misma cosa. Y resultaba habitual jurar por ese genio particular y privado, poniéndolo como testigo de lo que se afirmaba. Si la persona mentía, bastaba elevar un sacrificio para recuperar la «amistad» y protección del ofendido genio.

A la muerte del ciudadano, su genio permanecía sobre el sepulcro, transformándose en un espíritu bondadoso que llamaban «manes» o en un ser maligno («lemures»).

Todo en la Naturaleza —incluidos los dioses mayores— tenía su propio genio. Según Cicerón, hasta el senado disfrutaba del privilegio de uno de estos dioses de menor rango. Sus grandes resoluciones eran siempre inspiradas por estos guías protectores.

Los romanos solían representarlos con una serpiente, pintada generalmente en los lugares más íntimos de la casa. Los más ricos se procuraban incluso un reptil vivo, que merodeaba por las estancias o era encerrado en una urna. Desde ese momento, el hogar quedaba lleno de «genio». *(N. del m.)*

Sonreí condescendiente.

Y sabiendo que infringía una de las sagradas normas de la religión romana se apresuró a besar el amuleto de marfil, bajando los ojos.

Y de acuerdo a lo planeado me dispuse a poner en marcha la nueva «representación», decisiva para conquistar uno de los objetivos.

En mi memoria retumbaba aún el eco de la peligrosa exhibición en el cuartel de Nahum. Pero me justifiqué, argumentando que era necesaria para el buen desarrollo del tercer «salto». En esta ocasión, además, el experimento sólo sería presenciado por dos testigos. Quien esto escribe, muy a mi pesar, tropezaba una y otra vez con la misma piedra...

Siguiendo los textos de Horacio, Virgilio y Apuleyo sobre ceremonias mágicas (1) procuré adornarme con una rigurosa y refinada «liturgia».

Y ante la expectación de mis acompañantes comencé desnudándome.

Poncio vigilaba con un temor reverencial.

Y aunque el faldellín no era blanco, ni de lino, ni tampoco con franjas púrpuras, como aconsejaban los cánones, di por bueno el gesto. Y tomando el cayado, o *lituus*, me aproximé al soldado nubio seleccionado por el gobernador. Y fiel a lo descrito por Plinio (2), tracé sobre los espejos un imaginario *templum* o círculo, encerrando en él la hermosa talla negra. Y de espaldas a los intrigados espectadores aproveché para programar el microprocesador, suministrando los sencillos datos básicos: ébano *(Diospyros ebenum)*, un volumen espacial suficiente (un cilindro de dos metros de altura por uno de diámetro), distancia (cinco metros) y tiempo para la «aniquilación» (tres minutos). Prudentemente, en previsión de posibles contratiempos, pospuse la fase de «materialización». Y el Destino me iluminó...

(1)   Horacio (*Epd*. 5, 16), Virgilio (*Ecl*. 8, 64 y ss.) y Apuleyo (*De magia*, 31). *(N. del m.)*
(2)   N.H. 24, 171. *(N. del m.)*

Regresé junto a los ventanales y simulé que consultaba la posición del sol (1). Acto seguido, arrodillándome junto a la mesa y en dirección al «objetivo», levantando brazos y vara, entoné el obligado canto mágico.

Y en esos instantes, aburrido quizá por unos «preparativos» que conocía a la perfección, el gobernador se inclinó hacia Civilis, susurrando algo sobre el contencioso con los caravaneros.

Continué con las invocaciones a Hécate, diosa de las encrucijadas y del mundo subterráneo, a la Luna, protectora de la madre de los magos, y a Circe, su hija (2), intentando captar al mismo tiempo la conversación en latín.

Abrevié la letanía, cerrando la monocorde canción con las siete vocales griegas.

Poncio elevó el tono, señalando a Civilis que «el barro del mar de Asfalto era su regalo sorpresa y que si no llegaba puntual cortaría las manos de los malditos fenicios».

Me atreví a interrumpirlos, exigiendo silencio. Y el gobernador, conocedor de las reglas (3), se disculpó con una leve reverencia.

---

(1)   En los rituales mágicos, la hora elegida era de especial importancia. Según el Papiro de París, la puesta de sol y los momentos previos al orto solar eran los de mayor simpatía mágica. También los días de luna llena resultaban propicios. En mi caso, con el sol próximo al horizonte marino, la comedia fue perfecta. *(N. del m.)*

(2)   Según autores como Séneca (*Phaedr.* 420 y *Med.* 840 y 841), además de Hécate, el mago debía recurrir a todos los dioses griegos chthonicos: Hades, Cibeles, Deméter, las Furias, etc., así como a los superiores —Apolo, Zeus y Heracles— y a los egipcios Anubis, Horus y Seth. La posesión de estos nombres —decían— equivalía a la posesión del mismísimo dios. Y la súplica, naturalmente, era esencial para el buen resultado de la operación mágica. Cuantos más dioses fueran invocados, más posibilidades de éxito. Entre otras razones, «porque siempre había dioses sordos». *(N. del m.)*

(3)   Según la estricta normativa de los augures del Estado —colegiados profesionalmente *(augures publici)*—, el *silentium* en los rituales mágicos era una de las condiciones esenciales para la pureza y buen desenlace de la operación. Cualquier interrupción o falta de respeto invalidaban el conjuro, obligando al mago a empezar de nuevo. Nadie podía hacer preguntas. El silencio, en definitiva, debía ser total. *(N. del m.)*

Concluido el ceremonial, en un nuevo esfuerzo, escupí sobre el fulgurante piso, tal y como ordenaba la «ortodoxia». E hice míos los pensamientos de Cicerón sobre aquella orgullosa y, a la vez, temerosa civilización romana (1). Pero estaba donde estaba y no tuve más remedio que hacer de tripas corazón.

Y a punto de consumirse los tres minutos, recuperada la atención de mis «espectadores», extendí el brazo izquierdo, cerrando el puño con dulzura.

Y el silencio, apenas inquietado por el cercano batir del Mediterráneo, tensó el enfermizo ánimo de Poncio.

Y la orden de movilización de los *swivels* partió hacia la talla.

...

Uno, dos, tres segundos.

...

Cinco..., diez...

No podía ser.

El corazón, bombeando aceleradamente, me advirtió. Algo iba mal. El hierático soldado egipcio continuaba en el rincón.

¿Qué había ocurrido?

Inspiré profundamente, procurando serenarme. Y notando el peso de las miradas en la nuca aproximé con disimulo la palma de la mano al pecho, repasando los cálculos. Todo parecía correcto.

Y el suspense se revolvió como una víbora contra este confuso explorador.

(1)   La proliferación de brujos, echadores de buenaventuras, adivinos, intérpretes de sueños y demás pícaros era tal en aquellos tiempos que Cicerón, en uno de sus escritos (*Diu.* 2, 149), se lamenta en los siguientes términos: «La superstición nos amenaza, nos estrecha y nos persigue por todos lados: las palabras de un adivino, un presagio, una víctima inmolada, un ave que vuela, el encuentro de un Caldeo, un arúspice, un relámpago, un trueno, un objeto herido por el rayo, un fenómeno que tenga algo de prodigioso, cosas todas que deben ocurrir con frecuencia nos inquietan y perturban nuestro reposo. Hasta el sueño, en el que deberíamos encontrar olvido de las fatigas y cuidados de la vida, se convierte para nosotros en manantial de nuevos terrores.» Conviene que el hipotético lector de estos diarios no olvide esta penosa realidad, a la que también debió hacer frente el Maestro. *(N. del m.)*

¿Qué había fallado?

Tenía que averiguarlo. Tenía que contrastar los parámetros y reprogramar el «tatuaje». Pero necesitaba tiempo. El problema era cómo conseguirlo. En aquellas circunstancias un fracaso hubiera sido terrorífico. El gobernador no habría perdonado.

Y en mitad de un angustioso torbellino interior llegué a evaluar incluso la inmediata y fulminante utilización de los ultrasonidos.

¿Escapar?

Un sudor frío y traidor resbaló por las sienes.

No, la huida de la fortaleza arruinaría mis objetivos, comprometiendo gravemente la misión.

Tiempo. Ésa era la clave. Pero ¿cómo obtenerlo?

Y el Destino (?), una vez más, acudiría en auxilio de este aterrorizado griego.

De pronto, las explícitas recomendaciones de Festo sobre el sagrado *silentium* se convirtieron en una posible solución.

Me incorporé y, fingiendo contrariedad, caí sobre Poncio, acusándole sin misericordia de «infractor de las santas leyes de la magia».

Estupefacto, palideció. Y decidido a sortear aquel primer y afilado escollo, no concedí tregua. Y como un tornado arrasé al supersticioso Poncio, reprochándole su reciente interrupción. Y el pusilánime gobernador cayó en la trampa.

Se excusó, reconociendo, en efecto, la inoportuna debilidad. La conversación con Civilis malogró el «embrujo». Y, desarbolado, suplicó que lo intentara de nuevo.

Era lo que necesitaba. Y refunfuñando —salvado el difícil obstáculo— me apresuré a inspeccionar la talla. Y el Destino, como digo, fue complaciente.

Repasé la textura. La deteriorada capa de pintura, fabricada básicamente con plomo y negro de humo, me dio una pista.

¡Estúpido! ¿Cómo pude...?

Si confirmaba la sospecha, la información suministrada al «tatuaje» estaba viciada.

Arranqué el puñal y, dejándome arrastrar por aquella idea, examiné el «interior».

¡Exacto!

La intuición nunca se equivoca. Y entendí la causa del peligroso fracaso. Y maldije el exceso de confianza.

Por debajo del oscuro barniz, la talla no presentaba la dureza y el clásico color negro del ébano maduro. Pero traté de cerciorarme. El *hbu* (el ébano egipcio) es suave y blanco en los primeros años. Sólo con el tiempo se vuelve azabache y granítico.

No había duda. Aquella madera no era *Diospyros*. El leño, aunque fuerte, compacto y resistente como el ébano, mostraba un grano más fino, torcido y con una reveladora tonalidad lechosa. Los habilidosos egipcios falsificaron la pieza con un *Pirus communis*, un vulgar peral de la subespecie *Piraster*. Y la tinción hizo el resto.

Allí mismo rectifiqué la programación. Y clavando el providencial *pugio* en el atlético soldado, retorné junto a los pacientes observadores.

Me arrodillé de nuevo y, reclamando silencio, adoptando un aire de solemnidad, repetí invocaciones y salivazo.

Cinco segundos después, los *swivels* convertían en hidrógeno el metro y noventa centímetros de peral. Y el puñal se estrellaba contra los espejos, repiqueteando triunfalmente.

Poncio, con los ojos desorbitados, se puso en pie de un salto. Y Civilis, sobrecogido, echó mano instintivamente a la espada, desenvainándola. Y el silencio firmó y rubricó el laborioso «éxito». Y como sucediera en Nahum, ninguno se atrevió a moverse. Y quien esto escribe, aparentando indiferencia, vistió su túnica, amarró el ceñidor y colgó del hombro el liviano saco de viaje. Y esperó.

El gobernador, empapado en su súbito sudor, no sabía dónde mirar: la esquina del salón, este explorador..., la esquina del salón. Finalmente, convencido del «prodigio», fijó el húmedo rostro en aquel «poderoso mago». E intentó hablar. Pero los temblorosos labios no arrancaron. No sé qué le impresionó más: la «aniquilación» del nubio o la aparente serenidad de mi semblante.

Un minuto después, Civilis rompía el cinturón del miedo, caminando valientemente hacia el ángulo donde yacía el puñal. Pero la inspección fue estéril. Agachándose, tomó el arma, hurgando con curiosidad en el pequeño montón de polvo negro que manchaba las losetas de plata. Y los restos de pintura escaparon entre los dedos. Y alzándose devolvió el *gladius* a la funda. Y me taladró con una viva mirada, mezcla de admiración y desconcierto. En aquel instante supe que había ganado un incondicional aliado.

La siguiente escena no fue de mi agrado.

El temperamento ciclotímico de Poncio —cambiante, con una distimia (humor) imprevisible— lo empujó a la sima del servilismo. Y gimiendo, ante la impotencia del centurión y de quien esto escribe, se arrojó a mis pies, suplicando perdón y benevolencia. Me apresuré a levantarlo e, irritado, le recordé en su idioma uno de los versos de Ennio: «... *moribus antiquis res stat Romana uirisque...*» («Las antiguas costumbres y el valor de sus hombres mantienen firme el Estado romano.») (1).

Las lágrimas y un hipo incontenible fueron la única respuesta.

Y el *primipilus*, sorprendiéndome de nuevo, subrayó mis palabras con una sentencia del poeta Propercio: «... porque somos poderosos por la espada» (2). «Por la espada y por la piedad», rectifiqué, agradeciendo el apoyo con una franca sonrisa.

Y tomando al desmantelado gobernador por los hombros lo acompañé hasta el trono. Y no dudé en servirme de la propicia situación para materializar uno de mis propósitos.

Con suavidad, pero con firmeza, refresqué su memoria, solicitando la «nimiedad» que me había llevado hasta su presencia. Señalé los pergaminos que se apilaban sobre la mesa y pregunté si podía extender un salvoconducto especial en favor de un hermano y de quien esto

---

(1) Ennio (*An. fr.* 467 W). *(N. del m.)*
(2) Propercio (*Elegías* 3, 22, 17-22). *(N. del m.)*

escribe. Y como un autómata, arrasado por los suspiros, cumplió mi voluntad al momento. Y dócil, con mecánicos y afirmativos movimientos de cabeza, aceptó redactarlo en los términos propuestos por este inflexible explorador.

El documento, en griego, fue fechado en el mes de *elul* (agosto-septiembre del calendario judío) del año 26. Es decir, al poco de su toma de posesión como gobernador de la Judea. E impresionado por lo acaecido en aquella sala no tuvo fuerzas para preguntar el porqué de tan extraña fecha. Ni yo se lo aclaré.

El pergamino incluía una cláusula, vital para el buen desarrollo de nuestro trabajo durante el tercer «salto»: «...y los griegos anteriormente mencionados —amigos personales y servidores del divino Tiberio— podrán viajar libremente por los territorios de esta provincia procuratoriana (1), siendo asistidos, si así lo reclamasen, por las cohortes y guarniciones bajo mis órdenes...»

Y al estampar firma y sello, conmovido por la aparente fragilidad de aquel hombre, intentando compensarle, me dejé llevar por el corazón. Guardé el precioso

(1)   En aquel tiempo, el imperio se hallaba dividido fundamentalmente en tres clases de provincias: senatoriales, imperiales y procuratorianas. Judea (Israel), desde la caída de Arquelao (hijo de Herodes el Grande) en el año 6 de nuestra era, pertenecía a este último grupo. Y tras el gobierno de Coponius, Ambibulus, Rufus y Valerius Gratus, Tiberio designó a Poncio (26 al 36 después de Cristo) como gobernador. Los territorios senatoriales —pacificados totalmente— eran dirigidos por un precónsul, elegido por el senado de Roma. Carecía de legiones (caso de Anatolia o la Bética, en España). Por el contrario, las llamadas provincias imperiales, a causa de su alta conflictividad, aparecían bajo el control directo del emperador. Y eran tuteladas por un legado. En Siria, por ejemplo, con la amenaza de los partos en sus fronteras y los revoltosos judíos en el sur, el legado imperial se hallaba al frente de varias legiones, pudiendo movilizarlas según las necesidades. Por último, las «procuratorianas» figuraban como provincias de rango inferior, con escasas fuerzas militares y dirigidas por funcionarios, generalmente pertenecientes al distinguido «orden ecuestre» (caso de Poncio). Sus competencias se centraban en asuntos administrativos, jurídicos y, sobre todo, financieros. Es muy probable que estos gobernadores no recibieran el título de «procurador» hasta los años 41 al 54, con la reforma de Claudio. *(N. del m.)*

salvoconducto y, conciliador, me interesé por ese barro del mar del Asfalto (mar Muerto) que tanto le preocupaba. (A juzgar por su comportamiento posterior, este ingenuo explorador se equivocaba de nuevo. Aquel individuo, como escribe Filón, era todo un ejemplo de «crueldad, insolencia y rapacidad». Y añado de mi cosecha: hipócrita, astuto, de una maldad químicamente pura..., y enfermo mental.)

Pero sigamos por orden.

Animado por las cálidas palabras, Poncio fue estabilizándose. Y sin comprender el sentido de mis preguntas, con un hilo de voz, aclaró lo que ya sabía en parte. Casualmente (?), aquel lunes 8 de mayo, era el cumpleaños de su esposa. Y el barro, sencillamente, un regalo. Un presente muy estimado por hombres y mujeres, dadas sus virtudes como tratamiento de belleza y como remedio para determinadas afecciones de la piel, reumatismo, artrosis, etc. Un obsequio sorpresa que, por razones desconocidas, no había llegado a tiempo a Cesarea.

Y la idea cristalizó definitivamente. Después de todo, ¿qué mal podía hacer proporcionándole una pequeña alegría? Con un poco de suerte, incluso, la «operación» podría beneficiarme, facilitando el acceso al siguiente y no menos interesante «objetivo».

Y avivando el misterio planteé algo que, lógicamente, lo desconcertó:

—¿Aceptarías la humilde ayuda de este «poderoso mago»?

Los apagados ojos azules se iluminaron. Y adivinando a medias mis intenciones clamó como un niño:

—¿Serías capaz?

Sonreí pícaramente y, dándole la espalda, me aproximé a los ventanales. El sol no tardaría en incendiar el mar. Debía actuar con celeridad y precisión. Y rogando a los cielos para no errar de nuevo me concentré en el «tatuaje», programando la materialización de un barro negro que podía granjearme la definitiva confianza del gobernador y, lo que era más importante, la amistad de Claudia Procla, su mujer.

Poncio y Civilis, sin atreverse a interrumpir, espiaron

mis movimientos en un silencio reverencial. Y sabedor de la férrea observación conjugué el «diseño» con las consabidas y exageradas invocaciones.

Y planifiqué el «regalo» con especial esmero.

Continente: ánfora vinaria de doble asa (modelo Dressel), en calcita estalagmítica bandeada, mal llamada «mármol ónice» o «alabastro oriental», procedente de los yacimientos de Bon-Hanifa, próximos al poblado romano de Aquae Sirensis, en la actual Argelia. Fondo plano y capacidad para diez litros.

Contenido: «barro negro» del mar Muerto. Con el simple enunciado, el banco de datos del microprocesador estableció componentes y proporciones: agua (27 por ciento), sal gema (39 por ciento), fragmentos vegetales (1 por ciento) y un 33 por ciento residual integrado por calcita, dolomita, cuarzo, feldespato y minerales arcillosos (caolinita, mica y montmorillonita) (1). Peso total: nueve kilos.

(1)   Según los estudios de Raz, verificados minuciosamente por los hombres de *Caballo de Troya*, el principal abastecedor de agua al mar Muerto (el río Jordán), al contrario de otros arroyos, arrastra un importante abanico sedimentario, formado fundamentalmente por arcilla. Más del 80 por ciento de este arrastre aparece integrado por componentes de reducidas dimensiones, de hasta media centésima de milímetro. Este ínfimo tamaño favorece la impermeabilidad de la arcilla, evitándose así la acción del oxígeno que termina coloreando el barro con su típica tonalidad oscura. Basta descubrir la arcilla para que el aire oxide el hierro, variando el color.

Las principales características de este famoso «barro negro» —de excelentes propiedades cosméticas y terapéuticas— son las siguientes: densidad, 1,65 gramos por centímetro cúbico (me refiero al que queda al descubierto cerca de la orilla); cantidad de agua, un 27 por ciento, aproximadamente; minerales disueltos (principalmente sal gema), un 39 por ciento; fragmentos de vegetales desmenuzados, un 1 por ciento; minerales disueltos en una mezcla oxigenada salada (10 por ciento HCL), un 15,7 por ciento y minerales no solubles, un 17,3 por ciento.

En este sedimento son frecuentes los cristales de sal gema, en forma de cubo, precipitados en el interior del barro, como se demuestra por el lodo atrapado en dichos cristales durante su formación. Este fenómeno se debe, al parecer, a la capacidad de la arcilla para captar iones. *(N. del m.)*

277

Y redondeé el «tecleado» con una distancia de cuatro metros y un tiempo de ejecución de dos minutos.

Activado el «punto omega» di media vuelta, eligiendo el lugar de asentamiento.

Y ante un Poncio atónito, y un Civilis nuevamente en tensión, despejé la mesa, retirando pergaminos y paleta de escribano.

El gobernador, instintivamente, se echó atrás, empujando el respaldo del trono.

Retrocedí unos pasos. Me envaré y, dirigiendo el rostro hacia el techo, proseguí la cuenta mental.

Un minuto...

Y dejé que el silencio los devorase.

Cuarenta segundos.

Entorné los ojos y con voz potente, elevando los brazos con violencia, reclamé la ayuda de los dioses mayores del Olimpo.

Veinte segundos...

Me relajé.

Poncio, atornillado al asiento, había sucumbido. Un miedo irracional y desbocado lo mantenía al filo del infarto. Y al observar el peluquín, descolocado por la fuerte presión de la cabeza contra el trono, a punto estuve de malograr tan cuajada «representación». Y haciendo ímprobos esfuerzos para sofocar la risa me dispuse a guiar el flujo de los *swivels*.

Cinco segundos...

Extendí el brazo izquierdo y apunté.

Tres...

Procuré medir con exactitud: cincuenta centímetros por encima de la mesa. Aquél era un momento crítico. La *desviación* de los ejes ortogonales debía producirse en un espacio libre de obstáculos y, al mismo tiempo, lo más próxima posible a la base de sustentación elegida. De esta forma evitaría el deterioro del recipiente, sometido a la inevitable precipitación por gravedad. Si erraba en los límites espaciales, provocando la materialización, por ejemplo, en el «interior» del tablero de cedro, el sistema se bloqueaba automáticamente, anulando la inversión.

Y los cielos congelaron el pulso de este explorador.

Dos, uno...

Y como un «milagro», una hermosa, pulida y trans-lúcida ánfora de cuarenta y cinco centímetros de altura surgió de la «nada». Y golpeando la superficie de la mesa se tambaleó levemente.

El súbito impacto y la inesperada aparición del campanudo alabastro desató al aterrorizado goberna-dor. E histérico comenzó a aullar. Y en el intento de huida fue tal la fuerza que ejerció sobre el respaldo que el trono terminó vencido. Y se produjo el cataclismo. Poncio cayó de espaldas, naufragando bajo el mueble y perdiendo el postizo.

El centurión, pálido como la cera, acudió en auxilio del vociferante gobernador, liberándolo del suplicio y del ridículo.

Y olvidando trono, peluquín y cuanto le rodeaba se precipitó hacia el ánfora, palpándola y acariciándola entre nerviosas y estridentes risitas.

Civilis, definitivamente entregado, siguió sus pasos, tanteando el recipiente con idéntica ansiedad.

Un instante después, tras husmear en el interior, un Poncio chillón y desequilibrado ordenaba al *primipilus* que comprobase la naturaleza del contenido.

El soldado torció el gesto y, de mala gana, desenvai-nando el puñal, lo introdujo en el barro, extrayendo una pequeña porción. Y mostrándolo al agrio gobernador le invitó a examinarlo.

Poncio acercó las temblorosas yemas de los dedos, pellizcando la húmeda arcilla. La trituró con suavidad y aproximándola a la nariz olfateó una y otra vez. Y la in-sufrible risita castigó de nuevo la sala.

Finalmente, volcándose en el ánfora, removió el ba-rro, embadurnando las fofas mejillas. Y a saltitos, can-turreando, comenzó a dar vueltas a nuestro alrededor.

Civilis, avergonzado, no se atrevió a mirarme. Creí adivinar sus pensamientos.

Aquél era el auténtico Poncio...

Ni Filón, ni los evangelistas, acertaron. Yo mismo lo

juzgué equivocadamente en los históricos momentos de la pasión de Jesús de Nazaret.

Cruel, sí. Despótico también. Cobarde o diplomático, no.

Aquel personaje, con sus bruscas oscilaciones, sin término medio entre la risa y las lágrimas, inmotivado, de ideas delirantes, sensual, amante de la buena mesa, con un enfermizo afán de poder y una desmedida ansia de lujo y dinero, era en realidad un enfermo. Un peligroso psicópata maniacodepresivo.

Basándome en los estudios de especialistas como Kraepelin, Pinel, Baillarger, Falret, Kahlbaum y otros, puedo asegurar que Poncio —quizá por un fallo genético— había derivado de la ciclotimia a una patología seria y preocupante. Esa psicosis maniacodepresiva (PMD), también denominada «trastorno bipolar», arrancaba probablemente de muy atrás. Como defendía Abraham, es posible que no hubiera superado una herida narcisista, provocada en la niñez por sucesos reales o imaginarios.

Sí, me precipité...

Su anómalo, débil e injusto comportamiento al condenar al Maestro no obedeció a una argucia diplomática, evitando así las iras de Tiberio o del temible general Sejano. Ahora lo comprendía. A pesar de la índole predominantemente biológica del trastorno, aquel factor —las amenazas de Caifás y su gente— desencadenó un nuevo episodio maniaco. Para estos enfermos, la hipotética pérdida de la posición social o laboral puede constituir un gravísimo atentado, sumiéndolos en profundas crisis. Una inteligencia sana, por mucho que sea presionada, difícilmente aprueba la ejecución de un inocente. Y menos aún si ostenta el máximo poder jurídico y militar de la provincia.

Si Poncio hubiera sido una persona normal habría sorteado sin dificultad los conocidos intentos de chantaje por parte de la casta sacerdotal judía. Pero el misterioso Destino (?) no puso al frente de la Judea a un gobernador de mente saludable. De haber sido así, el desenlace hubiera tenido otro color...

Y aquel psicópata reaccionó como tal: cegado por la crisis proyectó su responsabilidad fuera de sí. Y trastornado se refugió en otra de las constantes de los maniacodepresivos: la idea delirante y obsesiva. Y acudió al ritual de la *lustratio* o purificación mística, lavándose las manos. Una ceremonia que, en mi opinión, no ha sido analizada con suficiente rigor y detenimiento. Un pasaje que confirma la demencia de Poncio. Y me explico.

Posiblemente por desconocimiento, muchos de los llamados creyentes consideran dicho lavatorio como algo casi anecdótico. Nada más lejos de la realidad. En aquel tiempo, entre los ritos expiatorios grecorromanos, la *lustratio* o lustración (individual o colectiva) era una práctica antigua y de especial significación. Homero hace alusión a ella (*Ilíada*, 16), aunque con un carácter de simple higiene ante el derramamiento de sangre. En la religión romana —bien conocida por el gobernador—, la *lustratio* equivalía, en cierto modo, al sacramento de la confesión de la iglesia católica. Se trataba de una purificación simbólica que eliminaba las faltas del individuo. Esos supuestos pecados —según los romanos— atraían la enemistad de los dioses, hundiendo al infractor en un permanente maleficio que alcanzaba incluso a cuantos le rodeaban. Pues bien, dicho ritual, por su enorme trascendencia, no podía ser practicado por el propio «pecador». Para satisfacer sus culpas, el «impuro» tenía la inexorable obligación de acudir a los sacerdotes o «purificadores» profesionales. Más claro aún: el gesto de Poncio fue nulo desde la estricta ortodoxia religiosa. Pero, si lo sabía, ¿por qué no respetó tan santa normativa? Sólo cabe una explicación: fue una consecuencia (o un indicio) del trastorno que lo enajenaba. El pensamiento de los maniacodepresivos aparece generalmente dominado por una elevada autoestima y una omnipotencia que los conduce a todo tipo de desatinos.

E insisto: ningún ciudadano romano en su sano juicio —mucho menos en público— se hubiera atrevido a exculparse, administrándose a sí mismo la *lustratio*. Un ritual que, además, para ser efectivo, exigía una muy concreta preparación. La liturgia sacerdotal especificaba que la salvadora «agua lustral», tomada de unas determinadas fuentes sagradas, debía ser «santificada» previamente con sal y fuego. Dicha agua —manipulada y bendecida por los sacerdotes de Apolo— era colocada en recipientes en las entradas de los templos, sirviendo para la referida purificación.

Nada de esto se cumplió en la mañana de aquel viernes, 7 de abril del año 30. Ni en Jerusalén había «agua lustral», ni templos paganos, ni sacerdotes de Apolo Pitio o de Eleusis, ni Poncio respetó la tradición...

A la farsa del juicio «contra» Jesús hubo que sumar la actuación de un psicópata y la flagrante violación de los ritos religiosos romanos.

Pero tampoco debemos extrañarnos. Nada más tomar posesión de su cargo (año 26), Poncio ya dio señales de esta peligrosa dolencia. De hecho, su mandato como gobernador de la Judea terminaría bruscamente (año 36), a causa de otra de sus «genialidades». Como se recordará, al llegar a Palestina, desafiando al pueblo judío y la normativa de Roma, mandó plantar en Jerusalén varias efigies del emperador Tiberio. Ninguno de sus antecesores, respetuosos con una tradición que prohibía las imágenes, había cometido semejante despropósito. (La hostilidad, desencadenada por frustraciones triviales, es una de las características de los maniacodepresivos). Y miles de indignados hebreos se trasladaron a Cesarea, exigiendo la retirada de las imágenes. Y durante cinco días y cinco noches permanecieron a las puertas de la fortaleza. De pronto Poncio apareció ante la multitud. Y cuando creían que iba a ceder, aquel psicópata ordenó a los soldados que rodearan a hombres, mujeres y niños. Y les advirtió que si no aceptaban la presencia de los bustos del César los despedazarían. Pero los judíos, ante las espadas desenvainadas, se arrojaron a tierra, declarando que preferían la muerte al sacrilegio. Y el gobernador, con una volubilidad típica de estos enfermos, cambió de parecer. Y las efigies fueron introducidas en el interior de la torre Antonia. (Como mantiene Leff, en estos individuos, algunas ideas —el poder ilimitado, por ejemplo— adquieren auténtico carácter delirante. Sólo un personaje seriamente trastornado podía ignorar las disposiciones del imperio al que servía, llegando a la frontera de la irracionalidad.)

También el incidente narrado por Flavio Josefo en su obra *Antigüedades* (XVIII, 4) ofrece una clara muestra del comportamiento anormal de Poncio. En otra extravagancia, típica de los maniacodepresivos, fue a embarcarse en una aventura financiera sin medir el costo. E inició la construcción de un acueducto que debía abastecer Jerusalén desde los manantiales de Ain Atan, en las colinas situadas entre Hebrón y Belén. En total, 55,5 kilómetros. Y en una reacción tan aparatosa como descontrolada, echó mano del tesoro del Templo. Aquello, lógicamente, incendió al pueblo, provocando toda clase de disturbios. (Los negocios ruinosos, involucrando a propios y extraños, sin una mínima visión de sus consecuencias, son una debilidad más de estos hiperactivos.)

Por último, pasando por alto el no menos sangriento suceso de la matanza de judíos en el Templo (Lucas, 13, 1), conviene recordar cuál fue el final de este, en el fondo, poco conocido gobernador.

Seis años después de la muerte del Maestro, numerosos samaritanos se reunieron en torno a un supuesto mesías, que prometió descubrir los vasos sagrados enterrados por Moisés en Samaria. Poncio supo de esta multitudinaria concentración en el monte Garizim y en otra manifestación psicótica —innecesaria, desproporcionada y movida por sus delirios de poder y omnipotencia— cargó contra los indefensos fanáticos, llevando a cabo una carnicería. Las protestas fueron tales que Vitelio, legado imperial en Siria, se vio obligado a conducirlo a Roma. Pero el Destino, inflexible, le reservaba una desagradable sorpresa. El emperador Tiberio falleció en el transcurso del viaje. Y al arribar a Italia tuvo que rendir cuentas ante otro loco: Cayo, alias *Calígula*. Y Poncio fue desterrado a las Galias.

Muy probablemente, aunque no disponemos de datos fidedignos, aquel desastre debió de hundirlo. Y en otra reacción clásica de los maniacodepresivos se quitó la vida.

Y concluyo estas reflexiones con una creencia muy personal. Si en aquel viernes, 7 de abril, el reo hubiera sido otro, y las circunstancias las mismas, Poncio también se habría lavado las manos.

Para quien esto escribe está claro: los enigmáticos hilos del Destino (?) hicieron aparecer en la existencia terrenal del Hijo del Hombre a varios personajes claves. Todos ellos —como espero seguir narrando—, por necesidades del «guión», con serios problemas mentales. Juan el Bautista sería el primero. Judas Iscariote el segundo y, finalmente, el gobernador de la Judea.

Pero no adelantemos acontecimientos. Mi estancia en Cesarea no había finalizado.

La agitación de aquel psicópata —danzando a nuestro alrededor— terminaría pronto. Y sin dejar de canturrear se reunió de nuevo con el ánfora. Tomó un puñado de barro y, aproximándose a este explorador, sin previo aviso, con una inocencia que me confundió, embadurnó mi rostro.

Civilis bajó los ojos.

Y el gobernador, depositando un sonoro beso en mi mano izquierda, retomó la casi olvidada conversación, declarando con gran pompa:

—Quedas ungido... Has elegido bien. Desde ahora soy tu protector. El mundo es nuestro.

No pude evitar un escalofrío. ¿A quién me enfrentaba? Pronto, muy pronto lo averiguaría...

Pero súbitamente, al descubrir en los espejos la desnuda calvicie, el hinchado semblante se crispó. Y olvidando sueños y solemnidades se enfrascó en una obsesiva búsqueda de la peluca. Gateó bajo la mesa, rodeando el sillón y reclamando a gritos el concurso del centurión. Y la patética escena se hubiera prolongado indefinidamente de no haber sido por la oportuna intervención del paciente Civilis. En silencio salió al encuentro del desolado gobernador, entregándole el postizo. Y arrebatándoselo con ira fue a encasquetárselo..., al revés.

Y de semejante guisa, dando por concluida la audiencia, alzó el brazo, retirándose.

Y una mal sujeta risa estuvo a punto de perderme. El *primipilus*, fulminándome con la mirada, me advirtió. Y la sangre se heló en las venas.

Poncio dio media vuelta, observándonos sin comprender. Y ambos, mágicamente inspirados, salimos del atolladero con una simultánea inclinación de cabeza. Y el pintarrajeado gobernador, sonriendo, señaló mi polvorienta túnica, recriminando al suboficial su lamentable falta de hospitalidad. Y saltando de tema preguntó curioso:

—¿A qué signo perteneces?

No acerté a entender. E impaciente aclaró:

—¿En qué mes naciste?

—Soy virgo —repliqué sin terminar de captar sus intenciones.

Y dirigiéndose de nuevo a Civilis concluyó el breve parlamento con un misterioso: «... Ya sabes...»

Minutos más tarde, precedido por el hermético jefe de cohorte, me detenía frente a una estrecha puerta. Sobre el roble aparecía claveteada una lámina de bronce. Y creí desentrañar el porqué del interés de Poncio por mi signo zodiacal. La plancha representaba la figura de una joven virgen alada con una espiga entre las manos: el símbolo de Virgo.

Y liberando el picaporte de mármol me franqueó el paso hacia lo que sería mi alojamiento durante el resto de la jornada. Una estancia difícil de olvidar...

Y parco en palabras recomendó que me asease y procurase descansar. Poco antes de la vigilia de la noche —con las primeras estrellas— pasaría para conducirme a la cena. Y discreto preguntó si deseaba ser bañado por la servidumbre. Decliné la sugerencia, indicando que, después de tan largo viaje, prefería un poco de soledad.

Y al penetrar en aquel «cuarto de invitados» me vi nuevamente asaltado por una de las obsesiones del gobernador. Su afán de lujo presidía todos los rincones de la fortaleza.

Al cerrar la puerta me encontré frente a una estrecha y acogedora terraza rectangular, orientada al oeste. Una enorme y escandalosa cortina de ocho metros, en seda granate, la separaba del resto de las dependencias.

El calor seguía remitiendo y, antes de proceder a una meticulosa inspección del lugar, me asomé a la balaustrada, intentando recapitular. De momento podía darme por satisfecho. Había obtenido el salvoconducto y la posibilidad de consumar el siguiente objetivo: la entrevista con Claudia Procla. Pero no debía descuidarme. Las imprevisibles reacciones de aquel demente constituían un permanente riesgo. Y me propuse abandonar Cesarea lo antes posible. Lo que no imaginaba en aquellos sosegados instantes era que esa salida pudiera ser tan súbita y accidentada...

Las últimas luces del día me reconfortaron. El mar, rojo, verde y blanco, apuraba sus correrías a mis pies, tronando en los acantilados sobre los que se alzaba la fortaleza. A mi izquierda descubrí el impresionante puerto semicircular, orgullo de Israel, construido enteramente con enormes bloques de caliza blanca. Un puerto cantado con toda justicia por Josefo (1). Y a pe-

(1) Según cuenta Josefo en *Antigüedades de los judíos* (3, 9), aquella costa, en la ruta marítima a Egipto, presentaba desde siempre un gravísimo problema: el fuerte viento de África (sudoeste) que dificultaba el atraque de los barcos. Desde Dora a Jope, el litoral no ofrecía un solo refugio medianamente aceptable. Y el intenso tráfico se veía en la necesidad de capear la mala mar, echando el ancla lejos de la costa, con las lógicas dificultades a la hora de embarcar o desembarcar pasajeros y cargamento. Pero Herodes el Grande puso remedio a la situación, construyendo en la torre de Estratón, equidistante de Dora y Jaffa, una réplica del sistema portuario del Pireo. Y lo llamó Sebastos. Y trazó el puerto en forma circular, de tal manera que aun las mayores embarcaciones pudieran acercarse a la orilla, sumergiendo a este fin —prosigue Flavio Josefo— rocas enormes hasta una profundidad de veinte brazas. La mayor parte de estas rocas tenían cincuenta pies de largo (15,25 metros) y, por lo menos, dieciocho de ancho (6 metros) y nueve de espesor (3 metros). Y la mole que hizo construir sobre estos fundamentos, para resistir al ímpetu del mar, tenía una anchura de doscientos pies (unos 60 metros). La mitad, verdadera fortaleza contra el mar tempestuoso, estaba destinada a resistir el empuje de las olas que rompían contra ella de todos lados. Y la llamó rompeolas. La otra mitad estaba formada por un muro de piedra, con varias torres, siendo la mayor, muy hermosa, la llamada Druso, nombre que tomó del nieto del César, que murió muy joven. También hizo construir una serie de abrigos abovedados, para mansión de los marineros. Enfrente de éstos hizo construir un gran

sar de la acostumbrada exageración del historiador judío-romanizado tuve que descubrirme. Aquella media luna —siguiendo las directrices del gran Vitrubio— era un soberbio ejemplo de la ingeniería marina de los romanos. Como señalaría Raban, «este puerto herodiano era un modelo para los hombres del siglo XXI».

Cuando, más adelante, tuvimos ocasión de inspeccionarlo, comprobamos que, en efecto, Sebastos pretendía ser una copia del puerto del Pireo, pero, como sospechábamos, las medidas proporcionadas por Josefo fueron casi dobladas. Mientras el famoso recinto portuario de Atenas presentaba una longitud de tres cuartos de milla por unas seiscientas yardas de ancho (alrededor de 540 metros), el «orgullo» de Herodes no superaba los 200 metros de longitud, con una escollera de unos treinta. Y aunque gigantescos, los bloques de caliza tampoco se correspondían con lo anunciado en *Antigüedades*. El «anillo», abierto por el noroeste, se hallaba formado por una cadena de sillares cuyas dimensiones máximas eran 36 pies de largo (12 metros) por otros 10 de alto y ancho (3 metros). Estimamos la profundidad de la escollera en unos nueve metros. Aun así, como digo, el puerto —destinado exclusivamente a la flota de guerra de Roma y a embarcaciones de recreo— nos sorprendió. Todo en él era colosal y minuciosamente diseñado. Las vigas de madera y los sistemas de cierre para los muros sumergidos parecían calcados de las especificaciones del gran arquitecto romano Vitrubio. Además de las defensas citadas por Josefo me llamó la atención una compleja red de canales que perforaba los diques y que, merced a una serie de compuertas, permitía el control y la limpieza de las aguas, evitando la

<hr>

muelle de desembarco, que rodeaba todo el puerto y era un lugar admirable para pasear. La entrada y la abertura del puerto estaban expuestos al viento del norte, que es el más favorable. Al extremo del muelle, a la izquierda de la entrada, se levantaba una torre de piedra cuadrada para resistir a los enemigos. Sobre el lado derecho se alzaban, unidos entre sí, dos grandes pedestales, más grandes que la torre de enfrente. *(N. del m.)*

obstrucción del puerto. A escasa distancia de Sebastos, en dirección sur, se adentraba en el mar un ancho espigón construido con toscas moles sujetas entre sí por vigas de hierro. Esta escollera protegía el puerto comercial propiamente dicho, ubicado en la línea de costa que unía el gran «anillo» con el referido espigón. Allí, efectivamente, se alineaban los desahogados almacenes portuarios que menciona Josefo. Allí, en suma, palpitaba la vida y un incesante trasiego de hombres y mercancías procedentes de todo el mundo conocido. Lástima que, con el transcurso de los siglos, este formidable puerto fuera víctima de la rapiña y de la envidia (1).

Un par de secos y decididos golpes en la puerta suspendieron las atentas observaciones. Y antes de que acertara a reaccionar, una tímida y amarilla candela empujó

(1)   Como manifiesta el gran arqueólogo submarino Alexander Flinder, en contra de la opinión de expertos como Nicholas Flemming, el poderoso puerto de la antigua Cesarea no desaparecería a causa de un hipotético terremoto. Durante mucho tiempo seguiría constituyendo un importante foco comercial. El Talmud lo menciona en algunas ocasiones. Fue a partir del siglo VI cuando, al parecer, comenzó su decadencia. Procopio de Gaza lo insinúa en uno de sus escritos: «Como el puerto de la ciudad que lleva el nombre del César se encuentra en malas condiciones debido al paso del tiempo, y se ha abierto a cualquier amenaza del mar y ya no sirve, de hecho, para ser clasificado como un puerto, sino que conserva de su anterior esplendor sólo un nombre, no se ha pasado por alto sus necesidades y sus frecuentes lamentos por las naves que escapando del mar han quedado destruidas definitivamente en él.» Para Flinder, ratificando el lamento del mayor, la explicación a la desaparición de Sebastos hay que buscarla en la deliberada y sistemática obra de desmantelamiento de aquella gigantesca estructura, por parte de ciudades y reinos próximos. El puerto, sencillamente, fue desmembrado piedra a piedra y columna a columna. El khan El Ourdan, de Acre, por ejemplo, fue levantado enteramente con los restos de Cesarea. Y otro tanto sucedió con metrópolis de Italia, Egipto y Asia. Durante la Edad Media, decenas de navíos partieron del casi desaparecido Sebastos, transportando una riqueza arquitectónica que serviría para remodelar y construir infinidad de palacios, fuentes y mezquitas. Y la rapiña llegó al extremo de extraer los sillares sumergidos del gran «anillo». A pesar de esta lamentable desintegración del «orgullo» de Herodes el Grande, el basamento original de la media luna puede observarse todavía desde el aire, en los días de calma. *(N. del a.)*

la penumbra. Detrás, mudos y reverenciosos, aparecieron dos sirvientes. Uno, el que portaba la lucerna, me resultó familiar. La considerable estatura y la llamativa y larga melena rubia me trasladaron a la torre Antonia, en Jerusalén. Sí, aquél era el esclavo galo que nos sirvió en el *triclinium* o comedor secreto y por el que Poncio dijo haber pagado la nada despreciable suma de mil sestercios (unos ciento sesenta y seis denarios de plata).

Y como algo habitual procedió a cebar los grandes falos de arcilla repartidos por la estancia y que hacían las veces de lámparas.

El criado más bajo, sosteniendo una bandeja repleta de fruta, aguardó a que su compañero ultimara el encendido de las diez o doce lucernas de aceite. Acto seguido depositó en una de las mesas las generosas raciones de dátiles, piñones, nueces de terebinto, almendras, higos secos y *tappuah* (una especie de albaricoques enanos, dulcísimos, e importados de Asia).

Y el galo, con una osadía casi insultante, me inspeccionó de arriba abajo. Dio una vuelta completa a mi alrededor y, sin más explicaciones, inclinó la cabeza, retirándose.

El segundo individuo comprobó el estado del edredón y de los almohadones que formaban el «colchón» de la inmensa cama y, satisfecho, siguió los pasos del rubio.

E intrigado, y un tanto molesto por la impertinente actitud del sirviente de la melena, dediqué unos minutos a la inspección de seguridad de la suntuosa *suite*.

Poncio, al parecer, había destinado doce dependencias a otras tantas habitaciones de invitados. Y cada una, nominada con el correspondiente signo del zodiaco.

Al salvar el cortinaje, como decía, quedé nuevamente deslumbrado. Aquello no era una pasión. Aquel derroche sólo podía obedecer a una mente obstruida y distanciada.

Ante mí se abrió un dormitorio de ocho metros de lado, primorosamente revestido en mármol rojo, con una techumbre empanelada en marfil. Y en el centro del techo, en granito negro, un monumental y fino relieve de la suprema y universal diosa Isis, arrodillada y con las alas desplegadas. En los círculos iniciáticos, la hermana y esposa de Osiris era considerada portadora del secreto de la vida y de la resurrección. Para los egipcios, justamente, encarnaba el símbolo de Virgo.

Pero la obsesión del gobernador por aquella mezcolanza, por el sincretismo de las religiones y filosofías egipcia y romana, iba mucho más allá. (Poco después descubriría que la auténtica «devota» de Egipto era en realidad su esposa.)

En la pared de la derecha (tomando siempre como referencia la gran cortina de seda granate), a metro y medio del suelo, presidiendo la cabecera de la cama, habían practicado cuatro nichos que, a manera de altares, guardaban a los dioses protectores: el pilar *djed*, el perro Anubis, una figurita que no supe identificar y Osiris, el dios de los muertos. E imaginé que Poncio no dudó en reemplazar los tradicionales «lares» o dioses tutelares de las casas romanas (1) por sus «primos», los genios egipcios.

---

(1) De entre los miles de divinidades que convivían con la cultura romana, entiendo que por su importancia debo detenerme unos instantes en los llamados «lares». De los cultos practicados por Roma, éste —el de los dioses menores, protectores de las casas— era uno de los más arraigados. Según consta en el canto de los Arvales y en las obras de Apuleyo, entre otros, estos «lares» eran las almas de los muertos, responsables del cuidado de las *domus* (las casas). Y aunque el origen de esta veneración no es muy claro, parece que, en principio, fueron identificados con espíritus infernales que perseguían a los humanos. Con el tiempo, la creencia popular fue suavizándose, transformándolos en auténticos «miembros de la familia». Unos dioses que protegían la salud, muebles, habitaciones, jardines, fuentes, campos y cuanto integraba el hogar. Tibulo los denomina *custodes agri*: una especie de «ángeles custodios».

En la casa ocupaban siempre un puesto de honor, con el obligado *sacrarium* o sagrario. Allí ardía permanentemente una llama sagrada y allí se acudía a la hora de los ruegos y súplicas. Allí se presentaban las ofrendas, incluidos los platos de las comidas diarias. Pero, sobre todo, el romano recurría a sus lares familiares en los momentos más significativos de su vida. Por ejemplo, cuando el joven cambiaba la *bulla* de adolescente por la toga viril, cuando se disponían a iniciar o regresaban de un viaje o al ser reclamados para la guerra. Y al abandonar la casa paterna era igualmente obligado que el joven dirigiera una oración a los lares, agradeciendo su protección y solicitando ayuda para «encontrar sus propios lares». *(N. del m.)*

El resto del refinado mobiliario lo integraba una interminable cama de dos por dos metros, una mesa también de cedro macizo, tres taburetes, un tablero rectangular de piedra sostenido por una columna y un maniquí a tamaño natural.

Y conforme ultimé el examen mi desconcierto fue en aumento.

El lecho, a imitación de los utilizados en campaña por emperadores y faraones, podía ser plegado merced a dos sistemas de bisagras alojados en la parte central del maderamen. El «somier», trenzado en un resistente cáñamo, proporcionaba una grata elasticidad al conjunto. Completaba el ajuar un ligero edredón de plumas y una decena de almohadones que, al abrirlos, me dejaron estupefacto. Todos se hallaban repletos de pétalos de rosas, perfectamente desecados, que perfumaban la cama con una discreta pero muy agradable intensidad.

Sólo el reposacabezas me «decepcionó» relativamente. En forma de silla de montar, el arco destinado a recibir la nuca había sido confeccionado en un brillante marfil, teñido en franjas paralelas rojas, negras y castañas. Y digo que me «decepcionó», no por la finura del diseño o el costoso material, sino por la evidente incomodidad. Aunque la almohada era conocida, mucha gente gustaba de aquel tipo de apoyo, generalmente de piedra basáltica. Con el tiempo terminaría acostumbrándome también a estas aparentemente antinaturales «almohadas». Y aunque no pretendo adelantar acontecimientos, recuerdo ahora la profunda impresión que me produjo saber que Jesús de Nazaret reposaba su cabeza en un misterioso bloque de piedra.

En la pared de la izquierda, sobre una mesa muy similar a la que acababa de contemplar en el «despacho» del gobernador, descansaba un «estuche» de unos treinta centímetros de longitud. Lo exploré repetidas veces, sin descifrar su función. Parecía un *senet* egipcio, una especie de «juego de la oca». Peones y caja habían sido magistralmente tallados en ébano y marfil. Y lamenté no haber recibido entrenamiento sobre este, sin duda, apasionante capítulo.

Pegado a dicho muro, cerca del cortinaje, animaba el lugar la pieza más insólita: un maniquí sin brazos de un metro y setenta centímetros de altura, en madera estucada. Pintura y «maquillaje» le infundían una inquietante sensación de vida. El cuerpo, teñido en rosa-carne y las pupilas, ojos y cejas, delicadamente perfilados en negro. Una de las orejas mostraba el lóbulo perforado.

Y de pronto me vino a la memoria la talla del soldado nubio, «aniquilada» por el «tatuaje». Envuelto en la lucha dialéctica con aquel energúmeno, olvidé restituirla...

Me encogí de hombros. Dudo que la Historia la reclame...

Y al inspeccionar el arcón que adornaba el flanco derecho de la cama, aquella loca idea que me asaltara en el repaso al mobiliario de la sala de audiencias surgió con renovados bríos, destapando la vieja sospecha.

El «baúl», en madera policromada, de unos 44 centímetros de alto por 60 de largo y otros 40 de ancho, se hallaba decorado con escenas en miniatura de la guerra entre los sirios y el mencionado Tutankhamen.

No era posible. No era lógico...

Pero ¿qué era lo racional en aquella aventura?

Las dos vertientes de la cubierta abombada mostraban igualmente unas inconfundibles pinturas con cacerías de antílopes, hienas y avestruces y una serie de fieras huyendo de la comitiva real. Y para borrar toda duda, la esfinge del faraón, repetida cuatro veces, aplastando a sus enemigos bajo las patas de las caballerías y las ruedas del carro.

Y por enésima vez me negué a aceptarlo.

Aquella y las piezas examinadas en el «despacho» eran idénticas a las descubiertas en la tumba de Tutankhamen.

Pero si la memoria no me traicionaba, el histórico hallazgo tuvo lugar a principios del siglo XX. Cien años después de la fundación de la Egiptología por Champollion, lord Carnavon, su hija Evelyn y Howard Carter se asomaron maravillados al fastuoso sepulcro del joven rey egipcio. Y volví a preguntarme: si la tumba se hallaba sellada en el momento de la apertura, ¿cómo explicar la presencia del ajuar funerario en el año treinta de nuestra era y en la lejana Cesarea?

Sólo encontré una solución. Pero, como digo, tan fantástica que la rechacé de plano.

Si las piezas existentes en la fortaleza del gobernador de la Judea procedían de la tumba de Tutankhamen, ¿qué fue lo descubierto por Carnavon y su gente? ¿Hubo dos sepulturas gemelas? Aceptando la descabellada hipótesis, ¿cuál era la auténtica? ¿La momia depositada en el tercer sarcófago y sacada a la luz por los arqueólogos en noviembre de 1922 correspondía a Tutankhamen? ¿Eran falsos los enseres «propiedad» de aquel loco?

La verdad es que, conocedor de los frecuentes asaltos al Valle de los Reyes, la teoría de una doble tumba tampoco podía ser descartada. El faraón, por supuesto, sabía de este pillaje. ¿Quiso burlar así a los profanadores?

Tenía que escapar de la mortificante incógnita. Tenía que interrogar a Poncio sobre la procedencia del tesoro. ¿Cómo y dónde lo había conseguido?

Y, necesitado de un respiro, acudí al tablero rectangular de piedra que se levantaba en el costado izquierdo del lecho y que, apuntalado por una columna de un metro de alzada, sostenía la bandeja de fruta. Y hambriento di buena cuenta de los presentes. Y obsesionado por el galimatías de Tutankhamen casi olvidé la última estancia.

¿Sorpresa?

A estas alturas supuse que ya nada me asombraría. Nueva equivocación.

En la pared opuesta al cortinaje aparecía una menuda, coqueta y misteriosa puerta blanca.

Al franquearla, una suave brisa agitó la media docena de flamas que colgaban de los muros.

¡Dios bendito!

La sed de lujo del gobernador era insaciable.

La sala, eufemísticamente conocida como «lugar secreto», resultó una meditada conjunción entre baño y terraza. En sus ocho por cuatro metros encontré mucho más de lo que hoy (en pleno siglo XX) podría hallar en cualquier hotel o mansión de cinco estrellas.

293

La «pared» orientada al este y encarada a la puerta era en realidad una bellísima y delicada sucesión de vidrieras, separadas entre sí por siete columnas de *pavonazzetto* (un frágil mármol frigio con manchas negras). Cada una de las seis hojas había sido elaborada con fragmentos de vidrios coloreados que componían atribuciones y simbolismos de Virgo: el número seis, el fuego, el sello de Salomón, el agua, los seis triángulos equiláteros inscritos en un círculo y el nudo de Isis, garantía de inmortalidad.

Todas permanecían abiertas, brindando al invitado la rutilante visión de una Cesarea iluminada por cientos —quizá miles— de antorchas.

El resto era «nieve». Muros, techo y suelo, forrados con un mármol fenicio blanco como el nácar, tiritaban al conjuro de las inquietas y amarillentas llamas de las lucernas.

Y sobre el pavimento, una mullida y acariciante alfombra de piel de nutria. ¿Una? La pieza, de cuatro por cinco metros, debía reunir, al menos, una veintena de pieles de aquellos mustélidos, tan abundantes en el Jordán y valle de Hule.

En el rincón de la izquierda, aquel sibarita emplazó una enorme bañera circular de tres metros de diámetro, provista de escalones y rescatada de un bloque macizo de mármol de Carrara. Y al asomarme a la doble grifería de oro, esculpida —cómo no— en forma fálica, leí perplejo: «Agua salada»... «Agua dulce.»

Yo sabía del excelente sistema de conducciones y cloacas de la ciudad (1), pero aquello —en griego y latín— era demasiado. Manipulé los grifos y, en efecto, sendos

(1)   Herodes el Grande, además de los acueductos y una red que repartía el agua potable a la casi totalidad de Cesarea, dotó a la ciudad de un gigantesco e inteligente complejo de cloacas abovedadas que se adentraba en la mar. Por estos túneles, de tres metros de altura y medio kilómetro de longitud, penetraba el agua salada en cada marea, saneando y retirando los detritos. Una de estas conducciones se hallaba preparada incluso para permitir el ingreso del Mediterráneo en las calles, baldeándolas. *(N. del m.)*

chorros de agua marina y potable inundaron con fuerza la bañera.

¿Demasiado? No, aún faltaba lo «mejor».

A medio metro por encima de la «piscina», formando escuadra, se empotraban en las paredes dos estanterías de mármol igualmente nevado, con treinta o cuarenta recipientes de todos los tamaños y formas imaginables. Los había de alabastro, marfil, hueso, bronce, arcilla y plata. Y al examinar los contenidos comprobé que se trataba de aceites, ungüentos y esencias, obligados siempre tras la limpieza del cuerpo. Poncio no reparaba en gastos. Allí podía disfrutarse del carísimo y cotizado bálsamo de Jericó y Ein Gedi, en la orilla occidental del mar Muerto. Allí, el huésped estaba en condiciones de elegir entre un mareante surtido de gálbano, cremas contra las arrugas, nardo, incienso, áloe, casia, alheña, tintes para las canas (1), sustancias hidratantes y limpiadoras de la piel y una colección de perfumes que, honradamente, no acerté a identificar.

Y en cajitas de obsidiana y vidrio, estratégicamente repartidas, el *borit* (un jabón fabricado con cenizas de plantas aromáticas y potasio), la piedra pómez, la *cimolea* (otra piedra calcárea rica en sosa) y cenicientas esponjas del mar Rojo.

El resto de aquella pared de la izquierda lo ocupaba un fornido armario de doble cuerpo. En la parte inferior guardaban los lienzos de algodón utilizados como toallas, pulcramente plegados y salpicados con bolitas de menta. Al abrir las portezuelas superiores, uno se encontraba frente a un soberbio espejo de un metro cuadrado, en un bronce pacientemente pulido y en el que fue grabada una fina, casi imperceptible, escena: dos jóvenes desnudas lavándose (una de ellas, «Lara», la divinidad etrusca).

Y colgados de los tableros laterales, los *estrigilos*,

---

(1) Según pude comprobar, la loción contra las canas no era otra cosa que sangre de toro o vaca, hervida en aceite. La creencia popular admitía que el color del pelo del animal pasaba al individuo que usaba dicha mezcla. *(N. del m.)*

unos ganchos metálicos empleados para raer la piel antes del baño (1).

Y al fondo, bajo el espejo, una primorosa caja de aseo en madera de ciprés y revestida de láminas de marfil. En ocho compartimientos aparecía lo necesario para el cuidado del cabello y la barba, pintura para ojos y cara, instrumental de depilación y peines contra parásitos. Allí se alineaban desde un espejo de mano en plata bruñida y con agarradera en forma de tallo de papiro hasta la más exigente colección de pasadores y rizadores para el pelo, pasando por espátulas, pinceles, pinzas y cuchillos para la depilación y peines de doble uso en concha y madera de sándalo. (Por un lado, los dientes más abiertos para el peinado y, del otro, una fila más densa para el arrastre de piojos.) Los productos para el maquillaje se hallaban almacenados en bols o tacitas de vidrio. Supongo que no faltaba de nada: antimonio, hollín, galena, malaquita, *kohl* y lapislázuli para ojos, cejas y párpados; estracto de *murex* y algas para labios y uñas; cera para abrillantar y mantener en pie los complicados peinados; cremas para mascarillas nocturnas y diurnas (2); emplastos contra las arrugas (3) y, en fin, toda una serie de polvos de origen mineral y vegetal para el bronceado artificial del cutis.

Pero, como decía, no lo había visto todo. La gran

(1) El uso de estos *estrígilos* fue puesto de moda por los atletas griegos, que los empleaban en gimnasios y competiciones, eliminando así el aceite y la arena. Una vez raspada la piel se procedía al baño o a la ducha. (*N. del m.*)

(2) Estas mascarillas de belleza estaban formadas básicamente por harina, a la que podían añadir pepitas de ciprés trituradas en leche, miel, clara de huevo y miga de pan. En ocasiones, la *ornatrix* (criada responsable de la cosmética) preparaba la mascarilla a base de polvo de albayalde, un carbonato básico de plomo de dudosa eficacia. (*N. del m.*)

(3) Las pócimas contra las arrugas y demás signos de la vejez eran mucho más peregrinas y sujetas a todo tipo de supersticiones. Así, por ejemplo, una de las más «cotizadas» consistía en una mezcla de incienso, aceite fresco, cera y las mencionadas pepitas de ciprés previamente molidas en leche de burra. El «tratamiento» debía repetirse durante seis días. (*N. del m.*)

sorpresa aguardaba en el rincón opuesto, a la derecha de la puerta.

¿Cómo describirlo?

La verdad es que, al inspeccionarlo, no supe si reír o llorar.

No cabía duda: Poncio desvariaba...

En dicho sector, iluminado por tres lámparas, se alzaba lo que, en un primer momento, confundí con un altar.

¿Un altar en el «lugar secreto»?

Pronto comprendí el error. Sobre un pedestal de mampostería de dos metros de lado por uno de alto, perfectamente vestido con granito negro y provisto de unos peldaños por la cara frontal, aquel «genio» emplazó la estatua de un enano. Al menos, a juzgar por la anatomía, así me lo pareció.

Se trataba de una talla en madera policromada. El supuesto «ídolo» aparecía sentado a la turca y con una malévola sonrisa que colmaba el redondo y mofletudo rostro. Presentaba los brazos articulados y caídos a lo largo del desnudo cuerpo. Guardaba cierta semejanza con la escultura del grupo egipcio de Seneb.

Y al descubrir el agujero de quince centímetros existente entre las cruzadas y cortas piernas, aclaré, como digo, la verdadera «naturaleza» del monumento. Me hallaba, en efecto, ante el más insólito excusado que había visto en mi vida.

No hacía falta ser muy despierto para intuir que el huésped de aquella extravagante *suite* debía sentarse sobre las piernas del enano cada vez que quisiera satisfacer sus necesidades fisiológicas.

En cuanto a los brazos articulados, ¿cuál era su función? También quedaría despejada al instante. Bastaba tirar del derecho hacia el frente para que, al punto, el interior del pedestal se viera inundado por cuatro potentes manguerazos de agua salada. El izquierdo, por su parte, al avanzar, ponía en funcionamiento un ingenioso mecanismo que liberaba una fragante esencia de lirios.

Pero no terminaba ahí el «invento» del gobernador...

Al observar el rojo torso del enano creí interpretar el

porqué de aquella figura concreta. En el pecho, en relevantes caracteres latinos, podía leerse un nombre: «Gavio Apicio.» Y aunque en esos momentos no supe quién era el tal Apicio, imaginé que la estatua tenía mucho que ver con alguno de los enemigos de Poncio. ¿Una burla? ¿Una venganza? Ambas posibilidades encajaban en la sinuosa mente de aquel maniaco.

A mi regreso al módulo, «Santa Claus» ofreció una posible solución al enigma. Al parecer, en tiempos de Augusto y Tiberio vivió en Roma un excéntrico millonario —M. Gavio Apicio—, tan famoso por su fortuna como por sus dispendios (1). Aquel sujeto, de vida escandalosa y refinada, terminaría convirtiéndose en un mito, envidiado y odiado a partes iguales. Y, como decía, supuse que su «presencia» en el retrete tenía que obedecer a una de estas razones. Puede que a la dos.

Para la posterior limpieza, el invitado disponía de un «sistema», último grito en la moda escatológica, que hacía furor entre los patricios y clases adineradas: de la muñeca derecha del tal «Apicio» colgaba un cubilete de cuero con una nutrida reserva de papiros (2). Y al repa-

---

(1)   Según el banco de datos del ordenador central, aquel Gavio Apicio llegó a derrochar en orgías, viajes y todo tipo de caprichos entre sesenta y cien millones de sestercios (un denario de plata equivalía a seis sestercios, aproximadamente). Apio, en un libro sobre este millonario, cuenta que su locura era tal que, en cierta ocasión, emprendió un fatigoso y largo viaje hasta el mar de Minturne, en África, porque alguien le aseguró que en dicha zona los cangrejos eran gigantescos. Al parecer, este dilapidador incorregible acabó su vida suicidándose porque, por un error de cálculo, creyó que su fortuna había menguado hasta la «ridícula e insoportable» cifra de diez millones de sestercios (algo más de un millón y medio de denarios de plata). La cuestión es que el nombre de Apicio se convertiría en un símbolo de riqueza y placer desenfrenado. Todo joven, y no tan joven, aspiraba a ser un «Apicio». Heliogábalo, incluso, lo tomó como modelo doscientos años más tarde. *(N. del m.)*

(2)   Aunque comprendo que no es un tema agradable, creo que debo ser fiel a cuantas costumbres acerté a conocer en aquel tiempo y en aquellos lugares. Una de ellas —la limpieza tras las deposiciones— provocaría repugnancia y consternación en nuestros días. Tanto judíos como paganos, a excepción de los más pudientes y refinados, se servían para tal menester de lo que tenían más a mano: gene-

sarlos descubrí, atónito, cómo la mayor parte aparecía escrita con las más increíbles y groseras frases. Algunas de las reproducibles, en latín o griego, rezaban textualmente:

«Para Apicio...»

«Para Macro y su jefe...» (1).

«Para Crono: devóralo si puedes...»

Y una que me intrigó especialmente:

«Para Jasón y los malditos sueños de la leprosa...»

¿Jasón? Evidentemente no podía tratarse de aquel estupefacto griego de Tesalónica. ¿A quién aludía entonces la «cariñosa» dedicatoria? ¿Quién era la leprosa? Esa misma noche quedaría aclarado.

Pero la enajenación del gobernador no parecía tener fronteras. Y mi asombro tampoco.

No contento con los papiros manuscritos, supongo que por estimular el morbo del huésped, había dispuesto junto al «altar» un pequeño escritorio, con otro arsenal de hojas y los correspondientes tinteros y cálamos. De esta forma, el invitado podía dar rienda suelta a sus pequeñas o grandes venganzas.

Poncio, en fin, cuidadoso con los detalles, tuvo en cuenta incluso que el inquilino de la *suite* fuera mujer. Eso deduje al menos al examinar un segundo cubilete amarrado a la muñeca izquierda del deforme Apicio. En el interior encontré varias «compresas», confeccionadas en lino o en una mezcla de algodón y lino. Estos paños, utilizados por la mayoría de las judías o gentiles durante la menstruación, se distinguían de los habituales por unos lujosos cordoncitos que servían para sujetarlos, amarrándolos a la cintura o la ropa interior.

---

ralmente piedras, hojas o, sencillamente, los dedos. De ahí que una de las obligaciones, amén de enterrar los excrementos, era lavarse antes de las comidas. Introducir la mano derecha (también la izquierda entre muchos judíos) en el plato común, sin haberse lavado previamente, era calificado como una grave ofensa. Y con razón. *(N. del m.)*

(1) Podría tratarse del jefe supremo de las fuerzas romanas destacadas en Capri y que tenían por misión velar por la seguridad del «jefe» o «viejecito»: el emperador Tiberio. *(N. del m.)*

Y junto a las «compresas», un recipiente de vidrio que, al destaparlo, me dejó no menos perplejo. Sumé cuatro preservativos, confeccionados con tripas de animales (posiblemente de gatos y cerdos) y perfectamente lubrificados en aceite.

Y abrumado por tanta locura seguí los consejos de Civilis. Durante un buen rato permanecí en la «piscina», disfrutando de un relajante baño. Y debí de quedarme dormido porque, al regresar al dormitorio, comprendí que alguien había entrado en la habitación. Sobre la cama, y vistiendo al maniquí, aparecían sendas túnicas, los ceñidores y dos pares de sandalias a estrenar. Las finas vestiduras, de lino ambarino y una refrescante seda azul, respectivamente, se ajustaban a mi talla como hechas a medida. Y recordé la osada actitud del esclavo de la luminosa cabellera rubia.

Las sandalias, en cuero de vaca, eran otra «especialidad» del refinado Poncio. Atento a la moda me proporcionó un modelo que ya tuve ocasión de contemplar en la fugaz visita del Maestro a Herodes Antipas, en Jerusalén.

Para eliminar el desagradable olor provocado por la transpiración —sobre todo en climas calurosos como el de Cesarea—, los ingeniosos zapateros judíos y sirios perfeccionaron aquel tipo de calzado con una serie de almohadillas impregnadas en mirra. El peso del cuerpo hacía el resto. Los «vaporizadores» expulsaban a cada paso invisibles «nubes» de perfume, envolviendo al individuo en una reconfortante atmósfera.

Elegí el lino y mis propias sandalias, las «electrónicas». La pérdida de aquel último par hubiera sido irreparable. Muchas de las futuras misiones debían ser controladas por Eliseo, merced a uno de los dispositivos alojado en las suelas. Las conexiones vía láser, sobre todo, eran vitales.

Y dudé. ¿Portaba el cayado? Ignoraba a qué clase de cena me disponía a asistir. Y prudentemente, amparándome en la calidad de «augur», decidí no separarme de él. La elección, como veremos, no fue acertada... ¿O sí?

Incorporé la bolsa de hule al cíngulo granate y, notablemente descansado, me preparé mentalmente para el nuevo «asalto». Una aventura que tampoco olvidaré con facilidad.

Puntual, según lo acordado, el *primipilus* se presentó en mi alojamiento con los primeros guiños de los luceros. Su atuendo era el mismo. Y me tranquilicé. Quizá se trataba de una cena íntima.

Pobre iluso...

Al pisar el *triclinium* (el gran comedor) sospeché que volvía a equivocarme.

El centurión jefe de la cohorte me condujo en silencio a la parte alta de la fortaleza. Allí, salvado un patio o peristilo, cruzamos bajo una pesada puerta de bronce igualmente custodiada por dos soldados armados.

Y siguieron los sustos.

Debí imaginarlo. La *suite* era un inocente juego al lado de aquel —cómo calificarlo— ¿faraónico?, ¿revolucionario?, ¿demencial recinto?

Afortunadamente fuimos los primeros. Esto me autorizó a revisarlo, formándome una idea del lugar y sabiendo a qué atenerme en caso de emergencia.

¿Por dónde empezar?

Podría decir que el *triclinium*, la más noble y cuidada estancia de la residencia (1), fue concebido con un aire tan «modernista» que habría hecho palidecer a los arquitectos de nuestra época.

¿Una burbuja? Algo así.

La pared, de unos tres metros de altura, raseada con pasta de cal apagada, formaba un círculo espectacular de ¡cincuenta metros de diámetro!

Civilis, disfrutando con mi mal disimulado asombro, se retiró burlón hacia el fondo, al encuentro de una larga mesa cargada de viandas. Y quien esto escribe, probablemente con cara de estúpido, permaneció junto al

(1) Estos aposentos eran el lugar ideal para demostrar y exhibir poder y riqueza. Y las comidas y recepciones, el mejor pretexto. El «cenáculo», en cambio, era reservado para los almuerzos íntimos. *(N. del m.)*

portón de bronce. (Una entrada que utilizaré como referencia.)

Y por encima del muro circular —aunque no anclados en él—, unos audaces, casi «milagrosos», arcos metálicos que volaban de un extremo a otro, sujetando una techumbre abovedada y armada por menguados paneles de un raro y carísimo material denominado «piedra de sangre». (Una clorita de un bello verde manzana con incrustaciones de jaspe sanguinolento.) Unas placas que sólo podían proceder de la remota región volcánica del Deccan, en la península de Kathiawar, en la India.

Al principio no comprendí por qué los tirantes de metal no descansaban en lo alto de la pared. Parecían «flotar» por detrás del muro, sujetos a «algo» no visible desde el piso del *triclinium*. Después, en el transcurso de la agitada cena, Poncio se encargaría de desvelar el misterio.

El inmenso comedor se hallaba abierto por el oeste. Frente por frente al portón de bronce, en el segmento hacia el que había caminado el centurión, el largo muro aparecía interrumpido por un ventanal de dimensiones igualmente imperiales: ¡treinta metros! Unos toldos a franjas rojas y blancas, enrollados en pértigas, permitían el cierre a voluntad. La panorámica del mar era magnífica y la orientación, desde luego, perfecta (1).

Y en el centro geométrico de la sala, otro «capricho» del gobernador: desde lo alto de la cúpula se precipita-

(1) Siguiendo las instrucciones de los arquitectos romanos, en especial del genial Vitrubio, las casas de las familias acaudaladas eran construidas con una estudiada precisión. Nada se dejaba al azar. Comedores y baños de invierno, por ejemplo, eran orientados al oeste, dado que se utilizaban por la tarde. De esta forma conservaban una agradable temperatura. Dormitorios y bibliotecas, en cambio, se situaban mirando al este, propiciando así la mejor conservación de los rollos y el secado de la ropa de cama. En el Mediterráneo, los vientos del sur y del oeste soplan cargados de humedad. Los comedores de primavera y otoño aparecían también orientados al este. No así el de verano. En este caso, para mantenerlo fresco, se elegía el norte. Y lo mismo ocurría con los salones donde se exhibían pinturas y tapices. Todos debían orientarse al norte. La luz constante realzaba la brillantez de los colores. *(N. del m.)*

ban hacia una concha de mármol rosa de un metro de alzada un total de tres gruesas varas de agua. Aquel ninfeo o «castillo acuático» superaba en estampa y valentía al célebre de Side y al «septizonio» de Séptimo Severo, en Roma.

Y al avanzar hacia la rumorosa pila, el suelo crujió bajo los pies.

¡Inaudito!

El piso era una playa artificial, pacientemente montada con cientos de miles de pequeños, pulidos y brillantes restos de conchas marinas, todos, absolutamente todos, blancos.

El «castillo de agua», cuyo sistema de bombeo no alcancé a descubrir, era alimentado por el mar. Y a pesar de la altura desde la que descargaba (alrededor de diez metros), la cóncava estructura de la gran concha evitaba que se proyectara y salpicara el exterior. Y tuve que reconocer, una vez más, lo poco que sabía de aquella intrépida civilización romana.

Alrededor de la «cascada», varios sirvientes ordenaban una treintena de triclinios, los estirados «sofás» sin respaldo en los que se tumbaban los comensales. (El nombre de *triclinium*, que se daba generalmente al comedor, procedía de la palabra que servía para designar estos «sofás». Originariamente, entre los griegos, cada mesa (*clíne*) era rodeada por tres de estos asientos. De ahí la denominación de triclinio. Con el tiempo, sin embargo, la costumbre fue perdiéndose y las salas de banquetes terminaron reuniendo un número ilimitado de triclinios. También las mujeres dejaron de comer sentadas —como mandaba la tradición—, incorporándose a la fórmula masculina: recostadas y con las piernas colgando por la parte posterior.)

Aquello me dio una idea del número de asistentes a la cena de cumpleaños de Claudia Procla.

A la izquierda de la pila (mirando siempre desde el portón de bronce), separado del resto, fue preparado el triclinio presidencial. Probablemente, el del anfitrión. Los otros veintinueve dibujaban una oronda U en torno al ninfeo.

Y al curiosear llamó mi atención el «relleno» de los almohadones. En esta ocasión no fueron engordados con plumas o pétalos de rosas. Al presionarlos comprobé con extrañeza cómo el suave cuero cedía con dificultad. Uno de los criados, al percatarse de mi «hallazgo», sonrió maliciosamente. Los cojines, en efecto, habían sido inflados. Como veremos más adelante, aquel aire también tenía su razón de ser. Poncio, al parecer, deseaba divertir y divertirse.

Y quien esto escribe se enfrentó a la «joya» del lugar. En el duro entrenamiento previo a la operación recibimos nociones sobre instrumentos musicales de la época. Y supe igualmente de la existencia de aquel prodigioso aparato. Pero una cosa era estudiar y documentarse y otra, bien distinta, contemplarlo.

Maravilloso. Sencillamente maravilloso...

Entre los triclinios que formaban la base de la U y el muro de la derecha, como un desafío al erróneo concepto del hombre del siglo XX sobre aquellas supuestas atrasadas civilizaciones, se erguía gallardo un ejemplar del llamado *hydraulis*: un órgano hidráulico de tres metros de altura, con veintiún tubos de estaño y una conmovedora «maquinaria».

Y quedé tan prendado que, durante unos minutos, sólo tuve ojos para el curioso «ancestro» de los solemnes órganos.

¿Cómo llegó hasta la fortaleza? A juzgar por el lujo que envolvía al gobernador la pregunta carecía de fundamento. Era más que probable que el *hydraulis*, inventado en el siglo III antes de Cristo por Ktesibios, ingeniero afincado en la ciudad egipcia de Alejandría (1),

---

(1)   Los modelos romanos del *hydraulis* —estudiados por Ulrich Michels y cuyas investigaciones nos sirvieron de documentación— habían sido lógicamente perfeccionados. Disponían de tres hileras de tubos (en bronce o estaño) a distancia de una quinta y una octava (también a octava y doble octava), conectados con tiradores de registros y teclas. El aire era suministrado mediante un ingenioso sistema consistente en dos bombas provistas de válvula de retención. El genial Ktesibios, para equilibrar las ráfagas, dirigió el aire a presión hacia un depósito de metal abierto por la parte inferior y encerrado a

fuera un divertimento bastante común entre los potentados del imperio.

Insisto: cuán equivocados estamos respecto a la forma de vida y al «confort» de estos pueblos...

Y antes de examinar las misteriosas pinturas que decoraban la pared izquierda del *triclinium* me aproximé, no menos desconcertado, a la talla de piedra que montaba guardia a espaldas del «sofá» presidencial.

El abultado vientre, las anchas caderas, el rostro fino y puntiagudo...

No estaba seguro pero me recordó otra de las célebres estatuas egipcias. Concretamente, una pieza depositada en el museo de El Cairo.

¿Auténtica? Tampoco lo sé.

La escultura, en caliza, representaba al rey Akhnatón, el «rebelde» de la XVIII dinastía, con mitra azul y sosteniendo en las manos la bandeja de las ofrendas sagradas.

En esta ocasión el irreverente Poncio la había destinado a un uso bastante menos «místico». Las «ofrendas» consistían en copas de plata, con la correspondiente escolta de estirados recipientes de alabastro. Unas «botellas» —supuse— con vino.

¡Akhnatón convertido en mueble-bar!

Civilis, con una jarra entre los dedos, seguía observándome desde la mesa montada junto al gran ventanal. Y en esos instantes irrumpió en el *triclinium* una segunda partida de esclavos. Vestían el mismo «uniforme» que los primeros: túnica corta hasta la mitad del muslo, sin mangas y en un impecable y llamativo color azafrán. El ingreso y el abandono del comedor los efectuaban

---

su vez en otro tanque lleno de agua. El aire presionaba el líquido hacia abajo, obligando al agua a subir en el depósito exterior. Al mismo tiempo, el aire del recinto interior se veía sujeto a una presión uniforme, lográndose finalmente un mismo nivel de agua en ambos tanques.

Existe documentación sobre la utilización de estos sonoros instrumentos musicales al aire libre; en especial en los anfiteatros. *(N. del m.)*

por un curioso juego de doble puerta, muy próximo al extremo derecho de la casi interminable mesa. En la parte superior de cada una de ellas habían pintado sendos rabinos judíos desnudos, de frente y de espaldas, que marcaban las correspondientes y obligadas direcciones de entrada y salida para los criados. Una vez franqueadas, unos muelles las devolvían a la posición natural de cierre.

Aquella media docena de siervos, portando lámparas con un largo pie metálico, se dirigió a la U, distribuyendo las antorchas entre los «sofás».

Un individuo con una túnica del mismo corte, pero en color marfileño, vigilaba estrechamente a los silenciosos criados. Y cada triclinio recibió una de aquellas vivas lucernas provistas, como digo, de un mástil de hierro de metro y medio de altura. E imaginé que el severo y puntilloso hombre que dirigía a la servidumbre era el *tricliniarcha*, una especie de *maître* o mayordomo, responsable de la cocina y del perfecto funcionamiento de la cena.

Y con las treinta nuevas candelas, el recinto, iluminado ya por sesenta antorchas colgadas y repartidas a lo largo del muro circular, se convirtió en una centelleante ascua. Y las miriadas de jaspe rojo de la bóveda tiritaron como un segundo e insinuante firmamento.

Todo, al parecer, se hallaba a punto para el festín. Una celebración, como no tardaría en comprobar y padecer, al más puro estilo romano.

Y presintiendo que Poncio y sus desconocidos invitados aparecerían de un momento a otro me apresuré a echar un vistazo a los grandiosos murales que alegraban el semicírculo izquierdo del *triclinium*.

Y conforme fui inspeccionándolos, el ánimo de este explorador se turbó.

«Aquello» no podía ser casual. Tampoco el fruto de la calenturienta imaginación de un artista.

Y tratando de serenarme volví a repasarlos.

En un arco de sesenta metros (casi la mitad del comedor), magistralmente pintadas sobre estuco y en la comprometida técnica del fresco, creí distinguir cinco escenas, aparentemente relacionadas. La última, muy próxima al portón de bronce, se hallaba todavía en fase de ejecución, simplemente esbozada a carbón sobre el segundo soporte de cal apagada (1). Probablemente, en una nueva sesión, el pintor la remataría.

El primero de los «cuadros», a la izquierda del gran ventanal, fue el más fácil (?) de interpretar. Y quien esto escribe, como digo, se vio asaltado por una incómoda sensación.

En la gélida brillantez del fresco, entre rojos desgarrados de cadmio, negros marte y alquímicos, azules ultramar, blancos alpinos, verdes jungla y sienas tostados, identifiqué a un viejo y familiar héroe mitológico: Jasón, príncipe de Yolcos.

El mito de Tesalia, como narra la leyenda (2), calza-

(1)   Las técnicas del fresco, conocidas desde el III milenio antes de Cristo, alcanzaron gran auge durante el imperio romano. La pared circular de aquel *triclinium* fue dispuesta en su totalidad para el desarrollo de esta bella y difícil modalidad artística. El muro que servía de soporte recibió un primer revoque, grueso y rugoso. Sobre éste se dispuso un segundo enlucido, más sutil y a base de la mencionada cal. Otros artistas preferían el yeso fino. Sobre esta segunda preparación dibujaba el pintor, perfilando paisajes o figuras. Posteriormente la cubría con una leve capa de mortero o mármol pulverizado *(intonaco)*. Y el boceto, transparentándose, servía de guía para el definitivo coloreado. Generalmente, el artista debía ultimar el trabajo en una sola jornada. El *intonaco* que quedaba sin pintar tenía que ser raspado, siendo sometido a una nueva imprimación. Una de las grandes ventajas del fresco consistía en la rápida absorción de la pintura por el enlucido, formando así un todo compacto y de gran resistencia a la decoloración. *(N. del m.)*

(2)   Como creo haber mencionado, el nombre de «Jasón» fue adoptado por los responsables de la operación *Caballo de Troya* en recuerdo de las aventuras vividas por el héroe griego en su búsqueda del Vellocino de Oro. Y, salvando las distancias, la verdad es que acertaron.

En síntesis, la vida de Jasón, príncipe heredero de Yolcos (Tesalia), fue un continuo ir y venir, a la conquista de lo que Jung definió como «un imposible» (lo que repugna a la razón).

Desde muy joven fue separado de la corte de su padre, el rey Esón, siendo educado en las artes de la medicina, la guerra, la filosofía y la ciencia por Quirón, un sabio centauro. En ese tiempo, su tío Pelias destronó a Esón. Y Jasón regresó a Yolcos para reclamar el trono. En el camino ayudó a una anciana a cruzar un río, perdiendo

do con una sola sandalia, daba muerte con su lanza a una monstruosa serpiente. Al fondo, colgando de un árbol, el famoso Vellocino de Oro. Y junto a Jasón, la hechicera Medea, su enamorada.

Pero lo que me impactó fue la cabeza del reptil. Por razones que obviamente ignoraba, el artista la sustituyó por otra perfectamente reconocible: la de Poncio.

¿Jasón dando muerte al gobernador?

A mi regreso de la Palestina de Jesús de Nazaret creo haber comprendido.

La muerte de la serpiente era un símbolo. Y supongo que el hipotético lector de estos diarios no tendrá dificultad para entender a qué clase de «muerte» me refiero. La imagen de Poncio dibujada en estas torpes páginas constituye un «lanzazo» mortal a cuantas versiones sobre su personalidad han circulado por la Historia.

Ahora bien, ¿cuál era el origen de esta «inspiración»? ¿Cómo explicar la figura del simbólico Jasón pintada en aquella pared? Nadie, en Cesarea, conocía mi verdadera identidad ni los auténticos motivos de mi presencia en Israel.

---

una sandalia. La anciana era en realidad la diosa Hera, disfrazada. Y Jasón se benefició de su poder. Y al presentarse ante el usurpador, Pelias se atemorizó. Al parecer, un oráculo había vaticinado que se guardara de un extranjero calzado con una sola sandalia. Y tratando de ganar tiempo, Pelias prometió restituir el trono siempre y cuando su sobrino Jasón trajera el Vellocino de Oro. Este vellón o lana de oro perteneció a un prodigioso carnero dotado de inteligencia y capaz de hablar y volar. El fantástico animal fue regalado por Hermes a los hermanos Frixo y Hele, hijos del rey beocio Atamante. Estos hermanos tuvieron que huir de su reino y lo hicieron a lomos del carnero volador. Hele cayó al mar y, desde entonces, aquel lugar fue conocido como el Helesponto. Frixo consiguió llegar a Cólquide, en el extremo del Ponto Euxino. Y allí, en agradecimiento, sacrificó el carnero a Zeus, regalando la «piel» (el Vellocino de Oro) al rey Eetes, dueño y señor de Cólquide. Y el tesoro fue colgado de un árbol, siendo custodiado por una serpiente que no dormía jamás. Jasón aceptó el casi imposible reto y armó una nave a la que llamó «Argos». Y reuniendo a los héroes más famosos se lanzó a la aventura, rumbo a Cólquide. Y después de múltiples peripecias consiguió vencer a la serpiente con la ayuda de Medea, hija de Eetes, apoderándose del preciado botín. *(N. del m.)*

Y me estremecí. Era para enloquecer.

Pero todo guardaba sentido. La solución llegaría de la mano de un personaje tan singular como desconocido. Y al despejarse, como le sucediera al Poncio del fresco, el enigma me hirió de muerte...

La siguiente escena, sin duda, fue la más ardua y sobrecogedora. En especial por lo insinuado en el arma de uno de los protagonistas.

Y al comprender, una anestesiada angustia se enroscó en quien esto escribe.

En un dominante azul cerúleo, apenas inquietado por nerviosas pinceladas en ocre trigo, negro petróleo y rojo sangre, el enigmático pintor había recreado de nuevo la imagen de Jasón, acompañada esta vez de un Poncio igualmente desnudo. Ambos, arrodillados, devoraban ansiosamente a un tercer individuo. Este último, con la cabeza vuelta hacia el espectador, sonreía cínicamente. Su mano derecha empuñaba una larga y temible hoz.

Y al reparar en la leyenda pintada sobre la cuchilla el corazón se detuvo.

¡Imposible!

Aquello tenía que ser una pesadilla. Y estaba en lo cierto...

En números romanos y en caracteres latinos podía leerse: «Tres mil días.»

Aquel tercer personaje, devorado por el gobernador de la Judea y por el héroe de una sola sandalia, era Crono, dios del tiempo (1). Mis sospechas se verían ratifi-

---

(1)   En la mitología de la Grecia clásica, al dios Crono, que despedazó a su padre Urano con una hoz, se le atribuía el haber devorado a su prole, movido por un oráculo que predijo su destronamiento por uno de sus hijos. Y conforme nacían, Crono, en efecto, los devoraba. Su esposa Rea, próximo el siguiente alumbramiento, pidió ayuda a sus padres y, trasladándose a Creta, dio a luz en una profunda caverna de los bosques del monte Ageo. Y envolviendo una gran piedra entre pañales se la ofreció a Crono, que la tragó al momento, imaginando que se trataba del último vástago. Más tarde, como anunció el oráculo, aquel hijo superviviente —el gran Zeus— derrotaría a su padre. (N. del m.)

cadas poco después por esa interesante persona a la que aludía anteriormente.

La intuición, en efecto, me puso en el camino correcto.

Pero ¿cómo era posible? ¿Quién sabía...?

Instintivamente asocié la macabra escena a mi propia tragedia. También creí entender la del gobernador, aunque no estoy tan seguro. Esto fue lo que me dictó el instinto:

Tanto Poncio como Jasón (el mitológico y el de carne y hueso) vencerían al tiempo. Los dos primeros han pasado a la Historia. Han «devorado» a Crono. El tercero, el «Jasón de Tesalónica», a su manera, también dominó el tiempo y —quién sabe—, quizá haga «historia», no en los calendarios, sino en los corazones.

Pero aquella «victoria» encerraba una segunda lectura. Menos importante pero igualmente dramática. Así, al menos, fue interpretada por este explorador.

Como no podía ser menos, Crono terminaría vengándose. La descarada sonrisa no dejaba lugar a dudas. Y el plazo para el mortal desquite aparecía siniestramente marcado en la simbólica e implacable hoz: «Tres mil días.»

En otras palabras, nueve años, aproximadamente.

Y una vieja «compañera», una angustia desterrada a duras penas en la sima del alma, se presentó no menos sarcástica ante quien esto escribe.

La grave dolencia que padecíamos —consecuencia de las inversiones de masa— había fijado nuestras expectativas de vida, justa y casualmente (?), en ese límite.

¿Casualidad? ¿Era aquello otra casualidad?

Rotundamente, no. Detrás de los murales, como veremos, anidaba «algo» que fundió mis esquemas...

En cuanto a Poncio, por lo que acerté a deducir, nunca supo, ni sospechó, del carácter premonitorio de dicha pintura. El «aviso», sin embargo, también le afectaba.

Ésta fue mi interpretación:

Aunque, como ya dije, no disponemos de datos concretos y fiables sobre su posible suicidio, es verosímil que la muerte se lo llevara a los nueve años, más o menos, contando a partir de aquel histórico 30 de nuestra era. De algo sí estamos seguros: el gobierno de este psicópata concluyó bruscamente a finales del 36. A raíz de la mencionada matanza de samaritanos, Vitelio, legado del César en Siria, ordenó el traslado de Poncio a Roma. Y sabemos igualmente que el emperador Tiberio murió en el transcurso de ese viaje, precipitando la suerte del gobernador de la Judea. Pues bien, si la muerte del «viejecito» tuvo lugar el 16 de marzo del 37, esto quiere decir que Poncio arribó a la capital del imperio poco después. (En aquella época, entre el 10 de noviembre y el 10 de marzo, el tráfico marítimo por el Mediterráneo quedaba prácticamente paralizado a causa del mal tiempo. Los viajes, por tanto, se hacían por tierra. Teniendo en cuenta que la distancia entre Cesarea y Roma exigía, al menos, cincuenta y cuatro días de marcha, Poncio tuvo que partir de Palestina hacia enero o febrero de ese año 37. Sólo así se explica que llegara después del fallecimiento de Tiberio.)

Para su desgracia, el siguiente emperador sería Cayo César, alias *Calígula* y *Botita*. Y, como fue dicho, el ex gobernador terminaría desterrado.

Aceptando que la orden fuera firmada a lo largo de ese año 37, la presencia de Poncio en las Galias pudo tener lugar entre dicho 37 y quizá el 38. (Algunas tradiciones señalan la actual Suiza como la región en la que se instaló y se quitó la vida.)

La cuestión es que, curiosamente, en el primer tercio del 39 se cumplieron los tres mil días vaticinados en el fresco de Cesarea.

Quizá algún día los descubrimientos arqueológicos o documentales permitan esclarecer la fecha exacta del fallecimiento de este enfermo maniacodepresivo, confirmando la certeza moral de quien esto escribe y bendiciendo la premonición que tuve la fortuna de contemplar.

De todas formas me pregunto: si el artista, o su fuente de información, acertó en el vaticinio sobre Jasón y sus tres mil días, ¿por qué dudar del plazo establecido para la desaparición de Poncio?

La tercera pintura aludía al gobernador, «casi» exclusivamente. Y digo «casi» porque, cuando alcancé a descifrarla, descubrí emocionado —bajo el simbolismo— la estela de otro Personaje muy querido...

En una silla transportable —tipo «curul»—, empleada generalmente por los romanos para impartir justicia, el pintor había retratado a un Poncio niño, con expresión y vestiduras de loco.

Al parecer, alguien más compartía conmigo la seguridad sobre la enfermedad mental del gobernador. Lo increíble es que el suspicaz y agresivo Poncio hubiera admitido semejante insulto en la pared del *triclinium*, a la vista de propios y extraños. También tenía una explicación, muy típica de un ser esclavizado por la superstición.

El niño, deformado por un rostro de adulto, aparecía acurrucado, temeroso y casi perdido en la enorme silla. Vestía túnica roja, un extraño tocado amarillo, collar o gorguera azul tormenta con cascabeles blancos rayados en negro y pies ensangrentados.

Las manos eran garras. Probablemente de cocodrilo. La derecha sostenía un trozo de papiro. La izquierda sujetaba un recipiente de vidrio transparente, similar a un vaso, y aparentemente vacío.

Los «saltones» ojos del infante, aterrorizados, miraban fijamente al vaso. Mejor dicho, a una diminuta figura alada, sin cara (una especie de hada), que permanecía sentada en el filo de dicho vaso.

Al principio no fui capaz de resolver el significado de tan críptica y expresiva pintura. Minutos después, en el transcurso de la cena, ese «alguien», responsable, como digo, de la «inspiración», aclararía el misterio. Y entendí el certero alcance de la escena en general y de la supuesta «hada» en particular.

Y en beneficio de la narración adelantaré lo que me fue revelado al respecto.

Aquel Poncio simbolizaba bestialidad (garras de cocodrilo), irresponsabilidad (vestiduras y adornos de loco) e inconsciencia (aspecto de niño). Es decir, a alguien tan malvado e irreflexivo como para abrir el peligroso «vaso de Pandora», otro de los mitos clásicos (1).

El trono de la justicia y el papiro —según mi confidente— representaban un hecho concreto de la vida del gobernador. Un acontecimiento que yo mismo presencié en la mañana del viernes, 7 de abril: el simulacro de juicio a Jesús de Nazaret por parte de Poncio y la nota con la advertencia de su esposa, aconsejándole que dejara libre a aquel Justo.

Y en una pirueta mágico-simbólica, la «clave» de la pintura: la pequeña criatura alada sentada en el borde del vaso. A pesar de la injusticia, debilidad y delirio de Poncio, éste, sin saberlo, estaba propiciando la aparición en el mundo de la Gran Esperanza.

Por supuesto, mi informante no acertó a intuir el enorme valor esotérico de lo que ordenó pintar. Sencillamente, se limitó a ser fiel a lo «recibido». Sí comprendió una parte: el papel jugado por el gobernador en dicho suceso. El simbolismo del «vaso de Pandora», sin embargo, pasaría inadvertido.

---

(1) La mitología griega cuenta cómo, durante el reinado de Crono, dioses y hombres firmaron la paz. Pero, con el golpe de estado de Zeus —según Hesíodo—, todo cambió. El nuevo jefe del Olimpo impuso su poder a los mortales. Y en una reunión para determinar qué partes de los sacrificios rituales correspondían a los dioses y cuáles a los hombres, otro de los héroes —Prometeo— consiguió engañar a Zeus, cubriendo los huesos de un buey con reluciente grasa. Y Zeus, colérico, retiró el fuego eterno que alumbraba la Tierra. Pero el astuto Prometeo consiguió robar una chispa de ese fuego inextinguible. Y la entregó a los humanos. Indignado, Zeus ordenó a Hefesto que moldeara un cuerpo de barro cuya belleza superase la de las diosas del Olimpo. Y todas las divinidades colmaron de regalos y dones a esta joven virgen. Y fue llamada Pandora, que en griego significa «todo» y «regalo». Uno de los dioses, sin embargo, encerró en su corazón la perfidia y el engaño. Y Zeus la envió a Epimeteo, hermano de Prometeo. Y a pesar de las advertencias de este último, Epimeteo acogió a la hermosa Pandora. Y aquél fue el peor momento de la Humanidad. Pandora abrió entonces el «vaso» (no la caja) que llevaba entre las manos, dejando libres males y calamidades. Y con la primera mujer entró la desgracia en el mundo. Sólo la Esperanza permaneció inmóvil en el filo del vaso, como único consuelo de los hombres. *(N. del m.)*

Del penúltimo cuadro, amén de describirlo, poco puedo decir. Ni la persona que lo «dictó» supo darme razón, ni quien esto escribe ha conseguido descifrar su enigmático contenido. Eliseo, mi hermano, trabajó durante meses intentando desentrañar el indudable y simbólico mensaje. Pero fracasó. Quizá alguien, experto e iniciado, al leer estas líneas, tenga más suerte que nosotros.

Aquel fresco aparecía dominado por una tormentosa combinación de blancos espumeantes, bermellones solares, azules submarinos y negros funerarios.

En primer plano, sobre una pira mortuoria, se distinguía con dificultad la figura de un hombre. Y digo con dificultad porque aquel cadáver estaba siendo incinerado. El rostro, por supuesto, no pertenecía a ninguno de los personajes conocidos por este explorador. El semblante expresaba una intensa paz. En realidad, más que muerto, parecía dormido. Las llamas, afiladas y en un vivísimo cinabrio, llegaban prácticamente al cielo.

El individuo, desnudo, mostraba en la palma de la mano izquierda algo que me recordó un corazón.

A la derecha de la ardiente pira, de frente, el artista había representado un segundo y no menos misterioso personaje: una mujer joven, de negra cabellera, vestida con larga túnica blanca y sosteniendo entre las manos un pergamino abierto. Tenía los ojos fijos en el rollo. Evidentemente leía con gran atención. Y un desconcertante llanto de color azul resbalaba por mejillas y vestidura hasta fundirse con el «suelo». Un «suelo» que, al parecer, no era otra cosa que el mar. Y tuve la impresión de que lágrimas y mar formaban un todo.

Y al leer el título dibujado en el pergamino la confusión fue total. Aquella «repetición», justamente, sería la causa de los sucesivos intentos de penetración en el irritante criptograma. En un principio imaginamos que podía guardar relación con nosotros mismos o quizá con el gobernador. Pero, como digo, el misterio resultaría inexpugnable.

«Tres mil días.»

Así rezaba la mencionada leyenda.

Por supuesto, aquella «locura» estuvo a punto de

perderme. El fondo del enorme mural era un cerrado y brillante firmamento (?) negro, con un gigantesco sol naciente (?). Y en el interior del disco, cincuenta y ocho pequeños círculos, todos en un blanco plateado. Y en el que ocupaba el centro geométrico del supuesto sol, tres palabras. La primera en arameo y las dos siguientes en latín: «*Ab-bā: janua vitae*».

Es decir, «Padre: puerta de la vida».

La insólita combinación me dejó perplejo. Era la primera vez que veía, en una misma frase, conceptos pertenecientes a culturas tan diferentes y, sin embargo, magistralmente trabados. Pero había algo más en aquel título. Algo sutil que nos arrastró de inmediato a la filosofía del Hijo del Hombre. Como creo haber citado, Jesús de Nazaret era un enamorado, un entusiasta, de esa palabra: «*Ab-bā*». Un término que, para el Maestro, significaba mucho más que «padre». El sentido, exactamente, era el de «papá», pero dirigido a su Padre Celestial.

Un «Papá», Dios y puerta de la vida...

Para este explorador, después de caminar junto al Galileo durante tanto tiempo, la expresión tenía un profundo y esperanzador significado. Y, evidentemente, también para el desconocido que ardía en la pira funeraria. Pero ¿quién era?

Como digo, cada uno de los símbolos fue analizado minuciosamente.

El hecho objetivo de la incineración nos hizo descartar, en principio, a los judíos. En aquel tiempo, contrariamente a la costumbre de los romanos, los hebreos sentían auténtica repugnancia por la cremación de los cadáveres (1). Iba sencillamente en contra de sus creen-

---

(1) Aunque no fueran creyentes en la resurrección de la carne (caso de los saduceos), el pueblo judío difícilmente quemaba a sus muertos. La incineración era considerada como un atentado contra la Naturaleza. Si, además, creían en la vida eterna, la cremación significaba la absoluta imposibilidad de recuperar el cuerpo para ese nuevo estado. De ahí que la ejecución por abrasamiento fuera una de las más temidas. Para la religión de Moisés sólo existía el enterramiento. *(N. del m.)*

cias sobre la vida eterna. El muerto, por tanto, debía de ser un gentil. Quizá un romano.

En cuanto al corazón en la mano, todas las consultas resultaron infructuosas. Eliseo apuntó una hipótesis que, obviamente, se quedó en eso: quizá el artista quiso significar que aquel hombre —por su generosidad—, más que en el pecho, tenía el corazón en la mano.

Tampoco la imagen de la mujer aportó mayor información. Sólo un detalle parecía claro: vestía de blanco, símbolo de luto entre aquellas gentes. ¿Guardaba relación con el fallecido? ¿Podía tratarse de la viuda? El llanto, desde luego, expresaba algún vínculo afectivo con el cadáver. Pero ¿por qué fue pintado en azul? ¿Y por qué la fusión de las lágrimas con el supuesto mar?

Este río de interrogantes se convertiría en un furioso *wadi* al enfrentarnos al pergamino. ¿Qué contenía el rollo desplegado por la joven? ¿Por qué se repetía la trágica cifra? ¿Qué tenía que ver aquel individuo con los «tres mil días»? ¿Significaba lo mismo para él que para Poncio y para Jasón?

El no menos enigmático sol (?), por último, nos remató. No hubo forma de atacarlo. A excepción de las tres palabras, los cincuenta y ocho pequeños círculos se resistieron una y otra vez.

¿Un sol naciente? Tratándose de la muerte también podía ser un ocaso.

Cincuenta y ocho círculos rodeando la frase «Papá [Dios]: puerta de la vida»...

El círculo, en muchas mitologías, simbolizaba perfección, poder divino, cielo y tiempo.

¿Tiempo?

Entre los mesopotámicos, por ejemplo, fue una medida de tiempo. Lo dividieron en 360 grados, agrupados en seis segmentos de 60. «*Shar*», justamente, quería decir universo.

¿Una medida de tiempo? ¿Para qué o para quién? ¿Qué secreto escondía aquella pintura? ¿Hablaba quizá de los años vividos por el personaje de la pira? ¿Cincuenta y ocho?

E impotentes nos rendimos.

Sólo las palabras del disco central se mostraron relativamente dóciles. Estaba claro que reflejaban una idea capital para el protagonista de la escena. Pero ¿qué pagano, en aquel tiempo, adoraba o consideraba a un solo Dios? A decir verdad, ninguno. Únicamente los judíos profesaban una religión monoteísta. Pero aquel, aparentemente, no lo era. Además, ningún hebreo se hubiera atrevido a designar al siempre distante y severo Yavé con el cariñoso y familiar apelativo de «Papá». Como se sabe, ni siquiera pronunciaban su nombre.

Y una pesada duda nos acompañó el resto de la misión. Aquel gentil —el «hombre del corazón en la mano», como lo bautizamos desde entonces— tenía que haber conocido al Maestro o sus enseñanzas. Pero ¿por qué fue inmortalizado en aquel *triclinium*? Y, sobre todo, ¿por qué este explorador tuvo que saber de su existencia?

Algo es cierto: nada es casualidad...

E insisto: si las restantes pinturas encerraban un innegable valor simbólico —casi profético—, ¿por qué dudar de la naturaleza igualmente premonitoria (?) del penúltimo fresco? Sé que «algo muy especial» me fue mostrado por el Destino (?). Pero, como decía, mi corto y torpe conocimiento no ha sido capaz de descubrirlo... por ahora.

En cuanto al último boceto...

La verdad es que apenas pude fijarme. De pronto escuché música. Civilis abandonó la jarra y cruzó el gran círculo precipitadamente, reuniéndose con quien esto escribe. Los soldados que guardaban el portón de bronce se cuadraron y, apartando los *pilum*, dejaron paso a un Poncio sonriente y eufórico. Y detrás, una treintena de invitados, igualmente joviales, parlanchines y despreocupados.

El gobernador, al verme, cambió de dirección y, moviéndose al ritmo de la música, se aproximó hasta quien esto escribe, abrazándome. Después, sin perder el compás, continuó hacia el ninfeo.

Supongo que me sonrojé. Y el centurión, divertido, se fue tras él.

En un primer momento, aturdido por la súbita reacción del gobernador, no tuve claro de dónde procedía aquel repugnante olor. La cara de Poncio, es cierto, presentaba un grueso y lechoso maquillaje, realzado por unas finas pinceladas verdes bajo los ojos. Poco después, Claudia Procla satisfaría mi curiosidad. El desagradable «perfume», efectivamente, nacía de la mascarilla de su marido, elaborada con excrementos blancos de cocodrilo, otra de las modas del momento.

Y cerrando la comitiva, ese desconocido y singular personaje al que he venido refiriéndome: Claudia Procla o Prócula. Una mujer excepcional. Y tras ella, dos sirvientas con sendas canastillas, arrojando pétalos sobre su cabeza y una «orquesta» integrada por media docena de músicos fenicios uniformados con túnicas negras y tocando los instrumentos que hacían furor en el imperio: la *kithara* de siete cuerdas, con su gran caja de resonancia (1); la lira, confeccionada con un pintarrajeado caparazón de tortuga y dos cuernos de cabra (2); el *tricordon* o laúd de cuello largo de tres cuerdas; el doble aulos (una especie de flauta frigia), de sonido dulce y apasionado, sujeto al cráneo por las *phorbeia* o correas de cuero (3); el *tympanon* o pandero y las curiosas *krotala*, unas pequeñas castañuelas en madera nacidas siglos atrás en el culto a Dioniso.

Y al son de la alegre canción de Seikilos, un canto a los placeres y a la vida breve (4), se adentraron en el fulgurante comedor. Y al instante, a una señal del «maes-

(1) La *kithara*, colgando del hombro, era punteada por la mano derecha mediante un *plektron* atado a una cuerda. Con la izquierda pulsaba las fibras de tripa de carnero. *(N. del m.)*

(2) La lira o *chelus* (tortuga) fue inventada, al parecer, por Hermes cuando, accidentalmente, pisó el tendón seco tendido en el interior de un caparazón de tortuga. Como la *kithara*, se hallaba consagrada al culto a Apolo. *(N. del m.)*

(3) El aulos o kalamos (caña) disponía de una lengüeta doble, al igual que el oboe. En el doble aulos se soplaban dos *auloi*. *(N. del m.)*

(4) La tonalidad de esta canción de moda en aquel tiempo correspondía a la extensión de una octava *(mi' - mi)*, nota central *la*, con nota superior y final *mi*. Las semicadencias sobre el *sol* y la distribución de los semitonos daban la denominada «escala frigia». *(N. del m.)*

tresala», los criados de túnica azafrán se apresuraron a repartir una copa de vino. Y satisfecho el primer brindis, en el que Claudia pronunció la obligada plegaria a su «lar» —«Yo te alabo, ayúdame. Yo te ofrezco, concédeme»—, el grupo, entre risas y abrazos, procedió a felicitar a la gobernadora. Entre los asistentes, aunque prácticamente no llegué a tener trato con ellos ni recuerdo sus nombres, conté una decena de centuriones *priores* y tres o cuatro decuriones, todos pertenecientes a la cohorte destacada en Cesarea. Vestían túnicas rojas y, al igual que el *primipilus*, portaban las armas reglamentarias. El resto, a excepción del tribuno responsable del régimen administrativo de las fuerzas auxiliares, se hallaba formado por funcionarios, ricos propietarios de las *tabernae* (las cadenas de tiendas), armadores, algunos comerciantes y acaudalados *monopolei* (importadores y exportadores, generalmente de cereal y materias primas). No distinguí un solo judío. Y no tardaría en averiguar por qué.

E incapaz de moverme, los observé desde el muro de los frescos.

La mayoría lucía costosas túnicas de lino, teñidas en chillones y cálidos tonos. Poncio, departiendo con unos y con otros, había cambiado de vestuario, eligiendo para esta festiva ocasión un holgado sayo o casaca de muselina semitransparente, en un femenino púrpura amatista (casi violeta). El vestido, hasta los pies, disimulaba con regular fortuna el pronunciado y bamboleante abdomen. Y en lo alto de la menguada y roma estampa, el inseparable, inestable y escandaloso postizo amarillo, con la no menos inevitable y delatora cola negra cayendo sobre la nuca.

Creo que la casi totalidad aparecía maquillada. Cutis encalados con albayalde o enmascarados por espesos antifaces de un *kohl* terroso y ojos estudiadamente sombreados con antimonio.

Y de pronto, entre flores, música, felicitaciones, vino y risas, Civilis —con un control tan férreo como exquisito de cuanto rodeaba al gobernador— fue a inclinarse discretamente sobre Claudia, susurrándole algo. Y la mirada del centurión, dirigida a quien esto escribe, me puso en guardia. Supongo que, al verme desplazado, trató de corregir la incómoda situación. Y la mujer, girando la cabeza hacia este explorador, atendió la casi segura sugerencia del *primipilus*.

El Destino (?) actuaba de nuevo...

Y Procla, asintiendo, se despegó del bullicioso cónclave. Y fue aproximándose despacio. Sin prisas. Examinándome. Y al abordarme, aquella frágil figura, adelantando una cordial sonrisa, con voz gruesa, preguntó en un impecable koiné:

—¿El «poderoso mago»...?

Correspondí con una leve y respetuosa reverencia, devolviéndole la cortés sonrisa. Y me puse a su disposición.

Aquella mujer, de unos cuarenta años, extremadamente delgada y de una estatura similar a la de Poncio, era otro de mis «objetivos» en Cesarea. Tenía que averiguar el contenido del famoso sueño que, al parecer, la trastornó la noche anterior a la crucifixión del Hijo del Hombre. Pero ¿cómo hacerlo? Y allí mismo, junto a las misteriosas pinturas, el Destino (?) me ofrecería una magnífica oportunidad. Y la aproveché.

—Mi marido me ha hablado de ti...

Embarcados en las primeras frases de tanteo, Claudia y quien esto escribe nos dedicamos a un mutuo, implacable y sigiloso análisis. Y dada mi escasa experiencia en psicología femenina, necesité un tiempo para comprender la razón del exagerado maquillaje que ocultaba buena parte de su cuerpo. Rostro y cuello habían desaparecido, enterrados en una tintura ocre. Hasta ahí pude entender. Lo que me resultó inexplicable fueron brazos y piernas. A través de las finísimas gasas y por debajo del viso mostraba unas extremidades igualmente embadurnadas en un barro rojizo.

—Está entusiasmado contigo...

Una cuidada peluca, en cabello negro y natural, encuadraba la estrecha y angulosa cara. Los bucles, alineados horizontalmente, escondían la frente bajo un generoso flequillo, derramándose sedosos y brillantes hasta los hombros, al estilo de la diosa egipcia Hathor.

—Ese barro del mar de Asfalto ha sido el mejor regalo...

Los grandes ojos, de un negro tizón, aparecían notablemente ampliados con el verde sombreado de la malaquita. Y me llamaron la atención desde el primer momento. A pesar de la aparatosidad del maquillaje disponían de luz propia, irradiando una serenidad que, por supuesto, no encontré en su esposo.

—Sé que eres médico...

Los finos labios, acorazados en rojo, dejaron al aire una saludable dentadura. Y creí percibir un rictus de amargura. Pero, torpe de mí, no supe traducirlo. Algo la atormentaba.

—Cuéntame, ¿cómo está el emperador...?

Y al levantar la copa de plata que sostenía entre los dedos empecé a sospechar el porqué de aquella amargura. Apuró el recio y negro licor y, recuperando el temple, señaló hacia los murales en un intento de rellenar la insustancial conversación.

—¡Jasón!... Es curioso...

Y animándome a seguirla, caminó hacia el gran ventanal, dejando una fragante estela de esencia de espicanardo, el cotizado perfume hindú.

Y encarándose al primero de los frescos —Jasón alanceando a la serpiente—, repitió el comentario:

—¡Jasón!... ¡Qué casualidad!

Y el Destino (?), como decía, limpia y magistralmente, abrió las puertas del enigma.

Claudia, amable y deseosa de complacer a tan «poderoso mago», imaginando que desconocía el simbolismo de las espléndidas pinturas, comenzó a explicar la leyenda.

La dejé explayarse. Evidentemente disfrutaba con el relato. Y súbitamente la interrumpí y, enlazando con su exposición, redondeé la ya mencionada historia del príncipe de Yolcos.

Y gratamente impresionada me observó como sólo lo hacen las mujeres: desde las profundidades del corazón.

E intuyó que aquel médico, mago y augur era mucho más de lo que decía ser.

Y antes de que reaccionara, la interrogué en su estilo. Y abierta y directamente me interesé por el auténtico, por el escondido significado de aquella escena.

¿A qué obedecía el «cambio» en la serpiente? ¿Por qué el artista había sustituido la cabeza del ofidio por la de Poncio?

Los labios temblaron. Y la chispa de los ojos me alcanzó. Finalmente, guiándose, supongo, por el siempre certero instinto femenino, confesó que aquel, y el resto de los cuadros, «no eran simples pinturas decorativas».

Esta vez fui yo quien vibró. ¿Qué quería decir?

Y confiando en la firme y transparente mirada de quien esto escribe apuntó, tímidamente, que «todo aquello fue vivido por ella..., en sueños».

Y el misterio fue ordenándose, casi por sí mismo.

Los célebres sueños de Claudia Procla...

De acuerdo con sus declaraciones, cada una de las pinturas era fiel reflejo de una pesadilla. Y estremecida, aún desconociendo el significado de la mayoría, quiso perpetuarlas, a la espera de que alguien pudiera descifrarlas.

Y entusiasmado traté de profundizar. Busqué detalles que no aparecieran en los murales. Posibles errores. Contradicciones. Alguna señal de patología...

¿Era una persona normal? ¿Padecía trastornos mentales?

El interrogatorio resultaría bastante esclarecedor. Procla, aparentemente, disfrutaba de un aceptable equilibrio psíquico, sin síntomas esquizoides, ni sujeta al alcoholismo o al estrés emocional. Por supuesto, no cabía pensar en fármacos dopaminérgicos que hubieran actuado como factores precipitantes.

¿Epilepsia?

Lógicamente, en tan corta entrevista, no pude estar seguro. Pero, sutilmente, con delicadeza, intenté averiguar si era víctima del «mal sagrado».

Y Claudia, comprendiendo, replicó rotunda. Jamás

sufrió una de aquellas crisis. Jamás, después de cada pesadilla, despertó con mordeduras en la lengua, cefaleas o incontinencia de esfínteres. Tampoco tenía conciencia de los llamados episodios «ictales» durante el sueño (1).

Sencillamente estaba ante un fenómeno típico de ensoñación, vivido o padecido —según se mire— por una mujer sana desde el punto de vista psíquico. Estas pesadillas o ensueños, más frecuentes en los adultos femeninos, suelen presentarse perfectamente construidos, con largas tramas y cargas de terror que angustian al sujeto. Generalmente terminan despertando al individuo, sacándole de la fase REM o sueño paradójico (2). Y el protagonista recuerda perfectamente la historia.

En principio, por tanto, aquellas «visiones» nocturnas no parecían tener un origen patológico.

Pero ¿qué podía importar que dichas ensoñaciones estuvieran provocadas por una enfermedad? Una vez más me equivocaba. Estaba tomando el rábano por las hojas. Ante la solidez de las pesadillas, que hubieran sido consecuencia de hipersomnias, ansiedad, esquizo-

(1) Entre los epilépticos, los fenómenos ictales suelen ser comunes durante el sueño. Consisten básicamente en comportamientos anómalos, generalmente violentos, que pueden ir desde el manoteo a escenificaciones complejas y con objetivos puntuales. A veces, en plena ensoñación, se les ve amenazar con el puño, apuntar con el dedo o saludar con la mano. También son frecuentes los gritos, chillidos, muecas faciales y saltos o movimientos bruscos de las extremidades. Otros individuos —no necesariamente epilépticos— llevan a cabo durante el sueño verdaderas y costosas actividades. Por ejemplo, caminar por la habitación (sonambulismo), saltar por las ventanas, mover muebles o pasear por las calles. *(N. del m.)*

(2) Gracias a los electroencefalogramas, la ciencia ha podido descubrir que, durante el sueño, el cerebro emite una serie de ondas eléctricas de ritmo lento y magnitud creciente, mezcladas con otras de frecuencia rápida. Esto diseñó el sueño en cuatro etapas, según la actividad eléctrica. Con posterioridad, los científicos observaron que existía otro estadio, intercalado regularmente en el sueño, en el que el EEG (los electros) simulaban el estado de vigilia. Los ojos oscilaban bajo los párpados cerrados, el corazón aceleraba el ritmo, la respiración se agitaba y la tensión arterial subía. Este estadio fue denominado REM («Rapid Eye Movement»). El sujeto, al ser despertado en dicha fase REM, recordaba la ensoñación. *(N. del m.)*

323

frenia, alcoholismo, etc., era lo que menos debía preocuparme. Lo importante, lo que sí merecía una reflexión, era el contenido. Hoy, psiquiatras y neurólogos reconocen que, sobre sueños y ensoñaciones, sabemos todavía muy poco. La Historia aparece cuajada de genios, místicos y profetas —muchos de ellos con serios problemas mentales— cuyas pesadillas han conmocionado al mundo.

En el «caso Procla», ninguna de las explicaciones científicas sobre ensoñaciones resolvía el misterio (1).

(1) La ciencia acepta actualmente que un 85 % de las pesadillas, ensoñaciones y demás contenidos oníricos se registra en el llamado sueño REM o paradójico. Pero la generación de tales episodios no está clara. Es probable que tengan su origen en los centros reticulares mesencefálicos y protuberanciales del cerebro y que las descargas nerviosas conocidas como PGO (puntas ponto-genículo-occipitales), al recorrer los sistemas neurológicos y alcanzar el tálamo y la corteza cerebral, estimulen determinados fragmentos de vivencias, «convirtiéndolos» en las típicas ensoñaciones. Este fenómeno maravilloso y esencial para el sostenimiento de la vida ha sido sobradamente investigado en hombres y animales, comprobándose que es común en todos los mamíferos, a excepción del delfín y oso hormiguero. Por razones que ignoramos, estos dos últimos animales están privados del fascinante placer de soñar. Hasta los fetos sueñan. Y lo hacen en ese prodigioso estadio REM. Pero los factores neurofisiológicos que intervienen en la arquitectura del sueño son tantos y tan complejos que, como digo, es arriesgado intentar razonar cómo y para qué surgen dichas ensoñaciones. En las de Claudia ninguna de las actuales teorías científicas explica satisfactoriamente el origen y finalidad de las mismas. No estoy de acuerdo con Freud, que proponía la hipótesis de la «calzada real». Es decir, los sueños como «vía» de penetración hacia el subconsciente y medio para sacar a flote los más íntimos elementos de la vida de la persona. Tampoco creo que dichas pesadillas puedan considerarse una consecuencia del azar, estimulado por la actividad aleatoria de las neuronas. Es posible, como defiende Jonathan Winson, que los sueños intervengan en los procesos de memorización. La teoría, sin embargo, tampoco encaja en el «caso Claudia». En cuanto a la hipótesis de la «activación-síntesis», que especula sobre sueños carentes de significación, ni siquiera llegué a considerarla. Tampoco la explicación de Crick y Mitchison resolvía el problema: los sueños, para estos investigadores, no son otra cosa que un sistema de eliminación de todo aquello que debe ser desechado por la memoria. Sencillamente, Claudia Procla no soñó para olvidar. Todo lo contrario. (N. del m.)

Y rectifiqué, centrándome en el contenido y en las aportaciones de la mujer.

Claudia se mostró segura. Las respuestas fueron claras y precisas. No detecté errores o contradicciones. Recordaba las pesadillas con absoluta nitidez. Más aún: me habló de detalles que, lógicamente, no pudieron ser plasmados por el artista. Por ejemplo, las voces que acompañaron tales ensoñaciones. Tanto en la historia del dios Crono como en la de la supuesta viuda, «alguien», en griego, repetía sin cesar la frase que aparecía pintada en la hoz y en el pergamino: «tres mil días». La voz, alta y sonora, pertenecía a un varón. Y la machacona leyenda, según Procla, fue pronunciada en un claro tono de aviso.

En cuanto al simbolismo de las extrañas y traumáticas secuencias, salvo en dos de los murales, Claudia no captó su significado. Quizá fue mejor así.

En el fresco del «hombre con el corazón en la mano» ofreció una versión poco fiable. Para ella, la escena significaba la muerte de su marido, a los cincuenta y ocho años y en un lugar cercano al mar. Pero, al preguntarle la edad de Poncio, deduje que la interpretación no se ajustaba a los datos históricos, a lo que les deparaba el futuro. Una información que, naturalmente, ignoraba.

El gobernador, al parecer, acababa de cumplir cuarenta y dos. Si aceptábamos, como ya mencioné, que el suicidio pudo ocurrir a finales del 38 o principios del 39, ello representaba una edad de cincuenta o cincuenta y un años en el momento de la muerte. El sueño supuestamente premonitorio, por tanto, no casaba con la idea de Claudia.

Respecto a la generosidad del psicópata, mejor no hablar...

Sobre las ensoñaciones de Jasón alanceando a la serpiente con cabeza de Poncio y del dios Crono devorado, la gobernadora reconoció que todas las consultas fueron estériles. Nadie supo aclarar el doble enigma. Y quien esto escribe, prudentemente, esquivó la tentación de hacerlo. Entre otras razones porque no me hallaba autorizado a desvelarle el futuro y porque tampoco deseaba herirla.

Sólo en dos de las pesadillas observé un alto grado de acierto en la interpretación de Claudia.

La del Poncio loco y niño, según sus explicaciones, fue comprendida, a medias, después del quinto sueño. Este último, esbozado a carbón en la pared del *triclinium* y al que Mateo, el evangelista, dedica una fugaz referencia, me fue narrado directamente por la protagonista.

Conmovida y feliz por el interés de aquel griego hacia su «tesoro», se volcó en el relato, ofreciendo todo lujo de detalles. Y respondió a mis cuestiones con idéntica franqueza. Así fue como vi satisfecho el segundo de mis «objetivos» en Cesarea.

Pero antes de proceder a la exposición de la famosa e histórica pesadilla, entiendo que conviene puntualizar un hecho importante. Mejor dicho, dos.

Primero: aunque el episodio onírico tuvo lugar pocas horas antes de la comparecencia del Maestro ante Poncio, Claudia Procla no supo del prendimiento hasta esa mañana del viernes, 7 de abril. La ensoñación, insisto, se produciría durante la madrugada del jueves al viernes. Pues bien, al despertar, presa de angustia, deambuló por la torre Antonia, sin saber qué hacer, ni a quién dirigirse. Obviamente no comprendía el sentido de aquel trágico y violento sueño. Fue después, al ver a su esposo sentado en la silla «curul» y al Hijo del Hombre frente a él, cuando las dos enigmáticas historias cobraron sentido. Fue en esos momentos, repito, cuando interpretó, en parte, el sueño del Poncio loco y niño, con un pergamino en la mano. Y esta ensoñación, justamente, la movería a escribir la nota, advirtiendo a Poncio que dejara en paz a aquel Justo.

Los «caminos» de Dios, verdaderamente, son inescrutables...

Segundo: según confesión de la gobernadora, Jesús de Nazaret no era un desconocido para ella. Y tampoco para su marido. La espesa red «policial» de Poncio lo detectó desde los comienzos de la vida de predicación.

Y sabían de sus portentos y enseñanzas. Ella misma, en más de una ocasión, acudió en secreto a las multitudinarias reuniones, escuchando la palabra del Galileo. Es decir, ambos estaban al corriente de las andanzas del supuesto «rey de los judíos». Y aunque Claudia nunca se manifestó como creyente, sí experimentó curiosidad y una intensa atracción hacia la persona y las audaces manifestaciones de aquel «atractivo y valeroso judío, capaz de desafiar y humillar a la hipócrita casta sacerdotal».

Dicho de otro modo: al verlo ante Poncio en la mañana del viernes lo reconoció al instante.

Cerrado el obligado paréntesis, vayamos con la ensoñación propiamente dicha, tal y como me fue narrada:

«...Y de pronto —explicó Claudia estremeciéndose— me vi en un lugar que no supe identificar. Quizá no había "lugar". Sólo aquel hombre. Aquella horrible pira. Aquel terrible cielo y aquellas voces...

»En el sueño, en efecto, se oían voces. Voces y gritos lejanos. Un gran vocerío... Pero no entendía de quiénes eran ni por qué clamaban. Y necesité un tiempo (?) para descifrar lo que decían...»

Los grandes ojos perdieron luz. Y noté cómo el recuerdo la arrasaba.

«...Entonces lo vi. Yo estaba más abajo, con un pergamino y un cálamo en las manos...

»Era un hombre alto. Muy alto. Y permanecía de pie sobre un enorme montón de calaveras humanas... Pero aquellos cráneos tenían ojos... Y se movían sin cesar, mirando en todas direcciones... Tuve la sensación de que buscaban ayuda...

»El hombre vestía una larga túnica blanca y mostraba las manos atadas por delante. Traté de identificarlo, pero no fue posible. Tenía la cabeza inclinada sobre el pecho y el largo cabello le tapaba el rostro.

»Sí recuerdo que lloraba. Y lo hacía serena y silenciosamente. Pero aquellas lágrimas...»

Claudia me miró, buscando, supongo, mi comprensión. Y acariciándola con la mirada la animé a continuar:

«... Las lágrimas, estimado amigo, resbalaban por la barba, pero, en lugar de caer, subían...

»No sé cómo explicar... Subían. Volaban... Un llanto que volaba. Y las gotas, limpias y transparentes, escapaban como dardos hacia aquel terrible y amenazador cielo...

»Sí, un cielo que me estremeció. Rojo y poblado de estrellas negras. Y cada lágrima hacía blanco en una estrella. Y la estrella ardía y se consumía. Y cuando la última lágrima fue a reunirse con la última estrella se escuchó un gran trueno...

»Y el vocerío enmudeció...

»Y todo fue silencio. Y las calaveras cerraron los ojos...

»Y el gran firmamento rojo comenzó a girar sobre sí mismo, convirtiéndose en un enorme disco negro. Y aquel gigantesco sol negro se precipitó hacia el hombre, hacia el vocerío y hacia mí misma...»

La voz se entrecortó. Y las lágrimas amenazaron el rojizo maquillaje. Pero, sujetando la emoción, prosiguió decidida:

«... Y el pánico me paralizó. Y pergamino y cálamo escaparon de entre los dedos...

»Entonces aquel hombre levantó la cabeza... ¡Era el predicador! ¡Era el rabí de Galilea...!

»Y mirando al gran disco abrió los labios y gritó algo. Pero sólo acerté a distinguir una palabra: *"Abbā..."* Y el sol se detuvo... Y era tan grande que cubría el cielo.

»Y las calaveras abrieron de nuevo los ojos...

»Y los gritos arreciaron...

»Entonces entendí lo que clamaban...

»"¡No eres amigo del César!"

»Y el sol se tiñó de sangre... Y aquella sangre, como una ola, cayó sobre nosotros... Y todo fue sangre... Quise gritar pero el miedo me paralizó.

»Y cuando me creía muerta desperté...

»Sudaba... El corazón saltaba en el pecho.

»Y sentada en la cama intenté comprender. No pude. Y con una angustia y un miedo como jamás he sentido caminé como una loca, sin rumbo y sin saber qué hacer. ¿A quién se lo contaba?...»

Procuré calmarla. Después, poco a poco, fui hilando. Y Claudia matizó el final de la historia.

Esa misma mañana del viernes, como decía, cuando la noticia del arresto de Jesús de Nazaret corrió por la fortaleza Antonia, nuestra protagonista se apresuró a confirmar el rumor. Y, desconcertada, asistió a una escena que le haría comprender parte de las dos citadas ensoñaciones. Su marido, sentado en la silla de justicia, tenía ante sí a un Hombre de larga túnica blanca, con las manos atadas. Y al reconocer al Galileo, al predicador, creyó morir. Y entendió igualmente el significado de aquel Poncio niño y loco, sentado en la silla «curul», con un pergamino entre las garras de cocodrilo. Y por primera vez en su vida, impulsada por una fuerza irrefrenable, se decidió a intervenir en los asuntos oficiales de su esposo. Fue así como surgió la iniciativa de escribir la nota y hacérsela llegar a Poncio en pleno interrogatorio.

Y debo aclarar también otro aspecto que juzgo importante. Según Claudia, el hecho de advertir al gobernador poco tuvo que ver con el deseo de salvar al Hijo del Hombre. La mujer fue sincera. En realidad, el toque de atención obedeció a un intento de preservar a su esposo de un error que podría perjudicarle.

Y suspirando comentó casi para sí:

—Pero, vencido por aquellas ratas, no me escuchó. Y, como sabes, el rabí fue ejecutado. Y ese mismo día, cuando el sol se oscureció, vi cumplido mi sueño. Y supe que Poncio se había equivocado. Y él también lo supo...

Le rogué que se explicara con mayor precisión.

—Lo que nadie sabe —confesó sin ocultar cierta satisfacción— es que, aterrorizado por el suceso, vomitó de miedo y tuvo que encamarse.

Y señalando el esbozo a carbón, en el que se apreciaba la silueta de un hombre sobre un tétrico montón de cráneos humanos, pregunté si pensaba seguir adelante con la pintura.

—Por supuesto —replicó convencida—. No sé quién

era realmente aquel galileo, pero mi marido no cometerá otra injusticia como aquélla. Esa imagen se lo recordará mientras sea gobernador.

La bien intencionada Claudia Procla se equivocaba. Poncio, como todo psicópata, fallaría de nuevo y estrepitosamente.

Y aprovechando la cálida corriente de simpatía nacida al socaire de las confesiones y del inolvidable muro me atreví a bucear en un capítulo no menos intrigante: ¿cómo se las ingenió para que el agresivo gobernador aceptara de buen grado unas pinturas tan desfavorables para su imagen?

Sonrió malévolamente y aclaró:

—Utilicé su propio miedo...

E indicando el pergamino y la pequeña criatura alada sentada en el «vaso de Pandora» completó la explicación:

—Trató de destruirlas, sí, pero amenacé con revelarle el terrible contenido escrito en el pergamino y el significado profético de su gesto, abriendo el vaso de las calamidades.

Y triunfante, con un guiño de complicidad, resumió:

—Aterrorizado, me obligó a guardar silencio. Como sabes no soporta los malos augurios.

»Y a cambio, hasta que no disponga otra cosa, he podido conservar mi tesoro...

Claudia parecía conocer muy bien la sinuosa psicología de su esposo. Los maniacodepresivos, en efecto, presentan notables paradojas en su conducta. A pesar de la permanente y odiosa omnipotencia, del poderío y de la autosuficiencia, a la hora de la verdad, sus acciones demuestran lo contrario.

Y al interesarme por ese «terrible contenido escrito en el pergamino», del que no me había hablado, Claudia soltó una contagiosa carcajada, anunciando:

—No hay tal escrito...

Comprendí.

—Es triste —añadió sin sombra de aflicción—, pero todo el mundo sabe que Poncio no está bien...

Y creí adivinar el sentido de la nueva confidencia.

Un reconocimiento que, al parecer, era un secreto a voces. Para la inteligente y observadora romana, como para cuantos rodeaban al gobernador, saltaba a la vista que el voluble, cínico, violento y depresivo Poncio no gozaba de una salud mental estable. Más aún: a lo largo de la cena pude atisbar algunos detalles y comportamientos que reafirmaban la indiferencia de Procla ante la enfermedad de su marido y que me hicieron sospechar una profunda crisis matrimonial.

Por supuesto, la segunda amenaza —«el significado profético del gesto de Poncio, abriendo el vaso de las calamidades»— fue igualmente un farol. Como dije, Claudia no acertó a desentrañar la totalidad del magnífico simbolismo de aquel sueño.

Significado profético.

Éste sí fue un aspecto de las ensoñaciones y pesadillas nocturnas de la gobernadora que me cautivó. Y durante mucho tiempo he intentado resolverlo. Pero confieso que no tengo argumentos. La ciencia, humildemente, debe rendirse. De momento no sabemos «cómo». Lo ignoramos todo sobre la gestación de tan asombrosos episodios oníricos. Es cierto que no han sido los primeros ni serán los últimos. Otras personas han vivido y vivirán experiencias similares. Calpurnia, esposa de César, padeció una de estas pesadillas o ensoñación premonitoria la noche anterior al asesinato de su marido. El gran químico Kekule, por ejemplo, «descubrió» la estructura del benceno gracias a la «información» aparecida en sueños. Y otro tanto podríamos decir de genios como Leonardo, Miguel Ángel, Dickens o el músico Tartini.

¿Cuál podría ser la explicación? Sinceramente, sólo se me ocurre una. Sé que no es científica, pero no dispongo de otra.

Las vivencias e imágenes (visuales y acústicas) registradas durante el sueño REM tuvieron que ser «inyectadas» en las redes neuronales de aquella mujer —con acceso directo a Poncio, no lo olvidemos— por «alguien» o «algo» que está por encima del espacio y del tiempo. «Alguien» capaz de suministrar información a la «computadora» cerebral, al igual que servidor puede hacerlo con su fiel «Santa Claus». De esta forma, el fenómeno del sueño se convertiría también en un excelente «canal informativo». Tendríamos en consecuencia dos grandes tipos de ensoñaciones: las propias (puramente fisiológicas, con sus múltiples variantes) y las inducidas. Pondré un ejemplo. Quizá, aunque grosero, ayude a ilustrar lo que pretendo comunicar. Los científicos han conseguido «intervenir» en la fase REM de los mamíferos (1). Como se sabe, durante las horas de sueño, el cerebro «ordena» una atonía o inmovilización muscular casi generalizada (2). Esa reducción del tono postural muscular no afecta al diafragma ni a los ojos. Pues bien, al destruir unas determinadas neuronas del tallo cerebral, responsables de esa semiparalización muscular, los investigadores observaron con sorpresa cómo los gatos dormidos con los que experimentaban se levantaban en pleno sueño y atacaban a seres o cosas «invisibles» o huían de ellos. Dichas imágenes pertenecían, con toda seguridad, a ensoñaciones aparecidas en la referida fase REM.

Es evidente que, poco a poco, el ser humano podrá

(1) Como ya apunté, los mamíferos —a excepción del oso hormiguero y el delfín— tenemos un mismo tipo de estadio REM. Este sueño aparece generalmente a la hora y media de haber iniciado el descanso. Y dura alrededor de diez minutos. La segunda y tercera fases REM son más largas y surgen después de episodios más cortos de ondas lentas. Por último, el cuarto y quinto REM alcanzan entre veinte y treinta minutos cada uno. En el transcurso del quinto se produce el despertar del individuo, que en muchas ocasiones recuerda esa postrera ensoñación. *(N. del m.)*

(2) Este importante componente neurofisiológico del sueño REM aparece como consecuencia de la activación del núcleo denominado *peri-locus coeruleus*. Merced a la vía tegmento-reticular se encarga de movilizar el foco inhibidor magnocelular reticular bulbar de Magoun y Rhines. Y esta «orden-acción» inhibidora o de prohibición del tono o movimiento muscular es comunicada por el canal reticuloespinal a las correspondientes neuronas motoras del asta anterior. Si destruimos dicho núcleo *peri-locus* o anulamos el tracto tegmento-reticular, el estadio REM aparecerá «con movimiento», produciéndose secuencias como la ya mencionada de los gatos atacando o huyendo de «fantasmas». *(N. del m.)*

«entrar» en sus propias ensoñaciones, programándolas y manipulándolas a voluntad. De hecho, en el tercer «salto», nosotros lo intentamos con los sueños del Bautista... Y llegará el día —estoy convencido— en que, merced a esa «intervención», será posible la conquista de infinidad de objetivos de todo tipo. Desde la prevención de enfermedades hasta la «visión» del futuro, pasando por la resolución de cualquier conflicto doméstico. De hecho, algunos iniciados ya lo hacen.

Y me pregunto: si la ciencia trabaja ya en esa dirección, ¿quién soy yo para dudar de esa otra «Ciencia», la que rige y gobierna el Destino del hombre? Mayores prodigios había visto —y seguiría viendo— como para negar que los sueños de Claudia Procla podían ser inducidos.

¿Sueños proféticos o premonitorios?

Rotundamente, sí. Y añado: minuciosa y perfectamente «teledirigidos».

¿Para qué? Quizá, simplemente, para dejar constancia de que «no estamos solos».

Y fue una lástima que los escritores sagrados (?) no se tomaran la molestia de indagar acerca de las fascinantes ensoñaciones de la mujer de Poncio. Al menos, sobre las que hacían referencia al Maestro. Siempre he creído que la vida y los pensamientos de un ser humano —con más razón los del Hijo del Hombre— sólo pueden ser comprendidos con un mínimo de rigor si se dispone de un máximo de información.

Pero veo con horror que he vuelto a desviarme.

Y Claudia, observando las copas vacías, alzó el brazo, haciendo una señal a la servidumbre. Y al instante el propio *tricliniarcha* o *maître* acudió presuroso con una segunda ración. Y este explorador —qué podía hacer— se vio cortésmente obligado a brindar con su nueva y atenta amiga, degustando un vino negro y caliente como la noche, aromatizado con canela. Y presintiendo que la «animada» cena arruinaría cualquier otro intento de conversación en privado decidí apurar el aparte, arriesgándome en un terreno personal y francamente comprometido. Una vez más me dejé conducir por la intuición. Y afortunadamente salí airoso.

Desde los primeros momentos de la entrevista, como ya mencioné, me llamó la atención el cargado maquillaje de la gobernadora. En especial la costra rojiza en piernas y brazos. Y al reparar en los dedos creí entender el porqué de tan impropio disfraz y de la angustia que asomaba a su voz.

Y recordándole mi condición de médico, me atreví a tomar su mano izquierda, en un intento de explorar las deformadas puntas.

Sorprendida, hizo ademán de retirarla. Pero, reforzando mi buena intención con palabras de aliento y una sonrisa sin doblez, la retuve. Y la animé a que hablara del mal que la atormentaba.

Dudó. Pero la tristeza, desde los negros y profundos ojos, dijo «Sí» antes que su voluntad.

Nerviosa, paseó la mirada a su alrededor y, segura de que nadie podía oírnos, confirmó mis sospechas.

La mujer padecía una artritis psoriásica, una enfermedad de la piel, complicada por un agudo proceso artrítico. La inflamación de las articulaciones interfalángicas distales era una pista clara. También las uñas aparecían afectadas, con el típico punteado. Y por sus indicaciones deduje que la psoriasis había conquistado ya el cuero cabelludo, zonas de flexión de las rodillas, ombligo, brazos y pliegues glúteos. Y retirando parte de los bucles, descubrió las ulceradas lesiones de las orejas. Y entendí, como digo, el porqué del barro, de la acorazada peluca y, sobre todo, de la frase escrita en uno de los papiros que colgaba del «Apicio», en el «lugar secreto» de mi alojamiento: «Para Jasón y los malditos sueños de la leprosa.»

Lamentablemente, esta dolencia, como otras, era confundida por aquellas gentes con algo mucho más funesto: la lepra.

Y el psicópata, haciendo honor a su menguada talla moral, utilizó los mencionados papiros para su particular y rastrera venganza.

Éste era el gobernador Poncio Pilato.

Y un doble sentimiento me movilizó. No supe o no quise evitarlo. Poco importa.

Por un lado me vi invadido por una rabia sorda. Aquel desprecio del maniaco me desató.

Por otro, la tierna e indefensa mirada de Claudia, pidiendo sin pedir, me movió a actuar.

En principio, aunque esta clase de psoriasis puede complicarse, no consideré que una pequeña ayuda violara el código ético de *Caballo de Troya*. Y en agradecimiento a sus valiosas confesiones decidí aliviarla.

Y al momento, accediendo al ruego de que alguien me indicara el camino a la *suite*, reclamó la presencia de otro viejo conocido: el esclavo galo de la espléndida melena rubia. Y conducido por el silencioso criado me ausenté momentáneamente del *triclinium*.

Una vez en el dormitorio eché mano del petate de viaje, revisando los fármacos de campaña. Y me hice con dos de las ampolletas de barro. No era gran cosa, pero, a falta de corticosteroides o metotrexato, podía servir. Las dosis de vitaminas concentradas (B, C, H_1 y D_2) y ácido linol-linoleico en polvo remediarían durante un tiempo la penosa situación de la gobernadora.

Y sin querer, al confiar en el galo, Claudia y quien esto escribe cometimos un error.

Y retornando al gran comedor puse los medicamentos en sus manos, aleccionándola sobre el uso y las proporciones que debía ingerir diariamente. El aspecto del remedio —un simple polvo blancoamarillento— no despertó recelos. Al contrario. La modesta contribución a la salud y a la felicidad de la acomplejada Claudia resultaría más importante para este explorador de lo que supuse en aquellos momentos. La clave fue Civilis. Al parecer, los movimientos de este griego, saliendo y entrando del *triclinium*, pasaron inadvertidos para casi todos, menos para él.

Pero de esto no sería consciente hasta bien entrada la madrugada, cuando ocurrió lo que ocurrió...

Los ojos de la mujer se iluminaron y me iluminaron. Y agradecida se convirtió en mi valedora e inseparable compañera. Y fue así, gracias al Destino (?) y a su generosidad, como tuve puntual conocimiento de otros asuntos relacionados con Jesús de Nazaret y que, a buen seguro, no habría llegado a saber de no haber sido por esta aparente casualidad (?).

Y durante unos minutos, guiado por una Claudia Procla atónita y divertida ante las ingenuas preguntas de aquel explorador, inspeccioné los manjares dispuestos en la larga mesa: una especie de *buffet* cada vez más concurrido por invitados y sirvientes.

Aquel tipo de banquete-celebración, en el que las costumbres grecorromanas se mezclaban anárquicamente, constaba de tres etapas o rituales. La cena arrancaba con el *propoma*, algo similar a nuestro aperitivo. Se servía vino. Se efectuaban los brindis y las obligadas ofrendas a los «lares» o dioses domésticos. A continuación se pasaba a la comida propiamente dicha. Los comensales, rigurosos con la «etiqueta», no tocaban las viandas. Se limitaban a señalar o solicitar lo que deseasen. El resto era misión de la servidumbre. Y los de la túnica azafrán, bajo la supervisión del «maestresala», trinchaban y aderezaban, ofreciendo los alimentos en suntuosas fuentes de plata. Cada pieza de la vajilla aparecía grabada con su peso. El «detalle» encerraba un secreto deseo de deslumbrar al invitado. Y aunque estos utensilios —platos y vasos de oro y plata— fueron prohibidos por el emperador Tiberio a los particulares, destinándolos únicamente a los sacrificios a los dioses, la verdad es que la clase pudiente romana hacía caso omiso de dicha disposición.

Cuando el hambre quedaba satisfecha, la cena entraba en el tercer y último «acto»: lo que denominaban *simposion* o «reunión de bebedores». Era, sin lugar a dudas, el ritual más esperado, en el que los invitados bebían hasta la inconsciencia. Según el lugar, anfitrión, momento y circunstancias, el *simposion* podía estar amenizado con música, juegos, espectáculos de danza, adivinos, bufones, pantomimas o discursos.

Y el enfermizo afán de lujo de Poncio brilló de nuevo en aquella descomunal y saturada mesa de casi treinta metros de longitud. Claudia, tomándome de la mano, fue nombrando algunos de los refinados e insólitos manjares.

El gobernador, sencillamente, había tirado la casa por la ventana. Allí podían degustarse las recetas de moda en el imperio: alcachofas en vinagre y miel, espárragos gruesos como mi cayado, ruiseñores y pájaros cantores fritos (valorados, según Procla, en cien mil sestercios), fuentes de *sissitías* (un célebre guiso espartano de color negro, sazonado con sangre, vinagre, cerdo y sal), lenguas de carpas (probablemente alrededor de un millar), cabritillos de Ambraccia horneados y perfumados con anís y menta, rodaballos de la isla de Hela, grandes morenas fritas de la Pomerania (de tres cuartos de vara de longitud y con los afilados dientes adornados con manzanas enanas de Siria), barbos marinos sin espinas (los cotizados *mullus*, pagados a razón de cinco mil sestercios por ejemplar), torres de hígados de caballa, «tortillas» engordadas con crestas de gallos, ostras en leche de morena, bellotas de mar (blancas y negras) y un interminable surtido de marisco.

Y como «plato fuerte», pecho de cerdo a la brasa, riñones de ciervo y jabalí, aves empanadas y sanguinolentas cazuelas de sesos crudos de mono.

Y para los menos audaces, la especialidad del *maître* (griego, por supuesto): el *kykeón*, una suerte de «sopa» a base de sémola de cebada, diestramente aromatizada con poleo, menta o tomillo.

Y en un extremo de la mesa, los postres y el indispensable complemento del *simposion*: medio centenar de bols o pequeñas tazas repletas de habas y garbanzos tostados.

Prudentemente me limité a solicitar un poco de carne a la brasa, almendras, nueces e higos secos.

Y Claudia, desconcertada ante la frugalidad de aquel mago, me condujo finalmente al sector «sagrado» de la gran mesa: el servicio de «bebidas». Y el criado responsable del surtido «bar» me dio a elegir: vino enfriado en nieve, vino caliente, vino con agua, vino con agua salada, vino con miel, cerveza de cebada o jugos de frutas aromatizados.

Por puro compromiso me decidí por el vino caliente de Tasos, mezclado con agua. El sirviente filtró el recio caldo y, trasvasándolo a una «crátera» (una especie de «coctelera» igualmente de plata), preguntó si deseaba mucha o poca agua.

—Poca..., poca agua —ordenó el gobernador, aproximándose sonriente a quien esto escribe. En las manos sostenía una abundante y ensangrentada ración de sesos de mono que picoteaba con los dedos.

—¿Te diviertes?

Y antes de que pudiera responder se alejó, reuniéndose con su fiel esclavo galo. Y lo agradecí. La verdad es que no sé qué resultó más repugnante: los sesos desmigados y chorreando sangre por labios y barbilla o el insoportable hedor del maquillaje.

Y de pronto, al observar al atlético sirviente inclinándose hacia su señor y cuchicheando, presentí algo.

Poncio recibió la confidencia y, al mirarme, se traicionó. Pero no dijo nada. Y prosiguió su deambular, departiendo jovial con los grupos de invitados.

Y el Destino quiso que mi siguiente mirada tropezara con la del *primipilus*. Civilis, en el extremo izquierdo de la mesa, conversaba con sus compañeros de armas. Ambos presenciamos la escena. Pero este explorador, a pesar del presentimiento, la olvidó pronto. El centurión, en cambio, por suerte para quien esto escribe, la tuvo bien presente.

La música, apostada al pie del *hydraulis*, bajó el tono. Y una vez servidas las primeras raciones, parte de los criados se retiró, retornando al poco con una serie de pequeñas mesas circulares de tres patas (tipo «cabriolé») que fueron situadas junto a los «sofás». Concluida la operación, a un chasquido de los dedos del febril *tricliniarcha*, los esclavos tomaron posiciones de nuevo por detrás del *buffet*, dispuestos a seguir sirviendo.

Y durante un buen rato me vi en la obligación de saltar de corro en corro, acompañando a la diplomática anfitriona. Pero las conversaciones de los ricos comerciantes —como era de esperar— sólo consiguieron aburrirnos. El tema cardinal, casi exclusivo, fue siempre el dinero, las prósperas o malogradas operaciones comerciales y, sobre todo, las quejas ante los impuestos y por la «ruinosa bajada de los tipos de interés», fijados en aquel momento para todo el imperio en una media del tres por ciento. (Sólo Grecia y Asia Menor disfrutaban de un ocho y un nueve.) Efectivamente, nada nuevo bajo el sol...

Y satisfecha la ceremonia de salutación, Claudia solicitó la atención general. Los músicos cesaron y, tomando sendos cuencos de sal y harina, fiel a su religión, elevó los brazos, cumpliendo la preceptiva ofrenda a los «penates», otro grupo de dioses caseros emparentado con los ya referidos «lares y genios» (1).

Y comprendí por qué ningún judío hubiera asistido de buen grado a la cena.

Llegado a este punto haré un nuevo paréntesis.

Durante nuestra intensa preparación tuve ocasión de contrastar algunas piadosas tradiciones cristianas que insinuaban o afirmaban la conversión de Claudia Procla a la primitiva iglesia de Simón Pedro. Pues bien, a juzgar por lo que tenía a la vista y por lo que deduje de mis conversaciones, dichas especulaciones y aseveraciones carecen de fundamento.

Si una mujer tan principal —esposa además del verdugo de Jesús de Nazaret— se hubiera unido a la fraternidad de los primeros discípulos, la noticia, sin duda, habría figurado en alguno de los textos evangélicos o en los Hechos y Epístolas de los Apóstoles.

No podemos ignorar que sus principios religiosos

(1) En general, según nuestras fuentes, los penates fueron lares que, con el tiempo, adquirieron personalidad propia. Parece que tenían como misión fundamental el cuidado de la despensa de la casa. La verdad es que los romanos no conservaban una idea clara de dichos penates, confundiéndolos, como digo, con los lares y a éstos con aquéllos. El *penus* o almacén de provisiones era el recinto habitual de estos diosecillos de segundo orden. Sus imágenes se guardaban también en el interior de la vivienda. En cada comida, la familia les ofrecía un plato (generalmente sal y harina). Algunos de los enseres habituales de la cocina —mesas, saleros, escudillas, etc.— eran considerados propiedad de los penates y, por tanto, sagrados. Cada casa, aldea, pueblo y ciudad tenía sus propios penates, con lo que el número de dioses ascendía a cientos de miles. Augusto, por ejemplo, descendiente de Eneas, acogió en su casa a los penates tutelares de Troya. *(N. del m.)*

—netamente romanos— se hallaban profundamente arraigados. Por otro lado, aunque Claudia no olvidase la figura del Maestro y los incidentes de aquel viernes, 7 de abril del año 30, su condición de cónyuge del gobernador de la Judea hacía muy difícil esa supuesta conversión. Un hecho semejante la habría enfrentado a Poncio, despiadado enemigo de los judíos en general, y a Roma.

Después, con el exilio, es muy probable que esta etapa quedara difuminada y reducida al recuerdo.

Y me arriesgo a pronunciarme con tanta seguridad porque, a renglón seguido de la ofrenda a los penates, dispuse de una magnífica oportunidad para continuar indagando en la vida e ideas de esta sensible mujer.

Aquélla, efectivamente, sería una conversación muy ilustrativa que ratificaría lo ya expuesto.

Cerrada la reflexión, prosigamos con la cena. Un convite que sólo podía concluir de una manera...

Los músicos atacaron con renovados bríos y el vino empezó a desatar las lenguas. Algunos comensales, reclamando a gritos nuevas provisiones, se acomodaron en los triclinios, reanudando con ardor las discusiones sobre rentas, fortunas y negocios. Y el *maître*, multiplicándose, colmó las pequeñas mesas de fuentes y jarras. Y a cada uno de los «sofás» fue destinada una pareja de siervos, que permaneció atenta a las cada vez más agrias órdenes de los convidados y, sobre todo, al incesante llenado de las copas vacías.

Y me eché a temblar. El *simposion* no había comenzado aún y la mayoría de funcionarios y *monopolei* —gobernador incluido— presentaba ya preocupantes síntomas de embriaguez.

Sólo Civilis y sus oficiales parecían resistir la tentación. Y al observar cómo Procla y quien esto escribe se retiraban hacia el triclinio situado a la izquierda del «sofá» presidencial, discreta pero decididamente tomaron nuevas posiciones a corta distancia. A juzgar por el sobrio comportamiento, era evidente que no estaban allí para divertirse. Y, en cierto modo, la actitud de vigilancia y protección de Poncio y su esposa me tranquilizó.

340

Crucé una nueva mirada con Civilis, pero el impenetrable rostro sólo devolvió frialdad.

Claudia se tumbó sobre los inflados almohadones, y este explorador, clavando la «vara de Moisés» entre los blancos restos de conchas, se tomó la licencia de sentarse en el piso, muy cerca de la cabecera del triclinio ocupado por la alegre y parlanchina gobernadora.

Y al percatarse de la delicadeza con la que hundí el símbolo de augur formuló una pregunta que esperaba desde hacía tiempo:

—Y tú, Jasón, ¿cuántas veces has sido condenado?

Entre las supersticiosas romanas, fanáticas de toda clase de augures y adivinos, estaba de moda el trato con magos y astrólogos, siempre y cuando —como escribiría años más tarde el poeta satírico Juvenal— hubieran sido procesados, desterrados o cargados de cadenas. Si aquellos individuos aparecían envueltos en turbios procesos políticos, mucho mejor. Curiosamente, a pesar de la severa legislación promulgada contra la magia (1), desde el emperador hasta el último ciudadano, la sociedad se veía atrapada en las garras de estos desaprensivos. Y muchos terminaban convirtiéndose en esclavos morales de los miles de egipcios, mesopotámicos, griegos y sirios que aseguraban leer el futuro o estar en contacto con los dioses.

Y echando mano de los *Anales* de Tácito inventé descaradamente (2).

—Fui expulsado de Italia en el año dieciséis por uno

(1)   Las oleadas de brujos y hechiceros, con sus correspondientes ritos, invaden Roma a partir de la segunda guerra púnica. Y es tal el desastre provocado entre los crédulos ciudadanos que la legislación interviene sin contemplaciones. Un senadoconsulto ordena la destrucción de los libros sobre adivinación, prohibiendo los ritos y sacrificios extranjeros. En el año 32 a. de C., Octaviano, Antonio y Lépido arrojan a los magos fuera del imperio. Y es el propio Tiberio quien introduce el término *magus* en la legislación, calificándolos como «hechiceros criminales». Sin embargo, como digo, magos y «arúspices» pululaban por pueblos y ciudades burlando la ley y «aconsejando» incluso a los que debían velar por el cumplimiento de dicha legislación. Tiberio y Nerón fueron dos claros ejemplos. *(N. del m.)*

(2)   Tácito (*Anales*, 2, 32). *(N. del m.)*

de los senadoconsultos del divino César. Y antes cayó sobre este humilde augur la condena de Tiberio contra los druidas (1).

—No sabía que los druidas fueran magos...

—Ni yo tampoco —repliqué, temiendo que deseara profundizar en un asunto que desconocía por completo.

—Sin embargo —se desvió—, tengo entendido que el «viejecito» ha escuchado tus sabios consejos...

La información, proporcionada por quien esto escribe a Poncio durante una de mis visitas a la fortaleza Antonia, en Jerusalén, me ayudó a conducir la relajada charla hacia el terreno que me interesaba.

—Veo, querida señora, que tu marido no tiene secretos para ti...

Sonrió amargamente.

—Sabrás también —añadí preparando el camino— que le anuncié el *portentum* del oscurecimiento del sol... (2).

Aquello le interesó vivamente.

—No, nunca supe...

Y mordió el anzuelo.

—Cuéntame.

Intencionadamente profundicé en el vaticinio hecho al gobernador en la mañana del viernes, 7 de abril (3).

Y la sorpresa, conforme entré en detalles, llenó los grandes ojos.

(1) Plinio (*Historia natural*, 30, 1, 3) asegura que fueron dictados un senadoconsulto, prohibiendo los sacrificios humanos, y una ley de Tiberio contra los druidas. *(N. del m.)*

(2) La superstición del pueblo romano era tal que, prácticamente, no daban un paso importante sin consultar a los dioses. Y ahí intervenían los augures, interpretando toda clase de *signa* o señales. Los había incluso involuntarios, como la crispación de los párpados, el vuelo de los pájaros, un estornudo o los signos celestes. Y poco a poco esta parafernalia fue profesionalizándose. Y nació una curiosa división de signos: el *prodigium*, el *monstrum*, el *ostentum* y el *portentum*. Los dos últimos eran manifestación divina a través de la materia inanimada. Los *prodigia* eran actos o movimientos especiales efectuados por los seres vivos. Los *monstra* correspondían a la naturaleza orgánica. *(N. del m.)*

(3) Véase información en *Caballo de Troya 1*. *(N. del a.)*

—Entonces —clamó furiosa—, ese bastardo supo que algo iba a ocurrir...

—Sí y no —traté de corregir.

Creo que no me escuchó.

Se incorporó en el triclinio y buscó a Poncio con la mirada.

Y temí lo peor.

Afortunadamente, el psicópata se hallaba de espaldas, junto al *buffet*, recibiendo una segunda ración de sesos.

Civilis, atento, se puso en pie y se aproximó. Pero la gobernadora, recobrando el pulso, extendió la mano, solicitando calma y ordenando que regresase a su lugar.

Y reclinándose improvisó una sonrisa, devolviéndome el aliento.

—Decías...

—Y aunque lo supiera —proseguí intentando dar marcha atrás—, ¿quién puede modificar el Destino?

Me miró con dureza.

—Poncio sí pudo...

Y al notar mi perplejidad se vació:

—Él tiene el poder. No era el primer judío que juzgaba, ni será el último... Pero está loco.

Y aprovechando el fogonazo de sinceridad caí sobre el tema capital:

—Eres demasiado severa. Imagino que los remordimientos...

No me permitió continuar:

—¿Remordimientos? Veo que no le conoces. Aquella ejecución está olvidada. ¡Pregúntale!

—Pero...

Claudia, inflexible, golpeó de nuevo:

—¡Olvidada, mi querido e ingenuo mago! El gobernador tiene una especial capacidad para borrar lo que no le interesa.

—¿Quieres decir que la crucifixión...?

—Una más —cortó sin rodeos—. Sólo la señal en el sol, como ya te comenté, le afectó durante unas horas...

—Entonces —maniobré en otra dirección igualmente polémica—, no ha informado a Tiberio...

Los negros ojos me dedicaron una conmovedora mirada. Y adiviné la pregunta:

—¿Y por qué iba a hacerlo?

—Las acusaciones contra Jesús de Nazaret...

Movió la cabeza negativamente.

—¿Qué acusaciones? ¿Que se proclamó «rey»? ¿Que ese reino no era de este mundo?

Y argumentó con razón:

—Si no dio cuenta al emperador de los incidentes provocados por las efigies plantadas en Jerusalén o por la apropiación del tesoro del Templo para la construcción del dichoso acueducto, ¿por qué molestarle por un anónimo galileo, embarcado en rencillas religiosas con sus paisanos? ¿Se distinguió Jesús por sus ataques a Roma? ¿Era un peligro para el imperio?

Esta vez fui yo quien negó al compás de las interrogantes.

—Poncio es demente, pero no tonto. ¿Qué podía decir al «viejecito»? ¿Que había condenado a muerte a un judío en el que no hallaba culpa alguna? ¿Que cedió a las presiones de la chusma?

Las sólidas puntualizaciones de Procla aclaraban igualmente un capítulo del que se ha escrito mucho: las supuestas *Actas de Pilato*, en las que habría contado los pormenores del proceso y crucifixión del Hijo del Hombre (1). La verdad es que cuando leí y analicé estos ingenuos textos compartí la opinión de la mayoría de los especialistas. Estábamos ante una colección de «cartas o informes», dirigidos a Tiberio, que no presen-

(1) Desde el siglo VII y a lo largo de buena parte de la Edad Media aparece en el mundo cristiano —tanto oriental como occidental— una serie de informes y actas, atribuidos a Poncio. Tertuliano y Simón Cefas —según la tradición— ya habían hablado de dicha «confesión» del gobernador de la Judea. En estos escritos —*Anáfora*, *Parádosis* y demás cartas— Poncio aparece como un decidido defensor de Jesús de Nazaret, comulgando con su divinidad y doctrina. Algunos autores modernos, caso de Sordi, con un escaso conocimiento histórico, defienden la autenticidad de un primitivo documento, asegurando incluso que Poncio terminaría convirtiéndose en un paladín de los primeros cristianos. *(N. del m.)*

taba la menor consistencia histórica. Los defensores de estas descaradas falsificaciones —caso de Reinach y Volterra— daban por sentada la obligatoriedad de dicha correspondencia. Una circunstancia que nunca fue probada y que, como afirmaba Claudia Procla, sólo hubiera contribuido a perjudicar los intereses políticos de Poncio.

Esta correspondencia apócrifa contiene, además, tal cúmulo de errores y despropósitos que sólo es atribuible a fanáticos o a gentes bienintencionadas —decididas a reivindicar la memoria del gobernador de la Judea—, pero muy mal informadas. Sólo así puede entenderse, por ejemplo, que hagan extensible el fenómeno del oscurecimiento del sol a todo el planeta. Hoy sabemos que en aquella jornada del viernes, 7 de abril del año 30 de nuestra era, no se produjo eclipse ni acontecimiento astronómico alguno. El suceso, como ya narré, tuvo un carácter muy localizado, afectando únicamente a Jerusalén y alrededores.

Me encontraba en la noche del lunes, 8 de mayo. Desde la ejecución de Jesús de Nazaret habían transcurrido treinta días. Un plazo más que sobrado para que Poncio hubiera redactado y enviado dicho informe al emperador. Pero, como aseguraba mi anfitriona, ese documento no tenía razón de ser y jamás sería escrito.

Los creyentes, en general, guardan hoy un recuerdo, entre benevolente y romántico, de la figura del gobernador. Y no los culpo. La Historia, una vez más, ha sublimado la realidad. Y ha ocultado hechos y conductas —aparentemente anecdóticos— que dibujaban a la perfección el auténtico perfil de Poncio. Por ejemplo, la violación de la sagrada norma de la *lustratio* o lavatorio de manos. Por ejemplo, otra insólita reacción del psicópata, prácticamente desconocida, que encajaba en su línea maniacodepresiva. El «hallazgo» surgió sin querer en la instructiva conversación con Claudia Procla.

—Supongo que al menos —insinué sin percatarme de la importancia de lo que planteaba—, aunque haya olvidado la ejecución, trataría de conjurar el signo celeste...

No pudo contener la risa.

—Veo que estás al tanto de nuestros ritos.

Y añadió con pesadumbre:

—¿Ese loco?... ¿Pedir perdón a Júpiter?

Antes de proseguir debo clarificar un extremo tan importante como ignorado. El oscurecimiento del sol entraba de lleno —para la supersticiosa sociedad romana— en lo que denominaban *signa* o señales. Cualquier signo o fenómeno maravilloso —y el «oscurecimiento» (?) del sol lo fue con creces— era tomado en principio como una advertencia o manifestación conminatoria de los dioses. La divinidad mostraba así su cólera. Y el ciudadano testigo del prodigio se apresuraba a consultar a los augures, buscando una interpretación y la correspondiente expiación de sus hipotéticas culpas. Para ello, la religión establecía un solemne y sagrado procedimiento: la *procuratio*. Es decir, una serie de normas encaminadas a restablecer el orden y la paz entre la ofendida divinidad y el hombre. Esta *procuratio* de los signos era un acto de especial trascendencia. No olvidemos que la ira de los cielos caía sobre el supuesto infractor y sobre cuantos le rodeaban. Pues bien, cada *signum*, una vez estudiado por el augur, exigía una *procuratio* o compensación concreta. En los libros del «colegio profesional» de augures de Roma aparecía una larga lista de reparaciones a los dioses, estrenada en los lejanos tiempos de Numa. Si el fenómeno, por ejemplo, consistía en una lluvia de piedras, la satisfacción o *procuratio* obligaba al testigo o testigos a guardar nueve días de fiesta. Si el portento era el nacimiento de un monstruo (hombre o animal), los dioses quedaban cumplidos al arrojarlos al fuego o al mar. Cada *procuratio*, sin embargo, se hallaba sujeta al fluctuante criterio del «arúspice» de turno.

En el caso que nos ocupa —un *portentum* o manifestación divina a través de la materia inanimada—, el problema arrastraba una gravedad añadida. Cada *signum*, para la religión romana, lo provocaba un dios específico. Una perturbación en la tierra, por ejemplo, era un signo de Tellus. Si se producía en el mar reflejaba la *in-*

dignación del dios Neptuno. Si el prodigio, en fin, aparecía en los cielos, la cólera procedía de Júpiter. Y, como digo, el oscurecimiento del sol —competencia del gran Júpiter— no era un fenómeno común y corriente. La ofensa alcanzaba al «número uno», a la divinidad tutelar del imperio, al soberano del mundo, al padre de la magia, al garante del derecho, al señor de la luz, al dueño del rayo y de las tormentas...

La supuesta falta, en suma, era de extrema relevancia, exigiendo una *procuratio* del mismo peso. Y no puedo dejar de admirar el finísimo «tejer» de la Providencia. Hasta los símbolos paganos aparecían magistralmente engarzados en la encarnación humana de este Hijo de Dios... Y empecé a sospechar que aquel misterioso objeto (?) que se interpuso entre el sol y Jerusalén «sabía» muy bien lo que hacía.

—¿Aliviar el enojo de Júpiter?... ¿Buscar la *procuratio*?... ¿A eso te refieres?

Asentí sin adivinar el fondo de las capciosas preguntas de Claudia.

—Mi querido amigo —aclaró al fin—, no sólo no hubo expiación sino que, engreído y autosuficiente, repudió el portento (1), acusando a los judíos de provocar la ira de Júpiter.

La confesión de Procla, en opinión de quien esto escribe, vino a confirmar dos puntos ya contemplados.

Primero: el escaso juicio crítico de Poncio hacia sí mismo. Un síntoma más de su problema mental. Entre los enfermos maniacodepresivos, esta actitud contrasta con su demoledora capacidad para juzgar a los demás. El trasvase de responsabilidades —«lavándose las manos»— es peculiar de estos psicópatas. Su habilidad en este campo llega al extremo de conseguir que los que le

(1) La religión romana establecía igualmente que los *auspicia oblatiua* o señales no deseadas podían ser rechazadas por el ciudadano. La tradición de los augures fijaba varios métodos: *non obseruare* (no prestándoles atención), *refutare* (despreciando o repudiando el signo) o, sencillamente, siguiendo la política del avestruz (negándose a «ver»). *(N. del m.)*

rodean se sientan responsables de los actos del propio demente.

Segundo: el rechazo de la *procuratio* o compensación a los dioses ponía de manifiesto el nulo sentido de culpabilidad en la condena del Maestro. Este «vacío» ético, como ya expliqué, sólo podía obedecer a una situación de crisis psíquica. No era de extrañar, por tanto, que olvidara pronto aquella ejecución.

Y vuelvo a lamentarme. Me quejo, sí, de que estos pequeños-grandes sucesos no hayan trascendido, deformando la realidad. Y una sofocante duda me inquieta desde hace tiempo. Si los evangelistas conocían el trastorno del gobernador, ¿por qué lo ocultaron? ¿Empañaba la imagen del Maestro? ¿No convenía decir que Jesús de Nazaret fue interrogado y juzgado (?) por un loco?

Como afirmaba el Galileo, «quien tenga oídos...».

—Y cuando al fin venció el miedo y se decidió a abandonar el lecho —prosiguió la mujer con un rictus de desprecio—, el muy cínico me notificó que, además de rechazar el portento del sol..., *omen accipio!*

E, impotente, refugió la mirada en la rumorosa cascada.

Estaba claro: Poncio, como todo maniacodepresivo, experimentaba una preocupante fuga de ideas.

Aquel *omen accipio* —«tomo a buen agüero»— era un signo más de su demencia.

Amén de refutar o repudiar la sagrada cólera del gran Júpiter, y trasladar la culpa a los judíos, cambió de táctica, evaluando el prodigio solar como un «buen presagio».

Y Claudia, saliendo de sus oscuras reflexiones, añadió:

—Mis reproches no fueron oídos. Y durante días aquel maldito *omen accipio* fue su cantinela favorita.

Procla subrayó la muletilla en un tono de censura:

—Y lo peor es que está convencido. Cree firmemente que nuestra suerte ha cambiado.

Guardé silencio. En eso acertó. Lo que Poncio no podía imaginar era la «dirección» tomada por dicha suerte.

Y en un intento de engrasar la correosa charla desvié momentáneamente la brújula de Claudia hacia temas menos ariscos. Y pregunté por su vida y por la del gobernador.

Así supe, entre otras cosas, que ambos eran divorciados. Ella ostentaba orgullosa el título de «portadora de estola», una mención honorífica reservada a las madres de tres o más hijos. Poncio tenía una sola hija, fruto también, como los tres de Procla, de su anterior matrimonio. En su nuevo estado —convenido por razones políticas—, el gobernador se negó a tener descendencia.

Claudia era una mujer culta. Admiraba a Homero y decía haber leído varias veces la *Eneida* de Virgilio. Ahora, en este «destierro», echaba de menos las animadas tertulias de Roma y, sobre todo, su *conventus matronarum*, una especie de «corporación de mujeres» creada en el siglo anterior y que tenía por finalidad principal el sostenimiento del culto religioso.

Poncio, en cambio, en expresión de Procla, era un «patán». Jamás le vio leer. Sólo le interesaba el dinero. Y desde que tomó posesión como gobernador, aquella obsesión fue amarrándole hasta el extremo de aventurarse en todo tipo de negocios ilícitos y descabellados. Pero lo que más la irritaba era la peligrosa y corrupta relación comercial con los dirigentes religiosos judíos. En esos momentos, gracias a trapicheos y rapiñas, la fortuna del psicópata rondaba los treinta millones de sestercios, sin contar el lujoso mobiliario y dos villas de recreo en los barrios del Palatino y el Viminal, en Roma.

Evidentemente, aquél no era un matrimonio por amor. Las relaciones, tensas, parecían condenadas a un nuevo divorcio.

Esta frialdad y distanciamiento entre los esposos, unido a la «vergonzante» enfermedad que soportaba, habían hecho de Claudia un ser profundamente herido, con una tristeza convertida en huésped permanente y a la que se veía obligada a combatir en razón del cargo de su marido. Y supe también que la inquieta mujer encontró un rayo de luz desde que se interesó por la historia y el culto a Isis, la diosa egipcia del millón de nombres. Vestía de lino cada vez que podía, invocaba dos veces al día a la «salvadora y llena de gracia», se hacía bendecir con agua del Nilo y respetaba los ayunos prescritos por una religión que hacía furor en todo el Mediterráneo.

Y comprendí mi error. La serenidad y atractiva paz de sus ojos no procedían de las enseñanzas de Jesús de Nazaret.

Poco después, de manera fortuita, tendría ocasión de profundizar en sus creencias religiosas.

Y aprovechando la sincera entrega de mi confidente señalé la talla de piedra del faraón Akhnatón, interesándome por el origen de aquellos tesoros.

Claudia torció el gesto con desagrado, insultando a Poncio:

—Esa bestia...

Y señalando con la mirada la dirección de las copas y recipientes que se apretaban sobre la bandeja se lamentó:

—No te alarmes ante la irreverencia de ese malnacido. Lo hace para mortificarme. Él sabe de mi veneración por Egipto.

Y de sus explicaciones saqué en claro dos hechos con el mismo denominador común —el arte egipcio—, pero curiosamente distanciados por la intencionalidad.

Por un lado, las inquietantes piezas eran otra muestra de la voracidad financiera del gobernador. Claudia desconocía la procedencia de las mismas. Sólo sabía que costaron una fortuna y que Poncio pretendía revenderlas a su regreso a Roma. En otras palabras: el enigma de la tumba de Tutankhamen seguía en pie. Por otra parte, Egipto servía para estimular la conducta provocativa del psicópata. Y el fino olfato de estos enfermos para detectar las áreas sensibles de los que le rodean le llevó a una sibilina y ruin agresión contra lo más íntimo y querido de su esposa. ¿Ella admiraba y compartía la filosofía egipcia? Pues nada mejor para castigar su orgullo que ridiculizar al sagrado «faraón-monje» convirtiéndolo en «mueble-bar».

Éste era el auténtico gobernador de la Judea...

Pero la interesante conversación y mis deseos de esclarecer el misterio del ajuar funerario fueron súbita y lamentablemente cancelados. En realidad no podía quejarme. Mucho había durado la paz...

Y un Poncio tambaleante se presentó frente al triclinio. En la mano derecha sujetaba con escaso éxito la fuente de plata con los húmedos, rojizos y nerviosos sesos. Detrás, no menos borracho, el tribuno.

Me incorporé y, prudentemente, retiré el cayado.

Y el gobernador, sin dejar de canturrear, alzó brazos y fuente, saludando a Claudia con un efusivo *domina* (el equivalente al actual «doña» o *madame*»).

Pero los vapores del vino empezaron a pasar factura. Y al querer redondear la galantería con una reverencia tan acusada como falsa, la ración, desequilibrada, resbaló del plato, precipitándose sobre el pecho de Procla. Y las finas gasas acusaron el impacto del amasijo de sangre y cerebro.

—¡Bastardo!...

Poncio, atónito, retrocedió. Pero el largo sayo de muselina le reservaba otra sorpresa. Y pisando los bajos perdió la precaria estabilidad, derrumbándose de espaldas, como un fardo.

Claudia, con los ojos incendiados, se puso en pie. Y al instante, «maestresala», servidumbre y *primipilus* se arremolinaron en torno al caído Poncio y a la desolada gobernadora.

Para colmo, desorientados, los músicos interrumpieron bruscamente las suaves melodías.

Y ante la impotencia general, la mujer, rompiendo a llorar, se abrió paso a empellones, alejándose a la carrera hacia el portón de bronce.

Instintiva, y sagazmente, el *tricliniarcha* se dirigió a la boquiabierta orquesta, ordenando que prosiguiera. Y los invitados, sin comprender lo ocurrido, fueron acercándose con timidez. Pero Poncio, ayudado por Civilis y el tribuno, tras recuperar una dudosa verticalidad, se escudó en una sonora carcajada. Y las borrosas miradas de los beodos se apaciguaron.

Y sin el menor sentimiento de culpa, haciendo gala de una inhibición típica de los maniacodepresivos, levantó de nuevo los brazos, agitó las manos, y saludó a la perpleja concurrencia exclamando:

—*Omen accipio!*

Y, lentamente, comensales y criados retornaron a sus lugares. Y los primeros celebraron el buen humor del anfitrión con el enésimo apurado de las copas.

Y Poncio, bajo el estrecho control de Civilis, fue a reclinarse en el «sofá» presidencial.

Y a pesar del cargamento de vino, la hiperactividad del sujeto no perdonó.

Se sentó. Volvió a tumbarse. Se incorporó de nuevo y, eructando cavernosamente, exigió la presencia del esclavo galo. Y ordenó que le descalzase.

Y contemplé algo que volvía a retratarle.

Cada una de las suelas de las sandalias aparecía pintada. Creí reconocer la imagen alada de la diosa Isis. Procla, minutos más tarde, me sacaría de dudas. La extravagancia no era gratuita. Poncio expresaba así unos enfermizos sentimientos de venganza. Todos sus enemigos y todo aquello que odiaba habían sido dibujados en la incontable reserva de botas, sandalias, pantuflas, etc. Y cada día, al despertar, dependiendo del voluble humor, seleccionaba al que debería «pisotear» durante la mañana. Por la tarde y noche cambiaba nuevamente de calzado..., y de «enemigos». Y para la fiesta de cumpleaños de su esposa —cómo no—, el símbolo más venerado por Claudia: la diosa Isis.

Éste era el hombre que «juzgó» a Jesús de Nazaret...

Y el mudo y paciente atleta de la melena rubia inclinó la cabeza asintiendo al último requerimiento de su dueño: más vino y más sesos.

Y agitando los sonrosados y rollizos dedos invitó al tribuno y a quien esto escribe a que nos acomodáramos a sus pies.

El joven oficial responsable de la administración de la cohorte —al que llamaban Vedio— fue el primero en obedecer. Y Poncio, más lúcido de lo que suponía, le obsequió con el brillo de sus tres dientes de oro.

El tribuno, a juzgar por su juventud (probablemente rondaría los veinte años), era un miembro de la clase senatorial que cumplía el servicio militar en calidad de *tribunus laticlauis*. Es decir, un «recomendado» que preparaba así el *cursus honorum*, fundamental para ingresar en el senado de Roma. Naturalmente, como digo, sólo desempeñaba funciones de jefe administrativo. Al lado del curtido y experimentado *primipilus*, aquel bisoño era una caricatura. Un remedo de soldado que, en cierto modo, alivió la insoportable peste de los excrementos de cocodrilo que aplastaban el hinchado rostro del psicópata. Y digo esto porque el tal Vedio lucía otro de los «maquillajes» de moda entre los privilegiados del imperio. Sobre una peluca de pelo de caballo, teñida en un rabioso escarlata, presentaba una blanca pirámide de sebo de veinte centímetros de altura, «rellena» con múltiples betas de mirra anaranjada. Por supuesto, la función de tan insólito tocado estaba perfectamente estudiada. Al calor de las antorchas, y de la templada noche, el cono terminaba por derretirse y grasa y perfume resbalaban por rostro y túnica, asfixiando el ambiente con una penetrante fragancia.

Y el amanerado jovencito, como decía, se dejó caer con dificultad sobre el blanco y crujiente pavimento. Y sin mediar palabra introdujo la mano bajo la túnica de uno de los esclavos que nos atendían. En aquel momento deseé abandonar el *triclinium* y la ciudad. Pero el Destino no había pasado la página de aquella borrascosa jornada.

Y redoblando la guardia fui a situarme a la cabecera del «sofá».

Civilis intercambió unas frases con los «priores» y, presuroso, se dirigió a la salida del gran comedor.

La marcha del *primipilus* no pasó desapercibida a los enrojecidos ojos del gobernador. Y con una media lengua, hipotecada por el alcohol, estalló:

—¡Ramera!... Esa zorra cree que no estoy al tanto...

Vedio giró la cabeza bruscamente, buscando la clave del exabrupto. Y sebo y mirra salpicaron los desnudos pies de Poncio. Pero el jefe de los centuriones había traspasado ya el portón de bronce.

El gobernador se arqueó por encima del cargado vientre y recogió las gotas de maquillaje con las yemas de los dedos. E introduciéndolas en la boca comprobó el sabor. Después, mostrando la negra dentadura, arremetió como un búfalo:

—¡Sabe a leprosa!...

Me indigné.

Pero la carga de aquel indeseable no había concluido. Introdujo los dedos por segunda vez entre los sensuales labios y, relamiéndose, corneó de nuevo:

—¡Sabe a Civilis!...

Y escupiendo sobre los inmaculados restos de conchas eligió la fuga:

—¡Tomo a buen agüero!...

El tribuno, adulador, aún desconociendo el sentido de las retorcidas y torpes insinuaciones, se unió al demente con otro expresivo «*omen accipio*».

Y el gobernador, en una pirueta que me pilló desprevenido, apuntándome acusadoramente, cambió de tercio:

—Y tú ¿de qué hablabas con la leprosa?... ¿También ha querido engatusarte?

Esta vez no me contuve. Y golpeé donde podía dolerle.

—No, excelencia... Tu ilustre esposa y este poderoso mago —me recreé en el «poderoso mago»— conversaban sobre uno de tus últimos errores...

El tribuno palideció. Y la omnipotencia de Poncio creció como la espuma:

—¿Cómo te atreves?

Los ojos me fulminaron. Pero este explorador, sin perderle la cara, le humilló sin piedad:

—Un juez justo no condena a un inocente.

—¿Inocente? —balbuceó tratando de recordar—. ¡Imposible!

—Tú enviaste a la cruz al profeta de Galilea...

Frunció el ceño y desvió la mirada hacia Vedio, buscando apoyo.

—¿Profeta de Galilea?

No podía creerlo. Claudia tenía razón. El maniaco había borrado el drama.

Pero no estaba dispuesto a dejar pasar aquella oportunidad de oro. Y le obligué a desbloquear:

—Sí, el «rey de los judíos»...

El tribuno se encogió de hombros. Y preguntó a su vez quién era aquel «rey». En opinión de quien esto escribe, la absoluta ignorancia de Vedio sobre la crucifixión del Maestro reflejaba una situación que no ha sido bien calibrada por la Historia. Para creyentes y no creyentes —con el favor que otorga la distancia en el tiempo—, la pasión de Jesús ha sido enjuiciada como un suceso de máxima relevancia que estremeció los pilares de la sociedad judía. Nada más lejos de la realidad. A excepción de familia, amigos, seguidores, gremio sacerdotal y fuerza acantonada en la fortaleza Antonia, los hechos de aquel viernes, 7 de abril, no conmocionaron a nadie. La noticia corrió por determinadas regiones de Palestina, sí, pero eso fue todo. La muerte del Hijo del Hombre no sería conocida en el imperio hasta algunos años después. En aquellas fechas —como demostraba la pregunta del tribuno de Cesarea— muy pocos tuvieron información sobre el prendimiento, torturas y ejecución del casi anónimo Galileo. Respecto a la resurrección, mejor ni comentar...

—Jesús de Nazaret —lo atornillé.

Y Poncio, al fin, abriendo los ojos al límite, fue asintiendo en silencio.

—Inocente, sí —me ensañé—, pero colgado de un árbol.

Y espantado por el súbito recuerdo pasó de la afirmación a una febril y convulsiva negación de cabeza.

—¿No fue un error? —le acorralé con todo el cinismo de que fui capaz.

Reclamó a gritos el vino. Y el galo, sin inmutarse, dejó bebida y comida sobre la redonda mesita que me separaba de Vedio. Apuró la copa y restregando la mano, en un nervioso afán por limpiar los reguerillos del espeso y caliente licor, arrastró parte de los excrementos, introduciéndolos en la boca. Enrojeció. Y, escupiendo, pateó furioso el frágil mueble. Y mesa, jarras, crátera y la fuente con los sesos de mono rodaron por el piso.

Y desorganizado por el nuevo estímulo, como lo más natural del mundo, olvidó mi pregunta, centrándose en el asustado tribuno.

—¡Tú y tus maravillosos maquillajes!...

El *tricliniarcha* entró en acción. Y tras ordenar el descompuesto ajuar, intentando reconducir el cada vez más accidentado festejo, preguntó a Poncio si consideraba oportuno entonar ya el *peán*. Con este cántico se daba paso al tercer y último «acto» del convite: el temido *simposion*.

Y el gobernador, ignorándolo, desembarcó sobre el tema pendiente.

—¿Un error?...

Los saltos de tema, distracción y aceleración del psicópata eran abrumadores. El pensamiento, sin embargo, no era incoherente ni disociado. Sabía de qué hablábamos. Nunca le vi perder el hilo conductor. Tampoco capté señales de desintegración del yo. La sombra de la esquizofrenia no le rondaba, de momento.

—Tienes razón —esgrimió rebajando el prepotente tono.

Y la inesperada finta me descolocó. ¿Es que reconocía su error?

Pero la inmediata e irónica sonrisa dejó al aire la negra caries y el oscuro corazón. Y supe que para aquel enfermo la palabra «error» no figuraba en su vocabulario.

—Fue un lamentable error... de los judíos.

Y golpeando los muslos con ambas palmas rió la gracia.

—Además —apuntó apoderándose de los sesos con ansiedad—, ahora que recuerdo, el tal Jesús sólo era un iluminado.

—Sí —reconocí, disparando a la línea de flotación—, pero capaz de oscurecer el sol...

Poncio se tragó el torpedo y los sesos. Y, atragantándose, roció al amanerado con una implacable lluvia de diminutas y sanguinolentas porciones de los gafados sesos.

Y entre toses y respiraciones entrecortadas y maltrechas, a pesar del ahogo, se apresuró a clamar:

—*Omen accipio!*

Y Vedio, desconocedor del asunto del *portentum*, solicitó una aclaración. Como se recordará, el fenómeno sólo fue visible desde Jerusalén. Y se la di.

—Está claro —puntualizó dirigiéndose al recuperado gobernador—. Como defendía el gran Virgilio, un prodigio semejante sólo pudo ser obra de los «manes». Si el ajusticiado era en verdad inocente regresó para tomar venganza...

La inoportuna reflexión del tribuno sólo consiguió acelerar el pulso y el espanto del supersticioso Poncio.

Los «manes» formaban «equipo» con los ya citados dioses de segundo grado. Y aunque la confusión era notable respecto a su verdadero significado, la mayor parte de la sociedad romana —incluido el poeta Virgilio— los consideraba almas de difuntos, encargadas de hacer el bien o el mal entre los vivos (1).

Pero me equivoqué. El gobernador se repuso rápidamente del susto.

Y felicitando al incauto Vedio por la proposición, enlazó con la tesis de la venganza. Y exclamó triunfante y convencido:

—Cabe esa posibilidad. Los «manes» del profeta pudieron volver de ultratumba para castigar a los judíos...

Y cayendo en la cuenta de otra de las «atribuciones» de estos espíritus desvió la mirada hacia quien esto escribe. Y en tono paternalista censuró mi amistad con Claudia:

(1)   Tanto en la *Eneida* como en las *Geórgicas*, Virgilio se refiere con frecuencia a los «manes», confiriéndoles diferentes papeles. En ocasiones, por metonimia, representan los «infiernos», como lugar de residencia de los muertos. También los asocia a las sombras de los fallecidos, consideradas colectivamente. Otros autores llaman «manes» a los restos mortales de los difuntos. El pueblo terminó definiéndolos, lisa y llanamente, como los «espíritus de los muertos». *(N. del m.)*

—Deberías tener más cuidado... Supongo que sabes que los «manes» se infiltran en los sueños, provocando pesadillas cuando no se les honra debidamente.

Y dirigiendo el pulgar hacia su espalda, añadió, refiriéndose a los murales:

—La leprosa venera ahora a Isis y ha olvidado el culto a los muertos...

Poncio mentía. Pero el argumento era inevitable en su siniestra psicología. Cualquier excusa era buena para proyectar responsabilidades.

—Y ellos —insistió poniéndome a prueba— vuelven y castigan. A ella la están atormentando con esa maligna enfermedad. En cuanto a ti, ya veremos...

Siguió pellizcando los sesos y, ante mi silencio, considerándome vencido, optó por la adulación.

—Pero no te preocupes. Soy tu protector. Dime dónde reposan tus muertos y mañana mismo los cubriré de flores (1).

Adulación. Tentativas para dividir. Proyección de responsabilidades. Mentiras frías, calculadas y sistemáticas. Omnipotencia. Conducta provocativa. Ausencia de inhibiciones. Bruscos cambios de temperamento. Alta capacidad para medir la resistencia ajena. Fino instinto para herir. Pensamiento vertiginoso. Nulo sentido de la autocrítica y juicio siempre severo y feroz con los demás. Ideas delirantes...

Para qué seguir. Y cerré el asunto de Jesús de Nazaret. Con aquel psicópata era difícil razonar. No recordaba. No se sentía culpable. Peor aún: culpaba a los judíos. Los sucesos de la crucifixión, en suma, pasaron a la historia en su enferma y desgraciada mente.

Así era Poncio Pilato.

(1) Los romanos, en efecto, creían que los «manes» se irritaban cuando no eran atendidos con respeto y veneración. Ésta —decían— era la causa de las pesadillas, de los tics nerviosos, de las manías y de las enfermedades misteriosas. El mejor homenaje eran las flores. De ahí, justamente, la costumbre de adornar las sepulturas con rosas, gladiolos, violetas, mirtos y lirios. Las flores eran el símbolo de la renovación. Y los «manes» disfrutaban con su presencia. (N. del m.)

Y una deslumbrante y renovada Claudia Procla vino a rescatarme de tan amargas reflexiones.

La gobernadora, con una nueva e inmaculada túnica de lino blanco, se presentó feliz y radiante. Y como si nada hubiera ocurrido fue a instalarse en el triclinio contiguo.

Poncio dejó de picotear. Y la mirada, turbia por el río de vino, quedó fija en el magnífico pectoral que colgaba del cuello de la gobernadora. Yo mismo —aunque por otras razones— me vi atrapado en el colorido y la fastuosidad de la delicada pieza. Entre marfiles, corindones y lapislázulis sobresalía una turquesa gigante, grande como un puño, trabajada en forma de pájaro con alas curvas y extendidas. Cuerpo y cabeza habían sido cubiertos por finas láminas de calcedonia verde semitransparente que imitaban el escarabajo sagrado de los egipcios. Las garras, en plata, sostenían sendos lirios y lotos. Y sobre las pinzas del escarabeo, una barca ensamblada con esmeraldas, transportando el *udjad*, el ojo divino, en oro macizo.

Y el reflejo de las antorchas sobre el pesado colgante hizo parpadear al atónito gobernador.

Y la mujer, con una desafiante sonrisa, tomó una copa de vino. La aproximó a la boca y, sin dejar de mirar a su marido, sumergió la lengua en el negro, espeso y caliente licor. Y, sensual y vengativa, la paseó con lentitud por los finos y granates labios, humedeciéndolos.

Me eché a temblar.

Claudia había regresado con el hacha de guerra. El símbolo egipcio en el pecho, desafiando a Poncio, sólo podía desencadenar una catástrofe.

Pero la súbita aparición del *primipilus* desvió momentáneamente la ira del psicópata. Y no creo equivocarme si afirmo que el marcial paso del centurión la multiplicó.

Procla, sin el menor pudor, giró igualmente la cabeza hacia el recién llegado. Y la sonrisa se transformó, iluminándola.

Y Poncio, con la fuente de sesos sobre los muslos, no supo dónde mirar. ¿Civilis o Procla? ¿Procla o Civilis?

Pero el soldado pasó de largo, esquivando la admiración de una y el furor del otro. Y al abordar el *buffet* pidió vino con miel.

Me aferré a la «vara de Moisés». El terremoto parecía inminente.

Pero el amanerado —Dios lo bendiga—, ajeno al alto voltaje, salvó sin proponérselo la comprometida secuencia.

Y con la peligrosa osadía que concede siempre el exceso de vino, dirigiéndose a la gobernadora, recuperó el interrumpido debate sobre los «manes». Y preguntó a bocajarro si las pinturas, en efecto, eran consecuencia de la venganza de los espíritus de los muertos.

Procla, desconcertada, exigió que se explicase.

Y el tribuno —tirando por el camino de en medio— resumió la reciente polémica en torno al Crucificado y a las hipótesis de Poncio sobre los «manes» y sus maléficas artes.

Y la mujer, subiéndose a la espléndida oportunidad, capitalizó el tema, rebatiendo y humillando al cónyuge.

—¿Muerto? ¿Qué muerto? —replicó con ironía—. El gobernador fue puntualmente informado de la resurrección del galileo.

Y sin medir el alcance de las palabras, con la única intención de estrangular la maledicencia del marido, añadió:

—Mis sueños no son obra de muertos, sino de vivos...

Vedio, entre risas, rechazó la «absurda noticia de la vuelta a la vida del profeta».

Y de pronto, para satisfacción de este explorador, fui testigo de una acalorada discusión sobre dioses y creencias religiosas.

Y aunque es mi propósito volver sobre este apasionante y trascendental capítulo —al que también debió de enfrentarse Jesús de Nazaret—, me resisto a pasar por alto la esencia de tan instructivo duelo. Una confrontación que zanjaba la supuesta comunión de ideas de Claudia Procla con el mensaje del Hijo del Hombre.

El joven aspirante a senador, perteneciente, como la

gobernadora, a la clase dirigente romana, se hallaba imbuido por una de las corrientes filosófico-religiosas dominantes en aquel tiempo: el epicureísmo.

En el caso de Vedio, esta búsqueda de la felicidad a través de la razón y del conocimiento de las cosas aparecía violentamente enfrentada con las viejas tradiciones, que defendían la supremacía a ultranza de los dioses (unos treinta mil según Hesiodo). A causa de la extrema juventud, el muchacho no había logrado desembarazarse aún de este pesado lastre.

Como iríamos comprobando a lo largo de nuestra misión, éste era el angustioso panorama de buena parte de las nuevas generaciones mínimamente cultas del imperio. No comprendían el porqué de semejante miriada de dioses. Y dudaban de su eficacia y del supuesto control sobre el hombre. Y un buen día, alguien empezó a abrirles los ojos. Ese personaje, el filósofo griego Epicuro, fallecido en el 270 antes de Cristo, vendría a conmocionar los pilares religiosos del mundo civilizado. Este maestro, hijo de maestro, tuvo la audacia de cuestionar el papel de esos miles de divinidades y los correspondientes ritos, supersticiones, castigos y premios. Y sus magistrales ideas desestabilizaron la mentalidad de la época. Este alumno de Pánfilo y Xenócrates enseñó a sus contemporáneos que el fatalismo era un fraude, y los dioses, un medio para sujetar y gobernar voluntades. Y los animó a pensar por sí mismos.

Epicuro combatió sin descanso aquella religión basada en el terror y en la permanente sumisión a los dioses. Su moral tenía como punto de partida el reconocimiento de las necesidades humanas y la imperiosa obligación de satisfacerlas. Y basaba la felicidad en la prudencia. Era esta virtud la que debía regular los actos del hombre. Probablemente, su concepto del placer no fue bien entendido. No defendía la sensualidad desenfrenada o el placer de los hartos. Eso lo practicaron los malos epicúreos. Sus objetivos no eran hedonistas. No perseguía el placer como único y último fin. El afán de estos hombres y mujeres era otro: la consecución de la ausencia del dolor físico como el gran bien, como la «ataraxia» del alma (el «yo» imperturbable frente a las acometidas del mundo).

Y fijó los principios para el estudio científico que debería conducir a un mejor conocimiento de las cosas y, en definitiva, a la comprensión del lugar ocupado por el hombre en la Naturaleza. Y con una visión genial de lo que un día sería la física cuántica tuvo el coraje de romper con el determinismo mecanicista de Demócrito, introduciendo el concepto de indeterminismo, en virtud de lo que llamó *clinamen* (cierta «declinación» espontánea de los átomos). Y consideró el alma como una entidad individual, construida por átomos simples, aunque mortal y finita.

Muchos de los discípulos fundaron centros epicúreos en Lámpsaco, Egipto, Mitilene, Roma y Antioquía. Y años antes del nacimiento del Maestro, Fedro, Zenón y Filodemo de Gadara enseñaron estas doctrinas en la capital del imperio, causando un gran impacto y levantando oleadas de protestas entre los ortodoxos. Desde fines del siglo I antes de Cristo —en especial con las ardientes prédicas de Lucrecio (1)—, el movimiento de Epicuro cobró un notable auge, sembrando la discordia entre generaciones. Para este aventajado discípulo, la fe sólo era un «espectro gigantesco que se alzaba desde la tierra al cielo, cuya dura pisada aplastaba ignominiosamente la vida del hombre, mientras que su rostro le amenazaba cruelmente desde lo alto». Y numerosos pensadores —Ovidio primero y Epicteto más tarde— se rebelaron contra la «herejía», exigiendo respeto para los

_____

(1) Lucrecio, muerto a mediados del siglo I a. de C., podría considerarse un predecesor del moderno ateísmo. En su obra *De la naturaleza de las cosas*, siguiendo la física de su maestro Epicuro, estudió el tema de la suprema felicidad, llegando a la conclusión de que dicha felicidad consiste en la indiferencia. Lucrecio apostó por un orden inmutable en el universo, estimando por tanto que el temor a lo sobrenatural (a los dioses) resultaba absurdo. «El hombre —afirmaba— es únicamente materia organizada, compuesta de átomos, y como tal sólo puede volver a la nada de la que surgió.» Estos planteamientos cayeron como un jarro de agua fría en la tradicional sociedad romana, que los calificó de escandalosos. *(N. del m.)*

dioses y censurando a quienes, con este veneno, destruían a los espíritus jóvenes, a los que descarriaban.

En definitiva, gracias a este providencial «hereje», miles de seres humanos aceptaron que lo verdaderamente importante era trabajar y esforzarse por elevar el estatuto y la dignidad del hombre, renegando de las supersticiones que le encadenaban. Algo realmente loable si tenemos en cuenta que la filosofía epicúrea negaba toda trascendentalidad.

Y al igual que el estoicismo y el cinismo —las otras dos grandes tendencias filosóficas existentes en vida de Jesús—, el epicureísmo contribuyó en gran medida a hacer más comprensible el originalísimo mensaje del Maestro y la posterior acción misionera de sus discípulos. Fueron «semillas» que la Historia y la propia iglesia católica parecen haber olvidado.

Y ya que lo menciono, bueno será trazar unas rápidas pinceladas que refresquen la memoria del hipotético lector de estos diarios respecto a esas filosofías, que, en cierto modo, depejaron el camino del Maestro. Unas doctrinas que Jesús de Nazaret conoció muy bien, que respetó y que fueron ocasión y motivo de brillantes e inolvidables debates con gentiles y judíos. Un capítulo —como veremos en su momento— tan bello y fascinante como desconocido...

El estoicismo, en síntesis, fundado a fines del siglo IV a. de C. por Zenón de Citio, no puede considerarse como una religión. Fue, eso sí, una filosofía de lujo, muy próxima, en algunos aspectos, a lo predicado por el Hijo del Hombre.

Creían en una Razón superior, en un Dios-Razón, que gobernaba la Naturaleza. La virtud —el gran objetivo de estos preclaros pensadores— consistía en la armonía con lo creado. El alma —decían— era de origen divino y, aunque encarcelada en un cuerpo físico y detestable, debía esforzarse por lograr ese equilibrio con hombres y cosas.

Se consideraban «descendientes» de ese Dios-Razón y, en consecuencia, predicaban la hermandad de los seres humanos.

El mejor premio al que aspiraban se llamaba «esfuerzo». Esfuerzo por conquistar la virtud. Todo lo demás los dejaba indiferentes.

Lamentablemente, nunca identificaron esa Razón-Dios con el Dios-Padre, con el *Ab-bā* que «patentó» Jesús de Nazaret.

Por su parte, los «cínicos», una secta en la que probablemente bebieron los estoicos, aunque de ideas igualmente sublimes, nunca ascendieron a la espiritualidad de los «hombres-razón».

Antístenes (435 al 370 a. de C.), discípulo de Sócrates, pudo ser el creador de esta escuela. Otros aseguran que fue Diógenes, el ateniense.

Básicamente, sus principios se centraban en el desprecio de lo material. No valoraban riquezas, salud, ciencia o dioses. Todo eso era «inútil y despreciable». Lo único positivo para los «cínicos» era liberarse de los deseos. Sólo así —aseguraban— era posible disfrutar de la felicidad.

Y ante el asombro del mundo se lanzaron a los caminos, predicando la salvación mediante la sencillez, la virtud y la castración de los deseos.

Fueron los primeros misioneros. Y su filosofía, aunque incompleta, preparó la «gran revolución». Una revolución —la del Irrepetible— que será mejor comprendida si no perdemos de vista esta caótica situación en la que se debatían los pueblos cuando el Maestro decidió inaugurar su vida pública.

Y Claudia, tras oír las excelencias del epicureísmo y las explicaciones sobre el alma mortal y sin posibilidades de «resurrección», expuestas por un Vedio arrogante y en posesión de la verdad, arremetió como una loba:

—¿Te atreves a dudar de la sabiduría de nuestros antepasados? ¿Cómo puedes negar la protección de los dioses?

Procla, como ya he referido, participaba firmemente en las tradiciones de sus ancestros.

El culto a Isis, como otros rituales, era una manifestación más de las religiones de masas, dominantes en todo el imperio y en los restantes países mínimamente avanzados. Epicúreos, estoicos y cínicos constituían una minoría frente a estas creencias institucionalizadas.

Las religiones «oficiales», que podríamos definir como «mistéricas», se hallaban íntimamente ancladas en los mitos o misterios legendarios, con las inevitables cortes de dioses de todo rango. Unas religiones que favorecieron el nacimiento de sociedades secretas y herméticas, con sus inseparables liturgias, líderes, supersticiones y aberraciones. Todas «vendían» felicidad y salvación eterna, a cambio, eso sí, de sumisión, dinero y sacrificios sin cuento.

—¿Prudencia? ¿Ataraxia? ¿El «yo» imperturbable?... —la gobernadora le castigó sin piedad—. Vuestro admirado Lucrecio os tomó el pelo...

Y sonriendo con satisfacción le arrinconó:

—¿Hubiera aplaudido Epicuro su suicidio?

Lucrecio, en efecto, se quitó la vida a los cuarenta y tres años.

—Prefiero terminar así —replicó Vedio sin retroceder— a vivir bajo la bota de unos dioses adúlteros, crueles, ladrones y caprichosos.

Procla ensayó el contraataque. Pero el tribuno no había terminado:

—Esa mitología que os consume es un cuento que engorda sacerdotes y llena al hombre de confusión.

Poncio, inexplicablemente, cerró los ojos. Pero no parecía dormido.

—¿Es que no conoces a Séneca? —cargó de nuevo la gobernadora refiriéndose a uno de los ilustres representantes del estoicismo—. Él sí defiende una divinidad suprema y una legión de dioses menores...

—¿Séneca un estoico? —se burló el joven—. El único «equilibrio y armonía» que distingue y practica es el del dinero y la adulación.

Y añadió, perdonando:

—Veo, querida Claudia, que eres tú quien no conoce a ese artificioso. Su falso estoicismo lo resumió en una frase: «la lógica no es procedente para la sabiduría».

Y Vedio, mejor informado de lo que suponía, desnudó al célebre escritor, filósofo y abogado cordobés:

—La única Razón-Dios para Séneca es Séneca. ¿Desde cuándo un político cree en la virtud? ¿De verdad lo importante para Séneca es el hombre?

Y riendo con ganas lo apuntilló:

—De ser así, mañana mismo le pediré la mitad de su fortuna (1).

Y escupiendo la mezcla de sebo y mirra que resbalaba por el rostro dejó claro su rechazo hacia Lucio Anneo Séneca:

—Un auténtico estoico no cae en el estupro y la violación. Y te digo más: pronto descubriremos su verdadero sentido de la prudencia. Detrás de sus sabios escritos y discursos sólo hay un desmedido afán de poder. Séneca no cejará hasta entrar en el senado...

—¡Calumnias! —le interrumpió Claudia con una indignación al alza.

—Pregúntale —se defendió el tribuno—. Ahora le tienes en Alejandría con su tío Cayo Galerio, el prefecto... Además —la descalificó sin misericordia—, yo soy epicúreo.

—Estoicos, epicúreos... ¡Qué más da! Todos sois iguales. Todos buscáis la destrucción del imperio...

Vedio volvió a reír, negando con la cabeza.

—¡Pobre infeliz! —sentenció la mujer acomodándose en la seguridad de su rango—. ¿Pretendéis cambiar el mundo?

—Sólo al hombre —afinó el inteligente amanerado—. Lo otro, a su debido tiempo...

—¿Y cómo? —le interrogó macheteando en lo más íntimo—. ¿Huyendo del dolor? ¿Ganando batallas con legiones de afeminados?

Vedio buscó apoyo en otra copa de vino.

—Tu mente atrofiada —avanzó al fin con frialdad—, pisoteada por la sin razón de la superstición, no puede

_____

(1) Séneca sería acusado años más tarde por Suilio de «enriquecimiento abusivo». Al parecer consiguió trescientos millones de sestercios en cuatro años. *(N. del m.)*

comprender. Sólo ves por los ojos de esos sacerdotes y dioses que te exigen, que te amenazan, que te esclavizan. Pero llegará el día en que el hombre ocupará esos altares...

—¡Blasfemo!

El tribuno no se inmutó:

—Y llegará el día en que las necesidades del hombre serán más importantes que esas ridículas necesidades de los dioses.

—¡Qué obsesión! —estalló la gobernadora—. ¿Cómo podéis comparar una cosa con otra? Vosotros mismos reconocéis que el hombre es algo finito, que vuelve a la nada...

—Sí, sólo somos átomos —concedió el tribuno, descargando a renglón seguido otro mandoble mortal—. Pero tus divinidades ni siquiera existirían de no ser por esos átomos.

—La inmortalidad de los dioses —vaciló Claudia peligrosamente— es incuestionable.

—¿Quién lo dice?

Y Vedio se respondió a sí mismo:

—¿La tradición? ¿El emperador? ¿Los augures?

—¡Hereje!

—Sí —se infló el joven—, un «hereje» que quiere llevar el timón de su vida, de sus actos, de sus errores...

Y levantando la copa pronunció un brindis que envenenó definitivamente a su contrincante:

—¡Por la vida!... ¡Por un mundo sin oscuridad!... ¡Por mí mismo, que puedo disponer de esa vida cuando quiera!

Y Claudia, alzando la suya, no se quedó atrás.

—¡Por los dioses!... ¡Por Isis, la divina luz!... ¡Por la diosa Fortuna! ¡Que ella te confunda!

—¡Locos!... ¡Estáis locos! —la asaltó Vedio entre risas—. ¿Es que no sabéis que el azar es consecuencia del *clinamen*? ¿Cómo podéis entronizar como diosa a un simple fenómeno físico? ¡Pobres esclavos del determinismo!...

—No quieras confundirme —bramó Claudia—. Determinismo no. Voluntad divina sí.

—¡La nada gobernando a la nada! —murmuró Vedio

acusando el cansancio del encarnizado duelo—. ¡El azar como gran protector de los indignos!

—¿Fue el azar o la voluntad de los dioses lo que permitió a Isis encontrar el cuerpo de su hermano Osiris?

La cuestión planteada por la iracunda gobernadora no fue muy afortunada. Y el tribuno la destrozó:

—¿En qué quedamos? ¿No dices que los dioses son inmortales? ¿Quién consiguió despedazar entonces al pobre Osiris? (1).

Claudia, perpleja, no supo responder.

—¿Voluntad de los dioses —la enterró Vedio— o de unos sacerdotes que no quieren perder el favor de tan prometedora y sabrosa «clientela»?

—¡Sacrílego!

Y de pronto, el silencioso Poncio, abriendo los ojos, rió sarcásticamente.

Procla, sorprendida por el inesperado «ataque» del marido, no acertó a tomar partido. ¿Rebatía al insolente jovenzuelo o ajustaba cuentas con el psicópata?

La duda la perdió.

Vedio, triunfante, siguió hurgando en la desconcertada mujer:

(1) Parte de la leyenda de la gran hechicera Isis —según Plutarco— decía así: Isis fue la primera hija de Geb y Nut. Nació en los pantanos del delta del Nilo, siendo elegida como esposa por su hermano Osiris. Y le ayudó en su obra civilizadora. Mientras Osiris enseñaba las técnicas de la agricultura y de la fabricación de metales, Isis se ocupaba de las mujeres, adiestrándolas en el hilado, la molienda del grano y la curación de enfermedades. Instituyó también el matrimonio, acostumbrando a sus súbditos a vivir en familia. Cuando esta obra estuvo concluida, Osiris partió hacia Asia para transmitir sus conocimientos al resto del mundo. Y su esposa permaneció como regente. Pero, al regresar a Egipto, el «Ser Bueno» fue víctima de la envidia de su hermano Set. Y matándolo lo encerró en un cofre, arrojándolo al río Nilo. Y cuenta la mitología egipcia que el cadáver de Osiris llegaría finalmente a las playas de Fenicia. Allí lo encontraría Isis. Y, retornando con el cofre, lo escondió en los pantanos de Buto. Pero Set consiguió dar con él. Y cortándolo en catorce trozos dispersó los restos. Pero la diosa, sin desanimarse, fue reuniendo los despojos. Y merced a su poder reconstruyó de nuevo el cuerpo de su marido y hermano. Y le devolvió la vida eterna. Desde entonces, Osiris fue el dios de los muertos. (N. del m.)

—Te diré lo que pienso. Osiris, si es que existió, fue un loco. Y su hermana, una histérica...

La risita del gobernador se clavó de nuevo en Claudia. Y deseé con todas mis fuerzas que alguien acudiera en nuestro auxilio. Y, ante la sorpresa de quien esto escribe, ese «alguien» fui yo mismo.

—¿Dudas de la magia de Isis? —se recuperó Procla desviando la mirada hacia este perplejo explorador—. ¡Pregúntale!

Me sentí atrapado.

—¡Pregunta al mago!

El tribuno me obsequió con un desplante:

—¿Otro adivino?

Esta vez Poncio no rechistó.

—¡Ignorante, la magia existe!...

Y la gobernadora se descolgó con la pregunta fatídica:

—¿Quieres una demostración?

Intenté decir algo, en un esfuerzo por conjurar los propósitos de Procla. Fue inútil.

—¡Jasón! —ordenó la mujer sin paliativos—. Muéstrale a este epicúreo ateo y engreído hasta dónde llega tu poder.

Pero los insultos funcionaron. Y me salvaron..., momentáneamente.

—¿Ateo? —brincó Vedio como una pantera—. ¿Me llamas ateo?

Claudia, desorientada por la súbita réplica, dejó en suspenso la orden y el terror de quien esto escribe.

—¿No sois vosotros —vociferó el amanerado fuera de sí— los que adoráis al rayo y al lobo? ¿No sois vosotros, pobres inconsecuentes, los que habéis reducido las divinidades a monstruos llenos de ira, envidia, celos y concupiscencia? ¿Dónde está la espiritualidad y la libertad de esos supuestos dioses? ¿No sois vosotros, ciegos y torpes, los que veneráis la materia inanimada?

El certero discurso era inapelable.

—Gente como vosotros —prosiguió ante el alivio de este explorador— condenó a Sócrates y al gran Aristóteles por no acatar a los diosecillos de sus ciudades.

Y tomando aire la remató:

—¿Has leído la *Metafísica*? En ella, Aristóteles define a Dios como un «viviente eterno y perfecto». Es decir, «el pensamiento del pensamiento»...

Y sofocado y harto fue apagando el tono:

—A eso aspiramos. Ése es el epicureísmo. ¿Es esto ateísmo? ¿Quién es el ateo? ¿Tú, adoradora de astros, o yo, de la inteligencia?

Pero la gobernadora, de ideas fijas, volvió a señalarme con el dedo.

Y Vedio, adelantándose, nos desdeñó:

—¡Astrólogos!... ¡Magos!... ¡Hechiceros y adivinos! Ya sé... ¡Los nuevos dioses!

Y aludiendo al cayado que sostenía sobre mis piernas (el *lituus* curvo de augur) se lamentó:

—Fabricantes de felicidad empaquetada..., y a domicilio. ¿Pudieron anunciar tus astrólogos el oscurecimiento del sol? ¿Pudo ese mago y profeta de Galilea predecir su muerte?

Mi cerebro procesaba a gran velocidad. ¿Le interrumpía, dilatando así la discusión? Una vez concluida la perorata, a la vista de la tozudez de Claudia, estaba claro que sería mi turno. ¿Qué podía hacer? Desde luego, cualquier cosa menos convertirme en una atracción. Y el Destino (?) escuchó mis súplicas...

—Ninguno de tus dioses —se vanaglorió el tribuno— es capaz de darse muerte a sí mismo. Yo, en cambio, puedo hacerlo ahora mismo.

Y ante el desconcierto general, extrayendo un oculto puñal de entre los pliegues de la túnica, fue a colocarlo sobre el corazón.

Claudia lanzó un grito. Poncio se puso en pie de un salto. Y los centuriones «priores», como un solo hombre, cayeron sobre Vedio, arrebatándole el arma.

Civilis intervino de inmediato, alzando al afectado tribuno. Las lágrimas del joven, incontenibles, me dieron una idea de lo cerca que estuvimos de la tragedia. El convencido militante del epicureísmo hablaba en serio.

Y Procla, comprendiendo igualmente que el debate

había llegado demasiado lejos, se apresuró a consolar al de la pirámide de sebo, olvidando toda rencilla.

Y mágica y oportunamente, aburridos por tan larga espera, los invitados la emprendieron con las mesas, golpeándolas con puños, jarras y copas. Y la cordial protesta fue acompañada de un grito —coreado al unísono— que puso fin a la segunda parte del convite y a la incertidumbre de quien esto escribe:

—*Peán!... Peán!... Peán!...*

Y la música fue eclipsada por el golpeteo y la rítmica y salvadora petición.

A partir de esos instantes, la fiesta —el *simposion* propiamente dicho— discurrió con pulso febril, casi endiablado. Y hubo de todo, naturalmente.

Poncio, reclamando paz, aceptó.

Y los convidados, de pie, entonaron el *peán*, un cántico en honor a Dioniso, la «bondad divina».

La servidumbre repartió vino puro. Y el gobernador, siguiendo la tradición, mojó los dedos en el licor rociando el aire con rápidos y nerviosos toques. Y en cada aspersión invocó el nombre y la bendición del dios.

Nuevos brindis. En esta ocasión por todos los presentes.

Y los beodos cerraron el ritual con otra demostración de alegría: levantaron los brazos y chasquearon los dedos.

Y el *simposion* arrancó entre vítores, aplausos, *tragémata* (frutos secos), vino a discreción, un vibrante solo del músico responsable del doble aulos..., y vomitivos.

Los esclavos, bandeja en mano, ofrecían dos «alternativas»: la tradicional pluma de ganso, con la que el comensal podía «provocar» a su estómago, o una apestosa y negruzca pócima a base de infusión de escamonea de Alepo, una planta herbácea importada de Siria. El drástico purgante era certero al ciento por ciento.

Y como algo habitual, sin el menor reparo, algunos de los invitados arrojaron vino y comida —todo a medio digerir— sobre sendas jofainas de plata sostenidas por otros tantos e imperturbables criados. Y solicitaron nuevas viandas.

«Rey del banquete...»

El «maestresala» repartió dados de arcilla.

La «ceremonia» —obligada en los ágapes de categoría— consistía en la elección del *simposiarca*, el «rey o director» del *simposion*.

Este individuo quedaba investido de «todo poder». Sus órdenes eran sagradas. Entre las atribuciones figuraban la de establecer las proporciones de vino y agua, número de copas a ingerir, orden de las atracciones, concursos, etc., y, sobre todo, los castigos a imponer a quienes osaran alterar el festejo.

La mayoría, demasiado borracha, declinó la invitación.

Claudia tuvo mala suerte. Su dado marcó un «as» (el uno). Y le tocó el turno al gobernador. Besó el falo que colgaba del cuello y lanzó el cubo. Y la pieza, tras repiquetear sobre el blanco «concherío», fue a detenerse a los pies de este explorador.

El *tricliniarcha*, atento, cantó el «seis», la «tirada de Afrodita».

Vítores y aplausos. Poncio se colocó en cabeza.

E instintivamente, por pura cortesía, recogí el dado. Y al examinarlo descubrí estupefacto que todas las caras aparecían marcadas con la letra griega correspondiente al número «seis» (la *dseta*, con una vírgula alta a la derecha).

Omnipotente..., pero tramposo.

Y el «maestresala», al solicitar el dado, me hizo un guiño de complicidad.

Naturalmente, el gobernador sería proclamado «rey del banquete»...

En realidad, como iría comprobando, todo, o casi todo, en aquel *simposion* se hallaba perfecta y meticulosamente «programado» por el psicópata.

Coros...

A otra señal del *maître*, previa aprobación del «rey», la música cesó. Y diez niños uniformados con túnicas azules irrumpieron en el *triclinium* alineándose disciplinados frente al «sofá» de Claudia. Dos adultos, ataviados con idénticos ropajes, dirigían a los cantores.

La gobernadora simuló sorpresa.

Y tras reclamar silencio, bajo la batuta de uno de los individuos de azul, el coro entonó la primera canción. Y la «orquesta», en un discreto y heterófono segundo plano, más divergente que convergente pero con una notable buena voluntad, respaldó la melodía.

Y al estilo griego, sin alardes, sin tonos altos, con notas máximas de «dos octavas» (a veces en una sola), los infantes hicieron las delicias de la homenajeada.

Églogas de Virgilio, fragmentos del *Orestes* de Eurípides y la canción de Sicilo. Y todo ello interpretado y bailado por el segundo adulto, una suerte de mimo-bailarín.

Quedé maravillado.

Y aquella poesía, cantada y expresada como un «ballet», me relajó.

Poncio, reclinado en el triclinio presidencial, bostezó sin disimulo.

Y como broche de oro al especial «regalo» a Procla, el virtuosismo del aulétrida.

El músico del doble aulos se distanció de sus compañeros y, animado por la dulzura de la *kithara*, improvisó sencilla y genialmente. Y acordado en octavas inflamó los sentimientos de la mujer.

Y las miradas de Procla y Civilis se reunieron una y otra vez.

Una cerrada salva de aplausos despidió al coro. Y el del «oboe», entre silbidos, fue obligado a apurar la copa de vino ofrecida personalmente por la emocionada gobernadora.

Y el licor, sin mezclas, siguió corriendo peligrosamente.

Danzarinas...

La nueva atracción fue el principio del fin.

La aparición en el *triclinium* de media docena de hombres y mujeres, probablemente sirios y béticos, completamente desnudos y pintarrajeados con estrechos «anillos» rojos, negros y blancos, fue acogida con aplausos, vítores, silbidos, saltos y brindis.

El amanerado salió de su letargo y, tambaleándose,

fue al encuentro de los bailarines, intentando acoplarse a la frenética agitación de pechos y caderas.

La «orquesta» se tomó un respiro, dejando de guardia a tambores y panderos.

Y los desenfrenados danzantes ocuparon el centro del gran comedor, contorsionándose provocadores entre mesas, lucernas y «sofás».

Vedio y su cono de grasa y mirra no tardarían en besar el pavimento. Y allí quedaron, en un plácido sueño.

Más de uno trató de echar mano a los bellos hombres y mujeres. Pero, ágiles y previsores, embadurnados en aceite, esquivaron las lujuriosas acometidas.

Y saturados como esponjas, los excitados funcionarios y *monopolei* fueron rodando, uno tras otro, sobre mesas, esclavos y compañeros.

Por fortuna, la comprometida situación fue conjurada a medias por la casi simultánea entrada en escena de los juegos y competiciones.

El *tricliniarcha*, veterano en estas lides, lo tenía todo calculado. Mejor dicho, casi todo...

Y en mitad de la U formada por los triclinios fue dispuesto un enorme odre de piel de cerdo repleto de vino. El pellejo había sido previamente untado con grasa.

El juego —al que llamaban *ascoliasmós*— era simple. El concursante debía subirse a lo alto e intentar permanecer un máximo de tiempo sobre la resbaladiza superficie. El ganador se quedaba con el vino.

Y trepidantes y sonrientes, retorciéndose al compás del insinuante redoble de tambor, los bailarines formaron círculo en torno al primer beodo.

Y risas, chanzas y aplausos rubricaron la lógica e inmediata caída del osado.

Y tras diez o doce intentonas —a cual más ruinosa— el concurso fue declarado desierto.

Españoles y sirios se retiraron y la enloquecida concurrencia aplacó los ánimos..., momentáneamente.

Y dio comienzo otro de los juegos de moda: el *cótabo*.

La servidumbre colocó en el suelo, equidistante de los triclinios, una ancha vasija de plata llena de agua. Y en el líquido, flotando, cuatro pequeños bols de barro.

Cada comensal, desde su puesto, tras beber una copa de vino, lanzaba los restos sobre la fuente, procurando llenar y hundir las tazas de arcilla.

Consumada la libación, al tiempo que arrojaba el licor, invocaba el nombre de la persona amada. Un «blanco» era considerado un buen presagio.

Y entre vítores y aplausos, el ganador —con dos «hundimientos»— recibió una cesta repleta de huevos podridos.

El reñido *cótabo*, con las abundantes y numerosas ingestas, hundió a su vez a varios de los paganos, que quedaron inconscientes sobre almohadones y piso.

Civilis y sus hombres no prestaron gran atención al concurso, permaneciendo en animada charla a espaldas de los «sofás» ocupados por Poncio y su esposa.

Y ciertamente agotado por el espectáculo de la borrachera general fui a reunirme con centuriones y decuriones.

Acróbatas...

El «rey» asintió con la cabeza. Y al punto, a un toque de atención del doble aulos, saltó al *triclinium* el no menos obligado cuadro de volatineros: una mujer extremadamente delgada, con el cabello rapado y desnuda de cintura para arriba y dos muchachos de raza negra.

Y con una sugerente cortina de tambores, los gimnastas iniciaron su exhibición: juegos malabares, equilibrios, volteretas...

Pero los invitados, incapaces de distinguir la mano derecha de la izquierda, prorrumpieron en silbidos, exigiendo algo más excitante.

Y la atleta, renunciando a los ejercicios, pidió a sus acompañantes que dispusieran un nuevo aro.

Y entre murmullos de admiración, los negros se hicieron con un anillo de metal de metro y medio de diámetro.

Claudia protestó.

Pero el demente rió como una hiena.

Yo también sentí un escalofrío.

El aro aparecía cruzado por seis espadas, firmemente sujetas al hierro y con las afiladas puntas hacia el interior.

La acróbata, casi una niña, dudó. Parecía buscar el lugar idóneo. Finalmente ordenó a los ayudantes que se situaran frente a los triclinios de los anfitriones.

Procla hizo ademán de retirarse. Pero el «rey», con un autoritario gesto de sus manos, la obligó a permanecer en el «sofá».

Civilis, inquieto, dio un paso al frente. Y le vi medir el espacio libre entre los extremos de las armas: un «círculo» de apenas cuarenta centímetros de diámetro.

Y de nuevo la risita de Poncio.

Los atletas, tensos como el ánimo de Claudia, levantaron el destelleante aro a poco más de un metro del suelo. Y, sudorosos contuvieron la respiración, inmovilizando el peligroso artificio.

La música enmudeció. Y con ella los pocos que conservábamos un mínimo de lucidez.

La joven, contando los pasos, retrocedió quince metros. Volvió a calcular con la vista y se concentró durante unos segundos eternos.

Y en esos instantes, obedeciendo a un casi imperceptible movimiento de cabeza del gobernador, el *tricliniarcha* movilizó en silencio a los criados.

La atleta, con los ojos cerrados, no percibió la maniobra.

Y entre treinta y cuarenta sirvientes fueron a ocupar posiciones junto a los «sofás», a espaldas del amodorrado público.

El *primipilus* y quien esto escribe nos miramos alertados y sin comprender.

Demasiado tarde...

La adolescente acababa de iniciar una elegante y ágil carrera.

Cuatro metros: una primera y limpia voltereta.

Exclamaciones. Susurros.

Cuatro más: segundo salto con giro completo sobre sí misma.

Claudia cerró los ojos.

Y los corazones se encogieron.

Tercer y último salto.

Y la muchacha se lanzó valiente, con los brazos pegados al cuerpo, dispuesta a cruzar entre las cuchillas.

Y treinta o cuarenta puñales se clavaron en ese crítico momento en los hinchados almohadones sobre los que reposaban los confiados bebedores.

Estampidos. Caídas. Gritos. Lámparas derribadas...

Y buena parte de los invitados rodó por el pavimento.

Y la niña, descontrolada por el súbito cataclismo, perdió el equilibrio, abriendo los brazos en el instante en que penetraba entre las espadas.

Y un amargo y pesado silencio cayó sobre la sala.

Claudia, horrorizada, se desmayó.

Y durante unos segundos, mudos y perplejos, los atletas que sostenían el aro permanecieron inmóviles, sin dar crédito a lo que tenían a la vista.

Y movido por una rabia incontenible me precipité hacia el ensartado cuerpo de la infeliz. Civilis me siguió.

Poco pude hacer. Dos de las espadas habían abierto el costado, seccionando literalmente el corazón.

La mano izquierda, amputada, yacía sobre los blancos restos de conchas, ahora rojos por el incesante goteo de la sangre.

Moví la cabeza negativamente.

Y el centurión, con un rápido y frío cimbreo de la *uitis*, ordenó a los esclavos que sacaran aro y cadáver y a los silenciosos negros.

«Priores» y decuriones, instintivamente, rodearon los triclinios presidenciales. Y no se retiraron hasta que vieron desaparecer a los resignados atletas.

Y aquel repugnante psicópata asesino —muerto de risa— abandonó el «sofá», recogiendo la olvidada y todavía caliente mano de la acróbata. Y colocándola sobre el postizo comenzó a danzar, entonando el odioso *omen accipio*. Y la parroquia, entusiasmada, coreó el «tomo a buen agüero». Y aplaudió frenética la excitante «atracción», tan magníficamente «montada» por el «rey».

Civilis leyó la indignación que me dominaba. Y sin mediar palabra, sus dedos de acero se cerraron sobre mi muñeca izquierda, tirando de quien esto escribe hacia el solitario *buffet*. Allí, colmando una copa con vino puro, me la ofreció, sugiriendo calma.

Tenía razón. Debía serenarme.

Regalos...

Y el *simposion* entró en una fase más relajada y no menos esperada por los beodos. En realidad, una de las principales razones que impulsaba a las gentes a participar en estas «fiestas» se hallaba justamente en el sorteo que estaba a punto de presenciar. La categoría y el poder económico del anfitrión se medían también por los regalos distribuidos entre los invitados. «Regalos» de todo tipo, claro está...

Y al son de la música, el propio Poncio, con la sangrante mano sobre la cabeza, fue repartiendo las «papeletas»: unos pequeños papiros, doblados y pulcramente cosidos, previamente depositados en una urna de vidrio.

Y cada comensal —los que aún sobrevivían—, entre encendidas adulaciones a tan «regio *simposion*» y chistes alusivos al macabro «tocado» del «rey», fue retirando su papiro «sorpresa».

El *primipilus* regresó junto a sus compañeros de armas. Y este griego, con el firme propósito de huir de aquel manicomio lo antes posible, siguió sus pasos.

Claudia parecía repuesta. El rostro, sin embargo, afilado por el reciente espanto, no era el mismo. Y en un intento de arroparla fui a sentarme a su lado. Agradeció el gesto con una corta y forzada sonrisa.

Y llegó mi turno.

El psicópata, acercándose, me tendió la urna. Dudé. Miré a Claudia y ésta, asintiendo, me animó a extraer uno de los papiros.

Y Poncio, contoneándose, con maquillaje y túnica arrasados por los regueros de sangre, preguntó con voz enronquecida:

—¿Te diviertes?...

Le contestaron el silencio y una mirada de infinito desprecio.

Y con la vista hecha niebla anunció amenazante:

—Prepárate... En breve podrás demostrar tu gran poder...

La advertencia me descompuso. ¿Qué pretendía, qué preparaba aquel loco?

Y cada cual fue abriendo su «papeleta».

Pero en el interior sólo figuraba un número. Y supuse que el maniaco no había agotado su fértil y dañina imaginación.

Y el inicial desencanto de la clientela fue rápidamente neutralizado.

El *tricliniarcha*, ante la expectación general, comenzó a cantar los números. Y la servidumbre entregó el regalo correspondiente.

Risas. Aplausos. Silbidos...

Hubo de todo.

Unos recibieron exóticos pájaros cantores en jaulas de oro.

Otros, misteriosas cajas de hueso y marfil. Y al abrirlas, nuevos gritos...

Una contenía moscas. Otra, una reluciente esmeralda. Una tercera, excrementos humanos rodeando un grueso rubí. La de más allá, un preservativo o una libra romana (327 gramos) de plumas de ganso con el precio pintado en el fondo: cinco denarios de plata (poco más o menos, el salario semanal de un obrero del campo).

El tribuno, medio recompuesto, sentado al pie de la gran concha del ninfeo, acogió con indiferencia uno de los «regalos» más envidiado: una de las danzarinas sirias.

Y además...

Costosos vasos de cristal y murra. Un soberbio azor adiestrado para la caza. Mantos escarlatas. Un enano desnudo con un enorme miembro viril...

Y otra de las «delicadezas» del loco: un cesto de mimbre precintado.

El borracho, atropellado por las exigencias de la bulliciosa compañía, lo destapó de golpe, tirando con violencia de la tela que lo cubría.

Gritos, carreras, golpes y mesas, lámparas y esclavos nuevamente derribados.

Claudia, chillando sin control, se subió al triclinio. Y Civilis y los centuriones, espada en mano, saltaron al centro de la U.

De la canasta había escapado —más asustada si cabe que los comensales— una familia de dóciles e inofensivas serpientes «aurora».

Los quince o veinte ejemplares, de noventa centímetros de longitud, con escamas verde oliva perfiladas en negro y la inconfundible estría naranja de cabeza a cola, se deslizaron veloces entre «sofás», mesas, jaulas y los beodos que permanecían inconscientes, tratando de huir a su vez de aquella partida de peligrosos seres humanos.

Uno de los ofidios, importados desde las lejanas tierras del África meridional (en Israel no se daba este tipo de serpiente), reptó indeciso, aproximándose a los pies de quien esto escribe.

Procla, histérica, pataleó. Y el *primipilus*, alzando el *gladius*, se dispuso a partirlo en dos. Pero, interponiéndome, tomé al indefenso animal, levantándolo.

Civilis me miró estupefacto.

Y acariciando la cabeza dejé que se enroscara en mi cuello.

Poncio, descompuesto, perdió la mutilada mano. Retrocedió y en la ciega fuga fue a topar con los que trataban igualmente de escapar. Y el justiciero Destino (?) hizo que fuera a caer sobre uno de los amasijos de «auroras».

Y las serpientes lo envolvieron.

Una de ellas, buscando refugio, se coló por los bajos de la muselina. Y el psicópata, presa de un ataque de nervios, se retorció sobre las conchas berreando como un poseso.

No voy a ocultarlo. Disfruté con el breve castigo. Era lo menos que se merecía.

Y *tricliniarcha* y esclavos procedieron a la rápida captura de los reptiles. Yo entregué la mía y volví a sentarme junto al triclinio de la gobernadora.

La mujer, poco a poco, pasó del sofoco a la risa. Y el orden y concierto (?) retornaron al deprimente cuadro. Sólo los músicos, con un estoicismo que hubiera hecho palidecer a Séneca, continuaban en su lugar, atacando un muy apropiado fragmento de la comedia *Los invitados*, del gran poeta satírico Aristófanes. Menos mal que los beodos no estaban en condiciones de distinguir un toque de laúd de un rebuzno...

Civilis seguía observándome con admiración.

Y de pronto, a una indicación de Claudia, caí en la cuenta de que no había abierto mi papiro.

El *maître*, atendiendo la señal de la anfitriona, me lo quitó de las manos y cantó el número: la *iota* (el nueve).

Y al punto, uno de los criados me entregaba una bolsita de cuero, perfectamente anudada.

Y temiendo una nueva «gracia» del «rey del banquete» la palpé, intentando adivinar el contenido.

Procla, impaciente, insinuó que la abriera. No supe qué hacer.

Y sonriendo me la arrebató, desanudándola con nerviosismo.

Y al percatarse de la naturaleza del regalo, los ojos se iluminaron. Y devolviéndomela susurró:

—Isis protege a los nobles de corazón...

Y volcando el cuero dejé caer sobre la palma de la mano una enorme e iridiscente gema, montada sobre un anillo de oro y turmalina azul.

Y desconcertado la examiné a la luz de las antorchas.

Se trataba, en efecto, de un espléndido ópalo blanco, grande como una almendra, de unos cuatro céntimetros de diámetro mayor, con una subterránea fosforescencia verde, debida probablemente a la presencia de algún mineral secundario uranífero.

—Isis te protege —insistió Claudia, absolutamente convencida. Y sin disimular su satisfacción añadió—: ¿Sabes en cuánto ha sido tasada?

Y escuché una cifra que me negué a aceptar. Y atónito le rogué que la repitiera.

—¡Dos millones de sestercios!

¡Dios bendito!

Aquella joya podía resolver todos nuestros problemas financieros...

Y de pronto recordé que no había resuelto el tercer y no menos intrincado «objetivo». Una de las «razones» que me arrastró a aquella difícil aventura en Cesarea.

¿Resuelto?

Yo diría que con creces. En verdad, el Destino, la Providencia —poco importa el nombre—, fue magnánima con estos exploradores. Y por el camino más insospechado.

El ópalo, al cambio, significaba la salvadora cantidad de 333 333 denarios de plata. Curiosamente sumaba 9, el número de Jesús de Nazaret...

Toda una fortuna...

—Pero ¿es auténtica?

Procla rió la supuesta broma. Para quien esto escribe, sin embargo, no se trataba de un chiste. En la memoria conservaba la imagen del anterior «obsequio» de Poncio, entregado a este explorador el lunes, 10 de abril, durante una de mis visitas a la fortaleza Antonia, en Jerusalén. En aquel almuerzo, «con su reconocimiento», el gobernador me regaló una magnífica esmeralda, con una anémona tallada, que resultó una hábil falsificación.

—Fue encargada por ese loco —musitó Claudia— a los yacimientos de los montes Somonka.

Eso se encontraba en Kassa o en las minas cercanas a Červenica, ambas en la región oriental de la actual Eslovaquia, uno de los más importantes centros de extracción de ópalo en aquel tiempo.

Y, entusiasmada, la devota de Isis fue enumerando las supuestas excelencias de la piedra que me tocó en suerte:

—El ópalo absorbe y elimina la hipocresía...

La verdad es que, pendiente del «rey» y de los trapicheos que parecía llevar entre manos, no le presté gran atención.

—El deshonesto se hace honesto...

El gobernador cuchicheaba con el *tricliniarcha*.

—Y actúa con la ley kármica del retorno...

El *maître*, dócil, iba asintiendo.

Y el instinto, una vez más, me puso en guardia.

—El ópalo blanco sirve al elemento agua y ayuda a templar las pasiones...

Civilis, a mi lado, se percató también de los extraños manejos de su jefe.

—Los sabios de Isis saben que esta gema sólo puede ser portada por hombres y mujeres especialmente capacitados y entrenados para el dolor, para la guerra y para la enseñanza...

Y el centurión, receloso, se reunió con los oficiales, alertándolos.

—Y el que dispone de ella abre su sexto sentido...

Y el mío se abrió.

El «maestresala» abandonó el *triclinium* y Poncio, dirigiéndose a la «orquesta», exigió «algo» más fuerte.

—Y el hombre del ópalo será como una luz...

Y el *tympanon* y el doble aulos arremetieron con furia, anunciando el desastre final. Y el portador de la *kithara*, subiéndose a la bomba de agua del *hydraulis*, abrió los registros del órgano, preparándose. Y permaneció atento al «rey del banquete».

—Una luz que abrirá las conciencias...

Fue premonitorio.

El *tricliniarcha* asomó de nuevo por una de las puertas de servicio. Y bajo el dintel dio las órdenes oportunas. Y la servidumbre, provista de pértigas con piezas cónicas en los extremos, fue apagando las antorchas que colgaban en lo alto del muro circular.

Claudia, sorprendida, olvidó la lección de esoterismo. Y los invitados, intuyendo una nueva «atracción», acogieron la penumbra con vivas muestras de júbilo.

Y al poco, sólo la treintena de lámparas sostenidas en pies de hierro, y repartidas entre los triclinios, iluminó a la expectante y agotada «reunión de bebedores».

Y, misteriosamente, los criados desfilaron ante el *tricliniarcha*, desapareciendo con los apagadores. Sólo el sirviente galo continuó cerca de su señor.

Y en segundos, antes de que nadie acertara a descifrar los «planes» del gobernador, «aquello» empezó a moverse.

¿Un seísmo?

El «trompetista», desequilibrado, interrumpió la ardorosa composición, cayendo al suelo y quebrando el doble aulos.

Nuevos gritos. Nuevo desastre...

Varias de las lucernas oscilaron, precipitándose por enésima vez sobre los borrachos.

Uno de ellos, con las ropas incendiadas, recobró milagrosamente la frescura, saltando como una liebre hacia la triple cascada.

Y la totalidad de los presentes tuvo que aferrarse a lo más próximo para no resultar igualmente vencida por el extraño movimiento.

Finalmente comprendí.

¡El *triclinium* giraba!

Claudia, en el suelo, maldijo a Poncio.

Civilis y los soldados trataban de mantener la verticalidad, agarrados a la estatua de piedra del faraón.

Y este explorador, a pesar de sus esfuerzos, rodó sobre el blanco «concherío».

Y el gran comedor fue ganando velocidad.

Todo, excepto la bóveda, se movía en sentido opuesto a las agujas del reloj.

Y entendí por qué los arcos metálicos que sujetaban la «cúpula» no descansaban en la pared. «Aquélla», sin duda, era otra de las extravagancias del loco. E imaginé que el giro del *triclinium* era propiciado por algún mecanismo alojado en el subsuelo y alimentado por tracción humana. Muy posiblemente por los de la túnica azafrán.

Y el ventanal ofreció de pronto la visión de una Cesarea arbolada de antorchas. Al apuntar al norte, la negrura de la cadena montañosa del Carmelo. Después, de nuevo la luna, rielando sobre el mar...

Algunos de los beodos, medio repuestos de la sorpresa, gatearon hasta el muro, intentando frenar el mareante «carrusel». Al poco yacían por los suelos, incapaces de levantarse.

Y Poncio, en éxtasis, alzó brazos y rostro hacia la techumbre, aullando.

Pero el «rey» no había terminado.

Y esquivando comensales y «sofás» salió al encuentro de quien esto escribe. Y a voz en grito anunció el «gran momento».

Y ante mi estupor advirtió a la concurrencia que el «poderoso mago los deleitaría con un milagro». Y añadió:

—¡Jasón, te ordeno que lo detengas!

Risas. Silbidos. Aplausos...

Me incorporé y, asentando el ánimo y los pies, me negué en redondo.

Y las burlas y las protestas arreciaron.

Y el gobernador, encarándose al osado e impertinente griego, bramó babeante:

—¡Haz que se detenga!... ¡Soy tu protector! ¡Soy el «rey»!... ¡Obedece, bastardo!

Y un silencio de muerte precedió a mi siguiente y rotunda respuesta:

—Mi poder ya no está a tu servicio...

Parpadeó, atónito.

Civilis, complacido, sonrió con la mirada.

Y la jauría, ávida de sangre, golpeó de nuevo las mesas, reclamando «justicia» y un adecuado castigo para el insolente.

—¡Tú puedes!...

El cambio de táctica no prosperó. Y el adulador se desintegró contra la frialdad de quien esto escribe.

—¡Maldito hijo de...!

Y a pesar del lechoso maquillaje, el rostro del energúmeno enrojeció. Y, agarrándome por el pecho, arremetió.

—¡A ella sí la favoreces...!

Claudia, sujeta al triclinio, palideció.

Y suave pero firmemente retiré de mi túnica las sebosas manos.

Los centuriones se removieron inquietos. Pero el *primipilus*, levantando el sarmiento, transmitió calma.

Y mis dedos, instintivamente, se deslizaron hacia el clavo de los ultrasonidos.

—¿O es que crees que no sé lo de tus mágicas pócimas?

Y Civilis y este explorador desviaron las miradas en el siervo y confidente de la cabellera rubia.

—¡Por última vez!... ¡Para el *triclinium*!

Y de pronto, ante mi sorpresa —¡qué digo sorpresa!—, ante mi perplejidad, el comedor frenó bruscamente. Y enseres y hombres fuimos proyectados a tierra. Esta vez, el desastre nos afectó a todos.

El fuego de las lucernas se derramó entre los invitados, prendiendo túnicas, almohadones y «sofás». Y los alaridos se sumaron a la oscuridad.

Intenté incorporarme.

La plataforma dejó de girar. Algo falló.

Ignoro si aquellas bestias asociaron la parada del *triclinium* a mi «poder». En realidad, ni hubo ocasión de verificarlo, ni me importaba. Lo cierto es que las consecuencias se revolvieron contra quien esto escribe... Porque, al ponerme en pie, una de las sombras me arrolló, lanzándome de nuevo sobre las conchas.

Y perdí la vara.

Desesperado, me abrí paso a empellones, topando sin cesar con el ir y venir de los aterrados borrachos.

No sé cuánto pudo durar aquella angustiosa escena.

Y, súbitamente, la gran sala circular se movió. Fue un giro breve.

Y al detenerse se hizo la luz.

La servidumbre, con el *maître* a la cabeza, irrumpió en aquel caos portando nuevas antorchas. Y comprendí: el *triclinium* fue ajustado hasta su posición inicial. Y el *tricliniarcha* y su gente, con gritos de ánimo, abasteciéndose en el ninfeo, procedieron al apagado de los fuegos.

Y el corazón, acelerando, anunció la nueva tragedia.

La «vara de Moisés»...

Me lancé frenético a la descompuesta U.

Ni rastro...

Y entre el ayear de los quemados y el baldeo de mesas y «sofás» tuve tiempo de presenciar una huida que me desconcertó.

Un Poncio, cojeante, auxiliado por el galo, se alejaba hacia el portón de bronce. Y en la mano izquierda del criado rubio..., ¡el cayado!

¿Cómo pudo dar con él?

El *lituus* era el símbolo de mi poder. ¿Pretendía humillarme? ¿Qué sucia venganza tramaba el demente?

Yo sabía que mi negativa y el desplante en público

traerían funestas consecuencias para quien esto escribe. Lo que no imaginaba es que la diabólica mente del psicópata actuara con tanta rapidez.

¿Humillarme?

No, el «castigo» era menos sutil pero más contundente y salvaje. Pronto lo comprobaría...

Y olvidando cuanto me rodeaba volé sobre muebles y beodos en un intento de alcanzarlos y recuperar el valioso instrumental.

Pero a medio camino entre la cascada y la puerta surgió «aquello»: la última (?) «atracción», malograda en parte por la avería del *triclinium*.

No le importó. Al abandonar la sala, Poncio, en su demencia, ordenó el «fin de fiesta».

Primero oí un rugido. Quizá dos...

Después, desdibujadas por la penumbra, unas siluetas.

Civilis, a mi espalda, aconsejó que me quedara quieto. Al parecer también había advertido la repentina desaparición del «rey».

Obedecí. La falta de luz hacía difícil la identificación.

Nuevos rugidos.

Y «aquello» avanzó pausadamente.

El centurión, empuñando el *gladius*, se situó a mi altura.

—¡Atrás! —susurró sin dejar de mirar a las siluetas—. ¡Despacio!...

E impotente no tuve alternativa.

Y al fondo, Poncio escupió la risita de hiena.

Y lentamente, sin perder la cara a los «recién llegados», retorné junto al triclinio de Claudia.

La mujer, desarbolada ante el dramático espectáculo de los heridos, permanecía aferrada al brazo de uno de los decuriones.

Hasta ese momento, absortos por el fuego y los lesionados, ninguno de los presentes había reparado en el último «regalo» del «rey del *simposion*».

Pero los rugidos, cada vez más próximos, terminaron por alertar a la doliente y confusa «reunión de bebedores».

Procla lanzó un chillido.

Nuevos rugidos.

Me estremecí.

Los oficiales, al unísono, desenvainaron las espadas.

Y las siluetas cobraron nitidez a la luz de las antorchas.

¡Dios!...

Y esclavos, *tricliniarcha* y cuantos podían sostenerse de pie, al descubrir a los animales, abandonando a los quemados, huyeron en desbandada.

La mayoría, cayendo y atropellándose, escapó por las puertas de servicio. Otros, ciegos por el pánico, se lanzaron bajo la mesa del *buffet* o se arrojaron por el gran ventanal.

Y la pareja de guepardos, abriendo las fauces amenazadoramente, rodeó los volcados «sofás», procurando una vía de escape.

Y maldije mi precipitación.

De haberlos identificado a tiempo quizá hubiera alcanzado al psicópata y a su satélite. Aquellos carnívoros, de casi dos metros de longitud, altas patas y pelaje leonado y mosqueado, no eran especialmente agresivos. Y probablemente no habrían ocasionado problemas de no haber sido por la histeria y el terror.

Pero estaba donde estaba...

Y, en cierto modo, la ausencia de Civilis me tranquilizó. El centurión-jefe, sorteando a las onzas, logró salir del comedor.

El resto de la escena fue igualmente vertiginoso.

Uno de los felinos, imitando a los huidos, cruzó junto al *hydraulis* y en una relampagueante carrera, salvando el *buffet*, desapareció por el ventanal. El de la *kithara* —no sé cómo— aparecía encaramado en lo más alto de los tubos del órgano.

El segundo «gato» quiso seguir al hermano. Pero uno de los rezagados, sin comprender las intenciones del animal, malogró el avance, arrojándole una de las jarras de plata. Y la fiera, desconcertada, retrocedió, brincando hacia la U e impactando con la docena de malparados *monopolei*.

Gritos. Patadas. Empujones...

Y uno de los invitados, blandiendo una lucerna, amenazó al guepardo.

El felino plantó cara. Rugió atronando la cúpula y descargó un par de zarpazos contra la llama. Pero, vencido por la antorcha, reculó. Y, doblándose, enfiló de improviso el triclinio de la aterrorizada gobernadora.

La reacción pilló desprevenidos a los centuriones. Y al retroceder tropezaron entre sí, cayendo aparatosamente y perdiendo las armas.

Y Claudia quedó a merced del carnívoro.

Paralizada, no fue capaz de emitir un solo sonido. Y permaneció de pie, con las manos crispadas sobre el pectoral.

La onza volvió a rugir mostrando los colmillos.

¿Colmillos?

Y caí en la cuenta...

La redonda y lunar cabeza del félido avanzó ligeramente, advirtiendo a la casi inerte figura que le cerraba el paso.

Y Claudia, con la mirada opaca por un terror insuperable, perdió todo control. Y se orinó...

Y dispuesto a zanjar el ingrato lance caminé hacia el animal , ofreciéndole mi brazo derecho... y la «piel de serpiente».

¿Colmillos?

El demente había preparado la «atracción» con su peculiar meticulosidad. Aunque los felinos hubieran hecho presa en los invitados, los daños habrían sido mínimos. Los incisivos, así como las garras no retráctiles de la pareja de guepardos, fueron exhaustivamente... ¡limados!

El susto, sin embargo, fue otra cuestión.

Y la acorralada bestia terminó haciendo presa en el antebrazo de quien esto escribe.

Los soldados, recuperada la compostura, trataron de auxiliarme. Pero los obligué a permanecer a distancia.

Y tirando del hermoso ejemplar lo arrastré hasta las proximidades del *buffet*. Allí, con una elasticidad envidiable, se perdió en la oscuridad de la noche.

Y ante el desconcierto general, sin cruzar una sola palabra, abandoné precipitadamente el *triclinium*.

A partir de esos momentos todo fue igualmente febril... y providencial.

Tras algunas equivocaciones alcancé al fin el corredor que conducía a la *suite*.

Mi obsesión era el cayado. ¿Cómo recuperarlo?

Trataría de entrevistarme con el loco. Intentaría engañarlo. Confundirlo. Adularlo...

¿Y si me encarcelaba?

Y bendije la feliz idea de incluir el «tatuaje» entre las nuevas medidas de seguridad.

Pero no podía confiarme. Aquel personaje era extremadamente peligroso.

Dudé.

La puerta de mis aposentos se hallaba entornada. Y a la amarillenta luz de las lámparas que esclarecía el largo pasillo observé algo que me puso en guardia.

Y al agacharme comprobé que, efectivamente, se trataba de sangre. El reguero partía de mis habitaciones, perdiéndose hacia el fondo de la galería.

Intenté captar algún sonido.

Pero sólo percibí la respiración del mar.

Y tenso, con los músculos dispuestos para rechazar un posible ataque, penetré en la terraza.

El goteo, menos espaciado, desaparecía por debajo del gran cortinaje granate.

Alguien, evidentemente, había recibido alguna herida o corte importante. Pero ¿quién era el intruso? ¿Qué hacia en la *suite*?

Y el corazón aceleró. Presentí algo...

De un golpe retiré la seda, descubriendo el dormitorio.

Y aquel inolvidable personaje, en cuclillas al pie de la cama, al verse sorprendido, se incorporó catapultado por unos reflejos envidiables. Y el semblante de hielo se relajó ligeramente.

¡Civilis!

Desconcertado me aproximé al *primipilus*.

A sus pies se agitaban los restos recién seccionados de una serpiente de un metro.

¡Dios!...

El saco de viaje de este explorador aparecía también sobre el brillante piso de mármol rojo. Lo habían manipulado. Varias de las ampolletas de barro se hallaban tiradas en las proximidades.

Y el centurión, con el ensangrentado *gladius* en la mano, sin pronunciar palabra, se dirigió al «lugar secreto», dedicando unos minutos a la limpieza del arma.

Recogí los medicamentos y al devolverlos al petate reparé de nuevo en el reguero. Se proyectaba hacia el costado derecho de la cama. Allí, junto al arcón, me esperaba otra sorpresa.

Sobre un gran charco de sangre, medio oculta bajo el lecho, asomaba la «vara de Moisés».

Y me lancé sobre ella como un poseso.

No parecía haber sufrido daño.

Y bendije a la Providencia. Y lo hice con todas mis fuerzas. De no haber sido por aquel providencial goteo es posible que la hubiera perdido para siempre...

¿Providencial goteo?

No, debo ser justo. Providencial Civilis...

Y creí entender lo ocurrido en aquella estancia.

Al examinar el convulsivo cuerpo del reptil verifiqué que, en efecto, estaba ante una extremadamente peligrosa *naja nigricollis*, una cobra «escupidora» de cuello negro. El aspecto no dejaba lugar a dudas: coloración dorsal típica grisácea, vientre rojo oscuro, ancha banda negra en el cuello y una sola escama separando ojo de boca.

Y me estremecí.

Este ofidio, originario del África oriental, aunque también llegamos a verlos en los ardientes desiertos de Egipto e Israel, además de un veneno letal, disfruta de una particularísima «habilidad» que, como digo, la hace especialmente peligrosa cuando se siente acorralada o atacada. Tal y como su nombre indica, la «escupidora» puede lanzar (no exactamente «escupir») su carga mortal a distancias que oscilan entre dos y tres metros (1).

_____

(1)   Esta peculiar y peligrosísima característica, que la distingue del resto de los ofidios, es posible merced a la disposición de los col-

Y generalmente elige los ojos de la víctima. Su puntería, por supuesto, es excepcional. La cobra «escupidora», en caso de fallo, está capacitada para repetir el lanzamiento una segunda vez.

Y, como digo, me estremecí.

Alguien próximo al psicópata —no hacía falta discurrir mucho para ver la mano del esclavo galo—, cumpliendo su voluntad, intentó introducir la cobra en el saco de viaje de quien esto escribe. Pero fue sorprendido por el sagaz y oportuno centurión.

Y probablemente resultó herido por el *primipilus*, huyendo del lugar poco antes de mi llegada.

Si el acólito de la melena rubia hubiera alcanzado su propósito, quién sabe... Quizá ahora no me encontraría relatando cuanto viví en aquella fascinante aventura en la Palestina de Jesús de Nazaret. Los ojos de este explorador, justamente, eran el único punto vulnerable en aquellos momentos.

Como saben los herpetólogos, el efecto de la «escupidora» puede ser gravísimo. Además de lesionar las mucosas nasales, afecta rápidamente a la visión, ocasionando dolorosas conjuntivitis o ceguera temporal o permanente, según la cantidad de veneno proyectado.

Y la sola idea de haber quedado ciego tan lejos del módulo me sobrecogió.

Y dispuesto a escapar de aquel antro de inmediato cambié las vestiduras y colgué el petate en bandolera.

Sólo había un «pequeño problema»...

¿Cómo burlar a Poncio? ¿Podía contar con la ayuda de Civilis?

Pronto lo averiguaría...

Y al retornar, y comprobar mi nuevo atuendo, el centurión se limitó a indicar la puerta de salida con la cabeza.

---

millos. El canal inyector aparece en las *najas nigricollis* casi en ángulo recto. De esta forma, los poderosos músculos contractores que movilizan el veneno permiten un lanzamiento (una pulverización) hacia adelante y a distancia. E instintivamente el reptil selecciona el rostro —más concretamente los ojos— del agresor. Sólo en casos excepcionales muerde a la víctima. *(N. del m.)*

Imaginé que hablaría. Que explicaría lo sucedido. Me equivoqué, naturalmente.

Y en silencio, con paso decidido, abandonó la *suite*. Y quien esto escribe, sin sospechar sus intenciones, siguió al corpulento y salvador soldado.

Algo, en lo más íntimo, me decía que debía confiar en él. Su actuación en mi alojamiento era el mejor aval.

Y durante el rápido descenso hacia la entrada de la fortaleza sólo me dirigió la palabra en una oportunidad. Y fue para interesarse por Claudia.

Lo tranquilicé y eso fue todo. No hubo más comentarios.

Al desembocar en el patio reclamó la presencia de uno de los *optio* de guardia. Prudentemente me mantuve a distancia.

Concluido el breve parlamento me invitó a pasar a uno de los cuartos del pabellón de la *excubiae*. Y la intriga empezó a disolverse.

La mal iluminada estancia era un almacén de armas, herramientas e «impedimenta» en general.

Civilis también pensaba a gran velocidad. Y encontró la solución al problema de este explorador.

Seleccionó una túnica roja, un jubón de cuero, una coraza de escamas metálicas, los correspondientes *gladius* y *pugio* y un bruñido casco de centurión con un airoso penacho de plumas igualmente granates.

Y me aconsejó que vistiera el uniforme.

No pregunté. Estaba claro.

Y obedeciendo me enfundé ropas y armamento.

Y Civilis, dando su aprobación, me condujo hasta el angosto portalón de salida.

Nadie, entre suboficiales y mercenarios, manifestó sorpresa alguna ante la aparición del nuevo «oficial». Supongo que la compañía del jefe de cohorte lo decía todo.

Y con su habitual escarcha en la mirada me advirtió:

—Dispones de cinco días... A partir del trece, aunque sé que eres un hombre justo, seguramente tendré que buscarte..., y prenderte.

¿Cinco días?

Quise interrogarlo. Pero la llegada del *optio* me frenó. Tiraba del ronzal de un nervioso y magnífico caballo blanco —que atendía al nombre de *Poseidón*— con una estrella negra en la frente.

Y al montar, Civilis, por toda despedida, exclamó:

—¡Que tu Dios te proteja!

Le sonreí agradecido y repliqué:

—¡Mi Dios..., y el tuyo, amigo!

Y golpeando el anca del corcel con la rama de vid me obligó a perderme en la oscuridad de la noche.

¿Cinco días?

¿Qué quiso decir?

Mi paso por la silenciosa y dormida Cesarea fue rápido. Decenas de antorchas, como secretos cómplices, marcaron el camino de la arteria principal. Los recogedores de inmundicias de perros y basureros en general fueron los únicos testigos de la huida de quien esto escribe.

Correspondí al saludo de la guardia que vigilaba desde las torres gemelas y, al cruzar bajo la puerta oriental, avivé la marcha de *Poseidón*, enfilando la solitaria calzada.

Y al poco, un amanecer naranja me avisó. Y lanzándome al galope me alejé de aquella pesadilla y del peligroso Poncio.

¿Cinco días?

La advertencia cabalgó con este explorador hasta su regreso al Ravid. Sólo entonces, al consultar la computadora central, entendí la razón del margen proporcionado por el centurión.

«Causalmente», aquel 9 de mayo, martes, los romanos iniciaban una fiesta muy «particular»: los Lemuria (1).

---

(1)   En el banco de datos de «Santa Claus» aparecía la siguiente información: «fiesta análoga a los *Parentalia*, pero celebrada en la intimidad del hogar y en honor a los muertos. Posible origen: asesinato de Remo por su hermano Rómulo. Según la leyenda, aquél se aparecía cada noche para atemorizar a Faustulus y Acca Larentia. La sombra en cuestión fue llamada "Remores". Quizá de ahí la corrupción a "Lemures". Para conjurar el tormento, Rómulo estableció la citada fiesta. Días fijados: 9, 11 y 13 de mayo. Cada una de estas jornadas, y en especial sus noches, representaba para la supersticiosa sociedad romana una gravísima amenaza por parte de los fantasmas

Una celebración cargada de temor y en la que todo ciudadano —no importaba rango, clase o profesión— cuidaba de no poner los pies en la calle. Durante tres días (9, 11 y 13 de ese mes de mayo), según los supersticiosos dueños del mundo, los «lemures», íntimamente emparentados con «lares, genios y penates», regresaban de ultratumba, atormentando y acosando a los humanos. Y nadie se hallaba a salvo. Aquellos que habían participado, directa o indirectamente, en la muerte violenta de alguien llevaban la peor parte en estas supuestas apariciones. Y el que era víctima de tales «presencias» terminaba loco. A éstos los llamaban *cerriti* o *laruati* (1).

En suma: durante esas tres jornadas, la totalidad de las familias romanas se recluía en sus casas, procurando aliviar a los «fantasmas» con toda suerte de conjuros y ritos amables (2).

Esta costumbre rezaba igualmente para las guarniciones. Y comprendí, como digo, el porqué de la advertencia de Civilis.

---

de sus muertos. Considerados días especialmente nefastos. Templos cerrados. Prohibida la celebración de matrimonios. Los ciudadanos más supersticiosos no salen de sus casas. Actividad prácticamente paralizada...» *(N. del m.)*

(1)   Mezclados con los «lemures» aparecían también otros «fantasmas, esqueletos, espectros y aparecidos»: las «larvas». Éstas resultaban más dañinas que los «lemures». Para algunos autores *laruae* y «lemures» son sinónimos. Todos ellos, como digo, eran almas en pena. Y durante tres días al año regresaban al mundo de los vivos para vengarse. *(N. del m.)*

(2)   Uno de los rituales obligado en las noches de los «Lemuria» consistía en lo siguiente: el cabeza de familia se levantaba de madrugada y, descalzo, chasqueaba el pulgar contra los otros dedos. Así evitaba que se aproximaran los espectros. Se lavaba las manos tres veces y al retornar a su habitación introducía habas negras en la boca. Y conforme caminaba las arrojaba a sus espaldas, repitiendo nueve veces: «¡Yo tiro estas habas!...» «¡Por ellas me rescato a mí mismo y a los míos!»

No podía volverse, ya que se suponía que los muertos lo seguían. Nuevo lavado de manos y tañido de un objeto de bronce. Y el padre invitaba a las sombras a salir del domicilio, exclamando otras nueve veces: «¡Manes de mis padres, salid!» Sólo entonces regresaba a la cama. *(N. del m.)*

Y agradecí al Destino (?) la oportuna «delicadeza» y la ventaja sobre el psicópata maniacodepresivo.

No era mucha, pero sí lo suficiente para ganar terreno y adoptar las medidas pertinentes. El problema era que la misión «oficial» exigía dos últimos desplazamientos fuera del «portaaviones». Dos incursiones más antes del ansiado y salvador tercer «salto» en el tiempo.

Y confiando en ese enigmático y benéfico Destino (?), decidí preocuparme del asunto..., en su momento.

Fortín de Capercotnei.

Dudé.

¿Me detenía?

Y obedeciendo a la intuición desmonté, dejando que los mercenarios atendieran a la sudorosa caballería.

Aparentemente aquél era un oficial de paso. No tenía por qué temer.

Y, efectivamente, nada ocurrió. Nadie preguntó.

Poseidón fue abrevado y quien esto escribe, tras reponer fuerzas, prosiguió hacia el nordeste.

Y a media mañana, al avistar la ciudad de Séforis, inmóvil sobre la montura, me vi asaltado por una súbita idea.

¿Lo intentaba?

Calculé el riesgo. Y también la distancia que me separaba del Ravid.

Con un poco de suerte, si la «operación» era ejecutada con diligencia, quizá arribase a la «cuna» antes del ocaso. El viaje, hasta esos momentos, había sido una delicia.

¿Y por qué no?

Si lograba mi propósito, la discutida paternidad de José respecto a Jesús quedaría definitivamente aclarada...

Pero creo que me estoy precipitando. El hipotético lector de estas memorias no ha sido puesto en antecedentes.

Pido perdón.

El asunto era tan simple como apasionante.

A mi regreso de Nazaret, portando, como se recordará, el lienzo empapado en la sangre de la Señora, Eliseo tuvo una excelente iniciativa. Disponíamos del ADN (ácido desoxirribonucleico o, abreviadamente, ADN) del Maestro, extraído de los mechones de la barba y de los múltiples coágulos de sangre recogidos en la pasión y muerte.

Pues bien, podíamos analizar igualmente el material genético de la madre del Hijo del Hombre, estableciendo así, científicamente, lo que ya conocíamos: el parentesco entre ambos.

Pero mi hermano, como digo, fue más allá.

Si estos exploradores conseguían una muestra que conservase los cromosomas de José, la «huella dactilar» de su ADN resolvería el gran misterio: ¿era José el padre biológico del Galileo o, por el contrario, como defiende la iglesia católica, la concepción de Jesús de Nazaret fue «obra divina»?

Para consumar tan interesante experimento, apuntado en parte en páginas anteriores (1), necesitábamos, insisto, la tercera «pista genética»: sangre, cabellos con raíz, huesos o cualquier otro resto que hubiera preservado células vivas en las que, como se sabe, se almacena, entre otros elementos, la «espiral de la vida» (el ADN).

Con la «fotografía» del ADN de los esposos y del Hijo era viable la referida comprobación. Si Jesús fue concebido con el semen de José, su código genético aparecería en el ADN de los progenitores.

Fui vilmente engañado, ahora lo sé...

En principio, sin embargo, la obtención de esa «tercera pista» no resultaba nada fácil. José había fallecido el 25 de setiembre del año 8 de nuestra era. Es decir, hacía veintidós años...

¿Cómo conseguir esa muestra?

Salvo que María hubiera conservado algún mechón de cabello (sólo era útil con raíz), la única posibilidad, lógicamente, se hallaba en los restos óseos. En otras palabras: en el recóndito cementerio que tuve ocasión de visitar en compañía de Santiago y su cuñado Jacobo durante la infructuosa búsqueda de Juan Zebedeo.

(1) Véase información en *Caballo de Troya 2. (N. del a.)*

Obviamente, solicitar permiso a los familiares para la exhumación no tenía sentido. ¿Qué podía decirles?

Sólo quedaban dos alternativas...

Una: indagar cerca de la Señora sobre los mencionados mechones de pelo. Algo para lo que siempre había tiempo.

Dos: la idea que acababa de asaltarme...

Y a pesar del riesgo decidí probar fortuna. Este explorador era consciente de lo que sucedería si lo atrapaban. La manipulación de cadáveres o huesos humanos, a excepción de los obligados traslados, estaba prohibida por la Ley y severamente castigada. Pero el desafío me incendió.

Y conforme fui avanzando hacia Séforis traté de autoconvencerme de lo inocuo y sencillo de la «operación»:

El «trabajo» no tenía por qué enredarse...

Un estudio científico de aquella naturaleza no volvería a presentarse...

Sería suficiente con unos molares o premolares. Algo fácil de ocultar...

Bastaba con esperar el anochecer...

Conocía la ubicación de la estela que recordaba a José y a su hijo Amós...

Y estaba al tanto de la disposición del cementerio y de la choza del enterrador...

Tomaría el senderillo que trepaba por la ladera norte del Nebi y que pasaba muy cerca del lugar santo...

Contaba, además, con una luna casi llena...

En una o dos horas la excavación estaría lista...

Una vez consumada la extracción de los dientes, todo consistía en cerrar la tumba y desaparecer...

Sí, aquélla era una magnífica oportunidad...

Y al llegar al pie de la colina en la que se asentaba la blanca y altiva capital de la baja Galilea, torcí hacia el este, por la polvorienta senda que la unía con Nazaret. En total, marchando al paso, apenas una hora.

Pero este eufórico explorador no contó con el implacable Destino...

Y los primeros contratiempos no tardaron en aparecer.

Los *felah* que se afanaban en huertos y plantaciones

de lino próximos al camino, al descubrir al animoso centurión romano, escupieron y maldijeron. Algunos, más osados, levantando azadones y machetes, me insultaron encolerizados y desafiantes.

Demasiado tarde...

Mi aspecto, efectivamente, no era el más adecuado para cabalgar en solitario.

Y opté por lanzarme al galope.

Y durante un buen trecho, el avance de quien esto escribe fue un suplicio, esquivando cebollas, pepinos, ajos y piedras.

Y al distinguir la cumbre del Nebi Sa'in me detuve. Desmonté y, orillándome junto al olivar que reinaba en buena parte de la falda norte, dediqué unos minutos a la atenta observación de cuanto me rodeaba.

Algunos campesinos, al otro lado de la carretera, levantaron la cabeza, interrumpiendo los trabajos y espiándome con hostilidad.

Me sentí perdido.

Aquello no era lo planeado...

¿Qué hacer?

¿Olvidaba el «asalto» al cementerio? ¿Reanudaba la marcha hacia el Ravid?

El sol, en el cenit, necesitaba seis o siete horas para auxiliar a este perplejo explorador.

¿Cómo ocultarme durante tanto tiempo?

Inspeccioné la apretada colonia de olivos. Los epilépticos y gruesos troncos ascendían hasta casi la mitad del monte. Unos doscientos metros. Después, el bosque de durillos y la cima.

Algo sí estaba claro. Si decidía continuar con la «operación» no podía quedarme en plena senda, a la vista de aquellos potenciales enemigos.

Y tozudo, en el afán por alcanzar el objetivo propuesto, sin evaluar detenidamente mis actos, tiré de la caballería, adentrándome en el verdiblanco del olivar.

El propósito —poco claro, por cierto— era esconderme en las proximidades de la cumbre. Allí, supuse, entre el ramaje azul y plateado de los durillos estaría a salvo de miradas indiscretas.

Pero, como decía, sobrevaloré mis posibilidades.

Cuando apenas llevaba recorridos quince o veinte metros por la roja y rebelde pendiente, al mirar atrás, me sobresalté.

Como era de esperar, el repentino acceso de aquel «maldito romano» en el Nebi desencadenó la inmediata movilización de los *felah*. Cuatro de ellos se apresuraron a reunirse, discutiendo acaloradamente sobre la extraña «maniobra» del centurión. El resto, más alejado, optó por olvidar el contencioso, reanudando sus tareas entre hortalizas y frutales.

Y, presintiendo un mal desenlace, sujeté a *Poseidón* a una de las ramas. Me deshice de casco y coraza y fui a parapetarme tras uno de los centenarios *zayit*.

Los agricultores, lógicamente alarmados, concluido cónclave y griterío, tomaron azadas, palos y tijeras de poda y, como una piña, saltaron al camino, dispuestos a seguir el rastro del odiado invasor.

Tenía que actuar con diligencia y máxima serenidad.

Y comprendiendo que me hallaba demasiado cerca de la senda recuperé casco y coraza y me alejé veloz monte arriba.

A cosa de cincuenta metros abandoné el llamativo casco. A continuación, quince o veinte pasos más allá, prácticamente en lo más espeso del olivar, hice otro tanto con las relucientes escamas metálicas.

Y volví a ocultarme entre los fornidos troncos...

Fue mi único acierto en aquella desventurada incursión.

El resto de los *felah*, como digo, parecía haber olvidado el incidente. Eso me tranquilizó, relativamente.

Y, como suponía, los cuatro galileos no tardaron en aproximarse a la montura. Y, recelosos, buscaron a su alrededor.

Y blandiendo las improvisadas armas, animándose entre sí con irreproducibles improperios hacia el intruso, formaron una línea, avanzando hacia quien esto escribe.

El primer cebo fue descubierto sin problemas.

Cambiaron impresiones y, escupiendo sobre el casco, lo arrojaron pendiente abajo.

Y me preparé, ajustando las «crótalos».

Y la espejeante coraza los reclamó al instante. Se abalanzaron igualmente sobre ella y, tras un fugaz y precipitado examen, furiosos, agitaron palos y herramientas, conminándome a dar la cara.

Y obedecí.

Y un primer tren de ondas ultrasónicas derribó al más cercano.

Los *felah*, atónitos, enmudecieron.

Cinco segundos después, los cuatro campesinos yacían inconscientes sobre la roja arcilla.

Y me vi atrapado en mi propia inconsciencia.

¿Qué hacer con aquellos exaltados?

En cuestión de minutos recuperarían el sentido. Mi situación, entonces, sería verdaderamente comprometida. Lo más probable es que los aterrados campesinos, regresando a los huertos, dieran la voz de alarma, movilizando a media población de Nazaret y alrededores.

¿Huía?

Y desobedeciendo al sentido común me embarqué en un frenético atado de manos y pies. Utilicé los ceñidores, amarrando además a los individuos a otros tantos y separados olivos. Por último, desgarrando las mangas de la túnica que me cubría, los amordacé sin contemplaciones.

Y sudoroso, con el corazón en la boca, lancé una mirada a los huertos. Todo seguía en paz.

Y cambié de planes.

Esperar al ocaso habría sido una locura. A pesar del concienzudo ensogado, los *felah* podían hallar una fórmula para liberarse y escapar.

¿Locura?

Todo era una locura…

Y a la carrera ascendí hasta el límite del olivar. Me distancié del senderillo que reptaba hacia lo alto del Nebi y, sorteando olivos, torcí a la izquierda, a la búsqueda del pequeño cementerio.

¡Allí estaba!

Repuse oxígeno y un mínimo de temple. La siguiente acción era la más delicada.

El lugar santo, un cuadrilátero de unos cincuenta metros de lado, se presentó desierto y silencioso. El sol de primavera arrancaba una hiriente blancura a las ochenta estelas de piedra.

«Hilera once...»

La choza de paja y adobe del enterrador, en el extremo oriental, aparecía igualmente tranquila.

«Hilera once y al centro...»

¿Y el sepulturero? ¿Se hallaba en el interior?

Antes de excavar convenía cerciorarse.

«Hilera once, al centro y muy cerca de la cabaña...»

Y pegado a la línea de olivos que amurallaban el cementerio fui ganando terreno hasta desembocar a las puertas del cochambroso cobertizo.

Y escuché algo.

¿Ronquidos?

En efecto. Y al asomarme distinguí en la penumbra a la pintarrajeada mujer que había observado en la primera visita: la plañidera y *bustuariae* (prostituta).

Dormía en un lecho de hierba negra y maloliente. A su lado, abrazándola, un individuo desnudo que no supe identificar, atacado por unos ronquidos heroicos.

¡Mala suerte!

Y volví a dudar.

¿Los inmovilizaba?

Demasiado laborioso. Y descarté la idea. Quizá, lo mejor, era dejarlos dormir...

Pero ¿y el enterrador?

Por más que paseé la mirada no detecté vestigio alguno.

Al oeste, en un talud ganado al monte, las cinco grandes muelas que cerraban los panteones de la gente adinerada de Nazaret se hallaban igualmente solitarias.

Y de pronto recordé.

Este explorador no llegó a ver al sepulturero. ¿Podía ser el sujeto que acompañaba a la mujer?

El tiempo corría. Tenía que decidirme.

Y lo hice.

Y sigilosamente me encaminé hacia la tumba.

«Hilera once...»

«José y su hijo Amós.»

Y solicitando disculpas a los cielos por el atrevimiento me arrodillé frente a la estela. Desenvainé el *pugio* y, lanzando otra ojeada a la cabaña, ataqué la excavación.

Arcilla blanda y esponjosa. Bien...

Jamás había removido una tierra con tanto ardor.

¡Más rápido!

Y comencé a sudar copiosamente. Aún no sé si por el esfuerzo o por el miedo...

¡Ánimo!

Pero, al profundizar, el suelo, empapado aún por las torrenciales precipitaciones de finales de abril, se tornó compacto y de difícil acceso. Sin embargo, el puñal, voluntarioso, siguió colaborando.

Traté de calmarme. Inspiré con avaricia, al tiempo que vigilaba los «maravillosos ronquidos».

Nuevo ataque. Con ambas manos. Con los cinco sentidos.

Y de pronto, en una de las cuchilladas, la hoja se quebró.

¡Mierda!

Nueva mirada a la choza. Nueva inspección del olivar.

No me di por vencido.

Y al echar mano del *gladius* fui a reparar en el cayado, estratégicamente situado a mi izquierda.

¡Estúpido!

¿Cómo no me di cuenta?

Y devolviendo la espada a la funda, sin «crótalos», activé el dispositivo del láser de gas, forzándolo a 15 000 vatios. Y el bloque de barro comenzó a desintegrarse, protestando con pequeñas y fugaces columnas de vapor de agua.

Veinte centímetros...

¡Vamos allá!

El corazón, en la zona roja, acusó el exceso de adrenalina.

Tuve que parar.

Y cegado por la tensión olvidé los ronquidos.

¿Ronquidos?

¡Habían cesado!

Me descompuse.

Y al poco, unas voces...

Me aplasté contra la tierra.

Y las voces treparon. Aquello era una discusión.

Y con el rostro pegado a la arcilla proseguí el fundido.

Tenía que llegar...

¡Sesenta centímetros!

E intuí que mis males no se hallaban únicamente en el exterior...

A esa profundidad, los restos deberían haber aparecido.

¡Ochenta!

La pelea en la cabaña se agrió. El hombre pretendía un nuevo favor. La prostituta exigía más dinero.

El láser, implacable, alcanzó el metro y veinte centímetros.

Y con medio cuerpo volcado sobre el agujero resoplé como un búfalo.

No, aquello no era normal.

El sujeto cedió. Pagaría.

Por un lado respiré aliviado. Pero, por el otro...

¡Un metro y medio!

¡Imposible!

¿Dónde estaban los huesos?

Detuve el láser. Y volviendo a leer la leyenda grabada en la piedra verifiqué la identidad del fallecido.

«José...»

No, no me equivocaba.

«No desaparece lo que muere. Sólo lo que se olvida.»

El epitafio, en efecto, lo confirmaba.

Pero entonces...

¡Vacía!... ¿Vacía?

Sí, la fosa había sido abierta y los esqueletos removidos.

¡Dios de los cielos!

—¿Necesitas ayuda?

La súbita voz me degolló.

Y alzando la vista, por detrás de la blanca lápida, recorrí horrorizado una interminable figura de casi dos metros de altura, con un sombrero de paja y un amenazante garrote en la mano izquierda.

¿El enterrador?

Por supuesto no pregunté. Y elegí una respuesta tan elocuente como poco honorable. Me puse en pie de un salto y huí como un conejo.

Y el gigante, reclamando a gritos a los de la choza, la emprendió a pedradas y maldiciones con el violador de tumbas.

Nunca supe si me siguieron.

Aquél fue un descenso por el Nebi auténticamente suicida.

Y cayendo una y otra vez, golpeándome con ramas y troncos, recuperé al vuelo la coraza, cruzando como una exhalación ante los perplejos y maniatados *felah*.

Del casco ni me acordé.

Y arrastrando al no menos atónito *Poseidón* abordé la senda, obligando al noble equino, más que a galopar, a volar.

Y de regreso a Séforis tuve que soportar una segunda lluvia de proyectiles —duros y blandos— y un «atento griterío» que dedicó sendos «homenajes» a mi padre y a mi madre. Y lo acepté como una justa penitencia. En el fondo lo tenía merecido.

Bastantes millas más allá, cerca de la confluencia con Caná, comprendí que aquella loca carrera era tan absurda como peligrosa. Y deteniéndome a la orilla del *nahal* Iphtahel me refugié a la sombra de una anciana y amable higuera, intentando poner orden en la confusa mente de quien esto escribe.

¿Cómo era posible?

La tumba vacía...

Y el Destino, burlón, desempolvó en la memoria una escena y una frase, extraña y misteriosamente olvidadas.

«Ya no están aquí...»

Y recordé la voz de Santiago, el hermano de Jesús, y su mano en mi hombro.

En la primera visita al cementerio de Nazaret, mientras contemplaba emocionado la estela que honraba el recuerdo de su padre, el segundo hijo de la Señora, agradeciendo mi respetuosa actitud, insinuó que los restos habían sido trasladados.

«Ya no están aquí. Vamos...»

¿Qué quiso decir exactamente?

Mi tozudez —lo confieso— era casi patológica.

¿Los huesos fueron arrojados a la fosa común, al *kokhim*? En ese supuesto, poco podíamos hacer para obtener la tercera pista genética.

¿O quizá se refería al *ossilegium*?

Esta práctica funeraria era igualmente común entre las familias judías. Transcurrido un tiempo prudencial, los huesos eran exhumados y depositados en osarios de piedra, en el interior de grutas o panteones. Así lo contrastamos en las dos exploraciones (la última de triste recuerdo) de la cripta cercana a Nahum. En estos depósitos aparecían grabados los nombres de los difuntos y sus vínculos familiares.

Si la Señora y los suyos escogieron esta segunda alternativa —la más «humana»—, no todo estaba perdido...

Y naturalmente, inasequible al desaliento, me propuse averiguarlo a la primera oportunidad. El fracaso en el Nebi, lejos de curar los peligrosos ardores aventureros, se clavó en mi orgullo como una espina envenenada.

Pero el agotamiento, el déficit de sueño y el sol, filtrándose de puntillas entre las hojas, acabaron con las obsesivas reflexiones de este humillado explorador. Y por fortuna quedé profundamente dormido, distanciándome de lamentos, hipótesis y futuros y arriesgados planes.

Y recuerdo que fui bruscamente despertado en mitad de una pesadilla.

Poncio, con su risa de hiena, embadurnaba mi cara con aquel apestoso y húmedo maquillaje a base de excrementos de cocodrilo...

Y al abrir los ojos descubrí sobresaltado el blanco hocico del aburrido *Poseidón* y su mojada lengua, lamiendo mi rostro.

Lo acaricié y me incorporé sin saber muy bien dónde estaba.

Y al comprobar la posición del sol, despidiéndose ya sobre los azules de la cadena montañosa del Carmelo, me irrité conmigo mismo. Aquello no me gustó. Cabalgar de noche resultaba incómodo y poco recomendable.

Pero era la alternativa menos mala. Buscar refugio y proseguir la andadura al día siguiente podía representar peores conflictos. Por otra parte, los desplazamientos pendientes me obligaban a abordar el Ravid cuanto antes.

Y Dios quiso que mis temores fueran infundados.

El viaje de regreso, prácticamente en solitario y auxiliado por una benéfica luna, fue «casi» un paseo.

Después de todo —fui animándome—, la vertiginosa «excursión» a Cesarea no había sido tan negativa. Los tres objetivos capitales fueron satisfechos con un aceptable éxito.

Salvoconducto: obraba en mi poder y garantizaba cierta tranquilidad, de cara a la compleja y dilatada aventura que estábamos a punto de inaugurar. El cada vez más cercano tercer «salto» en el tiempo nos llevaría muy lejos, colocándonos en ocasiones en situaciones altamente conflictivas.

Sueños de Claudia Procla: la información, reveladora, se hallaba en el «banco de datos» de este observador. La lamentable «laguna» de los evangelistas quedaba definitivamente paliada.

Problemas financieros: ¡dos millones de sestercios! Más de lo que imaginaba y pretendía.

A todo esto debía sumar algo de un valor incalculable. Algo que no entraba en mis objetivos y que, sencillamente, me fue «regalado»: la oportunidad de profundizar en la verdadera personalidad del verdugo de Jesús de Nazaret.

Y a fe mía que, sólo por esto, mereció la pena tanto susto y penalidad.

Como dije, Poncio Pilato no fue un cobarde. Tampoco un hábil diplomático. Lisa, y llanamente, fue un loco agresivo, de una frialdad y brutalidad químicamente puras.

Y hablando de bastardos, casi lo olvidé.

¡El poblado de los *mamzerîm*!

Me detuve indeciso.

¿Me arriesgaba?

E imaginé que, dado lo avanzado de la noche, el paso entre las chabolas resultaría sencillo.

Y el Destino (?) tuvo piedad de quien esto escribe.

En efecto, el galope me sacó limpiamente del negro y dormido «infierno».

Pero, como mencionaba anteriormente, el retorno al Ravid fue «casi» un paseo...

Y el «casi» a punto estuvo de costarme un infarto.

Todo fue bien hasta que desmonté.

Al dejar atrás las antorchas de la ciudad de Migdal, y tomar el camino a Maghar, establecí la primera conexión auditiva con el módulo.

Eliseo, gratamente sorprendido por mi rápido regreso, se comportó con normalidad. Incluso se permitió algunas bromas...

—Te reservo una sorpresa —le comuniqué compartiendo su buen humor—. Mejor dicho, varias... Cambio.

—¿Sorpresas? —preguntó Eliseo impaciente—. ¿Buenas o malas? Cambio...

—Traigo compañía —repliqué alimentando el suspense—. Cambio.

—¿Femenina? Cambio.

—A juzgar por el nombre —resistí—, creo que no... Cambio.

—Bien, yo también tengo una sorpresa —se rindió mi hermano—. Cambio.

No fui capaz de sacarle una sola palabra más. E intrigado, asegurándome de no ser visto, desmonté. Y a partir de esos momentos, como digo, el Destino puso la «guinda» a tan azarosa jornada.

El cielo, limpio y estrellado, caminaba en procesión hacia la media noche. Todo parecía tranquilo. Sólo los cascos de *Poseidón*, golpeando a mis espaldas en la rampa de la «zona muerta», animaban la negra y silenciosa «popa» del «portaaviones».

Y una vez sobre la pendiente del Ravid respiré aliviado.

¡Misión cumplida!

¡Pobre ingenuo!...

Por cierto —fui meditando mientras cubría el centenar de metros que me separaba de la primera referencia: el manzano de Sodoma—, ¿qué vamos a hacer contigo?

El noble y cariñoso caballo, obviamente, no supo qué decir.

¿Puede sernos útil?... ¿Y por qué no?

El siguiente desplazamiento —a la Ciudad Santa— siempre resultaría más cómodo y veloz en su compañía. Y empecé a darme cuenta de algo que me inquietó: le estaba tomando afecto.

Pero la súbita irrupción de Eliseo me obligó a detenerme, orillando los pensamientos.

—Os veo... Pero ¿qué es esto?...

Mi hermano no pudo contener la risa:

—¡Un soldado romano y un asno!...

—¡Un centurión y un bravo caballo húngaro, ignorante! —repliqué siguiendo la broma—. Cambio.

—Sólo veo dos potenciales enemigos... Tendré que activar las defensas...

—¡Activa cuanto quieras! Pero, sobre todo, la cafetera... Cambio.

—¡No hay café en esta época, ignorante!... ¡Suerte!...

Eliseo corrigió al instante:

—Quiero decir, ¡salve!... Cambio y cierro.

¿Suerte?

Debí advertirlo. El saludo encerraba algo más que un chiste...

Pero, deseoso de reintegrarme al módulo, no le concedí mayor atención. Y continué el avance por la suave y oscura pendiente, procurando no tropezar en el también dormido río de guijarros basálticos. Siguiendo la costumbre no echaría mano de las «crótalos» hasta alcanzar la muralla.

Poseidón, dócil, se dejaba arrastrar por el ronzal.

Y quizá llevase recorridos quinientos metros cuando, de improviso, entre los informes arbustos espinosos, me pareció oír algo...

Y me quedé quieto.

La caballería levantó la cabeza. Y los negros y brillantes ojos apuntaron en la misma dirección.

Y, de nuevo, aquella especie de chillido...

Procedía, en efecto, de los corros de «gundelias».

Y me puse en guardia.

Poseidón relinchó asustado y, alzándose de manos, coceó al aire. Y tiró de las riendas...

Quise calmarlo.

Pero un tercer y agudo chillido erizó las crines. Y encabritándose de nuevo me obligó a soltarlo. Y girando arrancó al galope, perdiéndose en la oscuridad.

¡Poseidón!...

Fue inútil. Un lejano relincho me indicó que descendía ya por la zona del manzano.

Y al encararme con la rampa del Ravid aquella visión me clavó al suelo.

Mi primer pensamiento fue la «cuna».

No podía ser... Eliseo acababa de hablarme.

Y pulsando el oído derecho reclamé a gritos su «presencia».

Silencio...

—¡Eliseo!... ¿Qué es eso?... ¿Me oyes?... ¡Oh, Dios!

Silencio...

Y convencido de que algo le había ocurrido me lancé hacia «aquello».

Pero el horror pudo más que el arrojo.

Y entre escalofríos me vi frenado e impotente. Y aferrándome al cayado me dispuse para la defensa.

A poco más de treinta metros, entre los perfiles de los cardos espinosos, corrían, chillaban, se levantaban sobre sus cuartos traseros o me observaban fijamente unos gigantescos...

¿Cómo definirlos?

En aquellos momentos no supe...

¿Ratas?

No exactamente.

Los animales, desnudos, sin pelo, sonrosados, en forma de salchicha, no eran roedores. Al menos, como los que yo conocía.

Y sus cabezas...

Retrocedí espantado.

Parecían las de un bulldog, pero con ojos ínfimos, negros y chispeantes. Los colmillos, aterradores, sobresalían como sables.

Y caí...

Y los chillidos arrasaron el Ravid.

El tamaño de las criaturas —a decenas— me hizo pensar en una alucinación. Pero no. *Poseidón* también lo había captado.

¡Inmensas!... Probablemente de un metro de alzada.

Y desde el suelo busqué una nueva conexión.

Silencio.

Y las bestias, rabiosas, se atacaron entre sí. Y los chillidos se agudizaron.

Los más pequeños, con una piel roja, treparon angustiados por encima de la manada.

Y algunos, abriendo las enormes fauces, mostraron amenazadores los cuatro blancos y afiladísimos colmillos de morsa.

Y saltando en dirección a quien esto escribe dibujaron unos indudables amagos de ataque.

Creí volverme loco.

¿Qué pasaba en la nave?

¿De dónde procedían aquellos monstruos?

Y de pronto reparé en «algo» que terminó de confundirme.

¡Era imposible!

Tenía que ser una alucinación...

Entre sangre, chillidos, sables y carreras..., ¡una luz! Y no precisamente la de la luna.

¿Una luz?

Sí, un resplandor intenso, mercurial y bañando a la totalidad de los furiosos animales.

Me puse en pie y percibí un segundo «detalle» que no era normal: la asustada colonia —de lo que fuera— apenas avanzaba. Tampoco retrocedía. Parecía fija en un punto.

Y haciendo acopio de las últimas gotas de valor, con los temblorosos dedos sobre el clavo del láser de gas, di un paso al frente.

Y los chillidos, en respuesta a la temeraria iniciativa, se multiplicaron. Retrocedí.

Y las bestias adelantaron posiciones.

Pero, nuevamente sorprendido, creí distinguir en aquel movimiento colectivo «algo» que tampoco encajaba. Las enormes ratas (?) sin pelo se desplazaron simultáneamente. En bloque. Yo diría que sin tocar el suelo. Sin una clara y natural sensación de avance progresivo. De hecho, ninguna se quedó atrás.

Y una repentina idea me iluminó.

¡La madre que lo parió...!

Y avanzando hacia el amasijo de sables fui a plantarme a veinte metros de la jauría.

Y la manada reaccionó con ímpetu, lanzándose materialmente hacia este cada vez más indignado explorador.

No había duda. Al observar el gran «salto» me convencí.

¡Hijo de Satanás...!

Y activando el láser golpeé a los más cercanos.

Como suponía, el impacto, atravesándolos limpiamente, incendió las «gundelias» que se recortaban a sus espaldas.

Y del pánico me descolgué hacia algo peor: la furia.

Y «cruzando» entre animales y chillidos me encaminé como un meteoro hacia el espolón.

—¡Bravo!...

La voz de Eliseo, desquiciado por la risa, sonó «5×5». (Clara y fuerte.)

Y las «imágenes» se extinguieron. Y el silencio recuperó su sitio en el Ravid.

—Te lo advertí —reanudó la conexión en tono conciliador—. Yo también tenía una sorpresa... Cambio.

No respondí. Sólo deseaba estrangularlo.

—Recuerda que somos amigos —añadió sin demasiado convencimiento—. Además, antes de tu partida, tuve la delicadeza de avisarte... Cambio.

¿Avisarme?

Tenía razón. Y rememoré sus misteriosas palabras, pronunciadas al amanecer del viernes, 5 de mayo:

«Espero que al regreso de Saidan tú mismo puedas "experimentarlo"», anunció sin más explicaciones y refiriéndose a «algo» en lo que había empezado a trabajar y que guardaba estrecha relación con los cinturones de protección de la nave.

Pero, aunque hubiera recordado, ¿qué se suponía que debía tener presente?

No, no era justo...

Lo dicho: lo estrangulaba.

Pero Dios bendice y protege a los «inocentes».

Y al saltar sobre la derruida muralla, a casi ciento setenta metros de la «cuna», cuando me disponía a usar las lentes de contacto, una familiar «llamada» me detuvo de nuevo.

Me volví y escruté la negrura del «portaaviones».

Y el relincho se repitió.

—Eso sí es un amigo —atacó Eliseo, mordaz, ratificando la impresión de quien esto escribe—. Ahora ya no sé quién es el asno...

¡Poseidón...!

Y la feliz reaparición del «compañero» de la estrella negra en la frente terminó por calmarme, neutralizando los deseos de revancha.

Y, regresando sobre mis pasos, lo recuperé.

—¿Amigos? —insistió el «gracioso»—. Cambio...

—*Okay!* —cedí encantado—. Con una condición. Cambio...

—¡Hecho! —se apresuró a aceptar mi hermano, viendo el cielo abierto—. ¡Habla, soldado!

—Todo olvidado, siempre y cuando haya café... Cambio y cierro.

Y esa misma noche, con un delicioso y humeante café entre las manos, Eliseo, sin disimular su satisfacción, explicó el secreto de la «visión» que acababa de padecer.

El «invento», en realidad, era un simple holograma. En palabras sencillas, un encadenamiento de imágenes que, sometidas a determinados efectos de refracción, dan lugar a una «ilusión» en tres dimensiones.

Y tengo que reconocer que el nuevo sistema de seguridad prestó algunos e impagables servicios.

Durante mi ausencia, el tenaz científico se tomó la molestia de aguantar largas horas junto a los volcanes de tierra detectados en una amplia franja del Ravid. Y la espera dio fruto.

En los momentos más frescos del día —generalmente al alba—, los orificios que acompañaban a los conos entraban en «erupción». «Alguien», efectivamente, habitaba aquellas galerías.

Y al descubrir finalmente a los horrendos «vecinos» mi hermano consultó a «Santa Claus».

Y ratificó la existencia, bajo nuestros pies, de una nutrida población de *Heterocephalus glaber* («de cabeza diferente y lampiño»), unos curiosos y muy sociables roedores de la familia de los batiérgidos.

Los pequeños animales, de treinta a cuarenta gramos de peso, implacables, incansables y expertos excavadores, habían construido una red de pasadizos de casi tres kilómetros de longitud, abarcando una superficie —cercana a la muralla romana— de varios miles de metros cuadrados.

Y las «ratas-topo desnudas» le brindaron una idea.

El feo y agresivo aspecto de los bichos —conocidos también como «bebés morsa» y «salchichas con dientes de sable»— podía ser aprovechado como medida disuasoria ante el ataque o ingreso en «nuestros dominios» de un hipotético enemigo.

Y la iniciativa funcionó. De ello doy fe...

Y siguiendo las informaciones almacenadas en la computadora, Eliseo comprobó igualmente que la gran familia, compuesta por una reina y un centenar de «mineros», perforaba y planificaba sus nidos en función de la comida. La dieta consistía fundamentalmente en las raíces de los cardos y arbustos (1). Y justamente en las proximidades de las «gundelias» localizó los más importantes habitáculos.

---

(1)   Estos roedores —frecuentes en Kenia, Etiopía y Somalia— se alimentan básicamente de tubérculos. Cuando han devorado la parte interna, cubren la raíz con la tierra removida, favoreciendo la regeneración de la planta. *(N. del m.)*

El resto fue relativamente sencillo.

Se trataba, como decía, de beneficiarnos del escaso atractivo físico de los «bebés morsa». Para ello bastaba con filmarlos.

Y tras ubicar los referidos nidos, después de varios intentos fallidos, consiguió introducir desde la superficie una de las microcámaras en reserva, unida al módulo por una fibra dopada o «contaminada» con erbio. Una lámpara estroboscópica de mercurio ensamblada a la filmadora y la potente fibra óptica amplificadora (1) hicieron el «milagro»: la toma y transmisión de las imágenes de los treinta o cuarenta individuos que integraban aquel núcleo de «ratas-topo desnudas» a las expertas «manos» de «Santa Claus».

Ante los destellos, los roedores reaccionaron con agresividad y confusión, removiéndose, atacando y, sobre todo, chillando con ferocidad. Las crías treparon sobre los adultos y éstos, enloquecidos, tratando de huir, se acuchillaron mutuamente.

Las escenas, ampliadas veinte veces, como tuve oportunidad de comprobar y sufrir, resultaron espeluznantes.

Y las películas seleccionadas entraron directamente en la órbita de «Santa Claus».

El ordenador, previa codificación, remitió los correspondientes haces «objeto y de referencia» a un cristal especial (fotorrefractivo) (2) que, finalmente, mediante un proceso que no puedo revelar (3), sacó a la luz las

(1)   Como ejemplo de la enorme capacidad de amplificación de estas fibras diré que una radiación infrarroja de 1,06 micrómetros de longitud de onda puede ser ampliada a 50 000, correspondiendo a una ganancia de 47 decibelios. Estos «canales» se hallaban preparados para soportar transmisiones superiores a los 10 000 gigabits por segundo. Y aunque no estábamos autorizados a sacarlos del módulo, en este caso excepcional rindieron un excelente servicio. *(N. del m.)*

(2)   Estos cristales fueron fabricados para la Operación con semiconductores de arseniuro de galio y varios compuestos orgánicos (sólo puedo mencionar el «2-ciclooctilamino-5-nitropiridina»). *(N. del m.)*

(3)   Los hologramas «movi-son» (movimiento-sonido), como se los denomina en el argot militar, son todavía alto secreto, no hallán-

espectaculares «visiones». Unos hologramas dotados de movimiento y sonido que, una vez probados —y este explorador fue un inmejorable e involuntario conejillo de indias—, fueron almacenados en la memoria de la computadora, dispuestos para su reutilización.

La proyección sobre la cima del Ravid podía efectuarse manual o automáticamente. En principio, Eliseo fijó el sistema en esta segunda posición, estableciendo el «escenario» entre mil y mil quinientos metros a partir de la «cuna». Si un supuesto visitante (hombre o animal) traspasaba los dos primeros cinturones —el barrido de los microláseres y la radiación infrarroja (IR)—, la «barrera» de las agresivas «ratas-topo desnudas» era fulminantemente desplegada por el fiel «Santa Claus». La súbita y terrorífica «visión» sólo tenía un fallo. Durante el día, el exceso de luz la hacía prácticamente ineficaz. Pero nos dimos por satisfechos. La protección de nave y pilotos parecía asegurada. Y he dicho bien: «parecía»...

Pero no adelantemos acontecimientos.

El resto de la semana, hasta el lunes, 15 de mayo, discurrió en una tensa calma.

La advertencia de Civilis afectó a Eliseo más que a mí mismo. A decir verdad, nada de lo sucedido en Cesarea le alarmó tanto como la posible amenaza de Poncio. Y supongo que llevaba razón. Si se cumplía el pronóstico del centurión, y el loco ordenaba la caza y captura de quien esto escribe, el final de la misión «oficial» y nuestro añorado sueño —acompañar al Maestro la totalidad de su vida de predicación— podían sufrir un serio revés.

Y extremamos las precauciones. En especial, a partir del día clave: el 13, sábado.

Para empezar, las salidas de este explorador fuera de la «base-madre-tres» fueron drásticamente recortadas.

Sólo el jueves, 11, y tras vencer la lógica resistencia

---

dome autorizado a ampliar detalles sobre los mismos. Baste decir que su creación ha servido en algunos conflictos bélicos para engañar a las fuerzas enemigas, multiplicando, por ejemplo, el número de hombres y armas «a la vista» y provocando numerosas retiradas y rendiciones. (*N. del m.*)

de mi hermano, tuve ocasión de abandonar el Ravid con el fin de visitar a mi viejo amigo, el padre de los Zebedeo. Amén de recuperar los valiosos papiros que le confié, necesitábamos afinar algunos detalles en torno al inminente viaje a Jerusalén y al necesario canje del ópalo blanco.

El constructor de barcos se alegró al recibir en su casa al «poderoso mago». Como me temía, las noticias sobre el «prodigio» en el patio de la guarnición romana de Nahum no tardaron en rodar por el *yam*. Y lamentablemente, cuando llegaron a oídos del Zebedeo, ya no eran cuatro las palmeras datileras «desaparecidas», sino un bosque entero y buena parte de la odiada soldadesca.

Por fortuna, Zebedeo padre se mostró escéptico ante aquellas fantásticas versiones. Y elogié su sensata actitud.

Respecto al proyectado desplazamiento a la Ciudad Santa convino conmigo que, efectivamente, era más seguro, aunque no tan rápido, llevarlo a cabo arropado por una de las múltiples caravanas que partían de Nahum o Tiberíades o que pasaban a diario por la costa occidental del lago. Por una módica cantidad, muchos viajeros y peregrinos se unían a estos «convoyes» de carga, marchando así con un mínimo de protección.

En esos momentos no consideré oportuno entrar en mayores explicaciones sobre la auténtica y secreta razón que me impulsaba a viajar en compañía: la amenaza del gobernador.

En cuanto al asunto del ópalo, Zebedeo, tras examinarlo, movió la cabeza negativamente. Y me asusté.

—No, querido amigo —aclaró divertido—, no es falso. Todo lo contrario. Demasiado bueno para intentar canjearlo en estas corruptas y poco fiables ciudades del *yam*...

Y siguiendo su consejo pospuse la operación.

Y al facilitarme algunos nombres de banqueros y cambistas de «relativa confianza» me advirtió de dos extremos que no debía descuidar. En primer lugar, y más importante, no mostrar en público tan tentadora joya. Mi vida podía correr grave peligro. Por último, no perder de vista la rapacidad de los mencionados traficantes.

No se equivocó...

Y al despedirme, el buen hombre se extrañó ante mi cálido abrazo. Pero, sin preguntar, correspondió con idéntico afecto.

Aquélla sería la última vez que lo veía..., en aquel «ahora» histórico.

Y hasta la marcha a Jerusalén, prevista para la madrugada del lunes, 15, quien esto escribe permaneció aislado en lo alto del «portaaviones», entregado a la redacción de estos diarios. Escribí frenéticamente. Allí, en el Ravid, nacieron estas memorias. «Santa Claus» fue el depositario de cuanto llevábamos vivido desde el primer «salto». Eliseo, por su parte, con mi esporádica colaboración, trabajó en los análisis de la sangre de la Señora y en la minuciosa revisión de lo que debería ser la última aventura en aquel año 30: la búsqueda e investigación del «epicentro» de la misteriosa explosión subterránea que, según los expertos de *Caballo de Troya*, pudo provocar el célebre terremoto del viernes, 7 de abril, poco después de la muerte de Jesús de Nazaret (1).

Una operación que fue bautizada con el nombre de «Salomón».

Pero de estos apasionantes temas me ocuparé más adelante. Lo que resta por contar —y no es poco— tiene absoluta prioridad.

Y antes de proseguir entiendo que debo confesar algo. Probablemente carezca de importancia. Pero también es bueno que el hipotético lector de estos diarios conozca puntualmente el estado de ánimo de estos exploradores en cada momento. A fin de cuentas éramos seres humanos y la situación anímica influía poderosamente en nuestro trabajo.

Fue un gesto íntimo por parte de mi compañero. Un pequeño apunte que reflejaba a las mil maravillas la especialísima fase por la que atravesábamos en esos días, a un paso del acariciado y, al mismo tiempo, temido tercer «salto».

La compleja y ambiciosa meta —seguir al Maestro du-

---

(1)   Amplia información en *Caballo de Troya 1*. *(N. del a.)*

rante cuatro años—, nacida, aparentemente, por casualidad (?), fue apoderándose de los corazones con tal vehemencia que en aquel mayo del año 30 ocupaba prácticamente todas las conversaciones de Eliseo y de quien esto escribe.

Y poco faltó para que pasáramos por alto las restantes misiones.

¡El tercer «salto»!

Todo estaba preparado. Conocíamos la fecha a la que tendríamos que retroceder. Habíamos trazado un magnífico plan inicial. Creíamos saber dónde y cómo encontrar al Maestro...

Sólo faltaba el cuándo.

¿Cuándo activaríamos la nave y la inversión de masa?

Y la tensión comenzó a disparar las alertas interiores. Debíamos serenarnos y actuar con más hielo que fuego.

Y la noche anterior a mi partida, como venía diciendo, mi hermano, presa de esa creciente excitación, me mostró un papel. Y con su supuesta habitual candidez exclamó:

—Y tengo muchas más...

—¡Hipócrita!

Al leer el contenido quedé perplejo. El encabezamiento lo decía todo: «Preguntas a formular a Jesús de Nazaret.»

Y conté medio centenar.

El ardiente deseo de volver a ver a aquel Hombre, en efecto, se había convertido en una obsesión, al menos para quien esto escribe. En el caso de Eliseo había otras «razones»... Pero eso lo descubriría más adelante.

Una obsesión —eso sí— que merecía y que mereció la pena.

Rode, la joven sirvienta, no me reconoció.

Y al momento, a la luz de las antorchas, distinguí la menuda y nerviosa figura del benjamín de la familia.

Y corrió a mi encuentro.

Se coló entre la mujer y la puerta y, abriendo los negros ojos, gritó mi nombre. Y acto seguido, de un salto, se colgó de quien esto escribe.

Poseidón, asustado, agitó la cabeza.

Y al descubrir al caballo, el interés del jovencito por este explorador se esfumó. Y de mi cuello pasó a acariciar el de la montura.

—¿Es tuyo?... ¿Cómo se llama?

María Marcos, la madre, aproximándose, le reprendió al tiempo que me invitaba a traspasar el portalón.

Me resistí, indicando que no venía solo. Y María, reclamando a la servidumbre, tiró de mi mano sin contemplaciones. Y griego y corcel penetramos en el patio a cielo abierto del hogar de los Marcos, en Jerusalén.

Pero el entusiasmado Juan Marcos no permitió que los criados se hicieran cargo de *Poseidón*. Y tirando de las riendas lo condujo al fondo del jardín.

En un primer momento me extrañó. Después comprendí. Las sucias y viejas ropas, los rostros sin afeitar y los cabellos en desorden guardaban un profundo sentido religioso (1).

---

(1) Entre los judíos, el duelo se prolongaba durante treinta días. En los tres primeros, los familiares, amén de no salir prácticamente de la casa, no respondían a saludo alguno ni trabajaban. El resto del

Y recordando el reciente fallecimiento de Elías Marcos (1), el cabeza de familia, me apresuré a expresar mis condolencias a la gentil anfitriona. María asintió en silencio y, tomándome las manos, me obligó a sentarme junto al fuego que presidía aquel patio interior. Y fiel a la costumbre intenté levantarme y saludar las siete veces que estipulaba la Ley (así rezaba el tratado *Baba bathra*). Pero la mujer, sonriendo, no lo permitió.

Al parecer, a juzgar por sus precarias explicaciones, el marido murió de forma súbita y sin razón aparente. Era relativamente joven —cuarenta y cinco años— y de una probada fortaleza física. Y deduje que el óbito pudo deberse a un problema cardiaco o a una hemorragia cerebral. La cuestión es que este explorador lamentó sinceramente la pérdida de aquel excelente amigo.

El fatal desenlace pilló desprevenidos a todos, incluyendo al joven Juan Marcos, que, como se recordará, se encontraba en ese fatídico instante de regreso a Jerusalén.

Y María, evitando el doloroso tema, cambió el rumbo de la conversación, asaltándome a preguntas. Y fui respondiendo como buenamente pude...

Le expliqué que me había unido a una caravana procedente de Tiro y que, tras descender por el camino del

_____

mes, al menos entre los más piadosos, vestían las ropas más viejas y sucias, se dejaban la barba, arrojaban ceniza sobre la cabeza y, por supuesto, no se bañaban ni utilizaban las filacterias en las oraciones. Las viudas fieles se colocaban el *saq* o taparrabo que, en ocasiones, era de pelo de cabra o camello. Y muchas de ellas no se lo quitaban durante el resto de su vida.

Una vez al año, cumpliendo igualmente con la Ley, la familia acudía a la tumba, procediendo al encalado del sepulcro o de la estela. Como creo haber mencionado, el color blanco era símbolo de luto y, en el caso de los cementerios, servía igualmente como aviso a los caminantes para que no se aproximaran. El contacto con la muerte acarreaba un grave pecado de impureza. *(N. del m.)*

(1) Este explorador tuvo conocimiento de la muerte de Elías Marcos, ocurrida el miércoles, 3 de mayo, durante la última visita a Zebedeo padre, en Saidan. Según mis informaciones, Juan Marcos, que viajaba con los discípulos desde el lago hacia Jerusalén, no llegó a verlo con vida. *(N. del m.)*

Jordán, acababa prácticamente de entrar en la Ciudad Santa.

Y le hablé también de mis experiencias en el mar de Galilea y de las apariciones que tuve la fortuna de presenciar.

Por supuesto, estaba al corriente. Su hijo y los discípulos la informaron puntual y detalladamente.

¿Los discípulos?

Y esta vez fui yo quien la interrogó, interesándome por el paradero de los íntimos.

Así supe que los once se encontraban en el cenáculo existente en la planta superior. El histórico lugar fue tomado como «cuartel general» desde la llegada del grupo a Jerusalén, en la noche del miércoles, 3 de mayo.

Pero, al hilo de las aclaraciones de María Marcos, deduje que los eufóricos «embajadores del reino», al establecer contacto con la Ciudad Santa y percibir el ambiente de hostilidad entre la casta sacerdotal, volvieron a caer en una profunda crisis de miedo. Y no les faltaba razón. Como ya señalé, las disposiciones del Sanedrín contra todo aquel que se atreviera a propagar noticias relacionadas con el Maestro o con la resurrección eran contundentes: expulsión de las sinagogas e, incluso, posibilidad de ejecución.

Y tuve conocimiento también de otros dos hechos protagonizados, uno por el Resucitado, y el segundo por los mencionados apóstoles.

Del primero, las noticias eran confusas. María, a pesar de su buena voluntad, sólo escuchó rumores. Al parecer, el Maestro se presentó igualmente en la noche del 18 de abril ante un grupo de creyentes, en Alejandría.

A qué engañarme. A estas alturas me sentí incapaz de contabilizar el número de apariciones.

¿Doce? ¿Catorce?...

E inquieto —rabioso por aquel «descontrol»— tomé la firme decisión de llevar a cabo las indagaciones necesarias para «poner orden» en tan importante capítulo. Un capítulo —cómo no— igualmente manipulado y censurado por los evangelistas...

El último acontecimiento —según la dueña de la

casa— ocurrió en la noche siguiente al arribo de los íntimos a Jerusalén.

Ese jueves, 4 de mayo, los once celebraron asamblea.

La situación, insisto, seguía siendo grave. Pero Simón Pedro, tomando la iniciativa, animó a sus hermanos a vencer el miedo y a dar la cara.

Y estalló la vieja polémica.

Bartolomé, el «oso de Caná», fue el portavoz de la «oposición» a Pedro y su grupo. No se oponía a salir a las calles y predicar la buena nueva. Natanael, Tomás, Mateo Leví, Simón el Zelota, Juan Zebedeo y Andrés estaban igualmente dispuestos a anunciar el «reino». En lo que no coincidían era en el planteamiento.

Los primeros —no me cansaré de insistir en ello—, deslumbrados por el hecho físico de la vuelta a la vida de Jesús, pretendían comunicar básicamente este extraordinario fenómeno. El «oso» y su bando, en cambio, más sutiles y fieles a las repetidas recomendaciones del Hijo del Hombre, deseaban transmitir el gran mensaje: el «descubrimiento» de un Dios-Padre y la lógica consecuencia de la hermandad entre los hombres.

Pero Bartolomé y la facción de los «puros» —si se me permite la simplificación— fueron literalmente aplastados por la elocuencia de Pedro y el entusiasmo de sus «halcones». Entre éstos aparecían también varias de las mujeres del primitivo movimiento.

De esta reunión —«olvidada» por los escritores sagrados (?), como es natural—, el impetuoso y poco reflexivo Simón Pedro saldría consagrado como líder indiscutible. Y con él, lamentablemente, lo que en el futuro sería una religión «sobre» Jesús y no «sobre» su magnífico y original mensaje.

Y de pronto, cortando la información, María se puso en pie, suplicando perdón.

No entendí.

Y antes de que pudiera evitarlo —reiterando las disculpas por el lamentable olvido— me vi con una humeante escudilla de madera entre las manos.

—Recién hecha —anunció, haciendo oídos sordos a mis protestas.

Y aunque ya había cenado, agradecí la hospitalidad, saboreando la suculenta sopa de cebolla y el cremoso queso que la engordaba y blanqueaba.

E inspiré profundamente, dando gracias a los cielos por tanta benevolencia: un viaje plácido desde Nahum y ahora unos amigos acogedores, un fuego, un firmamento estrellado y aquel embriagador perfume de los jazmines.

Y no insistí en las preguntas sobre los discípulos. En parte porque supuse que dormían. La primera vigilia de la noche había silenciado ya a la ciudad. No era momento de irrumpir en el histórico cenáculo. Además, quién sabe cómo podían recibirme. El odio de Juan Zebedeo pulsaba en mi memoria como una luz de peligro.

Quizá con el nuevo día... Sí, algo ocurriría.

Y ese «algo» sucedió, naturalmente. El Destino (?), en efecto, hacía tiempo que me esperaba...

—¿Y por qué ese nombre?

El jovencito regresó al fin junto a este explorador.

—¿Por qué *Poseidón*?

Y cariñoso fue a sentarse en mis rodillas, jugueteando con su «regalo»: el saquito de paño descolorido que me obsequiara semanas atrás y que, afortunadamente, aún colgaba sobre el pecho.

Sonreí y, abandonando el cuenco de sopa a los pies del taburete, improvisé:

—Me trae suerte..., como tu amuleto.

—Pero ¿qué significa? —insistió, señalando hacia el blanco caballo.

—Es un dios —repliqué, comprendiendo que su interés por la montura no le haría ceder—. En realidad debería llamarse *Posidón*.

Y el niño —el que un día sería el evangelista Marcos— sometió a quien esto escribe a un implacable interrogatorio. Y lo agradecí. Durante un buen rato, las ingenuas y deliciosas preguntas me apartaron de la realidad.

—¿El dios de los terremotos?... ¿Por eso los caballos hacen tanto ruido al galopar?

—¿Cómo lo has adivinado? —redondeé encantado.

Y el muchacho siguió empujándome hacia la leyenda de *Poseidón*.

—Y se cuenta que ese dios griego creó al caballo con un golpe de su tridente...

Juan Marcos abrió los inmensos ojos negros.

—Y te diré más. *Posidón* estableció su morada en las profundidades del mar. El palacio, en el Egeo, era resplandeciente y eterno. Y cuando salía uncía al carro unos briosos corceles de cascos dorados...

—¡Caballos con cascos de oro!

Y torciendo el gesto protestó.

—*Poseidón* no los tiene...

Torpe de mí no reparé en la malévola mirada del niño.

—Es que ese caballo es especial —intenté arreglarlo.

—¿Por qué?

—El oro lo lleva en el corazón...

No le vi muy convencido. Y continué con la versión de Heródoto.

—Y volaba sobre las aguas, provocando tempestades. Sin embargo, ni una sola gota lo mojaba.

—Y los caballos..., ¿se mojaban?

Me atrapó.

—Supongo que no. Como sabes, dueño y montura llegan a formar un todo...

—¿Y tenía mujer?

—Sí, la esposa de *Posidón* se llamaba Anfitrite... ¿Sabes cómo la conquistó?

Negó con la cabeza, al tiempo que el sueño empezaba a doblegarlo.

—Anfitrite, hija de Océano, rechazó a *Posidón*. Y se escondió. Pero el dios envió a un delfín para que la localizara. Y finalmente la llevó ante el dueño de los mares. Y *Posidón* recompensó al fiel mensajero convirtiéndolo en sol.

Juan Marcos se despabiló.

—¿Por eso los delfines pueden sacar la cabeza fuera del agua?

—Naturalmente. Y por eso ríen cuando se asoman.

Aquella conversación, para sorpresa de quien esto escribe, iba a tener más trascendencia de lo que hubiera imaginado. Sin querer, este explorador cometió un error en la historia del delfín...

Pero vuelvo a precipitarme. Mejor será que me ajuste a los hechos, tal y como se registraron:

—Y de ese matrimonio nacieron tres hijos: Tritón, Bentesicime y Rode...

—¿Rode?

Y entusiasmado rompió a reír:

—¿Rode es hija de un dios?

Y caí en la cuenta.

Rode era la esclava que me abrió la puerta y que, prácticamente, vio nacer al inquieto y travieso Juan Marcos.

Y, lenta y plácidamente, el niño quedó dormido entre mis brazos. Lo entregué a la madre y este explorador buscó refugio junto al rescoldo del hogar.

Cinco horas y seis minutos. (Momento del orto solar según los relojes del módulo.)

Todo coincidió.

Los últimos y trasnochadores luceros fueron retirados por la policía del alba.

María Marcos y su gente comenzaron a trastear en el patio, avivando el fuego y disponiendo la molienda del grano.

Y al fondo, llamando a la vida, el doble tañido de bronce de los levitas, abriendo en el Templo la puerta de Nicanor.

Seis horas.

Leche caliente, miel y panecillos horneados sobre la tradicional plancha abombada de hierro.

Observé el cielo.

Limpio y despejado, con la pésima caligrafía negra de las alborotadoras golondrinas primaverales.

Seis horas y quince minutos, aproximadamente.

La dueña dispuso dos grandes bandejas de madera. Y en ellas, el desayuno de los once.

Y aproveché la circunstancia.

Me adelanté y supliqué que me permitiera ayudarla. Cedió con una sonrisa y me pasó la bandeja.

427

Y cruzando el patio se dirigió a las escaleras que conducían a la planta superior. La seguí decidido. A mi espalda, con las restantes colaciones, Rode, la «hija del dios *Posidón*».

Y al penetrar en el cenáculo los recuerdos se atropellaron.

Todo aparecía prácticamente igual, incluyendo el acre olor a habitación cerrada y ocupada por once hombres durante dos semanas.

La mesa baja, en forma de U, en su lugar. Y también los divanes, a su alrededor. Y a la izquierda de la puerta, los tres lavabos de bronce con ruedas, las jarras y las jofainas. Y en las blancas paredes, los tapices rojos...

Y ayudado por la cenicienta claridad que se abría paso a través de las troneras distinguí a los íntimos. Mejor dicho, a una serie de bultos oscuros y tumbados, repartidos sobre los triclinios y el entarimado.

Seis horas y veinte minutos.

María Marcos batió palmas, anunciando el nuevo día y la leche caliente.

Rode depositó la bandeja sobre la U y fue organizando las raciones a lo largo de la mesa. Y este explorador hizo otro tanto.

Acto seguido, la sirvienta, tomando la única lucerna «en pie», fue prendiendo las seis restantes.

En ese instante me vine abajo.

¿Cómo reaccionaría el Zebedeo al descubrir mi presencia?

Pero los discípulos, a excepción de los gemelos de Alfeo, remolonearon en las improvisadas camas, estirándose y bostezando ruidosamente.

No lo pensé dos veces. Y tratando de evitar nuevos y desagradables enfrentamientos recuperé la bandeja y, dando media vuelta, me encaminé hacia la salida.

En realidad, allí no pintaba nada...

Seis horas y treinta minutos...

Y entre la penumbra, cuando me encontraba a dos pasos de la puerta de doble hoja, apareció aquel «hombre».

¿Apareció? ¿Entró? ¿Estaba allí?

Imposible saberlo.

La verdad es que casi tropecé con él.

Y aturdido, al excusarme e intentar rodearlo, me habló en voz baja:

—No lo convertí en sol... *Posidón* (?) lo transformó en una estrella.

Estupefacto, la bandeja resbaló entre mis dedos, cayendo con estrépito sobre el piso.

Y el «hombre», sonriendo, se inclinó. Recogió la pieza y, al entregármela, susurró:

—Tampoco es para tanto...

Y rebasándome se dirigió al centro de la sala.

¿Cómo explicarlo?

Sencillamente, me quedé atornillado al suelo y mirando a la puerta.

Y a mis espaldas sonó un grito. Y la segunda bandeja corrió la misma suerte.

Murmullos. Pasos precipitados. Uno o dos «sofás» que caen y, al fin, un nombre...

¡Maestro!

Y con el vello erizado giré sobre los talones.

Aquel Hombre volvió a agacharse. Tomó la bandeja de Rode y tuvo que insistir para que la aterrorizada muchacha terminara de agarrarla.

¿Pensar?

Me limité a actuar como un robot.

¡Era Él..., de nuevo!

Manto color vino fajando el atlético tórax. Túnica blanca, inmaculada, de amplias mangas...

Y despacio, odiando aquel maldito crujido del maderamen, avancé hacia el costado izquierdo de la U.

El Resucitado continuaba entre los brazos de la mesa, mirando al grupo de los íntimos.

Después, al rememorar la escena, sonreí para mis adentros.

Los once hombres, espantados, apelotonados en una esquina, contrastaban dramáticamente con la estampa de las mujeres. María Marcos y Rode, frente por frente a quien esto escribe, superado el susto, permanecían abrazadas pero enteras, con las miradas fijas en el bronceado rostro de Jesús de Nazaret.

Bronceado rostro, cabellos lacios y acaramelados flotando sobre los poderosos hombros, nariz prominente, labios finos, barba corta y partida en dos, y, sobre todo, los rasgados, intensos e infinitos ojos color miel...

¡Era Él..., de nuevo!

¿Comprender? ¿Razonar? ¿Analizar?

¡A la mierda la ciencia!

Parpadeó y el sereno semblante se iluminó con aquella acogedora y dulce sonrisa. Y tendiendo las manos hacia adelante agitó los dedos, animando a los suyos a que se acercaran.

Pero nadie reaccionó.

Y al reforzar la sonrisa, una blanca e impecable dentadura animó el claroscuro del cenáculo y de los corazones.

Y Pedro fue el primero. Y detrás, pasando del pánico a la euforia, el resto.

Y los once, entre lágrimas, risas, hipos y empujones, besaron y se disputaron las manos del Galileo.

Y ocurrió algo que me resisto a pasar por alto.

Emocionado, sentí envidia. Yo también deseé besar aquellas largas y mágicas manos.

Y suave, pero firmemente, el Maestro fue retirándolas. Y la mano derecha se dirigió hacia las mujeres. Y la izquierda hacia lo que quedaba de este explorador.

Aquél sería un beso que jamás olvidaré...

—Que la paz sea con vosotros...

Y la voz grave y potente adoptó un tono serio pero igualmente cálido y familiar:

—Os pedí que permanecierais aquí, en Jerusalén, hasta mi ascensión junto al Padre...

Los íntimos fueron secando las lágrimas. Pedro, en primera fila, se transformó. Yo diría que flotaba de alegría.

—Y os dije que enviaría al Espíritu de la Verdad, que pronto será derramado sobre toda carne y que os conferirá el poder de lo alto...

Codazos. Y algunos cuchichearon entre sí.

Jesús, haciendo una pausa, aguardó.

Nuevos codazos. Finalmente, empujado por sus compañeros, el renegrido rostro de Simón, el Zelota, se destacó en la penumbra. Y tartamudeando preguntó:

—Entonces, Maestro, ¿restablecerás el reino?... ¿Veremos la gloria de Dios manifestarse en el mundo?

Y cumplido el «encargo» se apresuró a retroceder, parapetándose entre los «instigadores».

Simón Pedro, mirando fijamente al rabí, sin perder la arrolladora sonrisa, asentía con la cabeza una y otra vez.

Pero el Maestro, girando hacia quien esto escribe, transmitió una clara y triste sensación de impotencia.

Después, dirigiéndose al antiguo guerrillero, se lamentó:

—Simón, todavía te aferras a tus viejas ideas sobre el Mesías judío y el reino material...

Y la sonrisa de Pedro fue desvaneciéndose.

—No te preocupes —le alentó—, recibirás poder espiritual cuando el Espíritu haya descendido sobre ti...

¿El Espíritu? ¿A qué se refería? ¿En qué consistía ese poder?

Y el Maestro, alzando los brazos ligeramente, abrió las manos e intentó despabilar a los equivocados galileos. Y su voz vibró.

—Después marcharéis por todo el mundo predicando esta buena noticia del reino. Así como el Padre me envió, así os envío yo ahora...

Y los siempre tímidos gemelos, conmovidos, se aferraron de nuevo a las manos del Resucitado.

Jesús recuperó la sonrisa y cerró los dedos con fuerza, sujetando a los de Alfeo. Y exclamó como sólo Él sabía hacerlo:

—¡Y deseo que os améis y tengáis confianza los unos en los otros!

Y los once, con una sola voz, replicaron con un decidido «Sí, Maestro».

—Judas ya no está con vosotros —añadió apuntalando la petición— porque su amor se enfrió y porque os negó su confianza...

La alusión al Iscariote me sorprendió. Pero tendría que vivir el tercer «salto» para captar la dimensión de aquellas palabras.

—¿No habéis leído en las Escrituras que «no es bueno que el hombre esté solo»? Ningún hombre vive para sí mismo. Todo aquel que quiera tener amigos deberá mostrarse amistoso. ¿Acaso no os envié a enseñar de dos en dos, con el fin de que no os sintierais solos y de que no cayerais en los errores y sufrimientos que provoca la soledad?

»También sabéis que durante mi encarnación no me permití estar a solas por largos períodos. Desde el principio tuve siempre a mi lado a dos o tres de vosotros..., incluso cuando hablaba con el Padre...

Y agitando las manos, que aprisionaban las de los gemelos, calentó la voz, ordenando:

—¡Confiad, pues, los unos en los otros!

Días más tarde entendería también el porqué de esta insistencia en la confianza mutua.

E instintivamente, acusando el golpe, Bartolomé bajó los ojos.

Y de pronto, con el tono desmayado, sin disimular un punto de amargura, concluyó:

—Y esto es hoy mucho más necesario porque vais a quedar solos...

Y los rostros se enturbiaron. Y los murmullos redoblaron como un presagio.

—La hora ha llegado...

Pedro y Juan Zebedeo se miraron sin comprender. Y algunos, apuntando con los dedos, intentaron preguntar. Pero el Maestro, con una inesperada gravedad en el semblante, los dejó con la palabra en la boca.

—Estoy a punto de regresar cerca del Padre...

Y caí en la cuenta.

Aquélla era la última presencia de Jesús de Nazaret entre los suyos: la mal llamada «ascensión».

Y soltando a los de Alfeo les indicó que lo siguieran.

Dio media vuelta y, con los ojos bajos, caminó hacia la puerta.

Y los mudos testigos, paralizados por el anuncio, no pudieron —no pudimos— reaccionar. Y lo vimos alejarse y descender por la escalera.

Y una vez más fueron las mujeres las que tiraron de aquel pelotón de perplejos e inútiles hombres.

Siete horas...

Pedro brincó sobre la mesa y movilizó al fin a sus compañeros. Y salieron a la carrera tras los pasos de María y Rode.

Y quien esto escribe, como casi siempre, fue el último en abandonar el lugar.

Y confundido, al ganar el patio, me llamó la atención el espanto de la servidumbre y los relinchos de *Poseidón*, al fondo del jardín.

María Marcos y Rode, nuevamente abrazadas junto al fuego, tenían la vista fija en el portalón de entrada a la casa.

La escena pudo durar un par de segundos.

Miré al caballo y comprobé que, en efecto, se hallaba asustado. Extrañamente asustado.

Después María, sin palabras, extendiendo el brazo, me indicó la salida.

Y olvidando incluso el cayado me lancé tras el grupo. Pero, en el umbral, me detuve. Y retrocediendo recuperé la «vara de Moisés».

Esa fracción de tiempo fue decisiva. Y los perdí...

Y maldije al dios griego, al cayado y al portador del cayado...

¿Hacia dónde me dirigía?

Aquel sector de la ciudad, el barrio bajo o *sûq-hatajtôn*, era un infernal laberinto de callejas, recovecos y callejones, la mayor parte ciegos.

Exploré las caras de los numerosos transeúntes que iban y venían.

Negativo. Nadie reflejaba sorpresa alguna.

Y me estiré, oteando la paleta blanca y negra de los cientos de casuchas que se apretaban y mal soportaban entre sí, desplomándose en casi medio kilómetro hacia la muralla sur.

Y esta vez no renegué de los evangelistas...

«Después los sacó hacia Betania...»

La providencial frase de Lucas fue un salvavidas.

Y guiándome por las grises columnas de humo que

enrejaban el horizonte elegí una de las rampas escalonadas.

Y saltando, esquivando y topando con hornillas, niños, escuálidos perros, castillos de basura, reatas de onagros, irritados burreros y vociferantes vecinos fui avanzando (?), mal que bien..., hacia ninguna parte.

Y jadeante y furioso conmigo mismo tuve que detenerme por enésima vez.

Y, desalentado, me recliné en una de las desconchadas paredes.

¡Perdido!...

Perdido en Jerusalén...

Y de pronto, sobre mi cabeza, sonaron los gritos de una mujer. Se dirigía a otra hebrea, asomada igualmente a una ventana próxima.

Y con gran agitación le comunicó haber visto pasar al «difunto profeta de Galilea».

La segunda matrona, sorda como una tapia, replicó indignada que «ella no era de Galilea».

Y cortando la ardua conversación interrogué a la de la destartalada fachada sobre la «dirección del difunto».

Presa del nerviosismo, en un primer momento, la mujer no percibió lo desafortunado de mi pregunta.

Y señalando a su derecha acompañó la preciosa información con una referencia clave: la puerta de la Fuente.

Pero, rápida como el viento, interpretando la demanda de aquel maldito pagano como una burla, se apresuró a vaciar el cubo que sostenía entre las manos, al tiempo que exclamaba con una más que justa indignación:

—¡Agua va!...

¿Agua?

Ojalá hubiera sido sólo agua...

Y dándole las más «efusivas gracias» tomé la dirección marcada.

Y el Destino, «benevolente», permitió que aquellos últimos cien o doscientos metros fueran salvados prácticamente sin «tropiezos»: un par de caídas sobre los resbaladizos peldaños, deliciosamente alfombrados por el estiércol de las caballerías, media docena de tendederos arruinados, una pila de cántaros de barro rodando a mis espaldas y desquiciando a una interminable hilera de borregos y las correspondientes maldiciones contra el voluntarioso corredor...

¡La puerta de la Fuente!

Y apartando mendigos, lisiados y desocupados me asomé al fin a la senda que llevaba a Betania.

Y poco faltó para que este sudoroso y agitado explorador volviera a equivocarse.

Y esta vez sí renegué del impreciso Lucas...

¿Los sacó hacia Betania?

No.

Por fortuna, al repasar el abanico de caminos que arrancaban en aquel espolón, distinguí el apresurado avance del grupo.

Marchaba por mi izquierda, bordeando la muralla oriental.

Aquél, por supuesto, no era el rumbo descrito por el evangelista. Y deduje que se dirigían hacia el monte de las Aceitunas.

Y corrí tras ellos.

El Maestro, en cabeza, caminaba con sus características grandes zancadas. Parecía tener prisa.

Y detrás, a tres o cuatro metros, silenciosos, los once, procurando no perder la distancia.

Y efectivamente descendieron por la abrupta cañada del Cedrón cruzando hacia la ladera oeste del cerro de los Olivos.

Bartolomé empezó a renquear. Las piernas protestaron ante la empinada pendiente. Y los gemelos, enganchándolo por las axilas, ayudaron a sostener el ritmo.

Como digo, nadie hablaba. Los rostros seguían en sombra.

Era evidente que Jesús de Nazaret, al escoger aquel camino de cabras, pretendía distanciarse de los viajeros y *felah* que llenaban en esos momentos la ruta más cómoda: la que conducía a la hacienda de Lázaro. Lucas, una vez más, fue mal informado.

Y al conquistar medio centenar de metros, poco más o menos a un tercio de la cima, el Maestro se detuvo.

Y abandonando el senderillo se introdujo en el olivar.

Y jadeantes, sin saber muy bien qué hacer, los once buscaron alivio entre los troncos o sobre la rojiza tierra.

Y este explorador se mantuvo a una discreta y prudencial distancia.

Jesús dio unos pasos y se asomó a la ladera, contemplando la ciudad. Y la luz, despegando desde los perfiles de Moab, bañó aquel rostro. Y una femenina brisa, de puntillas, meció los cabellos.

No podía creerlo.

Lo tenía a la vista, sí. Le había oído, sí.

Y a pesar de todo..., me costaba entenderlo.

¿Muerto?

No, aquél era un ser humano..., ¡vivo!

¡Vivo!

¡Dios mío!

Y como si hubiera leído en mi corazón, buscó la mirada de este atormentado explorador y revalidó el pensamiento capital con una media sonrisa: «un ser humano..., ¡vivo!».

Suficiente.

Pero aquella endeble sonrisa...

Fue como un pañuelo blanco en un andén. Como la distancia. Como el silencio de un padre que se va. Como una lágrima, amaneciendo en solitario...

Y regresando junto a los suyos se dispuso a hablarles.

Y mudos, amordazados por ese pañuelo en el aire, imitaron a Pedro, arrodillándose frente a Él.

Y quien esto escribe, con un nudo en la garganta, fue el único que permaneció de pie.

Y el Maestro, con la voz quebrada, les recordó lo ya expuesto en el piso superior de la casa de los Marcos.

—Os he pedido que permanecierais en Jerusalén hasta que recibáis el poder de lo alto.

»Ahora estoy a punto de despedirme de vosotros y ascender junto al Padre. Y pronto, muy pronto, enviaremos al Espíritu de la Verdad a este mundo donde he vivido...

Los discípulos, sin comprender, le miraban como niños.

—Y cuando Él llegue difundiréis la buena nueva del reino. Primero en Jerusalén. Después...

Y girando el rostro hacia este explorador me salió al encuentro. Y me estremecí.

—Después..., por todo el mundo.

Y la voz se tensó. Y repitió, traspasándome:

—¡Por todo el mundo!

Y en ese instante lo supe. Aquella mirada de halcón me abrió el alma.

¡Roger! ¡Mensaje recibido!

Nuestra misión era mucho más que un ambicioso y arriesgado proyecto científico...

Y descendiendo sobre los once, dulcificando tono y semblante, continuó:

—Amad a los hombres con el mismo amor con que os he amado. Y servid a vuestros semejantes como yo os he servido.

Y recorriendo todas y cada una de las caras de los angustiados discípulos añadió:

—Servidlos con el ejemplo... Y enseñad a los hombres con los frutos espirituales de vuestra vida. Enseñadles la gran verdad...

Y dejó correr el silencio.

—Incitadlos a creer que el hombre es un hijo de Dios. Nueva pausa. Y los corazones se detuvieron.

—¡Un hijo de Dios!

Y el mensaje —el gran mensaje— sonó «5×5»: fuerte y claro.

¡Roger! ¡Mensaje recibido!

—El hombre es un hijo de Dios y todos, por tanto, sois hermanos.

Y levantando el rostro cerró los ojos. Y se bebió el azul del cielo.

Y al abrirlos vi en ellos el universo.

—Recordad todo cuanto os he enseñado y la vida que he vivido entre vosotros...

Y, adelantándose, fue a posar las manos sobre la cabeza de los atónitos galileos.

—Mi amor os cubrirá.

Y la frase fue repetida once veces. Mejor dicho, doce.

Porque, al concluir, avanzó hacia quien esto escribe. Y al llegar a mi altura, en un gesto típico, depositó las manos sobre mis hombros.

Y susurró:

—Mi amor os cubrirá...

Y aquellas palabras —al rojo blanco— me marcarían para siempre.

—¡Hasta muy pronto!

Y con un certero guiño de complicidad me ahogó en una sonrisa.

Y dando media vuelta, dirigiéndose de nuevo a sus íntimos, concluyó:

—Y mi espíritu y mi paz reinarán sobre vosotros.

Y alzando los brazos gritó:

—¡Adiós!

Y súbitamente desapareció.

Y lo hizo en un impecable silencio. Como una lágrima inmolada al sol.

Podían ser las siete horas y cincuenta minutos...

Y durante un tiempo (?) —quién puede medir nada en semejantes circunstancias—, los «doce» nos miramos atónitos.

Nadie lo buscó. Ni en los cielos, ni entre los olivos, ni en la senda...

Nadie habló.

No hubo lamentos, gemidos o protestas.

Y en el aire de los corazones quedó aquel pañuelo blanco, flotando como un definitivo adiós.

¿Definitivo?

¡No!...

Y a partir de esos momentos los recuerdos son confusos y atropellados.

Sólo puedo decir que retorné a la ciudad y que, embriagado por una intensa emoción, cabalgué sin descanso.

«¡Hasta muy pronto!»...

Sí, era la señal.

Ni me fijé en los «dorados» cascos de *Poseidón* —la última travesura de Juan Marcos—, ni reparé en la perentoria necesidad de canjear el ópalo blanco por dinero...

Mi única obsesión era galopar. Alcanzar el Ravid...
Y, al verme, Eliseo lo supo.
Había llegado el momento de la gran aventura:
¡El tercer «salto» en el tiempo!
El Maestro nos esperaba...
Su amor nos cubriría.»

Primer libro en Ab-bā *(Cabo de Plata), amaneciendo, siendo las siete horas y cincuenta minutos del sábado, 2 de marzo de 1996.*